LA VILLA DE LAS TELAS

ANNE JACOBS

LA VILLA
DE LAS TELAS

Traducción de
Marta Mabres Vicens

PLAZA JANÉS

Papel certificado por el Forest Stewardship Council®

Título original: *Die Tuchvilla*

Primera edición: enero de 2018
Decimonovena reimpresión: septiembre de 2019

© 2014, Blanvalet Taschenbuch Verlag, una división de Verlagsgruppe
Random House GmbH, Múnich, Alemania, www.randomhouse.de
Este libro se negoció a través de Ute Korner Literary Agent, S.L.U., Barcelona, www.uklitag.com
© 2018, Penguin Random House Grupo Editorial, S. A. U.
Travessera de Gràcia, 47-49. 08021 Barcelona
© 2018, Marta Mabres Vicens, por la traducción

Printed in Spain – Impreso en España

ISBN: 978-84-01-02052-0
Depósito legal: B-22.917-2017

Compuesto en La Nueva Edimac, S. L.

Impreso en Rodesa
Villatuerta (Navarra)

L020520

Penguin
Random House
Grupo Editorial

I
AUGSBURGO, OTOÑO DE 1913

1

Cuando dejó atrás la puerta Jakober empezó a aminorar el paso. Las afueras al este de la ciudad eran otro mundo. Un mundo ruidoso y violento, muy alejado de la placidez y la angostura de los callejones de la ciudad baja. Las fábricas, como fortalezas medievales, se encontraban en los prados que había entre los riachuelos. Todas estaban rodeadas por un muro, para que nadie pudiera entrar sin autorización y ningún trabajador pudiera zafarse de la vigilancia. Dentro de esas fortificaciones, el ruido y las vibraciones no cesaban nunca, las chimeneas arrojaban humaredas negras hacia el cielo y las máquinas traqueteaban día y noche en las salas. Marie sabía por experiencia que quienes trabajaban ahí acababan convertidos en cantos rodados de color gris: sordos por el estrépito de la maquinaria, ciegos por el polvo y mudos por el vacío que acababa llenando su mente.

«¡Es tu última oportunidad!»

Marie se detuvo y pestañeó cuando miró hacia la fábrica de paños Melzer y el sol la cegó. Algunas ventanas refulgían bajo la luz de la mañana, como si tras ellas crepitara un incendio; las paredes, en cambio, eran grises y ensombrecían las salas, que casi parecían negras. Sin embargo, la mansión de paredes de ladrillo situada al otro lado resplandecía: era como un castillo de ensueño en medio de un parque otoñal.

«¡Es tu última oportunidad!» ¿Por qué ayer por la noche la señorita Pappert se lo repitió hasta tres veces? Daba la impresión de que, de ser expulsada de nuevo, a Marie solo le quedara la cárcel o la muerte. Contempló con atención el hermoso edificio, pero entonces la vista se le enturbió y esa imagen se mezcló con los prados y los árboles del parque. No era de extrañar: aún seguía débil por la hemorragia de tres semanas atrás; además, esa mañana apenas había comido a causa de los nervios.

«Bueno, al menos es una casa bonita y no tendré que coser, haré otras cosas», se dijo. «Y si me envían a la fábrica, me escapo y ya está. No volveré a pasar doce horas de pie con una máquina de coser llena de grasa a la que el hilo se le rompe cada dos por tres.»

Se recolocó el hatillo que llevaba al hombro y se acercó a la entrada del parque. La puerta de hierro antigua con motivos florales estaba abierta e invitaba a entrar. El camino de acceso serpenteaba a través del parque y terminaba en una plaza adoquinada en cuyo centro había un arriate semicircular de flores. No se veía a nadie, y de cerca la mansión resultaba aún más imponente, sobre todo el porche, que tenía la altura de dos pisos. Las columnas soportaban un balcón con barandilla de piedra. Seguramente el señor de la fábrica dirigía desde ahí los discursos a sus obreros en la víspera de Año Nuevo. Ellos lo mirarían con reverencia, y también a su esposa, que iría envuelta en pieles. Puede que en los días festivos los invitaran a aguardiente o cerveza, aunque seguro que a champán no, porque esa bebida estaba reservada al dueño de la fábrica y su familia.

En realidad, ella no quería trabajar allí. Cuando alzó la mirada hacia las nubes que se movían por el cielo le pareció como si ese edificio de ladrillo se le fuera a caer encima para aniquilarla. Pero aquella era su última oportunidad. Al parecer no le quedaba otra opción. Marie contempló la fachada.

Situadas en los laterales derecho e izquierdo, había dos puertas que eran los accesos para el personal y los proveedores.

Mientras decidía hacia cuál dirigirse, oyó a sus espaldas el ruido de un automóvil. Una limusina oscura pasó con estrépito. Ella se asustó y dio un salto hacia un lado. Vislumbró la cara del chófer: aún era joven, y llevaba una gorra con visera y escarapela de color dorado.

«¡Ajá! Viene a recoger al amo de la fábrica para llevarlo a su oficina, y eso que la fábrica apenas está a unos pasos, como mucho son diez minutos a pie», se dijo. «Pero, claro, un hombre tan rico no puede ir andando porque se le ensuciarían los zapatos y el abrigo.»

Con curiosidad, clavó la mirada en la puerta que había bajo las columnas y que en ese momento se estaba abriendo. Vio a una doncella con vestido oscuro, delantal blanco y cofia blanca prendida en el cabello, que llevaba cuidadosamente recogido. Luego asomaron dos señoras embutidas en abrigos largos con cuello de pieles: el de una era de un tono rojo oscuro y el de la otra, verde claro. Ambas lucían unos sombreros de ensueño con flores y tules, y cuando subieron a la limusina vio que calzaban unos delicados botines de piel marrón. Las señoras salieron seguidas de un hombre. No. Ese no podía ser el director de la fábrica. Era demasiado joven. Quizá fuera el marido de una de las damas. ¿O tal vez el hijo de la casa? Llevaba un abrigo de viaje corto de color marrón y una bolsa de mano que arrojó con un pequeño impulso al techo del vehículo antes de tomar asiento. ¡Qué tonto parecía el chófer al rodear el coche a saltitos para abrir las puertas y ofrecer la mano a las damas! ¡Como si ellas no fueran capaces de acomodarse sin su ayuda en esos asientos tapizados! Aunque, por otra parte, esas mujeres eran como algodones de azúcar… un chaparrón las habría disuelto. ¡Qué lástima que no lloviera!

En cuanto todos ocuparon su sitio, el chófer arrancó y rodeó despacio el arriate cargado de asteres rojos, dalias rosas y brezo lila. Tras aquella maniobra de giro, enfiló de nuevo hacia el porche de la entrada. Pasó tan cerca de Marie que el estribo que sobresalía le rozó la falda, que se le agitaba con el aire. Unos ojos grises masculinos la escrutaron con una curiosidad no disimulada. El joven señor se había quitado el sombrero, dejando a la vista un pelo rizado de corte descuidado que, con el bigote, le daba la apariencia de un estudiante despreocupado. Tras dirigir una sonrisa a Marie, se inclinó para decir algo a la dama de rojo, que provocó las risas de todos. ¿Estarían haciendo mofa de una muchacha mal vestida con un hatillo al hombro? Marie sintió una punzada en el pecho y tuvo que resistir el impulso de darse la vuelta de inmediato y correr de regreso al orfanato. Pero no tenía opción.

La estela de humo que el automóvil dejó a su paso apestaba tanto a gasolina y a goma quemada que la hizo toser. Rodeó con paso decidido el arriate de flores, se dirigió hacia la entrada lateral izquierda y golpeó la aldaba. Fue un gesto inútil: seguramente todos estaban ocupados pues ya eran casi las diez. Después de llamar dos veces sin éxito, iba a abrir la puerta sin más cuando oyó unos pasos.

—¡Jesús bendito! Es la nueva. ¿Por qué nadie viene a abrir? Si no se atreve a entrar…

Era una voz joven y clara. Marie reconoció a la criada que antes había abierto la puerta de la entrada a las damas. Era una muchacha de tez sonrosada, rubia, fuerte y sana, con una sonrisa inocente en su rostro ancho. Tenía que ser de alguno de los pueblos de la zona; saltaba a la vista que no era una chica de ciudad.

—Pasa. No te dé vergüenza. Eres Marie, ¿verdad? Yo soy Auguste. Soy segunda doncella desde hace ya más de un año.

Parecía sentirse muy orgullosa de eso. ¡Vaya! ¡Tenían dos doncellas! En la otra casa donde había trabajado, Marie había tenido que ocuparse de todo el trabajo ella sola, incluso de cocinar y hacer la colada.

—Hola, Auguste. Gracias por la bienvenida.

Marie bajó tres escalones que conducían a un pasillo estrecho. Era raro. Aunque aquella mansión de ladrillo rojo tenía numerosas ventanas, tanto altas como bajas, en el ala del servicio todo estaba a oscuras y apenas veía dónde ponía los pies. Pero quizá fuese porque aún estaba deslumbrada por la luz del sol de la mañana.

—Esta es la cocina. Seguro que la cocinera te dará un café y un panecillo. Tienes aspecto de estar hambrienta…

En efecto. Ante la figura rebosante de salud de Auguste, ella, Marie, tenía que parecer un fantasma. Aunque siempre había sido delgada, tras su enfermedad se le habían hundido las mejillas y se le marcaban los huesos de los hombros. Por otra parte, los ojos parecían el doble de grandes que antes y el pelo castaño se le había encrespado tanto que parecía una escoba. Al menos eso era lo que había dicho la señorita Pappert la noche anterior. La señorita Pappert era la directora del orfanato de las Siete Mártires y, por su aspecto, se habría podido pensar que ella en persona había pasado por todos y cada uno de los siete martirios. De todos modos, tal cosa no habría servido de nada: la señorita Pappert era malvada, una bruja, y sin duda acabaría consumiéndose en el infierno. Marie la odiaba.

La cocina era un lugar acogedor. Cálida, luminosa y repleta de aromas deliciosos. Un espacio que hablaba de jamón, pan fresco y pasteles; de volovanes y de caldos de pollo y de ternera. Olía a tomillo, romero y salvia, y también a eneldo, cilantro, clavo y nuez moscada. Marie se quedó junto a la puerta contemplando la larga mesa donde la cocinera hacía todo tipo de preparativos. Entonces le llegó el frío de fuera y empezó a temblar. ¡Qué bonito sería sentarse junto al horno, sentir el calor, aspirar el aroma de la buena vida y tomar entretanto una taza de café caliente a sorbos lentos!

Un grito agudo la sobresaltó. Lo profirió una mujer menuda de aspecto envejecido que acababa de entrar en la cocina desde el otro lado y que, al ver a Marie, retrocedió asustada.

—¡Virgen santísima! —gimió cruzando las manos sobre el pecho—. ¡Es ella! ¡Que Dios me asista! Es como en mi sueño. ¡Señor, guárdanos de todo mal!

La mujer se tuvo que apoyar en la pared, y al hacerlo descolgó una cazuela de cobre que fue a dar en el suelo embaldosado con gran estrépito. Marie miraba todo aquello aterrada.

—¿Ha perdido usted el juicio por completo, señorita Jordan? —dijo la cocinera—. Haga el favor de recoger mi mejor olla de verduras. Y ya puede rezar para que no tenga abolladuras ni esté resquebrajada.

La mujer menuda, a la que acababan de llamar señorita Jordan, apenas reparó en la regañina de la cocinera. Con la respiración entrecortada, se separó de la pared y se repasó el peinado, que llevaba adornado con un lazo negro. Vestía también blusa y falda negras y lucía un pequeño broche, una gema engarzada en plata con la silueta de un busto femenino.

—No, no es nada —susurró, y se llevó las manos a las sienes como si tuviera dolor de cabeza. Solo la señora podía padecer migraña; una empleada, como mucho, tenía un vulgar dolor de cabeza provocado por la bebida y la desidia.

—Ya está otra vez con sus sueños, ¿eh? —gruñó la cocinera mientras recogía la olla de debajo de la mesa—. Cualquier día, esos sueños suyos la harán famosa y el emperador la invitará a la corte para que le lea el futuro.

Se echó a reír con una risa que parecía el balido de una cabra. El ademán era burlón, pero carecía de maldad.

—¡Oh, vamos! ¡Déjese de bromas estúpidas! —se defendió la señorita Jordan.

—De todos modos, si usted solo sueña con desgracias —prosiguió la cocinera—, seguro que el emperador no la querrá.

Marie se apoyó contra la puerta. El corazón le latía desbocado y, de pronto, se sintió mal. Ninguna de las mujeres reparaba en ella; de hecho, la señorita Jordan comentó que la señorita había pedido té y pastas y le dijo a la cocinera que se apresurase.

—Pues la señorita va a tener que esperar. Primero hay que poner el agua a hervir.

—Siempre lo mismo. En la cocina se pierde el tiempo y yo tengo que soportar las quejas de la señorita.

Marie notó sorprendida que, aunque las voces parecían más nerviosas, cada vez eran más quedas. Tal vez fuera por ese pitido que amortiguaba todo lo demás. ¿No había dicho la cocinera que tenía que poner el agua a hervir? ¿Cómo era posible que la tetera ya estuviera pitando?

—¿Perder el tiempo? —oyó decir a la cocinera—. Tengo que preparar un almuerzo y un pastel, y esta noche, una cena para doce personas. Y todo eso sin ayuda porque Gertie, esa tontorrona, se ha marchado. Si no fuera porque Auguste me ayuda de vez en cuando… ¡Oh! ¡Santo cielo!

—¡Virgen santísima! ¡Solo nos faltaba esto!

Marie no llegó a tiempo para sentarse y vio cómo las baldosas grises y marrón claro del suelo de la cocina se le acercaban a toda velocidad, hasta que al final todo se quedó a oscuras. Se hizo el silencio y todo se volvió agradablemente liviano. Se sintió flotando en una oscuridad dulce y delicada. Solo le latía el corazón, y las palpitaciones le estremecían el cuerpo y la hacían temblar. No podía parar de hacerlo, los dientes le castañeteaban y notó que las manos se le agarrotaban.

—¡Vaya, lo que nos faltaba! Una epiléptica. Casi prefiero a Gertie y sus historias de hombres…

Marie no se atrevía a abrir los ojos. Debía de haberse desmayado, algo que no le había vuelto a pasar desde la hemorragia. ¿Había vuelto a vomitar sangre? ¡Oh! ¡Dios mío, eso no! En aquella ocasión eso la había asustado mucho. Le había salido mucha sangre de color rojo intenso por la boca, tanta que luego no había podido tenerse en pie.

—¡Oh, vamos, cierre el pico! —gruñó la cocinera—. Esta chica está famélica. No me extraña que se desmaye. Aquí, tome la taza.

Una mano áspera la agarró por debajo de los hombros y la alzó un poco. Sintió en los labios el borde caliente de una taza. Olía a café.

—Bebe, muchacha. Esto te reanimará. Vamos, bebe un sorbo.

Marie parpadeó. Muy cerca de ella vio la cara ancha y rosada de la cocinera; un rostro no muy agraciado y sudoroso, pero que tenía una expresión bondadosa. Detrás vislumbró la figura delgada y negra de la señorita Jordan. El broche de plata brillaba en su blusa y su expresión era de repugnancia.

—¿Por qué cuida de ella? Si está enferma, la señorita Schmalzler la echará. Y eso sería una buena cosa. Muy buena, en realidad. Si se queda, será una fuente de desgracias. Esta muchacha traerá la desdicha a esta casa. Lo sé…

—Haga el favor de echar el agua al té. Está hirviendo.

—¡Ese no es mi trabajo!

Marie se decidió a tomar unos sorbos de café. Aunque de ese modo dejara entrever que había vuelto al mundo de los vivos —pues le habría gustado guardarse un poco más de tiempo para ella—, no podía hacerle eso a la amable cocinera. Además, por fortuna, no había vomitado sangre.

—Muy bien —murmuró la cocinera, satisfecha—, ¿ya estás mejor?

Marie notó el sabor fuerte y amargo de la bebida. Levantó la cabeza y esbozó una pequeña sonrisa.

—Estoy bien. Gracias por el café.

—Quédate un rato tumbada. En cuanto te sientas mejor, te daré algo de comer.

Marie asintió obediente, aunque la perspectiva de tomar un bollo de mantequilla o incluso un caldo de pollo le revolvía el estómago. Las dos mujeres la habían tumbado en uno

16

de los bancos de madera donde se sentaba el servicio para comer. Ella estaba avergonzada por aquel desmayo tan tonto. La habían tenido que levantar del suelo y tumbarla en el banco. Y luego estaban las palabras de la señorita Jordan. Era evidente que esa mujer no estaba bien de la cabeza. Llamarla epiléptica y decir que traería la desdicha a la casa, cuando era al revés: esa casa era una fuente de desdichas. Solo había necesitado un día para darse cuenta, y tal cosa la había empujado a tomar una decisión. Fuese o no su última oportunidad, no estaba dispuesta a quedarse ahí. Ni por dinero ni por buenas palabras. Y, desde luego, no por las sandeces de la señora Pappert.

—¿Qué está usted haciendo? —gritó la cocinera—. Jamás se llena una tetera hasta el borde. ¡Que Dios me asista! Ahora rebosará y la señorita me culpará a mí.

—Si usted hiciera su trabajo como es debido, esto no habría ocurrido. A fin de cuentas, no soy la responsable de hacer el té. Yo soy la doncella personal, no una chinche de cocina.

—¿Chinche de cocina? Rezuma usted arrogancia. Arrogancia y estupidez.

—¿Qué ocurre aquí abajo? —Era la voz clara de Auguste—. La señorita ha pedido tres veces el té y está bastante molesta. Quiere que la señorita Jordan suba de inmediato...

Marie logró levantar la cabeza. El mareo se le había pasado y observó que el rostro de la doncella, ya de por sí pálido, palidecía un poco más.

—Ya me lo temía —murmuró la señorita Jordan en tono sombrío.

Marie notó su mirada cuando salió de la cocina a paso ligero con un crujido de faldas. La miró como si fuera un insecto peligroso.

2

Eleonore Schmalzler era una mujer imponente. Los cuarenta y siete años que llevaba al servicio de la familia le habían teñido las sienes de gris, pero conservaba los hombros y la espalda de su juventud. En Pomerania era la doncella de la señorita Alicia von Maydorn, y había seguido a su señora hasta su nuevo domicilio en Augsburgo después de que esta se casara. En realidad, había sido una boda de compromiso. Johann Melzer era un industrial, hijo de un maestro de provincias; un hombre hecho a sí mismo que había logrado algo en la vida. Por su parte, la familia Von Maydorn era noble pero estaba arruinada: los dos hijos varones eran oficiales y no suponían más que una fuente de gastos. La hacienda en Pomerania estaba endeudada. Además, cuando Alicia se prometió ya estaba muy entrada en los veinte y casi la consideraban una solterona. Una mala caída por la escalera cuando era niña le había dejado un tobillo rígido que había reducido su cotización en el mercado matrimonial.

Al principio, Eleonore Schmalzler se encargó de las funciones de ama de llaves de forma provisional. Alicia Melzer desconfiaba del personal de la ciudad; en su opinión, era gente que no pensaba más que en su propio beneficio y no en el bienestar de la casa. Había tenido dos mayordomos y un ama de llaves de los que prescindió al poco tiempo. En cambio,

Eleonore Schmalzler demostró su valía desde el primer día. En ella confluían la fidelidad hacia su señora y un talento natural para dirigir al personal. Los empleados de la villa debían considerar su trabajo como un privilegio que se conquistaba con virtudes como la honestidad, la diligencia, la discreción y la fidelidad.

Eran ya casi las once. La señora y la señorita Katharina regresarían en cualquier momento. Al señorito ya lo habrían dejado en la estación, pues llevaba varios años estudiando derecho en la Universidad de Múnich. Luego, la señora y su hija habrían ido a visitar al doctor Schleicher. Esas visitas apenas duraban media hora. Eleonore Schmalzler no confiaba mucho en ese doctor, pero la señora tenía grandes esperanzas depositadas en él. Katharina Melzer, con casi dieciocho años, padecía insomnio, nerviosismo e intensas jaquecas.

—¡Auguste!

El ama de llaves había reconocido los pasos de la doncella en el pasillo. Auguste abrió la puerta con cuidado; llevaba una pequeña bandeja de plata en la mano derecha en la que había una taza de té vacía, una jarrita de leche y un azucarero.

—¿Sí, señorita Schmalzler?

—¿Ya está repuesta? Si es así, tráemela para que la conozca.

—De acuerdo, señorita Schmalzler. Ya está bien. Es una chiquita muy agradable, pero está muy delgada y además no tiene…

—Estoy esperando, Auguste.

—Por supuesto, señorita Schmalzler.

Cada persona merecía un trato distinto, acorde con su modo de ser. Auguste tenía buena disposición, pero su cabeza no daba para mucho y tenía tendencia a hablar demasiado. Su puesto como segunda doncella se debía sobre todo a la recomendación de Eleonore Schmalzler. Auguste era una muchacha honrada y había demostrado lealtad a la familia. Había chicas que lo que querían era trabajar en la fábrica y que se marchaban de la casa al cabo de unos meses. Auguste jamás haría tal cosa: ella era fiel a la mansión y a su cargo, del cual se sentía muy orgullosa.

La puerta crujió cuando la nueva muchacha la abrió despacio. El ama de llaves vio ante ella a una criatura delgada y pálida con unos ojos enormes. Llevaba el cabello recogido en un moño y se le escapaban finos mechones por todas partes. Ahí estaba: Marie Hofgartner. Dieciocho años. Huérfana. Posiblemente, hija ilegítima, criada hasta los dos años por su madre y, tras la muerte de esta, acogida en el orfanato de las Siete Mártires. A los trece años entró como criada en una casa de la ciudad baja de Augsburgo de la que se escapó a las cuatro semanas. Otros dos intentos como criada fallidos. Había trabajado para una costurera durante un año y luego, otro medio año, en la fábrica de paños Steyermann. Había sufrido una hemorragia hacía tres semanas...

—Buenos días, Marie —dijo esforzándose por mostrarse amable con aquella criatura desdichada—. ¿Estás mejor?

Tenía los ojos castaños y una mirada muy intensa. El ama de llaves se sintió incómoda ante aquella mirada escrutadora. O la chica era muy simple, o todo lo contrario.

—Muchas gracias. Estoy bien, señorita Schmalzler.

La muchacha sabía mantener las formas. No era de las que se quejaban. Un rato antes, según le había comentado la señorita Jordan, se había desplomado en el suelo de la cocina, y ahora estaba ahí como si no hubiera pasado nada. La señorita Jordan le había dicho que era epiléptica, pero esa mujer no decía más que sandeces. Eleonore Schmalzler jamás confiaba en el juicio de ningún empleado. Incluso se permitía, aunque en secreto, poner en cuestión la opinión de sus señores respecto a su propio y agudo entendimiento.

—Perfecto —dijo—. Necesitamos a alguien para ayudar en la cocina y la señorita Pappert te ha recomendado. ¿Has trabajado alguna vez en una cocina?

En sí, esa pregunta estaba de más porque ya había leído su cuaderno oficial de trabajo y sus diplomas. El día anterior se los había llevado un recadero.

Los ojos de la chica recorrieron la pequeña zona de estar, compuesta de sillas altas y labradas, y la estantería repleta de libros y carpetas. Durante un rato detuvo la mirada en las cortinas de la ventana, de color verde y drapeadas. La estancia donde vivía el ama de llaves estaba muy bien dotada y, al parecer, la había impresionado. Sin embargo, un leve parpadeo dejó entrever que Marie había atisbado su documentación sobre la mesa del escritorio. Por su mirada, parecía preguntarse a qué venían las preguntas si ya lo había leído todo.

—He estado empleada en una casa en tres ocasiones. Tenía que cocinar, lavar, preparar la comida y cuidar de los niños. Además, en el orfanato siempre tenemos que lavar la verdura, ir a buscar agua y hacernos la colada.

No, definitivamente no era una chica simplona. Tal vez incluso fuera demasiado espabilada. A Eleonore Schmalzler no le gustaban los empleados inteligentes porque no pensaban más que en su propio beneficio y no en el bienestar de la casa. Algunos eran capaces de llegar a la estafa. El ama de llaves recordó con incomodidad a aquel criado que durante años estuvo apartando vino tinto de los señores para luego revenderlo. Todavía hoy se reprochaba haberse dejado engañar por ese tunante.

—En tal caso, Marie, no va a costarte mucho adaptarte a tus tareas. Como ayudante de cocina dependes de la señora Brunnenmayer, nuestra cocinera. Sin embargo, el resto del servicio también puede encargarte cosas y tú debes obedecer. Te lo digo porque, por lo que sé, nunca has trabajado en una casa tan grande.

Se interrumpió un instante y escrutó a la chica. ¿La estaba escuchando? Tenía la vista fija en un dibujo al carbón que estaba colgado sobre el escritorio. Era un regalo de la señorita Katharina, que en la Navidad anterior había obsequiado a todos los empleados con un dibujo. Este mostraba la silueta de la fábrica, con los triángulos dentados de los lucernarios acristalados orientados al norte.

—¿Te gusta el cuadro? —preguntó en tono mordaz.

—Mucho. Con apenas unas líneas se ve de inmediato lo que se quiere mostrar. Me gustaría saber hacer algo así.

En los ojos castaños de la muchacha se adivinaba entusiasmo y anhelo, incluso le asomó una leve sonrisa en la cara. El ama de llaves se puso a la defensiva; era vulnerable a los deseos incumplidos, un defecto del que, a sus sesenta años, aún no había podido librarse. Además, nada más perjudicial para la tranquilidad de espíritu que se necesitaba para ese trabajo que rendirse al sentimentalismo.

—Mejor deja lo de dibujar en manos de la señorita. Tú, Marie, tienes mucho que aprender en esta casa, sobre todo en la cocina, donde se preparan comidas muy refinadas. Y también en otros aspectos, como el trato con los señores. Esta es una gran mansión y a menudo se celebran cenas y grandes reuniones, incluso un baile una vez al año. Para estos acontecimientos sociales debemos seguir unas normas estrictas.

Por fin asomó un poco de interés en el rostro de la muchacha. Aunque era avispada, saltaba a la vista que era bastante cándida y soñadora. Seguro que leía folletines y creía que el mundo estaba repleto de pasiones románticas.

—¿Un baile de verdad? ¿De esos con música y vestidos maravillosos?

—Eso es exactamente a lo que me refiero, Marie. Sin embargo, tú verás muy poco de todas esas cosas porque tu puesto está abajo, en la cocina.

—Pero cuando se sirva la comida…

—En las grandes ocasiones solo la sirven lacayos varones. Esta es otra cosa que debes aprender. Pasemos ahora a las cuestiones prácticas. Te propongo, para empezar, un trimestre con un salario de veinticinco marcos que se te abonarán en dos plazos: diez marcos al cabo de un mes y el resto, dos meses más tarde. Esto, claro está, siempre que demuestres tu valía.

Hizo una pequeña pausa para comprobar el efecto de sus palabras. La actitud de Marie era de indiferencia. No era ambiciosa. Eso era buena cosa. Como ayudante de cocina no podía esperar mucho más.

—Te daremos dos vestidos sencillos y tres delantales. Es obligación tuya mantener esta ropa limpia, pues la usarás a diario. Deberás llevar el pelo recogido y cubierto por un pañuelo, y tienes que tener las manos siempre limpias. Supongo que tienes calcetines y calzado. ¿Cómo andas de ropa interior? Enséñame lo que has traído.

Cuando la muchacha abrió el hatillo, Eleonore Schmalzler se dio cuenta de que tampoco en este aspecto estaba bien surtida. ¿Adónde iba a parar el dinero que se recogía en los días de fiesta para el orfanato? La chica disponía de dos camisas raídas, una muda, una enagua de lana con agujeros y un par de calcetines muy remendados. Carecía de calzado para cambiarse.

—Bueno, ya se verá. Si demuestras tu valía… Falta poco para Navidad.

En esas fechas había regalos para el servicio, casi siempre tela para ropa, cuero para zapatos o calcetines de lana. Al personal de rango superior se le obsequiaba también con pequeños recuerdos de la familia, como relojes, cuadros o cosas parecidas. Para la muchacha, siempre y cuando se lo mereciera, se podía apartar algo más porque necesitaba un abrigo de lana y un gorro. La indignación del ama de llaves contra el orfanato se avivó. Ni siquiera contaba con un chal. Habían dado por sentado que su nuevo patrón la dotaría con todo.

—Dormirás arriba, en el tercer piso, que es donde están las habitaciones del servicio. Siempre duermen dos mujeres en el mismo cuarto; tú lo compartirás con Maria Jordan.

Marie, que estaba anudando de nuevo el hatillo, se detuvo horrorizada.

—¿Con Maria Jordan? ¿La doncella? ¿La que lleva un broche con la silueta de una mujer?

Eleonore Schmalzler sabía que la señorita Jordan no era una compañera de habitación agradable. Pero esa chiquilla no tenía derecho a expresar sus deseos en este sentido.

—Ya la conoces. Maria Jordan es una persona muy bien considerada en esta casa. Pronto verás que una doncella personal disfruta de la confianza de su señora, por lo que su posición entre los empleados es muy elevada.

En realidad, incluso ella a veces había sentido envidia de la señorita Jordan, que no solo era la doncella de la señora sino también de las dos señoritas. Eleonore Schmalzler había sido doncella en otros tiempos y sabía de la intimidad que conllevaba ese cargo.

La pequeña figura que permanecía delante del ama de llaves se incorporó y, al erguir los hombros, su tamaño pareció mayor.

—Disculpe, pero no quiero dormir en la misma habitación que Maria Jordan. Antes prefiero hacerlo en la buhardilla, con los ratones. O en la cocina. En el peor de los casos, incluso en el entresuelo.

Eleonore Schmalzler tuvo que reprimirse. Jamás había visto tanta desfachatez. Una criatura andrajosa, medio muerta de hambre, recién llegada del orfanato y sin nada que ofrecer salvo malas referencias se atrevía a poner condiciones. Hacía unos instantes, el ama de llaves había sentido una especie de compasión por la pequeña; ahora, en cambio, estaba escandalizada ante tanta arrogancia. Claro que esto ya estaba en sus referencias: arrogante, descarada, obstinada, perezosa, desobediente... Lo único que no parecía ser era insidiosa, aunque con lo demás era suficiente. A Eleonore Schmalzler le hubiera encantado enviar a la muchacha de vuelta al orfanato. Pero había un problema: por algún motivo, la señora quería contratar a esa chica.

—Ya se verá —repuso en tono seco—. Y otra cosa, Marie. Como sabes, la señorita Jordan se llama Maria. Por eso en esta casa te daremos otro nombre, para evitar malentendidos.

Marie apretó el segundo nudo de su hatillo con tanto ahínco que los nudillos de las manos se le pusieron blancos.

—Te llamaremos Rosa —decidió el ama de llaves. En otras circunstancias le habría dado a escoger entre dos o tres nombres, pero esa muchacha no merecía tales atenciones—. Eso es todo por el momento, Rosa. Ahora vete a la cocina, que haces falta ahí. Más tarde Else te mostrará las habitaciones y te entregará la ropa y los delantales.

Se dio la vuelta. Luego se acercó a la ventana y apartó un poco la cortina. Ya habían llegado. En ese momento, Robert estaba ayudando a la señorita a apearse del vehículo; la señora ya estaba en la escalera que llevaba al porche. Ya no hacía tanto frío, porque la señorita se había quitado el abrigo y Robert se había hecho cargo de la prenda, una tarea que llevaba a cabo con total entrega. Schmalzler suspiró. Iba a tener que hablar con ese joven. Era habilidoso y tenía posibilidades de ascender, tal vez incluso de ser mayordomo. Solo podía confiar en que los rumores que corrían entre el servicio no fueran ciertos.

—¿Else? Dile a la cocinera que las señoras ya están aquí. Que prepare café y el tentempié habitual.

—Sí, señorita Schmalzler.

—Aguarda un momento: luego ve al guardarropa, saca las prendas para la nueva chica de la cocina y enséñale su cuarto. Dormirá con Maria Jordan.

—Sí, señorita Schmalzler.

El ama de llaves había salido al pasillo para dar esas últimas órdenes. En la cocina reinaba la típica confusión que precedía a una cena festiva. La cocinera poseía muy buen carácter, pero cuando estaba ocupada tenía muy malas pulgas. En ese instante, el aviso de Else tuvo una acogida brusca, pero el ama de llaves sabía que el café y los tentempiés estarían listos a tiempo. Regresó de nuevo a su estancia y, para su asombro, se encontró allí a Marie, bueno, a Rosa, que es como se tenía que llamar a partir de ahora.

—¿Qué haces aquí?

La muchacha llevaba el hatillo al hombro y tenía una expresión extraña. Parecía herida y, a la vez, increíblemente entera.

—Lo siento mucho, señorita Schmalzler.

El ama de llaves la miró irritada. Esa chica era desconcertante.

—¿Qué es lo que sientes, Rosa?

Marie inspiró, como si fuera a levantar un objeto pesado. Alzó un poco la cabeza y frunció los ojos.

—Quiero que me llamen por mi nombre. Me llamo Marie. No Maria, como la señorita Jordan. Además, trabajo en la cocina y no creo que la señora quiera nunca nada de mí. Si necesita algo, llamará a su doncella y no a la chica de la cocina. Es imposible que nadie nos confunda.

Había expresado sus argumentos en voz baja y sin dejar de sacudir la cabeza. Aunque de forma queda, había hablado con fluidez y firmeza. El ama de llaves le dio la razón para sus adentros, pero no podía tolerar una osadía como esa.

—¡Es una decisión que no te corresponde tomar a ti!

Era el colmo. La muchacha era una holgazana y no quería más que una excusa para seguir siendo alimentada en el orfanato en lugar de ganarse la vida.

—¿No lo entiende? —prosiguió la chica, ya en tono alterado—. Mis padres eligieron este nombre para mí. Lo pensaron con calma y dieron con ese nombre para mí. Marie. Es su legado, y por eso no quiero otro nombre.

Esa determinación tenía algo de desesperado, y Eleonore

26

Schmalzler conocía a las personas lo bastante como para darse cuenta de que esa chica no era ninguna holgazana, ni tampoco era obstinada sin motivo. Eso la tranquilizó. En cualquier caso, en lo que respectaba a sus padres sin duda fantaseaba. Era hija ilegítima, y seguramente jamás había visto a su padre.

El ama de llaves sabía que esa criatura sería difícil de domar. Pero estaba también la voluntad de los señores.

—Bueno —dijo obligándose a esbozar una sonrisa—. De momento, lo intentaremos con tu nombre de verdad.

—Se lo agradezco, señorita Schmalzler.

¿Se estaba regocijando? No. Solo parecía infinitamente aliviada.

Al cabo de unos segundos añadió:

—Muchas gracias.

Hizo algo así como una pequeña reverencia; luego se dio la vuelta y por fin regresó a la cocina. El ama de llaves entonces dejó escapar un suspiro apenas contenido.

Ese espíritu díscolo tenía que ser doblegado, se dijo. Seguro que la señora sería de la misma opinión.

3

—Por favor, Elisabeth. Estoy agotada, y además tengo jaqueca.

Katharina se había tumbado en la cama, vestida aún con el conjunto de color verde claro. Se había soltado el pelo y se había quitado los botines. Hacía años que Elisabeth conocía los estados de humor de su hermana. En su opinión, era la embaucadora perfecta y solo quería ser el centro de atención.

—¿Jaqueca? —preguntó en tono frío—. Bueno, Kitty, entonces quizá deberías tomarte unos polvos.

—Me dan calambres en el estómago.

Elisabeth se encogió de hombros mostrando indiferencia y se sentó delante del espejo, en la pequeña butaca tapizada de azul claro. En el tocador de su hermana imperaba un desorden de frascos, pinzas de cabello, peines de carey, borlas y demás accesorios. Por mucho que Auguste pusiera cada cosa en su lugar, Katharina volvía a desordenarlo. Así era su alocada hermana.

—Solo quería comentarte una cosa que me ha dicho Dorothea. Parece ser que anteayer por la noche coincidió con Paul y contigo en la ópera. ¿Te acuerdas?

Elisabeth se inclinó hacia el espejo, como si se estuviera recolocando un mechón rubio en el peinado, aunque en realidad estaba muy pendiente de la reacción de su hermana. Por desgracia, eso no le sirvió de mucho. Katharina tenía la mano en la frente y había cerrado los ojos. No parecía dispuesta a entrar en la conversación.

—Tuvo que ser una función muy bonita...

Entonces su hermana reaccionó, se apartó la mano de la frente y miró a Elisabeth. Esas bobadas, como la música o la pintura, siempre le quitaban la jaqueca.

—Fue fabulosa. La cantante que hacía el papel de Leonore era excelente. *Fidelio* es una historia tan emocionante, y esa música...

Elisabeth atizó un poco más el entusiasmo de Katharina para después maniobrar con decisión hacia su objetivo.

—Así es, ahora lamento no haberte acompañado.

—La verdad, Lisa, no entiendo cómo pudiste dejar pasar una maravilla como aquella. Y eso que tenemos palco. Ese rechazo tuyo por los conciertos y la ópera...

Elisabeth sonrió satisfecha. Katharina se había incorporado en la cama y no mostraba el menor signo de jaqueca mientras hablaba sin cesar del vestuario y la escenografía. Esa alocada hermana suya incluso había hecho algunos dibujos.

—Dorothea dice que durante la pausa tuvisteis visita en el palco...

Katharina frunció el ceño como intentando acordarse, algo que Elisabeth interpretó como un gesto de fingimiento. Kitty sabía muy bien quién había ido a saludarla.

—Sí, es cierto. El teniente Von Hagemann se acercó a saludar. Había oído que Paul estaba en Augsburgo el fin de semana y encargó champán. Fue un detalle por su parte.

Entonces, era cierto. De pronto Elisabeth vio su imagen reflejada en el espejo. Su rostro resultaba poco agraciado cuando estaba nerviosa: las mejillas se le veían carnosas y los labios se le afinaban.

—Así que el teniente Von Hagemann fue a saludar a Paul. Sin duda, un detalle muy considerado.

Incluso ella notó la falsedad que había en sus palabras, pero se sentía demasiado enojada para fingir bien.

—Bueno, Lisa —dijo Kitty, y volvió a hundirse en la almohada—, a fin de cuentas son compañeros de estudios.

En cierto modo, porque Paul era dos años mayor que Klaus von Hagemann y jamás habían compartido pupitre. Solo habían estudiado en el mismo liceo. Por otra parte, aunque Paul había pasado mucho tiempo con sus amigos durante el fin de semana, Klaus von Hagemann no formaba parte de su círculo.

—Dorothea me ha contado que hablaste mucho con el teniente. ¿Es verdad que en el segundo acto se quedó en el palco sentado a tu lado?

Katharina había vuelto a ponerse la mano en la frente, pero entonces levantó la cabeza para mirar escandalizada a Elisabeth. Por fin lo había entendido.

—Si insinúas que Klaus von Hagemann y yo...

—¡Sí, eso es lo que hago!

—¡Eso es ridículo!

La mirada de Katharina era de indignación, mostraba una arruga en la frente y tenía los labios fruncidos. Elisabeth constató que, incluso enfadada, su hermana era hermosa. Los ojos levemente inclinados, la nariz pequeña y los labios redondos conferían un enorme atractivo a su rostro triangular. Además, tenía una melena espesa de color castaño oscuro que adquiría un delicado tono cobrizo cuando le daba la luz. Ella en cambio era rubia, a secas, sin ninguna gracia. Un rubio ceniza, mate, pajizo. Era desesperante.

—¿Ridículo? —exclamó Elisabeth fuera de sí—. En toda la ciudad no se habla de otra cosa. Katharina la encantadora, la deliciosa hada de rizos castaños, la reina de la próxima temporada de bailes. Y ahora ha cautivado también al teniente Von Hagemann, ese joven inteligente y circunspecto, el que estuvo todo un año cortejando a su hermana...

—¡Basta ya, Lisa! No hay nada de cierto en todo eso.

—¿Que no hay nada de cierto? ¿Me estás diciendo que Klaus von Hagemann no estuvo a punto de pedir mi mano?

—Yo no he dicho eso. ¡Oh, mi cabeza!

Katharina se presionó las sienes con las manos, pero Elisabeth estaba demasiado enfadada para tener la más mínima consideración. ¿Acaso a alguien le interesaba cómo estaba ella? Tal vez ella también tuviera noches de insomnio y jaquecas, pero en esa casa tal cosa no interesaba a nadie.

—¡Jamás te lo perdonaré, Kitty! ¡Nunca! ¡Jamás en la vida!

—Pero, Lisa, yo no he hecho nada. Se sentó entre Paul y yo, eso fue todo. Y luego hablamos de música. Entiende mucho de música, Lisa. Yo me limité a escucharlo. Nada más. Te lo juro.

—¡Menuda mosquita muerta! ¡Si Dorothea vio cómo te reías y flirteabas con él!

—Eso es una mentira infame.

—¿Toda la gente en el teatro lo vio y pretendes decir que miento?

—Mira, Lisa, solo estuvimos hablando. Y no olvides que Paul estuvo presente todo el rato.

Elisabeth se dio cuenta de que había ido demasiado lejos. Seguro que Doro, maliciosa como era, había exagerado. ¡Cómo podía haber sido tan tonta de hacer caso de esos chismorreos! Se miró en el espejo. Este tenía un marco dorado estrecho y era de tres piezas, por lo que mostraba su expresión airada por delante y dos veces de perfil. ¡Santo Dios! ¡Qué fea era! ¿Por qué la vida era tan injusta? ¿Por qué le había regalado a su hermana pequeña un rostro angelical y atractivo, aunque tuviera jaqueca o se enfadara?

—Es mentira, Lisa —siguió Kitty con una desesperación torpe—. Dorothea es una chismosa, ¿cómo puedes creer las cosas que dice? Si todo el mundo sabe que ella...

Un golpe en la puerta la interrumpió. Katharina se calmó de inmediato, pero su madre ya había oído su voz nerviosa desde el pasillo.

—¡Kitty! ¿Qué ocurre? El doctor Schleicher te ha recomendado no exaltarte.

—No es nada, mamá. Estoy muy tranquila.

Alicia Melzer conocía a sus hijas. Volvió entonces la mirada hacia Elisabeth, que se había apresurado a coger la borla de la polvera y se la estaba pasando por la cara.

—Lisa, sabes que no debes provocar a tu hermana. Kitty apenas ha dormido en toda la noche.

—Lo siento mucho —dijo Elisabeth con dulzura—. Solo intentaba animarla un poco. Eso es todo.

Katharina confirmó su versión. No era una chivata; eso no se le podía recriminar. Jamás había traicionado a su hermana mayor.

Alicia Melzer suspiró.

—¿Por qué no os habéis cambiado aún? En un momento van a servir el almuerzo.

Mamá llevaba un vestido largo de seda azul oscuro y un collar de perlas atado en un nudo a la altura del pecho. Aunque tenía más de cincuenta años, su aspecto seguía siendo adorable. Tan solo su cojera, causada por la rigidez de su tobillo, provocaba asombro de vez en cuando. Elisabeth habría dado cualquier cosa por ser tan delgada como su madre, pero el destino había querido que se pareciera más a su familia paterna, por lo que era rechoncha y ancha de caderas. Incluso con el ampuloso vestido de mañana, una prenda de encaje y con cola cosida, su figura carecía de estética. En una ocasión Kitty, ese mal bicho, afirmó en broma que así vestida parecía un cubrecafeteras andante. Bueno, al menos ahora su hermanita tendría un defecto y es que, después de tumbarse en la cama vestida, el conjunto verde estaba arrugadísimo. La falda estrecha y la chaqueta larga con faldón corto estaban hechas con un brocado de seda brillante que papá compraba en la India.

—¿Almuerzo? —exclamó Katharina con un gemido—. Pero si esta noche tenemos cena de gala. ¿Cómo vamos a cenar si ahora tenemos que dar cuenta de un almuerzo?

—Tiene que ser así, Kitty. No podemos dejar solos al hermano de papá y a su esposa. Sería muy desconsiderado. Ya han anunciado que se marcharán después del almuerzo.

—Por suerte —se le escapó a Elisabeth.

Aunque su madre la reprendió con la mirada, ella sabía que esa partida también la alegraba. Papá tenía tres hermanos y cuatro hermanas, y, aunque todos habían formado una familia y habían traído hijos al mundo, ninguno había logrado ningún bien material digno de mención. Por eso sus visitas venían siempre acompañadas de peticiones de tal o cual suma, o bien tenían que ver con una intercesión. Johann Melzer era una persona muy respetada en Augsburgo. Su casa era frecuentada por hombres de negocios, banqueros, artistas y autoridades de la ciudad, y su esposa de noble linaje se encargaba de que todo el mundo se reuniera en un ambiente agradable e informal. Ella misma se dedicaba con abnegación a las damas; mientras, en el llamado «salón de los caballeros» se bebía vino de Madeira y coñac francés, el aire de la sala se volvía denso con los cigarros puros y los hombres hablaban de cuestiones comerciales que mezclaban con asuntos de índole personal. Ese día estaba prevista una de esas cenas y, ni que decir tiene, la asistencia del contable Gabriel Melzer y del rostro acongojado y el cabello canoso de su esposa habría resultado de lo más embarazoso. Aunque solo fuera por carecer de una vestimenta apropiada.

—Así que cambiaos de ropa, niñas. Nada ostentoso. Ya sabéis que la tía Helene solo tiene un vestido.

—Sí —comentó Elisabeth con una risita—. Y todas las mañanas le cose un cuello distinto y se piensa que con eso nos engaña.

En el rostro de Alicia Melzer se dibujó una sonrisa que reprimió de inmediato. A menudo los comentarios de Elisabeth eran irrespetuosos: esa muchacha tenía que aprender a comportarse.

—Bueno, tienen un hijo enfermo que les cuesta mucho dinero.

Elisabeth ladeó la cabeza, pero esta vez se reservó su opinión. Hoy era un hijo enfermo; meses atrás había sido el aval desafortunado a un amigo, luego un incendio en la cocina y los tremendos daños que provocó… Una y otra vez los parientes de papá encontraban motivos para sacarle dinero al bolsillo de Johann Melzer. De todos modos, en ese aspecto la parentela de mamá no era muy diferente, aunque tenían mejores modales. Al menos cuando estaban sobrios. Por otra parte, necesitaban sumas más altas porque vivían a lo grande y sus deudas eran acordes. En general, la familia era gente muy incómoda; no había ninguno que Elisabeth prefiriera ver de cara que de espalda.

—¿De verdad tengo que asistir al almuerzo, mamá? —gimió Katharina—. Estoy muy cansada y me gustaría echarme un rato. Ya sabes que el doctor Schleicher me ha dado esas píldoras para que pueda dormir.

Alicia ya estaba en la puerta. Vaciló un momento, pensando si el bienestar de su hija enferma estaba por encima de los modales y las convenciones sociales, en particular respecto a los parientes pobres de su marido. Al final vencieron la cortesía y la disciplina frente a sus impulsos maternales. También Katharina tenía que aprender a comportarse. Sobre todo ella.

—No alargaremos mucho el almuerzo, Kitty. Luego podrás tumbarte tranquilamente. Haré venir a Maria, así te cambiarás más rápido. Elisabeth, ponte el vestido marrón de mangas abombadas. En cuanto a ti, Kitty, me gustaría que llevaras el gris oscuro, ya sabes, ese con bolero corto y botones de nácar.

—Sí, mamá.

Elisabeth se levantó de mala gana y se marchó a su dormitorio. Maria, cómo no, iría a ayudar a su hermana a cambiarse de ropa, pero ella tendría que apañárselas sola. A lo sumo, Maria entraría un momento para arreglarle el peinado. Saltaba a la vista que una sola doncella para tres mujeres era insuficiente. Además, la buena de Jordan tenía más de cuarenta años y su idea de la moda era tan anticuada como la de mamá. De todos modos, para qué solviantarse: en cuanto se casara, tendría doncella propia.

El vestido marrón tenía ya tres años. Mamá lo había encargado para ella cuando tenía diecisiete. En su opinión, el marrón combinaba muy bien con el cabello rubio de Elisabeth. Ella, sin embargo, no compartía su punto de vista. El marrón era un color aburrido, insulso como un montón de tierra. Con ese vestido nadie reparaba en ella, y esas mangas anticuadas y enormes no mejoraban en nada su aspecto. Aunque para el contable Gabriel Melzer y su insípida esposa era más que suficiente.

Maria ya había sacado el vestido del guardarropa y lo había llevado a su habitación; ella solo tenía que quitarse el de la mañana y meterse en esa monstruosidad marrón. Entonces surgió un nuevo fastidio: el dichoso vestido le quedaba estrecho y le costó embutirse en él. En realidad, debería haberse apretado más el corsé, pero sin la ayuda de Maria eso no era posible. Además, esa noche, para la cena de gala, debía ponerse el vestido de terciopelo verde oscuro, y se lo tendría que apretar tanto que se ponía mala solo de pensarlo.

—¿Señorita? ¿Me permite arreglarle el pelo en un momento? ¡Oh, vaya, qué bien le sienta el vestido!

Maria Jordan la miraba sonriente. Era la doncella perfecta. Siempre amable, reservada, y hacía que los halagos más absurdos resultaran creíbles en sus labios. A Elisabeth le bastaba con mirarse en el espejo para darse cuenta de que parecía un embutido relleno. En todo caso, resultaba agradable oír el cumplido de Maria, sentarse ante el espejo en el taburete tapizado con una pose graciosa y abandonarse en las manos expertas de Maria.

—Recójalo solo un poco. Esta tarde la necesitaré sobre las cinco.

—Muy bien, señorita. ¿Ponemos el lazo marrón?

—No, nada de lazos, Maria. Así está bien. Gracias.

—Como quiera, señorita.

¿No era injusto que precisamente ella fuera propensa a engordar? Mamá jamás había estado gorda y aún conservaba la silueta de cuando era una muchacha. En una ocasión, para asombro de sus hijas, les mostró un vestido de cuando era joven, un traje anticuado de color rojo oscuro con falda abombada y ribete de puntas que guardaba porque era el que llevaba el día que conoció a papá. Aunque a Elisabeth ese vestido le pareció horrible, a mamá le quedaba como un guante, igual que en su tiempo. Pese a haber tenido tres hijos, había conservado su figura.

En el pasillo vio a Kitty, que en ese momento bajaba la escalera a paso ligero y parecía suspendida en el aire, como si anduviera sobre nubes. De hecho, esa criatura extraña solía estar ensimismada. Pero era delgada y tenía una figura de ensueño que parecía sacada de una revista de moda. Aunque a Kitty le traía sin cuidado el vestido que llevaba y el recogido de su cabello. En cambio, había expresado su deseo de ir a París para aprender a pintar con el caballete en la calle, tal y como estilaban los jóvenes pintores allí. En esa ocasión mamá supo mantener la compostura, como siempre, pero papá se enfadó muchísimo y la llamó «gansa, tonta e ingrata».

Elisabeth siguió a su hermana hasta el primer piso. Las alfombras gruesas del pasillo y la escalera amortiguaban sus pasos, de modo que Katharina no la oyó. Aunque, de todos modos, estaba en las nubes. Elisabeth pensó que su hermosa hermana esa noche también asistiría a la cena. Los Von Hagemann, buenos conocidos de su madre, estaban invitados junto con algunos amigos de su padre que eran hombres de negocios. Notó que el corazón se le aceleraba. Tal vez fuera porque el vestido le oprimía a la altura del pecho, o quizá porque el teniente Klaus von Hagemann, que acompañaría esa noche a sus padres, por fin se declararía.

Else le abrió la puerta del comedor. Parecía que esa criada algo mayor sería la encargada de servir el almuerzo. A fin de cuentas, por esa parentela pobre no merecía la pena importunar a Robert, que tendría que servir por la noche vestido de librea y con guantes blancos. Elisabeth saludó a los invitados con cortesía y se disculpó por su retraso. Había llegado la última y solo entonces los demás se sentaron a la mesa. Else apareció con la sopa. Caldo de ternera con huevo cuajado. Elisabeth dirigió una mirada maliciosa a Katharina, pues sabía que su hermana odiaba la sopa y apenas comía carne.

—Kitty, querida, ¿cómo te encuentras? —preguntó la tía Helene—. Pareces cansada.

Katharina removía absorta la sopa y Elisabeth reparó en que incluso tenía los párpados medio entornados.

—¿Kitty?

La muchacha se sobresaltó y abrió los ojos.

—Discúlpeme, tía. ¿Qué decía usted?

Mamá frunció el ceño y su mirada penetrante espabiló a Katharina, que sonrió avergonzada.

—Decía que pareces cansada, cariño —repitió la tía Helene.

—Oh, perdonadme, estaba distraída. Hoy me siento cansada.

—Eso es lo que decía —insistió la tía Helene un poco irritada.

Elisabeth reprimió un ataque de risa, pero mamá intervino para explicar que la pobre Katharina apenas había podido pegar ojo en toda la noche. La tía Helene fingió comprensión y empezó a hablar de su propio insomnio, que relacionó hábilmente con su preocupación por la familia. Eso le permitió volver a la historia del hijo enfermo, de los medicamentos caros y de los médicos, de los que una nunca sabía qué pensar. Según ella, se pasaban el día prescribiendo todo tipo de tinturas y píldoras, pero solo Dios sabía si con tales cosas uno recuperaba la salud.

—Todos debemos plegarnos ante los designios del Señor —corroboró Alicia en tono amigable.

Elisabeth sabía que su madre lo decía de corazón; eran una familia cristiana y todos los domingos iban a misa en la abadía de San Ulrico y Santa Afra.

—Es una lástima que nuestro querido Johann no haya tenido tiempo para comer con nosotros —se lamentó la tía Helene de forma cortés—. No puede ser saludable pasarse todo el día en la oficina, sin ni siquiera tomarse un respiro para el almuerzo.

Elisabeth sabía muy bien que la ausencia de papá molestaba a su madre. Era muy típico de él refugiarse en el trabajo y dejar la visita de los parientes molestos para su mujer y sus hijas. Evidentemente, Alicia Melzer no dejó entrever su enojo. En lugar de ello, dio la razón a la tía Helene con un suspiro muy bien fingido y lamentó la entrega de su marido al trabajo. Explicó que, de hecho, era como si estuviera casado con su fábrica, que acudía ahí a primera hora de la mañana y no pocas veces regresaba a la mansión cuando ya estaba oscureciendo. Sobre él recaía toda la responsabilidad, y era preciso sopesar todas y cada una de las decisiones comerciales; cualquier fallo en las salas de fabricación podía dar al traste con un pedido importante.

—¡Qué se le va a hacer! El bienestar exige trabajar sin descanso —dijo con una sonrisa elocuente mirando al tío Gabriel.

Este se sonrojó: era sábado y debería estar en la oficina.

Quizá le había contado alguna mentira a su patrón. En una ocasión papá había dicho que el tío Gabriel era un empleado poco fiable.

Elisabeth lo vio venir. A Katharina se le escurrió la cuchara, que cayó en el caldo de ternera y, a su vez, con el mango decorado con un monograma, golpeó la copa llena de vino. Esta se volcó, se rompió y el vino se desparramó por el mantel. El tío Gabriel hizo un gesto rápido para sostener la copa, pero el puño almidonado se le quedó prendido en el plato de sopa, por lo que todo el contenido fue a parar al regazo de su esposa. Pocas veces se había visto una sucesión tan lamentable de acciones embarazosas.

—¡Else! Trae trapos limpios. Auguste, acompaña a la señora Melzer a la habitación de invitados. Va a tener que cambiarse de ropa.

Elisabeth estaba paralizada: era demasiado divertido ver cómo la tía Helene se sacudía la falda mientras Katharina no dejaba de disculparse.

—Yo… lo lamento tantísimo, tía Helene. Soy tan torpe. Te regalaré uno de mis vestidos.

Cuando Auguste le abrió la puerta del comedor a la pobre tía, se oyeron las voces en la cocina. Fanny Brunnenmayer estaba tan enfadada que se le entendía cuanto decía.

—Eres lo más tonto que he visto en mi vida. ¡Inútil! ¡Virgen santísima! ¡Cómo es posible que exista tanta tontería junta!

Alicia Melzer hizo una señal a Auguste para que cerrara la puerta cuanto antes.

—Es la nueva chica de la cocina —dijo a Gabriel Melzer a modo de disculpa—. Aún tiene que acostumbrarse a todas sus tareas.

4

Era cosa de brujas. Reinaba un orden aleatorio de cacerolas y fuentes, un caos de lomos de venado de intenso color rojo, pichones desplumados y destripados, pancetas, filetes rosados y pechugas de pollo adobadas. Y entre ellos, toda suerte de verduras: acelgas, cebollas, chalotas, zanahorias, apios, así como manzanas, un manojo de perejil, eneldo, cilantro…

—¡Otra vez en medio! ¡A los fogones! ¡Atiza el fuego, pero no demasiado! ¿Qué te acabo de decir? ¡Apártate del horno o lo echarás todo a perder!

Marie iba de un lado a otro. Traía tal o cual cacerola, llevaba platos y cucharas, iba a por leña para el fuego, lavaba fuentes y cuchillos, pero, hiciera lo que hiciese, siempre estaba mal.

—¡No! El recipiente de la nata no, tontina. Quiero el del caldo, ese de ahí. Pero estate atenta. ¡Rápido, que si no la salsa se me pasa!

Tardaba demasiado. Si buscaba algo, se equivocaba varias veces y cuando por fin le entregaba a la cocinera lo que le había pedido, esta ya se las había apañado de otro modo. Esa cocina era como un mar en plena tormenta: la mesa donde estaban dispuestas las cacerolas y las fuentes parecía la cubierta de un barco balanceándose en plena tempestad.

—Ve con cuidado con los pichones. Sé delicada, no vayas

a romperles las alas. Y mete las plumas en una bolsa para que no salgan volando por todas partes. ¡Virgen santa! Pero ¿qué te acabo de decir?

Alguien había abierto una ventana y los pequeños plumones blancos y grises de pichón se elevaron en el aire, dibujando una especie de vals de copos de nieve sobre la larga mesa hasta que se posaban delicadamente sobre las cacerolas y los platos, mientras Marie saltaba de un lado a otro intentando atrapar al menos las plumas grandes. Luego tuvo que retirarlos del lomo de venado mechado, de la crema de frambuesa, del pescado fileteado y, sobre todo, de la *mousse* de chocolate sobre la cual se habían acumulado en masa.

—¿Y bien? ¿Cómo le van las cosas a nuestra pequeña Marie? —La voz maliciosa de la señorita Jordan sonó desde la puerta de la cocina.

—Meta la narizota en sus propios asuntos —bufó la cocinera—. ¡Y largo de la cocina, que si no la nata se me agría!

Era imposible complacer a la cocinera, sobre todo porque esta era incapaz de decir con exactitud qué era lo que necesitaba. Para ser una buena ayudante de cocina era imprescindible conocer el plan que la cocinera tenía en mente, y se dejó llevar sin que esta fuera consciente de ello. Todo lo que hacía, obedecía a ese plan, y Marie tenía la impresión de que era perfecto. Cada tarea tenía un único momento adecuado, y al final, de aquel caos de cacerolas y platos, de esa comida a medio cocinar, cruda o ya preparada, surgiría un todo magnífico: la cena de ocho platos que se serviría a las seis en punto.

Crema de puerros con nata, pescado, pichón con miel, apio en salsa de Madeira, lomo de venado con arándanos rojos, helado, pastel de espuma de frutas y queso. Después de esto, café y té. Pastitas de almendra. Licores.

Había un montacargas que llevaba los platos desde la cocina hasta el pasillo del primer piso, situado justo al lado del comedor. Marie solo había atisbado a Robert, cuando se asomó a la cocina para preguntar algunas cosas sobre el vino. Las respuestas de la cocinera fueron entre desabridas y nulas, y al final él se había marchado. Aun así, Marie había podido ver su librea de rayas negras y azules con los botones dorados y sus impecables guantes blancos.

¡Menuda mansión! ¿Cómo se le había podido ocurrir marcharse ya el primer día? Sin duda, habría cometido el mayor error de su vida. ¡Santo cielo! ¡Jamás había visto tanta riqueza, tanta variedad de comida! Los habitantes de la mansión nadaban en la abundancia. Nada era demasiado caro y solo lo mejor era bueno. Pichones. Salsa de Madeira. Tres tipos de pescado asado. Veinte o treinta huevos no eran nada. La yema se batía hasta convertirse en espuma, se mezclaba con azúcar y se dejaba con delicadeza en el horno. En una base de bizcocho se aplicaba crema de mantequilla, sobre la que se esparcía fruta y luego la masa de espuma. Marie se había quedado varias veces quieta mirando, como si al hacerlo pudiera hacer suyas esas delicias, dejar entrar en su cerebro todas las recetas y retenerlas ahí. Como si pudiera crear un recetario íntimo, igual al que la cocinera tenía en la cabeza. Sin embargo, también había recetas que Fanny Brunnenmayer mantenía en secreto, por eso hizo salir a Marie y la mandó a buscar leña para el horno. En cuanto estuvo de vuelta con los troncos, la comida ya estaba preparada.

Uno tras otro, los platos iniciaron su trayecto hacia el comedor. Una campanilla anunció a Robert que abajo todo estaba dispuesto. Entonces él tiró de las cuerdas e hizo subir las bandejas y las fuentes cubiertas con tapas plateadas. Entretanto, en la cocina disponían el siguiente plato a toda velocidad. En algunos casos, las pausas entre plato y plato fueron muy breves; en otros, los señores alargaron la charla, para desesperación de la cocinera, preocupada por la carne, las verduras delicadas y el helado, que ya estaba preparado y empezaba a derretirse. Solo cuando el último plato, una bandeja de quesos con *bretzel* recién hechos y fruta, inició su ascensión, la cocinera se relajó. Fanny Brunnenmayer se desplomó en un banco, se sacó un pañuelo blanco del bolsillo del delantal y se apartó el sudor de la cara.

—Chica, acércame esa jarra. La grande. Sí, esa.

Tomó varios sorbos de cerveza, deleitándose y sin dejar de secarse la frente. Hasta que en su rostro se dibujó una sonrisa de satisfacción.

—No lo has hecho mal del todo, muchacha.

5

Elisabeth miraba con inquietud los tentadores restos del pastel que Robert retiraba en ese momento para sustituirlo por varias cestas de frutas artísticamente dispuestas: uvas moradas que refulgían a la luz de las velas, naranjas asadas y manzanas cortadas en rodajas que luego se habían vuelto a juntar. Y todo acompañado de albaricoques y almendras dulces. Se decidió a comer al menos una rodaja de manzana mientras renunciaba, casi de forma heroica, al queso y el pastel.

—Una vez más, ha sido una cena exquisita, querida señora Melzer —dijo su acompañante de mesa.

Desde su asiento, Klaus von Hagemann dirigió una leve inclinación de cabeza a la anfitriona, que aceptó el cumplido con una sonrisa.

—Me parece que mi madre ya está pensando en cómo hacerse con esa magnífica cocinera —observó divertido, volviéndose a Elisabeth.

Elisabeth saboreó su rodaja de manzana. Disfrutó haciéndole esperar su respuesta unos segundos, sintiendo la mirada impaciente de sus ojos azules, notando su inseguridad sobre el acierto de su broma. Sonrió y respondió que la señora Brunnenmayer llevaba muchos años en la casa.

—Nuestra Brunnenmayer es como un diamante en bruto: por fuera es tosca y áspera, pero tiene un espíritu leal —comentó en tono alegre—. No abandonaría a su suerte a los Melzer ni por dinero ni por buenas palabras.

Él cogió su copa y, mientras tomaba un sorbo de vino tinto, su mirada se posó un instante en Katharina, que estaba inmersa en una charla con Alfons Bräuer. El hijo del banquero, un muchacho de espaldas anchas que solía ser muy parco en palabras, hoy hablaba por los codos sobre cualquier cosa que Katharina le comentaba. Era imposible saber si tenía el rostro encendido a causa del vino o la abundante cena, pero Elisabeth sospechaba que era la proximidad de Katharina lo que hacía que la sangre acudiera a las mejillas de aquel desdichado.

—En ese caso, puede usted sentirse afortunada —respondió Klaus von Hagemann a su lado—. La lealtad es una cualidad que se prodiga poco en estos días y, en cambio, es una de las mayores virtudes que puede tener una persona. ¿No le parece?

Ella se apresuró a darle la razón. Ciertamente, dijo, la lealtad era una gran virtud. Su padre siempre hablaba de lo importante que era que sus obreros fueran leales a la fábrica de paños Melzer.

Klaus von Hagemann hizo a un lado su copa con un gesto lento y tomó una cesta de frutas para ofrecérsela. Elizabeth, por cortesía, cogió una rodaja de naranja: era insufrible lo mucho que la señorita Jordan le había ceñido el corsé.

—Yo me refiero a la lealtad en el sentido puramente humano —dijo él, reflexivo, mientras dirigía la mirada hacia las llamas del candelabro de plata de cinco brazos—. Como la lealtad a un amigo, por ejemplo. O la de los padres hacia sus hijos. Pero, sobre todo, la lealtad en el matrimonio.

Elisabeth notó que su corazón latía contra las varillas del corsé. Había llegado el momento. Él se iba a atrever. No cabía duda: la miraba con una seriedad inmensa. Iba a declararse.

—Querida señorita, en mi opinión el matrimonio debería

descansar en dos elementos: el fuego y el hielo. Por un lado, la llama encendida del amor y, por el otro, la dulce constancia, la lealtad de por vida entre los cónyuges.

Elisabeth sintió un estremecimiento de placer, más aún cuando él dirigió una mirada rápida y algo tímida a su escote. Su pecho abundante era la única ventaja física que le sacaba a Katharina. ¡Oh, ella sabría atizar el fuego que él acababa de mencionar! ¡Ojalá pudiera ir por fin al grano!

—Le tengo a usted mucha confianza, Elisabeth —lo oyó decir en voz baja—, y creo que ha llegado el momento de confiarle algo que surge de lo más profundo de mi corazón...

Ella no esperaba que esa velada pudiera terminar de un modo tan feliz. Cierto que parte del mérito era de su madre, que había dispuesto los asientos en la mesa. Alicia Melzer era una mujer empeñada en dirigir el destino de sus hijas, y hacía tiempo que Elisabeth se había percatado de que los planes de su madre se correspondían con los suyos. Durante ese invierno, Katharina conquistaría muchos corazones y también rompería otros. Que lo hiciera... Elisabeth se sentía ya en el cénit de sus anhelos. ¡Qué tonta había sido haciendo caso de las habladurías de Dorothea! A lo largo de la velada, Klaus von Hagemann solo había tenido ojos para ella; habían hablado y reído juntos, habían intercambiado algunos comentarios divertidos y un poco picantes, y en dos ocasiones sus manos se habían rozado. Había llegado el momento. Ella contuvo el aliento. De todos modos, se dijo, la ocasión habría podido ser algo más íntima; sentados a la mesa, entre la cháchara de los invitados, manifestaciones como esas resultaban menos románticas de lo que una joven habría esperado. ¡Dios mío! Gertrude Bräuer, qué mujer tan imposible, explicaba ahora que el día anterior había tenido hipo durante más de una hora. Saltaba a la vista que la esposa del banquero Bräuer era de origen burgués y no sabía comportarse en sociedad.

—Hay momentos en la vida en que parece que la tierra se

detiene, querida Elisabeth. Recientemente sentí uno de esos momentos —prosiguió el teniente.

Justo entonces, Robert, el lacayo, le presentó la bandeja de quesos que estaba decorada con uvas, piñas y frutas escarchadas.

—Le recomiendo el roquefort, señorita —le susurró al oído en confianza—. Se dice que es delicioso.

Ella lo rechazó con un ademán y el sirviente pasó a ofrecer la bandeja repleta al teniente. Este no tuvo ningún remilgo y eligió con cuidado los que más le apetecían, acompañándolos con dos trozos de piña y un *bretzel* recién hecho.

El encanto previo se había desvanecido y Klaus von Hagemann dirigió en silencio su atención al plato y se hizo servir vino.

—Teniente, se ha interrumpido usted.

—Sí, es verdad —contestó él, distraído—. ¿De qué hablábamos?

—Decía usted que había experimentado un momento importante en su vida…

—En efecto. Sin embargo, ahora mismo no me parece oportuno, señorita. Discúlpeme.

La decepción de ella fue mayúscula. Ese cobarde se había echado atrás. Y todo por culpa de Robert, que los había interrumpido con esa estúpida bandeja de quesos. ¡Oh, en ese instante lo habría matado!

Entretanto, en la mesa las charlas languidecían y la cena estaba dejando paso a un leve sopor. Alicia se esforzaba por mantener una conversación sobre una cantante de ópera recién contratada que las señoras Von Hagemann y Bräuer consideraban divina. Tilly Bräuer, una muchacha larguirucha de diecisiete años, ataviada con un vestido de color vino de escote pronunciado que dejaba ver su piel blanca y unas clavículas muy marcadas, se atiborraba en silencio de roquefort y uvas dulces. Solo Katharina, que apenas había comido, parecía ajena al cansancio general; Elisabeth escuchó cómo le explicaba a su acompañante de mesa el principio del dibujo con tinta china. No acababa de entender cómo Alfons Bräuer era capaz de escucharla sin apartar un instante la mirada de ella, como si le estuviera leyendo el mismísimo Evangelio. Debía de ser por ese modo de hablar que tenía ella, sus ojos brillantes, el movimiento de sus labios gruesos, así como sus gestos vigorosos y, a la vez, encantadores. Elisabeth estaba convencida de que Alfons Bräuer habría dedicado la misma atención a los labios de su hermana si esta le estuviera leyendo el directorio de calles de Augsburgo.

—¿Y bien, caballeros? —dijo entonces su madre en tono jovial—. Ya veo que el humo y el tabaco los reclaman desde el otro salón. Por favor, no sean tan cumplidos. Las damas sabremos entretenernos muy bien sin ustedes.

—¡Así es! —exclamó el banquero Bräuer, que no veía el momento de librarse del parloteo incesante de su media costilla—. ¡Señora Melzer, sus deseos son órdenes para nosotros!

Los caballeros se levantaron y se dirigieron al salón precedidos por Johann Melzer, el dueño de la casa. El padre Leutwien, un hombre diminuto de pelo ralo y con gafas, se unió al grupo. Elisabeth no sentía mucha simpatía por ese cura, aunque no sabía decir muy bien por qué; tal vez fuese porque los cristales gruesos de las gafas hacían que sus ojos parecieran pequeños, lo cual le confería una expresión de desamparo. Sin embargo, en una ocasión en que él se había quitado las gafas para limpiárselas con el pañuelo de bolsillo, Elisabeth vio que sus ojos eran grises y de tamaño normal. Desde entonces ya no le parecía desamparado, sino más bien alguien que sabía lo que quería.

—En ese caso, me entregaré un rato al humo azulado —dijo el teniente Von Hagemann levantándose de su asiento—. Mi padre se sorprendería mucho si me quedara solo entre las damas.

Naturalmente, no había ninguna posibilidad de retenerlo. Se intercambiaron las cortesías habituales; cuando él abandonó la estancia, a ella le pareció ver auténtico pesar en su mirada.

El ritual siguió su curso. Robert se aproximó a Alicia Melzer para comunicarle que la otra sala ya estaba dispuesta. Ahora las damas pasarían al salón rojo, decorado al gusto de su madre. Ya solo el papel pintado de seda de inspiración oriental había costado una fortuna. El mobiliario estilo Luis XV estaba hecho en Francia y, como no podía ser menos, el pan de oro era auténtico. En ese lugar se solía obsequiar a las damas con café moca y bombones y pastas.

Sin embargo, las señoras no parecían muy dispuestas a interrumpir la encendida charla que mantenían sobre la aventura de una famosa dama con su chófer. En ese instante, la esposa del banquero daba a conocer unos detalles picantes, ajena a la mirada de espanto de su pobre hija Tilly. Alicia intentó calmar los ánimos con la ayuda de la madre del teniente, Riccarda von Hagemann, una invitada ideal que tenía el tacto que Alicia tanto echaba de menos en la esposa del banquero. Además, aunque la señora Von Hagemann tenía más de cincuenta años seguía conservando su belleza.

Entonces Elisabeth tuvo una ocurrencia; era apenas una posibilidad, pero resultaba prometedora. Se levantó, sonrió a su madre y abandonó el comedor. A nadie le extrañaría que se dirigiera al salón rojo; de hecho, bastaba con que ella hiciera el ademán para que la siguieran el resto de las damas. Aunque no de forma inmediata. Le quedaba un poco de tiempo para acercarse rápidamente al salón de los caballeros, preguntar por un libro y pedirle a Klaus von Hagemann que se lo llevara al salón rojo. Se trataba de algo del todo inocente, pues era donde se suponía que las señoras estaban tomando café moca. Si todo salía según su astuto plan, podría pasar unos instantes a solas con el teniente en el salón rojo. Y si él dejaba escapar esa ocasión, ella ya no podría ayudarlo más.

Se apresuró por el largo corredor, contenta de que aquella alfombra espesa amortiguara sus pasos. El salón de los caballeros estaba en el otro extremo; tenía que darse prisa y, a la vez, no llegar sin aliento, puesto que llevaba el corsé muy ceñido. ¿Qué libro le pediría? Mejor uno que fuera rápido de encontrar, una novela, *Robinson Crusoe*. Era inofensiva y estaba al alcance de la mano, en la hilera central de la librería acrista...

—Nunca en la vida he sentido algo tan en serio, señorita...

Aquella era la voz del teniente. ¿Tenía figuraciones acaso? Elisabeth se detuvo en medio del pasillo, con la respiración contenida y no sintiendo más que los latidos de su corazón.

—¿Acaso se burla de mí, Katharina? ¿Cómo puede ser tan cruel? Pongo en sus manos mi corazón, todo mi ser, y usted se ríe...

Elisabeth sintió un estremecimiento atroz en el pecho. Aquella era, a todas luces, la voz del teniente, y venía del salón rojo. ¿Cómo no se había percatado de que Katharina no estaba en el comedor? Se quedó quieta, temblorosa, apoyada en una cómoda de madera labrada, deseando oír más palabras. Unas palabras que sellarían su desgracia. Que asestarían una puñalada letal a su corazón.

—Siento como un incendio dentro de mí, Katharina. Es un rayo que me ha alcanzado de forma inesperada. Se lo tengo que decir porque, de lo contrario, moriré...

Entonces él pronunció las palabras que ella tanto había anhelado oír. Incluso las repitió, como si su interlocutora fuera sorda.

—Katharina, yo la amo. La amo perdidamente.

¿Y ella? ¿Respondía algo? ¿Se reía de él? ¿Lo rechazaba? ¿Cómo toleraba una declaración tan descarada? Elisabeth no oyó nada. En su lugar, la voz ronca e irritada del teniente le atravesó el oído.

—¡Tiene que ser mía!

Elisabeth notó que algo tibio le recorría las mejillas. Curiosamente, tenía el cuerpo rígido por el frío pero de los ojos le brotaban unas lágrimas calientes que se abrían paso por sus mejillas empolvadas, afeándole el rostro y ensuciándole el vestido.

—No tiene usted que responder ahora mismo, Katharina. Puedo esperar a que usted se lo piense bien y hable con sus padres acerca de mis pretensiones. Pero le ruego que no olvide que esperaré su decisión profundamente enamorado…

Elisabeth Melzer no pudo soportarlo por más tiempo. No era de las que se amedrentaba ante una afrenta como esa. Se secó las mejillas con el dorso de la mano, se sorbió los mocos y se retocó el peinado. Luego abrió la puerta del salón. ¡Qué escena tan ridícula! Kitty estaba sentada en una de las butacas con volutas y el teniente se encontraba arrodillado en la alfombra ante ella.

—¡Ah, Kitty, estás aquí! —exclamó—. ¡Te he estado buscando por todas partes!

Von Hagemann se levantó, hizo una discreta inclinación de cabeza y salió de la estancia pasando junto a ella.

Elisabeth hizo como si no lo viera.

6

—¡Apaga esa luz de inmediato! ¡Acuéstate! ¡Puedes desnudarte a oscuras!

Marie estaba agotada. Tras dos intentos fallidos, había dado por fin con su dormitorio. Primero había entrado en la habitación de Auguste y Else; luego, en un trastero lleno de cajas, baúles y muebles en desuso. Pero lo había encontrado; a pesar de la cofia de noche, la nariz afilada de la señorita Jordan se distinguía a la perfección.

—¿Estás sorda? ¡Apaga esa luz! ¡Ahora mismo!

Marie no tenía ninguna intención de hacerlo. Alumbró la pequeña alcoba; contempló las dos cómodas, el armario que tenían que compartir y la cama que le habían asignado. Eran muebles sencillos, buenos y duraderos, pensados para el uso del servicio. El suelo era de madera y delante de cada cama había una alfombrilla de colores hecha de retazos. Era fabuloso. Nunca antes había visto tanto lujo. Por si fuera poco, sobre la cama tenía un montón de ropa blanquísima: camisas, calzones con encaje, calcetines e incluso unas medias largas de lana. Había un par de zapatos de cuero que, aunque gastados, estaban en buen estado. Y también tres vestidos: uno de algodón, otro de franela y el tercero de lana. También le habían dado delantales. No eran tan bonitos como los delantales blancos con bordes de encaje de las doncellas; los suyos eran cuadrados y de tela áspera, pensados para el trabajo sucio de la cocina.

—¿No podrías mirar todo eso mañana por la mañana? —gruñó la señorita Jordan levantando un poco la cabeza.

No solo tenía la nariz puntiaguda: su mentón también era afilado. Sin duda, ese dormitorio era fantástico. Lo único que la estorbaba era esa mujer tan insidiosa. ¡Qué lástima que en la vida uno nunca pudiera estar del todo cómodo! Siempre había algún inconveniente.

—Lo pondré todo sobre mi cómoda y mañana lo colocaré en su sitio. ¿Hay retrete por aquí?

La señorita Jordan puso los ojos en blanco y gimió.

—Está al final del pasillo. Y cuando vuelvas, apaga la luz. A las cinco y media se acaba la noche.

—Cuando me acueste, apagaré la luz.

¿Qué se había creído esa mujer? ¿Que iría dando traspiés a oscuras por una habitación que no conocía solo para que su cura de sueño no se viera interrumpida? Pues bien, en ese caso la aguardaban muchas sorpresas. Andaba muy equivocada si creía que incluso ahí arriba podía dar órdenes a Marie. Muchos lo habían intentado y ninguno lo había conseguido. Al menos, no en los últimos tiempos. Antes sí. Antes había tenido que pasar por cosas horribles. Pero eso ya quedó atrás. Ella tomaba lo que le correspondía. Ni más, ni menos.

En el pasillo hacía frío. Se arrebujó en un mantón y lo recorrió hasta la puerta del fondo. El suelo de madera crujió con estrépito, como si todo un regimiento se dirigiera hacia el baño. La puerta estaba atrancada y primero pensó que alguien se le había adelantado. Luego probó suerte con un empujón decidido, y la lámpara casi dio contra la pared. El retrete era de porcelana y tenía al lado un cubo de lata lleno de agua. Tan solo la tapa de madera parecía un poco gastada y necesitaba un repintado. Se rio para sus adentros. Le divertía la idea de imaginar a la señorita Jordan sentándose en el aro recién pintado del retrete.

Echar agua al terminar también resultó ser muy ruidoso. Quien ocupase la habitación junto al retrete tenía que dormir como un tronco. Dejó la puerta entornada porque cualquier intento de cerrarla habría sido como un terremoto. Cuando se apresuraba a volver a su cuarto oyó un suave crujido. Se asustó, se detuvo y levantó la lámpara. Alguien había abierto una puerta.

—¡Así se te lleve el diablo! —siseó una voz—. Primero quieres todas las noches y luego te libras de mí de un plumazo.

Marie reconoció la silueta borrosa vestida con un camisón largo. ¿Auguste? ¿Antes no estaba en su cama?

—Lo siento...

Aquel no podía ser otro más que Robert. Marie tenía suficiente experiencia como para adivinar lo que ocurría ahí. Habían tenido una relación y parecía que había llegado el final. Al menos para Robert. Pobre Auguste.

—¿Que lo sientes? —voceó Auguste hacia la puerta—. No hace falta que lo sientas, Robert Scherer. Tú eres el que da pena. ¿Te crees que no nos habíamos dado cuenta de lo que te pasa? Desde que la señorita ha vuelto del internado tienes la mirada vidriosa. ¡Eres un bobo redomado! ¡Un insensato sin remedio!

—¡Cállate! ¡Largo!

—Acabarás en el hospicio. En la cárcel. ¡Por mí, que te cuelguen! ¡No pienso mover ni un dedo para ayudarte!

Marie sabía que tenía que marcharse de allí cuanto antes. En cualquier caso, antes de que la enojada Auguste la descubriera en el pasillo con la lámpara en la mano. ¿Cuál sería la puerta de su dormitorio? Tenía que ser la cuarta o la quinta del lado derecho. Avanzó con sigilo por el pasillo y entreabrió una puerta. Distinguió con alivio el mentón prominente y la cofia de noche de la señorita Jordan y se apresuró a cerrar tras de sí.

—La próxima vez utiliza el orinal —le espetó la señorita Jordan—. ¡Es muy desconsiderado despertar a media casa!

Marie estaba demasiado cansada para replicar. Hubiera preferido desnudarse a oscuras, porque le resultaba molesto hacerlo mientras esa mujer la miraba, pero dejó la luz encendida hasta que se hubo metido bajo las sábanas. ¡Santo cielo! La almohada era de plumas auténticas. El colchón era grueso y blando. Tenía una manta de lana e incluso un edredón, que, por cierto, pesaba como el plomo. Con todo, nunca antes había estado tan cómoda en una cama.

—¡Apaga esa luz!

Marie estaba tan entusiasmada que apagó la lámpara sin más. ¡Era una lástima tener que despertarse tan temprano! En esa cama ella habría podido dormir días enteros. Durmiendo y soñando. Desperezándose con fruición y recolocándose esa almohada tan blanda. Leyendo una novela tranquilamente, no como en el orfanato, a hurtadillas y debajo de las sábanas. Comiendo un panecillo acompañado de un café con leche. Permanecería tumbada ahí sin hacer nada, sintiendo ese calor agradable, con la mirada clavada en el techo y pensando en cosas bonitas.

Recordaría entonces el tiempo en que Dodo aún estaba con ella. Dodo era su amiga más querida en el orfanato. Nunca tendría una amiga igual. Dodo se metía en la cama con ella todas las noches con tanto sigilo que nadie se daba cuenta, lo cual no era de extrañar, ya que era un año más joven que Marie y estaba delgada como un alambre. Seguro que no engordaba más porque tenía siempre una tos muy fea. Cuando se arrimaba a Marie, Dodo tenía el cuerpo aterido de frío y pasaba un buen rato hasta que Marie conseguía darle calor. Lo más difícil era calentarle los pies. Se contaban historias en voz baja, hablándose al oído para no molestar al resto de las niñas del dormitorio. Eran historias enrevesadas, que les surgían en la cabeza como flores fantásticas; historias divertidas, tristes, estremecedoras y descabelladas. Cuando temblaban de frío o les entraba la risa se abrazaban con fuerza, y entonces Marie tenía la sensación de no estar tan sola. A veces también lloraban juntas, pero incluso aquello era bonito; luego se sumían juntas en el reino de los sueños mecidas por un mar de lágrimas cálidas. Con trece años, Dodo fue ingresada en el hospital. De ahí se la llevaron a una residencia para convalecientes en las montañas porque, al parecer, allí su tos mejoraría. Marie había preguntado a menudo por ella, pero nadie le supo dar razón alguna. También le había escrito varias cartas y se las había entregado a la señorita Pappert para que se las enviara por correo a Dodo. Nunca obtuvo respuesta. Habían pasado ya cuatro años. Tal vez la señorita Pappert no llegara a enviarlas.

¿Qué habría dicho Dodo de esta cama tan blanda? Marie se volvió hacia un lado y se imaginó a su amiga tumbada a su lado. Incluso le pareció que sentía el suave susurro de Dodo junto al oído. Sin embargo, cuando ese susurro se convirtió en un resuello y luego en un ligero silbido, se dio cuenta de que en la cama de al lado la señorita Jordan había comenzado su concierto nocturno. Dodo se desvaneció de nuevo, regresó al mundo de su imaginación y Marie escuchó el sonido que provenía de la cama vecina. Quien ha pasado sus noches en el dormitorio de un orfanato no tiene remilgos con los ronquidos. A Marie le parecía fascinante que no hubiera nadie que roncara del mismo modo. Había quien resoplaba; otros resollaban y emitían pitidos, y muchos hacían un ruido que parecía que fueran a ahogarse en cualquier momento. Otros, en cambio, chasqueaban los labios mientras dormían, e incluso los había que hablaban; y luego estaban los que se rascaban, se metían el dedo en la nariz o mordisqueaban la punta de la colcha.

La señorita Jordan pertenecía al grupo de los resopladores y silbadores, resultaba molesta pero soportable. Sin embargo, cuando Marie ya casi estaba dormida, ocurrió algo raro. Tras un estallido parecido al descorche de una botella, se oyó una inspiración profunda y abierta y una tos prolongada. A continuación, la señorita Jordan dio varias vueltas en la cama hasta que los silbidos y los resuellos empezaron de nuevo.

Marie se dijo que esa mujer debía de tener pesadillas. Cuando dormía, la garganta se le taponaba de algún modo y parecía que fuera a ahogarse. Pero eso no le hizo sentir lástima por la doncella. De hecho, para ella, Maria Jordan tenía bien merecido ese castigo nocturno. Se tumbó bocarriba y suspiró satisfecha. Ahí, en el tercer piso dormía el servicio: Auguste y Else, la señorita Schmalzler, la cocinera Fanny Brunnenmayer y Robert, el lacayo. Él debía de tener una alcoba para él solo. Tal vez la cocinera disfrutaba también de ese lujo. Era muy posible, ya que resultaba inconcebible que la señorita Schmalzler compartiera dormitorio con alguien. ¿Por qué no lograba dormirse? Seguro que era la única de la casa que seguía despierta. Sin duda, el cúmulo de novedades había sido excesivo. ¿De dónde salía esa tensión extraña, los crujidos en las paredes, el leve chasquido de la madera del armario? Marie siempre había tenido un oído muy fino para estas cosas; solía oír de lejos los pasos de la señorita Pappert cuando se acercaba para controlar el dormitorio. Incluso cuando todavía eran inaudibles, Marie los notaba, los presentía.

Tal vez… tal vez había ratones.

Se imaginó al señor Melzer, el industrial, durmiendo con su esposa mientras debajo del lecho los ratones correteaban de un lado a otro. Sonrió en la oscuridad al fantasear con que uno de esos ratoncillos saltaba de repente sobre la cama y olfateaba el pie de la señora. Esa mujer que la había mirado desde el automóvil y luego se había echado a reír. Qué raro era que la planta baja y el primer piso de aquella enorme mansión estuvieran vacíos por la noche. En la ciudad baja la gente se hacinaba en todas partes y no eran pocos los que tenían que compartir lecho; también en el orfanato algunas niñas tenían que pasar la noche en la sala de día. Pero allí, en cambio, la gran cocina estaba vacía, la sala del ama de llaves estaba desocupada, e incluso los hermosos salones del primer piso, que ella aún no había visto, permanecían vacíos. Según le había avanzado Auguste, al día siguiente por la mañana recorrerían juntas toda la casa para encender las estufas; así podría ver las bonitas estancias, la biblioteca, los salones, el comedor y el resto. Aunque solo fuera un momento.

¡Qué suerte la de los Melzer! Eran ricos, tenían una fábrica enorme y una mansión. Seguro que ellos tenían cuarto de baño con agua corriente, caliente y fría, una bañera dorada y un retrete de porcelana con el borde dorado. Ellos no tenían que preocuparse por si tendrían dinero para el almuerzo, o un abrigo y botas en invierno. Pero, además de todo eso, el buen Dios les había dado dos hijas hermosas y educadas y un hijo inteligente. Era el joven que había visto por la mañana en el automóvil. Ahora ya sabía que se llamaba Paul y que estudiaba en Múnich. Era apuesto, muy distinto a esos señoritingos emperifollados que había visto en la ciudad. ¡Lástima que fuera tan burlón y engreído!

Los Melzer tenían la suerte a su favor. ¿Cómo era posible que en la vida la riqueza, la inteligencia, la belleza y el éxito fueran de la mano, que el buen Dios solo concediera todas esas cosas juntas?

Entonces notó una pequeña sacudida. Abajo, en el segundo piso, algo había caído al suelo. Luego se oyó algo parecido al bufido de un gato. Un maullido y un gruñido, un chillido agudo que hizo vibrar los cristales de las ventanas.

Eran voces, voces de chica. ¡Oh! ¡Cómo conocía esos chillidos intensos, esa rabia potente y desesperada! De vez en cuando, en el orfanato se producían riñas entre las chicas, y entonces la vehemencia y la desesperación se dejaban oír con fuerza: se desgarraban la ropa, se arrancaban mechones de pelo, y los dientes y las uñas provocaban heridas muy feas.

Aguzó el oído conteniendo el aliento. No. No era Auguste, ni tampoco Else. El ruido venía de abajo. De los dormitorios de las señoritas. Esas damas tan educadas se estaban peleando: forcejeaban y berreaban de un modo no muy distinto al de las chicas del orfanato.

—¡Virgen santísima! —murmuró la señorita Jordan, que se había despertado con el ruido—. Por favor, que la señora no me saque ahora de la cama.

Pero no ocurrió nada. Al cabo de un rato todo quedó en calma y de nuevo se oyeron los ronquidos de la señorita Jordan. Marie sonrió mientras se abandonaba al sueño.

7

—¡Atenta, pasmarote! —bufó Auguste, irritada.

—¡Lo siento!

Marie había golpeado con estrépito el marco blanco de la puerta con el cubo de lata y había dejado una marca oscura en la madera.

—¡Ahora me regañarán a mí! —refunfuñó Auguste—. ¡Por culpa de tu torpeza! Eres aún más tonta que las otras.

Marie oía eso a menudo. Pero como no podía comprobar si era cierto, pensó que cuando todo el mundo lo decía, sería por algo. ¡Con la ilusión que le hacía su primera ronda por esas bonitas estancias! Jamás se le habría ocurrido que fueran a estar tan oscuras. Solo cuando Auguste descorría las cortinas de las ventanas se podía ver el mobiliario. De todos modos, entraba poca luz, pues apenas eran las cinco y media de la mañana.

—¡Ten cuidado, que no se te caigan las ascuas!

Marie ponía todo su empeño. Hacer lumbre era una tarea muy simple: cualquier niño con una palada de ascuas y una hoja de periódico arrugada era capaz de encender una estufa de carbón. Las estufas de la mansión eran modernas y fáciles de utilizar: sus portillas no se atrancaban, ni tenían hendiduras por las que se escurriera la suciedad y las cenizas. En algunas estancias eran de cerámica, muy altas y esbeltas, tan delicadas y hermosas como las damas con corsé; con esas había que tener cuidado y no tocar los azulejos. Si, pese a las precauciones, quedaban marcas de los dedos manchados de carbón, había que limpiarlas de inmediato con un paño. Los hornos de hierro forjado eran más sencillos. Estaban cubiertos con elementos decorativos y no cabía duda de que tenían que haber costado una fortuna. No tenían nada que ver con las menudas estufas de carbón alargadas que ella había conocido hasta el momento. De todos modos, en el hierro forjado los dedos no dejaban huella. Eso era una ventaja.

—¡No te duermas! ¡Por Dios! ¡Ya podríamos haber terminado hace rato!

—Es la primera vez que hago esto y tengo que acostumbrarme, Auguste.

El día anterior Auguste había sido muy amigable y comprensiva, pero esta mañana no quedaba nada de eso. La doncella se había convertido en una persona malvada e insensible, que parecía disfrutar humillando a Marie. ¿Y si la había reconocido por la noche en el pasillo? Seguramente era por eso.

—¡Despierta de una vez, tontita! ¿Dónde se supone que debe estar la estufa?, ¿delante de la ventana? Mira en el rincón de la derecha, cegata. ¡Por todos los santos! Else estará preguntándose dónde me he metido…

Antes del desayuno las dos doncellas tenían que apresurarse para dejar listos los dos baños del segundo piso. El señor tenía la costumbre de darse un baño por la noche, y la señorita Katharina también lo hacía a menudo. Muchas veces las toallas estaban tiradas por el suelo y el jabón fuera de su sitio, y el retrete no estaba limpio. Pero la señora quería que los baños estuvieran inmaculados a primera hora de la mañana.

Cuando por fin Auguste la llevó a toda prisa por la escalera de servicio a la planta baja, Marie se sintió decepcionada por no haber visto casi nada de los hermosos salones. Recordaba vagamente la alfombra roja del salón, la mesa larga de madera oscura del comedor, los armarios lúgubres de madera labrada y la gran cantidad de ceniceros del salón de los caballeros. No había podido poner un pie en la biblioteca, por la que sentía una gran curiosidad, pues la estancia carecía de estufas y en su lugar había una chimenea abierta que nunca se encendía por la mañana. Abajo, en la cocina, los demás ya se habían reunido en torno a la mesa para tomar el desayuno. Auguste se lamentó diciendo que no sabía cómo Marie iba a encargarse de aquella tarea. En su opinión, era demasiado torpe para prender las estufas.

—Eso era de esperar —corroboró la señorita Jordan.

Tomaba su café con leche en una taza con un borde dorado que guardaba como un tesoro. El día anterior no había permitido que Marie limpiara aquel objeto tan delicado.

—Es muy lerda. Ha golpeado la puerta del comedor con el cubo y ha dejado una marca. Lo digo para que se sepa que yo no he sido. Marie, di a todos que has sido tú. Anda, dilo.

Marie aún estaba colocando el cubo junto al hogar de la cocina; Auguste, en cambio, ya se había sentado en su sitio para desayunar.

—Aunque no todo lo que dice Auguste es cierto —replicó Marie—, la marca de la puerta la he hecho yo. Estaba todo a oscuras y la puerta iba a cerrarse detrás de mí…

—¡Esto es el colmo! —exclamó Auguste, indignada—. ¿La habéis oído? Me ha llamado mentirosa. La ayudante de cocina se atreve a decir que miento. Que no todo lo que digo es cierto…

Todas las cabezas se volvieron hacia Marie. Incluso Robert, que estaba sentado junto a la señorita Jordan, le dirigió una mirada burlona. La cocinera, tan campechana el día anterior, dijo que ya iba siendo hora de que esa pequeña aprendiera modales. Incluso Else, que no acostumbraba decir nada, exclamó que era una impertinencia inaudita.

—¡Exijo un castigo para ella! —se quejó Auguste—. No es más que una simple ayudante de cocina y se ha atrevido a ofenderme.

La señorita Schmalzler vio que había llegado el momento de intervenir. Posó la taza sobre la mesa con gesto firme.

—¡Silencio! ¡Silencio! ¡Auguste, basta ya de gritar como una histérica!

La autoridad de la señorita Schmalzler era sorprendente. Todos enmudecieron de inmediato.

—Por si alguien lo ha olvidado, esta es una casa respetable y exige una conducta respetable de todos sus empleados. ¡Incluso aquí abajo, en la cocina!

Clavó entonces la mirada en Auguste, que tenía el cuello y la cara lívidos. Aunque le temblaba la comisura de la boca, no se atrevía a echarse a llorar.

—No es descabellado decir que muchos de tus chismes no deben tomarse al pie de la letra.

Aquella afirmación del ama de llaves hizo que las lágrimas acudieran a los ojos de Auguste; la barbilla le temblaba y un gemido le sacudió el pecho.

—Pero tú, Marie —prosiguió la señorita Schmalzler en voz alta volviéndose hacia ella, que seguía la conversación de la mesa aún apostada junto al hogar como si estuviera petrificada—, eres la última con derecho a criticar a Auguste por eso. Y menos aquí, delante de todos. ¡Acércate!

Marie obedeció. Se aproximó despacio y con semblante impasible. Hacía tiempo que había aprendido a no demostrar sus sentimientos, algo que la estúpida de Auguste jamás lograría hacer.

—Vas a disculparte ahora mismo delante de Auguste.

En el orfanato ya había pasado por una situación igual de insidiosa. Ahora tenía que elegir: o rebajarse para que la dejaran en paz, o perseverar en su orgullo y ser castigada por ello. En este caso la podían echar, y eso era algo que no quería de

ningún modo. Y menos por Auguste, que tenía menos entendederas que un pollo.

—No pretendía ofenderte, Auguste.

—Pues lo has hecho —gimió la chica.

—Lo siento. Lo que has dicho es cierto. Yo he hecho esa
marca tan fea en la puerta. Lo repetiré para que todo el mundo lo oiga: he sido yo. Auguste no tiene la culpa de mi torpeza.

Notó la mirada del ama de llaves clavada en ella. ¿Qué
más quería? ¿No había admitido ya que era la culpable? Aunque, bien mirado, había logrado esquivar la disculpa en sí.

—Ya te puedes acostumbrar a no replicar. Estás aquí para
obedecer y callar. Cualquier otra cosa no sería propia de una
ayudante de cocina.

—Sí, señorita Schmalzler.

—¡Que no se te olvide!

—Sí, señorita Schmalzler.

—Siéntate a la mesa y desayuna.

El sitio de Marie estaba en la cabecera de la mesa. Al otro
extremo, presidiéndola, junto al calor del hogar, se sentaba la
señorita Schmalzler; a un lado tenía a la cocinera y, al otro, al
lacayo Robert. La señorita Jordan se sentaba al lado de Robert y, frente a ellos, Else y Auguste. Durante la semana, también comían con ellos el jardinero Bliefert y su nieto Gustav.
El jardinero tenía más de sesenta años; era un hombre enjuto,
nervudo, y en sus anchas y callosas manos se reflejaba su trabajo con la tierra. Su nieto, que le sacaba más de una cabeza,
era una mole de músculos, un muchacho bondadoso pero un
poco tardo. Se pasó el desayuno mirando a Marie, sonriendo
una y otra vez. Finalmente le dijo a su abuelo:

—Es toda una dama, la muchacha. Mira cómo se sienta.
Erguida como una reina.

—Me parece, chico, que estás meando fuera de tiesto.

—Que no, abuelo. Hablo en serio. Es toda una dama.

Aquellas palabras suscitaron toda suerte de burlas hacia la pobre Marie. Marie, la dama delicada. La señora de las cenizas. La princesa de las mondaduras de patata. La reina de los orinales.

La señorita Schmalzler puso fin al desayuno con una palmada. Siguieron entonces las instrucciones del día. A primera hora de la tarde la señorita Elisabeth iba a recibir a tres amigas y había que preparar té, pasteles y pastas. Y la señora tenía cita con el peluquero en torno a las dos. Al decirlo, el ama de llaves miró hacia Robert, que asintió con diligencia. La señora quería regresar a la mansión a tiempo para una reunión con las damas de la sociedad de beneficencia. Las damas estaban citadas a las cuatro y era preciso disponer de sillas y de una mesa para el conferenciante en la biblioteca, así como encender la chimenea y colgar cortinas limpias. La señora había invitado a un orador, un colaborador de una orden religiosa que había trabajado en África durante años, para que explicara a las damas sus experiencias con los negros.

—Té y café. Vino blanco, preferiblemente Mosela. Emparedados y algunas golosinas. Parece ser que la última vez que se reunieron en casa del director Wiesler, los emparedados al estilo inglés tuvieron una gran acogida.

—Por mí, ya pueden comerse ellos esa bazofia inglesa —refunfuñó la cocinera—. En esta casa se servirá lengua de ternera, salmón ahumado y huevos duros con caviar. Caviar ruso auténtico, no esa cosa barata de las tiendas de ultramarinos.

La señorita Schmalzler hizo caso omiso del comentario de la cocinera; por su posición, la señora Brunnenmayer se podía permitir muchas libertades que el ama de llaves no consentiría a ningún otro empleado. Marie se dio cuenta de que una criada o una doncella podían sustituirse, pero era difícil encontrar una buena cocinera.

—¡Pongámonos a trabajar con ahínco, alegría y la bendición de Dios!

Todos correspondieron con un murmullo, apuraron sus tazas y se levantaron. Marie recibió órdenes de tres partes:

—¡Marie! Recoge la mesa, lava los platos y ve a buscar leña para el horno...

La cocinera.

—¡Marie! Me ayudarás a descolgar las cortinas de la biblioteca y a llevarlas abajo al lavadero.

Else.

—¡Marie! ¡Coge el cubo y el recogedor! ¡Vamos!

A Auguste también le gustaba dar órdenes. Para poner orden en el caos que reinaba en el dormitorio de la señorita Katharina, Marie primero tendría que retirar los añicos y barrer el suelo.

Marie estaba decidida a no recibir más regañinas. Pero no era fácil. Era como si todos se hubieran conjurado contra ella; lista o tonta, siempre era tenida por lerda y torpe. Ni siquiera le dejaban tocar las bandejas de plata con el desayuno de los señores que Else y Auguste se encargaban de llevar arriba. Pero cuando una escoba fue a parar al suelo fue porque Marie no había tenido cuidado; cuando a la cocinera se le cayó de las manos una fuente también fue por culpa de Marie, que la había puesto nerviosa. Y cuando la jarrita de la leche se volcó mientras Else la llevaba arriba, eso también fue culpa de la estúpida ayudante de cocina porque la había llenado demasiado.

«Necesitan un chivo expiatorio para todo lo que les pasa», se dijo Marie, furiosa. «Y como solo soy la ayudante de cocina, tengo que cargar con la culpa de todo.» Así iban las cosas en esa mansión distinguida con tanto servicio. Eran malévolos y mezquinos, se perjudicaban los unos a los otros y los más débiles se llevaban los palos.

8

Alicia Melzer miró con desaprobación los asientos vacíos en la mesa del desayuno. Ninguna de sus hijas había aparecido por el comedor; al parecer, preferían esperar a que su padre se marchara a la fábrica. Una preocupación que era del todo innecesaria puesto que Alicia no tenía intención de mencionar los sucesos nocturnos. No mientras Johann estuviera sentado a la mesa.

Johann Melzer había deseado a su esposa una «feliz mañana», acentuando el saludo matinal con un beso furtivo en la frente. Ahora ya llevaba un buen rato inmerso en la lectura del *Augsburger Tagblatt* mientras mordisqueaba el panecillo de mantequilla y miel que Alicia le había puesto en el plato. Desde que estaban casados, ella le preparaba el panecillo porque, de intentarlo, Johann acabaría manchando de miel el periódico, el mantel y las mangas de su chaqueta.

—¿Dónde están las chicas? —preguntó él, y levantó la vista del periódico para tomar un sorbo de café.

—Yo tampoco lo entiendo.

Alicia pulsó el botón del timbre y cuando Auguste apareció le pidió que fuese a llamar a las señoritas. Tanto Alicia como Johann Melzer cumplían escrupulosamente los horarios de las comidas, aunque a veces el industrial tenía mucha prisa y abandonaba la casa antes de que Elisabeth y Katharina bajaran a desayunar. Sin embargo, ese día parecía disponer de tiempo.

—Eres demasiado indulgente —dijo en tono áspero mientras se recolocaba el periódico—. Te comportas de un modo extrañamente condescendiente con Katharina. Si no duerme por las noches, tal vez de día debería ocuparse de algo que la mantuviera despierta. Así estaría cansada al acostarse.

Alicia enarcó las cejas sin querer. No tenía ganas de volver a discutir ese asunto con Johann. El doctor Schleicher había confirmado que el insomnio de Katharina era de naturaleza nerviosa, y las tremendas jaquecas que sufría también tenían que ver con la fragilidad de sus nervios. Johann, en cambio, no sentía mucho respeto por el diagnóstico del doctor.

—Al menos, ayer por la noche estuvo de lo más animada —prosiguió—. Entretuvo al joven Bräuer de un modo delicioso. ¡Buena pieza está hecha mi Kitty!

Aunque a Alicia no le gustaba esa expresión, por una vez evitó el enfrentamiento. En vista de que Johann se tomaba su tiempo para desayunar, había otro tema que quería tratar con él cuanto antes.

—Me parece que va demasiado lejos —afirmó en tono conciliador—. Por otra parte, resulta comprensible puesto que, desde que volvió del internado este verano, tiene que estar sorprendida del efecto que provoca entre los jóvenes caballeros. Sin embargo, a estas alturas debería haber aprendido a no abusar de ese poder.

Entonces Auguste asomó por la puerta y anunció que las dos señoritas bajarían de inmediato. Alicia asintió satisfecha mientras que Johann, enojado, hizo crujir el periódico.

—No es buena cosa que la juventud no haga nada sensato —afirmó—. Eso no hace más que fomentar la ociosidad y estropear el carácter.

—Cierto —corroboró Alicia—. ¿Quieres que te prepare otra mitad de panecillo?

Aquella pregunta tan solícita lo pilló por sorpresa, aunque en cierto modo esa era la intención.

—¿Cómo? Ah, sí, claro. Eres un encanto, Alicia…

—En cuanto a las chicas, no comparto tu opinión, Johann —dijo cogiendo el cuchillo de plata para la mantequilla—. Pronto se casarán y deberán encargarse de llevar su propio hogar.

Él apuró su taza y, tras sacarse el reloj de oro del bolsillo del chaleco, miró la hora. Eran casi las ocho.

—Es verdad… tus planes de boda —dijo con una sonrisa pícara—. ¿Cómo marcha ese asunto? ¿El teniente ya ha mordido el anzuelo?

Siempre esa ironía, esa burla innecesaria. ¿Por qué se tomaba tan a la ligera que ella quisiera ayudar, en la medida de lo posible, a dar forma al futuro de sus hijas? ¿Acaso el teniente Von Hagemann, perteneciente a una respetada familia de Augsburgo, no era un buen partido para Elisabeth? Aunque ella sabía lo que le molestaba a Johann. Era ese «Von» en el apellido del futuro marido. Para Johann, todos los caballeros nobles eran derrochadores y mujeriegos. Por desgracia tenía razón en el caso de sus hermanos, pero no se podía decir lo mismo del teniente Von Hagemann.

—No lo sé, Johann. Elisabeth no ha dejado entrever nada al respecto…

—¡Elisabeth! —exclamó él negando con la cabeza—. En mi época, el futuro novio acudía a los padres de su pretendida para pedirles la mano de su hija. En cambio, ahora hemos llegado al extremo de que sean los propios jóvenes quienes arreglen el asunto entre ellos.

Alicia estaba de acuerdo con la crítica de su marido hacia las nuevas costumbres, pero le aseguró que en ese aspecto, gracias a Dios, Elisabeth y Katharina habían sido educadas a la antigua usanza. Y añadió que estaba segura de que su hijo Paul tampoco iría por su cuenta.

Johann ya había dejado la servilleta almidonada en la mesa y se disponía a marcharse a la fábrica. Sin embargo, ahora que por fin salía a relucir la cuestión del hijo tenía que soltar el disgusto que había ido acumulando durante el fin de semana.

—¡Por su cuenta! —exclamó—. No me hagas reír. Mi hijo, que ya es adulto, en vez de avanzar en sus estudios se pasa todo el fin de semana en casa holgazaneando, sale con sus amigos, acompaña a su hermana a la ópera y pasa la noche fuera en un lugar desconocido. Y todas esas distracciones corren de mi cuenta. Sin duda, un hombre joven debe poder desahogarse y...

—¡Johann! *Pas devant les domestiques!*

Se interrumpió, pero el tema le preocupaba y tenía que ponerlo sobre la mesa. Paul se estaba convirtiendo en un dandi: su vida giraba en torno a la diversión y derrochaba el dinero de su padre, y en cuanto a sus estudios, la situación no era muy halagüeña.

—¡Si no estás contento con tu hijo, Johann, permíteme que te recuerde lo que has dicho antes!

Alicia estaba exultante porque había sido él quien había sacado un tema muy importante para ella.

—¿Y qué he dicho? —gruñó él.

—Has dicho que no es bueno que la juventud no tenga nada sensato que hacer.

Entonces él se dio cuenta de las intenciones de ella, pues no era la primera vez que hablaban de ese asunto. Se levantó con impaciencia de la silla y se retiró una miga del traje marrón oscuro.

—Me parece que estudiar Derecho es una ocupación bastante sensata, siempre y cuando la lleve a cabo.

Entonces Auguste abrió la puerta del comedor y dio paso a Elisabeth y Katharina. Las dos estaban pálidas y parecían cansadas. Katharina tenía un verdugón rojo en el dorso de la mano; en el antebrazo de Elisabeth se veían unas manchas azuladas. Su saludo matutino fue quedo. Luego ambas se sintieron aliviadas al ver a su padre soliviantado hablando de Paul; por experiencia sabían que persistiría aún un buen rato en esa cuestión.

—¿Olvidas, querido, que el viernes por la mañana Paul te preguntó si podía echar una mano en la fábrica? Por desgracia, tú no le dijiste nada. ¿Cómo vas a preparar a tu hijo para su labor futura si le impides que colabore? ¿Cómo se supone que Paul va a aprender algo sobre fabricación de paños, sistemas de cálculo y ventas si no le das la oportunidad de hacerlo?

Johann Melzer basculaba de un pie a otro; en varias ocasiones había intentado interrumpir a su esposa, pero no se atrevía. Alicia era muy susceptible con todo lo relacionado con la buena educación y él había tenido que oír con demasiada frecuencia que, a fin de cuentas, su familia no dejaba de ser pequeñoburguesa.

—Dios sabe que lo he intentado —logró decir al fin, aprovechando una pausa que hizo ella para coger aire entre frase y frase—. El problema es que el señorito se cree que ya puede hacer de director y aún está muy verde, y, por desgracia, eso tiene consecuencias. Quien entra en mi empresa primero tiene que adaptarse, cerrar la boca y aprender. Es lo que hago con mi personal y también con mi hijo.

—¡Lo reprendiste delante de todos los empleados del departamento de cálculo como a un aprendiz! —repuso Alicia llevada por un arrebato maternal. No. No era justo. En las fincas de sus padres en Pomerania, un señor, aunque joven, era siempre un señor y, por lo tanto, el personal siempre debía guardarle respeto. Incluso si se desplomaba de un caballo, ebrio como una cuba, y tenía que ser llevado en brazos a casa.

—Se lo tenía bien merecido, Alicia —contestó Johann—. En mi fábrica se valora la capacidad, no el origen.

Alicia frunció los labios y se calló. Se reprochó para sus adentros no haber llevado mejor la conversación. Había desaprovechado la ocasión y ahora se encontraban en el mismo punto al que habían ido a parar tantas veces. Y encima estaban reñidos, lo cual les rompía el corazón a ambos.

—¡Que las señoritas disfruten de un buen día! —dijo Johann Melzer a sus hijas mientras se disponía a salir. Ambas permanecían sentadas en silencio y captaron clarísimamente la ironía.

—¡Que tú también tengas un día fabuloso, papá! —respondió Katharina, aplicando todo su encanto.

No tuvo suerte. Ese día su padre, que solía seguirle las bromas, se cerró en banda.

—Espero que sus señorías hayan descansado bien esta noche —dijo—. Si en el curso del día se aburrieran ustedes, enfrente, en administración, tienen a su disposición varias máquinas de escribir. Creo que no les hará ningún daño ejercitarse en el arte de la mecanografía, tal y como hacen muchas jóvenes que se ganan la vida de forma honrada y honesta.

Había dicho eso para disgustar a Alicia y acertó de pleno. Con cierto pesar, deseó a su familia un «día agradable» y abandonó el comedor.

Durante un instante reinó el silencio. Elisabeth masticaba un panecillo de pasas con mantequilla y Katharina se sirvió su segunda taza de té. Alicia, por su parte, se había hecho con el periódico y fingía leer las noticias de sociedad. Sin embargo, lo único que pretendía era dominar sus emociones.

—¿No tenéis nada que contarme? —inquirió levantando la vista del periódico.

—Tuvimos, bueno, tuvimos una riña —empezó a decir Katharina.

—Por desgracia —añadió Elisabeth—, por desgracia la situación se nos fue un poco de las manos…

Alicia contempló a sus hijas, que clavaban la vista en los platos del desayuno con actitud arrepentida. Era como si el tiempo se hubiera detenido. ¿No se había esforzado suficientemente en educar a sus hijas como señoritas? ¿No habían pasado ambas varios años en un internado suizo muy prestigioso? La noche anterior se habían peleado como dos niñas pequeñas.

—¿De qué asunto se trataba?

Elisabeth dirigió una mirada de odio hacia su hermana. Kitty frunció los labios y levantó la barbilla.

—Por un cascanueces —dijo—. Esa figurita de madera que compramos en el mercado de Navidad. ¿Te acuerdas, mamá?

Alicia arrugó el ceño. Otra vez esas tonterías de Katharina. Un cascanueces. Una figurita de madera con un uniforme rojo y negro que tenía un aspecto ligeramente británico. Se le metía una nuez en la boca y luego se le hacía mover la mandíbula inferior con una palanca. Diez años antes, la pequeña Elisabeth la había visto en el mercado navideño y había insistido en que se la compraran.

—Me lo llevé del dormitorio de Elisabeth y ella se enfadó.

9

El estruendo en la sala era tan grande que había que hablar a gritos para hacerse entender. Johann Melzer reparó en que los tres caballeros de la delegación estadounidense torcían el gesto con disgusto. ¿Qué esperaban? Las máquinas de hilar, las selfactinas, se separaban para torcer el hilo y luego, cuando el carro regresaba a su sitio, el hilo obtenido se enrollaba en las bobinas. Todo aquello generaba un estrépito de fricciones y traqueteos, al que se sumaba el silbido de las hebras y todo tipo de ruidos mecánicos. Muy molesto para oídos sensibles, pero los obreros estaban acostumbrados. Por lo demás, esas máquinas, aunque no eran nuevas, funcionaban a la perfección. Cada una estaba controlada por cinco operarios. El hilador se encontraba en la testera y se encargaba de regular la tensión de los hilos. El anudador y su segundo se desplazaban con el carro para anudar los hilos que se soltaban y reponer las bobinas llenas por otras vacías. El ayudante de selfactina y el ayudante de reserva tenían que limpiar la máquina mientras estaba en marcha porque se cubría de polvo constantemente. La calidad del trabajo era responsabilidad del hilador, y también el salario de los operarios ya que estaba en función de la cantidad de bobinas de hilo completas.

—¡Impresionante! —le gritó al oído el jefe de la delegación, el señor Peters—. ¡Buena máquina! ¡Buenos operarios!

El señor Peters se había quitado el sombrero para hablar; tal vez creyera que así su voz sonaría más fuerte. Aquel caballero hablaba un alemán aceptable ya que era hijo de una familia emigrada de Frisia Oriental; en aquellos tiempos se llamaban Petersen y se ganaban la vida a duras penas como pescadores de costa. Los otros dos caballeros solo hablaban inglés, pero parecían entendidos en el tema. Estos se aproximaron sin miedo a las máquinas sibilantes, clavaron la vista en el sistema mecánico, tocaron el hilo y preguntaron si las máquinas funcionaban exclusivamente con fuerza hidráulica.

—Antes sí. Hoy, solo en parte. Tenemos dos máquinas de vapor: una para la hilatura y otra para la tejeduría.

Parecían impresionados, lo cual no dejaba de sorprender al señor Melzer. En la zona de las fábricas, todas las manufacturas tenían máquinas de vapor; no era algo de lo que sentirse especialmente orgulloso. Cuando se dio cuenta de que el señor Peters intentaba hablar con una operaria, intervino.

—Le ruego, por favor, que no distraiga a los trabajadores.

El señor Peters enarcó las cejas disgustado pero obedeció. Sin embargo, al llegar a la parte posterior de la planta, donde se encontraban las máquinas continuas de anillos, se olvidó de su disgusto al instante. Aquella tecnología era nueva y se utilizaba en muchas fábricas, aunque no se había consolidado del todo. Y era evidente que las continuas del señor Melzer funcionaban a las mil maravillas. La ventaja de aquellas máquinas consistía en que, gracias al movimiento circular, el hilo se torcía y se devanaba sin interrupción. Melzer debía la perfección técnica de sus continuas de anillos a un antiguo socio que, lamentablemente, había fallecido.

—¡Eso es fabuloso, señor Melzer! *Great! Wonderful!*

El señor Peters y sus dos acompañantes estaban fuera de sí: se acercaron a toda prisa a una de las continuas y, mientras señalaban detalles con el dedo, se gritaban palabras en inglés entre ellos. El señor Melzer se dio cuenta de que aquello molestaba a las trabajadoras y fue objeto de varias miradas inquisidoras. Huntzinger, el capataz, observaba con desconfianza a esos hombres vestidos de negro y se pasaba repetidamente la mano abierta sobre el bigote, un gesto que en él era señal de descontento.

El señor Melzer le hizo un gesto con la cabeza para tranquilizarlo. Semanas atrás esos caballeros se habían presentado como una «Delegation from Cotton Textiles Ltd., New York» en un mensaje de telégrafo en el que también pedían una cita para realizar una visita. Era una relación comercial muy prometedora: ellos estaban interesados en tejidos como el satén y el damasco, y ofrecían a cambio algodón en bruto muy barato. Indicó con un guiño a Huntzinger que hiciera a un lado a los caballeros, pues de lo contrario la operaria no habría podido cambiar las bobinas. Entonces tomó por el brazo al señor Peters con un gesto amistoso y se lo acercó.

—Ahora pasaremos a las salas del otro lado. ¡Ahí es donde se tejen las telas!

—Ah, sí. Muy bien, muy bien.

Al salir al patio, el silencio se desplomó sobre ellos y los oídos se les quedaron abotargados. Últimamente, de vez en cuando el señor Melzer notaba un zumbido intenso que se desvanecía al cabo de un rato. Aquel día no había tiempo para atender a sus maltratados oídos: al entrar en una de las salas de los telares el nivel acústico volvió a aumentar de modo ensordecedor. Los lucernarios inclinados, que por fuera parecían enormes dientes de sierra, tenían los cristales orientados hacia el norte. De este modo, la luz del sol no entraba directamente en las salas y se obtenía una iluminación uniforme.

El señor Melzer, como director, recibía saludos sumisos por doquier. Al ir acompañado de la delegación extranjera le llamó la atención el modo en que los operarios se apresuraban a descubrirse las gorras y deseaban buenos días al señor director. También las sonrisas y las inclinaciones de cabeza de las mujeres tenían cierto aire de devoción. No le molestaba que sus empleados le mostrasen respeto. Eso era algo obvio; de hecho, si alguien vacilase en ese sentido pronto se encontraría en la calle. Sin embargo, había una diferencia entre el respeto y el servilismo, que era algo insufrible para él.

La delegación examinó con atención los tejidos fabricados; también los telares parecieron interesarles. Acariciaron con indiferencia el barragán, pues era un tejido que cada vez tenía menos demanda. En cambio, el brillante satén, que había empezado a utilizarse para la ropa de cama, tuvo una gran acogida. Era un producto de calidad y ningún fabricante textil de Augsburgo podía hacerle sombra. Prácticamente se lo quitaban de las manos. Los tres caballeros se quedaron boquiabiertos ante los telares en que se tejían diseños complejos a partir de unas tarjetas perforadas. En estas máquinas se tejía el damasco para los manteles. En otros tiempos, este tipo de tela solo decoraba las mesas de los ricos y de los nobles, pero ahora, gracias a la fabricación industrial, también las familias burguesas podían permitirse tener manteles de damasco.

—Es mejor que el de Inglaterra —le gritó el señor Peters al oído—. Esta máquina es *so easy*. No es complicada. Funciona a la perfección.

—Así es —corroboró Melzer de forma escueta.

Ellos querían saber por qué unas máquinas que en otras fábricas se estropeaban con frecuencia y daban muchos problemas, en las instalaciones de Johann Melzer llevaban años funcionando muy bien. Aquello lo halagó, pero no soltó prenda. *Sorry*, dijo. La respuesta estaba en unos sofisticados detalles técnicos que eran secreto de empresa.

Mientras atravesaban el patio, desvió la atención de sus invitados hacia su parque de vehículos. Disponía de varios carruajes de tiro con los que transportaba los tejidos ya preparados hasta una estación de tren cercana desde donde se distribuían. Además, contaba con tres automóviles, pero eran para su uso privado. Él era un apasionado de esas maravillas de la técnica, que cada vez eran más perfectas y rápidas. Si hubiera podido librarse de su estricta educación, tendría ya varios coches de carreras. Sin embargo, en su juventud había aprendido que nadie tenía derecho a malgastar el dinero en lujos superficiales. Sus tres limusinas se explicaban porque no solo las utilizaba él sino también su familia, sobre todo su esposa, que estaba ligeramente impedida y no podía ir a pie a todas partes. Solo cuando estaba a solas con su hijo Paul afloraban de vez en cuando esos sueños reprimidos. En ese sentido, Paul no conocía límites: Benz había fabricado un coche de carreras fantástico, pero Opel estaba haciendo lo mismo. Tal vez fuera mejor esperar.

—¿Me permiten que los invite a un pequeño refrigerio después de la visita?

—Es usted muy amable, señor Melzer. Aceptamos encantados.

—Para mí es un honor. No todos los días la bonita ciudad de Augsburgo recibe visitas de ultramar.

Les habían preparado salchichas blancas con *bretzel* salados, mostaza, huevos, pepinillos y rebanadas de *pumpernickel* con queso. Todo ello regado con un Riesling, así como limonada y cerveza de Augsburgo. Los invitados se sirvieron con fruición, pero Melzer solo tomó un par de salchichas y bebió limonada. La noche anterior había bebido demasiado coñac y por la mañana el estómago había protestado, por lo que prefería no tomar alcohol ese día.

Tras intercambiar todo tipo de fórmulas de cortesía, el señor Peters le dijo que su fábrica los había impresionado mucho. Afirmó que, aunque no era tan grande como otras de la zona, resultaba muy eficaz. De este modo hizo evidente que habían visitado Augsburgo a fondo. Añadió que tenía unos tejidos muy originales y buena maquinaria. Todo estaba organizado de un modo cabal. Sus trabajadores eran muy capaces. Entonces le preguntó si había construido casas para ellos.

El señor Melzer concluyó que no pretendían comprometerse aún; seguramente había otras fábricas en su plan de visitas. Eso lo irritó. Y lamentó el tiempo que estaba perdiendo mientras al otro lado, en la sala de estampación, se ensayaban las primeras muestras. Entonces se vio obligado a explicar que él, al igual que la mayoría de los empresarios textiles, ponía a disposición de sus empleados cierto número de viviendas. Estaban siempre ocupadas, dos familias por cada edificio, y disponían de un pequeño jardín en el que se podía cultivar fruta y verdura. Había quienes incluso criaban conejos y cabras. Como no podía ser de otro modo, se sopesaba muy bien qué personas podían obtener estas viviendas. El señor Melzer no consentía ni a los bebedores ni a los violentos. Tampoco las podía ocupar nadie que perteneciera a un sindicato o a cualquier otro tipo de asociación de trabajadores. Su empresa no necesitaba a esa clase de gente porque él ya se cuidaba de ellos. Incluso había hecho construir una guardería para los hijos de sus empleados y una zona de baños para los operarios.

Por fin, después de esa sarta de palabrería inútil, sus invitados abordaron el asunto que los había llevado hasta allí. Le prometieron que en el futuro adquirirían cantidades considerables de satén y de damasco para manteles; además, querían comprarle una continua de anillos. Su decepción fue mayúscula cuando él se negó. Hubo sacudidas de cabeza, lamentos sentidos, alusiones veladas a la competencia en Augsburgo, que sin duda sabría apreciar una relación comercial como aquella. El señor Melzer mantuvo la compostura, pero no cedió. Él necesitaba las máquinas para él y ninguna abandonaría sus instalaciones. Sin duda estaba interesado en la venta de satén y damasco, solo era cuestión de ponerse de acuerdo en el precio.

—Ya nos pondremos en contacto con usted...

La despedida fue rápida y algo gélida. La experiencia le decía que aquella relación comercial, que a primera vista le había parecido tan prometedora, iba a quedar en saco roto.

Tal vez fuese mejor así. Esos caballeros no le habían parecido trigo limpio.

—¡Retire esto de aquí! —espetó con enojo a su secretaria señalando con un gesto vago los platos y los vasos.

—¡Ahora mismo, señor director!

Tenía a dos secretarias que se dedicaban a la correspondencia importante, que supervisaba él en persona. Ambas habían dejado atrás la juventud, usaban gafas y llevaban el ceñido corsé debajo de sus blusas de color claro. La señorita Hoffmann tenía una risa ridícula, pero escribía tan bien que, en quince años, solo en dos ocasiones le había encontrado una falta en un escrito. La otra, la señorita Lüders, era una persona muy juiciosa, callada, eficiente y poco dada a las bromas. Al principio Melzer contrató a dos chicos jóvenes, pero al poco tiempo se dio cuenta de que se sentía más cómodo con mujeres. Eran más rápidas, más sumisas y más baratas. Además, se desenvolvían mejor en tareas prácticas como hacer café, encender las estufas, cuidar de las plantas o preparar un refrigerio.

Cuando ya se disponía a ir a toda prisa hacia el nuevo taller de estampación le llegó a los oídos el anuncio de la señorita Lüders. Esta hablaba siempre a media voz y en un tono contenido, pero cuando anunciaba a alguien solía tratarse de algo importante. Tenía buen tino para discernir a quién debía mandar de vuelta y a quién debía dejar pasar.

—La directora del orfanato de las Siete Mártires espera en la antesala.

El señor Melzer se detuvo en seco y su estado de ánimo, ya de por sí sombrío, se vino aún más abajo. La señorita Pappert. Codiciosa como era, seguro que solo estaba ahí para pedirle algo. Esta vez se iría con las manos vacías. Le habían tomado el pelo durante demasiado tiempo. Si continuaba importunándolo con su desagradable presencia, exigiría una revisión exhaustiva de los libros contables.

—Hágala pasar. Tengo poco tiempo.

—Se lo haré saber, señor director.

Ertmute Pappert llevaba un vestido gris muy arrugado, hecho para un cuerpo más voluminoso que el suyo. En cambio, el sombrero prendido sobre su pelo teñido de rubio era muy pequeño, parecía un barco navegando a la deriva en un mar ondulado. Su sonrisa no había cambiado en años e irradiaba benevolencia y misericordia. Ertmute Pappert había dedicado su vida a las huérfanas. La institución que dirigía estaba a cargo de la Iglesia, y la casa situada en la parte baja de la ciudad era propiedad de la Iglesia católica. Con todo, con los años la mujer había conseguido un buen número de benefactores para su tarea encomiable. Entre ellos, el señor Melzer.

—¡Que Dios lo bendiga, querido amigo! —exclamó ella—. No se preocupe, no lo apartaré mucho tiempo de sus importantes obligaciones. Solo quiero que me dedique un minuto. Es todo cuanto le pido.

El señor Melzer tragó saliva. No le gustaba que esa mujer lo llamara «querido amigo». Menos aún, después de haber visitado el orfanato por dentro. Y también por esa chica. Desnutrida y enferma. Un poco más y habría muerto de hambre.

—Si se trata de otro donativo, señora Pappert… En este momento la empresa se encuentra en una delicada situación económica, por lo que lamento mucho…

—¡Líbreme Dios, querido amigo! —exclamó con un horror bien fingido.

¡Cuánta comedia! Por su expresión se diría que acababa de ser acusada injustamente de un delito. Pero él estaba seguro de que había ido a pedirle dinero.

—Solo venía a interesarme por mi pequeña Marie. ¿Qué tal su primer día en su casa? Solo quería… ¡Oh, vaya, disculpe! Tengo que sentarme. Es la anemia, ¿sabe? De vez en cuando siento un mareo repentino.

—¿Quiere un vaso de agua? —preguntó él, obligado.

—Sería todo un detalle, querido amigo.

—¡Señorita Hoffmann!

La señorita Pappert tomó un sorbo de agua de soda y luego posó el vaso con cuidado sobre la mesita de ébano. El señor Melzer había permanecido de pie. No tenía intención de extender la conversación ni un segundo más de lo estrictamente necesario.

—¿Está usted mejor?

Él mismo notó que por el tono empleado, su pregunta no solo había sonado poco compasiva sino que incluso había parecido amenazadora. En cualquier caso, la señorita Pappert era dura de pelar: sonrió con dulzura y le dio las gracias. Sí, en efecto, gracias a sus atenciones ahora se sentía mucho mejor.

—En cuanto a su interés por Marie —prosiguió él sin perder más tiempo—, por lo que he oído, ha trabajado con diligencia en la cocina y parece haberse adaptado bien.

—¡Gracias a Dios! —exclamó la señorita Pappert doblando las manos—. La chica es realmente hábil…

—Lo que nos ha sorprendido mucho —dijo él interrumpiéndola— han sido sus escasas pertenencias. Además de vestidos y delantales adecuados, mi ama de llaves ha tenido que darle zapatos, calcetines e incluso ropa interior. ¿Cómo es posible?

Ertmute Pappert se echó las manos a la cabeza y aseguró que Marie había salido del orfanato bien equipada, con ropa y mudas. Ella en persona se había ocupado de que Marie Hofgartner llevara un hatillo bien repleto…

—En su opinión, ¿dónde cree que han ido a parar esas cosas?

Eso solo Dios lo sabía. En cualquier caso, afirmó, Marie era de las que siempre miraban en beneficio propio y en la ciudad baja había varios prenderos. Aunque, por supuesto, con eso no pretendía decir nada, que Dios la guardara; ella no sabía nada de esas cosas.

El señor Melzer no le creyó ni una sola palabra, pero no había modo de descubrirla. Tres semanas atrás había sido informado de que la chica había sufrido una hemorragia. Por algún motivo, aquella noticia lo alteró sobremanera y fue a visitarla al orfanato. Sin embargo, ella ya no estaba ahí, la habían trasladado a un hospital. Aprovechó su presencia en el edificio para que le enseñaran las habitaciones: las oscuras y desgastadas salas de entretenimiento; el dormitorio, en el que había una fuerte corriente de aire; la cocina, mugrienta. Examinó también a las chicas: ropas remendadas, zapatos agujereados, rostros pálidos. ¿En qué empleaba la señorita Pappert las enormes sumas de dinero que recibía? Saltaba a la vista que a las pupilas no les destinaba gran cosa. ¿Acaso el obispo no la supervisaba?

—Por desgracia, Marie Hofgartner ha resultado tener mucho carácter —empezó a decir la señorita Pappert con prudencia mientras sonreía de forma bondadosa—. Le cuesta adaptarse. Es la viva imagen de su madre…

El señor Melzer sintió una punzada en el corazón. Los pequeños ojos celestes de la señorita Pappert brillaban al acecho mientras su boca mantenía su sonrisa beatífica.

—¿Su madre? ¿A qué se refiere?

—Bueno, como sabe, todos los niños tienen madre —contestó Ertmute Pappert como si estuviera anunciando una gran noticia.

Siguió diciendo que la pobre Marie era muy pequeña cuando perdió a su madre. Aun así, estaba en su derecho de saber algo acerca de su madre biológica…

—El padre Leutwien y mi humilde persona hicimos indagaciones acerca de la madre de Marie, para mostrarle su tumba a esa desdichada. El cura se acordaba bien de Luise Hofgartner y fue a consultar el registro parroquial. No se figura usted lo que encontró allí.

El señor Melzer palideció. ¡Qué bien le habría sentado en ese momento un buen trago de agua! No, mejor de coñac. O tal vez de whisky irlandés. O de aguardiente de pera del Tirol.

—¡Señorita Pappert, no estoy de humor para adivinanzas!

Ella hizo un ademán de espanto. En tono compungido señaló que sabía que él tenía poco tiempo, y que allí estaba ella entreteniéndolo con naderías. El señor Melzer sintió un impulso tremendo de arrojar a ese ser malévolo al patio, lanzándola por la escalera de una buena patada.

—¡Hable de una vez!

—El padre Leutwien descubrió en el registro parroquial un hecho asombroso: Luise Hofgartner estaba casada. Su marido…

—¡Cállese! Esas cosas no le importan a nadie. ¿Marie lo sabe?

Ahora la señorita Pappert era todo indulgencia y bondad; solo observándola con mucho detenimiento se habría podido ver el triunfo brillándole en la mirada.

—Por supuesto que no. No queríamos preocupar a la pequeña con esas cosas. No mientras siga siendo menor de edad. Lo único que sabe es que su madre está enterrada en la fosa común del cementerio de Hermanfriedhof, sin lápida alguna.

—¿Quién más?

—¿Qué quiere usted decir con eso?

—Si además de usted y el padre Leutwien, hay alguien más que esté al corriente —le aclaró en tono impaciente.

—Oh, no, nadie. ¡Líbreme Dios! No soy una chismosa, querido amigo. Aunque puede que haya personas mayores, vecinos, que por entonces viviesen allí y fueran testigos del tormento que tuvo que pasar esa mujer…

El señor Melzer sintió como si una pared oscura se le viniera encima. Era una sensación que a veces se apoderaba de él a última hora del día, y que resultaba de lo más desagradable porque le arrebataba cualquier control sobre sí mismo.

Se podía anular con alcohol. Con alcohol y una voluntad de hierro.

—Señorita Pappert, reconsideraré mis aportaciones para el orfanato. Es posible que, pese a todo, podamos dar con alguna solución.

—¡Alabado sea el Señor! —celebró ella mientras aplaudía—. Sabía que no dejaría en la estacada a mis pobres niñas inocentes. Así pues, puedo confiar en que continuaremos…

Era una chantajista, taimada y despiadada. ¡Cómo es que nadie había logrado destapar aún las falsedades de esa mujer! Esa araña codiciosa tenía que tener una cuenta bien holgada en algún sitio.

—Puede usted confiar, señorita Pappert.

Se dijo que pronto iría a cantarle las cuarenta al cura, aunque era una persona íntegra que no se aprovecharía de lo que sabía. Además, como era sacerdote, posiblemente farfullaría alguna cosa sobre la confesión y el alivio de la conciencia. Y luego, claro, extendería la mano.

Cuando la señorita Pappert desocupó por fin su asiento y se marchó del despacho entre innumerables y exageradas muestras de agradecimiento, Alfons Dinter, el joven capataz del taller de estampación, aguardaba en la antesala.

—¿Y bien? ¿Cómo ha ido? ¿Satisfecho?

Por la expresión preocupada del joven dedujo que algo había salido mal.

—No, señor director. No estoy nada satisfecho. El rapport se queda corto por un milímetro. Aunque es un trozo diminuto, se ve el punto en el que el rodillo vuelve a aplicar la muestra. Resulta exasperante.

Asimiló la noticia con serenidad. Tres meses de duro trabajo tirados por la borda. Tendrían que empezar de nuevo. ¡Por todos los diablos, antes una cosa así no habría ocurrido!

10

Marie realizaba su trabajo de buena gana pero sin prisas. Dedicaba a cada tarea el tiempo necesario, y lo hacía a conciencia y de forma correcta para que cada vez resultara más difícil reprocharla su torpeza o su incapacidad.

—¿Es que no sabes ir más lenta? Ya creía que no volverías hasta mañana por la mañana. Pon la leña ahí. Y ahora siéntate y pela las manzanas.

—Lo haré enseguida. Pero antes tengo que ir un momento con Else. Por las cortinas.

—¡Al cuerno con sus cortinas!

—Y tengo que acompañar a Auguste con el cubo y el recogedor.

—Si en cinco minutos no estás aquí sentada pelando manzanas, te agarraré por los pelos y te arrastraré hasta la cocina. Ya enseñaré yo a las demás a no arrebatarme la ayudante de cocina...

—Estaré aquí en un instante.

Corrió por la escalera de servicio hasta el primer piso y avanzó con sigilo por el pasillo, que tenía el suelo cubierto con una alfombra verde y blanda. ¿Dónde estaría la biblioteca? Aguzó el oído. A la izquierda estaba el comedor, donde estaban desayunando la señora y sus hijas. No oyó ninguna voz masculina en la conversación: o el señor estaba muy callado, o ya se había marchado a la fábrica. Al lado estaba el salón rojo y, al otro lado, el salón de los caballeros y el despacho del señor. La biblioteca tenía que estar a la izquierda, junto al salón rojo. Apoyó la oreja contra la puerta plafonada y lacada en blanco. Oyó que algo se arrastraba. Else estaba descolgando las cortinas de las barras metálicas y el ruido que se oía eran las anillas de las que pendían las cortinas. Aquel era el sitio.

—¡Mira qué bien!

Marie se dio la vuelta, sobresaltada. A su espalda, una de las señoritas había salido del comedor.

—Yo… solo quería…

—… espiar detrás de la puerta, ¿no es así?

—Quería saber si esto era la biblioteca.

La señorita se echó a reír. Una risa clara, breve y burlona.

—Querías oír el crujido de los libros, ¿no? Es la excusa más rara que he oído jamás.

Era una muchacha rubia y llevaba un ampuloso vestido de mañana en tono rosado, repleto de encajes. Por su papada doble, parecía estar bastante entrada en carnes.

—No, señorita. Solo quería saber si Else estaba retirando las cortinas. Por eso escuchaba. No quería entrar en una estancia equivocada e incomodar a nadie.

Aquella explicación profusa obtuvo como respuesta una sacudida de cabeza llena de incomprensión.

—Tú debes de ser la nueva ayudante de cocina, ¿verdad?

—Sí, señorita. Me llamo Marie.

Hizo una reverencia, contenta de llevar el vestido nuevo de franela que le habían regalado. Con él tenía un aspecto mucho mejor que cuando llevaba la falda harapienta del orfanato.

—Atiende bien, Marie —respondió la señorita en tono frío—. Si te vuelvo a ver escuchando detrás de las puertas, me encargaré personalmente de que seas despedida de inmediato. ¿Lo has entendido?

—Sí, señorita.

La joven dama tomó un extremo de su holgado vestido y se dio la vuelta con elegancia. La tela liviana se hinchó como una nube de encajes de color rosa.

—Y ahora, a trabajar —dijo a Marie, hablándole por encima del hombro—. ¡Vamos, holgazana!

No vio la reverencia sumisa de Marie, que, por su parte, sí vislumbró la pantorrilla de la señorita cuando su vestido se le levantó un poco. Era gorda y blanca como una oruga.

«No tiene nada de guapa», se dijo mientras acarreaba una cesta con cortinas polvorientas por la escalera de servicio hasta el lavadero. «Pero eso no impedirá que encuentre un novio con dinero porque es la hija del industrial Melzer.»

Tres veces tuvo que llevar una cesta repleta de ropa hasta el lavadero, procurando no pillarse las manos con las paredes encaladas de la estrecha escalera. Cuando se disponía a bajar la cuarta cesta, Auguste le salió al paso.

—¡Así que estabas aquí! ¡Vamos, coge la escoba y el cubo! ¡Y el recogedor también! Vamos, no te duermas.

Se dirigieron a la segunda planta, donde Auguste tenía que ordenar los dormitorios de los señores. Esa era una tarea que solía hacer con Else, pero como esta tenía que retirar las cortinas, no podría ayudarla hasta más tarde.

—¡Hay que ver! ¡Menuda pocilga! —musitó Auguste.

Ese tenía que ser el dormitorio donde se había producido la disputa nocturna. Marie se quedó en el umbral por prudencia, observando cómo Auguste se dirigía hacia la ventana. La doncella tuvo que avanzar con cuidado, como una cigüeña, para no pisar las cosas que estaban tiradas por el suelo. Solo cuando hubo descorrido las cortinas y abierto las hojas de la ventana, vio que era ropa interior delicada mezclada con trozos de objetos hechos añicos, papeles rotos, pinceles, tubos y lápices.

—¿Qué haces ahí plantada? A ver si te van a salir raíces. Vamos. Los trozos de loza, al cubo. No se pueden arreglar. ¡Qué lástima! ¡Esas figuritas valían una fortuna!

Para entonces Auguste había olvidado por completo su enojo con Marie. Necesitaba hablar con alguien, pues de lo contrario se habría venido abajo ante ese desorden. ¡Virgen santísima! La señorita se había hecho traer aquellas figuritas blancas desde Italia. Eran muy poco decorosas, de hombres y mujeres desnudos en todas las posturas posibles. No entendía cómo sus padres habían permitido tal cosa siendo ella una señorita tan bien educada. Pero, en fin, ahora estaban todas rotas. Tal vez eso fuera una buena cosa.

Marie no opinaba igual. Recogió con pesar los pedazos rotos. Algunos no podían salvarse, pero otros se habrían podido recomponer con un poco de yeso.

—La señorita Elisabeth tenía que estar furiosa —siguió parloteando Auguste—. No es de extrañar. Else dice que vio al teniente arrodillado ante la señorita Katharina. En el salón rojo y a solas…

Auguste sacudió la sábana, sobre la cual había muchos trocitos de papel y varios lápices. Gimió al ver la sábana manchada de carboncillo y decidió que había que cambiarla.

—Recoge todos los lápices y los dibujos que puedan aprovecharse y colócalos en la mesa, junto al caballete.

Marie se quedó absorta mirando un dibujo que mostraba un jardín rodeado por una verja de hierro. Detrás, delicadamente insinuados, se veían la maleza, los árboles y un prado. La puerta del jardín y el lado derecho del dibujo estaban rotos. ¡Qué lástima!

Apartó la hoja y se dispuso a cumplir las órdenes de Auguste. Dibujar. Qué arte tan maravilloso. ¡Y qué suerte disponer de tanto papel y de lápices! Y no tener que hacer otra cosa durante el día más que dibujar. Qué envidia le daba la señorita Katharina.

11

Hacia las once de la mañana, un jinete desmontó ante la entrada de la villa. Bliefert, el jardinero, que en ese instante estaba podando un rosal, dejó en el suelo las tijeras para sostener el caballo del invitado. Era un teniente y, si la vista no lo engañaba, ese joven había frecuentado la mansión como invitado.

—¡Átelo en cualquier sitio! ¡No voy a estar mucho rato!

—Desde luego, señor.

El jardinero inclinó la cabeza, tal como había aprendido en la hacienda de la señora cuando era joven. También él había acompañado a Alicia von Maydorn a Augsburgo desde Pomerania. Allí había aprendido lo que era respetar a los señores. En el campo aún había señores de buena cepa que merecían tal respeto, pero ese joven impertinente ni siquiera lo había mirado: se había limitado a arrojarle las riendas y ahora se dirigía a toda prisa hacia la mansión. ¡Qué prisas! Corría como alma que lleva el diablo.

Auguste dio un énfasis especial a su reverencia cuando abrió la puerta de entrada. Ese teniente tan apuesto le había gustado desde el principio. Esbelto, delgado, mejillas sonrosadas, ojos brillantes, y ese uniforme que le sentaba como un guante.

—Klaus von Hagemann. No he anunciado mi visita. Solicito a la señora Melzer el favor de una breve entrevista.

¡Qué pálido estaba hoy! No había ni rastro de sus mejillas sonrosadas. Su aspecto parecía indicar que se había pasado la noche en blanco.

—Si hace el favor de tomar asiento un instante...

Ella lo acompañó hasta el vestíbulo, desde el cual partía la escalera que llevaba a las estancias nobles. El lugar estaba decorado con muebles de estilo colonial y tenía numerosas plantas en macetas. Auguste se apresuró a subir por la escalera; el corazón le latía con fuerza porque estaba preocupada por el joven teniente. ¿Dónde se había metido la señora? Hacía rato que habían despejado el comedor. ¿Estaría en la biblioteca supervisando la colocación de las sillas para la velada de la tarde? Pues no. Su voz venía del salón rojo. A pesar de la prisa, Auguste decidió por prudencia escuchar junto a la puerta. Con el único fin, claro está, de no entrometerse por equivocación en una conversación familiar íntima.

—Elisabeth, esperaba más autodisciplina por tu parte. Eres la mayor y deberías contener tus arrebatos. Y más cuando sabes que Katharina tiene los nervios delicados.

—Sí, mamá.

—Lo que ha ocurrido esta noche en el dormitorio de Katharina no tiene nombre. Deberíais avergonzaros. Ahora el servicio tiene que limpiar ese campo de batalla.

—Sí, mamá.

—Si vuelve a ocurrir una escena así, aunque solo sea una vez, tendré que contemplar la idea de separaros. No me cabe duda de que unos meses en la hacienda de los abuelos en Pomerania te vendrían muy bien, Elisabeth.

En la voz de la señorita se advirtió el espanto más absoluto. Pomerania debía de ser un sitio realmente aburrido. Estaba donde Cristo perdió la sandalia.

—¿Cómo? ¿Ahora que empieza la temporada de bailes? Mamá, no puedes hacerme eso...

—Sí, si mis dos hijas no saben ser amables la una con la otra.

—¿Por qué yo? ¿Por qué no enviáis a Katharina a Pomerania?

Oh, oh. Mal asunto. Ese comentario no había sido acertado. Había colmado la paciencia de la señora. Elisabeth siempre llevaba las de perder.

—Porque Katharina debuta este año y tú ya llevas dos años participando. Y ahora, Lisa, no quiero oír nada más.

Auguste decidió que había llegado el momento de llamar a la puerta y anunciar al teniente. La señora la miró con una leve irritación, mientras que en la expresión de la señorita se dibujaba una gran agitación.

—¿El teniente Von Hagemann? —preguntó la señora en un tono muy distinto y una sonrisa en el rostro—. ¡Que espere un momento!

Auguste cerró la puerta y se apresuró por la escalera. Logró oír a la señora comentar con satisfacción:

—¡Qué sorpresa tan agradable! Lisa, ¿no tienes nada que decir?

—Mamá, no. No es lo que tú...

Auguste no oyó lo que la señora Melzer contestó a su hija. Abajo, en el vestíbulo, el teniente iba de un lado a otro entre las plantas, como un tigre enjaulado.

—La señora Melzer le ruega que espere.

Él la siguió por la escalera que llevaba hasta el salón. Auguste volvió a hacerle una reverencia junto a la puerta y dibujó su mejor sonrisa, de la cual él no se dio ni cuenta. De todos modos, le deseó suerte.

Alicia había pasado al comedor e hizo esperar al joven unos minutos. Por un lado, para aumentar la emoción y, por otro, porque él se había presentado sin anunciarse y no quería que pensara que no tenía nada que hacer. Él estaba apoyado en el borde de una butaca y, cuando ella entró en el salón, se levantó de un salto. Alicia lo miró atentamente, pero solo constató que estaba pálido y que parecía no haber dormido.

—Disculpe, señora, esta visita por sorpresa...

Insinuó un besamanos y ella notó que tenía los dedos muy fríos.

—Teniente Von Hagemann, no voy a negarle que estoy sorprendida. Sin embargo, como por mi parte también deseaba hacerle unas preguntas, su visita me resulta muy conveniente. Siéntese, por favor. ¿Té, café?

Él no quiso tomar nada y, para asombro de ella, empezó a dar vueltas por la estancia con la respiración entrecortada y sacudiendo los brazos. Hasta que se detuvo y le dirigió una mirada tan implorante que la conmovió.

—Lo siento, señora. Sin duda le debo parecer un loco, y admito que desde ayer por la noche no sé lo que me hago.

—¡Por el amor de Dios! Cálmese usted.

—Se lo ruego, ayúdeme. Si usted no me socorre, no sé lo que voy a hacer…

De joven, Alicia había presenciado muchos arrebatos pasionales; sus hermanos, tan frívolos siempre, habían protagonizado escenas muy similares, sobre todo cuando necesitaban dinero. Por eso en esta ocasión su sentido común se impuso ante toda posible simpatía e invitó enérgicamente al joven a contenerse. De lo contrario, dijo, se vería obligada a pedirle, con mucho pesar, que abandonara su hogar.

La reprimenda tuvo un efecto inmediato y el teniente recuperó la sensatez. Inspiró hondo y habló con voz baja pero firme.

—Ayer por la noche tuve la osadía de seguir a su hija hasta este salón. Estuvimos unos minutos a solas, pero tiene usted mi palabra de que no me aproveché de esa circunstancia y que no obré con fines deshonestos. Al contrario…

—Teniente, estoy indignada. Ha traicionado usted mi confianza y la de mi marido; además, ha abusado de nuestra hospitalidad.

—Señora —la interrumpió en tono abatido—, le propuse matrimonio a su hija. No creo que la unión de nuestras familias vaya en contra de sus intereses. Pero antes, evidentemente, quería comunicar a mi elegida mis intenciones. Para saber si ella quiere ser mía…

Alicia miraba con recelo a ese joven tan nervioso. Elisabeth no le había contado nada.

—¿Y bien? ¿Qué le contestó mi hija?

Él suspiró e hizo un gesto de desesperación.

—Esa es la cuestión, señora. No me respondió. Ni una palabra, ni un asentimiento. Nada. Luego nos interrumpieron.

—Entiendo —contestó ella—. Supongo que apareció el ama de llaves.

—No, su hija Elisabeth —admitió él, compungido—. Como puede figurarse, fue una situación muy incómoda.

Alicia miró petrificada al joven. ¿Qué tonterías estaba farfullando? ¿Acaso había bebido?

—¿Elisabeth? No lo entiendo, teniente Von Hagemann. ¿No acaba usted de decirme que le propuso matrimonio a mi hija Elisabeth?

Él negó con la cabeza y sacudió los brazos.

—Oh, no, señora. Yo me refería a su hija Katharina.

Fue entonces cuando a la esposa del industrial se le cayó la venda de los ojos. La riña de sus hijas la noche anterior. La rabia de Elisabeth hacia su hermana. Su extraña reacción momentos antes. Santo cielo, eso tenía que haber sido muy duro. Sin embargo, para Alicia era todavía peor que Elisabeth no se hubiera sincerado con ella.

—Señora, le ruego que me ayude —suplicó el teniente, que en su excitación era incapaz de atender a las emociones de su interlocutora—. Hable con Katharina. Estoy preparado para recibir la respuesta, sea la que sea, pero no soporto esta incertidumbre. En pocos días debo regresar al regimiento y…

—Entiendo.

—Así pues, ¿no hay ninguna posibilidad de hablar con su hija unos instantes?

—Lo lamento.

Él dejó caer los brazos, resignado. Qué muchacho tan atolondrado, se dijo Alicia. Era joven e inexperto, pero el ardor lo consumía por dentro. Así lo habría expresado su padre. Era como esos muchachos que en otros tiempos frecuentaban su hacienda en Pomerania y que, por desgracia, jamás le propusieron matrimonio a ella, Alicia von Maydorn.

—Mi querido y joven amigo —empezó a decir en tono suave—, permítame que, como madre de un hijo y dos hijas, le dé un consejo. Su empresa, aunque noble, me parece demasiado apresurada. Katharina apenas ha cumplido dieciocho años. Este invierno será presentada en sociedad y...

—Precisamente eso es lo que me preocupa, señora —la interrumpió, agitado—. Cuando Katharina se convierta en la reina de la temporada de bailes y todos los jóvenes caballeros caigan rendidos a sus pies, ¿sabrá distinguir entre quienes tienen intenciones serias y honorables y quienes no? Podría sucumbir ante falsas insinuaciones, o dar promesas irreflexivas...

Alicia ya había conseguido sobreponerse. Por difícil que fuera este asunto para Elisabeth, había que pensar en el bienestar de la familia.

—En ese aspecto, teniente Von Hagemann, puede confiar por completo en mí. Le hablaré con franqueza: yo también vería con buenos ojos una unión de nuestras familias. Y pienso que mi hija tendría en usted a un marido comprensivo y atento.

Él exultaba de felicidad.

—Señora, no sé qué decirle. Si Katharina pudiera darme una señal. Un guiño. Una sonrisa. Unas líneas escritas...

Alicia sopesó la propuesta. Kitty podría escribir unas líneas. Nada definitivo, por supuesto. Apenas unas palabras amables.

—Teniente, dele tiempo a mi hija. Y de paso, también a sí mismo. Me encargaré de que usted reciba una señal de Katharina, aunque tal cosa no ocurrirá de inmediato. Debe entender que mi hija debe superar los obstáculos que marca el pudor juvenil antes de escribir ciertas afirmaciones y confiar en el correo.

—¡Qué amable es usted, señora! Le prometo esperar pacientemente este escrito, pero piense que cada segundo que pasa es una flecha clavada en mi alma.

—Procuraré tener eso en cuenta, joven.

De este modo concluyó la charla. Él no podía pedir más. Y Alicia ya había prometido más de lo que tal vez pudiera lograr. Si Kitty no fuera tan soñadora. La verdad es que no le vendría mal un poco de la forma de pensar realista de Elisabeth. Alicia ofreció la mano a Klaus von Hagemann para despedirlo; él la besó con gallardía de teniente, pero con más brío y educación que con auténtico sentimiento. Pero, claro, ella no era Kitty.

En el comedor de al lado, Robert entraba con una bandeja. Le habían encargado sacar las tazas de té y de café de los armarios y llevarlas a la biblioteca para el acto de la tarde. Al ver a la señorita Elisabeth junto a la puerta que daba al salón rojo, se aclaró la garganta con educación.

—¿Acaso no sabes llamar a la puerta? —le espetó ella.

La incomodó que fuera Robert quien la hubiera sorprendido espiando. Pero, por otra parte, su presencia ahí resultaba muy oportuna.

—Disculpe, señorita.

Ella esperó a que él depositara la bandeja sobre la mesa. Luego se aproximó a él por el otro lado hasta colocarse delante. Se apoyó con las manos en la mesa para dejarle bien a la vista el escote.

—¿Te gustaría saber de qué hablaban ahí al lado?

Él la miró con gesto esquivo; era evidente que la visión de su pecho lo turbaba. A fin de cuentas, era un hombre. Con todo, él se obligó a apartar la mirada.

—No es de mi incumbencia, señorita.

Ella se inclinó un poco más y le sonrió con malicia. Él

también estaba loco por su hermana, pero era incapaz de apartar los ojos de sus senos. ¡Adelante, pues!

—Aun así, te lo diré. Mi madre acaba de acordar el matrimonio del teniente Von Hagemann con mi hermana. ¿Qué te parece?

Él palideció. Tenía los labios casi blancos. Pobre hombre, era incapaz de fingir. Cualquier miembro de la casa que no fuera ciego se había dado cuenta de que el lacayo estaba locamente enamorado de Kitty. Y, aunque Robert no tenía la menor oportunidad, vivía atormentado por ello. Ella comprendía muy bien su desesperación, pero, a diferencia de él, disponía de medios para lograr sus deseos.

—Eso, señorita, no es asunto mío.

—Vaya, pues ahí discrepo —objetó ella con convencimiento—. El destino de mi pobre hermana nos incumbe a todos. A ti igual que a mí. Tenemos que evitar que la casen con un hombre con el que ella no podrá ser feliz.

Él calló y le clavó la mirada. Aunque se tambaleó un poco, no dejó entrever nada más.

—¿Vas a ayudarme? —preguntó ella.

—No sabría cómo…

Ella se interrumpió un instante al oír que la puerta del salón contiguo se cerraba. La conversación entre su madre y el teniente había terminado y el joven abandonaba la mansión.

—Es muy fácil —susurró Elisabeth.

Robert no respondió. La barbilla le temblaba. Cualquier propuesta por parte de ella comprometería su puesto de trabajo. Su trabajo y su futuro.

—Te encargas de llevar las cartas al correo, ¿verdad?

—Así es, señorita.

Ella sonrió triunfante y dos hoyuelos asomaron en sus mejillas.

—Solo tendrás que confundir dos cartas. Nada más.

12

—Se diría que las damas de la sociedad de beneficencia han estado practicando ayuno durante semanas.

Los tentempiés y demás exquisiteces habían encontrado una excelente acogida. Según Else, cuando el conferenciante terminó su charla, las señoras casi habían llegado a las manos para hacerse con las delicias culinarias. Durante la conferencia se había servido té, café y vino para así incrementar la atención de las interesadas. Y también la cantidad de bebida consumida era asombrosa.

—Hasta aquí hemos llegado —aseveró entonces la cocinera con un gesto enérgico en cuanto la última bandeja ricamente adornada abandonó la cocina—. Se ha acabado la lengua de ternera, no quedan más huevos y es una lástima malgastar el caviar bueno. A partir de ahora solo habrá boca-ditos de jamón con pepinillos en vinagre.

—Da igual lo que les sirvas. La mayoría van tan cargadas de vino de Mosela que incluso comerían pan seco.

—¡Auguste! —la regañó Else mientras llevaba dos cafete-ras hacia el montacargas—. ¡Que no te oiga la señora Schmal-zler!

—Pero si es cierto —refunfuñó Auguste—. Se han vertido dos copas por accidente y, naturalmente, el vino no solo ha manchado la alfombra, también el sofá. La esposa del director

Gutwald ha dejado caer su plato con tres bocaditos de caviar y la señora del doctor Lüderitz, que es corta de vista, los ha pisado. Caviar negro en una alfombra roja...

—Y pensar que en realidad esas señoras se han reunido para ayudar a los negritos hambrientos de África.

Marie, que había estado preparando sin pausa café y té y que ya había limpiado la vajilla, se dejó caer en un taburete cerca de la cocina con un suspiro. Auguste soltaba muchas tonterías, pero había dado en el blanco con lo que acababa de decir. Marie conocía esos encuentros por el orfanato. De vez en cuando, la señorita Pappert invitaba por la tarde a benefactores y patrocinadores a lo que ella llamaba «una gala». En esas ocasiones, de la cocina salían delicias asombrosas. Había café y tartas, muchos comentarios falsos y, al final, algunas pupilas tenían que hacer alguna actuación, como recitar poemas o cantar. Eso era lo peor. ¡Ah, qué encantadoras esas pequeñas huerfanitas, tan inocentes y tan bien vestidas! Ni que decir tiene que estas ropas solo se usaban esa tarde y que desaparecían al día siguiente. Pero todos los asistentes, menos las huérfanas, comían, bebían y se divertían mucho en esas galas.

—¿Qué pasa, Marie? —la increpó la cocinera—. Ya descansarás más tarde. Vamos, ponte a lavar la vajilla. Y ten cuidado con las bandejas buenas de porcelana.

Marie ya había aprendido que una taza del juego de té bueno costaba veinte marcos, y un plato de la vajilla buena llegaba incluso a veinticinco. La cafetera no tenía precio. Si la rompía, tendría que trabajar gratis para los Melzer hasta el fin de sus días. Marie bostezó; eran casi las nueve y estaba agotada.

—Para que no te aburras, toma esto. ¡Lávalo en agua jabonosa y tiéndelo!

La señorita Jordan había aprovechado la ausencia de las damas Melzer para inspeccionar su guardarropa. Siempre había algo que remendar: una costura abierta, una blusa que requería un arreglo. O una mancha que había pasado desapercibida hasta entonces. Por no hablar de la ropa interior, que se cambiaba a diario. De las piezas grandes, como los manteles o las sábanas, se encargaba una lavandería; para la ropa más fina, dos veces a la semana acudían a la casa dos mujeres que se ocupaban de ello. Sin embargo, siempre había emergencias, prendas que tenían que recomponerse para el día siguiente. Como la delicada blusa de batista de la señora. La habían lavado varias veces y había perdido un poco de color; además, en el puño de la manga izquierda había aparecido una fea mancha de color marrón claro. Debía de ser café. O tal vez té; si era ese el caso, tendría que lavarse con limón.

Marie sabía que la señorita Jordan podía lavar ella misma la blusa, pero estaba sentada junto a las demás a la mesa de la cocina lamentándose de la cantidad de trabajo que tenía. La temporada de bailes estaba a punto de llegar y la señorita Elisabeth no cabía en ningún vestido. Posiblemente, la señora encargaría uno o dos vestidos de baile para ella, pero ese año era preciso renovar por completo el vestuario de la señorita Katharina. También en la casa de un industrial próspero había que hacer cuentas.

—Creo que con la ayuda de la modista podré modificar el vestido de seda de color rosa palo.

—¿Y qué hay de los otros vestidos? —quiso saber Auguste con mirada ansiosa—. Ese verde de raso. Y el de color crema con esos encajes tan delicados. ¡Ah! Es tan bonito que parece un vestido de boda.

Maria Jordan sabía a qué vestido se refería Auguste. De vez en cuando, la señora regalaba a los empleados ropa que ya no usaba. Pero conociendo a la señorita Elisabeth, seguro que impediría por todos los medios que sus doncellas pudiesen llevar sus vestidos de baile.

—¿Acaso quieres casarte, Auguste? —dijo para apartarse del tema—. ¿Ya tienes novio? ¿Al final es Robert?

La broma hizo que todas estallaran en una carcajada. Roja de rabia, Auguste llamó tonta a la señorita Jordan y le dijo que haría mejor metiendo la nariz en sus asuntos.

Marie hubiera deseado que se abalanzaran la una contra la otra, pero la decepcionaron. El ama de llaves apareció en la puerta de la cocina y dio una palmada. Algunas damas ya se habían despedido y los automóviles estaban al llegar.

Auguste y Else salieron a toda prisa para entregar los abrigos y las polainas a los invitados; Robert desplegó en el vestíbulo un paraguas negro que habría podido cobijar a una familia de cuatro personas. Marie se secó las manos con el delantal y corrió detrás de Auguste y Else; por supuesto, no llegó al vestíbulo, pues ahí no tenía nada que hacer, así que se quedó junto a la puerta entornada. Desde allí pudo echar un vistazo y ver a las damas achispadas, que en ese momento se metían en sus abrigos calientes y se sujetaban los sombreros con unos alfileres largos. ¡Qué excitadas estaban! ¡Cómo se abrazaban y besaban entre sí! El cura que había dado la charla no dejaba de recibir felicitaciones una y otra vez, y dos de las damas de más edad llegaron incluso a abrazarlo, aunque ninguna le dio un beso.

¿Ese señor de bigote oscuro y cejas espesas era el director Melzer? Aunque nunca le había visto la cara, tenía que ser él. Estaba despidiéndose de una de las señoras más jóvenes. Ella le hablaba con insistencia mientras él sonreía con cierta timidez y sin dejar de asentir. Era curioso que un hombre tan rico y poderoso aparentara tanta inseguridad. Pero no cabía duda de que al otro lado, en su fábrica, su presencia era muy distinta.

—¿Qué estás mirando? ¡A trabajar!

Tenía que ser la señorita Jordan la que la descubriera. Esa mujer tenía ojos de lince, con ella había que andarse con pies de plomo.

Sobre las diez, la cocinera, Else y Auguste fueron a acostarse. La señorita Jordan aún estaba ocupada porque tenía que ayudar a desvestirse a la señora y a las dos hijas. La señorita Schmalzler salió del dormitorio de la señora sobre las diez y media tras repasar con ella el plan del día siguiente. Pasó por la cocina, donde Marie aún estaba lavando platos, y comentó que estaba preocupada por Robert. El tontorrón había salido a dar un paseo de noche, explicó, algo que, con aquel tiempo, era una sandez. Marie se encogió de hombros.

—Buenas noches, Marie. Deja la vajilla limpia sobre la mesa; mañana Robert la colocará en los armarios. Y antes de acostarte comprueba que todas las ventanas queden bien cerradas.

—Sí, señorita Schmalzler. Buenas noches a usted también.

Casi había terminado. Solo le faltaba secar dos bandejas y algunas tazas y pulir las cucharas de plata y los cubiertos de servir. Si además no tuviera que lavar esa maldita blusa, en media hora estaría en la cama. Se inclinó para sacar un trapo limpio de la estantería, lo desdobló y se dispuso a limpiar la plata.

—Buenas noches.

Marie casi se desmaya del susto al ver a la señorita en la entrada de la cocina.

—Disculpa, no quería asustarte —dijo Katharina—. Ya sé que aquí abajo no se me ha perdido nada.

Marie tragó saliva mientras se apretaba el trapo contra el vientre. Ciertamente, la cocina era territorio del servicio; los señores entraban ahí en contadas ocasiones.

La señorita llevaba un batín blanco sobre el camisón. El batín era de una gasa delicada dispuesta en varias capas. El corte era sencillo, sin volantes ni encajes; aun así, a Marie le pareció que la señorita era bella como una reina.

—Tú debes de ser Marie, ¿verdad? La nueva ayudante de cocina.

Marie tenía un nudo en la garganta, era incapaz de articular palabra. En su lugar, se inclinó varias veces y hundió los dedos en el trapo de cocina.

Entonces la señorita dio unos pasos hacia el interior de la cocina. Se movía de un modo impreciso, llevando los pies de un lado a otro, como si no supiera adónde dirigirse exactamente. Había oído decir que no podía dormir por la noche. ¿Y si estaba sonámbula? Qué pelo tan magnífico. Castaño con un leve brillo rojizo. Tenía los rizos sueltos y los tirabuzones se le desparramaban por la espalda. Y qué ojos. Sobre todo, los ojos. Eran de un azul intenso, un azul de mar, como el cielo en los días de verano cuando parecía posible vislumbrar el final del universo.

—Te he reconocido de inmediato, Marie. Nos hemos visto antes, ¿te acuerdas? Yo iba en el automóvil y tú estabas fuera, sobre la hierba.

Marie asintió de nuevo. Por supuesto que se acordaba.

—Yo llevaba un vestido verde y un sombrero con velo de tul.

Marie se aclaró la garganta, contenta de haber recuperado la voz. Por un momento pensó que se había quedado muda de asombro.

—Sí. Me acuerdo, señorita.

—¡Muy bien!

La señorita le dirigió una sonrisa que iluminó aquella cocina tan lúgubre y caldeó el corazón temeroso de Marie. Nadie le había sonreído de ese modo. ¿No había dicho alguien que la señorita Katharina era maga? A Marie le pareció que así era y respondió con una sonrisa tímida.

—Me gustaría pedirte una cosa, Marie.

—Usted dirá.

Su corazón latía muy deprisa. ¿Acaso necesitaba una segunda doncella? ¿O quizá una camarera?

—Me gustaría hacerte un retrato.

Marie debió de poner una cara especialmente estúpida, porque la señorita dejó escapar una risa alegre y clara.

—No te enfades. No me río de ti. Me doy cuenta de que es una petición muy poco común. Pero tienes la cara que necesito. Una expresión que encaja muy bien con las estancias grises y los edificios lúgubres de aquí, ¿entiendes?

No. Marie no entendía nada, pero tampoco quería entenderlo porque esa idea no le gustaba nada. Seguro que la señorita no había querido ofenderla, pero si alguien distinto le hubiera dicho eso, Marie se habría enfadado.

—Son tus ojos, Marie —prosiguió la señorita con voz suave y halagadora—. Tienes unos ojos preciosos y tu alma se refleja en ellos. Hay tanta tristeza y anhelos. Una sed inmensa de felicidad. Mucho cansancio, y también mucha energía.

Qué cosas más raras decía. Ya había oído comentar que era algo excéntrica.

—Si es tan importante para usted, puede pintarme sin problemas.

—Entonces, ¿no te opones? —exclamó la señorita Katharina, aliviada—. Fantástico. A partir de mañana vendrás a mi habitación dos horas cada día…

Marie se asustó.

—Oh, no, eso no es posible, señorita.

—¿Por qué no es posible? —preguntó ella. Sacudió la cabeza y repuso que era algo muy sencillo.

—Señorita, tengo trabajo que hacer.

—Pero si estarás trabajando. Vas a ser mi modelo. En realidad debería pagarte por ello, pero, por desgracia, no tengo dinero propio.

Puso una sonrisa de disculpa y Marie respondió con otra. Qué distintas eran las dos hermanas. La mayor era una bruja maliciosa y la pequeña, una soñadora adorable y algo alocada. Marie se sintió atraída por esa joven, aunque el sentido común le decía que debía ir con cuidado con las dos hermanas.

—Si la señorita Schmalzler está de acuerdo, me gustará mucho ser su modelo.

—Perfecto. Entonces empezaremos mañana, Marie. ¡Qué ilusión!

La señorita se acercó a Marie, la cogió de las manos, se las apretó con fuerza y se marchó. Se le cayó al suelo el trapo de cocina. Marie se inclinó para recogerlo y cuando se levantó de nuevo, la señorita ya había desaparecido.

Clavó la mirada unos instantes en la puerta entornada que llevaba al vestíbulo; luego empezó a pulir mecánicamente las cucharas y los cubiertos de servir. Cuando después del trabajo se tumbó por fin en la cama, tenía el convencimiento de que aquel encuentro había sido un sueño.

II

DICIEMBRE DE 1913

13

Al subir por la estrecha escalera de aquel edificio interior de Múnich, Paul tuvo un mal presentimiento. Dos mujeres desaliñadas, una de ellas calzada tan solo con unas pantuflas de fieltro, le vinieron de frente. Llevaban un niño pequeño entre ellas y no parecían dispuestas a cederle el paso. Apoyó de mala gana la espalda contra la pared pintada de verde oliva para dejarlas pasar. El cuarto de estudiantes de Edgar se encontraba en el último piso, debajo del tejado.

—¿Edgar? ¡Eh, hola, soy Paul!

Primero llamó a la puerta de forma discreta y luego un poco más fuerte. No obtuvo respuesta. Maldita sea, ¿y si finalmente Edgar se había decidido a ir? Tal vez se habían cruzado por el camino y en ese mismo instante Edgar estuviera llamando con igual insistencia a la puerta de su habitación en Mariengasse. No. Eso era muy poco probable. Edgar le había prometido que pasaría por su casa a las diez y ya eran las dos de la tarde.

—¡Edgar! ¡Abre la puerta de una vez!

Como su intención era sacudir un poco la puerta, había agarrado el pomo desgastado y, para su asombro, esta cedió y se abrió hacia dentro con un crujido mientras se hacía sentir el desagradable hedor a cerveza insípida, aire viciado y meados de gato. Un felino flaco y de pelo gris apareció por la rendija de la puerta y, tras acariciarle la pernera del pantalón, bajó sigilosamente, como una sombra, por la escalera.

Paul forzó la vista para distinguir alguna cosa en la penumbra de la pequeña habitación de estudiante. Solo había estado ahí una vez, cuando él y unos compañeros habían tenido que subir a Edgar después de una noche de fiesta. En aquella ocasión apenas había podido echar un vistazo.

—¿Edgar? ¿Estás ahí?

Algo se movió detrás de la puerta. Una copa cayó al suelo y se rompió, y luego se oyó una maldición en voz baja.

—Entra de una vez, Paul —dijo su amigo con voz ronca—. Y cierra la puerta, que si no se me echará encima la vecina. Esa idiota se ha pasado toda la noche protestando.

La estancia presentaba señales evidentes de una borrachera: botellas de cerveza vacías por todas partes, copas, dos jarras de cerveza de madera y una botella de licor de genciana debajo de la mesa, cuyo contenido había encontrado su camino en algunas gargantas sedientas. Paul distinguió además un panecillo roído y seco, y un libro, al parecer de anatomía humana. Edgar estudiaba medicina.

—¡Bienvenido a mi humilde morada! —exclamó Edgar un poco abochornado mientras se apartaba el cabello de la frente—. Siéntate, Paul. En esa silla de ahí. Pon los vasos en la mesa. Espera… en algún sitio tiene que quedar una botella de ginebra.

Paul no tenía muchas ganas de aceptar la invitación, y menos cuando vio que la silla de madera estaba manchada de cerveza. Mientras su amigo se ponía de pie con dificultad e iba de un lado a otro de la habitación tambaleándose, Paul se acercó a la ventana y la abrió. El aire frío penetró en la estancia. Un carámbano se soltó del borde del techo y cayó hacia la calle como una flecha.

—¿Te has vuelto loco? Cierra de inmediato esa ventana. ¿Acaso piensas que quiero morir congelado?

—Mejor congelarse un poco que ahogarse en esta peste.

Edgar se acercó torpemente a la ventana, la cerró y comentó que ese día Paul parecía estar de mal humor.

—¿Y eso te extraña? Dijiste que estarías en mi casa a las diez. ¿Es que lo has olvidado?

La cara de su compañero fue de gran sorpresa.

—¿A la diez? ¿En tu casa? Que me maten, amigo. No tenía ni idea.

Miró a Paul con una expresión tan inocente que por un momento lo hizo dudar. ¿Había entendido algo mal? No, en absoluto. Dos días atrás habían quedado así. Había sido en la plaza del mercado de abastos, el Viktualienmarkt, frente al puesto de la vendedora de carne de ave; se encontró con Edgar por casualidad y le había dicho claramente que tenían que zanjar ese asunto.

—Oye, Edgar. Tuve que empeñar mi reloj de oro para prestarte trescientos marcos. Ese reloj vale de diez veces más, y ambos lo sabemos. Si no lo recupero hoy pasará a ser de la casa de empeños. ¿Lo entiendes?

—Vale, vale —murmuró Edgar haciendo un gesto conciliador con las manos—. No te alteres, amigo. Basta con que le pagues una pequeña cantidad al prestamista y en principio todo quedará arreglado. Después de Navidad recuperarás el dinero. Jamás en la vida he dejado a deber nada…

—Edgar, necesito el dinero ahora. Inmediatamente, tal y como quedamos. ¿Qué van a decir mis padres cuando me vean llegar a casa sin el reloj?

Edgar posó los vasos vacíos sobre la mesa y limpió el asiento de la silla con un trapo, que en otros tiempos había sido una camisa.

—Siéntate, amigo, y tómate un trago. Te lo explicaré con todo detalle. Ya me conoces, Paul. Si tuviera el dinero, te lo daría…

Así que era eso. Aunque Paul se lo había estado temiendo durante mucho tiempo, se había aferrado a su última esperanza.

—¡¿No tienes el dinero?! —exclamó, enfadado—. ¿Cómo es posible? Me dijiste que tu tío de Stuttgart te lo iba a enviar. ¡Me diste tu palabra! ¿No te acuerdas?

¡Cómo había podido ser tan tonto! Bastaba con mirar ese cuarto desvencijado para comprender que ese tío de Stuttgart no existía siquiera. Edgar lo había embaucado dándoselas de buen compañero, siempre divertido, siempre servicial, siempre listo para alguna bufonada graciosa. Pero era Paul el que siempre pagaba.

—¿No lo sabes, amigo? —dijo entonces Edgar con voz llorosa—. Justo ayer por la mañana recibí la noticia y estoy terriblemente abatido. Mi pobre madre, que se ha matado a trabajar por sus hijos toda la vida, ha caído enferma, y el negocio de mi padre atraviesa un mal momento. Como es natural, yo tenía que hacer algo y les envié el dinero. Sé que eres un caballero honorable y que además tienes un corazón compasivo…

Semanas atrás, Edgar le había contado que había avalado de buena fe a un amigo y que este se había arruinado, por lo que necesitaba reunir rápidamente trescientos marcos. Según le dijo, si no lo conseguía podía ocurrir una desgracia, puesto que ese amigo era una persona muy inestable y ya había hablado de quitarse la vida. Menudo farsante. Podría hacer carrera en cualquier escenario. Paul, asqueado, escuchó un rato más su parloteo desgarrador; se sentía muy avergonzado por haberse dejado engañar por ese charlatán. ¡Cielos! ¿Cómo explicaría en casa la pérdida del reloj? Era una herencia familiar, había sido de su abuelo materno. Mamá había encargado una revisión a fondo del reloj antes de regalárselo cuando cumplió veintiún años. Incluso había mandado reponer los rubíes y las esquirlas de diamantes que decoraban el dibujo de la tapa y que con el tiempo se habían caído y se habían perdido.

—Ya basta —espetó interrumpiendo el discurso lacrimógeno de Edgar—. Ahórrate las mentiras. Lo único que me creo de lo que dices es que no tienes el dinero, pero eso es porque lo has despilfarrado.

No obtuvo respuesta. Edgar necesitaba tiempo para asimilar que su grandiosa explicación había sido inútil.

—Los estafadores como tú deberían estar ante el juez.

Entonces en el rostro de su amigo asomó una expresión pícara y maliciosa.

—Inténtalo si puedes —le sugirió con rabia—. ¿Tienes algo por escrito? ¿Algún testigo? ¡No tienes nada!

Por desgracia, Edgar tenía razón. Paul se habría abofeteado por no haber atendido siquiera las normas más elementales del préstamo de dinero. Había actuado de buena fe, con un simple apretón de manos entre amigos. Sin contrato ni letra de cambio, y tampoco había nadie que tuviera noticia de esa transacción porque Edgar le había hecho prometer que no lo hablaría con nadie.

—No pienses que podrás salirte con la tuya —lo amenazó—. Yo me encargaré de que seas castigado.

—¿Por qué te enfadas tanto? —replicó Edgar—. Tu padre nada en la abundancia. ¿Qué son trescientos marcos? ¿No acabas de decir que el reloj vale diez veces más? ¿Cuánto cuesta un vestido de baile para tu hermanita? ¿Y las perlas que tu señora madre se cuelga al cuello?

Paul sintió un deseo intenso de romperle la boca a ese sinvergüenza. Pero de hacerlo, habría bronca y gritos, los vecinos acudirían y tal vez incluso alguien avisara a la policía. Lo último que se podía permitir era un escándalo. La puerta desvencijada tembló en sus goznes cuando Paul, enfadado, salió dando un portazo. En la escalera estrecha unas siluetas grises se desvanecieron rápidamente; era evidente que su conversación había sido seguida con curiosidad. Se alegró de no haberse dejado llevar y cometer una acción violenta.

Cuando llegó abajo, ya delante del edificio, inspiró el aire limpio y frío del invierno. Unos pequeños copos de nieve caían en un delicado balanceo; en algún lugar entre los bloques de casas, un organillo dejaba oír el villancico *Oh du fröhliche*. De pronto, notó cómo una bola de nieve le pasaba justo por delante de la nariz. Se agachó enseguida, hizo una bola y consiguió darle en la espalda al diablillo que huía a toda prisa. Se oyeron unas risas. A los chiquillos los divertía que ese joven no echara pestes y participase de buena gana.

Se marchó a buen paso hacia el centro, con las manos metidas en los bolsillos del abrigo forrado. Solo había un modo de salvar el reloj: tenía que negociar con el prestamista, abonar una pequeña suma y alargar el plazo.

Su padre no debía enterarse de eso jamás. De lo contrario, se lo recriminaría hasta el fin de los tiempos, y con toda la razón. ¡Qué estúpido había sido! Consideró contárselo a mamá. Pero eso también era difícil. A lo sumo podía confiarle ese secreto a Kitty, pero su hermana pequeña no podría ser de gran ayuda.

En la Frauenstrasse los compradores se agolpaban frente a los escaparates iluminados. La nevada estaba cobrando fuerza. Los sombreros oscuros y rígidos, los gorros de mujer con adornos de flores, las capuchas de terciopelo… todos estaban espolvoreados con diminutos copos de nieve. Tampoco los gabanes, las chaquetas, los voluminosos abrigos de piel ni el manto de lana a cuadros de la castañera se libraban de los remolinos de copos. En las aceras, delante de las tiendas, empezaban a asomar los muchachos que quitaban la nieve a cambio de unas monedas.

Paul se caló el sombrero y se abrió paso entre la multitud. De hecho, tenía previsto comprar unos regalos para sus padres y hermanas. Pero a esas alturas eso era impensable. Poco antes de llegar a la puerta de Isartor, dobló la calle y entró en el callejón en el que estaba la casa de empeños. Tuvo que aguardar un buen rato porque una anciana que quería empeñar una joya de granates regateó todos y cada uno de los marcos que obtuvo. Mientras aguardaba, Paul contempló las vitrinas con inquietud: relojes, cadenas, anillos, candelabros y utensilios de plata, sellos de lacre con piedras preciosas, cubiertos con monogramas de familia. Esos objetos no habían podido ser recuperados por sus propietarios y se encontraban expuestos para la próxima subasta. Aquel día el prestamista, un hombre entrado en años, calvo y con un largo bigote de tono rojizo, había tenido que ausentarse, aunque sí estaba su esposa. ¿O tal vez fuera su empleada? En cualquier caso, era una mujer enjuta, de pelo gris, rostro pálido y unos ojos pequeños y claros en los que se reflejaba su falta de compasión.

—¡Por supuesto, caballero! Naturalmente. No vamos a desprendernos de esta bonita pieza sin más.

«¿Y por qué no?», pensó él con enojo. «Primero me desangran y luego esperan que caiga de nuevo en sus redes.» Le pedían cincuenta marcos.

—Pero eso es mucho dinero…

La prestamista hizo una pequeña mueca. Era evidente que conocía su oficio al menos tan bien como el calvo del bigote rojizo.

—Voy a hacerle una propuesta. Deme veinte marcos y déjenos su abrigo. Es una prenda buena y muy bonita, parece inglesa, y… ¿podría desabrocharse, por favor? Exacto, sí, está forrado de piel. Es zorro, ¿verdad?

Así que además del reloj iba a tener que dejar ahí su abrigo de invierno, el que su madre había encargado para él el año anterior. Al principio se burló a causa del forro de zorro, y le preguntó a su madre si acaso pensaba que era un anciano. Sin embargo, durante sus paseos invernales por las islas del Isar había aprendido a valorar ese abrigo.

Durante un instante sintió una inmensa rabia contra su padre. Todo eso habría sido innecesario si no lo obligara a ir tan escaso de dinero. Alquiler, libros, comida, de vez en cuando una visita a la taberna… Continuamente tenía que contar el dinero para esas cosas. En ese aspecto su padre era inflexible; explicaba que, de joven, había tenido que alimentarse durante semanas con un trozo de queso y una rebanada de pan porque ganaba muy poco dinero como aprendiz en la fábrica de maquinaria. De todos modos, no tenía derecho a enfadarse con su padre: si se había metido en ese embrollo se debía a su propia estupidez.

—Como quiera. Después de Navidades regresaré para recuperar los objetos.

—Claro que sí.

Por su tono de voz, en cambio, parecía decir: «No me creo ni una palabra».

Se quitó el abrigo y vació los bolsillos. Nunca se había sentido tan humillado. Y por si la situación no fuese bastante incómoda, en ese instante dos mujeres jóvenes entraron en el establecimiento y contemplaron la escena con curiosidad.

—¡Vaya! Parece que aquí le quitan a uno la ropa hasta dejarlo en mangas de camisa —se compadeció una de ellas hablando en el dialecto propio de la ciudad—. No vaya usted a resfriarse con el frío que hace.

—No se preocupen, señoras. Con el calor que tengo en el cuerpo podría fundir la nieve.

Aunque aquella broma no le pareció especialmente graciosa, le permitió mantener cierta dignidad. Una vez en la calle, se levantó el cuello de la chaqueta y caminó todo lo rápido que pudo, pues las calles estaban atestadas, en dirección a Mariengasse. La rabia que lo embargaba por lo ocurrido le impidió sentir mucho el frío. En cuanto llegó a la casa en la que se hospedaba, cruzó la puerta de la entrada y se encontró en el patio interior, sintió el frío de golpe. Se sacudió la nieve de la chaqueta y se pasó los dedos por el pelo mojado.

—¡Oh, señor Melzer! —exclamó la voz ronca de la casera—. ¿Se marcha usted hoy a Augsburgo, a la casa de su familia?

La anciana alquilaba habitaciones a caballeros solos y a estudiantes. El sentido de su vida no parecía ser otro más que vigilar a los inquilinos y a sus posibles invitados, ya que se pasaba todo el día sentada en una butaca junto a la ventana.

—¡Buenos días, señora Huber! Así es, hoy me voy a Augsburgo. Le deseo unas felices fiestas.

—Muchas gracias, caballero. Aunque, a mi edad, una ya ha vivido las fiestas más felices…

Mientras subía la escalera, Paul se dijo que había logrado salir bastante airoso de la situación. En principio el reloj no iba a salir a subasta, y para regresar a casa tenía aún el abrigo de otoño, que, aunque no abrigaba tanto como el otro, también era de paño inglés. No le quedaba más remedio que malvender su silla de montar. Tenía varios amigos que la pretendían, pero difícilmente conseguiría trecientos cincuenta marcos por ella. Al final tendría que confiar en mamá y que ella le diera la diferencia. En cualquier caso, no quería que se lo regalara; se lo devolvería todo.

En cuanto llegó al último tramo de escaleras se detuvo asustado. Había una persona en cuclillas frente a su puerta. ¿No sería Edgar? No. Al acercarse se dio cuenta de que era una chica. ¡Por todos los diablos! ¡Mizzi! Lo que le faltaba.

—Hola, Paul. Veo que mi visita te ha sorprendido.

—Pues sí.

Vio que ella temblaba de frío y se apresuró a abrir la puerta de la habitación. Al mediodía había caldeado bien la estancia, así que aún tenía que estar algo caliente. Ella se deslizó hacia dentro, se quedó de pie en el centro de la estancia y se volvió hacia él.

—¿Quieres que te arregle la habitación?

—No, Mizzi. Como mucho, puedes ayudarme a hacer las maletas. Hoy me voy a casa.

En su cara se reflejó la decepción. La muchacha no era precisamente una belleza, pero cuando sonreía podía resultar muy atractiva. A cambio de un plato caliente o unas monedas, se acostaba con un estudiante, le arreglaba el cuarto y le hacía la comida. Sabía mucho sobre el amor, y no eran pocos los que habían aprendido muchas cosas con ella. Sin embargo, nadie le mostraba agradecimiento. La enviaban a comprar cerveza, *bretzel* o cigarrillos, o le pedían que llevara un recado a un compañero de estudios. Mizzi nunca se lo tomaba a mal, hacía lo que le pedían y se marchaba cuando la echaban.

—Ya me figuraba que tú también te irías a casa —dijo ella con una sonrisa—. Casi todos pasan la Navidad con la familia. Y así es como tiene que ser. ¿Te pongo las cosas en la bolsa de viaje?

Ella sabía dónde tenía la bolsa de cuero. La sacó y fue doblando con cuidado las prendas que él le entregaba, aunque tal cosa no era necesaria ya que se tenían que lavar.

—¿Y qué hay de ti, Mizzi? ¿También pasarás la Navidad con tu familia?

Ella se encogió de hombros.

—Ya se verá. Quizá pase por casa de mi madre. Pero ahora ella tiene otro fulano y no me gusta porque es un metomentodo. —Se rio y le preguntó si tenía media hora—. No te cobraré nada. Es solo porque me gustas y pronto será Navidad.

—No, Mizzi. Mi tren sale pronto. Tengo que marcharme…

Aquella chica le daba mucha lástima. ¿Por qué nunca antes había pensado en ella? Mizzi formaba parte desde el principio de la vida estudiantil, igual que las clases, las veladas en la hermandad Teutonia o los duelos entre estudiantes a los que asistía de vez en cuando. De pronto, ahora le preocupaba si tenía un lugar donde dormir o algo que comer.

—Mira, toma. Es mi regalo de Navidad.

Se sacó diez marcos de la cartera. No podía darle más porque todavía tenía que pagar el billete de tren. Ya compraría los regalos en Augsburgo, donde aún le quedaba algo de dinero en el escritorio. O tal vez se le ocurriera una idea genial. En esto, Kitty lo tenía muy fácil porque regalaba sus cuadros. ¿Y si escribiera poemas?

—Muchas gracias, Paul. Eres un encanto. Te deseo…

Al bajar la escalera con ella se sintió mejor. Al menos ese día había hecho una buena obra, casi se sentía orgulloso de sí mismo. Pero cuando vio a Mizzi desaparecer en el interior de una taberna lo asaltaron las dudas.

«No importa», se dijo. En ese instante, en su casa el gran abeto ya estaría en el vestíbulo y las mujeres lo estarían decorando con lazos rojos y galletas. Como todos los años, el aroma de las agujas del abeto y del pan de especias le daría la bienvenida.

Ya acomodado en el tren se sintió ilusionado ante las fiestas. Y lo mejor era que no tendría que regresar a Múnich hasta dentro de dos semanas.

14

Distinguido teniente:

Al dirigirme a usted con estas líneas deseo fervientemente que no me malinterprete. La vida nos enfrenta a todos a pruebas y equivocaciones, y nadie, ni el más sabio, está libre de ello. Ni siquiera usted, querido teniente...

Elisabeth dejó de escribir y releyó las líneas. Descontenta, tachó «deseo fervientemente» y escribió «espero», y eliminó también la última frase porque no hacía falta señalarle su error. En cambio, era importante fortalecer su amor propio. El hombre tenía que estar muy desesperado cuando recibiera la carta. Había arrojado a la chimenea la carta cambiada, la que contenía las líneas anodinas de Kitty, y en su lugar había escrito una respuesta negativa, fría e inequívoca.

Lamento informarlo de que no puedo corresponder a sus sentimientos; por ello le ruego que se abstenga de insistir en su proposición de matrimonio.

Desde entonces no se había oído nada de él ni tampoco se había dejado ver. Sin embargo, ahora ella no podía dejarlo ir porque todo aquello habría sido en vano.

Cerró la estilográfica y, meditabunda, se quedó mirando

por la ventana. Unos copos de nieve espesos y algodonosos caían de aquel cielo grisáceo y en el parque se veía el camino que el jardinero había despejado de nieve serpenteando como una cinta gris entre los árboles. Una pareja vestida con ropa oscura paseaba por el lugar: mamá llevaba un sombrero de ala ancha y su abrigo de visón; papá, el abrigo de invierno y botas. Era muy extraño que papá se olvidase de su trabajo toda una hora un sábado por la tarde. Elisabeth forzó la vista para intentar distinguir el estado de ánimo de sus padres, pero estaban demasiado lejos. Por sus gestos, parecían mantener una conversación animada. Tal vez discutían. Elisabeth suspiró y dirigió de nuevo su atención a la carta.

Durante estas últimas semanas he pasado por malos momentos y he reflexionado mucho sobre los designios del Señor. Ahora comprendo que la oscuridad no puede vencer a la luz, y que Dios perdona los errores siempre que estemos realmente dispuestos a emprender la buena senda…

Apartó un poco la hoja e introdujo algunas mejoras. En vez de «pasado por» escribió «padecido», era más efectivo. Cambió «la buena senda» por «el nuevo camino». Había que evitar que esas líneas parecieran un sermón. Era preciso que él supiera que ella aún le tenía afecto, pero no podía parecer pedigüeña ni tampoco perder la dignidad. La hoja se le había emborronado; más tarde lo pasaría todo a limpio.

En el exterior seguía nevando. ¡Qué raros estaban los árboles exóticos embutidos en sus cubiertas protectoras! Los pequeños cipreses estaban doblados por la carga, como ancianos enclenques, y los pinos parecían paraguas sobredimensionados. Observó a sus padres a lo lejos, estaban debajo de uno de esos pinos. Mamá parecía querer convencer a papá de algo; él la escuchaba en silencio, con las manos hundidas en los bolsillos del abrigo y el sombrero muy calado y cubierto de nieve. Se le encogió el corazón, llevar bien un matrimonio tenía que ser muy difícil. Mamá y papá se tenían un afecto verdadero, pero los conflictos se sucedían. De hecho, a menudo le daba la impresión de que mamá era la que quería y papá quien se dejaba querer. Tal y como solía decir mamá con un gemido irónico, el gran amor de papá no era su esposa sino su fábrica.

Apartó esos malos pensamientos con una sacudida de cabeza. En su matrimonio, se dijo, no habría disputas, ella se encargaría de que fuera así. Releyó con ojo crítico lo escrito y añadió el final.

Tras darme cuenta de esto me he animado a escribirle estas líneas, querido teniente. Durante todo un año tuve la dicha de convencerme de la integridad de su carácter y por ello sé que no me despreciará cuando le haga saber con libertad mi deseo. Sin duda mi madre ya le ha hecho llevar la invitación a nuestro baile de enero. Me sentiría muy dichosa de poder verlo en esa ocasión.

Su amiga,

ELISABETH MELZER

¿Era exagerado hablar de «dicha»? Ella no pretendía arrojarse en sus brazos. Con decir «fortuna» bastaría. ¿Y si simplemente ponía «suerte»? O mejor...

—¿Lisa?

Kitty estaba llamando a la puerta. Elisabeth, molesta por esa distracción, se apresuró a meter la carta recién iniciada en una carpeta.

—¿Qué quieres ahora? Estoy ocupada.

—Tienes que ayudarme, Lisa. ¡Te lo ruego!

Sin esperar a que la dejara pasar, Kitty abrió la puerta y corrió hacia Elisabeth, que escondió la carpeta dentro del cajón del escritorio.

—¡Vaya! —exclamó Kitty con curiosidad—. ¿Tienes un secreto?

—Pronto será Navidad, hermanita.

Kitty pareció satisfecha con esa explicación. Elisabeth, en cambio, no estaba del todo segura de que hubiera sido una buena ocurrencia. En otros tiempos las dos se dedicaban a rebuscar en secreto los regalos de Navidad escondidos por la villa, sin obviar la habitación de la otra hermana. Pero de eso hacía años...

—Imagínate, Alfons Bräuer acaba de llegar y quiere vernos...

—¿No ha anunciado su visita?

Kitty se lamentó en voz baja. Sí, hacía una semana que el joven Bräuer había anunciado su visita y mamá la había condenado a recibir a ese «joven tan agradable» y a tomar el té con él. Por supuesto, en compañía de ella. Pero mamá aún no había regresado de su paseo por el parque.

—¡No puedo recibirlo sola, Lisa!

—¿Y por qué no? —repuso Elisabeth en tono malicioso—. Un muchacho con tan buena pinta. Con unos músculos como Hércules, que parecen estar a punto de explotar dentro de las mangas de su chaqueta. Por no hablar de sus muslos...

—Lisa, no tiene gracia. Vamos, ven. Si no me ayudas, se lo diré a mamá.

Elisabeth sabía que su hermana no dudaría en hacerlo. Desde que esta había empezado a asistir a algunos bailes y veladas, se sucedían visitas de jóvenes caballeros. Unos querían invitar a Kitty a una excursión en carruaje o en automóvil, otros a dar un paseo a caballo. Mamá examinaba las invitaciones que recibían y seleccionaba solo unas cuantas. En esos casos, ella, Elisabeth, la mayor, siempre estaba invitada. Evidentemente, como carabina. ¡Cómo odiaba eso!

—No estoy vestida —rezongó.

Llevaba un vestido verde oscuro que estuvo de moda tres

años antes y que la señorita Jordan había ensanchado de cintura, escondiendo hábilmente la costura bajo un ribete de encaje.

—Lisa, estás muy guapa. De verdad, el color verde te favorece mucho. Vamos, ven. No podemos hacerlo esperar tanto.

—Deja que tome un poco de té, le sentará bien con el frío que hace.

Elisabeth se levantó de mala gana, se miró un instante en el espejo, hizo un mohín y luego se apresuró a ir detrás de Katharina. Desde que había llegado al mundo, todo giraba en torno a Kitty. Ya de niña tenía a todo el mundo encandilado con sus grandes ojos azules. De hecho, ella, Elisabeth, no había sido más que la niñera de su hermana pequeña. «Lisa, vigila que Kitty no se caiga por la escalera.» «Lisa, no zarandees a tu hermana.» «¿Por qué está llorando Kitty? Pobrecita. ¿No la habrás pellizcado, Lisa? ¡Mala, más que mala! ¡A tu habitación! ¡No queremos verte más por aquí!» Claro que había pellizcado a ese mal bicho en el brazo, pero fue porque antes Kitty le había mordido el dedo, aunque eso no le interesaba a nadie.

Mientras bajaban la escalera para ir al salón rojo, la autocompasión de Elisabeth iba en aumento. Habría podido pasar a limpio la carta y encargar que la echaran al correo. En cambio, al tener que pasar una hora haciendo de dama de compañía, no podría acabar a tiempo y tendría que entregar la carta al día siguiente, por lo que a buen seguro llegaría a su destino pasadas las fiestas. Era importante que Klaus la recibiera antes para evitar que adquiriera otros compromisos para el día del baile.

Auguste se encontraba apostada junto a la puerta del salón para hacerlas pasar. Ese día la chica estaba muy pálida; posiblemente el servicio estaba más ocupado de lo normal con los preparativos de la fiesta.

Alfons Bräuer se levantó de la butaca en cuanto ellas entraron. Alto como era, tuvo que tener cuidado para no rozar con la cabeza los colgantes de cristal de la lámpara de araña. Lejos de considerar su altura como una ventaja, a él eso le parecía una incomodidad.

—Señorita, estoy encantado. Espero no haber venido en mal momento.

—¡Oh, bobadas! —exclamó Kitty con una sonrisa mientras le ofrecía la mano para que se la besara—. No sabe lo mucho que nos alegra su visita. La lástima es que mamá aún no ha regresado. Figúrese, ha salido con papá a pasear por el parque y...

Elisabeth recibió también un beso de cortesía en la mano y un saludo, luego se sentaron y Kitty empezó a hablar como si le hubieran dado cuerda. El pobre Alfons solo tenía ojos para su princesa: cualquier gesto de ella, una mueca o una sonrisa, se reflejaba en los gestos de él. Elisabeth se limitó a servir el té y a repartir las tazas.

—Señor Bräuer, ¿toma usted un terrón de azúcar o tal vez dos?

—¿Cómo dice usted?

Ella tuvo que repetir la pregunta y entonces supo que él no tomaba azúcar. Tampoco parecía que el té le interesara especialmente, ya que sostenía la taza en la mano sin tomar ni un sorbo. Kitty hablaba como un pajarito, extendiéndose sobre los pintores franceses del siglo anterior y diciendo que gente como Renoir, Cézanne o Monet ya estaban caducos. ¿Había oído hablar de Georges Braque o de Pablo Picasso? Tres años antes, esos dos artistas fabulosos habían expuesto algunos cuadros en la galería Thannhauser de Múnich. ¿Por casualidad había estado allí? Ah, ¿no? Bueno, por desgracia ella tampoco: entonces solo tenía quince años y su pasión por el arte se encontraba en los primeros estadios. ¿Sabía él que los mejores y más grandes pintores vivían en Francia?

Elisabeth se sirvió el té con dos terrones de azúcar y tomó una galleta de Navidad de la fuente antes de pasarla. Galletas de almendra, bolitas de mazapán, pan de especias, galletas de vainilla… Como repostera, la señora Brunnenmayer era igual de buena que como cocinera. Bastaba con pensar en el pastel de Navidad que servía el primer día de las fiestas: era de nata con sabor a pan de especias, estaba relleno de nueces y avellanas escarchadas y llevaba una fina cobertura de chocolate. Aunque ella solo podía tomar un trozo, si no tendría problemas con su nuevo vestido para el baile de la villa. Era importante estar guapa cuando Klaus von Hagemann acudiera. Eso si acudía…

—Por desgracia, apenas soy capaz de dibujar una línea recta —oyó decir al joven Bräuer—. Aun así, soy un admirador de las bellas artes. Querida señorita Melzer, cuando la oigo hablar tan animada de ello es como si prendiera un fuego en mi interior.

—A mí lo que me gustaría es meter una antorcha en su interior y provocar una llamarada —exclamó Kitty riéndose—. Una llama eterna en el altar de las artes…

«Increíble», se dijo Elisabeth. De todas las tonterías que Kitty había dicho en su vida, esa se llevaba la palma. «El altar de las artes.» Si la oyera el padre Leutwien… ¿Cómo se explicaba su pasión repentina por los pintores franceses? ¿No tendría que ver con ese joven francés? Ese tal… ¿cómo se llamaba? Gérard Du… Dutrou. No, Dufour. Ah, no, no. Gérard Duchamps, sí, ese. El hijo de un colega de su padre que era de Lyon, la ciudad de la seda. Ojos oscuros con reflejos dorados, pelo negro espeso y, aunque tenía la nariz ligeramente afilada, eso no alteraba la impresión general. El joven Duchamps había conquistado los corazones y los sentidos de damas de todas las edades. Había coincidido con Katharina Melzer, la reina del baile de la temporada, en la villa Riedinger con ocasión del baile de San Nicolás. Ella lo había impresionado mucho y habían bailado juntos varias veces.

—Se dice que en enero habrá varias exposiciones interesantes en Múnich —comentó Alfons Bräuer.

—¡Y tanto! Aquí, en Augsburgo, somos muy conservadores. Vivimos en otro mundo. En Múnich la gente es más cosmopolita. Y luego está París, la cuna del arte. Pintores, escritores, músicos…

Bräuer por fin dejó la taza de té sobre la mesita baja de madera labrada. Aquel muchacho parecía muy emocionado: tenía las orejas rojas y Elisabeth notó su intenso olor corporal. Sudaba en su traje de invierno de lana cálida. Else había caldeado bien la sala.

—Si su madre y su querida hermana me permitiesen invitarlas a las tres a una excursión a Múnich después de las fiestas, podríamos…

Un grito procedente del pasillo lo interrumpió.

—¡Auguste! ¡Por el amor de Dios! ¡Auguste!

Era Paul. Elisabeth dejó el pan de especias que había mordisqueado y Katharina saltó de su asiento como movida por un resorte.

—¡Ya está aquí nuestro Paul!

—Pero ¿qué le ha pasado con Auguste?

Cuando Katharina abrió la puerta, se encontraron con una imagen espantosa. La pobre Auguste estaba tumbada sobre la alfombra del pasillo y Paul estaba arrodillado junto a ella, sosteniéndole la mano y mirándole el pulso.

—Está viva —dijo él mirando a Kitty con los ojos vidriosos—. En un primer momento pensé que había muerto.

—¡Dios santo! Pobrecita, está pálida como un cadáver. ¡Y tiene las mejillas frías como el hielo!

Kitty se había arrodillado junto a la mujer inconsciente y le acarició la frente con cariño. Alfons Bräuer estaba junto a la puerta con cara de no saber qué hacer.

—Se ha desmayado —constató Elisabeth—. Esas cosas pasan.

Era la única que había conservado la calma y pulsó el botón para llamar al personal. Else apareció en la salida de la escalera, hizo un gesto de espanto y al instante se fue a dar aviso a la cocinera y a Robert, el lacayo.

—Pasa al salón, Paul —dijo Elisabeth en tono de desaprobación—. Tus servicios como samaritano ya no son necesarios. ¡Oh, vamos! ¿Qué os inquieta? Seguro que la señorita Schmalzler sabrá lo que hay que hacer. Y mamá estará de vuelta dentro de poco.

En ese momento asomó el lacayo, seguido de Else, Maria Jordan y la cocinera.

—Ya se veía venir —musitó la cocinera—. Pobrecita. ¡Esperemos que no sea nada!

Entretanto, Auguste había recuperado el conocimiento. Parpadeó y se incorporó para sentarse. Miró a su alrededor con gran asombro.

—¿Qué ha ocurrido? ¿Qué hago en el suelo?

—Tranquilízate —dijo la cocinera—. Vamos, toma un sorbo de agua. No te atragantes…

—Vaya —dijo Paul, aliviado—, ¡menudo susto nos has dado, Auguste!

El pequeño grupo se disgregó. Robert ayudó a Auguste a ponerse de pie; la señorita Jordan recogió de la alfombra las servilletas recién planchadas que Auguste iba a llevar al comedor y la cocinera se apresuró por la escalera murmurando lamentaciones sobre un asado de cerdo. Los señores regresaron al salón rojo y dejaron a la criada en manos del personal de servicio.

—Muy propio de Paul —bromeó Kitty—: apenas llega a casa y las muchachas se desploman sobre las alfombras.

Abrazó a su hermano y lo besó en las dos mejillas, mientras él se dejaba hacer entre risas. A Elisabeth, ese saludo en presencia de un invitado le resultaba demasiado exagerado, pero así era Kitty. Ante aquellas muestras de afecto fraternal, el joven Bräuer, incómodo, tenía la vista clavada en sus botas de charol. A buen seguro le habría gustado estar en el lugar de

Paul. Al final, este apartó con suavidad a Kitty, abrazó a su hermana Elisabeth y le tendió la mano al señor Bräuer.

—Hacía tiempo que no nos veíamos, amigo —dijo sonriendo—. ¿No dijiste que vendrías a visitarme a Múnich?

Los modales amigables y sencillos de Paul desinhibieron un poco al joven Bräuer. En efecto, tenía previsto hacerle una visita en octubre, pero tuvo tanto trabajo en el banco que le fue imposible.

—Ejerces ya como hijo y sucesor del director, ¿no? —comentó Paul con un deje de envidia—. En un par de años ya estarás dirigiendo el banco tú solo.

Señaló con gesto animoso las butacas y todos volvieron a tomar asiento. Ahora la conversación transcurría de forma fluida, el ambiente se había distendido, e incluso Alfons Bräuer se permitía algunos chistes.

—Si piensas eso, es que no conoces a mi padre —contestó con una sonrisa—. Es incapaz de apartar los dedos de los negocios del banco. Seguro que el día, esperemos que lejano, que se encuentre entre los ángeles del cielo, se dedicará a estudiar a diario el curso de las acciones.

En ese momento, incluso Elisabeth empezó a pasárselo bien. Cuando el joven Bräuer se comportaba como una persona normal, y no como un asno enamorado, era realmente divertido.

—Si sigue helando de este modo, creo que podremos calzarnos los patines —sugirió Paul, que no dejaba de lado ningún deporte.

Kitty se mostró entusiasmada con la idea, Alfons Bräuer mostró cierta reserva y Elisabeth se encogió de hombros. Patinar por el hielo no era su fuerte.

—Yo preferiría que los cuatro hiciéramos una excursión en trineo —propuso Bräuer.

—¡Excelente! —exclamó Kitty dando palmadas.

—O tal vez una excursión a caballo a primera hora por la

nieve nueva —dijo Paul—. Ah, eso me recuerda una cosa. ¿No te interesaría mi silla de montar? He decidido comprarme otra y me gustaría desprenderme de ella. Como sabes, es un modelo hecho a medida, pero creo que a tu yegua le iría bien.

—¿Tu silla de montar? ¡Y tanto! Me interesa.

Alfons Bräuer era un jinete bastante bueno. Cabalgar era el único deporte en el que sabía defenderse.

—Muy bien —exclamó Paul—. Como sabes, aprecio mucho mi silla de montar. Y no se la vendería a cualquiera, solo a un buen amigo.

Alfons se sonrojó. Hasta entonces no había formado parte del círculo de amigos más íntimos de Paul, aunque tampoco lo seducía porque las frivolidades de esos jóvenes no estaban hechas para él. Sin embargo, como la hermana pequeña de Paul le había causado una impresión imborrable, casi se sintió orgulloso de ser considerado un buen amigo.

—Tengo una idea estupenda.

Paul estaba muy animado. Los ojos le brillaban de emoción. Elisabeth se preguntó qué podía haber detrás de todo aquello.

—Aprovechemos este fantástico tiempo de invierno y salgamos de excursión mañana por la mañana: las damas en trineo y nosotros a caballo. Así podrías probar la silla…

Ni a Kitty ni a Elisabeth las entusiasmó esa propuesta, ya que ambas tenían otros planes. Incluso el joven Bräuer vaciló, pues no era muy amigo de las decisiones espontáneas. Por otro lado, se dijo, era una oportunidad de pasar varias horas cerca de su adorada.

—Hasta el mediodía tengo que estar en el banco —explicó—. Pero creo que después dispongo de un par de horas.

—¿A las dos estaría bien? —preguntó Paul para comprometerlo—. Te esperaré detrás, en los establos.

15

Un intenso olor a amoníaco, limón, vinagre y a algo metálico se había apoderado de la cocina. La larga mesa estaba forrada con varias capas de papel de periódico y encima, entre trapos y frascos, se encontraba parte del menaje de plata de los Melzer. Teteras abombadas, jarras de leche, pequeñas cestas de diseño entretejido en las que se servía la fruta o el pan, platos, saleros, azucareros, numerosas bandejas de plata y varios candelabros que habían pertenecido a los Maydorn. Antes de Navidad había que dar lustre a todos esos objetos hermosos, así como a los cubiertos, las cucharas de servir, el cuchillo de trinchar y la tijera para aves, una pieza delicadamente cincelada pero ridícula, que jamás se había utilizado como tal pero que resultaba muy decorativa.

Maria Jordan y Auguste trabajaban en ello. Se habían sentado junto al hogar, que aún estaba encendido, para tener la espalda caliente. En el fogón había una cafetera esmaltada de color azul claro y un hervidor de agua porque la señora solía tomar té por la noche.

—¿Dónde estarán los demás? —refunfuñó la señorita Jordan—. ¿Es que tenemos que hacerlo nosotras solas? Esta peste me pone enferma.

Auguste hizo una mueca mientras frotaba con ahínco un azucarero con un paño de lana suave para sacarle brillo. No solía ser muy remilgada en lo que a olores se refería, pero últimamente el estómago se le revolvía con solo ver un cazo de leche en el fogón.

—No veo por qué tenemos que usar amoníaco —dijo arrugando la nariz con disgusto— cuando esa cosa blanca de Inglaterra da mejor resultado.

—Pero también es más cara. La señora solo encargó tres frascos y vamos a tener que apañarnos solo con eso.

La señorita Schmalzler les había dicho que aplicaran una cantidad escasa de ese limpiador en un paño y que lo usaran hasta que perdiera toda su eficacia. Solo entonces podían volver a mojar un poco el trapo con ese precioso líquido blanco.

—¿Por dónde anda la señora Brunnenmayer? ¿Ya se ha acostado? —insistió Maria Jordan.

—Está en la despensa haciendo la lista de la compra.

—¡Oh, Dios! El ritual sagrado previo a la Navidad.

Maria Jordan levantó un pequeño salero hacia la luz. Lo había pulido tanto que brillaba, pero la limpieza había desvelado algunos defectos.

—Mira esto, Auguste. Alguien rascó aquí a propósito con el cuchillo. Aquí, y también aquí abajo.

Había invitados que no sabían lo que era el respeto, incluso señores de gran renombre. Auguste dijo haber visto a un señor de apellido Von Wittenstein, o algo parecido, haciendo bolitas con el pan y arrojándolas por encima de su hombro. Años atrás, un diplomático ruso había hecho lo mismo con su vaso. Al parecer, lo hizo movido por el enojo cuando comprobó que, en vez de aguardiente, el vaso contenía agua. Y había una dama de la alta sociedad, cuyo nombre Maria no quiso decir porque todavía frecuentaba la casa, que solía divertirse haciendo tropezar con su bastón al servicio cuando servía la sopa caliente.

—Esa es una auténtica arpía. Si yo fuera Robert, ya le habría vertido un cucharón de sopa por la nuca —dijo Maria

Jordan—. Por cierto, ¿dónde está? Debería estar puliendo la cubertería.

Auguste soltó una risita y se tomó un sorbo de café con leche.

—Está atrás, en el cobertizo. Los hijos de los señores quieren hacer una excursión con el trineo de caballos mañana al mediodía, así que hay que preparar el vehículo.

—¡Qué lástima! Lleva casi un año metido en el cobertizo. Seguro que los patines están oxidados.

Auguste asintió y añadió que además era preciso engrasar la piel de los asientos. Había tres personas encargándose de ello: el jardinero Bliefert, su nieto Gustav y Robert.

—Supongo que no les hará ninguna gracia estar en ese cobertizo helado.

La señorita Jordan cogió el siguiente salero. Los Melzer tenían veinticuatro bonitos recipientes como aquel y un número igual de cucharillas diminutas para la sal, que eran como cucharones en miniatura. En la mesa, esos pequeños saleros se colocaban a la izquierda de cada plato para que cada uno pudiera servirse la sal a su gusto y de forma discreta.

—El primer día de fiesta vendrá la parentela pobre —cotilleó Auguste—. Como siempre, al completo. La señora estará contenta.

Maria Jordan suspiró. Nadie del servicio tenía simpatía por los hermanos y hermanas del señor, invitados al banquete del día de Navidad por amor cristiano y obligación familiar. Todos llevaban la envidia y la codicia escritas en la cara, sus modales en la mesa eran pésimos, no sabían beber, y daban órdenes al personal como si fueran los propietarios del lugar. El servicio prefería a los invitados del segundo día festivo, San Esteban. La familia de la señora era de origen noble y sabía tratar al personal; a ninguno de ellos se le habría pasado por la cabeza pedir una doncella para que prendiera la estufa de la habitación.

—Definitivamente, nos han dejado solas —se lamentó

Auguste mirándose los dedos negros. Pulir la plata era una de sus ocupaciones preferidas porque todos se sentaban en la cocina, y hablaban y reían mientras el café hervía en el fogón—. Al menos Else podría ayudar.

Else estaba en la sala de plancha. En las últimas semanas habían hecho muchas coladas y aún había montañas de prendas para planchar. Cada año la señora procuraba que antes de Navidad toda la ropa de los armarios estuviera limpia. Se decía que lavar la ropa entre Nochebuena y San Silvestre daba mala suerte para el año siguiente.

—No hace falta preguntar dónde anda Marie —gruñó la señorita Jordan.

—No —corroboró Auguste en tono mordaz.

En la cocina reinó el silencio unos instantes, mientras las dos mujeres se enfrascaban en sus pensamientos. Maria Jordan se levantó para servirse más café para ella y para Auguste de la cafetera azul.

—Lo sabía —dijo malhumorada mientras tomaba un agarrador del gancho cuando vio que el asa de la cafetera estaba caliente—. Lo soñé antes incluso de que ella llegara a esta casa.

Auguste colocó el azucarero recién bruñido en la mesa y se deleitó un instante mirándolo. Era una lástima que ese brillo solo durara unas semanas; luego, el recipiente perdería el lustre, se cubriría de manchas grisáceas y se volvería negro.

—¡Usted y sus sueños!

—Ríete cuanto quieras. Siempre se han cumplido.

—¡Bobadas!

La señorita Jordan, enfadada, derramó sobre la mesa un poco de ese limpiador de plata inglés tan caro y se apresuró a pasar el trapo por encima.

—¿Acaso no vaticiné que Gertie no estaría mucho tiempo con nosotros? ¡Y ocurrió!

Auguste bufó con desdén y comentó que aquello era predecible incluso sin magia.

—¿No le dijo usted el año pasado a Else que la aguardaba un gran amor? Se lo leyó en el poso del café. ¿Y bien? ¿Dónde está ese gran amor? No hay nada de nada.

—Bueno, bueno, es cuestión de esperar —se defendió la señorita Jordan—. De todos modos, si Else no hace algo, no pasará nada. En esos casos, el amor puede esperar hasta el juicio final.

—Sí, claro, así hasta yo podría hacer predicciones —se rio Auguste, burlona—. No hay pan sin afán y nada surge de la nada. ¡No me haga reír!

La señorita Jordan puso cara de disgusto pero no replicó, y se dispuso a aplicar el limpiador a un candelabro. En realidad, a Auguste no le faltaba razón. Se habría podido ahorrar lo del poso de café. Solo lo hizo porque Else le dio dos marcos a cambio y ella necesitaba dinero, aunque a nadie le importaba para quién. Pero lo de sus sueños era otra cosa, en eso no consentía burlas.

—Sé que Marie nos traerá una desgracia —insistió, obstinada—. Lo vi en un sueño donde ella corría por el parque perseguida por un perro negro. Fíjate, un perro negro, eso no es un buen augurio.

Auguste se encogió de hombros. Aunque entre ellas ya no había hostilidad, tampoco eran amigas. Else sí sentía más apego hacia Marie, pero tal vez se debía a su falta de carácter. La señora Brunnenmayer no permitía que se hablara mal de Marie, Robert se mantenía alejado de los «chismes de mujeres» y la señorita Schmalzler guardaba silencio.

—¡Es increíble! —gruñó la señorita Jordan—. Jamás he sabido de ninguna ayudante de cocina que pasara el rato con la señorita en su cuarto y tomara el té con ella.

Aquel comentario dio pie a Auguste para desfogarse. Tal vez lo había hablado cien veces y se había enfadado otras tantas, pero soltarlo siempre era un alivio. Marie pasaba una hora sentada ahí arriba todos los días, domingos incluidos, y no pocas veces acudía también al caer el día, y no era para servir a la señorita, lo cual, en cualquier caso, tampoco era la obligación de una ayudante de cocina. No. Lo hacía para participar en una especie de mascarada. Marie se ponía los vestidos que le daba la señorita, se ataba pañuelos a la cabeza y se soltaba el cabello: a veces eran unos harapos feos y grises y unos zuecos, y a veces telas coloridas y echarpes fabulosos de seda. Podía parecer tanto una pordiosera como una zíngara.

—¿Has espiado alguna vez por el ojo de la cerradura? —preguntó la señorita Jordan con una sonrisa maliciosa.

—Basta con ver los cuadros; la señorita la pinta. La he visto dibujada con carboncillo; otras, con lápices de colores, e incluso con pintura de tonos muy vivos…

En efecto. Maria Jordan también había visto los cuadros. A pesar de que la señorita solía guardarlos en carpetas y cubrir el caballete con una tela.

—Hace poco Marie se puso un vestido de la señorita. ¡Habrase visto! Una rata de cocina luciendo prendas de seda y dejándose peinar por su señorita. Solo me falta tener que servir a su Ilustrísima Princesa Marie de las Santas Mártires.

—¿De las qué? —preguntó Auguste con asombro.

—Así es como se llama el orfanato del que viene.

—¿No tiene padres? ¿Es ilegítima?

—¡Y tanto!

—¿Y cómo sabe usted esas cosas? —preguntó Auguste, sin acabar de creérselo.

La señorita Jordan se encogió de hombros y adoptó una expresión misteriosa. Podía parecer que había obtenido esa información por arte de magia, aunque también era posible que se hubiera colado en el cuarto de la señorita Schmalzler, en una de cuyas estanterías se encontraban las carpetas con los papeles y los cuadernos de trabajo del servicio.

—¿De qué nos extrañamos? —dijo Auguste—. Si todos sabemos cómo es la señorita Katharina. Es una veleta. Ahora se entretiene con su nuevo juguete, pero mañana se aburrirá de él y dejará a Marie de lado. Bien pensado, da incluso lástima. La chica no es consciente de lo caprichosa que es la señorita.

Maria Jordan estaba concentrada en el pie de un candelabro de plata profusamente cincelado. Era difícil limpiar esas decoraciones; había que emplear una cerilla, y a veces una aguja, y prestar mucha atención. Aun así, en la mayoría de los casos siempre quedaba un resto negro.

—Pues a mí no me da ninguna lástima —le dijo a Auguste—. Quien mucho sube más fuerte baja. Eso siempre ha sido así. Y le estaría bien empleado si le dieran calabazas ahí arriba. A fin de cuentas, ¿quién hace su trabajo mientras ella toma el té con la señorita y se deja pintar? Nosotras, ¿verdad?

—Tiene usted razón.

La charla fue interrumpida por la cocinera, que entró apresuradamente dando resoplidos y empezó a abrir los cajones pequeños de uno de los armarios de la cocina. Al parecer, estaba controlando las especias.

—En la despensa se ha podrido todo un manojo de cebollas —se lamentó—. Hubo humedades y nadie lo advirtió. Y en el granero hay restos de ratas. Esas bestias grises se nos están comiendo la harina. Deberíamos tener un gato, una sola noche en el granero y no volveríamos a verlas.

—Me temo que en eso no tendrá suerte —comentó la señorita Jordan—. La señora no soporta los gatos; les tiene un miedo atroz.

La cocinera apuntaba algunas palabras en una hoja de papel; escribía con lápiz, de forma lenta y ceremoniosa, moviendo la lengua al hacerlo.

—Ci-lan-tro. Nu-ez mos-ca-da. Ah, y clavo.

—Necesitamos ayuda con la plata —comentó Auguste.

—Eso no es asunto mío —rezongó la señora Brunnenmayer abstraída—. Llamad a Marie. Cilantro, clavo, nuez moscada, canela… ¡Comino! ¡Casi lo olvido!

Apuntó ese condimento en su lista, parpadeó tres veces mirando al techo. Era evidente que su pensamiento estaba ocupado con asuntos de suma importancia, como el comino, el azafrán y el bicarbonato de amonio.

—¡Llamad a Marie! —se burló la señorita Jordan en cuanto la cocinera se hubo ido a toda prisa—. Vamos, llama a la puerta de la habitación de la señorita y dile que necesitamos a Marie para que limpie la plata.

Soltó una risa burlona y luego volvió la mirada hacia Auguste. Esta había dejado el trapo a un lado y se había levantado para abrir la ventana.

—¿Vuelves a estar mareada?

La chica se apoyó con los dos brazos en la repisa e inspiró hondo. El viento arrojó al interior cálido de la cocina un par de copos de nieve, que al instante se volvieron invisibles y se convirtieron en gotas de agua.

—Estás embarazada, ¿verdad?

Auguste no dijo nada. Hacía dos semanas que sufría unas náuseas tremendas; al principio solo por las mañanas, pero últimamente a todas horas. A veces eran tan intensas que se desmayaba y perdía el conocimiento. Además, hacía meses que no le venía la regla.

—Admítelo sin más. Hace tiempo que nos hemos percatado.

Auguste se sintió mejor después de respirar el aire fresco. Cerró la ventana y regresó despacio junto a la estufa para calentarse la espalda.

—¿Ha dicho algo la señorita Schmalzler? —preguntó a Maria Jordan.

Esta negó con la cabeza. No. En estos casos, el ama de llaves era discreta: nunca hablaba de una empleada con los demás. Pero no se le escapaba nada. Más pronto o más tarde llamaría a Auguste. El embarazo era motivo de despido.

—Con una buena actitud, puede que te permita dejarlo al

cuidado de tus padres. Llevas varios años sirviendo en la villa y hasta ahora nunca ha habido queja.

Auguste colocó las manos frías sobre la plancha de la estufa y se las frotó.

—¿Mis padres? —musitó—. Si les llevo un niño a casa, me matan.

La señorita Jordan dejó el candelabro. Durante un momento sopesó si debía hablar o no; al final optó por hacerlo.

—Conozco un remedio. Podría conseguir lo que necesitas. Si lo tomas por la noche, al día siguiente ya te habrás librado del problema.

—Te lo agradezco —respondió Auguste—, pero no es eso lo que quiero.

Eso molestó a la señorita Jordan, pues a cambio le habría pedido unos veinte marcos. En estos asuntos los hombres eran generosos; pero la chica tenía que actuar rápido.

—¿Y qué pretendes? ¿Perder el trabajo y marcharte con un hijo ilegítimo?

Auguste se sentó de nuevo y tomó un sorbo de café. Se le había enfriado y tenía un sabor amargo, pero no la molestó.

—Yo lo que quiero es casarme.

La señorita Jordan soltó una risa burlona.

—¿Casarte? ¿Tú? ¿Con Robert? Porque él es el padre, ¿me equivoco?

—Por supuesto. Y no hace falta reírse así.

—Vaya, vaya. Casarse. Y con Robert. Una familia de verdad…

—Sí, usted ríase —replicó Auguste, enfadada—. Ya lo verá, ya.

—¿Crees que él será tan tonto como para casarse contigo?

Auguste se mordió la lengua; había estado a punto de dejarse llevar por la rabia y contar su secreto. A Robert no le iba a quedar más remedio que casarse porque ella sabía algo que podía costarle el puesto.

16

El cielo matutino lucía azul y sin nubes como en un día de verano, aunque su tono era más oscuro y su brillo, más intenso. Los rayos de sol, muy inclinados, arrancaban destellos en la nieve que cubría los árboles y la hierba del parque, de modo que era preciso entrecerrar los ojos para no deslumbrarse. Por la noche la temperatura había descendido por debajo de los cero grados y, a pesar de que había salido el sol, la atmósfera seguía siendo gélida. Eso era motivo de alegría en la villa: ese esplendor blanco se mantendría durante todas las fiestas.

—¡Vamos, largo! —gruñó la cocinera a Marie—. Ya pelarás el resto cuando vuelvas.

Marie echó la patata que acababa de pelar en la cacerola y se levantó para lavarse las manos. Siempre que subía a la habitación de la señorita sentía remordimientos porque los demás tenían que encargarse de sus tareas. Sin embargo, el tiempo que pasaba arriba era indescriptible y precioso, una mirada furtiva a un mundo desconocido para ella. Un mundo que, de hecho, solo podía ser un sueño porque era imposible que existiera algo tan hermoso.

En la escalera de servicio se topó con la señorita Jordan. Llevaba varias prendas de la señora colgadas del brazo, posiblemente para quitarles alguna mancha, y para ese fin disponía de un arsenal de frascos y tinturas cuya exacta utilización guardaba bajo el más estricto secreto.

—¡Vaya! Su alteza Marie de las Siete Mártires, la más hermosa entre las hermosas —se burló la señorita Jordan—. ¿Cómo van a pintarla hoy? ¿Como una duquesa, quizá? ¿O acaso como una fulana? Puede que incluso totalmente desnuda… Ya se sabe cómo son los pintores…

Marie no se molestó en contestar. Como no podía ser de otro modo, en el servicio todos la envidiaban, sobre todo la señorita Jordan, que no la soportaba. Hubo un gran revuelo cuando la señorita comunicó a sus padres su deseo de retratar a Marie. Según Robert, el señor puso el grito en el cielo y quiso prohibírselo sin más. La señora tampoco se mostró entusiasmada con la extravagante ocurrencia de su hija, pues alteraba por completo el orden de la casa. Con todo, la preocupación por los delicados nervios de la señorita Katharina se impuso a cualquier otra consideración. Marie tuvo que presentarse en el salón rojo y oír de boca de la señora toda una retahíla de cosas. Que aquella tarea no debía subírsele a la cabeza. Que, en la medida de lo posible, por las noches debería hacer el trabajo que no pudiera hacer durante el día. Que no cobraría nada por posar. Y, por encima de todo, que guardaría absoluto silencio sobre cuanto sucediera en la habitación de la señorita.

—¡Adelante!

Marie apenas había dado un toque en la puerta, pero la señorita Katharina tenía el oído fino. El caballete estaba junto a la ventana y las cortinas, descorridas. A menudo la señorita se lamentaba de esas «telas ridículas» que impedían que la luz natural penetrara en la estancia.

—Marie, siéntate junto a la ventana. Quítate el pañuelo, suéltate el cabello y deja que caiga un poco sobre el rostro. Así. Un poco más a la izquierda. Perfecto. Así está bien. Voy a tener que usar colores; con el sol, tu cabello brilla en tonos dorados, rojizos e incluso verdes.

Al principio, la señorita Katharina le había parecido muy extravagante; incluso se había preguntado si no estaría un poco mal de la cabeza. Luego se había dado cuenta de que esa muchacha simplemente veía el mundo de un modo distinto. Como cuando un hombre visto por la derecha resulta atractivo y apuesto y, al volverse y dejar ver su perfil izquierdo, muestra una verruga desagradable, un ojo lagrimoso o un hombro torcido.

Al observar las cosas con detenimiento, la señorita tenía razón. Nunca dibujaba nada inventado, tan solo se limitaba a mirarlo con otros ojos. Por ejemplo esos reflejos dorados, rojizos y verdes del cabello de Marie bajo el sol. Ella ahora estaba convencida de que esos reflejos eran ciertos.

—Anda, coge el cuaderno de dibujo y las sanguinas. Prueba lo que te enseñé ayer.

—Gracias, señorita.

—No me trates con tanta formalidad —la regañó—. Me gusta más que me llames por mi nombre, es decir, «señorita Katharina».

Marie se había levantado un momento para coger el cuaderno de dibujo y los lápices y luego había vuelto a tomar asiento. Si solo tuviera que posar, pronto se habría aburrido. Pero estaban también las charlas sinceras que la señorita tenía con ella y que le daban a conocer un mundo nuevo. Y también los dibujos que le dejaba hacer, a carboncillo, sanguina o con tinta negra. Era un sueño largamente acariciado y se había hecho realidad por un breve espacio de tiempo. Marie presentía que esa suerte no duraría mucho, pero ahora que podía disfrutarla, recibía con los brazos abiertos todo cuanto le ofrecía.

—¡Menudo talento, Marie! Si sigues aplicándote, serás una verdadera artista. ¡Hay que ver estas sombras que has hecho aquí! ¿Quién te ha enseñado a hacerlas?

—Son cosas que se ven.

Evidentemente no se le había escapado la tendencia a la exageración de la señorita Katharina. Nunca lograría hacer de ella, Marie Hofgartner, una artista. Y tal vez fuera mejor así. La señorita veneraba a los artistas y los colmaba de alabanzas. De hecho, consideraba que ese tal Miguel Ángel, cuyos cuadros le había mostrado en un libro muy grueso, era como un dios. Aquello sin duda era una blasfemia, y más aún cuando ese artista había dibujado muchos desnudos, aunque a Marie le pareció que sus cuadros eran magníficos, más grandes y más bonitos que todo lo que había visto hasta entonces.

De vez en cuando, la señorita le preguntaba por el orfanato, por su trabajo como costurera o por la temporada en que sirvió como criada en otra casa. Al respecto, la señorita había expresado opiniones muy curiosas. Consideraba una suerte tener que ingeniárselas uno mismo porque, afirmaba, las personas se hacían fuertes cuando luchaban por hacerse un lugar en el mundo. Creía que era mucho mejor ganarse el sustento con el trabajo de las propias manos que vivir en una villa rodeada de lujos.

—Es humillante vivir del dinero de otros —afirmaba—. ¿Para qué estoy yo en este mundo? Todo cuanto debo hacer es estar bonita y mantener la compostura durante todo el día. Encima, de mí se espera que me case con un hombre favorable a nuestra posición social y los negocios de papá.

Según ella, solo el arte lograba hacerle tolerable esa vida. La joven vivía en una mansión y tenía una habitación ricamente amueblada para ella sola. Poseía también vestidos maravillosos, no pasaba frío en invierno y siempre había comida en su plato. Y aun así se lamentaba. ¿Qué problema había en casarse con un hombre sensato y adecuado para su familia, capaz de ofrecerle una vida de bienestar y seguridad? Marie no podía ni siquiera soñar con esa suerte.

—Marie, te he estado observando y muchas veces te admiro. Es por el modo en que te impones. ¿Cómo te lo explico?

Aunque solo eres la ayudante de cocina, sabes conservar intacta tu dignidad. No te dejas avasallar.

—No hay otro remedio, señorita. O cuidas de ti misma, o te hundes. Quien se pierde a sí mismo se amedranta, se arrastra y se doblega ante los demás, y llega un momento en que se echa a perder…

Marie había dicho en voz alta pensamientos que nunca antes había compartido con nadie.

—¡Qué lista eres, Marie!

Qué inocente era la hija de aquel fabricante acaudalado. Ella veía el orfanato como un lugar donde te protegían y te preparaban para la vida. No era de extrañar; a fin de cuentas, ella había estado dos años en un internado para señoritas donde le habían enseñado modales, idiomas, gestión doméstica y ese tipo de cosas.

—No te imaginas lo estrictos que eran. Incluso los domingos por la tarde nos obligaban a hacer labores de costura. Y si cometíamos alguna falta, nos castigaban.

—¿Os castigaban?

—Nos obligaban a escribir redacciones muy largas, y a menudo nos mandaban a la cama sin cenar.

—Entiendo.

Marie vaciló. ¿Era correcto echar por tierra las cándidas ideas de la señorita? ¿Debía hablarle de las palizas que recibían en el orfanato si desobedecían? ¿Mostrarle las cicatrices que tenía en los brazos? ¿Hablarle de los días sin comer, de las horas interminables en ese sótano gélido donde encerraban a las chicas que se portaban mal? Aunque peor que los castigos de la señorita Pappert y de sus empleados era lo que las niñas se hacían entre sí.

—Era especialmente terrible para las más pequeñas —dijo con suavidad—. Nadie las protegía de la maldad de las más mayores.

—¿Las pellizcaban?

—Les hacían cosas horribles. Por la noche, en el dormitorio. Al principio también me lo hacían a mí, pero no tardé en oponer resistencia y tuvieron que dejarme en paz.

—Pero ¿qué hacían? ¿Les quitaban las mantas?

—¿De verdad quiere saberlo?

La señorita la miró horrorizada, con los ojos desorbitados. ¿Qué estaría pensando? Marie temió por un instante haber ido demasiado lejos. Se había excedido, nunca más volvería a llamarla para posar y pintar en esa hermosa habitación.

Sin embargo, la señorita recobró la compostura antes de lo que Marie había supuesto.

—Es algo espantoso —dijo—, pero esas atrocidades también forman parte de nuestra vida.

Marie se dijo que cuando algo no se ha sufrido en carne propia es fácil mantener la calma. De pronto comprendió que, aunque la señorita escuchaba atentamente sus horripilantes descripciones, era incapaz de comprenderlas en su totalidad. Por detallado que fuera su relato sobre lo duro que era trabajar como criada, lo poco que dormía y lo exhausta que estaba por la noche cuando se acurrucaba bajo el hogar de la cocina, el anhelo de la señorita Katharina por llevar una vida modesta y dura permanecía inalterado.

—¡Qué suerte haberte encontrado, Marie! Nadie hubiera podido explicarme de un modo tan vivo lo que ocurre en el mundo. Tú sabes de la vida. De la otra vida, me refiero a la de verdad. Y encima eres una artista con mucho talento. ¡Con lo que me ha costado conseguir una buena perspectiva! En cambio, para ti, bueno, para ti es sencillo y te sale a la perfección. ¡Oh, Marie! ¡Cómo me gustaría que pudieras ser mi amiga!

En efecto. La señorita Katharina tenía muy pocas amigas; su hermana, en cambio, invitaba constantemente a otras jóvenes damas a tomar el té. Tal vez fuese porque a la señorita Katharina le aburrían mucho las charlas en las que se hablaba de moda, de hombres y de otras señoritas. Ella prefería conversar sobre la vida y el arte. Marie creía que las ideas desacostumbradas de la señorita hacían de ella una incomprendida.

—Marie…

Aunque la señorita sostenía el pincel en la mano, no parecía ocupada en el lienzo que reposaba en el caballete.

—¿Sí, señorita Katharina?

Marie se había ensimismado en su dibujo y cuando levantó los ojos vio fascinada el conjunto polícromo de puntos y trazos del cuadro de la señorita. Parecían unos maravillosos fuegos de artificio.

—¿Te has enamorado alguna vez?

Marie enmudeció, desconcertada. ¡Menuda pregunta!

—Claro —dijo—, pero no fue nada especial.

La señorita metió el pincel en uno de los vasos de agua y se limpió los dedos con un trapo. Su gesto denotaba descontento.

—¿Qué quieres decir con que no fue nada especial?

—Que el amor no produce más que dolor.

La señorita, algo indignada, negó con la cabeza y afirmó que Marie estaba equivocada.

—Marie, no creo que hables de amor sino de un romance pasajero. El amor de verdad es un sentimiento delicioso y extraordinario. No hay cosa más bella en este mundo que amar a alguien con toda el alma.

«Vaya», se dijo Marie. Parecía como si la señorita hubiera caído en las redes de ese francés, ese niño bonito que Auguste había mencionado. La doncella era amiga de la criada de la casa de los Riedinger y había propagado todo tipo de rumores estúpidos.

—Puede que así sea —concedió Marie, dubitativa—. Pero, hasta al momento, yo eso no lo he experimentado.

La señorita sonrió con compasión. Marie aún era muy joven, dijo, y algún día el amor llamaría a su puerta y la colmaría de felicidad.

—Es como dar un paseo por el cielo. Dondequiera que estés, la persona amada va contigo porque habita en tus pensamientos. Hagas lo que hagas, permanece a tu lado susurrándote palabras tiernas, repitiendo todo lo que ya te ha dicho y añadiendo siempre algo aún más bello y cautivador.

—Así que eso es el amor —dijo Marie, insegura—. Parece inquietante, como si al amar uno se perdiera a sí mismo.

—Esa precisamente es la naturaleza del amor. Te entregas por completo y, a cambio, recibes un gran tesoro: el corazón de tu amado, su alma, todo su ser.

Marie se alegró de que alguien llamara a la puerta porque la respuesta que tenía para esa extraña afirmación no habría sido del agrado de la señorita. La puerta se abrió y entró el señorito.

—¡Por fin te encuentro, hermanita! Esperaba que estuvieses abajo, en el vestíbulo. Las chicas ya están decorando el árbol de Navidad.

—¡Oh, vaya! —exclamó la señorita, sobresaltada—. Lo había olvidado por completo. Vamos, Marie, tenemos que bajar de inmediato. Estaría bonito que yo me perdiera la decoración del árbol. En esta casa es tradición que todas las mujeres de la villa ayuden a decorarlo.

Se desabrochó con presteza el delantal que le protegía el vestido de las manchas de pintura.

—No hay prisa —dijo su hermano riéndose—. Robert y Gustav acaban de colocar el árbol. De todos modos, podrías presentarme a tu encantadora modelo.

Marie se había quedado paralizada en su asiento; tan solo el cuaderno de dibujo, que sostenía en su regazo, le temblaba ligeramente. Sabía que el señorito había regresado de Múnich, pero su irrupción en la habitación había sido tan repentina que ella se sentía como si una hechicera malvada la hubiera convertido en piedra con un toque de su varita.

—Es Marie —dijo la señorita, arrojando al suelo el delantal—. A mí también me parece que es una modelo encantadora. La encontré en la cocina.

Marie levantó la vista hacia el señorito. Era evidente que él no recordaba que ya se habían visto en otra ocasión. ¿Y por qué debería recordar él ese breve encuentro? Intentaba poner en orden sus pensamientos cuando notó con disgusto que las mejillas se le sonrojaban. Se levantó de la silla de un brinco; era desconsiderado permanecer sentada ante del señorito.

—¿En la cocina? —preguntó él examinándola de arriba abajo, con una sonrisa—. ¿En nuestra cocina?

—Soy la ayudante de cocina, señorito —dijo, contenta por haber sido capaz de articular esas palabras—. Sirvo aquí desde octubre.

De repente, Marie fue consciente de que llevaba el cabello suelto. Agarró su pañuelo y se recogió la melena, tan oscura y rebelde. Para su desconcierto, el señorito seguía cada uno de sus gestos con una expresión que oscilaba entre el asombro y la fascinación.

—Marie, eres demasiado bonita para ser ayudante de cocina —comentó él en un tono de voz diferente.

No era la primera vez que alguien decía eso de ella. El señor de la casa para la que había estado trabajando dijo algo similar. Y, como ahora, también él se esmeró en conferir a su voz un tono seductor. A Marie aquello le pareció ridículo. Pero la voz suave e insinuante del señorito era peligrosa, resultaba turbadora y estremecedora.

—Está usted equivocado, señorito. No soy nada bonita.

El señorito soltó una carcajada y observó con curiosidad el lienzo del caballete. Parecía no saber cómo interpretarlo: entornó los ojos y en su frente se dibujaron dos líneas onduladas. Tenía un aspecto divertido. No era uno de esos petulantes que se embardunaban el cabello con pomada e iban de un lado a otro de la casa con un bigotero. Era un hombre que daba poca importancia a su aspecto, y eso era lo que le confería un gran atractivo.

—¿Sabes qué representan estos fuegos de artificio? ¿Marie? ¡Oye, no te vayas corriendo! ¡Te estoy hablando!

Su tono de voz era ahora imperioso, casi autoritario. Marie se detuvo obediente junto a la puerta por la que había estado a punto de escabullirse.

—Disculpe, señorito, pero la señorita me ha pedido que la acompañe.

Marie se dio la vuelta y se atrevió a mirarlo a los ojos. De hecho, la mirada de reproche que ella le dirigió lo dejó algo confundido, pero luego extendió los brazos y comentó en tono irónico que, por supuesto, la voluntad de su hermana prevalecía frente a la de él.

—A su disposición, señorito.

Ella se despidió con una pequeña reverencia, y al hacerla se dio cuenta de que aquel gesto había sido más coqueto que servicial. Mientras bajaba por la escalera de servicio se esforzó por aplacar los latidos de su corazón desbocado.

«No es nada», se dijo para tranquilizarse. «Y no será nada. Yo no soy digna de él.»

17

Abajo, en el vestíbulo, reinaba un alegre alboroto. Un abeto de unos tres metros de altura se erguía a izquierda de la amplia escalera y, por lo que Marie podía ver, Else estaba ocupada disimulando el soporte del árbol con ramas de abeto. Robert se había encaramado en lo alto de una escalera de tijera y colocaba las últimas velas rojas siguiendo las instrucciones de la señora. Auguste, la señorita Jordan y la cocinera habían traído unas cajas de cartón de color marrón y las habían dejado en el centro del vestíbulo. Ahí debían de estar los adornos.

—Robert, creo que es suficiente. Y no olviden por nada del mundo tener cubos de agua preparados en las esquinas. En una ocasión, en Pomerania una hacienda quedó calcinada por el fuego...

—¡Oh, mamá! —se lamentó la señorita Elisabeth—. Todos los años cuentas la misma historia.

—Nunca está de más repetirlo, Lisa.

Marie se había apresurado desde la cocina y había abierto la puerta que daba al vestíbulo para admirar aquel abeto fantástico. Despedía un intenso olor a resina que le recordó las misas de Navidad en la basílica de San Ulrico y Santa Afra. Ese día las huérfanas tenían que ponerse sus prendas buenas y acudir a la iglesia en formación, atravesando los callejones oscuros, cogidas de la mano de dos en dos. Durante varios años ella había ido con su amiga Dodo. Pero ya había pasado mucho tiempo desde aquello.

—No, Kitty. No quiero que te subas a la escalera. Deja que lo haga Robert. Tú puedes ir acercándole las bolas.

Pobre Robert. Cada vez que la señorita le daba una bola roja, él la cogía como si se tratara de una bola de fuego ardiente. El amor no era una bendición, sino una desgracia tremenda. Era mucho mejor no ceder ante él de ninguna manera.

—¡Marie! ¿Qué haces aquí plantada?

Era la voz del ama de llaves, la señorita Schmalzler, que agarró a Marie por los hombros y la llevó hacia las cajas de cartón. Estas ya estaban abiertas, y su interior refulgía con las bolas doradas y rojas, las estrellas de papel dorado y el espumillón plateado, que sobresalían del papel de periódico en el que se habían envuelto.

—Vamos, coge una bola y cuélgala en el árbol —le ordenó la señorita Schmalzler—. Luego vete a la cocina y sigue con tu faena.

—Sí, señorita Schmalzler.

Extrajo con cuidado una de las bolas doradas y al hacerlo vio que la señora sonreía. Alicia Melzer parecía estar disfrutando de ese momento. No dejaba de dar órdenes sobre qué colgar y dónde, y subía y bajaba la escalera para contemplar el árbol por todas partes, obligando al pobre Robert a acarrear la escalera de un lado a otro. Él era el que tenía más trabajo ya que las mujeres solo llegaban a la parte baja del árbol. Al día siguiente, en Nochebuena, colgarían también las figuras de pan de jengibre que ella y la cocinera habían horneado. Antes no, porque la experiencia había demostrado que ese sabroso adorno desaparecía misteriosamente, con lo cual ya en el primer día de las fiestas apenas era posible encontrar un caballito o un corazón entre las hojas verdes.

—Robert, no te olvides de repartir luego los regalos entre

los necesitados —comentó la señora contemplando el árbol con ojo crítico.

—Disculpe, señora, pero tengo encargo de sacar a patinar a las dos señoritas. El señorito y el señor Bräuer nos acompañarán a caballo.

—¡Oh, vaya! —dijo Alicia Melzer, contrariada—. ¿Por qué nadie me ha advertido de ello?

—Ha sido una de esas grandes ocurrencias de Paul, mamá —intervino entonces la señorita Elisabeth—. Ni siquiera nos lo preguntó a Kitty o a mí. ¿Verdad, Kitty?

Katharina estaba de pie sobre un taburete colgando un pequeño manojo de espumillón sobre las ramas. Estaba tan abstraída que se limitó a asentir.

—¿Dices que Paul lo ha organizado? —preguntó la señora, más tranquila—. Bueno, la verdad es que es una buena idea, sobre todo con este tiempo tan navideño. Señorita Schmalzler, dígale a Gustav que reparta algunos paquetes. Si no es suficiente, mire a ver quién está disponible.

—Así lo haré, señora.

Marie supuso quién iba a ser esa persona. Pero antes tuvo que mondar las patatas para la cena, lavar la verdura y cortar las cebollas para el estofado. Luego fregó varias bandejas de hornear y, en cuanto el árbol estuvo decorado y en todo su esplendor, tuvo que barrer y limpiar el vestíbulo. Cuando hubo terminado, Marie contempló con un suspiro las baldosas limpias y brillantes: más tarde, los jóvenes señores regresarían de su excursión invernal y se pasearían tranquilamente por el vestíbulo con las botas chorreando agua.

—¡Marie! ¡Ven aquí! ¡Vas a encargarte de llevar los regalos! —gritó la señora Brunnenmayer desde la cocina.

La noche anterior las dos habían preparado y envuelto los paquetes en la mesa de la cocina. Todos contenían lo mismo: diez galletas de Navidad dentro de una bolsa decorada; una salchicha de hígado y una morcilla envueltas en papel;

una botellita de vino tinto que Robert había descrito como «caldo peleón de vendimia tardía» y un retal de tela de algodón estampada que, según la señorita Jordan, era insuficiente para un vestido y demasiado para una camisa. Eran telas de la fábrica en las que el estampado no había salido bien, unas piezas que deberían haberse desechado pero que así adquirían utilidad.

—Toma. Hay que llevar estos tres paquetes a la ciudad baja. Conoces la zona, ¿verdad?

La cocinera le había colocado los regalos en una cesta grande y le había adjuntado las direcciones escritas en un papel. Marie leyó los nombres de las calles y se dio cuenta de que se encontraban en la zona más pobre de la ciudad.

—¡Que no te roben nada! —le advirtió la cocinera—. A tan pocos días de las fiestas, por la calle hay mucha gentuza.

—Iré con cuidado.

Se puso los calcetines gruesos y se envolvió los hombros con el pañuelo de lana que le habían regalado. El frío no la asustaba, pues en su vida ya había padecido mucho; lo único que no le hacía gracia era la posibilidad de encontrarse con sus anteriores señores.

Cuando salió al patio por la entrada de servicio, unos delicados copos de nieve se mecían en el aire gélido. Desde el parque le llegó el tintineo acompasado de unos cascabeles, seguido de unas voces alegres y resoplidos de caballos. Entonces por el camino asomó un jinete, que dobló en dirección hacia la villa; le seguía un trineo rojo y reluciente tirado por dos caballos y un segundo jinete en la retaguardia. La comitiva parecía querer dar una vuelta de honor en torno a la glorieta nevada que había frente a la entrada de la villa antes de sembrar el pánico en los bosques y prados del entorno.

—¡Eh! ¡Marie! —Era la voz de la señorita Katharina—. ¡Sube! ¡Hay sitio en el trineo!

Marie nunca había visto un trineo tan magnífico. Parecía

una carroza descubierta. Robert iba en el pescante y las dos mujeres estaban sentadas una frente a la otra, bien envueltas en mantas de cuero y abrigos de piel.

—Por favor, Kitty. —Se oyó decir a la señorita Elisabeth—. Seguro que la ayudante de cocina tiene otras cosas que hacer que pasearse con nosotras.

El joven señor saludó alegre con la mano hacia una ventana del primer piso, desde donde posiblemente la señora contemplaba al grupo. Los patines del trineo crujieron y resbalaron en el camino de guijarros, ya que el jardinero había barrido la nieve de ahí a primera hora de la mañana. Marie no pudo ver al segundo jinete porque el aire le arrojó la nieve encima, obligándola a cerrar los ojos. Se cubrió el cabello con el pañuelo y se tapó el pecho.

«¡Procura no resfriarte por el camino!», le había advertido con malicia la señorita Jordan. Con ese frío todos estaban contentos de quedarse en las cálidas dependencias del servicio.

Marie partió con paso firme. Había averiguado que las puertas de hierro de la entrada del parque no habían sido encargadas por el director Melzer. De hecho, en el siglo pasado la gran extensión que formaba el parque donde ahora se encontraba la mansión había sido un jardín creado por un próspero comerciante de Augsburgo. El señor Melzer había instalado su fábrica de paños no muy lejos de aquel bello jardín y, al cabo de los años, consiguió comprar ese tesoro a los herederos del comerciante.

Mientras Marie se aproximaba por la calle a las instalaciones de la fábrica, pensó que era curioso que la mansión de ladrillo rojo y el parque con sus árboles extraños se hubieran comprado con el dinero ganado en las oscuras salas de las fábricas. ¿Cómo era posible que de aquel dinero surgieran cosas tan bellas?

En cuanto dejó atrás la puerta Jakober, las calles se volvieron más estrechas, los edificios parecían derruidos, e incluso en el adoquinado se advertían unos baches profundos. Ahí nadie apartaba la nieve y había que aventurarse por unos caminos que transcurrían junto a las casas; los carros y los carruajes evitaban esos callejones por temor a romper las ruedas y los ejes. Los niños corrían de un lado a otro y se lanzaban bolas de nieve entre sí; otros permanecían quietos, de pie, tiritando en las esquinas y cuchicheando. Otros, ya más mayores, se habían hecho con unos cigarrillos y fumaban por turnos dando caladas ansiosas. Cuando Marie pasó ante ellos se dieron codazos entre sí, y uno se atrevió a abordarla.

—¡Eh, tú! ¡Enséñame lo que llevas en la cesta!

Se oyó entonces una gran risotada. Marie sabía de qué pie cojeaban, a menudo había tenido que lidiar con ese tipo de gente. Eran escandalosos, pero no peligrosos.

—¡Fíjate! ¡Apenas tiene bigote y ya fuma! —le espetó—. ¡Anda, lárgate o sabrás lo que es bueno!

Muy pronto dio con la primera dirección. Le abrió la puerta una mujer obesa y desaliñada que le arrebató el paquete de las manos.

—¡Ya era hora!

Bastaron esas palabras para que Marie se viera envuelta en su hedor a alcohol.

—Dile a la señora del director que muchas gracias y feliz Navidad.

—¡Feliz Navidad también para usted!

Un hombre se acercó por detrás de la mujer arrastrando los pies y reclamando de forma enérgica el paquete.

—¡Es mío! ¡Aparta esos dedos apestosos de ahí, puta borracha!

Como Marie no tenía ganas de contemplar la escena, se despidió apresurada con la excusa de que tenía que entregar el siguiente paquete. Esta vez le llevó más tiempo encontrar la casa, ya que la numeración se había alterado a causa de la demolición de un edificio. Finalmente, tras pasar junto a un retrete apestoso, subió por una escalera insegura y llamó a una puerta.

Le abrieron dos pequeños: un niño rubio y una niña de pelo castaño que llevaba un gato blanco y negro en el brazo.

—Mamá no está en casa.

—Traigo un regalo. Un regalo de Navidad. Dejadlo en la mesa de la cocina, pero no lo abráis hasta que mamá llegue a casa, ¿entendido?

Los dos abrieron los ojos por la sorpresa y prometieron hacerlo así. Marie, vacilante, observó la puerta y vio que no aparecía el nombre del inquilino, pero al final decidió que aquel era el destino del paquete.

Bajó la escalera aliviada. Solo le faltaba entregar un paquete y habría terminado. ¡Cómo deseaba volver junto a la estufa de la cocina! ¡Y un café con leche, tal vez acompañado de una galleta de jengibre en forma de corazón!

De vuelta en el callejón, un hombre que arrastraba una carretilla con un barril estuvo a punto de tirarla al suelo.

—¡Mira por dónde andas! —gruñó enfadado.

Durante un rato ella lo siguió mientras trataba de encontrar la última dirección; luego él se detuvo frente a una taberna. Marie se percató entonces de que ella también había llegado al lugar que buscaba. Encima de la entrada, leyó en un letrero destartalado: EL ÁRBOL VERDE.

—¿Vive aquí la señora Deubel? —preguntó a la mujer desaseada que contemplaba con desconfianza el barril que le estaban entregando.

—Arriba.

Mientras Marie subía por la estrecha escalera oyó a su espalda las voces que daba la tabernera, que al parecer no estaba satisfecha con el aguardiente que acababa de recibir. La escalera era fría y circulaba la corriente y, al llegar a la puerta de la vivienda en la que se leía DEUBEL, sintió la tentación de dejar el paquete allí delante sin más y marcharse a toda prisa. Sin embargo, cuando estaba sopesando esa idea, la puerta se abrió con un crujido y asomó la nariz doblada y la barbilla afilada de una anciana. La señora Deubel llevaba un pañuelo de lana en la cabeza que le llegaba casi hasta la frente. Sus ojos pequeños y brillantes daban a entender que, pese a su aspecto, la mujer no estaba senil, más bien lo contrario.

—Vienes de parte de la señora del director Melzer para traer el regalo de Navidad, ¿verdad? Entonces entra, chica. Estás helada.

A Marie la anciana le resultó un poco inquietante, quizá por el contraste entre su cuerpo frágil y su mirada vivaz e inteligente.

—Muchas gracias, señora Deubel. Solo quería entregarle el paquete; tengo que regresar.

Tal vez la anciana estaba mejor de la vista que del oído. En cualquier caso, ignoró la excusa de Marie y se metió dentro. Marie entró vacilante en la pequeña habitación. La estancia tenía una decoración muy estrafalaria, pero la estufa estaba encendida y el ambiente estaba asombrosamente caldeado.

—Déjalo en la cómoda —le ordenó la anciana mientras se sentaba en una silla de mimbre con cojines—. Ya sé lo que tiene. Todos los años es lo mismo. Las salchichas están bien y el vino se lo regalo a mi yerno. Mi hija no lo quiere. Lleva la taberna de abajo y sabe de cervezas y vinos. Siéntate en el taburete, muchacha. Seguro que tienes unos minutos para una anciana.

—La verdad es que debería regresar…

No obstante, se sentó en el taburete y atendió a la cháchara de la mujer mientras el calor le iba penetrando en los miembros ateridos. En la habitación había unos objetos muy extraños, unos trozos de madera en los que alguien había tallado, sin terminar, personas y animales. Era como si esos seres desdichados intentaran liberarse de la madera en la que aún estaba metida una parte de su cuerpo. Sobre la cómoda destacaba el busto de piedra de una joven. También aquella escultura se encontraba a medias: la cara estaba acabada mientras que el pelo apenas se insinuaba. Marie contempló atentamente esa cabeza de piedra y tuvo la extraña sensación de haberla visto antes. Se dijo que tal vez aquello era efecto del calor de la estufa y el parloteo de la anciana. Cuando pasaba muy deprisa del frío al calor de una estufa se mareaba un poco.

—Ahora que te miro, muchacha, me parece que te conozco. ¿Eres de Augsburgo?

—Sí, claro, yo, bueno, yo trabajé de criada. Puede que me viera alguna vez por la calle. Hacía las compras y me llevaba a los niños.

—Oh, no, no. Hace años que no bajo a la calle. Yo siempre estoy aquí arriba, junto a la estufa, esperando a que mi hija me traiga de comer. Dime, ¿eres una Hofgartner?

A Marie el corazón le dio un vuelco. Esa mujer sabía su apellido. ¿Cómo era posible?

—Sí. Me llamo Hofgartner, Marie Hofgartner.

—Marie —dijo la anciana asintiendo—. Pues claro. Así es como se llamaba la pequeña. Marie. Pobrecita. No la quiso nadie y la llevaron al orfanato...

—¿De quién está usted hablando? —balbuceó Marie.

La anciana la miró con sus ojos brillantes. La escrutó con su mirada despierta y volvió a asentir.

—Lo he visto enseguida. Tienes los ojos de tu madre. Como era medio francesa, tenía esos ojos de la seda negra. Unos ojos en los que uno se podía ver reflejado.

—¿Conoció usted a mi madre? —musitó Marie.

Que Marie supiera, su madre había muerto de tisis y estaba enterrada en el cementerio Hermanfriedhof. Era una mujer pobre y no le había dejado nada, ni siquiera el nombre de su padre. Era lo único que sabía de ella. Todo lo demás lo había deducido, imaginado e inventado.

—Si tú eres Marie Hofgartner, entonces sí que conocí a tu madre. En esa época vivía aquí. Primero tenía las dos habitaciones de al lado, pero luego solo pudo costearse esta, e, incluso así, a menudo nos dejó a deber dinero porque se lo gastaba comprando colores, papel y lápices.

A Marie le pareció estar soñando. La anciana inquietante, la estancia extravagante en la que su madre había vivido en otra época. Aquello no podía ser cierto. Tenía que referirse a otra mujer, una que también se llamaba Hofgartner. No era un apellido tan raro. Ni tampoco el nombre de Marie. Tenía que tratarse de una confusión. O tal vez esa anciana se lo estuviera inventando todo. ¿Qué tonterías decía ahora?

Luise Hofgartner pintaba cuadros y era su forma de ganarse la vida. Al principio trabajaba para familias acomodadas, haciendo retratos de los niños a cambio de dinero. Luego, cuando enfermó, sus encargos bajaron. Tosía mucho y no la dejaban entrar en las casas.

—Siempre que iba a pintar te llevaba con ella. Era una buena madre. Y cuando supo que se iba a morir, la idea de que nadie se haría cargo de su hija la desesperaba.

Sin embargo, también esa Hofgartner era obstinada y arrogante. Si alguien no le gustaba, no lo pintaba. Por mucho que le ofreciera esa persona, ella prefería endeudarse y que la fiasen…

—Y entonces un buen día vinieron unos hombres y se llevaron todas sus cosas. Los muebles, que aún eran de…

La puerta se abrió con un crujido y la anciana calló. Bajo el umbral apareció la tabernera que Marie había visto antes abajo, en la calle. Llevaba una bandeja con un plato de pan y queso y una taza humeante.

—¿Qué le hablas a la chica tanto rato? —rezongó empujando a un lado el paquete del regalo para colocar la bandeja en la cómoda.

—¿No lo ves, Mathilde? ¡Es la niña Hofgartner! Marie. ¡Qué mayor se ha hecho! Además es guapa, igual que Luise…

La tabernera necesitó algo de tiempo para asimilar la noticia. Contempló a Marie, luego a su madre y luego otra vez a Marie, que seguía inmóvil sentada en el taburete.

—¿Tú eres Marie Hofgartner?

—Yo me llamo Marie Hofgartner, pero no sé si…

La tabernera ni la escuchó. En su cara se dibujó una mueca y la miró como si fuera una ladrona peligrosa.

—Conque Marie Hofgartner, ¿eh? ¿Y tú traes los regalos? ¿Acaso trabajas en la casa del señor Melzer?

Marie asintió y dijo que, en efecto, trabajaba en la cocina de la villa.

—Vaya, vaya —musitó la tabernera—. Así que en la cocina…

—¿Te acuerdas, Mathilde? —preguntó la anciana con voz ronca—. ¿Te acuerdas de cuando vinieron esos hombres y se llevaron sus cosas? Los muebles, la ropa, incluso el edredón. Y también todo lo que usaba para pintar. Permaneció impasible, abrazando a su hija y dejándolos hacer. Fue una injusticia por parte de…

—¡Cierra el pico! —la interrumpió la tabernera—. Eso no es de nuestra incumbencia. No sabemos nada de eso. Ni siquiera los vimos.

La anciana dirigió una mirada malhumorada a su hija a la vez que movía la mandíbula inferior como si comiera. Era evidente que apenas le quedaban dientes.

—Pero fue una injusticia —insistió, enojada—. Un auténtico pecado. Sin duda, Dios, Nuestro Señor, fue testigo de aquello.

Marie iba a intervenir para preguntar quién había dado la orden de llevarse todos los muebles, pero antes de que pudiera pronunciar una sola palabra la tabernera la agarró por el brazo.

—Anda, márchate —le ordenó—. Y no vuelvas por aquí, ¿entendido? No quiero volver a verte nunca más, Marie Hofgartner.

La agarraba con fuerza, le dejaría una señal. Pero su mirada aún era más severa. Marie tuvo la certeza de que estaba decidida a cumplir su palabra.

—No entiendo…

—Ni falta que hace. ¡Márchate!

Marie miró a la anciana en busca de una explicación, pero para entonces esta estaba ocupada mojando el pan en el café caliente para masticarlo con más facilidad. Marie sintió un tremendo enojo. Primero le contaban todas esas cosas y luego la echaban de malas maneras.

—Muchas gracias por su hospitalidad —dijo en un tono cargado de ironía—. Y feliz Navidad.

Recogió la cesta vacía y al salir dio un portazo. Ya en la escalera, oyó a la tabernera regañar a la anciana.

—¿Acaso te has vuelto loca? ¡Te has ido de la lengua!

—La verdad es la verdad. ¿Y a mí qué me importa si el señor Melzer se enfada? Llegará un día en que el Señor lo castigará por sus pecados. Yo soy vieja y pronto moriré.

—¿Y no te preocupa perjudicarme? ¿Es que piensas que yo también quiero morir pronto? Eso es muy propio de ti, vieja…

Marie se quedó paralizada en la escalera. ¿Había oído bien? ¿La anciana había mencionado al señor Melzer? ¿Acaso fue él quien se había quedado con todos los muebles de la que decía que era su madre? ¿Ella tenía deudas con él?

Abajo la puerta de la taberna se abrió y varios hombres alborotados entraron pidiendo cerveza y reclamando a la tabernera. Marie bajó la escalera corriendo y salió de la casa.

La calle la acogió con un frío intenso. Se echó el mantón por encima de la cabeza para protegerse las orejas mientras sentía como el frío glacial le trepaba por las piernas. Tanto daba: tras media hora andando a buen paso podría calentarse en la estufa de la cocina. Mejor no darle muchas vueltas a ese montón de disparates que le había contado la vieja. A buen seguro se lo había inventado todo. Su madre jamás fue pobre: había sido una mujer rica y feliz y había querido mucho a su padre. Los tres habían vivido en una casa bonita de la ciudad alta hasta que ellos murieron. Así había sido todo. Ella lo sabía. Tenía que ser así. Así se lo había imaginado.

Pero si la anciana hubiera estado contando mentiras, esa tabernera tan desagradable no se habría enfadado tanto. «La verdad es la verdad», había dicho la anciana. El director Melzer se había llevado los muebles de una tal Luise Hofgartner porque ella había contraído deudas con él...

—¡Aquí está de vuelta! —exclamó una alegre voz masculina a sus espaldas.

Ensimismada en sus pensamientos, no había oído siquiera el tintineo de los cascabeles del trineo. Al girarse, vio que los caballos se aproximaban y que sus ollares despedían vapor a causa del aire frío. Robert llevaba nieve adherida en la parte delantera de la chaqueta oscura y en la gorra.

—¡Marie! ¡Dios mío! Pobrecita, está medio helada.

Era la señorita Katharina. Se inclinó hacia delante y tiró de la chaqueta de Robert.

—¡Para! ¡Para los caballos, Robert! Deja que suba.

Robert obedeció. Los dos caballos castaños se detuvieron de mala gana porque estaban ansiosos por llegar a su establo y disfrutar de su montón de heno.

—¡Por Dios, Kitty! —gimió la señorita Elisabeth, que, embutida en sus pieles, parecía una gallina engolada de plumas rojizas—. Para lo que le queda, ya lo puede hacer a pie.

De hecho, Marie pensaba lo mismo, pero nadie le preguntó su opinión. El joven señorito descabalgó de su caballo tordo y le dijo a Robert que no se bajara. Abrió con agilidad la puerta lateral del trineo y desplegó la escalerilla.

—Por favor, señorita —dijo con picardía a Marie al tiempo que le ofrecía el brazo—. Debajo de las mantas se está muy caliente, y si aun así usted tiene frío, podemos ofrecerle un frasquito de vino caliente y media caja de galletas de Navidad.

No le quedó más remedio que subir al trineo; negarse habría sido casi ofensivo. Con todo, no se apoyó en el brazo de él y se montó sin su ayuda. El señorito, por su parte, recogió del suelo la cesta vacía y Robert la colocó en el pescante.

—Ven aquí, Marie. ¡Oh, vaya! Estás helada. ¿De verdad que solo tienes este mantón fino para el frío? ¿Cómo es posible? Mañana hablaré con mamá. Abrígate bien, aquí, toma, aquí tienes un trozo de mi manta de lana. Y ponte encima esas pieles. ¿Y bien? Mucho mejor, ¿verdad? Lástima que las bolsas de agua caliente que nos dio la cocinera ya estén frías. Oh, Marie, es fantástico que nos acompañes un rato. Querido señor Bräuer, ¿no le parece que Marie congenia conmigo?

—Sin duda, cómo no, señorita Melzer…

Alfons Bräuer habló con algo de dificultad; probablemente no estaba acostumbrado a cabalgar tanto rato bajo el frío invernal. El trineo dio un pequeño tirón cuando los caballos iniciaron de nuevo la marcha; acto seguido, el vehículo empezó a deslizarse con suavidad; los cascabeles situados a la derecha y a la izquierda de las portezuelas tintineaban y apenas se oía el roce de los cascos sobre la nieve endurecida.

—Parece como si volara —comentó la señorita Katharina—. Lástima que no estuvieras cuando hemos ido por el camino del parque. Hemos pasado por debajo de ramas dobladas por el peso de la nieve, el arroyo estaba helado y el silencio inmenso de la naturaleza nos rodeaba.

Marie notaba que poco a poco iba sintiendo las piernas; el calor repentino hacía que los pies ateridos le dolieran. Con todo, lo más desagradable era la mirada penetrante que le dirigía la señorita Elisabeth.

—El silencio de la naturaleza… Si solo se oían los cascabeles del trineo —apuntó.

La señorita Katharina se echó a reír.

—Tienes razón, Marie. Pero, mira, hemos visto un corzo. Se ha quedado inmóvil en medio de un prado al vernos y, cuando ya estábamos muy cerca, ha huido hacia el bosque con unos saltos amplios y elegantes. Deberíamos disfrutar más a menudo de la naturaleza. Esta vida artificial de ciudad, entre las paredes firmes de las casas… Es muy poco natural. Me han dicho que en Viena hay una secta cuyos miembros construyen cabañas en el bosque y nadan desnudos en los ríos…

—Kitty, te lo ruego… —exclamó la señorita Elisabeth, escandalizada.

La señorita Katharina soltó una risa sonora. Llevaba un abrigo blanco de piel con el cuello levantado y se había atado el sombrero de ala ancha con un chal de lana. Tenía las mejillas delicadamente enrojecidas y los ojos le brillaban. Estaba más bella que nunca.

—Vamos a dar una vuelta por el parque —exclamó—. Me encanta ver esos viejos árboles nevados. Parecen seres de otro mundo, como gigantes o elfos de los bosques.

Marie observó que, aunque la señorita Elisabeth ponía los ojos en blanco, no se opuso a la idea. Debía de ser consciente de que no había nada que hacer, puesto que incluso el señorito se declaró a favor de conceder a Marie ese placer. Alfons Bräuer, por su parte, no se atrevió a contrariar a su adorada Katharina.

—Mira, Marie. ¿A que es fabuloso deslizarse de este modo? ¡Oh, Dios mío! Se está poniendo el sol. Vamos directamente hacia esas nubes rosadas.

En efecto, el sol había teñido de rojo las nubes grisáceas del horizonte, que parecían transparentes e insinuaban aquí y allá la bola de fuego roja que se hundía detrás de ellas. De pronto, las nubes se abrieron y unos deslumbrantes rayos de luz roja se extendieron por el parque.

—¡Qué hermosura! —susurró la señorita Katharina.

Incluso la señorita Elisabeth, que tenía que girarse para

contemplar ese espectáculo, parecía impresionada. El señorito detuvo su caballo y, por un instante, el grupo permaneció quieto, admirando aquel cielo de invierno encendido y los tonos rojizos de la nieve.

—¡Esto es el broche de oro de este paseo! —comentó la señorita Katharina—. Jamás había visto un atardecer como este. Querido señor Bräuer, le estoy muy agradecida de que nos convenciera de que hiciéramos esta excursión.

—¿Y qué hay de mí? —preguntó riéndose el señorito—. También fue idea mía, ¿verdad?

—Los dos tenéis mi agradecimiento.

Cuando llegaron a la salida de la villa, dieron la vuelta y Robert condujo el trineo hasta dejarlo junto a la entrada para que las señoritas accedieran a los escalones que llevaban al vestíbulo. La señorita Katharina se dio cuenta entonces de que Marie lloraba.

—¿Qué te ocurre? ¿Estás enferma? ¿Alguien te ha hecho algo? Dímelo, Marie…

—Es que… No lo sé —balbuceó Marie, con las lágrimas bañándole las mejillas.

El señorito la sujetó por el brazo cuando descendió del trineo. Sus ojos grises la escrutaron con inquietud y llenos de compasión.

—¿Tengo yo la culpa? —preguntó en voz baja—. No quería burlarme de ti. En absoluto. Solo pretendía que compartieras nuestra alegría.

—No, no —contestó ella, asustada—. No tiene nada que ver con usted. Solo son mis nervios.

—¿Tus nervios? —comentó burlona la señorita Elisabeth—. No sabía que las ayudantes de cocina tuvieran nervios.

Marie se arrebujó en su mantón, hizo una reverencia a los señores y se marchó a toda prisa hacia la entrada de la cocina.

En su fuero interno deseó que nadie la hubiera visto.

18

—Buenas tardes, Robert.

—Buenas tardes, señor director. Le deseo unas felices fiestas.

—Calma, Robert. Las fiestas aún no han empezado. De todos modos, muchas gracias.

Robert, un poco cohibido, asintió con la cabeza. Esperó a que el señor se acomodara en el asiento y cerró la puerta de la limusina tan suavemente como le fue posible. Luego subió y se puso al volante. El señor Melzer volvió la mirada hacia el reloj de la fábrica, cuya enorme y redonda esfera podía verse a lo lejos, sobre la entrada del edificio. En cinco minutos acabaría la jornada laboral, una hora antes de lo habitual a causa de la Nochebuena. Pronto el sendero que llevaba al portón de la fábrica se llenaría de gente, trabajadores deseando tomar el camino más rápido de vuelta a casa.

—Arranque. ¿A qué esperamos?

—Por supuesto, señor director.

El portero se acercó a toda prisa para abrirles el portón. El señor Melzer bajó la ventanilla para desearle felices fiestas al buen hombre, que se quitó la gorra y contestó algo que no oyó bien a causa del ruido del motor, pero que sin duda era bienintencionado. Afuera, frente al portón aguardaba una multitud de mujeres y niños, que retrocedieron respetuosamente ante el avance del coche del director. El señor Melzer sabía el motivo de su presencia allí. Ese día se daba una paga especial por Nochebuena y las mujeres pretendían impedir que sus hombres se llevaran el dinero a la taberna.

El señor Melzer volvió a reclinarse en el asiento mullido y notó cierto malestar. Casi siempre realizaba el recorrido a pie: caminaba veinte minutos a paso firme, respirando hondo para llenar los pulmones de oxígeno. Con ese magnífico tiempo invernal incluso se habría permitido dar un pequeño rodeo por el parque. Por desgracia, no había tiempo para eso. A sus espaldas, la sirena de la fábrica empezó a sonar y Alicia estaría en la villa mirando el reloj con impaciencia.

Johann Melzer detestaba la opulencia de esas celebraciones. Quizá se debiera a que de pequeño siempre había celebrado las fiestas de manera humilde, pues en su familia había muchos niños y poco dinero. Alicia, sin duda, las había vivido de un modo completamente diferente. En la finca de Pomerania sabían de celebraciones; mantenían las antiguas costumbres navideñas, comían y bebían de forma copiosa, había invitados, y se daban alegres paseos a caballo por el bosque y la campiña… aunque las facturas pendientes se amontonasen en el escritorio del padre.

Se obligó a cambiar el rumbo de sus pensamientos ya que no quería indisponerse con su esposa. Ella no tenía la culpa de la prodigalidad de su familia. Observó al pasar la calle iluminada por encima del hombro de Robert y se alegró de que, por fin, los ediles hubieran accedido a instalar las lámparas de arco. Estaba oscureciendo, pero a lo lejos se distinguían vagamente las luces de la ciudad. Reconoció algunas siluetas: la forma redondeada de la cúpula de la torre del ayuntamiento y el perfil de la basílica de San Ulrico y Santa Afra. El resto solo podía adivinarse. Al otro lado, refulgían las luces de las fábricas; también en las otras empresas la jornada estaba a punto de terminar. Mañana era Navidad y las máquinas funcionaban a medio gas.

La villa estaba muy bien iluminada. Además de las luces eléctricas de la fachada, a derecha e izquierda del portal de entrada, se habían colocado varias antorchas en la nieve. Al día siguiente, cuando llegaran los invitados, el jardinero llenaría de antorchas el paseo de entrada y el portón. Eran instrucciones de Alicia y él no se había opuesto. Todo lo que ella disponía era elegante, daba buena impresión y era motivo de numerosos elogios. De hecho, el señor Melzer se sentía agradecido con su esposa porque él era algo torpe para estos menesteres. Desde hacía años, Alicia era para él una esposa fiel y servicial, una compañera en la que podía confiar.

Si pudiera ser un poco más severa con sus hijos… En su opinión, Kitty disfrutaba de demasiadas libertades. Y Paul, claro. Ese muchacho podía permitirse tantos deslices como quisiera porque su mamá estaba siempre dispuesta a proteger a su niño. El señor Melzer suspiró profundamente. El enojo hacia Alicia había vuelto a ponerse de manifiesto.

—Ya hemos llegado, señor director.

Robert había aparcado el coche ante los peldaños de la entrada y ahora le abría la puerta. El señor Melzer se apeó y dedicó un gesto de asentimiento a su empleado. Un chico listo, ese Robert. No se limitaba a conducir; también sabía algo de automóviles, y más de una vez había realizado alguna que otra reparación. En la mansión estaban muy contentos con él. Alicia había llegado a decir que tenían que procurar que se quedara con ellos porque en unos años podría ocupar el puesto de la señorita Schmalzler. Tenía madera de mayordomo; de hecho, era preferible tener un mayordomo a un ama de llaves. Daba más prestigio a la casa.

Todo el mundo lo esperaba ya en el vestíbulo. Entregó el sombrero y los guantes a Auguste, dejó que Else lo ayudara con el abrigo y se quedó admirando el gran abeto. Habían encendido las velas y apagado la luz eléctrica para que resaltara aún más el efecto, y lo cierto era que tenía un aspecto misterioso y solemne, sobre todo porque la luz trémula de las velas se reflejaba en las bolas relucientes proporcionando al árbol un delicado resplandor dorado.

—¿No te parece hermoso, Johann?

Alicia se le acercó, sonriente y feliz. El señor Melzer no tuvo valor para decirle que esa decoración navideña le parecía demasiado opulenta. En lugar de eso, asintió y musitó que todo estaba perfecto, como todos los años. Luego ofreció el brazo a su esposa y juntos recorrieron el vestíbulo hacia el reluciente árbol rojo y dorado, frente al cual se había reunido el servicio de la casa.

Todos lo saludaron. Robert, Gustav y su abuelo inclinaron la cabeza y las mujeres hicieron una reverencia. La señorita Schmalzler fue la única que no lo hizo; consideraba esta costumbre anticuada e hizo el mismo gesto que los hombres. Al fondo, medio escondida detrás de la rolliza señora Brunnenmayer, tenía que estar Marie. El señor Melzer se había topado con ella un par de veces en el pasillo, cuando Kitty la hacía llamar a última hora del día. Se había convertido en una muchacha hermosa y ya no parecía un ratoncillo hambriento. El parecido con su madre era asombroso, y eso, de pronto, le pareció funesto. Apartó de sí esta sensación desagradable, procuró esbozar una sonrisa jovial y comenzó el discurso navideño de rigor.

—Estimados habitantes de este hogar, ¿o tal vez debería decir espíritus bondadosos de esta casa? ¿Qué sería de la familia Melzer sin vuestro trabajo constante y vuestros cuidados? Sin duda habríamos sucumbido hace tiempo al hambre y al frío.

Pronto se oyeron algunas risas. Esto complació al señor Melzer, que se esforzó por seguir introduciendo bromas en su discurso. Así, llamó a la señorita Schmalzler «la honorable guardiana de los tesoros de la casa», convirtió al anciano jardinero en «soberano de un reino de más de cien mil árboles» y la señora Brunnenmayer recibió el título de «maestra en los placeres del paladar». Terminó el discurso con un agradecimiento a todo el servicio y el deseo de que esa buena relación prosiguiera en el futuro. Luego Alicia se colocó ante la mesa sobre la que reposaban unos coloridos y variados paquetes de regalos. Como era costumbre, se llamaba primero a los empleados de menor categoría, en este caso, Marie. La muchacha había ganado algo de peso y su cuerpo dibujaba ya las curvas femeninas. Para celebrar el día, se había quitado el pañuelo de la cabeza y todo el mundo podía apreciar su melena densa y oscura. Era una joven belleza enfundada en un vestido a cuadros de algodón. Y ese modo que tenía de caminar. No era una ayudante de cocina que encogía los hombros y agachaba la cabeza cuando era el centro de atención. No. Al recibir su regalo de manos de Alicia, Marie avanzó erguida y con una sonrisa radiante, como de princesa. De nuevo, al señor Melzer lo asaltó un sentimiento de inquietud, que al poco tiempo se convirtió en enojo. Durante la ceremonia reparó en que la muchacha disfrutaba de unos privilegios increíbles en la casa. Eso la echaría a perder. De hecho, su actitud ya era prepotente, como si, en lugar de ser ayudante de cocina, fuera ama de llaves. Todo eso acabaría muy mal si él no le ponía remedio.

Como todos los años, Eleonore Schmalzler expresó su agradecimiento al personal, elogió a los señores por su indulgencia y su bondad, y corroboró lo orgullosos que estaban todos de pertenecer al servicio de la villa. El señor Melzer pensó en los planes de su esposa y, por un momento, sintió lástima de la señorita Schmalzler. Ella estaba muy apegada a su puesto y siempre lo había desempeñado con lealtad, por lo que un cambio como aquel sería un duro revés para ella. De todos modos, conociendo a Alicia, seguro que ya se había ocupado del retiro de Eleonore Schmalzler.

Al terminar, los empleados se marcharon y comenzó el siguiente punto del programa. Arriba, en el comedor, la familia tenía ya dispuesto un bufet frío; una tradición de la casa para que el personal pudiera acudir a la misa de Nochebuena en la catedral. La familia celebraría primero una pequeña fiesta y luego acudiría a la misa vespertina en coche, conducido por el señor director en persona.

—¿Has visto cómo le brillaban los ojos de felicidad?

Alicia, que subía las escaleras delante de él, se dio la vuelta, sonriente. Se había arreglado con esmero, se había rizado el pelo y retocado el color. Pese a sus cincuenta y cinco años, su esposa conservaba cierto aire juvenil, algo que normalmente le parecía conmovedor y muy atractivo, pero que de vez en cuando le molestaba.

—Bueno, has sido muy generosa con ella, querida.

Sus palabras denotaron un ligero disgusto. El señor Melzer no era partidario de los regalos; de hecho, a él nunca le habían regalado nada, ni de niño ni más adelante. Todo cuanto había deseado en la vida se lo había tenido que ganar.

—Johann, Navidad solo es una vez al año.

—Cierto. Y a veces las pequeñas cosas son las que traen mayores alegrías.

Seguro que Alicia se había percatado de la insinuación, pero no replicó. El señor Melzer se alegró de ello. Una Nochebuena sin riñas. Tenía que aprender a contenerse. De hecho, el motivo de su malhumor era pensar que las máquinas de la fábrica permanecerían paradas durante todo un día. Y había encargos urgentes, telas estampadas que debían entregarse al comenzar el año.

El comedor también estaba decorado de forma navideña: la mesa estaba vestida con la mantelería de fiesta y sobre el aparador había dispuestas numerosas bandejas llenas de exquisiteces. Cuando vio el áspic de ternera y el pollo frío mejoró su humor, puesto que no había comido nada desde por la mañana. Elisabeth los estaba esperando, abrazó cariñosamente a su padre y les deseó a ambos unas felices fiestas.

—Antes teníamos que recitar versos —bromeó—. ¡Y cantar villancicos! ¡Cielos, qué contenta estoy de que esa época haya pasado!

Por primera vez en esa tarde, el señor Melzer soltó una carcajada. Los intentos de cantar todos juntos fracasaban siempre por su propia torpeza y la de Elisabeth. Alicia se mantenía estoicamente impasible al oírlos desafinar, pero Kitty, que era tan musical como su madre, se lamentaba y decía que conseguirían que se le cayeran las orejas.

—¿Dónde están Paul y Kitty?

—Están en la habitación de Kitty envolviendo los regalos —explicó Elisabeth.

—Hace rato que podrían haber terminado —refunfuñó el padre.

No dijo nada más, pero se propuso hablar con Alicia al día siguiente sobre la necesidad de que los chicos se acostumbraran a ser puntuales. Además, tendrían que haber estado presentes en el vestíbulo para dar las gracias al servicio; a fin de cuentas, ellos también formaban parte de la casa.

—Iré a buscarlos.

Elisabeth se apresuró a salir hacia el pasillo mientras Alicia encendía las velas en la mesa. Tenía una sonrisa algo inquieta; como no podía ser de otro modo, había notado la impaciencia de su marido y él se sintió culpable por ello. De ninguna manera pretendía arruinar la velada a su esposa, pues era consciente de la ilusión, casi pueril, con que ella se preparaba para esas fiestas.

—Todo tiene un aspecto estupendo, Alicia. Y ese áspic de ternera se huele desde aquí.

Ella le dedicó una sonrisa alegre. Alicia lo había encargado porque sabía que era el plato preferido de él.

—¿Podrías encender los dos candelabros del aparador? Me parece más bonito cenar a la luz de las velas.

—Por supuesto, querida.

¿Para qué se habría molestado él en instalar luz eléctrica en todas las habitaciones si a ella le gustaba más sentarse a la luz de las velas? Con todo, logró contener su creciente malhumor. Sobre todo porque en ese momento llegaron Kitty, Paul y Elisabeth.

—¡Feliz Navidad, papá! ¡Qué bonito está todo, mamá! Y qué bien huele. Agujas de abeto y fiambre. ¡La combinación perfecta de aromas navideños!

Qué diferentes eran sus hijas. Elisabeth era más bien tranquila, rellena, y su aspecto era parecido al de la madre del señor Melzer. Era una muchacha que no resultaba atractiva a primera vista. Por otra parte, además del físico de su abuela paterna, la chica había heredado de ella su capacidad de imponer su voluntad. Lo contrario que Kitty, que se parecía más a la familia por parte de madre, los Von Maydorn. Era un torbellino lleno de encanto, hermosa y seductora, pero a la vez sensible y con propensión a rápidos cambios de humor.

—Hemos preparado una sorpresa en el salón rojo, papá.

El torbellino lo abrazó y le dio un beso, le apretó sus rizos perfumados contra la mejilla, y afirmó que llevaba semanas esperando con ilusión esa velada. Paul se limitó a desear unas felices fiestas a sus padres. No le dedicó un abrazo porque sabía que su padre lo habría rechazado como una «falsa alharaca». Desde el incidente en la fábrica de hacía unas semanas, la relación entre padre e hijo era tensa.

—En tal caso, vamos a ver qué nos ha preparado la señora Brunnenmayer. Dame tu plato, Johann.

Dejó que Alicia le sirviera porque sabía que aquello la hacía feliz. Los demás se sirvieron y luego tomaron asiento con los platos llenos. Para el señor Melzer ese modo de comer era mucho más agradable que los banquetes formales, en los que había que dar conversación al acompañante de mesa de turno y esperar a que el lacayo sirviera los platos.

—De nuevo, mamá, está todo fantástico. La ensalada de

ave es una delicia. Pero no puedo con el rosbif, ¡está medio crudo!

—Está delicioso, Kitty —afirmó Paul—. Tal y como debe ser. Por cierto, ¿sabes que los tártaros se ponían la carne cruda debajo de la silla de montar para ablandarla?

—Muchas gracias, ahora sí que no pienso comer más de eso.

—Hablando de sillas de montar —dijo el señor Melzer mientras tomaba un poco más de áspic—, he oído que has vendido la tuya a Alfons Bräuer.

Paul se habría abofeteado en ese momento, pero lo cierto es que él mismo había dado pie a su padre. En efecto, admitió, había querido tener un detalle con el bueno de Alfons, que le había preguntado muchas veces por la silla. De hecho, él ya tenía la otra, la del abuelo, que su madre había traído de Pomerania.

El señor Melzer notó que ahí había gato encerrado, sobre todo cuando Alicia dirigió una mirada inquisitiva a su hijo, pero no insistió. Si Alicia no estaba al corriente del asunto, eso significaba que su hijo confiaba en salir él solo de su estupidez. Solo podía esperar que Paul no siguiera los pasos de su familia materna y no hubiera adquirido deudas de juego.

Entretanto, Kitty elogiaba al joven Bräuer. Era una persona realmente encantadora y bondadosa, afirmó; se lo habían pasado muy bien juntos, y la excursión en trineo había sido idea de él.

—Es un muchacho muy capaz —corroboró enseguida el señor Melzer.

Alfons Bräuer ya se había vuelto indispensable en el banco privado de su padre. A pesar de su juventud, era astuto como un zorro. Sin duda, había aprendido muchas cosas de su progenitor.

—Vaya, vaya, ¿acaso te gusta? ¿Te ha pedido en matrimonio?

Alicia le había hablado de tres proposiciones que Kitty había rechazado. El señor Melzer hubiese lamentado mucho que la del joven Bräuer fuese una de ellas.

—Por supuesto que no, papá. Pero no creo que la aceptara. Para mí, él es como un hermano, como Paul, solo que más tierno y de más confianza.

—Vaya, muchas gracias, hermanita. ¿Así que no soy de fiar?

Kitty se encogió de hombros y frunció los labios. Caramba, vio que su hija podía ser una auténtica tentación. Pobre Alfons Bräuer.

—Bueno, tú nunca estás por aquí, siempre andas por Múnich…

El señor Melzer habría podido preguntar entonces a su hijo acerca de sus progresos en los estudios. Sin embargo, aquella habría sido una pregunta traicionera ya que él había hecho sus propias averiguaciones. Pero era Nochebuena y prefirió posponer esa charla para más adelante.

—¿Puedes servirme un poco más de áspic, querida? —preguntó a su esposa.

—Por supuesto, querido.

Se enfrascó entonces en su plato y dejó que su esposa y sus hijos siguieran la conversación. Fue una cena alegre y animada, en la que se alzaron las copas en varias ocasiones y se brindó por mamá, por él y, de nuevo, por la Navidad. Luego, Kitty y Paul los condujeron al salón rojo.

—Cerrad los ojos. No miréis hasta que yo diga.

Se oyó el ruido de unas cerillas encendiéndose, los cuchicheos de Kitty y la respuesta nerviosa de Elisabeth.

—¡Ya!

Habían colocado y decorado a escondidas un árbol pequeño de Navidad que ahora resplandecía con las luces. Los regalos estaban repartidos entre la mesa y el suelo.

—¡Oh! Qué bonito lo habéis dejado. ¿Has visto, Johann?

Antes éramos nosotros los que sorprendíamos a los niños y ahora es al revés.

—Tienes razón, querida.

Él se aclaró la garganta; la felicidad de los otros lo conmovía. En el fondo, se dijo, podían sentirse orgullosos de sus hijos, aunque las sorpresas no siempre fueran las que un padre habría esperado. Esa manía de decorar árboles… Esas cosas no se hacían cuando él era pequeño. Se colgaba una guirnalda verde en la puerta de la casa y, a lo sumo, se ponían unas ramas de abeto en el salón.

—¡Para ti, papá!

Elisabeth le había comprado un estuche para las gafas, de piel de la máxima calidad con un grabado dorado. Un regalo práctico y sensato. Notó que se sentía feliz al ver que a él le gustaba su regalo y, con un gesto torpe, le dio una palmadita en el brazo. Elisabeth necesitaba que le dieran ánimos, ya que, al parecer, el asunto del teniente se había quedado en nada. Incluso él se había percatado de que su hija se había enamorado de aquel muchacho.

El intercambio de regalos prosiguió. A Alicia, él le había comprado un collar de oro blanco con brillantes y aguamarinas y a sus hijas, pulseras de oro y rubíes. Paul, por su parte, recibió una pluma estilográfica, un modelo americano que había adquirido a través de un socio. Por supuesto, Alicia también había sido generosa con sus compras. Había encargado para él un conjunto de gemelos y alfiler de corbata. Sobre una piedra de color azul oscuro destacaba su monograma, «JM», rodeado por una guirnalda dorada.

—¿Qué os parecen nuestras obras de arte? —quiso saber Kitty.

Paul tenía que andar muy mal de dinero. Había compuesto unos poemas bastante aceptables y los había escrito con buena caligrafía al pie de los dibujos de su hermana. El señor Melzer se abstuvo de hacer comentarios irónicos. Al menos su hijo había demostrado ingenio. Por otra parte, le resultaba difícil apreciar los dibujos de Kitty, pues él mismo era incapaz de trazar siquiera una línea recta.

—Son muy bonitos, mi niña —dijo para elogiarla—. Sobre todo este de nuestro parque. Lo colgaré en mi oficina.

Para su sorpresa, una sombra cruzó el semblante de Kitty, que enseguida sonrió con picardía. Menuda actriz estaba hecha.

—Ese dibujo no es mío, papá, pero a Paul le gustó tanto que decidimos incluirlo.

—¿No es tuyo? —se sorprendió Alicia—. ¿Quién lo ha pintado? ¿Acaso ha sido Paul?

Kitty rio. No. Paul para dibujar era como si tuviera dos manos izquierdas.

—Lo ha pintado Marie.

El señor Melzer creyó haber oído mal.

—¿Marie? ¿Qué Marie?

—Marie, mi modelo. Tiene muchísimo talento, papá. Deberíamos ayudarla en su carrera artística, es…

—¿Estás hablando de Marie, de la chica que trabaja en la cocina?

Su voz era cortante, colérica. Su buen humor se había esfumado de golpe. Kitty enmudeció y sus inmensos ojos azules le dirigieron una mirada llena de reproche.

Él era incapaz de contener la rabia que sentía en su interior. Una artista. Un gran talento. También en eso la joven tenía que parecerse a su madre. Y encima pretendían que él la apoyase.

—No me gusta nada esa extraña relación que tienes con Marie, Kitty.

La joven fue a objetar algo, pero él se lo impidió con un gesto de la mano.

—A partir de ahora esos posados se han acabado. A una ayudante de cocina no se le ha perdido nada en tu habitación.

Y si me entero de que alguien contraviene mis órdenes, despediré a la chica al instante.

Tras ese arrebato, todos se quedaron en silencio. Kitty entrecerró los ojos hasta que se convirtieron en unas estrechas hendiduras azules. Estaba muy contrariada. Paul se mordió el labio. Elisabeth dibujó una sonrisa.

—Tenemos que cambiarnos para ir a misa —dijo Alicia al cabo de una eternidad—. Chicos, apagad bien las velas.

19

Marie asistió a la misa de Navidad junto con los demás miembros del servicio. Por primera vez en la vida no había tenido que arrodillarse aterida de frío en el banco de la iglesia, pues su regalo había consistido en un abrigo de invierno y un par de botas de piel. Sin duda, eran prendas que la señorita Katharina ya no iba a usar. Marie, entusiasmada con su nueva ropa, acababa de poner un pie en el patio iluminado cuando oyó la voz indignada de la señorita Jordan.

—Vaya, vaya. La señorita encargó ese abrigo hace apenas dos años. Está hecho con el mejor paño de lana y está forrado en piel. Y esas botas están casi nuevas. Son unos regalos muy ostentosos para una ayudante de cocina.

—A nadie le interesa su opinión, señorita Jordan —replicó la señorita Schmalzler, que iba al lado de Marie—. Hoy celebramos el nacimiento de Nuestro Señor Jesucristo, que nos predicó bondad y amor al prójimo.

—Yo solo lo decía para que la muchacha aprecie como es debido unos regalos como esos.

—¡Es muy capaz de hacerlo sin su ayuda!

En efecto. Marie se sentía agradecida por esos regalos y estaba muy orgullosa. Era todo un lujo tener un abrigo como ese, no solo calentaba sino que además le quedaba como un guante. Y esas botas de piel tan bonitas le iban de maravilla.

Así se sentían las damas de las casas ricas en invierno. Lástima que le faltase un sombrero a juego y que tuviera que contentarse con llevar un pañuelo de lana en la cabeza. Cuando regresaron de misa, los señores estaban acomodándose en uno de los automóviles. Parecían tener prisa, porque se limitaron a saludarlos de forma fugaz. Tan solo el señorito le sonrió e incluso hizo el ademán de una inclinación. Ella sintió una punzada en el corazón, dolorosa y agradable a la vez, causándole cierta alarma ya que se creía capaz de contenerse. Se dijo entonces que lo único que él quería era burlarse de ella, y de pronto deseó que le hubieran regalado unos zapatos de piel y un abrigo de lana gris, tal y como correspondía a una ayudante de cocina.

Los días de Navidad fueron de mucho trabajo. No solo tenían que atender a los invitados, sino que además se alojaban en la casa y tenían que disponer las habitaciones teniendo en cuenta las necesidades de cada pariente. La señora había ideado un horario preciso para las visitas familiares, que incluía paseos, ratos de conversación, una visita a la fábrica, asistencia conjunta a la misa de Navidad y, evidentemente, los horarios de las comidas principales. Nadie en la villa estaba contento con esas visitas, pero, aun así, la señora perseveraba en sus costumbres. El primer día festivo recibieron a la familia de su marido y, en el segundo, la casa se llenó de miembros de la familia Von Maydorn. Por lo general, como la parentela noble había hecho un viaje más largo, solía quedarse unos días, algo que estaba vetado a los Melzer. Alicia procuraba que las dos familias no coincidieran porque hacía años que se había dado cuenta de que no se llevaban bien.

—Mira que en esta casa tenemos invitados a menudo —gimió Else—, pero esa gente se piensa que pueden meter las narices por todas partes. Ayer me encontré a una hermana del señor en la sala de planchar.

—Eso no es nada —comentó Auguste con irritación—.

Ese gordo de orejas caídas me persiguió hasta la tercera planta preguntándome dónde estaba mi cuarto.

—¿Y bien? —inquirió Robert, sarcástico—. ¿Se lo dijiste?

—¿Acaso te importa? —replicó ella.

—Eso es cosa tuya —repuso él encogiéndose de hombros.

Por la noche, Marie llegaba agotaba a la cama pero le costaba mucho conciliar el sueño. Había algo que la inquietaba, que le impedía estar tranquila y que llenaba su mente con toda suerte de recuerdos. Momentos olvidados asomaron de nuevo, frescos y vivos, como si hubieran tenido lugar el día anterior. El rostro de una mujer joven de cabellera oscura, con una sonrisa tan tierna que se le encogía el corazón y le humedecía la almohada de lágrimas. Una cuna de barras de color blanco. ¿Sería el orfanato? Y luego un caballete, con una mujer delante pintando un lienzo. ¿Kitty, tal vez? Aunque se le parecía, era otra persona. Gris como una sombra y, sin embargo, vivaz. Reía, le hablaba, sacaba la cabeza por un lado de lienzo para mirarla, se volvía transparente y al final desaparecía. A menudo recordaba también aquel busto de piedra con la cara de una chica. Recorría con el dedo el rostro fino, palpaba la frente, la nariz, los labios… Su mano era muy pequeña, como la de un niño.

«Esto tiene que acabar», pensaba desesperada cuando salía de la cama cansada y adormilada. «Tengo que descubrirlo o al final enfermaré», se decía.

¿Era posible que la mujer que había vivido en esa habitación tan pobre fuera su madre? Una artista sin encargos, que vivía sola con su hija. Una mujer llena de deudas y que había perdido todo cuanto tenía. Y que había contraído deudas con el mismísimo señor Melzer.

Maria deseaba con toda su alma que esa mujer no fuera su madre. Sin embargo, ¿por qué ese busto de piedra le resultaba tan familiar? ¿Cómo podía afirmar esa anciana que ella se parecía muchísimo a su madre?

Tenía que averiguar más cosas. Aunque saber todo eso resultara doloroso e hiciera que todas las fantasías de las que se había encariñado no fueran más que mentiras. El azar le había revelado un diminuto pedazo de la verdad; ahora ella tenía que descubrir el resto.

La pregunta era cómo. ¿A quién preguntarle? La anciana señora Deubel tenía prohibido contarle nada, a pesar de que seguro que sabía muchas más cosas. ¿Y si probaba con el vecindario? En ese caso, no podía permitir que la tabernera la descubriera. ¿Quién, si no, podía ayudarla? ¿Y si le preguntaba al señor Melzer si se acordaba de la pintora Luise Hofgartner, cuyo piso ordenó vaciar hacía ya varios años? No, el señor no perdería el tiempo contestando preguntas insidiosas de una ayudante de cocina. ¡La señorita Pappert! Posiblemente ella sí sabía algo, pero dudaba de que fuera a contarle nada. Esa mujer no soportaba a Marie, y la antipatía era mutua.

En cualquier caso, la persona con más posibilidades era la señora Deubel. Tendría que arriesgarse, acudir en secreto al piso de la anciana y preguntarle. Marie tenía derecho a tomarse una tarde libre por Fin de Año. La aprovecharía para eso. Y si la mujer no quería hablar, le habían dado cinco marcos de aguinaldo además de los regalos. Tal vez aquello soltara la lengua de la señora Deubel.

Tras el segundo día festivo, el día de San Esteban, la nieve empezó a fundirse. En los caminos se abrieron charcos sucios que por la mañana se cubrían de hielo. La nieve se deshacía y su blanco virginal iba adquiriendo un tono marrón o amarillento en los bordes de las calles; ahora en el parque de la villa se atisbaba en muchos puntos el color verde apagado de la hierba. Aquí y allá la nieve, convertida en finos copos bajo la luz del sol, se desplomaba de los árboles y las ramas, liberadas de su pesada carga, se levantaban con fuerza.

Marie se embozó en su mantón, consciente de que en la ciudad baja su abrigo sería motivo de recelo. Por otra parte, ya no hacía tanto frío; el agua goteaba de los árboles y los canalones de las casas, y el sol se reflejaba en los charcos.

—Vaya, ¿vas a ver al novio? —se mofó Auguste—. Dale muchos recuerdos de mi parte.

Hacía varios días que la muchacha volvía a encontrarse bien: las náuseas habían desaparecido y había dejado de sufrir desmayos repentinos. Estaba algo más metida en carnes, pero, por lo demás, tenía una apariencia lozana y sonrosada.

—Parece que la señorita ha prescindido de tu presencia, ¿no? —siguió Auguste—. Desde Nochebuena no te ha hecho llamar ni una sola vez.

—La señorita está enferma.

Auguste se echó a reír, como si escondiera alguna otra cosa, pero la dejó en paz y regresó a la cocina.

A pesar de los esfuerzos de Marie por esquivar los charcos de la calle, cuando pasó por la puerta Jakober el agua ya le había calado los zapatos viejos. Pero apenas se dio cuenta porque tenía la cabeza ocupada en otras cosas. «¿Por qué la tabernera tiene miedo del señor Melzer?», se preguntó. En ese asunto tenía que haber algo turbio, un secreto que no debía descubrir nadie, y menos ella, Marie Hofgartner.

En las calles reinaba una calma extraña, como si los habitantes tuvieran que recuperarse de esas fiestas agotadoras. Había solo unos pocos niños dando saltos en los adoquines mojados, lanzando piedrecitas a los charcos y riéndose cuando el líquido marrón salía despedido. Vio a un borracho durmiendo en la entrada de una casa, con la espalda apoyada en la piedra fría y con un perro de pelo hirsuto al lado, que gruñó a Marie cuando pasó por delante. Se detuvo poco antes de llegar a la taberna para estudiar la situación. El callejón parecía desierto. Por desgracia, las ventanas eran demasiado pequeñas como para ver el interior. Marie deseó que hubiera algunos clientes porque eso mantendría ocupada a la tabernera y no andaría por la escalera.

Había ido avanzando con cautela, ocultándose en la medida de lo posible en las entradas de las casas, pero el último tramo tenía que recorrerlo a la vista. Entonces llegaría a la puerta de la taberna. Detrás había un pasillo estrecho: la escalera quedaba enfrente y a la derecha estaba la puerta que daba al establecimiento. Con el frío que hacía, la tabernera tenía que caldear el local y, por lo tanto, tendría todas las puertas cerradas para guardar el calor. Así pues, Marie tenía muchas posibilidades de subir por la escalera sin ser vista.

La suerte estuvo de su parte. Aunque los escalones viejos crujían terriblemente, llegó a la habitación de la anciana sin que nadie se percatara de su presencia.

—Entra, Marie —oyó que le decía una voz desde dentro.

La señora Deubel debía de haberla visto abajo, en el callejón. ¡Y pensar que ella se había creído tan lista! Abrió la puerta y, asustada por el tremendo crujido, la cerró enseguida tras de sí. Vio entonces a la anciana sentada, iba vestida con la misma ropa que la otra vez y llevaba también la cabeza envuelta con el pañuelo de lana.

—Saludos, señora Deubel. He… he venido, bueno, porque yo…

—Sentías curiosidad, ¿verdad? —la interrumpió—. Querida, la desgracia te acompaña. Aunque, de todos modos, el pecado atrae siempre la desgracia. No me gusta tener pecados en el alma porque pesan demasiado en el Juicio del Señor y me podrían costar la vida eterna…

Marie, impaciente, osciló su peso de un pie a otro. Esa mujer parloteaba demasiado; si seguía así, aparecería su hija y todo habría sido inútil. Al final, decidió cortarla.

—Se lo ruego, señora Deubel. Explíqueme más cosas sobre mi madre. ¿Fue ella la que hizo este busto de piedra? ¿Y esas esculturas de madera? ¿Por qué contrajo deudas con el director Melzer?

La anciana la miró de hito en hito con sus ojos claros.

—¿Con el director Melzer?

—Sí, con el director Melzer.

¿Pretendía mentirle ahora? ¿Sería capaz de no decir la verdad por temor a su hija?

—¿Cómo sabes tú eso? —siseó la anciana.

—Lo sé.

La señora Deubel movió la mandíbula inferior como si masticara, palpó con su mano deforme el pañuelo de lana que llevaba en la cabeza y se lo apartó de la frente, dejando ver su fino cabello cano.

—Eso fue al final. Antes las cosas le iban bien. Cuando no eras más que un bebé sonrosado, iba de un lado a otro contigo en brazos. Vivía bien, tenía muebles, alfombras, cuadros en la pared y todas esas cosas que necesitaba para su trabajo, como tacos de madera y mármol. Picaba, daba golpes, pintaba. Y, mientras, tú dormías tranquila.

—Pero entonces, ¿por qué luego contrajo deudas?

Una sonrisa extraña asomó en el rostro de la anciana.

Explicó que desde el principio ya tenía algunas deudas, lo cual era algo bastante habitual entre los artistas. Cuando se quedó sin nada, pidió prestado. En cualquier sitio donde le pudieran dar algo. Luego el director Melzer asumió todas sus deudas y se las reclamó directamente.

—No debería haber sido tan imprudente. Fue demasiado orgullosa y testaruda. Sobre todo por ti. Y ocurrió lo que tenía que ocurrir. Cuando él vino a reclamar su dinero hubo una pelea tremenda. Ella lo echó de la casa e incluso llegó a arrojarle una bacinilla. Entonces él envió a unos hombres; ellos cargaron todo lo que tenía en un carro de caballos y se fueron. Solo le dejaron un colchón y la manta en la que te envolvía.

La anciana explicaba todo aquello sin un deje de pesar; en su opinión, Luise Hofgartner tenía bien merecido ese trágico final. Marie se mordió los labios para no decir nada desatinado, pero se revolvía en su interior. ¿Era posible que su madre hubiera enfermado por el simple hecho de caer en la pobreza? ¿Había padecido hambre y frío porque el director Melzer se lo había arrebatado todo?

—¿Y de qué murió? Tenía que ser joven.

—Pobrecita... Murió de tuberculosis. Primero tuvo mucha fiebre y luego empezó a vomitar sangre. El final fue rápido. Puede que eso fuera bueno porque así no tuvo que sufrir mucho.

Ahora la anciana respiraba más trabajosamente; al parecer, aquel recuerdo la afectaba. Se reclinó en la silla de mimbre y apretó las manos en los reposabrazos gastados.

—Cuando vio que el final estaba cerca nos suplicó que avisásemos al cura. Y lo hicimos, porque nosotros, al fin y al cabo, somos cristianos. Confesó sus pecados y murió en paz con Cristo, Nuestro Señor.

Marie se estremeció. Sabía que la vida podía ser atroz. Le había arrebatado a Dodo y también a su madre. A la muerte no le importaba si sus víctimas eran jóvenes o viejas, ni si eran objeto de amor o de odio, ni tampoco si dejaba a una criatura sin su madre...

—Y entonces el padre Leutwien te llevó al orfanato...

Marie se incorporó, atenta. Conocía ese nombre. Era el cura que a veces iba al orfanato y rezaba con ellas. Durante el período de Cuaresma, antes de Pascua, y también antes de Navidad.

—¿El padre Leutwien conocía a mi madre? Pero ¿por qué él nunca...?

De pronto sintió un golpe. Alguien había abierto la puerta de la estancia y le había golpeado la espalda.

—¡Lo suponía! —chilló la tabernera—. Franz incluso la ha visto, pero cuando me lo ha dicho no me lo quería creer. ¡Fuera de aquí, bastarda! ¡Hija de puta!

Se abalanzó hacia Marie para agarrarla del pelo, pero la

chica se agachó con agilidad e interpuso un taburete entre ella y su atacante. Al punto, la tabernera cayó de morros sobre el taburete, golpeándose la rodilla mientras mascullaba blasfemias.

—Acabaré contigo, demonio. Voy a buscar a la policía. Te denunciaré. Puta. Ladrona…

Marie aprovechó que la tabernera rechoncha no conseguía levantarse para abrirse paso y bajar a toda prisa por la escalera. Oyó que la mujer gritaba a su madre, la cual, sin embargo, no se dejaba achantar y le replicaba también a gritos.

La huida de Marie acabó en el pequeño pasillo que quedaba justo delante de la puerta de la calle. Ahí la esperaba Franz, el hombre que la otra vez había llevado un barril en una carretilla.

—Apártate y déjame marchar —le imploró ella sin aliento.

La expresión del hombre era burda; tenía la nariz como una patata y unos labios estrechos y azulados. Agarró con indiferencia a Marie por el brazo. Ella aulló de dolor cuando tiró de ella para que bajara de la escalera y la empujó contra la puerta de entrada.

—Así que pretendías espiar, ¿eh?

La tenía cogida con una mano y separó el brazo libre para propinarle un bofetón. En el último instante, Marie palpó el tirador de la puerta que tenía detrás y tiró de él. La puerta se abrió y, aunque el bofetón no la alcanzó, cayó de espaldas a la calle. Primero se quedó aturdida durante un momento y luego intentó ponerse de pie. Sin embargo, él fue más rápido, se colocó de pie frente a ella y se inclinó para agarrarla por el pelo, que se le había soltado.

—¡Eh, tú! —atronó entonces una voz masculina—. ¡Suéltala de inmediato!

A continuación, se sucedieron una serie de hechos que Marie solo consiguió entender más tarde. Primero gritó de dolor, porque Franz estaba decidido a no soltarle el pelo y la levantó del suelo de un tirón. Pero luego él también profirió un grito de dolor y de rabia. Alguien lo tenía agarrado por el cuello con el brazo, apretándole sin compasión la cabeza contra su pecho, y al poco Franz empezó a boquear para coger aire.

—Esto es lo que se conoce como llave de estrangulamiento, amigo. Te aconsejo que te quedes muy quieto porque de lo contrario puede ser mala para tu salud.

Marie se llevó las manos a su larga cabellera; le dolía el cuero cabelludo, pero también fue consciente de que era el momento de levantarse y salir huyendo a toda prisa. Se puso de pie, recogió el mantón, que estaba en el suelo todo sucio, y se quedó paralizada.

—¡Marie! ¡Por el amor de Dios! ¡Marie!

—Señor...

Por todos los santos, ¿por qué el destino tenía que ser tan atroz? Su salvador no podía ser otro que el señorito Melzer, aunque él, a primera vista, no la había reconocido. Seguro que habría ayudado a cualquier mujer que fuera arrojada a la calle y maltratada por un desalmado como aquel.

—¿Te has vuelto loco, Franz? —gritó entonces la tabernera desde la puerta—. Para. He dicho que pares. ¡Es el joven señor Melzer, estúpido!

—Si ya lo dejo... —gimió Franz—. En cuanto me suelte.

Paul bajó el brazo y liberó a su víctima, que se marchó tambaleándose hacia la taberna mientras musitaba blasfemias.

—¿Qué estás haciendo aquí, Marie? ¿Qué se te ha perdido en estas calles? —preguntó Paul, horrorizado—. ¿Has estado en la taberna?

A ella le costó recobrar la compostura. ¿Qué podía decirle? Por supuesto, no podía contarle la verdad. Pero ¿cómo elaborar una mentira para salir del paso?

—Estoy buscando a... a una amiga. Estaba conmigo en el orfanato. Se llama Dodo.

Sin duda, la pobre Dodo sabría perdonarle esa mentira. Tal vez la estuviera viendo desde el cielo y la ayudase.

—¿Aquí? —preguntó él sin acabar de creérselo.

—Sí. Me han dicho que trabaja en una taberna y…

Él sacudió la cabeza, como si fuera incapaz de entenderlo, pero luego le pasó suavemente el brazo sobre los hombros y le preguntó si estaba herida.

—No soy una quejica, señorito. Lo único que lamento es haber perdido mi pañuelo de cabeza.

—Vamos —decidió él—. Te acompañaré hasta la puerta Jakober. Desde allí podrás regresar sin problemas a la villa.

—No debería usted hacer tal cosa, señorito. Alguien nos podría ver juntos.

—¿Ahora te preocupa tu reputación? —le preguntó él ligeramente molesto—. En ese caso, tal vez sería bueno que no anduvieses de un lado a otro por los callejones de la ciudad baja.

Ella caminó en silencio junto a él. Fue muy considerado: la cogió de la mano para ayudarla a sortear uno de los baches y le cedió el paso en las calles angostas. Marie empezó a notar un dolor en la espalda y en el hombro. Se dijo que los moretones le recordarían durante días esa salida. Sin embargo, lo peor era que el señorito ahora la tendría en muy baja consideración. ¿Qué podía pensar, si no? Seguro que no se había creído la excusa y pensaría que tenía un amante en esa taberna repugnante. ¿Adónde iba a ir una ayudante de cocina en su tarde libre?

Allá por donde pasaban, llamaban la atención: un caballero bien vestido y una muchacha con el mantón mojado y sucio formaban una pareja de lo más extraña. Ella se había recogido el cabello y se lo había ocultado bajo el mantón, pero con el viento los mechones se le salían una y otra vez y no dejaban de pasarle por la cara. Cuando llegaron a la puerta Jakober había oscurecido; aunque la iluminación de las calles aún no estaba encendida, a lo lejos se veían las luces de las fábricas. Él se detuvo a la sombra de la puerta y ella hizo lo mismo.

—Ahora dejaré que te marches, Marie —dijo él en un susurro—. ¿Puedo pedirte una cosa?

Nunca antes él había estado tan cerca de ella. Estaba tan próximo que a Marie le pareció notar su calor y el olor de su cabello y de su piel. Aquello la hizo estremecer de un modo desconocido.

—Puede pedirme cualquier cosa, señorito.

Levantó la mirada hacia él y, por su expresión intensa, cayó en la cuenta de que él podría haber malinterpretado su respuesta. Pero sus preocupaciones eran en vano.

—Prométeme que nunca volverás a hacer una tontería como esa —dijo. Luego posó suavemente una mano sobre su hombro—. Gracias a Dios que yo estaba ahí para protegerte.

—Le ruego que me disculpe, señorito —susurró ella—. Le estoy muy agradecida por haberme salvado.

—Lo he hecho encantado, Marie. Y si pudiera, haría muchísimas más cosas por ti.

Por un brevísimo instante le pareció que él se le acercaba y ella, encandilada por esa cercanía, le siguió el movimiento. Sus ojos grises se apoderaron de los suyos, como si la quisieran abrazar y tomarla por completo para sí.

—Marie —musitó él en voz baja—, márchate, por favor. Vete antes de que sea demasiado tarde.

Ella se sobresaltó, profundamente asustada de sí misma. Con un gesto rápido, se arrebujó en su mantón empapado; luego echó a andar a paso ligero, sin volverse ni una sola vez.

20

Alicia notó la mirada inquisidora y preocupada del chófer cuando este le abrió la puerta del automóvil. Aquello la incomodó. Por supuesto, el servicio participaba en la vida familiar; era natural, la mansión en sí era como una gran familia. El problema es que le habría gustado ocultar ese asunto tan embarazoso al criado.

—Robert, lléveme a la mansión —dijo en tono amable pero distante.

—De acuerdo, señora.

Se dio cuenta de que aquello no le había hecho gracia, pero el hombre cerró la puerta, rodeó el automóvil y se sentó al volante. El tranvía eléctrico pasó muy cerca de ellos traqueteando entre chirridos. Por un instante, vislumbró al cobrador de pie, con su uniforme azul, si bien solo distinguió a dos o tres pasajeros. No le gustaban esos tranvías ruidosos, que chirriaban en sus raíles, y recordó con añoranza los antiguos tranvías conducidos por caballos.

—Disculpe, señora… No quisiera incomodarla, pero…

Robert se había vuelto hacia ella. ¡Solo faltaba eso!

—¿Qué ocurre, Robert? Tengo frío y preferiría que nos marchásemos cuanto antes.

Él tragó saliva. Ella observó que la nuez en la garganta se le movía.

—Creí que el doctor Schleicher nos acompañaría. Se trata de una emergencia, ¿verdad?

—El doctor Schleicher no puede ausentarse de su consulta. Pero en los próximos días se pasará por casa.

Alicia observó cómo una profunda decepción se reflejaba en el rostro del chófer. De hecho, si no andaba equivocada, el pobre incluso tenía ojeras. Aquello era muy molesto porque ella albergaba esperanzas con respecto a Robert, pero ese joven parecía incapaz de reprimir sus sentimientos. Le faltaba autodisciplina, una cualidad que la señorita Schmalzler poseía en abundancia.

Por suerte, él se dio por satisfecho con su respuesta y puso en marcha el automóvil. El tráfico en el centro de Augsburgo siempre había sido denso, pero últimamente cada vez se veían más coches entre los vehículos a caballo, y las carrozas eran ya una rareza.

Lo cierto era que ella estaba tan decepcionada como Robert, pues esperaba mucho más de la visita a la consulta del doctor Schleicher. Este, sin embargo, se había limitado a hacerle algunas preguntas en tono frío y distante, sin darse cuenta de su preocupación.

—¿Cuántos días lleva así?

—Hace tres, no, cuatro días. No sé qué hacer, doctor. No me abre. Y tampoco come.

—¿Y todo por culpa de esa prohibición?

—No se me ocurre qué otro motivo puede haber.

Ella había acudido con la esperanza de que él cancelaría todas las visitas y la acompañaría en el coche hasta la villa. ¿Acaso no era un asunto de vida o muerte? Su hija era propensa a la melancolía y, al parecer, tenía también una tendencia autodestructiva. Por lo menos parecía dispuesta a dejarse morir de hambre.

—No me parece necesario, querida señora Melzer. De hecho, en este caso lo aconsejable es tener paciencia. Téngame al corriente. Y, por supuesto, si la situación se vuelve urgente estaré a su disposición.

A ella le habría gustado decirle que, en su opinión, la situación ya era urgente, pero la sonrisa levemente irónica del doctor se lo había impedido. Tal vez se estuviera tomando demasiado a pecho las cosas, y no quería quedar en ridículo con el médico.

—Le agradezco su ayuda de todo corazón, doctor.

Él se inclinó hacia su mano e hizo un amago galante de besamanos mientras sus ojos de color azul acero la recorrían de abajo arriba. Hasta entonces ese gesto siempre le había gustado: expresaba un deseo subliminal, siempre decoroso, un homenaje galante a su condición femenina. Sin embargo, ese día aquella mirada tan intensa le pareció forzada y postiza.

Cuando entró en el vestíbulo de la villa, Auguste se acercó para recogerle el abrigo, el sombrero y los zapatos de invierno.

—¿Ha llegado ya mi hijo?

Auguste la miró resplandeciente. En los últimos días esa muchacha estaba extrañamente feliz; de hecho, rebosaba salud. En fin, se dijo, sería perfecto si al final surgía algo entre su segunda doncella y Robert que culminara en boda. Eso le quitaría a Robert los pájaros de la cabeza y lo vincularía más a la villa.

—El señorito se encuentra arriba, en su habitación.

—Dile que lo espero en el salón rojo. Y dale a Maria estos guantes, que tienen una mancha de grasa.

—Así lo haré, señora.

A menos de una hora para el almuerzo y la asistencia de Johann aún estaba por confirmar. Había problemas en la fábrica: un par de máquinas se habían estropeado y había que repararlas. Todo indicaba que ese día almorzaría con Paul y Elisabeth.

Se dirigió hacia la escalera; al pasar junto al árbol decorado tocó el extremo de una rama y vio que empezaba a perder hojas. Se dijo entonces que en Nochevieja sería preferible no volver a encender las velas. El abeto ya había cumplido su función. En los primeros días de enero le quitarían los adornos y lo llevarían detrás del parque para convertirlo en leña.

El comedor aún no estaba dispuesto. Robert todavía debía de andar ocupado con el automóvil. Cerró la puerta de nuevo y subió la escalera para dirigirse a las estancias privadas de la familia.

—¿Katharina?

Aunque sin muchas esperanzas, llamó a la puerta del dormitorio de su hija. No obtuvo respuesta. Katharina llevaba encerrada en su cuarto desde la mañana del primer día festivo, y ni los ruegos ni las amenazas habían servido para que abriera la puerta. Primero Johann se había limitado a encogerse de hombros, pero luego montó en cólera y planteó la opción de hacer venir a un cerrajero para que abriera la puerta.

—No te pongas así, papá —le había dicho Elisabeth—. Cuanto menos caso le hagamos, antes acabará con este teatro.

Dicho y hecho. Johann se tranquilizó y se despreocupó de ese asunto. «Padres… Primero vociferan y arman un buen alboroto y luego ceden la responsabilidad a las mujeres», se dijo Alicia con un suspiro. Así había sido su padre en su tiempo y así se comportaba Johann ahora. ¿Y si la chica se hacía algo malo?

—¡Katharina! Al menos responde. Me tienes muy preocupada.

Nada. Era desesperante. ¿Cómo podía ser tan obstinada?

Paul la esperaba en el salón rojo, sentado en una butaca y con el periódico sobre las rodillas. El pequeño árbol de Navidad aún estaba sobre la mesita baja con algunos regalos debajo; Else había retirado todo lo demás. Cuando Alicia entró, Paul arrojó el periódico al suelo y fue a recibirla.

—Buenos días, mamá. ¡Qué pálida estás! ¿Has tenido suerte en tu misión con el doctor Schleicher?

—No. Por desgracia, no.

Paul había pasado la noche en la ciudad porque uno de sus amigos celebraba su fiesta de aniversario. Alicia tuvo la impresión de que su hijo estaba especialmente trasnochado. Sin duda, los jóvenes lo habían celebrado por todo lo alto.

Él esperó a que ella se hubiera sentado en el sofá para volver a tomar asiento, aunque sin reclinarse en la butaca. Tenía las rodillas dobladas y el cuerpo echado hacia delante, como si estuviera a punto de saltar.

—Mamá, no te enfades conmigo, pero el doctor tiene razón. Sabes que quiero a mi hermana sobre todas las cosas, pero también sé que es una cabezota.

—Katharina no está bien, Paul. Tiene los nervios delicados y tendencia a que su estado de ánimo sea sombrío. Creo que la prohibición de su padre le ha afectado mucho. Acuérdate de lo tranquila y contenta que estaba mientras Marie podía subir a su cuarto.

Paul no podía constatar este hecho ya que durante ese tiempo él estaba en Múnich. Pero si mamá lo decía, debía de ser cierto.

—Tal vez papá tenía sus motivos —dijo con cautela, consciente de que su madre no toleraba críticas contra el padre—. Pero ciertamente podría haber actuado con algo más de tacto. Mamá, no te falta razón cuando dices que Katharina es muy sensible.

—Es más que eso, Paul —repuso Alicia—. Estoy muy preocupada.

Él miró hacia la puerta y frunció el ceño.

—No me gusta decir esto, pero me temo que deberíamos reconsiderar la prohibición de papá.

Alicia suspiró con fuerza, pero habían llegado a un punto en que era preciso tomar una decisión. Desde esa mañana temprano, no habían oído nada de Katharina. Cabía la posibilidad de que estuviera inconsciente. O incluso algo peor.

—La idea de un extraño forzando la puerta no me gusta —comentó Alicia—. No sabemos en qué estado nos la podemos encontrar. No, en tal caso, mejor pedírselo a Gustav o Robert.

—No creo que Robert sea una buena opción, mamá. Antes preferiría asumir yo mismo la responsabilidad.

—¿Tú?

Paul dirigió una sonrisa juvenil a su madre.

—¿Acaso no me crees capaz de manejar un martillo y un formón?

Alicia se estremeció al oír «formón». Iban a tener que actuar como ladrones en su propia casa. ¡Menuda vergüenza!

—No, Paul. No lo harás. Prefiero llamar a Marie.

Paul se sobresaltó al oír ese nombre. Frunció el ceño y preguntó a su madre qué esperaba conseguir con eso.

—Que vaya hasta la puerta y hable con Kitty. Ella le responderá, estoy segura. Siempre y cuando, claro está, esté en disposición de hacerlo...

Apretó los labios y, a pesar de sus esfuerzos por contenerse, las lágrimas acudieron a sus mejillas. Se las apartó rápidamente con la mano.

—Entiendo tu pesar, mamá —dijo Paul, afectado al verla llorar—. Pero me opongo por completo a que metas a Marie en esta historia.

Alicia se había sacado un pañuelo de batista de la manga para secarse las mejillas. Se quedó quieta y miró a su hijo con enojo.

—No te entiendo, Paul. ¡Pero si esa chica es la causa de todos nuestros problemas! ¿Por qué motivo debería ser considerada con ella?

Paul hizo un gesto torpe con los brazos y, sin darse cuenta, golpeó el arbolito. Una bola de cristal de colores se cayó y rodó por encima de la alfombra.

—Marie no tiene la culpa de que Kitty la convirtiera en su

modelo. Ella solo hace lo que le mandamos. Y por eso precisamente sería irresponsable poner a la chica en un aprieto como ese.

—¿Qué aprieto? —dijo Alicia algo exasperada.

—¿No te acuerdas de las amenazas de papá? Si vuelve a ver a Marie con Kitty, la despedirá de inmediato.

Alicia había imaginado una conversación del todo distinta con su hijo. Paul siempre había sido su puntal, dándole la razón en sus opiniones y animándola con su actitud despreocupada. Pero ese día parecía otro. ¿Por qué defendía a esa ayudante de cocina?

—Está bien, Paul —dijo esforzándose por dedicarle una sonrisa no comprometedora—. Tendré en cuenta tu advertencia.

—Muchas gracias, mamá.

Paul se levantó de un salto de la butaca y recorrió nervioso la estancia de un lado a otro. Se detuvo en dos ocasiones, volviéndose un instante hacia ella, como si quisiera decirle algo y luego decidiera no hacerlo. Por fin se acercó a la puerta y posó la mano en el tirador.

—Intentaré de nuevo hablar con Kitty. Deséame suerte, mamá.

—Por supuesto…

Ella se quedó sentada e inmóvil mientras él se apresuraba hacia la segunda planta. ¡Menudo embrollo! Ojalá que no hiciera nada insensato, como abrir la puerta con una palanca. Si al final se hacía daño…

—¿Señora?

Eleonore Schmalzler había entrado en el salón discretamente, como solía hacer. Esa mujer parecía tener un sexto sentido para saber cuándo se requería su presencia ya que Alicia se disponía a llamarla en ese instante.

—¡Qué bien que esté usted aquí, señorita Schmalzler! Por favor, haga venir a Marie.

—Como guste, señora. Sobre ese asunto, si me permite una pequeña observación…

—¿Una observación? ¿De qué tipo?

Su respuesta denotaba cierta irritación; Alicia se recriminó su falta de autocontrol. El ama de llaves demostró mucho más aplomo y sonrió.

—En realidad es una idea, señora. Una propuesta. Verá usted, he estado pensando en cómo ayudar a la señorita sin desobedecer la prohibición del señor. Y esta noche he tenido una ocurrencia.

Alicia suspiró profundamente y aguzó el oído hacia el pasillo. ¿Se oían martillazos? ¿El crujido de la madera al romperse a causa del formón? No. Todo estaba tranquilo.

—Explíquemelo, señorita Schmalzler, pero sea breve, se lo ruego.

21

—Igual se ha cortado las venas. Esas cosas son muy propias de la gente con los nervios delicados.

Aquel comentario tan insensible de Auguste no obtuvo buena acogida. Else, que estaba sentada a su lado a la mesa de la cocina, le propinó un codazo, y la cocinera exclamó airada que Auguste era un mal bicho desalmado. Robert, que estaba sentado frente a su taza de café con leche con aire de profundo abatimiento, se limitó a dirigirle una mirada vidriosa a Auguste.

—No hablaba en serio —dijo ella—. ¿Es que no se pueden hacer bromas?

—¡Maldita sea, Auguste! ¡Ha sido de muy mal gusto!

La cocinera volvió de nuevo su atención a las cazuelas que tenía al fuego; el almuerzo tenía que estar listo en media hora. Cochinillo con ciruelas pasas, puré de patatas, ensalada de col y, de postre, crema de vainilla con mousse de café. Aunque contaban con cinco comensales, tal vez al final solo fuesen tres.

—La señorita no está enferma, Robert —dijo entonces Maria Jordan—. No te preocupes tanto.

La doncella siempre había sentido debilidad por Robert. Al oír ese comentario, Auguste le dirigió una mirada de enojo y se inclinó para coger del plato una galleta de jengibre. La costumbre era que, después de las fiestas, el servicio se quedara con todas las pastas que habían sobrado. Else miró con curiosidad a la doncella.

—¿No está enferma? Pero si la señora nos ha dicho que la señorita Katharina no se encuentra bien.

La señorita Jordan levantó una ceja, de forma que su cara adoptó una expresión de superioridad. Naturalmente ella sabía más cosas porque tenía un contacto más estrecho con los señores.

—Sea lo que sea, no es normal que lleve días sin probar bocado —objetó la cocinera—. Todo lo que me han encargado para esa pobrecita me lo han devuelto sin tocar.

—Si no está enferma, ¿por qué no come? —preguntó Robert a la señorita Jordan.

—Es culpa de Marie —respondió ella encogiéndose de hombros.

Tampoco ese fue un comentario muy afortunado. Marie había salido a coger leña para la estufa y no podía defenderse, pero ya había hecho amigos entre el servicio.

—No meta usted a Marie en esto —intervino la cocinera—. ¡Seguro que no es culpa suya!

Apartó del fuego la cazuela con el cochinillo asado y colocó la carne con la salsa en una fuente de porcelana que estaba muy cerca de la taza de café de Maria Jordan.

—¡Vaya con cuidado, que va a mancharme el vestido!

—Échese a un lado. Algunos aquí estamos trabajando.

—¿Qué le ocurre entonces a la señorita? —insistió Robert—. ¿Y qué pinta Marie en todo eso?

—¿Has puesto ya la mesa de arriba? —preguntó Auguste antes de que la señorita Jordan pudiera responder.

—Por supuesto —rezongó Robert.

—En ese caso, deberías ir preparándote para servir el almuerzo.

—¡Ya sé lo que tengo que hacer! —le espetó él con rabia—. ¡Y basta de darme órdenes! ¡Eres una pesada y una fisgona!

Todos se quedaron atónitos; Robert, de natural comedido, nunca había levantado la voz de esa manera. En ese preciso instante, Marie llegó con una gran cesta de leña. Dejó a un lado su carga y, al darse cuenta de que estaba pasando algo, se quedó quieta esperando junto a la puerta. Auguste estaba pálida como una mortaja, pero sus ojos brillaban de forma amenazadora.

—Ándate con ojo, Robert Scherer. Ándate con mucho ojo o lo lamentarás.

Robert la miró fijamente, como si quisiera abalanzarse sobre ella. Luego se levantó y se apresuró por la escalera de servicio. Ahí estuvo a punto de chocar con la señorita Schmalzler, que en ese momento se disponía a entrar en la cocina.

—¡Robert! Se está usted retrasando. Los señores ya están en el comedor.

—Disculpe. ¡Voy de inmediato!

La señorita Schmalzler se hizo a un lado para dejar pasar al criado y recorrió la cocina con la mirada. Maria Jordan terminó de tomarse el café y cogió una galleta de jengibre del plato con especial parsimonia. Acto seguido, se levantó para ir al lavadero a retirar la mancha de aceite del guante de cuero de la señora.

—Hay que retirar los adornos del arbolito del salón rojo y bajarlo al patio —anunció el ama de llaves.

Auguste y Else dijeron que el día anterior ya se habían preguntado cuánto tiempo tenía que permanecer ahí el arbolito porque las hojas habían empezado a caer sobre la alfombra. En cuanto ambas se hubieron marchado para encargarse de esas tareas, el ama de llaves posó su mirada en Marie. Esta había acarreado la cesta de la leña hasta la estufa de la cocina y había empezado a colocar ordenadamente los troncos en el nicho dispuesto al efecto.

—Marie, cuando termines, lávate las manos y sube a mi despacho.

—Sí, señorita Schmalzler.

El ama de llaves sonrió y comentó satisfecha a la señora Brunnenmayer que el cochinillo asado olía de maravilla. Luego se marchó.

Marie no dijo nada y siguió amontonando leños. La señora Brunnenmayer llevó las fuentes y las bandejas al montacargas y tiró de la cuerda para avisar a Robert de que ya podía subir la comida. Marie escuchó los chirridos y el traqueteo del elevador sin interrumpir su labor.

—Ojalá no se metieran tanto contigo, chica —se lamentó la cocinera—. No es culpa tuya que la señorita se haya encaprichado de ti. La señorita Jordan sabe más de lo que cuenta. Y no te puede ni ver porque tiene celos, ni más ni menos.

Marie apenas la oía. Llevaba varias noches durmiendo mal y, sin embargo, por la mañana no se sentía cansada; más bien tenía la sensación de estar flotando por encima del suelo. Aun no se había decidido a dar el último paso, el que tendría que dar para no perderse por completo. Se había enamorado. Y del modo menos afortunado para una chica como ella. Una ayudante de cocina enamorada del señorito. Eso no podía traerle más que desgracias. A todo eso había que sumar la desdichada historia de su madre, a la que parecía haber contribuido de forma bastante decisiva el señor Melzer. Claro que tenía derecho a reclamar su dinero, eso no se lo discutía nadie. Pero había sido cruel con ella; se lo había arrebatado todo, incluso lo que necesitaba para ganarse la vida. La anciana señora Deubel había dicho que él había pecado. No. Lo mejor era abandonar ese lugar. Tal vez el que la señorita Schmalzler le pidiera que fuera a su despacho no era más que un guiño del destino.

Se lavó las manos tal como le había pedido y se quitó el delantal sucio. Ya frente a la puerta del despacho se preguntó si cuando dejara el trabajo le permitirían quedarse con el abrigo y las botas. Tenía que devolver la ropa y los delantales, pero el abrigo y las botas habían sido regalos de Navidad.

La señorita Schmalzler estaba sentada frente al escritorio, con varios papeles desplegados ante ella. Cuando Marie entró, levantó la vista y volvió a colocar la pluma en el tintero.

—Marie. Por fin. Entra y cierra la puerta. Siéntate, tengo que anunciarte algo que seguro que te sorprenderá.

A pesar de la orden, Marie se quedó de pie. Si no se armaba de valor para hablar en ese momento, más tarde sería difícil.

—Señorita Schmalzler, tengo algo que decirle y no me gustaría que con ello...

El ama de llaves hizo un ademán de impaciencia. El asunto era demasiado importante como para tener que escuchar los lamentos de Marie.

—Ya nos ocuparemos de ello, Marie. Ahora escúchame tú a mí.

—No. Me gustaría...

—¡Silencio! La señora está considerando proponerte para un nuevo puesto. Uno muchísimo mejor, Marie. Debo confesar que nunca había visto una suerte igual.

Marie estaba decidida a rechazar ese puesto tan fabuloso. Quería marcharse, dejar de dar vueltas a la trágica historia de su madre y, sobre todo, apartarse de los anhelos de su corazón.

—Lo diré de manera breve: la señora Melzer quiere ofrecerte el puesto de doncella personal. Como es lógico, no estás familiarizada con las obligaciones de ese cargo, pero has demostrado que aprendes rápido y creo que no me va a ser muy difícil darte la formación adecuada.

Ciertamente eso era algo fuera de lo común. Marie había pensado que tal vez la querría ascender a criada, pero no, desde luego, a doncella personal. Aquella oferta era muy tentadora. Además, el señorito partiría pronto hacia Múnich para proseguir sus estudios y ella solo lo vería durante las vacaciones del semestre. Sin embargo, de pronto volvió a poner los pies en el suelo. ¿Por qué le ofrecían un cargo así precisamente a ella?

La señorita Schmalzler tuvo dificultades para explicárselo, pero al final mencionó el motivo.

—Estarías sobre todo al servicio de la señorita Katharina. No te ocultaré que le harías un gran favor a la señora. Sobre todo, ahora que la señorita se ha encerrado en su cuarto y no deja entrar a nadie.

—¿Por qué ha hecho algo así? —preguntó Marie sin querer, pues su intención era no dejarse llevar por las palabras de la señorita Schmalzler.

El ama de llaves tomó aire y escrutó detenidamente a Marie.

—Marie, si te cuento la verdad, doy por hecho que te la guardarás para ti. ¿Entendido?

Marie asintió. La señorita Jordan estaba en lo cierto: había sido por algo que tenía que ver con ella.

—En Nochebuena, el señor Melzer prohibió tus visitas a la señorita. En opinión del señor, la habitación de su hija no es sitio para una ayudante de cocina.

—Bueno, es comprensible —balbuceó Marie en voz baja, esforzándose por contener una sonrisa.

La señorita se había encerrado en su cuarto para mostrar su disconformidad con la prohibición de su padre, y ahora la señora había encontrado el modo de anularla. La habitación de la señorita no era sitio para una ayudante de cocina, pero sí para una doncella personal.

Vaciló. Había llegado el momento de dar el paso decisivo, pero de repente sintió que le faltaba determinación. ¿Podía abandonar ahora a la señorita cuando luchaba de un modo tan obstinado por su amistad? Poniendo incluso su salud en riesgo. Era una osadía. No, una heroicidad. Marie decidió apoyar a la señorita en su lucha. A fin de cuentas, podía despedirse más adelante, tal vez en primavera, o incluso en verano. ¿Quién se marchaba de una casa en enero, cuando todo está helado?

Al cabo de unos minutos se encontraba en el segundo piso, frente a la puerta del dormitorio de la señorita. Junto a ella estaba la señora, pálida de inquietud por su hija. El señorito había ido en busca del jardinero para pedirle algunas herramientas.

—No me gustaría nada que mi hijo tuviera que forzar esta puerta. Te lo ruego, habla con ella. A ver si a ti te contesta.

Marie estaba sobrecogida. Nunca había visto a la señora, siempre tan contenida, sumida en tal desesperación. Asintió y se aproximó a la puerta plafonada pintada de blanco.

—¿Señorita Katharina? Soy Marie. Desde ahora soy su doncella personal.

Se oyeron unos pasos rápidos, el ruido de un taburete o una silla al caer al suelo y, por fin, el de una llave girando en la cerradura. A través de la rendija asomó la señorita vestida en camisón, con su pelo rizado colgándole por los hombros.

—¡Marie! ¡Mi querida Marie! Entra, entra. Tengo tantas cosas que contarte. ¿Doncella de compañía? Vaya, menuda idea. Es fabuloso. Pasa, pasa, ¿qué haces ahí parada? Mamá, por favor, ¿harás que me traigan algo bueno para comer? Llevo cuatro días alimentándome solo de galletas.

La señorita estaba un poco sobreexcitada, pero la dieta a base de galletas de jengibre apenas se le notaba. Hablaba más de lo normal, abrazó a su madre y arrastró a Marie hacia el interior de la habitación. Y allí se lanzó a farfullar todo tipo de incongruencias acerca de su nueva doncella personal.

—Eres la única con la que puedo hablar de él. Es alguien maravilloso, un príncipe lejano que me sonríe y luego desaparece en la niebla. ¡Ah, Marie, si supieras cuánto sufro y lo feliz que soy ahora mismo!

22

—Adele es divina, amigos míos. Esa voz, esa figura... ¡Qué generosa ha sido la madre naturaleza con ella!

Paul se echó a reír al ver el entusiasmo de su amigo. Estaban todos de pie en el palco y aplaudían hacia el escenario, desde donde los cantantes saludaban al público. Acababa de concluir la representación de *El murciélago* de Johann Strauss, una opereta cómica que cantaba las excelencias del champán. Sin duda, una elección muy acertada para Nochevieja.

—¡Apartaos, que voy a tomar impulso! ¡Ahí va!

Julius Kammer, estudiante de medicina, quiso arrojar un ramo de flores a su venerada Adele, pero se quedó corto y las flores fueron a parar a la cabeza de uno de los músicos de la orquesta. Estallaron entonces muchas risas, tanto en la orquesta como en el palco. Julius era el único afligido. Esas rosas deberían haberle abierto el camino hacia el corazón y el camerino de Adele.

—Esto es lo que ocurre cuando se es tacaño y no se envía a un recadero.

—¡Atención! El chico de la tuba te está poniendo ojitos. Mira, ahora está decorando su instrumento con una de tus rosas.

Julius no se tomó a mal las burlas de sus amigos y, al final, se resignó y puso buena cara. La encantadora Adele había recibido tal lluvia de flores que él no habría tenido ninguna oportunidad.

—Falta media hora para que termine el año. ¿Bajamos? —preguntó Alfons Bräuer—. La primera ronda de champán corre de mi cuenta.

—Vaya, vaya, ¡qué generoso estás hoy!

De vez en cuando, a Paul le divertía tomarle el pelo a ese amigo fiel, pero no era algo que lo enorgulleciera. Mientras Alfons siguiera encaprichado de su hermana pequeña, Paul tendría cierto ascendente sobre el joven. Además, estaba el hecho de que había pagado sin rechistar una suma considerable por su silla de montar.

Abajo, el telón cayó y el personal se apresuró a retirar los bastidores y a colocar las mesas donde se servirían las bebidas y los tentempiés. A diferencia de los cantantes, la orquesta se quedaba en el teatro; más tarde interpretaría un popurrí de distintas operetas y luego tocaría para el baile. El Göggingen Kurtheater era famoso por sus fiestas y representaciones. La burguesía y los jóvenes frecuentaban ese moderno edificio de hierro fundido, concebido originalmente como un casino y que en la actualidad se utilizaba como teatro y sala de conciertos. En cambio, a los ciudadanos más acomodados, entre ellos el matrimonio Melzer, ese lugar, con sus grandes vidrieras de colores, les parecía poco elegante. Para la madre de Paul, era como un circo. Además, ese público… en fin.

En cuanto se disponían a bajar al patio de butacas, el acomodador abrió la puerta del palco.

—¿Se puede? —preguntó el teniente Klaus von Hagemann en tono pícaro—. Hemos decidido invadir vuestro territorio. Pero, tranquilos, amigos. ¡Traemos champán!

A Von Hagemann lo acompañaba un buen amigo, el teniente Ernst von Klippstein de Berlín, un hombre apuesto, con bigote y de ojos azules. En suma, un prusiano de los pies a la cabeza. Y también dos mujeres rubias muy atractivas: una lucía un vestido verde irisado y la otra, a la que Von Hage-mann presentó como corista de la obra, llevaba uno azul celeste.

Un camarero solícito llegó con una bandeja llena de copas rebosantes. En los demás palcos, el público que había asistido a la obra, entre los que había algunos conocidos, tomaba champán y brindaba. En cambio, los de platea tenían que esperar para beber, porque el escenario aún no estaba completamente desmontado.

—¡Por todo cuanto amamos!

—¡Por las encantadoras artistas! ¡Y, en especial, por las presentes!

—¡Por el emperador y por nuestra patria alemana!

El último brindis, claro está, había sido pronunciado por el teniente Von Klippstein. ¡Un prusiano! Uno de esos tipos que no veía el momento de ir a la guerra por el emperador y por la patria. Importaba poco contra quién, la cuestión era combatir y ser condecorado por ello.

Paul notó la mirada de la corista clavada en él; apuró entonces la copa y le preguntó en qué parte había cantado. ¡Ah!, solo en el coro. En la escena del príncipe Orlofsky, un poco antes de que Adele interpretara su gran aria; ella estaba delante del todo, en el borde del escenario. ¿No la había visto? Paul tenía un recuerdo muy vago, pero no pudo responder porque ella empezó a hablar del director, de los muchos ensayos, de las solistas malévolas y de las compañeras que llevaban treinta años cantando en el coro y que deberían ir pensando en retirarse. Paul se alegró de que Julius se entrometiera y le robara la palabra a la locuaz corista.

—Faltan diez minutos —dijo Von Klippstein, que se había sacado el reloj del bolsillo—. ¿Qué hora tiene usted?

—La que tiene mi relojero —murmuró Paul.

Von Klippstein se echó a reír y afirmó que no llevar reloj en Nochevieja no era en absoluto dramático; seguro que en Augsburgo la medianoche no pasaría desapercibida para nadie.

—Será un gran año —prosiguió con la mirada brillante—. Un año glorioso para la patria. Y también para mí y mi familia. Me caso en mayo.

—Enhorabuena.

Parecía un hombre decidido. Apenas superaba en edad a Paul, pero aspiraba a tener una carrera militar e incluso había elegido esposa teniendo en cuenta su futuro. Se trataba de Adele Deulitz, y era la hija de unos industriales de Berlín. A Paul le pareció haber oído ese nombre en relación con una empresa de maquinaria. Von Klippstein se encontraba de visita en Augsburgo y estaba emparentado con los Von Hagemann.

—Tal vez no me crea —dijo el teniente a Paul, y se acercó cuando aumentó el ruido en la sala. Abajo, la gente se precipitaba hacia el escenario, donde por fin se habían dispuesto las bebidas y los tentempiés—. Tal vez no me crea —repitió Von Klippstein—, pero es un matrimonio por amor.

—¿De veras? Entonces lo felicito con mayor motivo.

Caramba. De pronto a Paul su interlocutor dejó de parecerle tan estirado, frío y prusiano. Era un hombre enamorado y la dicha brillaba en sus ojos. La chica de sus sueños iba a ser su mujer. Envidiable.

—Paul, el espectáculo está a punto de empezar. Abramos una de las ventanas para contemplar los fuegos artificiales —voceó Julius.

Su amigo empezó a sacudir el marco de la enorme vidriera; al poco fue evidente que no se podía abrir y eso contrarió mucho tanto a Julius como a Alfons. Paul se dio cuenta de que ambos estaban más que achispados; de hecho, habían bebido vino incluso durante las pausas de la función. En cuanto a su amigo Julius, sabía que le gustaba el alcohol, pero que Alfons, siempre tan formal, hubiera bebido tanto solo podía significar que lo embargaba una profunda desilusión. Había tenido la esperanza de que Kitty acompañaría a su hermano, pero ella, sus padres y Elisabeth habían aceptado la invitación del alcalde y lo más seguro era que ahora ella se estuviera aburriendo soberanamente.

Un empleado del teatro se precipitó nervioso hacia ellos y pidió a los jóvenes que no estropearan la ventana. En la planta baja, dijo, había puertas de cristal que pronto se abrirían para que los señores pudieran contemplar los fuegos artificiales. Por desgracia, allí arriba…

Se interrumpió. La orquesta acababa de hacer sonar unas notas. Un caballero vestido con frac, al que Paul no había visto nunca, levantó los brazos para reclamar la atención del público y el ruido de la sala disminuyó.

—Diez, nueve, ocho, siete…

Todos comenzaron a contar hacia atrás con él, afanándose en rellenar las copas de champán. Paul notó de pronto que la corista se le arrimaba cariñosamente.

—Cuatro, tres, dos… ¡Feliz 1914!

Al oír «1914», el público de la sala gritó entusiasmado y la música festiva de la orquesta quedó amortiguada por el júbilo general.

—¡Feliz Año Nuevo! ¡Por un año magnífico y fabuloso!

La corista abrazó a Paul y lo besó sin más en ambas mejillas, obligándolo a corresponder el gesto. Después se arrojó en brazos de los amigos de Paul, brindó con ellos y no dejó de reír.

Paul aprovechó para ir al guardarropa y recogió el abrigo, el sombrero y los guantes, y luego bajó a la planta baja. Las puertas estaban abiertas y una parte del público se agolpaba para admirar los fuegos artificiales. También frente al teatro salían cohetes disparados hacia aquel cielo invernal: subían con un silbido, estallaban y finalmente se convertían en estrellas doradas o rojas. Durante unos segundos, permanecían inmóviles recortadas contra el fondo negro del cielo, como fabulosas flores de fuego, hasta que por fin se desvanecían.

—¿No es magnífico? —exclamó Von Hagemann, que había seguido a Paul—. Cuando estallan esos chismes se puede ver claramente el perfil de los edificios. Ahí arriba, esas luces parecen inmensos árboles de Navidad. Maldita sea, creo que este será un gran año.

Un cohete extraviado pasó chisporroteando justo a su lado. Se oyeron varios gritos de espanto, seguidos de muchas risas.

—¿Tu hermana te ha hablado alguna vez de mí? —quiso saber el teniente.

—¿Cuál de ellas?

—La pequeña, Katharina.

A pesar de llevar el abrigo grueso, Paul se estaba quedando helado. Y el hecho de permanecer ahí parado no ayudaba mucho. Otra vez Kitty. No tenía ni idea de la opinión que tenía ella de Klaus von Hagemann; además, le traía sin cuidado.

—No, que yo recuerde… Últimamente pasa mucho tiempo pintando, casi se diría que está como posesa.

Por lo menos eso no era mentira. Kitty se pasaba el día con su nueva doncella personal y no paraban de dibujar. Marie convertida en doncella personal, ¿quién lo hubiera dicho?

—Me parece que siente una profunda aversión hacia mí —prosiguió el teniente—. Y es algo que me sorprende, porque hasta hace poco mi impresión era otra. ¿Sabes cuál podría ser la razón de este cambio tan repentino?

Paul se encogió de hombros. Al parecer, su hermana había roto otro corazón. Pobre hombre, aquello parecía haberlo afectado.

—¿Acaso está enamorada?

Paul no pudo evitar reírse ante esa suposición. Precisamente esa misma mañana Kitty se había mofado de sus acompañantes de baile, tachándolos de pingüinos bigotudos. Al darse cuenta de que al teniente le había incomodado su risa, recobró la compostura.

—¡Y tanto! —afirmó con una sonrisa—. Cada semana se enamora de alguien distinto. Hasta donde yo sé, esta semana es el turno de un tal Rafael. La semana pasada fue Miguel Ángel…

Von Hagemann siguió con la mirada el vuelo de un cohete verde y observó cómo estallaba, convirtiéndose en una resplandeciente araña que se extendía por el cielo. Luego le dio un puntapié a un guijarro que tenía delante y lo lanzó hacia un arriate cubierto de ramas de abeto; finalmente, volvió a entrar en el teatro sin decir nada. En el interior se oyeron los primeros compases de una melodía de opereta: el anunciado popurrí había comenzado, aunque apenas se oía a causa del alboroto y el tintineo de las copas. Cuando Paul se dio la vuelta, vio a una joven pareja en la entrada de la sala sumida en un beso apasionado.

—Aquí estás, Paul. Ven con nosotros al palco.

Su amigo Julius se tambaleaba un poco. De todos modos, eso no significaba gran cosa: era capaz de beber cantidades ingentes de alcohol sin llegar a emborracharse por completo.

—¡Hemos invitado a dos damiselas del ballet que te dejarán boquiabierto! —Y añadió en tono fraternal—: Además, esa corista rubia ha preguntado por ti dos veces.

—Tengo un compromiso —mintió Paul—. Quizá vuelva más tarde.

—Mira tú por dónde —dijo Julius con envidia—. En ese caso, que te lo pases muy bien.

—Tú también, amigo.

Paul tuvo una sensación casi de alivio cuando se dirigía a la zona donde aguardaban los carruajes y los taxis. Vaciló un instante, pero al final se decidió por un carruaje, indicó al cochero su destino y subió al vehículo. La villa no quedaba muy lejos y habría podido ir a pie. A paso ligero, como mucho tardaría media hora. Conocía bien el trecho entre Augsburgo y Göggingen. De joven pasaba las horas allí con sus compañeros. En verano se bañaban en los riachuelos o iban a pescar, y en invierno la moda era patinar sobre el hielo. En realidad, todas esas diversiones estaban prohibidas, pero ¿qué joven se habría detenido ante algo así?

Apenas llevaba cinco minutos en el carruaje cuando se dio cuenta de que había elegido mal. Era un vehículo viejo, rechinaba y daba bandazos al circular por las calles; los asientos también estaban desgastados y despedían un olor desagradable. Paul bajó la ventanilla e inspiró el aire frío de la noche, que olía un poco a azufre y fuego. En el cielo los cohetes seguían mostrando el esplendor de sus luces de colores; la oscuridad del nuevo año era solo para ellos.

Cuanto más lo zarandeaba el carruaje, más sombrío se volvía su humor. En pocos días estaría de vuelta en Múnich, en su pequeña habitación, y retomaría los estudios. No tenía ninguna gana. Por suerte, podría enmendar su error y recuperar el reloj de la casa de empeños. Se sentía avergonzado por haber sido tan ingenuo, y recordó el día en que su padre le había llamado estúpido en la fábrica. Fue muy desconsiderado que lo tratara de ese modo, sobre todo porque los empleados lo habían oído todo y luego en algunas caras habían asomado expresiones maliciosas. Volvió a sentir la indignación que lo asaltó en aquel momento, se acomodó en su asiento y bajó un poco más la ventanilla.

Su padre, claro está, estaba en lo cierto: sus cálculos habían sido erróneos porque no había tenido en cuenta algunos factores. En la reprimenda que siguió, Paul notó que su padre se sentía decepcionado y eso le dolió. ¿Cómo se le había ocurrido pensar que sería capaz de realizar aquella tarea en cinco minutos? Se había sobreestimado y había recibido su merecido. Pero su padre había sido cruel. Y esa crueldad era innecesaria.

Aunque trató de apartar esos pensamientos de su mente, no lo consiguió. Su padre no era una persona de trato fácil y eso lo sabía desde que nació. Aun así, lo quería. Ahora que había problemas en la fábrica, al verlo regresar tarde por la noche a la mansión, Paul sufría por no poder ayudarlo. Se habían averiado dos máquinas y otra iba mal, y las reparaciones no acababan de solucionarlo. Además, se acercaban las fechas de entrega, iban con retraso y los clientes empezaban a molestarse. Paul no sabía esto por su padre, que no decía ni una palabra al respecto cuando regresaba a casa a comer. Lo había averiguado porque había parado al capataz Huntzinger a la entrada de la fábrica y le había preguntado.

—En otros tiempos esto no habría pasado —había despotricado Huntzinger—. El señor Burkard habría revisado las máquinas y hubiera arreglado cualquier avería.

—¿El señor Burkard?

—Pues claro. Fue quien construyó prácticamente todas las máquinas que hay aquí. Un buen hombre… Sabía mucho de mecánica. Fabricó también máquinas de coser y bicicletas.

Paul tuvo que cavilar un poco para saber por qué aquel nombre le resultaba tan familiar, hasta que se acordó de Jakob Burkard, el antiguo socio de su padre, fallecido hacía ya muchos años. El bueno de Huntzinger empezaba también a tener sus años.

Al distinguir la villa al final del paseo, Paul se sintió extrañamente aliviado y, en cierto modo, feliz. Las luces del exterior estaban encendidas y muchas ventanas de la planta baja, donde se encontraban las dependencias del servicio, se hallaban iluminadas. En cambio, el primer piso estaba a oscuras y en el segundo solo había una ventana con luz. Aguzó la vista: esa debía de ser la habitación de Kitty. Se le aceleró el pulso y casi sintió ganas de silbar una melodía.

El carruaje se detuvo frente a los peldaños de la entrada. Paul se apeó y le dio una buena propina al cochero. Así, el anciano estaría contento y podría hacer algo bueno por su caballo. Era evidente que ninguno de los dos quería continuar mucho tiempo en el negocio: la edad les estaba pasando factura a ambos. Saltaba a la vista que habían conocido tiempos mejores.

Con el sombrero y los guantes en la mano, Paul subió los escalones y, en lugar de llamar al timbre, sacó su llave y abrió la puerta. ¿Por qué no buscarla? No pretendía exigirle nada. Tan solo deseaba un poco de compañía y mantener una charla agradable, notar los ojos de ella, ese oscuro y aterciopelado abismo en el que a él le gustaría extraviarse por un rato. El vestíbulo estaba a oscuras; solo al fondo, no muy lejos de la escalera, brillaba una lámpara de petróleo que permitía al servicio llegar más cómodamente al interruptor y encender la luz eléctrica. Al parecer, nadie se había percatado de su llegada. Era probable que el servicio aún estuviera en la cocina celebrando la Nochevieja. Se le ocurrió que tal vez algunos habrían salido a pasar la noche con amigos o familiares. Pero ¿quiénes? ¿No deberían estar ya de vuelta? Recordó aquella taberna desagradable en los suburbios de la ciudad. A Marie arrojada al suelo por un bruto. ¿Y si había vuelto a ese lugar? No. Le había prometido que no lo haría. Pero ¿quién le aseguraba que esa joven mantenía sus promesas?

—¡Nunca! ¡Ya te puedes poner como quieras, no pienso hacerlo! ¡Jamás en la vida!

Paul acababa de poner el pie en la escalera cuando le llegaron al oído esas frases coléricas procedentes de la cocina. La voz parecía la de Robert. Paul se detuvo un momento, pero pensó que no era apropiado escuchar las conversaciones del personal y subió algunos peldaños. La alfombra amortiguaba el ruido de sus pasos.

—Así que prefieres ir a la cárcel, ¿no? O vivir en la calle, porque nadie te contratará con algo así escrito en tu cuaderno de trabajo…

La mujer que hablaba era Auguste. ¡Qué malvada podía ser! A él, en cambio, siempre le dirigía una sonrisa sumisa e inocente.

—¡Basta ya! Nadie puede probarlo. Y tú menos aún.

Paul ahora se había quedado quieto y aguzaba el oído. Se trataba de algún asunto turbio y todo indicaba que Robert, de quien jamás habría esperado algo así, era el protagonista.

—Lo juraré ante el juez —insistió Auguste a media voz—. Tú te quedaste la carta de la señorita y llevaste a la oficina de correos otra que te sacaste del bolsillo.

—No seas ridícula, Auguste. ¿Por qué iba yo a hacer tal cosa? ¿Qué me importa a mí una carta de la señorita?

Paul oyó que Auguste se reía con sorna, con una carcajada breve y seca, como si tosiera.

—¿Por qué? Pero si es evidente. Porque no querías que escribiera una carta de amor al teniente Von Hagemann. En un ataque de celos, cambiaste esa carta por otra que tú mismo habías escrito. Seguro que imitaste la letra de la señorita y hasta falsificaste su firma. ¿Sabes que hacer algo así te puede llevar a la cárcel?

—¡Nada de lo que dices es cierto! Tú eres la que está cegada por los celos, por eso te inventas estos disparates. ¿Quién te va a creer? Nadie. Todo esto al final acabará recayendo en ti, Auguste.

—Robert, si te casas conmigo lo olvidaré todo —suplicó Auguste, con una voz distinta—. Solo hago esto porque me doy cuenta de que te estás aferrando a un amor imposible. ¿De verdad crees que…?

—¡Chisss! —chistó Robert—. Silencio, creo que ha llegado alguien.

—¿Quién puede haber venido? Está todo oscuro.

Paul se dio cuenta de que Robert se dirigía hacia el vestíbulo. Resultaba ridículo tener que esconderse de un lacayo, pero sería muy embarazoso que Robert averiguara que había estado escuchando su conversación. Se puso en cuclillas y se ocultó en la sombra de la barandilla de la escalera hasta que Robert se marchó.

Luego subió la escalera despacio, pensando en lo que acababa de oír. No lo entendía, pero todo hacía pensar que el pobre Klaus von Hagemann había recibido una carta falsa. En cuanto tuviera ocasión, le preguntaría a Kitty al respecto, aunque, conociéndola, estaba casi seguro de que su hermana no había escrito ninguna carta de amor al teniente. De hecho, el asunto en sí era una nimiedad. Lo único grave era que Robert había participado en un engaño. Se habían equivocado al juzgar a ese muchacho. Se dijo que hablaría de eso con su madre. Más adelante. Por el momento tenía otros planes.

Se dirigió al salón rojo, encendió la luz del techo y pulsó el timbre del servicio. Robert necesitó menos de un minuto para subir la escalera.

—Señorito… No lo habíamos oído llegar. Le deseo un feliz Año Nuevo.

Saltaba a la vista que el lacayo estaba nervioso, pero Paul fingió estar de buen humor para tranquilizarlo.

—Lo mismo te deseo, Robert. Que en este año se cumplan todos nuestros deseos y esperanzas.

Robert se inclinó con una sonrisa y guardó silencio. ¿Estaría pensando quizá que el señorito podía haber escuchado una conversación que no debía?

—¿El resto de la familia sigue ausente, o descansan todos?

—Sus padres y las dos señoritas aún no han regresado, pero creemos que no tardarán mucho.

—Eso mismo pienso yo —dijo Paul, alegre—. ¿Podrías traer champán y unas copas? Así podremos brindar por el nuevo año.

—Enseguida, señorito.

Esta vez, a Paul le pareció una eternidad el tiempo que

tardó Robert en volver al salón rojo. Llevó el champán en una cubitera de plata llena de hielo.

—Déjalo ahí, yo mismo me serviré. Gracias.

Esperó a que Robert abandonara el salón para descorchar la botella y servir dos copas. La bebida aún estaba caliente y, como se formó mucha espuma en las copas, tuvo que rellenarlas varias veces. Se acercó intranquilo a la ventana. ¿Había girado un automóvil en la entrada de la villa? No, por suerte se había confundido.

Con ambas copas en la mano, recorrió el pasillo y subió rápidamente por la escalera hasta el segundo piso sin derramar una gota; en cuanto llegó, dejó la bebida sobre una cómoda.

Tenía el pulso desbocado, aunque no se debía a la breve carrera que acababa de dar. Llamó a la puerta.

No obtuvo respuesta. Lo asaltó la terrible idea de que Kitty se hubiera dejado la luz encendida al salir de la habitación. Volvió a llamar, esta vez con más insistencia. De nuevo, nada. Tenía que saberlo, así que giró el picaporte sin vacilar y abrió.

¡Estaba allí! De pie, con un cuaderno de dibujo en la mano, frente al caballete sobre el que reposaba un libro abierto. Estaba copiando una fotografía del célebre *David* de Miguel Ángel.

—Señorito… Discúlpeme, estaba tan absorta que…

Esos magníficos ojos oscuros lo miraban espantados, parecía un cervatillo acorralado.

—No te asustes, Marie. Soy yo el que debe disculparse por invadir un espacio que no me corresponde.

Lo más probable es que ella le hubiera oído llamar a la puerta pero había pensado que, si no contestaba, se marcharía. Se acercó unos pasos para ver su cuaderno de dibujo, pero ella, avergonzada, se lo llevó a la espalda y cerró el libro con un golpe brusco. ¿Todo porque estaba dibujando a un joven desnudo? Le gustó ver que era tan pudorosa. Ciertamente, ese día en los suburbios ella le había contado la verdad.

—Una artista no debería ocultar su obra. El arte es para todos. Incluso para mí.

—Yo no soy ninguna artista, señorito. Solo dibujo porque la señorita me lo pide. Ella me da lecciones y yo tengo que hacer deberes.

Una nueva faceta de su hermana: Kitty, una severa profesora de dibujo. Era una auténtica caja de sorpresas.

—Bueno, ya que estamos aquí —dijo Paul con naturalidad— podríamos brindar por el año que empieza.

Sacó, como de la nada, las dos copas y ofreció una a Marie. Ella retrocedió.

—Se lo agradezco, señorito, pero prefiero no beber alcohol.

«Se está haciendo de rogar», pensó él. «Ya se le pasará. Cielos, qué hermosa está con esa ropa nueva. ¿Lleva corsé? Seguro que sí.»

—No puedes negarte a dar un pequeño sorbo. Vamos, sé buena chica y coge esta copa. Así me gusta.

Marie sostuvo la delicada copa con tanta elegancia que parecía que el objeto se hubiera creado para resaltar su brazo y su mano. Sonrió, levantó la vista hacia él y, por un momento, aquellos intensos ojos oscuros lo dejaron sin habla. Marie, aquel nombre resonaba en su cabeza. Marie, Marie…

—Bebamos a su salud, señorito —dijo ella con voz firme—. Y a la salud de su familia. ¡Por un año lleno de paz y felicidad para ustedes!

—Y a tu salud, Marie. Para que pasemos juntos muchas horas felices en esta mansión.

Al brindar, las copas produjeron un sonido delicado y limpio. Paul reparó divertido en que Marie no había bebido champán en su vida. Al hacerlo, frunció la nariz y se contentó con un sorbo minúsculo.

—Cuéntame más cosas sobre esas lecciones —le pidió—. Me gustaría ver lo que pintas.

—Con mucho gusto, señorito. Pero ahora no. Se lo contaré con mucho gusto en cuanto la señorita regrese.

—Tiene que estar al caer. Podemos esperarla aquí y charlar un rato...

—Eso es imposible, señorito.

Paul vació su copa de un trago y se interpuso en el camino de Marie, que pretendía escabullirse hacia el pasillo. Ella se quedó ante él, indecisa. Era evidente que había supuesto que le cedería el paso, pero no fue así. Él estaba dispuesto a forzar la situación. Sentía cómo la sangre le corría por las venas, llevaba días y noches pensando en ella. Marie, Marie, Marie...

La rodeó con sus brazos y notó que ella se estremecía. El deseo de besarla se apoderó de él. Cómo resplandecía su piel, qué rojos eran sus labios, eran una marav...

—¡No! —dijo ella en un tono que no admitía réplica—. No quiero que haga usted esto.

Marie se volvió de piedra entre sus brazos, rígida y fría como la estatua de mármol que había estado pintando instantes atrás. Paul la soltó, retrocedió y se asustó ante la furia de su mirada.

—No quiero porque no creo que vaya a traer nada bueno, señorito. Buenas noches.

Ella salió de la estancia y, al pasar a su lado, él se apartó sin más. Se quedó inmóvil en el umbral durante un rato y luego oyó que la puerta de la escalera de servicio se cerraba. Se dio la vuelta y se quedó mirando el pasillo oscuro y vacío.

Marie lo había rechazado.

III

INVIERNO DE 1914

23

—No me parece buena idea, Kitty.

Alicia carraspeó para aclararse la garganta y bebió un sorbo de café caliente. Se había despertado con la voz ronca y, para colmo de males, también le dolían la garganta y la cabeza. A pesar del grueso abrigo de pieles, anteayer en el balcón había pasado un frío terrible. Con todo, mejor helarse que retirarse antes de que Johann terminara su discurso de Año Nuevo. Robert y Gustav habían repartido aguardiente y además se ofrecieron sándwiches y chocolate caliente. Había sido maravilloso ver a esa gente aclamando a su director, vitoreando al matrimonio Melzer y brindando por el nuevo año con ellos. Ciertamente, sus empleados eran leales. Claro que siempre había alguna excepción, por descontado, pero eso era normal.

—¿Por qué no, mamá? —preguntó Kitty, con la obstinación que le era propia—. Basta con que Robert nos lleve y nos deje allí. Luego regresaremos en taxi.

Como no podía ser de otro modo, su hija le planteaba esa idea disparatada después de que su padre hubiera abandonado la mesa del desayuno. Johann se lo hubiera prohibido sin más. No y punto.

—¿Quieres ir al museo con Marie? —intervino entonces Elisabeth.

—Vamos a ver la colección de arte de la iglesia de Santa Catalina. ¿Cuál es el problema? Marie es una pintora con talento y yo la instruyo. Debe estudiar los diferentes estilos artísticos.

—Nuestra ayudante de cocina ahora estudia pintura —se carcajeó Elisabeth—. La verdad, a veces me pregunto qué te pasa en la cabeza, Kitty. ¿No será que tienes algún tornillo suelto?

Kitty se defendió contraatacando. Marie no era la ayudante de cocina, era su doncella personal. Por otra parte, era ella, Elisabeth, la que continuamente iba de un lado a otro con sus amigas y la que se hacía llevar a casa de Dorothea, y luego a la de Serafina, y por eso no tenía el más mínimo derecho a...

—¿No podríamos discutir el tema de forma sosegada? —interrumpió Alicia—. Entre otras cosas, hoy no tengo la voz en condiciones.

Al punto las dos chicas se interesaron por la salud de su madre. Elisabeth sugirió que tomara zumo de limón caliente y Kitty recordó las compresas para la garganta y los tés de salvia de su infancia.

—¡Robert! ¿Dónde se habrá metido?

—No te preocupes, Lisa —la tranquilizó Alicia—. Me acostaré un rato y tomaré una infusión de saúco.

Robert abrió la puerta sin hacer el menor ruido. Traía una bandeja con té recién hecho y una jarrita de crema de leche.

—Dígale a la cocinera que caliente un poco de zumo de limón y que le añada miel —ordenó Elisabeth.

—Como guste, señorita. Aunque no estoy seguro de que queden limones. No había para el té.

El lacayo entonces empezó a ejecutar un juego de manos que Kitty siempre contemplaba con gran suspense. Retiró con una mano la tetera vacía del calientaplatos mientras con la otra sostenía la bandeja con la tetera llena. Colocó la tetera vacía junto a la llena, equilibró el peso y luego cogió la tetera llena de la bandeja y la depositó sobre el calientaplatos. A cualquier persona normal, pensaba Kitty, la bandeja se le habría volcado. Robert en cambio obraba esta maravilla sin ninguna dificultad; seguro que habría sido capaz de hacerlo incluso con los ojos cerrados.

—Por cierto, Robert —preguntó Kitty—. ¿Habría algún inconveniente para que nos acercara a la ciudad en coche? Lo pregunto porque esta noche ha vuelto a nevar.

Elisabeth lanzó una mirada de enojo a su madre, pero esta no interrumpió a Kitty. No quería riñas delante del servicio.

—En absoluto, señorita —se apresuró a contestar Robert mientras la tetera vacía que llevaba en la bandeja se desplazaba ligeramente—. Gustav y yo hemos quitado la nieve a primera hora y hace rato que se han abierto vías de paso en las calles. ¿Dónde desean ir?

—Muchas gracias, Robert —intervino Alicia—. Se lo haremos saber más tarde.

—Por supuesto, señora.

Robert disimuló su decepción con una mueca solícita. Le encargaron una infusión de saúco, y, antes de marcharse, colocó en la bandeja los cubiertos que el señor director había utilizado.

—¡Es perfecto, mamá! —exclamó Kitty, alegre—. Robert nos podría llevar en coche a la iglesia de Santa Catalina y, a la vuelta, compraremos limones en la tienda de ultramarinos. Así todos salimos ganando. Ah, Lisa, por cierto, tenías razón. El zumo de limón es el mejor remedio para el resfriado.

Elisabeth levantó la mirada hacia los adornos de estuco del techo y Alicia se dio por vencida con un suspiro. Ese día se sentía demasiado débil para oponerse con firmeza a Kitty. Aún tenía muy presente el recuerdo de la última riña, cuando su hija se había encerrado en su dormitorio.

—Por Dios, Kitty, me gustaría que, si os encontráis con

algún conocido, trataras a Marie como a una empleada. Tengo motivos para pedírtelo, Kitty. Nos parece que la relación que tienes con Marie a menudo es demasiado… libre.

Kitty estaba muy contenta y no tenía ganas de entrar en un conflicto inútil. Por supuesto, dijo, no trataría a Marie como si fuera una amiga. Al menos en público. Además, eso a Marie no le gustaba: sabía muy bien cuál era su sitio. Y sí, ahora iba a comer un poco más porque mamá siempre tenía miedo de que fuera a morirse de hambre.

Elisabeth se sirvió té recién hecho y observó con envidia cómo su hermana desayunaba un panecillo de mantequilla con jamón cocido. ¿Cómo podía comer de esa manera y no engordar ni un gramo? En cambio, a ella le bastaba con mirar un panecillo para aumentar un centímetro de cintura.

—Voy a acostarme —anunció Alicia, carraspeando de nuevo—. ¿Alguien quiere el periódico? ¿No? Entonces me lo llevo.

Mientras Alicia se dirigía al dormitorio para tomarse la infusión de saúco y defenderse del incipiente resfriado, Kitty corrió alegre hacia la ventana para comprobar si se podía transitar por el paseo con el automóvil. En efecto, la nieve hasta la entrada al parque había sido retirada y Gustav ahora se afanaba en limpiar el camino que atravesaba el recinto. Movía la pala con un impulso uniforme y vigoroso, y no parecía que aquello lo cansara. Qué muchacho tan musculoso. Kitty reparó en que el aliento se le condensaba a causa del frío. A su espalda, Robert ya había entrado para recoger la mesa del desayuno y lo hacía con tanta habilidad que apenas se percibía un leve tintineo.

—Me gustaría ir con Marie a las once a la iglesia de Santa Catalina, Robert.

—En ese caso, deberíamos salir hacia las diez y media, señorita.

Ella se dirigió a toda prisa hacia el pasillo, subió corriendo las escaleras y comprobó que su corazón latía desbocado. Claro, se dijo, se había apresurado demasiado. O tal vez había tomado mucho té. Debería haber bebido café. El té la alteraba. ¡Cielos, qué nerviosa estaba!

Para su asombro, de su dormitorio salían unas voces. Era Marie. Y la señorita Schmalzler. ¿Qué hacía ahí la señorita Schmalzler? Y, para colmo, también se oían los gritos de la señorita Jordan. ¡Increíble! Cuando entró no vio a nadie. Las tres mujeres se encontraban en el ropero. Kitty miró el reloj de péndulo que tenía sobre la cómoda y comprobó que aún faltaban dos horas para las diez y media. Reflexionó un instante sobre si debía poner fin a la disputa que tenía lugar en el ropero, pero consideró que era interesante escuchar un poco.

—La ropa de la señorita Katharina es responsabilidad mía —chillaba la señorita Jordan—. Eso ha sido así desde que sirvo en esta casa.

—Señorita Jordan, esas son las órdenes y va a tener que adaptarse —dijo la señorita Schmalzler en un tono marcadamente tranquilo—. En el futuro, va a atender usted a la señora y a la señorita Elisabeth, y de la señorita Katharina se ocupará Marie.

—¡Va a echarlo todo a perder! —exclamó la señorita Jordan fuera de sí—. No tiene ni idea de cómo cuidar un vestido de seda. Un vestido para un baile. La ropa de tarde. Por no hablar de la ropa interior. ¿Acaso sabe planchar?

—Ya le he dicho varias veces que yo misma instruiré a Marie —respondió el ama de llaves, y en su voz se adivinaba cierta impaciencia—. Usted no tiene que preocuparse por nada.

Kitty se sentó en una de las dos butacas azules. Esa conversación estaba resultando de lo más reveladora. No le gustaba Maria Jordan, era una víbora maliciosa que disfrutaba divulgando chismes.

—No soy la única que piensa así —dijo la señorita Jordan

con ganas de disputa—. Este ascenso ha sido como una bofetada para todo el servicio. Durante años desempeñamos nuestro trabajo con diligencia, aprendemos desde cero y luego subimos de posición. En cambio, las afortunadas como Marie consiguen lo mismo en unas semanas. Pero no pienso decir nada más. No soy una envidiosa. Yo no. No lo necesito.

—Lo mismo creo yo, señorita Jordan. ¿Podría entonces dejarnos a solas, por favor, para que podamos hacer nuestro trabajo?

—Está bien, me voy. Pero déjeme que le diga, señorita Schmalzler, que yo no seré la tonta que saque las castañas del fuego cuando la nueva no sepa arreglárselas. ¿Acaso sabe coser? No pienso ayudarla cuando tenga que coser algo.

—Sé coser muy bien, señorita Jordan.

Esa era Marie. Caramba, cuánta maldad tenía que soportar la pobre. Kitty estaba escandalizada. Si mamá no necesitara tanto a la señorita Jordan, ella misma habría despedido sin demora a una buscarruidos como esa. Por lo menos, la señorita Jordan se llevó un buen susto cuando, al salir del ropero, se topó con la señorita.

—A su ser… servicio, señorita —tartamudeó, sonrojada de vergüenza—. Solo… Solo he venido a comprobar que su ropa estuviera bien y a darle a Marie un par de consejos.

—Por supuesto —dijo Kitty fríamente—. Señorita Jordan, espero que, en el futuro, trate a Marie con más educación.

La señorita Jordan se dio cuenta de que Kitty había escuchado durante un buen rato y en su cara se dibujó una mueca de disgusto.

—Desde luego, señorita —murmuró—. Discúlpeme si a veces me dejo llevar por los nervios.

Kitty asintió en tono majestuoso. Le gustaba comportarse como una princesa severa. Señaló con la mano en dirección a la puerta.

—Por lo demás, yo aquí ya no la necesito. Creo que mamá sí. Ha ido a acostarse. Está resfriada.

—En ese caso… Discúlpeme.

Parecía muy contenta de dejar atrás el lugar donde había cometido su vileza. El ama de llaves, en cambio, supo manejar esa situación tan incómoda con serenidad: se disculpó por el alboroto e incluso dedicó unas palabras amables a la señorita Jordan.

—No le tenga en cuenta su mal humor. No es fácil para ella tener que ceder, tan de repente, una parte de sus responsabilidades. Pero seguro que se adaptará.

—Eso espero.

Kitty aguardó a que la señorita Schmalzler se hubiera marchado para acosar a Marie con sus planes. A partir de ahora, visitarían los museos de Augsburgo, así como el ayuntamiento y algunas de las grandes iglesias. Su plan era dar a Marie una amplia formación en historia del arte, pues con un talento como el suyo eso era importante. Marie debía llevar su cuaderno de esbozos y sus lápices para copiar algunos cuadros. De este modo aprendería mucho. La propia Kitty lo había hecho durante su formación en la escuela de Bellas Artes. Por un instante, tuvo la tentación de dejarle uno de sus trajes de *tweed*, pero luego descartó la idea. Desde su ascenso, Marie vestía la indumentaria habitual de una doncella personal: falda sencilla hasta los pies, blusa negra y, a lo sumo, alguna joya discreta que la chica no tenía. Llevaba además el pelo recogido, lo que le daba un aspecto más adulto, pero también más dulce. No. Hoy precisamente Marie no debía estar más bonita ni, menos aún, parecer una joven dama. Kitty tenía buenos motivos para ello, y no tenían nada que ver con las advertencias de mamá.

—Saldremos a las diez y media —anunció Kitty, y volvió a mirar el reloj de péndulo. ¿Cómo era posible que el minutero solo hubiera avanzado un cuarto de hora?

Pero antes tomaré un baño y me rizaré el cabello. Tráeme el aceite de rosas, Marie. Y el jabón que está en el armario, ese con la rosa grabada.

Marie se marchó para prepararlo todo. Cielos, ¿por qué no pasaba más deprisa el tiempo? Fuera, en el pasillo, oyó la voz algo ronca de mamá. Al parecer, también quería bañarse. Kitty suspiró. Por desgracia, tendría que ceder.

Los minutos se sucedían con la lentitud con la que caen las gotas de miel. Kitty se puso a dibujar, pero le costaba concentrarse. Bajó al salón rojo, encendió el gramófono, escuchó un aria de *Turandot* y se dijo que Enrico Caruso estaba sobrevalorado. Su voz sonaba gutural e ininteligible, aunque tal vez eso se debiera al gramófono o a su propia impaciencia. Volvió a subir y pidió a Marie que le sacara tal o cual vestido del ropero, examinó sus botines y no supo por cuál decidirse. ¿El vestido amarillo maíz con el ribete de terciopelo? ¿No sería demasiado llamativo? Quizá fuera mejor la falda beis con una blusa y la chaqueta larga azul marino. No, así parecería una oficinista. Mejor algo rojo oscuro, que era el color que mejor le sentaba. Lo combinaría con el sombrero con velo de tul y se recogería el pelo de modo que algún rizo asomara por la nuca.

Ya en el vestíbulo, tuvieron que esperar a Robert, a quien la cocinera le había encargado la lista de la compra. Además, debía ir a la farmacia para comprar aspirinas para la señora.

—Lo lamento mucho, señorita —dijo sin aliento cuando apareció por fin—. Pero no se preocupe. Llegaremos puntuales a destino.

—¡Cielos! —se permitió responder Marie—. No pasa nada por un par de minutos. A fin de cuentas, nadie nos espera, ¿verdad?

—Únicamente el sagrado arte —contestó Kitty, contenta con esa ocurrencia divertida.

Robert dio lo mejor de sí. Condujo a toda velocidad por

el paseo hasta la puerta de entrada y luego giró para tomar la avenida, donde se vio obligado a reducir la marcha.

La nieve había comenzado a fundirse y sobre el pavimento se habían formado charcos con manchas de aceite; sin embargo, lo más peligroso eran las zonas que quedaban a la sombra, donde se habían formado capas de hielo que hacían que el automóvil se deslizara de un lado a otro.

—Puede estar tranquila, señorita. Todo irá mejor cuando entremos en la ciudad. Agárrese al asidero para no lastimarse.

Se cruzaron con varios vehículos tirados por caballos que iban cargados y circulaban en sentido contrario. Los cocheros soltaron maldiciones al ver que el automóvil se acercaba demasiado a los animales.

—¡Si se me desbocan los caballos, acabaré con esas apestosas cajas de hojalata!

A Kitty el corazón le latía con fuerza. Agarró la mano de Marie y se alegró al comprobar que su amiga se mantenía en calma.

En cuanto cruzaron la puerta Jakober, el trayecto se volvió más tranquilo. Allí el paso de innumerables ruedas y neumáticos había disuelto la nieve. Robert enfiló la Jakoberstrasse hasta la cuesta de Perlachberg, donde de pronto se vieron envueltos por una maraña de automóviles, carros, peatones y coches de caballos. El tranvía también se había detenido y de nada servía que el conductor tirara furiosamente del cordón de la campanilla mientras soltaba blasfemias.

—¿Qué ocurre? Cielo santo, ¿qué hace toda esa gente ahí?

—Debe de tratarse de un accidente, señorita. Voy a preguntar.

—¡Deténgase! ¡No se marche! —exclamó Kitty con espanto cuando Robert abrió la puerta y se apeó.

—Vuelva enseguida, señorita Katharina —dijo Marie, sonriente—. Mire, está hablando con el conductor de ese automóvil.

Kitty estaba decidida a seguir a pie si no quedaba otro remedio, pero Robert regresó y anunció que justo delante del ayuntamiento había volcado un coche de caballos cargado con barriles de cerveza. Los barriles habían salido rodando en todas direcciones, dañando dos automóviles y lastimando a varios peatones.

—¿Qué hacemos ahora? —exclamó Kitty, angustiada—. ¿Tenemos que regresar?

Robert se echó la gorra hacia atrás, sonrió con aire resuelto y aconsejó a las señoritas que se agarraran porque iba a dar un rodeo. Acto seguido viró hacia la izquierda, pasó entre un taxi y el tranvía y se metió por un callejón. El automóvil iba dando bandazos y al cabo de unos minutos llegó, casi milagrosamente, a la Maximilianstrasse. Había sorteado el ayuntamiento con astucia. Lo habían seguido varios taxis y automóviles, y los conductores se hacían señas entre ellos y tocaban la bocina con alegría. Robert resplandecía de orgullo.

—Bien hecho —elogió Kitty—. Mira, Marie, desde aquí se ven la torre Perlach y el ayuntamiento. ¿No te parece que tiene unas hermosas cúpulas acebolladas? Se dice que es un edificio imponente, pero a mí me parece aparatoso y aburrido. De estilo clásico, que se advierte en los triángulos estrechos encima de las ventanas. Recto, simétrico, con dos alas que flanquean la parte central. Aburrido hasta morir. Pero refinado…

La emoción que sentía por dentro era tan intensa que no podía dejar de hablar. No importaba lo que dijera. Simplemente, no paraba de soltar palabras y frases. Al mismo tiempo, clavaba con fuerza los dedos en el respaldo del asiento del copiloto cuando se daba cuenta de las insensateces que estaba diciendo y se reía una y otra vez.

—Mira, Marie, ahora nos encontramos en la parte alta de la ciudad. No habrás venido por aquí muy a menudo, ¿verdad?

—Pocas veces he tenido algo que hacer aquí...

Kitty no dio pie a que Marie pudiera responder con más detalle y siguió parloteando. ¿Había visto la fuente de Augusto? ¿No? Augusto había sido un emperador romano. Era importante que lo recordara. A lo lejos se veía la estrecha torre de San Ulrico. ¿No le parecía también que la longitud de la Maximilianstrasse era impresionante? En un extremo se encontraba el ayuntamiento y en el otro, la basílica de San Ulrico. Aquello tenía que entenderse de forma simbólica: la Iglesia y la burguesía eran los poderes que habían hecho crecer la ciudad. O al menos —y no pudo evitar echarse a reír al decirlo—, eso era lo que les habían contado en la escuela.

El coche ahora avanzaba y se veían muchachos retirando la nieve de la acera, mujeres con las cestas de la compra sorteando con cuidado los charcos. Detrás de ellos repiqueteaba el tranvía, que había logrado salir del atolladero que había delante del ayuntamiento.

—Ya casi hemos llegado, Marie. Allí está la fuente de Mercurio. Allí giraremos a la izquierda para tomar la Hallstrasse. ¿Sabes quién es Mercurio? No, no fue ningún emperador romano. Mercurio era más que eso. Era un dios. El dios de los comerciantes y de los ladrones, y también el dios mensajero porque tenía alas en las sandalias. Acuérdate de Mercurio, Marie. Entre otras cosas, porque era un dios francamente hermoso y joven. Tenía los ojos negros como el azabache y el cabello rizado, y cuando algo lo apasionaba, le bailaban unas chispas doradas en las pupilas...

De nuevo soltó una risa. Cielos, ¿qué tonterías estaba diciendo? ¿Qué pensaría Robert de ella? De todos modos, ¿para qué preocuparse de Robert? No era más que un miembro del servicio. Marie, su dulce Marie, la entendería. Estaba segura de ello.

La iglesia de Santa Catalina, que albergaba la colección de arte, resultaba algo pobre al lado del espléndido y blanco palacio Schaezler. Mientras se apeaban, Kitty explicó que los Schaezler eran una familia muy engreída y que apenas tenían contacto con los «nuevos ricos». Según ella, el interior estaba decorado como un palacio de cuento, con un estilo completamente barroco, con mucho oro y espejos para agrandar la estancia.

Kitty ordenó a Robert que siguiera su camino e hiciera los recados. No, no hacía falta que las recogiera, llamarían a un taxi. Pagó las entradas en la taquilla, donde la atendió un hombre de bigote canoso, y se dejaron puestos los abrigos porque hacía frío y las estancias no estaban caldeadas para no dañar los lienzos.

—Mira, Marie, allí hay algunos de los fabulosos cuadros de la basílica. Fueron encargados por las monjas. Hans Holbein pintó dos de ellos. ¿Qué monjas? Bueno, en el pasado esta iglesia formaba parte de un convento, creo que eran dominicas. Sus oraciones tenían el poder de liberar de la perdición eterna a los pobres pecadores; eso las hizo ricas y les permitió encargar los espléndidos retablos del altar. Como puedes ver, antiguamente el arte estaba siempre ligado a la Iglesia o al dinero. Esto es algo despreciable, Marie. El arte debe ser libre para poder elevarse hacia el cielo, como un pájaro tornasolado…

Un empleado vestido de azul oscuro le hizo una seña para que no hablara tan alto y Kitty enmudeció sobresaltada.

—Creo que deberías escoger uno de los cuadros del altar —le dijo al oído a Marie—. Considera que se pintaron en el siglo XVI y que ahora resultan bastante anticuados. Pero son obras de grandes pintores. Fíjate en la expresión de los cuerpos, los gestos… Mejor empieza por aquí.

No tenía ni la menor idea de la hora que era, pero estaba segura de que las once habían pasado hacía ya rato. Marie parecía algo extrañada de que le pusiera tarea en la primera sala; ella hubiera preferido visitar primero toda la exposición.

Pero eso era algo que podían hacer luego. Los cuadros no se irían corriendo, los cuadros no.

—Ahora te dejaré sola, querida Marie, para que dibujes con calma. Tómate tu tiempo y estudia primero únicamente con los ojos...

Tuvo la tentación que quitarse ese molesto abrigo y dejárselo a Marie. ¿Para qué había elegido un vestido con tanto esmero? Pero hacía demasiado frío y, a pesar de ir abrigada, el cuerpo le temblaba. Como si fuera una visitante interesada, recorrió lentamente esa gran sala, en la que aún se percibía su finalidad eclesiástica original. Los pilares góticos culminaban en arcos ojivales, que se entrecruzaban en la cúpula abovedada. Kitty saludó con un gesto simpático al vigilante y accedió a la segunda sala, que estaba vacía salvo por dos ancianas damas. El corazón se le encogió; de buena gana habría echado a correr para ver si había alguien en los dos espacios laterales. Pero se contuvo. ¿Quién era? ¿Una niña tonta persiguiendo un balón dorado? No. No tenía necesidad de apresurarse. Quizá era mejor haber llegado tarde. Así él no pensaría que ella se había enamorado. O que había sucumbido a él como todas las demás. No. Ella era Katharina Melzer, la «princesa encantadora» desde su primer baile hacía cuatro semanas. Si ella le había concedido una cita, eso no era más que un favor que él no merecía.

En la estancia adyacente, a la derecha, solo había una de esas empleadas vestidas de azul y estaba tejiendo un calcetín de color lila. Eso era inconcebible; ante esa obra maestra sin par, aquella mujer insensible permanecía sentada en un taburete y hacía sonar las agujas de tejer. Kitty regresó rápidamente a la segunda sala y se volvió hacia a la derecha. Si tampoco estaba allí, significaba que no había acudido o que ya había abandonado la exposición. ¿A qué venía esa desilusión? En realidad, a ella eso no debería importarle. Culpa suya, monsieur Duchamps. Lástima por el tiempo perdido... Pero estaba allí, de espaldas, contemplando la pintura de un maestro suabo. No se giró cuando ella entró en la sala, pero sí cuando se detuvo detrás de él.

—Llega usted tarde, mademoiselle —dijo sonriendo—. Empezaba a temer que hubiera cambiado de opinión.

Su sonrisa la envolvió como una oleada de calor. ¡Cielos! Sus ojos resplandecían con diminutos reflejos dorados. ¿Cómo un hombre podía ser tan maravilloso, tan excitante?

—Encontramos un impedimento en el camino hacia aquí —dijo ella recobrando la compostura.

Él aceptó la explicación sin más preguntas.

—En tal caso, todavía me siento más feliz de que, pese a todo, haya venido usted.

Mientras se acercaba a él, las rodillas le temblaban. Él la saludó con galantería, besándole la mano, y a ella le pareció notar una llama ardiente quemándole el dorso. ¿La habían rozado sus labios, o solo lo había imaginado?

—Bueno, de todos modos, tenía cosas que hacer en la ciudad —mintió ella, sonriéndole—. Y siempre merece la pena contemplar esta exposición.

—Tiene usted razón, mademoiselle Cathérine…

¡Qué hermoso sonaba su nombre en su boca! Tenía apenas un leve acento francés; por lo demás, su alemán era impecable. Tal cosa resultaba asombrosa en el hijo de un fabricante de seda de Lyon. No obstante, su madre era alemana y desde hacía años él se encargaba de las delegaciones de algunas empresas lionesas en Augsburgo. Se habían conocido en el primer baile de Katharina y desde entonces habían coincidido muchas veces. La última fue en Nochebuena, en aquella recepción increíblemente aburrida del alcalde.

Duchamps volvió la vista hacia la entrada de la sala, en la que asomó por un momento uno de los vigilantes para luego marcharse.

—Mademoiselle, sé que es osado —susurró—, pero no puedo dejar pasar la ocasión de confesarle lo profundamente impresionado que estoy por usted. Pienso en usted día y noche. Vivo con su imagen grabada en mi corazón; hablo con usted, sí, oigo su voz en mi cabeza e incluso a veces me parece que noto el calor de su pequeña mano…

Kitty absorbió estas palabras, que eran pura dicha para ella. Eso era lo que había anhelado durante todos esos días. Esos ojos salpicados de oro, su voz dulce y grave. ¡Cielos! Sus palabras no eran la poesía más exquisita, muchos le habían dicho cosas similares, pero en sus labios parecían maravillosas.

—Por favor, no se ría de mí, Cathérine. Le abro mi corazón porque creo que no le soy indiferente. En otro caso, no estaría aquí ante a mí…

En su mirada brillaba la certeza de su triunfo, y aunque eso la molestó un poco, a la vez le gustó. No era uno de esos adolescentes que la rodeaban en las veladas. Era un hombre que sabía lo que quería.

—Admito que sentía curiosidad —dijo con coquetería—. Podría ser que compartiésemos muchas cosas, en particular el amor por el arte.

Dos mujeres mayores entraron en la sala, pasaron despacio junto a ellos y luego fueron deteniéndose aquí y allá, intercambiando opiniones sobre las obras. Pasó una eternidad hasta que, por fin, se marcharon. Entretanto, Kitty y Duchamps permanecieron mirándose de frente, en silencio y ensimismados.

—El amor —dijo él en voz baja—, el amor por la vida, por la belleza, por el arte… Cuántas cosas le podría contar, mademoiselle. Desde hoy el mundo me parece nuevo, como si acabara de nacer… No se ría, se lo ruego…

Aun así, Kitty rio, más como una reacción nerviosa que como una risa verdadera. Eso a él le hizo perder la compostura.

—¿Se burla usted de mí? ¿Tan ridículo le parezco?

De pronto, él se le acercó más y ella notó su aliento, el

olor de su abrigo, la presión de sus brazos. Su boca buscó la de ella y entonces ocurrió algo increíble.

—Discúlpeme —le susurró él al oído—. No era esa mi intención. No ahora, ni tan rápido…

Los reflejos dorados de sus ojos la atravesaron como saetas; el corazón le palpitaba desbocado y el pulso se le había acelerado. ¿Qué era todo eso? ¿De qué hablaba?

—No crea que soy un seductor voluble, mademoiselle. La pasión se ha apoderado de mí. *Mon Dieu*, me he enamorado. Hacía años que no me sucedía algo así, se lo juro. Ha sido un *coup de foudre*, un flechazo que, como un relámpago, me ha alcanzado y no puedo librarme de él. ¿Podrá perdonarme la impertinencia? Ha sido algo estúpido y torpe por mi parte.

—Disculpe —lo interrumpió—. Ha sucedido tan rápido. ¿Podría… podría volver a hacerlo?

La estancia comenzó a dar vueltas a su alrededor mientras él accedía a su deseo. Esos cuadros antiguos pasaron ante ella en una sucesión de imágenes, un frenesí de formas y colores, de santos y penitentes, de paisajes, animales y muros. Con todo, lo verdaderamente embriagador era ese desconocido aroma masculino que emanaba de su piel y de su cabello y que la envolvió por completo.

24

—Yo elegiría esta, señorita.

Marie señaló decidida uno de los tres rollos de tela que descansaban sobre la mesa de la sala de costura. Era un raso de seda de un delicado color azul celeste. Los otros eran un satén rosa pálido y un raso verde intenso.

—¿Por qué este? —se extrañó Elisabeth.

—Porque el azul queda muy bien con el tono de su piel y, sobre todo, de sus ojos. ¿Lo ve?

Marie cogió el rollo y desplegó hábilmente un metro de tela para posarlo sobre los hombros de Elisabeth, que permanecía sentada frente al espejo.

—Con el lado mate a la vista. Se puede jugar con la cara brillante en los dobladillos y el escote. Un corte sencillo. Las mangas, estrechas, y para ellas necesitaremos chifón del mismo tono. Los volantes solo en el dobladillo de la falda, más grandes en dirección a la cola. Y en el escote, tal vez podemos poner una flor que yo misma le haré.

Elisabeth se miró en el espejo y tuvo que darle la razón a la nueva doncella. Con qué habilidad le colocaba la tela sobre los hombros insinuando el escote y recogiendo el raso en la cintura. La pequeña Marie tenía talento. Bastaba con mostrarle una revista de moda para que se le ocurrieran ideas elegantes, actuales y, lo más importante, favorecedoras para alguien de silueta generosa.

—Además podría ponerse un collar. De perlas, quizá. O una cadena de oro fina con piedras azules.

Podía ponerse la cadena con el colgante de aguamarina que papá le había regalado hacia tres años en Navidad. Sí, eso le gustaba.

—Yo le recogería el pelo por la nuca de forma que quedara suelto. O tal vez trenzado, pero no muy apretado, y dejaría algunos rizos en la frente. Si quiere, le puedo hacer un adorno para el cabello. Una cinta con perlas y plumas.

Marie realizaba muy bien ese tipo de adornos, pues había pasado un año trabajando con una modista y no había hecho otra cosa más que coser flores. Hacía días que las dos máquinas de coser no paraban, porque también se tenían que terminar los vestidos de baile de Kitty y de mamá. Por ello habían hecho llamar a la señora Zimmermann, una modista que conocía su oficio y trabajaba bien. De todos modos, las ideas de Marie, su buen gusto, y el manejo que tenía de las telas y los colores eran imbatibles. Al principio, a Elisabeth le había costado aceptar a la muchacha: le había parecido demasiado altiva para ser ayudante de cocina. Además, su relación con Kitty rayaba el escándalo. Sin embargo, había cambiado de parecer. Era una joya que habían estado a punto de echar a perder en la cocina.

—Así lo haremos, Marie. Dibuja el patrón para que la señora Zimmermann lo corte.

—Con mucho gusto, señorita. ¿Quiere que dibuje también algunas flores y adornos para el cabello? Así verá lo que tengo en mente para usted.

—Buena idea.

Elisabeth asintió con un gesto displicente y esperó tranquilamente a que Marie la librara del mar de telas que la envolvía. La pequeña dibujaba muy bien. Por muchas clases que tomara Kitty, nunca llegaría a su altura. Sus cuadros tenían un «algo». Aunque Elisabeth no sabía explicar de qué se trataba, había alguna cosa en ellos que cautivaba al espectador. Lo cual, bien pensado, no dejaba de ser asombroso para una chica que, según le había contado mamá, se había criado en un orfanato.

Elisabeth se levantó y lanzó una última mirada hacia el espejo que, como siempre, la mostró pálida y con una leve papada. Ese día solo llevaba bien el peinado. El mérito era de la señorita Jordan, que llevaba semanas dando lo mejor de sí en una desesperada e inútil competición con la segunda doncella.

Abandonó la sala de costura y se dirigió a su cuarto para escribir una nota para una amiga enferma antes del almuerzo. Serafina y ella habían ido juntas al internado, pero lo que más le interesaba era su padre, el coronel Von Sontheim, un superior del teniente. Von Hagemann había regresado a su regimiento y a Elisabeth le preocupaba que no le concedieran permiso y no pudiera asistir al baile en casa de los Melzer.

—Disculpe, señorita.

—¿Qué sucede, Robert?

El lacayo dirigió una mirada rápida a la puerta de la sala de costura, tras la cual oía el traqueteo y el chirrido de las máquinas.

—No. En el pasillo no, señorita. Es un asunto… confidencial.

—No tengo mucho tiempo…

—Se trata de la carta, señorita. La que usted escribió al teniente Von Hagemann…

Elisabeth, asustada, lo miró a la cara, pero el lacayo estaba tranquilo, sin mostrar el menor atisbo de pánico. En cualquier caso, ese asunto era delicado.

—Entra en mi habitación, deprisa.

Elisabeth, por prudencia, comprobó que no hubiera nadie en el pasillo; luego abrió la puerta de su habitación y ambos entraron. De hecho, Robert no tenía nada que hacer en su dormitorio, pero la necesidad no obedece a razones.

—¿Qué ocurre?

—Auguste me vio cuando intercambié las cartas.

Eso no eran buenas noticias. Pero al menos, hasta el momento, la chica no había dicho nada. ¿Por qué Robert le venía ahora con eso?

—Señorita, Auguste no sabe quién escribió la otra carta. Ella sospecha que fui yo, pero podría ser que insinuara algo a su hermana o, incluso, a su madre.

—¿Por qué haría algo así? Pensaba que tú y Auguste ibais a casaros.

Robert lo negó en redondo. En absoluto. Auguste quería obligarlo a casarse con ella, pero él no estaba dispuesto a caer en ese chantaje.

Elisabeth comprendió.

—Te ha amenazado con contarlo todo si no la llevas al altar. Es eso, ¿verdad?

—Eso mismo, señorita —confirmó Robert—. Pero no se preocupe. Aunque diga tonterías, nadie la creerá.

Elisabeth no dijo nada. Pero no compartía esa opinión. Se paseó por la habitación, pensativa, recolocó sin darse cuenta un jarrón y tiró un poco de las cortinas, que estaban ricamente adornadas. Había que silenciar a esa chantajista antes de que acabara el día.

—Gracias, Robert. Puedes retirarte. Me encargaré del resto.

Robert hizo una inclinación, pero no parecía dispuesto a abandonar la estancia. Había algo más que quería decir.

—Quiero que me comprenda usted, señorita. Estoy muy orgulloso de trabajar aquí, en la villa. La señora siempre ha sido bondadosa conmigo y creo que me aprecia mucho. Sería espantoso para mí si ese pequeño favor que le hice a usted…

—No te preocupes, Robert. Nadie va a enterarse.

El lacayo le habría dicho más cosas, pero el tono impaciente de la señorita lo dejó mudo. ¿Había sido sensato confiar en ella? Cinco minutos antes había creído que esa era la única manera de salir del atolladero. Ahora, en cambio, no estaba muy convencido.

Abrió un poco la puerta y permaneció inmóvil.

Maria Jordan cruzaba el pasillo con una pila de ropa planchada y, por el otro lado, iba la modista, con la necesidad apremiante de subir al lavabo del personal. Esperó pacientemente a que ambas se hubieran marchado y se dirigió a la escalera de servicio.

Elisabeth apenas le prestó atención; tenía la cabeza ocupada en otros asuntos. Se acercó al cajón superior de la cómoda, sacó una caja tapizada de cuero verde y la colocó en el tocador frente al espejo tríptico. El fondo verde estaba adornado con motivos dorados en forma de flores, ramas enredadas, pájaros y mariposas. Años atrás Elisabeth había suplicado a su madre ese joyero y ahí guardaba sus joyas preferidas.

Anillos, broches y varios collares de perlas, dos de los cuales eran tan largos que daban dos o tres vueltas al cuello. Se enorgullecía de presentar ese tesoro a su futuro esposo. Quizá ella no destacara por su belleza, ni era una de esas chicas de cintura fina que embelesaban con sus lánguidos pestañeos. Sin embargo, sería una esposa fiel y solícita y, además, no precisamente pobre. Klaus von Hagemann no tendría motivos para quejarse.

Ahí estaba también el colgante de aguamarina azul claro. Tenía forma de flor de tres pétalos y, en el centro, resplandecía un diamante. Las aguamarinas de los pétalos estaban rodeadas de cristales de diamante refulgentes. Esa joya se llevaba pendida en una larga cadena dorada que podía enrollarse varias veces en torno al cuello. Para probar, Elisabeth se colocó la joya en el pecho, se inclinó y se contempló en el espejo. ¿Le gustaría al teniente su vestido azul? Aunque sabía que, al lado de Kitty, ella no tenía ninguna oportunidad. Su hermana iba a llevar un vestido de satén blanco con una cola de chifón rosa pálido y flores en tonos rosas que le daba la apariencia de un hada de cuento. Kitty no necesitaba llevar joyas, porque la piel de su cuello fino y el delicado comienzo de sus pechos pequeños eran perfectos, y una joya cara como aquella no podía más que arruinar su atractivo infantil y embriagador.

Elisabeth lanzó un suspiró y volvió a recostarse en el asiento mientras sostenía el colgante en la mano. Entonces pulsó el botón del timbre.

La señorita Jordan se apresuró a entrar, solícita y dispuesta a complacerla.

—Dile a Auguste que me traiga el té.

El pálido rostro de la señorita Jordan dejó entrever una tremenda decepción. Desde luego, tenía una situación bastante difícil, porque solo su madre dejaba que la sirviera. E incluso ella hacía llamar a Marie a veces.

—También yo puedo traerle el té, señorita.

—Quiero que me lo suba Auguste.

La señorita Jordan se tomó aquello como una humillación y se retiró con expresión acongojada. Elisabeth entonces se enfadó con ella; esa persona tan molesta había estado a punto de arruinarle la jugada.

Auguste se hizo esperar. Probablemente en la cocina estaban preparando el almuerzo. Como de momento no habían contratado a ninguna ayudante de cocina, Else y Auguste tenían que echar una mano cuando era preciso.

—El té, señorita.

¡Por fin! Elisabeth observó cómo Auguste mantenía en equilibrio con una mano la bandeja con la tetera y la taza y con la otra abría la puerta. La falda por delante estaba considerablemente abultada, aunque el delantal cubría la mayor parte. ¿De cuánto estaría? ¿El niño nacería en primavera?

—Déjalo allí, sobre la mesa. No. No hace falta que lo sirvas, deja que el té repose un poco más.

—Por supuesto, señorita.

Hizo una reverencia y sonrió de modo candoroso. Esa chantajista era lo peor. Astuta y, al mismo tiempo, estúpida. No se podía obligar a nadie a casarse con esos métodos. El truco era conseguir que lo hiciera por su propia voluntad.

—Acércate, tengo que hablar contigo.

Auguste se había precipitado hacia la puerta. Tal vez había sospechado alguna cosa, porque parecía tener mucha prisa. Entonces se quedó de pie, inmóvil, con los brazos colgando, frente a la señorita, que seguía sentada en el taburete del tocador. Elisabeth volvía a tener en la mano el colgante de aguamarina cuya cadena dorada le caía sobre el regazo.

—¿Te gusta esta joya, Auguste?

La pregunta desconcertó a la chica. Clavó la mirada en el centelleo de los diamantes y en las piedras de color celeste, y tragó saliva repetidas veces. Luego asintió ingenuamente.

—Es maravillosa, señorita.

—A mí también me lo parece —respondió Elisabeth sujetando el colgante un poco más alto—. Es una de mis preferidas, un regalo de mi padre.

Auguste no supo qué responder. Volvió a sonreír y esperó a tener permiso para retirarse.

—Por eso me dolió tanto cuando, días atrás, esta hermosa joya desapareció. Por suerte, hoy ha sido encontrada.

Auguste la miraba de hito en hito y en sus ojos de asombro se podía ver cómo discurría su cabeza. Elisabeth entonces tendió la trampa.

—Estaba debajo de tu colchón, Auguste. ¿Qué tienes que decir al respecto?

Auguste abrió la boca, farfulló unas tonterías, lloriqueó, aseguró su inocencia y juró por la santísima Virgen María y por todos los santos que jamás en la vida haría algo así. Afirmó que era inocente, que alguien la había acusado por pura malicia.

—Yo también me sorprendí mucho, querida —dijo Elisabeth—. Pero tengo un testigo, una persona que encontró la joya conmigo.

—¿Un… un testigo?

—Robert.

La joven palideció de tal modo que Elisabeth temió que fuera a desplomarse, tal y como ya había sucedido en otra ocasión.

—Siéntate ahí, en la silla —ordenó Elisabeth—. Vamos a hablar con calma de esta desafortunada historia.

—Robert —susurró Auguste—. ¿Robert dice que ha encontrado la joya debajo de mi colchón?

—La hemos encontrado los dos —mintió Elisabeth con desenvoltura—. Yo decidí inspeccionar las habitaciones del servicio. No fue una decisión fácil, pero no tuve más remedio por la importancia de la pérdida.

—Robert…

Entonces Auguste se echó a llorar. Parecía muy afectada por que su amado estuviera implicado en esa historia. Pero, lamentablemente, con esa acusación Elisabeth no podía recurrir a otro testigo que no fuera Robert. Se dijo que debía informarle cuanto antes para que no se fuera de la lengua.

—Deja de llorar, Auguste. El asunto es grave. De hecho, gravísimo. Si se presenta una denuncia, tendrías que ir a prisión.

—Pero yo… yo no he robado nada —sollozó Auguste—. Lo juro por todos…

—Está bien —la interrumpió Elisabeth—. Escúchame. En vista de tu estado y puesto que, hasta ahora, nunca has sido culpable de nada, estoy dispuesta a pasarlo por alto. Siempre y cuando demuestres que eres leal.

Auguste al principio no acababa de comprender, pero la frase siguiente le dejó muy claro por dónde iban los tiros.

—Y cuando digo leal, me refiero a que no levantes falsas acusaciones contra otros empleados. Especialmente contra Robert.

Fue una delicia contemplar la cara de Auguste. No era tan tonta como parecía. Había caído en la cuenta.

—A fin de cuentas, os vais a casar —añadió Elisabeth con perfidia—. Es importante que tu hijo tenga un padre.

Auguste hundió la cabeza en el pecho. Por un instante, Elisabeth temió que fuera a desmayarse. No lo hizo. Se repuso y se levantó.

—Lo he entendido, señorita —dijo en voz baja.

—Bien —respondió Elisabeth con amabilidad mientras deslizaba el colgante en el joyero—. Entonces estamos todos de acuerdo, ¿verdad?

Auguste asintió.

—Perfecto. Ya puedes servirme el té.

25

¡Qué maravilla! Las voces, el sonido suave de los instrumentos, el olor a perfume y a pomada para el pelo, esa expectación inmensa, tan vibrante y conmovedora. Kitty se detuvo bajo el umbral que daba a la sala de baile para grabar en su mente aquel revuelo multicolor de vestidos de baile; los escotes rosados o del color blanco de los cisnes; los peinados, tan artísticamente trenzados y rizados. Las muchachas jóvenes lucían vestidos de tonos claros y parecían flores delicadas; los caballeros, en cambio, iban todos vestidos de negro. Casi todos llevaban frac.

—Querida señorita, ¿aún estoy a tiempo? Solo un baile con usted y mi felicidad será completa.

Era Alfons Bräuer. El corpulento, bonachón y siempre complaciente Alfons. ¡Qué persona tan aburrida! Aun así, Kitty ese día se sentía eufórica, así que sacó el carnet de baile de su bolsito plateado —un accesorio fabuloso que Marie había diseñado y cosido para ella— y escrutó las anotaciones con el ceño fruncido.

—Aún me queda libre la cuadrilla del final de la velada.

Dos jóvenes caballeros se abrieron paso hacia la sala de baile y saludaron a Kitty con una reverencia mientras intentaban echar a un lado a Alfons Bräuer. Este, sin embargo, permanecía inamovible bajo el umbral, decidido a no apartarse hasta haberse asegurado el baile.

—En ese caso, le ruego que me anote —dijo palpándose el bolsillo de la chaqueta para sacar su propio carnet y un lápiz—. Aunque debo advertirle que no soy lo que se dice un buen bailarín. Con la cuadrilla, que exige una gran precisión, seguro que me equivoco.

A Kitty eso le hizo gracia. Era realmente cómico que se disculpara por adelantado. Había otros caballeros que alardeaban sobre su buena disposición para el baile, o se pavoneaban de sus dotes para montar a caballo y de sus gustos literarios; los había incluso que decían entender de arte. Alfons Bräuer, sin embargo, nunca se daba ínfulas.

—Eso no importa —contestó ella, animosa—. Nos inventamos los giros y los demás nos seguirán.

—Es usted muy amable, señorita Katharina.

Se había dirigido a ella como señorita Katharina, mencionando su nombre, lo cual denotaba bastante confianza. Al fondo, al otro lado de la sala, atisbó por un momento a su madre entre los invitados, sonriendo animosamente hacia Bräuer. Kitty se sintió molesta: de nuevo su madre estaba urdiendo planes de boda. Papá tenía razón, esas cosas era mejor dejarlas en manos del destino.

En ese instante se oyó la voz de su hermano, que prácticamente se había apoderado del cargo de maestro de ceremonias del baile de los Melzer. Todo el mundo se apresuró a entrar en la sala de baile para no perderse las palabras de bienvenida; las charlas y las risas enmudecieron, y también los músicos dejaron de afinar sus instrumentos. Kitty salió al pasillo porque ya sabía lo que Paul iba a decir. Sobre las diez harían una pausa larga para que los bailarines pudieran refrescarse y recuperaran fuerzas en el bufet. En atención a las damas que no participaban en el baile —porque eran o demasiado mayores o demasiado feas—, en la biblioteca se habían dispuesto varias sillerías. Los señores que no bailaban se podían reunir en el salón de caballeros para fumar. Ese era el punto de encuentro de las barbas de chivo y los enfermos de gota.

Kitty tiró un poco de la cola de su vestido; la noche anterior, Marie había terminado de coser los volantes y las flores rosadas. El vestido era una maravilla. De hecho, a modo de entretenimiento, había logrado convencer a Marie de que se lo probara ya que ambas tenían una silueta parecida. Con él puesto, la doncella también parecía una rosa delicada. ¡Qué lástima que no le estuviera permitido participar en el baile! Aunque, por otro lado, eso tenía su parte buena. ¿Y si él se encaprichaba de Marie? A su querida Marie le deseaba todo lo bueno y bonito de esta tierra. Todo, menos lo que tuviera que ver con ese hombre.

Él, naturalmente, llegaría tarde. La asistencia de Gérard Duchamps a los bailes era siempre breve y jamás llegaba puntual. Pero ella sabía que aparecería. Hasta entonces tendría que conformarse con esos «petimetres ilusos», tan aburridos y cansinos. Sonrió para sus adentros. Aquella expresión la había acuñado Paul durante la divertida cháchara de esa mañana en el desayuno. Había vuelto de Múnich para asistir al baile de la casa.

Uno de los sirvientes contratados para la ocasión le ofreció unos *petit fours* en una bandeja de plata. Ella tomó una de esas pequeñas delicias. Como todos los años, la señora Brunnenmayer se había tomado como una cuestión personal encargarse de la comida del baile. Esos dulces diminutos estaban hechos de bizcocho, crema de mantequilla, fruta escarchada y estaban bañados en chocolate. Para que los distinguidos invitados no se ensuciaran los guantes blancos, los *petit fours* se servían envueltos en papel.

—¿Otra vez comiendo, hermanita?

Kitty masticó complacida e hizo un gesto de asentimiento a Elisabeth. Se ahorró el comentario de que ella no necesitaba pasarse todo un día tomando solo té sin azúcar, como había hecho Elisabeth. De todos modos, el resultado saltaba a la vista.

—Esta noche estás muy guapa —le dijo Kitty—. Y ese vestido azul celeste es fabuloso. ¿No te parece que Marie es un tesoro?

—No cabe duda de que tiene talento.

Varios caballeros se acercaron desde distintos lados y Kitty tuvo que oír una serie de cumplidos poco ocurrentes. No, por desgracia, su carnet de baile estaba completo. Pero, sí, claro, tal vez durante la pausa tendrían ocasión de hablar de manera más informal, estaría encantada. Elisabeth saludó también a algunos invitados, aunque no dejaba de mirar hacia la escalera. Papá y mamá pronto abrirían el baile, pero aquel a quien Elisabeth esperaba todavía no se había presentado, y era dudoso que fuera a hacerlo. Kitty sintió un poco de remordimiento, si bien ella no era responsable de las veleidades del teniente Von Hagemann. Por deseo expreso de mamá, le había escrito unas líneas diciéndole que se sentía muy honrada por su petición, pero que le parecía que no era aún lo bastante madura como para casarse. Era un caballero simpático, entusiasta, fogoso y muy elocuente, y podía ser divertido. Pero ante Duchamps, el teniente Von Hagemann no tenía nada que hacer.

—Lo más seguro es que esté de servicio. Si es así, vendrá sobre las nueve —observó cuando el pasillo volvió a desocuparse.

Lo dijo con intención de consolarla un poco, pero Elisabeth no estaba de humor para que nadie, y menos su hermana, la consolara.

—¿De quién hablas? —replicó en tono mordaz—. ¡Ah! Supongo que te refieres a monsieur Duchamps, que sin duda vendrá desde Lyon expresamente para verte a ti.

—¿Lyon?

Elisabeth sonrió satisfecha. Era sublime ser la encargada

de comunicar a Kitty la mala noticia. De hecho, ella pensaba que mamá o papá, o alguien del servicio, ya se lo había dicho.

—Pues claro. Partió anteayer. ¿No lo sabías?

A Kitty le pareció que una oscuridad dolorosa se alzaba del suelo, como si una niebla grisácea fuera a engullirla. Ella se resistió.

—Pues no. No lo sabía —dijo con toda la indiferencia de que fue capaz—. De hecho, Lisa, ni siquiera lo espero.

—No, claro que no —replicó su hermana con sorna.

Kitty se alegró de que empezara a sonar la música y diera comienzo el primer baile. Un vals, cómo no. A mamá le encantaba, aunque sus padres lo bailaban de un modo más sosegado y no como un vals vienés. Por un lado estaba el impedimento del pie derecho de mamá y, por otro, estaba papá, que era el bailarín más negado sobre la faz de la tierra.

—¿Señorita? Temía haberla perdido.

Su pareja para el primer vals se abrió paso. Se trataba de Hermann Kochendorf, heredero de una próspera empresa comercial y miembro del gobierno de la ciudad. Era un solterón de carácter voluble y muy codiciado que hacía tiempo que había superado los cuarenta.

—Oh, señor Kochendorf. No es fácil perderme aquí. A fin de cuentas, esta villa es mi hogar.

Él le ofreció el brazo y la acompañó hasta la sala de baile, donde sus padres habían abierto el vals de rigor. La sala ocupaba el comedor y el salón rojo. Se habían quitado las puertas batientes que separaban ambas estancias y el servicio había retirado todos los muebles y las alfombras, dejando apenas unas pocas sillas para el público. Kitty atisbó a la abuela de Alfons Bräuer, que llevaba un vestido de color malva con un escote muy pronunciado. Definitivamente, un escote como aquel era inapropiado para una mujer de su edad. Sobre aquel fondo arrugado y sin formas, ni siquiera un collar de brillantes servía de algo. La anciana señora Bräuer había tomado asiento en una butaca tapizada y curioseaba con entusiasmo, mirando a su alrededor con sus impertinentes. También otras damas entradas en años habían sacado sus anteojos de sus bolsitos bordados, dispuestas a diseccionar las galas de baile de las jovencitas. Kitty conocía a la mayoría de ellas de las obras de beneficencia de mamá. Más tarde tendría que ir a saludar a esas urracas chismosas; ahora todas estiraban el cuello para contemplar a la «encantadora reina del baile».

Poco a poco otras parejas fueron entrando en la pista de baile. Kitty notó lo mucho que eso aliviaba a su padre. Él odiaba tener que «dar saltitos de un lado a otro» delante de todo el mundo. Además, ese día estaba especialmente torpe y ya había pisado dos veces la cola del vestido de mamá. Bueno, tenía sus preocupaciones. Paul le había contado que en la fábrica las máquinas no dejaban de fallar y que la producción iba con retraso. Tal vez por eso papá llevaba varias semanas «ausente». Ni siquiera se había enfadado al saber que Marie era ahora su doncella personal. Se había limitado a sacudir la cabeza y no le había dado más vueltas.

—¿Nos arriesgamos, señorita?

—Ahora o nunca, señor Kochendorf.

Kitty se deslizó entre las parejas con su compañero de baile; su cuerpo seguía el ritmo del vals sin esfuerzo alguno. Llevaba la música en el cuerpo; el sonido de un violín era capaz de conmoverla profundamente y sabía tocar el piano, aunque desde luego no tan bien como le hubiera gustado. En su cabeza la música le parecía más potente y bonita que lo que ella era capaz de lograr con el piano.

—Es un placer bailar con usted, señorita —dijo Kochendorf cuando hubo una pausa—. ¿Me permite invitarla a un refresco? ¿Un helado, quizá? ¿Un disco de naranja confitada? ¿Una copita de vino espumoso?

—Muy amable. Nada de alcohol, gracias. Ahí al fondo hay limonada.

Robert recorría el otro extremo de la sala con su bandeja, así que el señor Kochendorf, solícito, tuvo que abrirse paso entre bailarines y público para hacerse con una limonada para su dama. Kitty se sintió aliviada al verse libre de él. Kochendorf no era joven, ni tampoco atractivo: su rostro enjuto, sus patillas, pelirrojas y rizadas, y sus ojos hundidos le habían valido el mote de «Hermanhambre» entre los amigos de Paul. Elisabeth dijo en una ocasión que no le haría ninguna gracia encontrarse con ese caballero cerca de un cementerio a la caída de la noche. Con todo, era un hombre de negocios muy hábil y exitoso que, para gran asombro de Kitty, sabía mucho de arte.

—¿Qué me cuentas, hermanita? ¿Qué tal van las cabriolas?

Ella se volvió y dirigió una mueca a su hermano.

—Muy bien. Al menos por ahora. Y tú, ¿a quién has escogido como compañera para el vals?

—A ninguna —respondió él con una sonrisa—. Yo estoy a cargo de la fiesta. Es mi tarea.

—Y precisamente por eso deberías bailar —insistió ella—. ¿Acaso no sientes a tu espalda las tímidas miradas que te dirigen las muchachas? ¿Cómo puedes ser tan cruel, querido hermanito?

En efecto, el joven Melzer causaba sensación. Aquel día llevaba el cabello rubio alisado; el traje negro le sentaba como un guante y su sonrisa desenvuelta acentuaba aún más su atractivo.

—Ayer convencí a Marie para que se probara mi vestido —dijo Kitty de repente—. Y, ¿sabes? Parecía que estuviera hecho para ella. Así vestida parecía una…

—Aquí viene tu servidor de limonadas, hermanita —la interrumpió él—. ¡Que disfrutes de tu próximo vals!

Kitty esbozó una sonrisa forzada. Bailar, mecerse al compás de la música, el movimiento de dos cuerpos en armonía, todo aquello podía ser el cielo en la tierra. Pero solo si se hacía en brazos del único, del adecuado, del incomparable.

—¿Me concederá el siguiente vals, señorita?

—Por supuesto.

En brazos de Hermann Kochendorf el cielo estaba muy lejos. La sala olía a alcanfor y a una pomada grasienta para el pelo que usaban muchos caballeros. Mientras lo seguía en sus giros y cambios de sentido, se dedicó a observar los rostros de los bailarines. Como siempre, muchos la miraban, la saludaban con una sonrisa o con un asentimiento de cabeza, y parecían lamentar de verdad no poder bailar con ella ese vals. También había miradas de admiración y de odio por parte de algunas bailarinas; en torno a la pista brillaban las gafas y los impertinentes de madres, abuelas y tías que seguían atentas el baile. Aquí y allá, a pesar de la música, pilló al vuelo alguna observación.

—¡Es toda una princesa!

—¡Está demasiado delgada!

—Encantadora. Fantástica. ¡Y tan natural!

—No puede estar sana.

—Tiene una figura de muñeca.

—¿Cómo va a tener hijos?

De hecho, eso debería haberla hecho reír, pero la entristeció. ¿Por qué esas damas eran tal malevolentes? En los actos de beneficencia se sentaban con aire bondadoso y sonriente, comiendo y bebiendo a costa de la casa y tejiendo gorritos ridículos para los niños africanos. ¿Por qué Paul bailaba ahora con esa rana fea vestida de verde lima, que era hija de un consejero del gobierno? ¡Qué poco elegante era esa chica! ¡Y con qué descaro echaba la cabeza hacia atrás y se reía! Elisabeth iba del brazo de Alfons Bräuer, que tenía sus problemas con la polca. Resultaba cómico y a la vez dramático cómo ambos se afanaban por ejecutar el baile con la mayor dignidad posible…

—Ha sido un placer enorme, señorita. Me apena mucho tener que cederla a otro caballero.

¿Por qué el tiempo avanzaba tan despacio? Ojalá llegara ya la pausa. Si venía, sería durante el descenso. Pero seguro que vendría. ¿No se había despedido diciéndole que tenía muchas cosas que contarle? Entonces, ¿cómo era posible que desapareciera y se marchara a Lyon sin más?

Bailaba como sumida en un sueño, siguiendo la música y adaptándose a los movimientos de su pareja. Respondía a los comentarios sin pensar y sonreía sin saber por qué. Él vendría. Seguro. Si no, ella se moriría.

—Distinguidos invitados, nos gustaría conceder ahora un poco de descanso a nuestra orquesta y vamos a hacer una pausa. El bufet los aguarda en la sala de enfrente; además de vino y ponche de naranja, hemos dispuesto también cerveza de Augsburgo…

Por fin. Se soltó de su pareja de baile, un joven abogado de nombre Grünling, le sonrió y se apresuró a subir a uno de los baños antes de que se llenara de invitados. Ahí estaba todo dispuesto para que las damas se pudieran acicalar. Peines, cepillos, lazos y también polvos y demás utensilios de maquillaje. Pero lo más importante era que, de puntillas, se podía atisbar la entrada desde la pequeña ventana.

¡Ahí estaba! Kitty se estiró todo lo posible. Un automóvil se aproximaba a la mansión, una limusina con faros elevados. El corazón empezó a latirle con fuerza. Solo podía tratarse de un invitado que llegaba tarde, nadie se retiraba tan pronto.

Entraron detrás de ella tres jóvenes amigas de Elisabeth a las que tuvo que saludar. ¡Qué baile tan maravilloso! ¡Esa música, y los vestidos! ¿Y su hermano? ¿Estaba acaso enamorado? Parecía estar tan ausente…

A Kitty aquella sospecha le pareció muy divertida. Pero entonces entraron dos damas de más edad y la charla tomó otro rumbo. Antes se sabía bailar la polca, e incluso la cuadrilla se bailaba con gracia. Sin embargo, en la actualidad, más pronto o más tarde cualquier baile acababa convertido en un vals. De hecho, hasta el momento aún no se había oído el vals *Luces de la mina*, mientras que *Rosas del sur* había sonado dos veces, y el vals *España* se había tocado al menos en cuatro ocasiones.

Si él ya se había apeado del coche, primero dejaría el abrigo y el sombrero en el vestíbulo. Luego subiría por la escalera y saludaría a mamá. Después recorrería las salas, hablaría con conocidos, besaría las manos de damas jóvenes y no tan jóvenes y la buscaría. Ella se iba a tomar su tiempo. Eso es. Mejor que la buscara un rato. A fin de cuentas, ella era la que había tenido que esperarlo. Kitty inició una charla con una amiga de Elisabeth, la acompañó hasta el dormitorio de su hermana, en el que había varias chicas reunidas, y se quedó escuchando chismes y habladurías. Ahora el aseo estaba a reventar de gente y había cola ante la habitación contigua donde estaba el retrete.

¿Lo había torturado lo suficiente? Lo suyo hubiera sido que esperara toda la pausa, pero eso sería poco conveniente porque tenía que cumplir con los bailes que había prometido y no tendría la oportunidad de hablar con él. Lo mejor era bajar ahora sin más y hacerse la sorprendida cuando él la encontrara.

«Oh, vaya, ¿usted por aquí? Me dijeron que había partido hacia Francia.»

«En efecto, señorita, pero regresé para no perderme este baile.»

¿Él diría eso? Seguramente, no. Lo más probable es que pusiera como pretexto un asunto comercial, algún contrato, una feria, cosas así. Gérard Duchamps no se deshacía en halagos, como esos otros que pretendían sus favores. A él no le hacía falta.

Bajó por la escalera hasta el primer piso, saludó con una inclinación de cabeza a las damas que se le acercaron y deseó no encontrarse con su madre, porque entonces habría tenido que saludar también a toda una serie de invitados importantes. Pero Alicia no estaba ni en la escalera ni en el pasillo. Y Duchamps tampoco. Kitty se detuvo en los escalones inferiores para tener una buena panorámica del pasillo. La sala de baile se había vaciado y los invitados se habían dirigido hacia el bufet, o miraban la biblioteca o estaban reunidos en la sala de fumadores. Algunos osados incluso habían bajado al vestíbulo, habían pedido sus sombreros y abrigos y habían salido al patio. Hacía frío, el césped del jardín parecía cubierto por una capa de azúcar y la grava del suelo brillaba a la luz de la iluminación exterior.

Kitty se dijo que él podía estar en la sala de fumadores o en la biblioteca. En ningún caso en el bufet. Más pronto o más tarde regresaría al pasillo, era cuestión de esperar. Si la pudieran dejar tranquila un rato y ningún caballero ansioso la molestara...

—¡Buenas noches!

Ella hizo un gesto de sorpresa al ver ante ella al teniente Von Hagemann. Su voz sonaba distante; era evidente que estaba ronco.

—Señor Von Hagemann. ¡Me alegro mucho de que haya correspondido a nuestra invitación!

Pero ¿qué le ocurría? La miraba de un modo muy sombrío. ¿Habría encajado mal que ella lo hubiera rechazado? Bueno, si era así, él no era el único.

—He dudado mucho, señorita —dijo él a media voz—. Pero al final me pareció que su escrito exigía una respuesta por mi parte.

—¿Mi escrito? Ah, sí.

Ella intentó mirar al pasillo que se abría tras él. ¡Qué contrariedad que el teniente tuviera que dirigirse a ella precisamente ahora! ¿No sería mejor que hablase con Elisabeth?

—Señorita, su escrito me demostró lo mucho que me equivoqué con usted. Es usted tan hermosa como despiadada,

Katharina. Despiadada y sin corazón. Deseo que alguna vez sienta en carne propia lo que es ser despachado con tanto desdén.

Estaba tan sorprendida que se quedó sin habla. Él no esperó ninguna respuesta y se limitó a hacerle una reverencia con cierta ironía. ¿Qué significaba aquello? ¿Despiadada y sin corazón? ¿Despachado con desdén? Pero si se había esforzado en escribirle con mucha amabilidad…

Notó que la tristeza intentaba apoderarse de ella. ¿Por qué la había ofendido de esa manera? Ella no le había hecho nada malo. ¿Y por qué Duchamps no aparecía? Si lo había visto llegar…

¡Oh, no! Entonces cayó en la cuenta. El que había llegado en coche había sido Von Hagemann. Había sido el teniente y no Gérard Duchamps quien había llegado tarde al baile. Él no iba a venir. Estaba en Lyon.

Elisabeth pasó a toda prisa junto a ella y pronunció un nombre. Kitty seguía en el mismo sitio, aturdida, y respondió al comentario de un joven caballero sin saber muy bien lo que decía. No importaba. A fin de cuentas, siempre se hablaba de lo mismo.

En el pasillo, Von Hagemann se había vuelto hacia su hermana. Ella vio el rostro resplandeciente de Elisabeth, cómo le sonreía y le dirigía algunas palabras. El teniente le respondió con el semblante serio, rígido, como si se hubiera tragado una bayoneta. Luego hizo una reverencia y la sonrisa de Elisabeth se borró. Él no tenía previsto quedarse.

—Jamás te lo perdonaré, bruja asquerosa —le siseó Elisabeth cuando pasó a su lado para subir la escalera.

Kitty apenas la oyó. Solo tenía en la cabeza la terrible constatación de que el hombre por el que suspiraba no iba a aparecer. A partir de entonces, esa velada, que con tanto anhelo había esperado, sería un martirio; nada podría complacerla, ni siquiera la música. Mientras otros se intercambiaban miradas enamoradas y bromeaban entre sí, para ella el mundo se había vuelto un desierto desolado. Solo guardaría la compostura por mamá.

—Señorita —le dijo Alfons Bräuer, que en ese momento apareció a su lado—. Debería usted comer alguna cosa. Acompáñeme, se lo ruego.

Qué hombre tan raro. Al verla tan pálida, pensaba que debía comer algo. Daba lo mismo. Se apoyó en su brazo lánguidamente y se dejó acompañar hasta el bufet. ¡Qué ganas tenía de que acabara esa velada! Marie. ¿Dónde estaba su querida Marie? No quería otra cosa que su compañía y dejar salir las lágrimas.

Marie era la única en el mundo que podía consolarla.

26

—¿Paul? ¿Estás despierto?

Alguien daba golpes vacilantes a la puerta. Él abrió los ojos y tuvo la certeza de que ese dolor de cabeza no era una pesadilla sino la dura realidad.

—No del todo, mamá. Pero pasa, tranquila.

Alicia abrió la puerta despacio y se acercó a la ventana con su paso renqueante, tan propio de ella, para descorrer las pesadas cortinas de terciopelo. Paul sintió que le estallaba la cabeza cuando los oblicuos rayos de sol lo alcanzaron. Deseó no haber intentado diluir su melancolía en vino tinto.

—¿Tienes jaqueca?

¿Cómo lo sabía? Mamá siempre había tenido la capacidad de adivinar lo que le pasaba.

—Peor que eso. Tengo veinte selfactinas en la cabeza. Y todas funcionando al máximo.

Las selfactinas eran las máquinas de hilar que había en la fábrica y que hacían un ruido insoportable. Alicia se acercó a la cama con una sonrisa y le puso su mano fresca y pequeña en la frente.

—Sí. Se nota. Pobre… Te traeré unos polvos.

—¡No te molestes! —dijo él—. Me levantaré y se me pasará.

Aunque no creía que eso fuera a suceder, le molestaba que a sus veintiséis años lo trataran como a un niño pequeño.

—Como quieras —dijo ella en tono animoso—. Hoy el desayuno se sirve en el dormitorio. Abajo el servicio está muy ocupado arreglándolo todo.

Paul se pasó la mano por el pelo y apartó la manta para sacar las piernas por el borde de la cama. Su cuerpo parecía de plomo. Y él que pensaba que las veladas de la asociación de estudiantes le habían acostumbrado al alcohol… De todos modos, claro está, la cerveza de Múnich no era lo mismo que el vino francés.

—Papá te espera sobre las once en su despacho de la fábrica.

Le llevó un par de segundos entender el alcance de esa frase. ¿Era posible? ¿Su padre había cambiado de parecer y había aceptado su oferta? ¿Le quería consultar acerca de los problemas actuales de la fábrica? ¿Era esa su intención?

—¿Ha dicho qué quiere?

Alicia se encogió de hombros y, por la expresión de su cara, Paul adivinó que estaba preocupada. Así pues, no había que esperar una charla conciliatoria. Paul notó cómo la rabia lo inundaba y pretendía hacerse con su estómago. ¡Maldita sea! Aquel no era un buen día para presentarse con aplomo ante su padre. Posiblemente quería echarle un rapapolvo por haber desatendido sus estudios, y además en el despacho de la fábrica, donde esas dos secretarias chismosas tenían la oreja pegada a la puerta.

—Vístete y come tranquilo —le aconsejó Alicia—. Voy a avisar a Else para que te suba un desayuno como es debido.

—Gracias, mamá.

Se puso la bata y fue hacia el baño tambaleándose ligeramente, se lavó de forma somera y contempló su imagen pálida en el espejo. Las madres siempre pensaban que cualquier padecimiento se aliviaba comiendo, pero a él en ese momento la sola idea de tomarse un bollo con mantequilla le revolvió el estómago. Rebuscó en la cómoda una muda limpia y una camisa, sacó un traje del armario y constató que no era fácil ponerse los calcetines cuando se tiene el estómago revuelto. ¿Qué hora era? Buscó su reloj de bolsillo entre la ropa del día anterior; lo tenía en el chaleco de seda gris. Abrió la tapa. Pasaban de las diez. No tenía mucho tiempo para reponerse antes de enfrentarse a su padre. Por lo menos había logrado recuperar el reloj, así que no habría ninguna recriminación en ese sentido. Terminó de vestirse, cogió unos gemelos e incluso se puso pajarita. Quería aparecer en las dependencias de la administración vestido como un caballero, y no como un oficinista de esos que se sentaban frente a su mesa sin chaqueta y con manguitos.

Else dio un pequeño golpe en la puerta y entró cargada con una bandeja llena. Café, panecillos frescos, jamón, huevos revueltos, miel, varios tipos de mermelada, mantequilla… Por lo visto la señora Brunnenmayer pensaba que estaba muerto de hambre.

—Gracias, Else. Colócala sobre la mesa.

Tenía el estómago cerrado y había decidido no tomar nada cuando descubrió junto al vaso de agua una bolsita con polvos contra la jaqueca. Tal vez fuera conveniente seguir el consejo de mamá, así que hizo de tripas corazón y engulló medio panecillo seco, ya que antes de tomar esa medicina era preciso tener algo en el estómago. A continuación, se echó a la garganta esos polvos blancos y amargos y se bebió el agua.

De inmediato se sintió un poco mejor, aunque no podía deberse a los polvos ya que su efecto no era tan rápido. Tal vez fuera por el agua fresca.

Echó un vistazo por la ventana y reparó en que, a pesar de aquel intenso sol de invierno, hacía mucho frío ya que la escarcha cubría los árboles y la hierba del parque.

Frío intenso y luz resplandeciente: la combinación perfecta para una cabeza dolorida. «Las desgracias nunca vienen solas», se dijo. Su padre, cómo no, estaría rebosante de salud y energía. Como siempre que estaba al mando de su querida fábrica.

La cabeza le retumbaba a cada paso que daba mientras bajaba por la escalera. En el primer piso reinaba un revuelo tremendo: el servicio estaba arrastrando muebles, colgando cortinas y recolocando alfombras. Robert se encargaba de cerrar las puertas que separaban el comedor del salón rojo, pero la madera se había combado y tenía que empujar con la espalda. Else y Auguste acarreaban una cesta llena de platos y copas hacia el montacargas; la señorita Jordan pasó junto a él con paso vivo y un vestido bajo el brazo. Tan solo la señorita Schmalzler le dirigió un saludo amable y le deseó un buen día.

—Muchas gracias, señorita Schmalzler. Que usted también lo tenga.

¿Qué tontería era esa? Sin duda, aquel no iba a ser precisamente un buen día para el servicio: desde primera hora estaban ocupados en recomponer las estancias. Confió en que ella no lo tomara como una burla descarada, y se alegró de que Marie no estuviera por ahí, pues no quería que lo viera en ese estado.

Sin embargo, la fortuna no le sonrió y, al llegar al vestíbulo, ella tropezó con él. Llevaba en la mano un sobre que acababa de entregarle un recadero.

—Le traeré el abrigo, señorito.

¡Qué despierta estaba! ¿Habría notado lo mal que se sentía él? Por supuesto. Él había reparado en esa mueca irónica en su boca. Pero qué boca tan bonita tenía… Incluso en ese estado le habría gustado rozar con los dedos los labios de ella. Con delicadeza, de manera que ella apenas lo notara. Como un soplo suave y cálido…

—Espere, señorito. Aquí tiene la bufanda de lana. Y la gorra. Hoy hace muchísimo frío. Tome, los guantes. Debería haberse puesto los zapatos forrados.

—¡Vaya, me cuidas como una madre! —se mofó él.

Ella se sonrojó y repuso que su trabajo consistía en velar por el bienestar de sus señores. Luego hizo una pequeña reverencia y se marchó a toda prisa con el sobre. Rápida como una gacela.

Paul se maldijo por haber querido anestesiar su dolor a base de vino y se caló la gorra. Al salir, el frío hundió sus garras por donde la piel quedaba al descubierto, y delante de la boca y de la nariz se formó una niebla blanca.

—¡Señorito! —dijo Robert con voz alarmada—. En cinco minutos estoy aquí con el automóvil. Si quiere aguardar en el vestíbulo…

La preocupación de mamá debía de haber causado esa alarma en Robert. Eso le molestó.

—No te preocupes, Robert. No necesito el coche. Iré a pie.

Tras dar algunos pasos, Paul notó que el frío le sentaba bien. Inspiró ese aire fresco de invierno y su aliento con restos de vino se convirtió en vapor blanco en el paisaje. Los guijarros helados crujían bajo las suelas de sus zapatos y unos gorriones se disputaban un comedero de madera que Kitty había hecho colgar. Por el camino que conducía a la fábrica, un automóvil patinaba un poco sobre el suelo adoquinado. Sonrió, satisfecho por haber rechazado las atenciones bienintencionadas de su madre. En su lugar, tomó impulso y se deslizó divertido sobre una superficie lisa de la acera. De pequeño también había hecho esas «pistas de hielo» con sus compañeros de colegio; bastaba con deslizarse un par de veces por el mismo lugar. ¡Qué bien! Desde luego esos polvos le habían hecho efecto, porque se sentía mucho mejor.

—Buenos días, señor Melzer.

—Buenos días, señor Gruber. ¡Qué frío tan espantoso!

El portero sonrió y dijo que no era para tanto. Si la temperatura descendía por debajo de los veinte grados, él solo necesitaba tomar un trago para mantener el calor.

Paul asintió con complicidad y atravesó el patio de la fábrica en dirección al edificio de administración. Cuando llegó, se sorprendió al ver uno de los automóviles de la casa entre dos vehículos a caballo que en ese momento estaban descargando. Eso significaba que, en contra de su costumbre, su padre no había ido a trabajar caminando.

Cuando entró en el edificio, su buen humor se ensombreció. Conocía esos largos pasillos y esos pequeños despachos donde se escribían listas interminables y las calculadoras sacaban largas filas de números. En uno de esos despachos de la segunda planta él había librado su propia batalla de Waterloo. Había bastado con cometer un error de apreciación para echarlo todo a perder. De haberse presentado la oferta según sus cálculos, la fábrica habría tenido pérdidas.

—¡Muy buenos días, señoras!

—Buenos días, señor Melzer. Su padre lo espera.

La señora Hoffmann parpadeó como si le hubiera entrado algo en el ojo y la señorita Lüders aporreaba muy seria la máquina de escribir negra. Todo indicaba que el ambiente en la oficina del director estaba enrarecido.

Henriette Hoffmann se acercó con pasos cortos y rápidos a la puerta del jefe todopoderoso y llamó con delicadeza. ¡Santo Dios! Llevaba una falda que dejaba ver el tobillo y unos botines de tacón de piel marrón. Y debajo de la blusa se apreciaba que llevaba el corsé tan apretado que podría pensarse que tenía el busto de hierro.

—Señor director, su hijo está aquí.

—¡Que pase!

Su tono no sonó a invitación, más bien pareció una orden airada. En ese momento, Paul tuvo la certeza de que aquella no sería una charla agradable.

—¿Quiere usted que traiga café, señor director? —preguntó la señorita Hoffmann en tono conciliador.

—No.

266

La secretaria cogió el abrigo de Paul y al salir cerró la puerta con mucho cuidado, como si el edificio fuera a desplomarse ante el menor ruido del picaporte.

—¡Siéntate!

Johann Melzer señaló una de las butacas de cuero que solía ofrecer a sus visitas. Él, por su parte, se quedó sentado ante su escritorio repleto de cosas; firmó rápidamente un escrito, cerró la carpeta y se quitó las gafas.

—¡Las once y media! —constató.

Para eso no le hizo falta sacar el reloj de bolsillo, ya que sobre la puerta de entrada colgaba un reloj de pared.

—He venido andando.

Aquello no pareció impresionar a su padre, que se ahorró decir que en ese caso Paul debería haber salido de casa un poco antes. En su lugar, pasó a abordar el tema por el que le había hecho llamar.

—He querido que nos reuniéramos en mi despacho porque deseaba que tuviéramos una charla entre padre e hijo.

Vaya. Eso explicaba muchas cosas. Papá no quería que mamá se entrometiera en la conversación, cosa que había hecho muchas veces en la villa.

—Aquí me tienes para lo que consideres —respondió Paul con una leve ironía—. ¿Se trata de mis estudios?

—Tú lo has dicho.

Su padre lo dejó en suspense: plegó con parsimonia las gafas de bordes dorados y las metió en un estuche metálico forrado en piel. La tapa se cerró con un chasquido. Luego dejó ese valioso objeto junto al platillo de forma alargada en el que reposaban la pluma estilográfica y el abrecartas. Tanto el tintero como el platillo y el mango del papel secante estaban hechos con una piedra semipreciosa de color verde oscuro. Un regalo de mamá.

—Voy a ir al grano, Paul. He preguntado sobre ti a varios de tus profesores.

Él ya contaba con eso. De todos modos, era un detalle por parte de su padre no querer jugar al gato y al ratón con él.

—Sin duda te figuras las respuestas que he obtenido —prosiguió Johann Melzer.

—No muy satisfactorias, ¿verdad? —dijo Paul con una sonrisa débil.

Su padre jamás había tenido un gran sentido del humor, y ese día estaba especialmente poco predispuesto. Su expresión se ensombreció, y Paul agradeció que no empezara a vociferar como en aquella otra ocasión. En todo caso, no le faltaban motivos. Durante seis semestres le había estado pagando alojamiento y comida, igual que las tasas de estudio y las de la hermandad de estudiantes, la espada, la vestimenta necesaria, los libros y demás. Y ahora había averiguado que su hijo llevaba varios meses sin ni siquiera asistir a las clases magistrales. Además, los resultados de los exámenes eran deplorables.

—¿Eso es todo lo que tienes que decir?

Paul hizo acopio de fuerzas. Hacía tiempo que debería haber hablado con su padre, pero lo había ido demorando una y otra vez. Fue una estupidez por su parte. Ahora que la sangre ya había llegado al río, su situación era la peor posible.

—No, padre.

Se aclaró la garganta. En ese momento sonó la sirena de la fábrica. Era mediodía y empezaba la pausa para el almuerzo para una parte de los trabajadores; más tarde lo haría el resto, ya que las máquinas tenían que mantenerse en marcha.

—Llevo tiempo pensando que el Derecho no es la carrera adecuada para mí —dijo cuando por fin esa sirena horrible enmudeció—. Me cuesta muchísimo meterme en la cabeza todas esas leyes. No soy un hombre de letras, padre.

—¡Oh, no me digas! —dijo Johann Melzer con ironía.

Se reclinó en la butaca y escrutó a Paul con los ojos entrecerrados, con una mirada llena de reproche, decepción y rabia justificada.

Paul se sentía oprimido en esa butaca estrecha; tenía la impresión de que sería capaz de hablar con más libertad si se ponía de pie. Pero quizá aquel deseo se debiera también a las ganas de rehuir la mirada con la que su padre lo estaba atravesando.

—Yo preferiría estudiar electrotecnia. Me interesan mucho la maquinaria, los nuevos inventos y las posibilidades que nos deparará la electricidad en el futuro. Tengo la certeza de que las máquinas de vapor pronto dejarán de existir y que incluso el accionamiento con turbinas hidráulicas quedará obsoleto.

—¿De veras? —intervino su padre—. Pues bien, me has decepcionado y no tengo intención de financiarte más estudios. ¡Electrotecnia! ¿De veras pensabas que iba a seguir confiando en ti?

Oír aquello resultaba demoledor. En cualquier caso, Paul no cejó.

—Padre, ya he asistido a varias clases sobre esta disciplina. Es totalmente distinto a esos textos legales tan áridos. Es la tecnología del futuro. No podemos permitirnos el lujo de ignorar este desarrollo por…

Johann Melzer se incorporó en su asiento de golpe.

—Escúchame con mucha atención, Paul —dijo interrumpiendo a su hijo—. No tengo tiempo ni ganas de discutir más contigo. A partir de ahora vas a perfeccionar ese interés tuyo por la técnica aquí, en la fábrica. Quiero que lo conozcas todo al detalle: la hilatura, la tejeduría y la estampación. Vas a aprender todas y cada una de las fases de trabajo, manejarás todas y cada una de las máquinas y su mantenimiento, y, si es preciso, efectuarás reparaciones sencillas.

—No tengo nada en contra, padre. Un período de prácticas en la fábrica es justo lo que quiero.

—Mi idea no son unas prácticas sino una formación completa. Olvídate de hacerte el señorito por aquí: empezarás como aprendiz y estarás a las órdenes del capataz, de ocho de la mañana a seis de la tarde, seis días a la semana.

Paul no estaba de acuerdo con eso. Lo que planteaba su padre no era un período de formación. En realidad, quería humillar a su hijo, quitarle los aires de grandeza de su madre y llevarlo a lo más bajo, donde él había empezado hacía ya muchos años.

—¿Cómo voy a aprender nada de las máquinas si me paso diez horas al día anudando los hilos rotos de las bobinas?

—Así sabrás lo que es trabajar. El trabajo duro, Paul. Quien aspire a dirigir una fábrica debe saber cómo se siente un operario.

Johann Melzer cogió el estuche de las gafas y lo abrió. Ese gesto indicaba que no tenía intención de proseguir con esa conversación.

—Considera bien mi propuesta porque no habrá otra. Si prefieres llevar la vida desordenada de tus señores tíos, vas a tener que tratarlo con tu madre. Pero si pretendes ser mi sucesor, quiero que me demuestres que tu intención es seria.

—Mi intención es seria, padre —exclamó Paul desesperado—. Pero algo así nunca podrá…

Alguien golpeó la puerta de forma apremiante, varias veces seguidas.

—¡Señor director! ¡Señor director!

Era la señorita Hoffmann. Estaba muy nerviosa.

—¿Qué ocurre? —gruñó Johann Melzer—. ¿No he dicho que no quería ser molestado?

—Señor director, ha habido un accidente en la hilatura.

Era la voz del capataz Huntzinger. Al oírlo, Johann Melzer se levantó de un salto.

—¿Un accidente? ¿Hay alguien herido?

Huntzinger se tomó la libertad de pasar por delante de la señorita Hoffmann y entrar en el despacho, señal de que la situación era grave. Su rostro surcado de arrugas no mostraba ninguna emoción; en cambio, su bigote gris parecía señalar en todas las direcciones. A pesar de su nerviosismo, se tomó tiempo para quitarse la gorra.

—Una pequeña se ha quedado atrapada en el carro de la selfactina, señor director.

Johann Melzer palideció y Paul se quedó horrorizado. Las máquinas de hilar, conocidas también como selfactinas, eran unos artefactos enormes, de unos treinta y cinco metros de largo. Tenían un brazo que sobresalía varios metros para torcer cincuenta y cuatro mechas y convertirlas en hilo. El carro avanzaba entre cinco y ocho minutos; luego daba contra el tope de hierro y en tres segundos regresaba a la máquina de hilar entre silbidos y chirridos. A continuación, el hilo acabado se enrollaba en las bobinas y empezaba la siguiente torsión del hilo. Seguramente la chica se quedó atrapada durante el retroceso, entre el carro y la máquina.

—¿La ha aplastado?

El capataz Huntzinger se quedó cabizbajo frente el director, como un perro apaleado. Con todo, sin duda, él no era el responsable de ese accidente.

—Hemos intentado parar el carro —informó—. Pero para entonces ya estaba atrapada y he tenido que cortar las correas de transmisión.

—Así que ahora la máquina está parada.

Huntzinger asintió con gesto culpable. Era muy consciente del retraso que había con las entregas. Y ahora otra máquina estaba parada.

Paul se levantó y se dirigió a toda prisa a las secretarias.

—¡Llamen a un médico!

—Sí, ahora mismo, señor Melzer. Señor director, ¿le parece bien que llame a un médico? —balbuceó confundida la señorita Hoffmann.

—Llame al doctor Greiner —ordenó Paul—. Es urgente. ¿A qué está usted esperando?

La secretaria miró desconcertada al poderosísimo señor director, que en ese momento salía de su despacho.

—¡Vamos! ¡Haga lo que mi hijo le dice! —gruñó Johann Melzer.

—Sí, claro, de inmediato.

Paul y su padre se pusieron los abrigos y siguieron a Huntzinger a paso rápido hasta la hilatura. Lo primero que Paul notó al entrar fue el ruido infernal de las máquinas que no habían resultado afectadas y que seguían trabajando a pesar del accidente. A continuación, reparó en que la sala estaba sumida en la penumbra; posiblemente, como medida de ahorro, se había preferido aprovechar la luz del sol y no se había encendido la luz eléctrica. Sin embargo, los rayos oblicuos del sol de invierno apenas penetraban ya que los lucernarios inclinados estaban orientados al norte.

—¿Dónde está?

—Ahí, señor director, al otro lado.

—Diga al personal que deje de fisgonear y que sigan trabajando.

—Sí, señor director.

A pesar de su propio nerviosismo, Paul reparó en que su padre había palidecido. ¿Le preocupaba la máquina parada o la chica herida? Seguramente ambas cosas.

Dos operarios, el hilador y el anudador, permanecían de pie con expresión desvalida ante la máquina parada, cuya mitad del carro aún sobresalía. Solo cuando llegaron a la zona entre el carro y la máquina vieron a la herida en el suelo. Alrededor de su cuerpo, retorcido de una manera extraña, había un charco de sangre de color intenso; a su lado, una operaria joven estaba de cuclillas e intentaba parar la hemorragia con un pañuelo.

—¡Por el amor de Dios! —exclamó Johann Melzer al ver la sangre.

Se quedó paralizado y tuvo que apoyarse en la máquina

mientras su respiración se volvía jadeante. Paul, en cambio, corrió hacia la chica, se agachó y le tomó el pulso. Lo tenía débil, apenas se notaba. Tenía una herida profunda en el brazo, de la que brotaba la sangre que hacía tiempo que había empapado el pañuelo de la compañera solícita.

—Dame el pañuelo que llevas en la cabeza. Rápido. Debemos vendar muy fuerte el brazo, de lo contrario se desangrará.

La joven se limpió las manos en la falda y se quitó el pañuelo de la cabeza con cierta reserva.

—No te preocupes. Te daremos otro. Sujétale el brazo. Así, muy bien. Voy a necesitar un trozo de madera o algo parecido…

Se palpó el bolsillo de la chaqueta y encontró un lápiz, lo metió en el nudo y apretó con más fuerza.

—Ella ha querido pasar al otro lado un momento para anudar un hilo —balbuceó la compañera—. Entonces se ha quedado enganchada y ya no ha podido salir. La máquina le ha aplastado los dos brazos y también los hombros. La he oído gritar. A pesar de todo este ruido, la he oído. Y su rostro… Jamás en la vida lo olvidaré. Los ojos se le salían y tenía la boca muy abierta. Virgen María, apiádate de nosotros, pecadores, y asístenos en la hora de la muerte.

—¿Cuántos años tiene?

Paul apartó con cuidado el pañuelo de la frente de la chica, que yacía inconsciente. Sintió mucha rabia. Era una niña, tendría once o doce años. ¿Cómo era posible que unos padres enviaran a una niña a la fábrica en lugar de a la escuela? ¿Por qué en la fábrica de su padre se daba trabajo a los niños? De puertas afuera se alardeaba de instalaciones sociales, como guarderías, viviendas, baños, una biblioteca…

—¿Dónde está el médico? —oyó gritar a su padre—. Huntzinger, dígale al portero que llame a un médico.

—Así lo haré, señor director.

—¡No! —gritó Paul.

Huntzinger, molesto, se detuvo.

—Ayúdame —dijo a la joven trabajadora—. Sujétale los brazos. ¿Tiene alguna prenda de abrigo? Tráela.

Tuvo que hacer acopio de fuerzas para levantar a la chica de aquel charco de sangre. Ahora sacaba provecho de los combates a espada de la hermandad de estudiantes, en los que, además de luchar, había asistido a algunos heridos. Había compañeros que se desmayaban con solo ver una gota de sangre. Él no era de esos.

La sangre que manchaba su traje ya no se podría limpiar, pero ¿a quién le importaba tal cosa? Sacó en brazos a la chica inconsciente entre miradas de asombro y curiosidad. Ya fuera, su joven compañera se acercó corriendo; seguramente era la única que había conservado la cabeza fría.

—Aquí tiene el abrigo, señor Melzer.

—Cúbrela. Bien. Acompáñame, la llevaré en coche al hospital.

—¿Tengo que ir? —preguntó ella, temerosa—. Pero no es posible. ¿Cómo haré entonces el trabajo asignado?

—Ya lo arreglaremos.

Hubo que esperar a que alguien trajera las llaves del automóvil. Johann Melzer estaba tan afectado que de primeras era incapaz de recordar dónde las había dejado.

—¿Qué vas a hacer, Paul? ¿La llevas al hospital?

—Sí.

El director asintió varias veces. Paul se dio cuenta de que a su padre le temblaban las manos. Se encontraba desbordado por ese accidente. Habían intercambiado los papeles. Ahora era Paul quien decía lo que se tenía que hacer y su padre obedecía.

La joven operaria y la chica herida iban en el asiento trasero. Entretanto, se había presentado la madre de la víctima, que también trabajaba en la hilatura. Era una mujer delgada, de barbilla puntiaguda y cara demacrada, que no dejaba de lamentarse y levantar los brazos al cielo.

—¡Es tonta! Se lo advertí, pero no quiso oírme. Se lo juro, señor director. Yo la advertí. Ella sola tiene la culpa de esta desgracia…

—¡Al trabajo! —espetó Johann Melzer a la mujer. A continuación, dio un golpecito en el cristal, donde Paul ya estaba sentado al volante.

Este bajó la ventanilla con dificultad porque se había atascado a causa del frío. ¿Qué quería ahora? Tenía prisa.

—Muchas gracias, Paul.

Esas palabras iban envueltas en la nube blanca que formaba su aliento, pero él las comprendió y lo reconfortaron.

—Se recuperará, padre. Te informaré en cuanto sea posible.

Arrancó y avanzó lentamente hacia la puerta. Por el retrovisor vio a su padre de pie en el patio, envuelto en su abrigo oscuro y sin sombrero, viendo cómo se alejaban.

27

Marie le dio la vuelta al sobre. Aunque no llevaba remitente, ella sabía quién había escrito apasionadamente «Señorita Katharina Melzer» en él. No era la primera carta de este tipo que veía y, como todas las demás, un recadero la había entregado en la villa con instrucciones de no confiársela a nadie que no fuera Marie. Ella, por su parte, de vez en cuando le devolvía un sobre perfumado de parte de la señorita, sin embargo, aquel día regresó con las manos vacías.

Mientras subía por la escalera hasta el segundo piso, Marie se sintió muy incómoda con esa situación. Aunque, por otra parte, ¿qué podía hacer? ¿Debía informar de la correspondencia secreta de la señorita? Eso sería traicionarla. No. No tenía valor para algo así, y menos ahora, cuando la pobre se había pasado la mitad de la noche llorando desconsolada. Además, una carta no era más que un trozo de papel. No era un abrazo, ni tampoco un beso. Nada de lo que la señorita tuviera que arrepentirse.

Llamó a la puerta de la habitación. Como no obtuvo respuesta, giró el picaporte y asomó la cabeza. La bandeja del desayuno seguía sobre la mesa y la taza de café que le había servido antes estaba en el mismo sitio. Marie entró con sigilo y avanzó de puntillas. Ajá, la señorita se había vuelto a echar en la cama y se había quedado dormida. Indecisa, Marie la observó y no pudo sonreír. Se había enrollado como un gatito y abrazaba la almohada con el rostro escondido bajo el cabello revuelto.

—¿Marie? —murmuró Katharina—. Marie, ¿eres tú?

La señorita tenía un sueño de lo más ligero; algunas noches apenas dormía, sobre todo cuando había luna llena. Al menos eso era lo que ella afirmaba. En ese momento se despertó, bostezó y se echó el cabello a un lado.

—Sí, soy yo. Le traigo correo.

Katharina se incorporó de golpe y se apartó la manta.

—¿Correo? ¿A qué te refieres? ¿Te lo han entregado en mano?

Marie le tendió la carta como respuesta. Katharina se la arrebató de las manos y una sonrisa de felicidad se dibujó en su pálido rostro.

—Lo sabía —susurró—. ¡Oh, Marie! No me ha olvidado.

—¡Cómo iba a hacerlo, señorita Katharina! Lea usted tranquila, que yo entretanto le traeré café recién hecho.

—No, no —espetó Katharina muy agitada mientras abría el sobre—. Quédate conmigo, Marie. Debes alegrarte conmigo, no querría que fuera de otro modo.

Marie se sentó en la butaca y esperó.

Katharina se sumió en la lectura y, de vez en cuando, dejaba oír un suspiro profundo o una risa aguda. También susurraba expresiones como «¡Oh, cariño!», «¡Eres un tormento!» o «¡Menudo atrevimiento!».

Por su parte, Marie se sumergió en sus propios pensamientos. Recordó lo turbado que estaba el señorito cuando, instantes atrás, le había llevado el abrigo, la bufanda y los guantes. Estaba pálido y daba la impresión de que había trasnochado. Lo cual no era de extrañar porque, según había contado Robert en la cocina, después del baile el señorito estuvo bebiendo vino con dos amigos en el salón de los caballeros. A primera hora de la mañana, Robert había tenido que acompañar a los dos jóvenes a su casa, y delante de las estanterías de madera labrada quedaron no pocas botellas de vino vacías. Aunque Marie pensaba que alguien que se entregaba al vino de esa manera no merecía compasión, Paul le había dado lástima. Su padre lo había citado en la fábrica, y todo el mundo en la casa, especialmente el servicio, sabía que padre e hijo estaban peleados. Pobre Paul, ¡qué lástima no poder hacer nada por ayudarlo!

—¡Oh, Marie! —exclamó contenta la señorita Katharina—. ¡Qué feliz soy! ¿Quieres saber lo que me escribe? ¿Las cosas que me ha confesado? Espera, lo leeré en voz alta. Y no te enfades, pero no puedo dejarte la carta. Hay fragmentos que son… tan… tan íntimos, que no deseo que nadie los lea.

En realidad, a Marie le interesaban muy poco esas demostraciones de efusividad, pues ya conocía cómo escribía ese francés que tan bien dominaba el alemán. Katharina le había explicado que la madre de Gérard Duchamps era alemana y que él se había criado con los dos idiomas.

—Me llama su «adorada amiga». Y sueña con, con… No, eso es demasiado insensato… Dice que le gustaría enseñarme los jardines de Claude Monet, pasear conmigo por los jardines en flor y admirar el estanque resplandeciente sobre el que flotan los nenúfares…

Marie ya sabía que Monet era un pintor francés. A menudo el señor Duchamps mencionaba a algún artista en las cartas porque sabía muy bien cómo entusiasmar a Katharina. ¿Qué habría querido decir con «fragmentos íntimos»? Marie escuchó pacientemente; en esa ocasión Katharina estaba tan contenta que apenas podía parar. Mientras un momento antes yacía pálida y acongojada sobre las almohadas, ahora estaba sentada con las piernas cruzadas sobre los cojines, con las mejillas sonrojadas y la mirada radiante.

Marie se inquietó. No le parecía normal. ¿Cómo era posible que una simple carta, aunque escrita con mucha elocuencia, provocara tal cambio de humor? ¡Ese hombre ejercía un poder tremendo sobre Katharina!

—¿No te parece maravilloso? —dijo la señorita apretando el papel contra su pecho—. Me bastan sus palabras para hacerme muy dichosa. Y si ayer por la noche hubiera estado frente a mí… Ay, Marie, creo que hubiera muerto de felicidad.

A primera hora de esa misma mañana había llegado a afirmar que iba a morirse porque el señor Duchamps no había acudido al baile de la villa. Marie había estado con ella toda una hora tratando de consolarla.

—No lo creo, señorita Katharina —repuso Marie con cuidado—. Me parece más bien que hubiera ido a su encuentro muy digna y con una sonrisa.

Katharina la miró con asombro; aquella idea le pareció tremendamente divertida.

—¡Oh, Marie! —Se rio—. ¿Tú crees que yo podría ser tan fuerte?

—Por supuesto —dijo Marie—. Es usted más fuerte de lo que cree, señorita Katharina. Y eso es bueno, pues él debe respetarla.

Katharina hizo un gesto de desdén. Marie siempre acababa con esas necedades: que si la estima, que si el respeto, que si no entregarse por completo y no dejarse avasallar. Todo muy tedioso y tibio.

—Marie, el amor es como el fuego. Unas descomunales llamas ardientes que lo devoran todo. Así, nosotros también nos consumimos y, como el ave fénix, renacemos de nuestras propias cenizas para elevarnos en una feliz unión con la persona amada.

A Marie esa idea le pareció más que alarmante, pero la señorita estaba convencida y aseguraba que aquella era la única manera de experimentar el amor con todo su poder e intensidad. Según ella, todo lo demás eran nimiedades.

—Tráeme papel y lápiz. Y café recién hecho, por favor.

¡Ah! Y también me gustaría un panecillo con mermelada de fresa. Después te dejaré tranquila un rato, dulce Marie. ¡Cielos, casi es mediodía! Me he pasado medio día durmiendo…

Abajo, en la cocina, Auguste y Else estaban sentadas frente a una taza de café con leche mientras se recuperaban durante media hora de la tarea de ponerlo todo en orden. La cocinera estaba ocupada con el almuerzo de los señores, que había preparado con los restos del bufet del día anterior.

—¿La señorita quiere café? ¿Ahora? Prepáralo tú, Marie. Yo tengo cosas que hacer.

—No hay problema.

—Esto es un suplicio. ¡Tengo que hacerlo todo yo sola! —La cocinera aún no había superado que le hubieran arrebatado a Marie. Si al menos los señores hubieran contratado una nueva ayudante de cocina… ¡Pero nada!—. Deben de creer que la señora Brunnenmayer puede con todo, que yo me las sé apañar sola. ¡Así piensan ellos!

Se interrumpió en cuanto la señorita Schmalzler entró en la cocina, pues el ama de llaves no consentía esa clase de comentarios. Sin embargo, esta vez se limitó a preguntar por Robert.

—Ha bajado a la bodega para hacer inventario.

—Pues ve y dile que venga, Else. Tiene que llevar a la señora a la fábrica.

—¿A la fábrica?

El asombro se apoderó de la cocina. ¿Para qué querría ir allí la señora? La última vez que había ido, hacía más de un año, fue con ocasión del trigésimo aniversario de la fábrica, y apenas estuvo una hora porque no soportaba el ruido y el hedor del aceite de las máquinas.

La señorita Schmalzler se limitó a decir que era urgente. Pidió a Auguste que acudiera al vestíbulo porque la señora ya estaba allí y necesitaba el abrigo y el sombrero. Dicho esto, para asombro de todas, la señorita Schmalzler desapareció.

—No habrá sucedido nada, ¿verdad? —musitó Marie.

—Quizá el señor director ha tenido un ataque —reflexionó Auguste—. Es algo que sucede cuando una persona trabaja demasiado. Además, tiene ya una edad: la primavera pasada cumplió sesenta años.

—¡Cierra el pico! —refunfuñó la cocinera.

—Solo quería decir que…

Auguste se levantó con torpeza para ir al vestíbulo, pero en ese instante Maria Jordan entró en la cocina y anunció que la señora ya estaba en el coche.

—¿Cómo? ¿Sin sombrero ni abrigo?

—Pero ¿qué te has pensado? —se indignó la señorita Jordan—. Por supuesto que le he llevado su abrigo de pieles y el sombrero negro. De hecho, como doncella personal, es mi obligación.

Auguste se encogió de hombros. Desde que Marie había sido nombrada doncella personal, la señorita Jordan vivía con el temor de ser prescindible. Y no dejaba de jactarse de su experiencia y de la confianza que la señora depositaba en ella.

—¿Sabéis lo que ha sucedido? —preguntó, aunque su tono indicaba que ella sí lo sabía.

—¿Alguna muerte? —conjeturó Auguste.

—Es bastante probable.

—¡Lo sabía! ¡Jesús bendito! Pero no habrá sido el señor, ¿verdad?

La señorita Jordan se mostró sombría y misteriosa. Dijo que habían llamado de la fábrica y que la señora había contestado al teléfono.

—Jamás la había visto tan alterada. Estaba pálida como una sábana y tenía las manos apretadas contra el pecho.

—¡Por el amor de Dios! —murmuró Else.

—Maria, vamos, suelta la lengua —la regañó la cocinera—. ¡Que no tengamos que arrancarte las palabras una a una! ¿Quién ha llamado?

—Bueno. Era el señor.

El alivio se extendió en la estancia. Eso significaba que el señor Melzer estaba con vida. Solo Auguste parecía desilusionada.

—¿Y entonces? ¿Qué ha ocurrido para que hubiera esa agitación?

La señorita Jordan fue a servirse una taza de café. Para ello se tomó todo el tiempo del mundo, disfrutando del silencio tenso que reinaba en la cocina.

—El señor le comunicó que ni él ni el señorito iban a venir a almorzar —dijo, y se tomó un sorbo de la bebida caliente.

Se cruzaron las miradas. ¿Acaso la señorita Jordan les estaba tomando el pelo? ¿Por qué iba a alterar a la señora semejante noticia? Eso era algo que sucedía cada día. Maria Jordan comprendió que no podía tensar más la cuerda.

—No pueden venir porque ha habido un terrible accidente en la fábrica. El señorito está en el hospital…

De pronto, a Marie le pareció que el suelo desaparecía bajo sus pies. Paul había tenido un accidente. Paul, con el que se había cruzado unos minutos antes; que, en su turbación, se había mostrado tan atractivo, tan juvenil…

—¿El señorito? ¿Acaso él ha fallecido? —preguntó impávida Auguste.

—Eso nadie lo sabe —respondió sombría la señorita Jordan—. Aunque si lo han llevado al hospital, es que todavía hay esperanza.

—Pues claro, si estuviera muerto lo habrían llevado a la morgue…

—¿Alguien sabe qué ha sucedido?

—Algo horripilante. Lo ha aplastado una máquina.

—¡Jesús, María y José!

—Debe de haberle roto todos los huesos…

—Puede que incluso le haya aplastado el cráneo…

—¿No había dicho yo que sucedería una desgracia? Nadie quiso creerme, pero ha ocurrido.

A Marie le daba vueltas la cabeza. Miraba a unos y a otros, oía sus palabras pero era incapaz de saber quién las pronunciaba. Algo en su interior se negaba a pensar en lo peor, pero al mismo tiempo en su mente aparecían imágenes pavorosas. Vio a Paul, cubierto de sangre y atrapado en una de esas máquinas chirriantes y apisonadoras. Trataba desesperadamente de liberarse empujando el duro metal, que se iba aproximando inexorable a su cuerpo, centímetro a centímetro. No había hombre capaz de mantener alejado a ese monstruo de metal con la fuerza de sus músculos. ¿Por qué nadie lo había ayudado? ¿Dónde estaban los obreros? ¿Y por qué él había sido tan imprudente?

Entretanto, Auguste y Maria Jordan empezaron a rivalizar con conjeturas truculentas; Else aportó su grano de arena relatando la historia de un tío suyo que había sufrido un accidente mortal en una fábrica siderúrgica, y la señora Brunnenmayer apuntó con voz sombría que lo peor de todo era que padre e hijo no se hablaban. Marie no pudo soportar por más tiempo el ambiente de la cocina. Se precipitó por la escalera de servicio, subió al segundo piso y, solo cuando se encontró delante de la habitación de la señorita, se dio cuenta de que se había olvidado del café.

«Cómo puedo permitir que esto me altere así», se dijo. «Puede que no sea ni la mitad de terrible. Tal vez un rasguño, un brazo roto. Nada grave…» Se obligó a calmarse y regresar a la cocina, poner la jarra de café en la bandeja de plata y subirla, tal y como le correspondía. Y ni una palabra a la señorita Katharina, no mientras nadie supiera qué había ocurrido exactamente.

Sin embargo, tras dar unos pasos notó que la desesperación se apoderaba de ella. ¿Por qué se había mantenido tan firme en Nochevieja? ¿Acaso no había anhelado estar cerca de él, hablarle, sentir cómo dirigía su tierna mirada hacia ella? Tal vez incluso estar entre sus brazos. Pero no. Tuvo miedo de perderse a sí misma, de cometer una estupidez que no les traería nada bueno a ninguno de los dos. Y ahora, quizá nunca llegase a saber que ella le…

—¡Kitty! ¡Elisabeth! ¿Dónde estáis?

Marie tuvo que apoyarse contra la pared. El corazón le latía con fuerza. Cielo santo, ¡era su voz!

—Pero bueno, ¿es que todo el mundo se ha vuelto loco en esta casa? —refunfuñó Paul, medio inquieto y medio divertido—. ¿Kitty?

Paul había subido a toda prisa la escalera y su figura asomó en el pasillo como una visión. Marie cerró los ojos.

—¿Marie? ¿Estás bien? ¡Marie!

Marie recobró la compostura, aunque fue incapaz de calmar los violentos latidos de su corazón. Paul estaba sano y salvo. Todo había sido un error.

—Señorito… —susurró.

Su voz dejó entrever un gran alivio, y Paul se le acercó con una sonrisa.

—Dime, ¿estabas preocupada por mí, Marie? ¿Es eso? ¿Por eso estás tan pálida?

—Todos… todos estábamos muy preocupados.

—¿Tú también?

Él ya no sonreía. Se quedó muy serio ante ella, mirándola a los ojos, suplicante y lleno de esperanza. Marie estaba demasiado abrumada para retroceder por prudencia. Habló sin apenas pensar lo que decía.

—Ha llegado el rumor de que se había quedado usted atrapado en una máquina y que estaba en el hospital. Incluso que podía haber muerto —balbuceó—. He tenido tanto miedo de no volver a verlo nunca más…

Él no dijo nada. Se limitó a mirarla. No se atrevió siquiera a levantar la mano para acallarla por temor a destruir ese momento tan feliz. Podría haberle aclarado miles de cosas, pero eso ahora era lo de menos. Lo único que importaba era la dulce expresión de temor en el rostro de Marie, el temblor de su cuerpo, las lágrimas que relucían en sus ojos. Todo aquello era por él, y le decía muchas más cosas de lo que ella habría podido expresar con palabras.

—No hay nada que temer, Marie —murmuró por fin—. A partir de ahora nos veremos todos los días; no voy a regresar a Múnich.

Al oír esa noticia, Marie pareció más asustada que alegre. Pero era normal que reaccionara así. ¿Cómo podía saber que sus sentimientos hacia ella eran sinceros? Y lo eran, tanto que ni siquiera él alcanzaba a comprenderlo.

—Escucha, Marie… —empezó a decir, pero se dio cuenta de que era muy difícil expresar de manera convincente lo que le ocurría—. Hay algo que debo contarte. Sin duda, te parecerá extraño, pero te aseguro que…

En ese instante se abrió una puerta y apareció Kitty, enfundada en su reluciente bata de seda blanca.

—¡Paul! —exclamó—. ¿Has dormido bien? Qué baile tan maravilloso el de ayer, ¿verdad? Por cierto, ¿quién era esa delgaducha del vestido verde con la que bailaste la polca? Cielos, qué fea era. ¿Era rica, por lo menos?

Soltó una carcajada, se lanzó al cuello de su hermano para obligarlo a bailar unos compases de polca en el pasillo y terminó diciendo que bailaba como un peluche trasnochado.

—Paul, querido, pronto se servirá el almuerzo. Deberíamos cambiarnos enseguida o mamá se enfadará. Marie, ¿me acompañas?

Marie había visto a los dos hermanos brincando en el pasillo y reparó en la mirada desvalida de Paul. Un estado de ánimo extrañamente irreal se apoderó de ella, una mezcla de alegría, pesar y esperanza.

—Por supuesto —musitó.

La siguió hasta su habitación y enseguida recobró la compostura.

—Señorita Katharina, ¿va a querer el vestido verde lima de las mangas holgadas? ¿O tal vez el azul oscuro con el cuello marinero en blanco?

Kitty se quedó junto al caballete con la cabeza un poco ladeada, un gesto que hacía a menudo cuando reflexionaba sobre algo.

—Prefiero no llevar cuello marinero —dijo—. Lo mancharía de sopa.

—Entonces, el verde…

—¿Marie?

Marie ya había abierto la puerta del ropero y se volvió hacia Kitty.

—¿Sí, señorita Katharina?

—¿Paul ha intentado seducirte? ¡Dime la verdad!

Marie se dio cuenta de que en el pasillo habían estado muy cerca el uno del otro. Katharina, claro está, había sacado sus propias conclusiones al respecto.

—Su hermano es muy amable conmigo.

Kitty soltó una carcajada. No, dijo, «amable» no era la palabra adecuada. Paul era encantador, un conversador maravilloso, un joven muy natural y tierno. Fiel como nadie. El mejor hermano del mundo.

—Ándate con cuidado, Marie —dijo entonces la señorita con una seriedad repentina—. Hace años sedujo a una de nuestras criadas.

28

Elisabeth no conseguía comprender cómo algunas personas adultas eran capaces de comportarse de un modo tan ridículo. Sobre todo mamá, que siempre exigía que sus hijas se contuvieran y guardaran la compostura. Para Elisabeth, su madre había actuado de forma irreflexiva, y encima ahora pretendía echarle la culpa a papá.

—¡Johann, casi me matas del susto! Cuando has dicho que Paul estaba en el hospital creí que el corazón me dejaba de latir.

Papá, nervioso, recolocó los cubiertos y los platos que tenía delante, a pesar de que la mesa del almuerzo estaba perfectamente dispuesta.

—Lo siento muchísimo, Alicia —dijo con voz acongojada—. Estaba muy nervioso y es cierto que me he expresado mal.

—¡Ni que decir tiene, Johann! Ha sido muy desconsiderado por tu parte. Me echo a temblar solo de pensar que…

Elisabeth ya no podía soportarlo más. Sabía que no era buena idea entrometerse en las discusiones de sus padres, pero le dolía ver la expresión de culpabilidad de su padre.

—Mamá, tal vez deberías haber pedido más explicaciones.

Su madre le dirigió una mirada de reproche.

—No me fue posible. Papá colgó antes de que yo pudiera decir nada.

—Entonces deberías haber vuelto a llamar.

Tal y como esperaba, su madre arremetió con rabia contra ella. ¿Acaso pensaba que su madre no sabía utilizar el teléfono? Llamó repetidas veces a la fábrica, pero nadie respondió.

—No lo entiendo —dijo papá sacudiendo la cabeza.

—Yo tampoco, Johann. Tienes dos secretarias y ninguna es capaz de…

Se interrumpió porque en ese instante Paul y Kitty entraron en el comedor. Paul parecía de muy buen humor; cuando tomó asiento y desplegó su servilleta estaba pletórico. Kitty se volcó en mamá, la abrazó y empezó a decir sus tonterías de siempre. Elisabeth suspiró de forma delicada. Qué emotiva era su hermana. Resultaba casi insoportable.

—¡Pobre mamá! Dios mío, debes de haberlo pasado muy mal. Papá, la verdad es que es imperdonable. ¿Cómo has podido disgustar así a mamá? A veces eres tan tan rudo. Tosco, diría. No te imaginas de qué modo puedes dañar un corazón sensible. Oh, mamá, te comprendo muy bien. ¿Y por qué no me has llamado? Acabo de saber esa historia tan tremenda hace nada, cuando Paul me lo ha contado todo.

Para asombro mayúsculo de Elisabeth, mamá empezó a defender a papá. De pronto, Alicia afirmó que había reaccionado de manera precipitada, irreflexiva, que solo había hecho caso a su corazón y no había pensado en nada más. Le dirigió una sonrisa a papá y luego volvió la mirada hacia Paul. Su hijo sonrió y le aseguró que podía estar tranquila: a fin de cuentas, él estaba ahí, sano y salvo, sentado a la mesa del almuerzo, y además estaba hambriento.

—Por cierto, me sorprende que nadie me pregunte por la chica herida. La pobre tiene trece años y el accidente la marcará de por vida.

Elisabeth no daba crédito: su padre asentía ante las palabras de Paul. También él pensaba que la muchacha era digna de compasión.

—¿Solo tiene trece años? —dijo Kitty, horrorizada.

Desconcertada, retiró la servilleta del plato sopero porque Robert estaba a punto de servir el consomé con huevo cuajado.

—Así es, pobrecita —señaló Alicia—. Johann, ¿cómo es posible que en nuestra fábrica trabajen chicas tan jóvenes? ¿No deberían ir a la escuela?

Papá se excusó. En efecto, tendrían que ir a la escuela hasta los catorce años. Pero si era habitual contratar a muchachas de trece años para el servicio doméstico, ¿por qué no en la fábrica? Esas chicas tenían buena vista, los dedos ágiles, y además eran mañosas y se sentían orgullosas de ganar un sueldo.

—No te creas, papá —lo contradijo Kitty—. Marie me ha contado lo terrible que es trabajar diez horas al día junto a una máquina. El cerebro se embota y los sentidos se abotargan, el cerebro se seca…

—¿Marie te ha contado esas cosas? —intervino Paul—. ¡Dios mío!

En esa exclamación se percibió un grado de compasión desacostumbrado. Elisabeth se preguntó si la predilección de Kitty por Marie ahora también había pasado a Paul.

—Bueno, a ella no le fue mal —afirmó Elisabeth—. Aprendió a usar la máquina de coser y tiene buen ojo para las telas y los colores. En el fondo, debería estar agradecida por ello.

—¡Cómo te atreves a decir algo así, Lisa! —espetó Kitty, indignada—. ¡Qué insensible! ¡Pareces hecha de bronce!

—¡Katharina!

Mamá reprimió la inminente disputa entre hermanas. Durante unos instantes en el comedor reinó el silencio. Paul posó la mano en el brazo de Kitty, un gesto elocuente con el que decía: «Estoy de acuerdo contigo, pero enojarse no sirve de nada». Papá regresó mentalmente a la fábrica. Mamá esperó a que Robert hubiera servido el plato principal para hablar. Había cosas que no se debían tratar delante del servicio.

—No quiero riñas en la mesa. Y menos por causa de una persona del servicio.

—¿Me permites recordarte que fuiste tú, precisamente, la que quiso mantener a toda costa a Marie en casa y que incluso la nombraste doncella personal?

Papá no pudo reprimir ese comentario, pero mamá lo aceptó sin replicar. Elisabeth miró intrigada a Kitty, pero también ella guardó silencio. Fue papá quien tomó de nuevo la palabra.

—Voy a aprovechar esta oportunidad para anunciar algo a la familia. Paul, es algo que te concierne.

Se apartó un poco el plato y se irguió. De pronto, parecía más alto. Paul dejó a un lado los cubiertos y miró a su padre con expectación.

—Hoy he tenido que hacerte varias recriminaciones, Paul. Y ahora no es momento de hablar más del asunto, pero ya sabes que me has dado motivos más que suficientes para estar descontento.

Paul bajó la mirada. Kitty quiso decir algo en su favor, pero su padre no le dio tiempo.

—Sin embargo, me has sorprendido. Es más, me has impresionado profundamente —prosiguió Johann Melzer—. Me has demostrado que eres capaz de tomar decisiones valientes y obrar con determinación. No me cuesta admitir que en esta situación me he visto impotente y que sin tu rápida intervención esa chica no seguiría con vida.

Todos estaban inmóviles. Eran escasas las ocasiones en las que Johann Melzer se dirigía con tanta seriedad a la familia; además, nunca había admitido una debilidad de forma tan abierta. Alicia lo miraba boquiabierta, como si no alcanzara a comprender lo que acababa de oír. Pero hubo más.

—Estoy orgulloso de ti, hijo mío —dijo Johann Melzer—. Y me alegro mucho de poder decirlo de corazón.

Elisabeth tenía la impresión de estar asistiendo a una obra

de teatro. ¿Ese era papá? ¿El que siempre estaba descontento con Paul, el que se quejaba continuamente de él? En ese instante incluso había levantado la copa e hizo un brindis por Paul, que tomó su copa de vino y lo acompañó.

—Harás que me ruborice, papá. Solo he hecho lo que tenía que hacer.

—¡Eso es lo que espero de mi hijo!

Poco a poco mamá volvió en sí, mirando incrédula a uno y a otro. Luego posó los dedos en la mano de papá y le preguntó en voz baja, casi trémula:

—¿Significa esto que vuestras diferencias...?

—¡Ya está todo olvidado, Alicia! —afirmó papá—. A partir de ahora, Paul vendrá a la fábrica para formarse y conocer todos los procesos y departamentos, asistirá a todas las negociaciones y así aprenderá mi trabajo.

Elisabeth deseó para sus adentros que aquello saliera bien. Kitty, inocente como era, celebró con júbilo la noticia y dijo que papá debería haber tomado esa decisión hacía mucho tiempo. Mamá, por su parte, tuvo que sacarse el pañuelo de la manga y secarse las lágrimas de felicidad.

—¡Oh, Johann! —balbuceó—. No podrías hacerme más feliz. ¡Si supieras cómo me ha hecho sufrir esa desavenencia!

Aquel estaba siendo un día extraordinario. Incluso Elisabeth se contagió del ambiente general y tuvo que contener alguna lágrima. Cuando Robert entró para despejar la mesa y servir el postre, vio a la familia tan emocionada que se quedó junto a la puerta por prudencia.

—Mamá —susurró Elisabeth, cada vez más incómoda con la escena—, Robert quiere servir el postre.

Alicia hizo una señal al lacayo para que prosiguiera y se reclinó en su asiento. Aquel era un gesto desacostumbrado en ella, ya que le habían enseñado a sentarse recta y no apoyar jamás la espalda. Pero aquel era un día especial, uno de esos que no se daban con frecuencia. Empezó de forma atroz y había pasado a ser un día feliz. Contempló pensativa a Robert, que recogía con la habilidad de siempre los platos sucios y servía de forma ágil y precisa el postre: pera en conserva con crema al brandy.

—A mí también me gustaría comunicaros una decisión que he tomado —dijo Alicia cuando Robert hubo abandonado la estancia—. Se trata de Auguste.

—¿Auguste? ¿Qué le pasa? —inquirió papá.

Balanceó la cucharita del postre en la mano, un gesto que hacía siempre que los postres eran de su gusto. Kitty levantó la mirada hacia el techo y mamá sonrió de forma apacible. Paul ocultó su rostro sonriente detrás de la copa de vino. Elisabeth fue la única que se esforzó por guardar la compostura. Papá, cómo no, no había reparado en que Auguste estaba encinta. En honor a su padre, había que decir que Johann Melzer jamás se había sentido interesado por el personal femenino de la casa.

—La pobre Auguste va a tener un hijo. Es de Robert, y él no quiere casarse con ella.

Con esas palabras Alicia resumió la situación. Siguió diciendo que lo habitual era despedir a una criada que hubiera tenido un desliz como ese. Nadie podría recriminarles nada. Sin embargo, tras consultarlo con la señorita Schmalzler había sentido algunos remordimientos. Sobre todo porque Auguste aseguraba que su familia jamás volvería a aceptarla. La madre de la chica se había vuelto a casar y ya tenía suficientes bocas que alimentar.

—Es una lástima que Robert se comporte de ese modo tan inmaduro porque ambos, tanto Auguste como él, son empleados de confianza y muy leales. Si él se casara con Auguste, podrían irse a vivir a una casita del parque y seguir trabajando para nosotros.

Johann Melzer preguntó asombrado por qué motivo Robert no quería casarse.

—Es algo que nadie entiende, papá —dijo Elisabeth—. Quiere conservar su libertad.

Su madre le dirigió una mirada de advertencia y ella, ofendida, se calló. ¿Qué se creía su madre? ¿Que iba a contarle a papá de quién estaba perdidamente enamorado Robert? Antes se dejaría arrancar la lengua.

—Puede que el niño no sea suyo —insistió el padre—. Quién sabe la vida que lleva esta... ¿Auguste? Tal vez tiene otros amantes.

Alicia frunció el ceño. En su opinión, ese comentario era demasiado explícito. Sobre todo porque sus dos hijas estaban sentadas a la mesa.

—La señorita Schmalzler me ha asegurado que Auguste tuvo una... relación con Robert —explicó a media voz inclinándose hacia su marido—. Según parece, duró algunas semanas y todo el servicio lo sabía. Por eso es casi seguro que Robert es el padre.

—Si ese es el caso...

Papá dejó de preguntar y dirigió su atención al postre. En todas las cuestiones referentes a la gestión doméstica y al servicio, Alicia siempre tenía la última palabra.

—Queridos —dijo Alicia mirando a Paul, a quien Elisabeth le acababa de pasar el postre con gran pesar—, hoy Nuestro Señor me ha bendecido con muchas bondades por las que me siento inmensamente agradecida. Por eso yo también quiero ser bondadosa y clemente con las personas a mi cargo.

«Oh, no», pensó Elisabeth. Ella confiaba en que Auguste sería despedida.

—Voy a comunicar a Auguste que puede quedarse. Ya encontraremos una solución para su hijo. Tal vez cuando nazca, Robert cambie de opinión.

Alicia se volvió con una sonrisa hacia su marido, que se limitó a encogerse de hombros y asentir.

—¿Te parece bien dar este ejemplo? —objetó Elisabeth—. Eso podría dar pie a que otros miembros del servicio abusen de tu generosidad.

—¿Y quién iba a hacerlo? —dijo Kitty con una sonora carcajada—. ¿La señorita Jordan, tal vez? ¿O quizá la señorita Schmalzler? Ah, sí, claro, tú pensabas en la señora Brunnenmayer, hermanita. Pero no me la imagino trayendo a esta casa a un hijo ilegítimo…

—¡Katharina! ¿Qué modo de hablar es ese? —intervino la madre.

—No, la señora Brunnenmayer, no —repuso Elisabeth enfadada—. Pero ¿qué hay de Marie? Incluso nuestros invitados no le quitan el ojo de encima. Tanto los viejos como los jóvenes. Sería fácil que algo así ocurriera.

Kitty iba a responder algo, pero Paul se le adelantó.

—Lisa, mucho cuidado con lo que dices —le advirtió en un tono extrañamente molesto—. Marie es demasiado lista para caer en algo así.

—Tienes toda la razón, Paul —corroboró Kitty mirando a su hermano de forma significativa—. Marie tiene su propio concepto del amor. Para ser precisos: tiene una opinión bastante negativa. Y, en su situación, seguramente es lo mejor.

—A mí también me parece que Marie no cometería un error así —intervino mamá—. Pediré a la señorita Schmalzler que notifique a Auguste mi decisión. Oh, vaya, creo que me gustará volver a oír risas de niños en esta casa.

Elisabeth abrió los ojos con sorpresa. Era evidente que Kitty había heredado su lado sentimental de mamá.

29

—¿Hanna Weber? Un momento, por favor.

La monja con la toca alada blanca leyó la lista de arriba abajo ayudándose del dedo índice; luego se recolocó las lentes sin montura que llevaba en la punta de la nariz y miró a los dos caballeros. Su aspecto era ciertamente el de unos buenos católicos.

—La traje aquí anteayer —explicó Paul—. La niña sufrió un accidente. Una máquina la aplastó.

—Anteayer en recepción estaba la hermana Benedicta. ¿Hanna Weber es protestante?

Paul inquirió a su padre con la mirada, pero este se encogió de hombros. En su fábrica había cientos de trabajadores, ¿cómo saber la confesión de cada uno?

—¿Y si así fuera?

—En ese caso, la paciente estaría en el ala oeste del hospital, que es donde se aloja a los protestantes.

—¡Santo Dios!

La monja de las Hijas de la Caridad dirigió una sonrisa al caballero bien vestido y de cejas pobladas y volvió a sentarse para indicar que, por desgracia, ella no podía hacer nada más.

—Vamos a preguntar allí, padre.

Atravesaron a paso rápido el vestíbulo de la entrada del hospital y se encontraron con otra mujer en la recepción del ala oeste, en una pequeña estancia resguardada con un cristal. La mujer, en lugar de llevar esa gran toca alada de aspecto medieval, lucía una cofia blanca sencilla, similar a un gorro de dormir arrugado, atada debajo de la barbilla. Era el tocado propio de las diaconisas.

—¿Hanna Weber? Sí, claro, la chica de la fábrica. Un momento, por favor…

De nuevo tuvieron que esperar; de nuevo el dedo de la mujer se deslizó verticalmente sobre una lista de nombres. Si el de Hanna Weber tampoco estaba anotado ahí, solo podría significar una cosa: que la pequeña había fallecido. Paul notó la tensión de su padre, y su alivio cuando la diaconisa levantó los ojos hacia ellos y anunció:

—Habitación número diecisiete. Pero solo diez minutos. Cojan el ascensor. Segunda planta, a la derecha junto a la capilla.

Compartieron el ascensor con dos damas, que eran claramente madre e hija, y un caballero entrado en años que hablaba entre dientes con gesto de disgusto. La hija llevaba un vestido que obedecía a la moda; Paul le dedicó una mirada de curiosidad ya que la muchacha no llevaba corsé. En todo caso, tampoco había nada que encorsetar porque era tan lisa como un muchacho.

—Habitación diecisiete. Por aquí, padre.

Johann Melzer se sacó el pañuelo y se lo pasó por la frente. El olor a desinfectante, a formalina y a otros fluidos desagradables le provocaba un gran malestar. Y más aún el recuerdo de una visita realizada meses atrás, que lo había afectado mucho y le había removido la conciencia. Con consecuencias terribles.

En el dormitorio había diez camas; la pequeña Hanna reposaba en el lado de la pared, entre dos mujeres mayores. En el lado de las ventanas, donde el ambiente era algo más iluminado y agradable, una mujer oronda envuelta en una bata rosa estaba sentada sobre la cama hablando con un hombre enjuto y de aspecto avejentado, seguramente su marido.

Paul saludó con la cabeza y se dirigió hacia la cama de la chica. Estaba despierta y miraba asombrada a esos dos señores desconocidos con sus ojos marrones muy abiertos. Tenía los brazos escayolados y el pecho envuelto en vendas blancas; también le habían vendado la cabeza.

—Hola, Hanna, ¿te acuerdas de mí? —la abordó Paul—. Soy Paul Melzer. Anteayer te traje aquí, al hospital. Pero me parece que entonces tú dormías profundamente, ¿puede ser?

¿Entendería lo que le decía? Durante un rato solo lo miraba fijamente; luego entrecerró los ojos y movió los labios. Su voz era tan débil que solo se la podía entender acercándose mucho a ella. Por otra parte, la gorda de la bata rosa no dejaba de parlotear.

—No... sé.

Paul le sonrió. Gracias a Dios, la chica podía hablar. ¿Era consciente de lo que había ocurrido? Pero ahora era mejor no preguntarle por eso.

—¿Te duele algo?

Ella quiso sacudir la cabeza, pero no pudo porque el vendaje se lo impidió.

—Es... toy... bien —musitó.

—Te recuperarás —dijo Paul—. Nosotros nos encargamos de ti, Hanna. Pronto estarás bien y podrás ir a la escuela.

Ella necesitó un rato para comprender lo que ese joven caballero le había dicho. Luego hizo una mueca para dibujar una breve sonrisa.

—Los chicos... van... a... escuela. Erna y yo... vamos... a la... fábrica... con mamá.

Paul comprendió. Había oído decir que las familias con muchos hijos enviaban a las niñas a trabajar antes de tiempo a la fábrica para que al menos los niños pudieran acudir a la escuela.

—Bueno, ahora lo primero es que te recuperes y te pongas bien.

—Sí —respondió ella, sumisa.

Luego cerró los ojos. Esa breve conversación parecía haberla agotado. Paul se irguió y miró a su padre inquiriéndole con la mirada. Este volvió a secarse el sudor de la frente con el pañuelo.

—Vayámonos —dijo Johann Melzer—. No debemos cansarla mucho, sigue estando muy débil.

Ya en el pasillo, se toparon con uno de los médicos. Johann Melzer le preguntó por el estado de la chica y si sobreviviría, si podría volver a utilizar los brazos, si tenía heridas internas. El joven médico dijo que había que esperar. La paciente era joven y tenía toda la vida por delante.

—Que no le falte de nada —dijo Johann Melzer con voz ronca—. Yo correré con todos los gastos.

El médico sonrió. Como ya sabía el señor Melzer, en el hospital se haría todo lo posible por la paciente. Esta vez, afirmó, también conseguirían salvar a su protegida. A continuación, inclinó ligeramente la cabeza, les deseó un buen día y se marchó.

—¿También? —repitió Paul con sorpresa—. ¿Qué ha querido decir con eso, padre?

Johann Melzer vaciló al responder. Aunque no le había gustado ni un ápice esa insinuación tan necia del médico, ya estaba hecha y él no quería mentir a su hijo. Más pronto o más tarde acabaría sabiéndolo.

—Hace medio año Marie estuvo ingresada aquí. Una hemorragia. De hecho, estuvo en el mismo dormitorio que la pequeña Hanna.

Paul se detuvo ante las puertas abiertas del ascensor.

—¿Marie? ¿Te refieres a Marie, la doncella?

—¿A quién si no?

Ahora fue Johann Melzer el sorprendido. No había contado con que su hijo mostrase tanto interés por la cuestión.

—¿Una hemorragia? ¿Fue acaso por una tuberculosis incipiente?

Tranquilizó a su hijo y le pidió que entrara en el ascensor. No. Por fortuna no fue una enfermedad pulmonar. Fue más bien un sobreesfuerzo. La chica era de constitución delicada y, según le había explicado el médico, no estaba preparada para las duras condiciones del trabajo de la fábrica. Había estado medio año como cosedora en la fábrica Steyermann y no lo había hecho nada mal. Pero por lo visto decidió marcharse y al poco tiempo enfermó.

—¿Y dónde permaneció mientras estaba enferma? ¿No sería en la ciudad baja?

Johann Melzer confiaba en que saldría del atolladero con una breve explicación, pero Paul empezó a acribillarlo a preguntas. Entonces se planteó a qué venía tanto interés por el pasado de Marie. Lo cierto es que la muchacha era una belleza. Se parecía mucho a su madre. La idea de que a Paul le pudiera gustar Marie le causó cierta inquietud.

—¿En la ciudad baja? ¡Para nada! Estaba en el orfanato de las Siete Mártires, que es donde se crio.

El ascensor se detuvo con una sacudida; a través de la ventana de cristal se veía a varios visitantes que querían subir. Contento de haberse librado por fin de aquel interrogatorio, Johann Melzer abrió con fuerza la puerta. Pero Paul no estaba dispuesto a abandonar esa charla.

—¿Y por qué el médico ha llamado «protegida» a Marie?

Esa era, de todas, la pregunta que más se temía. Ahora la cuestión era encontrar una respuesta satisfactoria sin admitir toda la incómoda verdad.

—Me he ocupado un poco de ella porque yo conocía a su padre. Era un buen trabajador.

En el vestíbulo coincidieron con unas señoras de la sociedad de beneficencia de Alicia que, por pura caridad, iban a hacer compañía a los pacientes del ala católica del hospital que estaban solos para darles consuelo, pastas y una Biblia. Se saludaron. Las señoras parecían muy bien informadas sobre el accidente y les dedicaron algunas palabras compasivas. Ya en la calle, frente al hospital, Johann Melzer se llenó los pulmones del aire fresco de la mañana. Al instante siguiente, volvía a ser el estricto señor director.

—¡Ahora debemos apresurarnos! —dijo haciendo señas a Robert, que los esperaba dentro del automóvil—. A las diez, el abogado. A las once, los franceses.

—Oh, ¿esos apasionados de la seda de Lyon?

—Podría ser un buen negocio —gruñó su padre—, si no se desata ninguna guerra.

Paul se echó a reír. De un tiempo a esta parte, su padre no dejaba de hablar de la guerra. Menuda tontería. Tal vez en los Balcanes, donde los pueblos se peleaban entre sí. A fin de cuentas, el emperador alemán era nieto de la reina Victoria de Inglaterra y las relaciones con el zar eran buenas. Por otra parte, los franceses ya habían recibido su merecido entre 1870 y 1871.

—Voy luego, padre —exclamó en tono alegre mientras Johann Melzer entraba en el coche—. Tengo que ir un momento a la tienda de guantes. Mamá me ha pedido unos de piel de cabritilla porque los necesita para la ópera de esta noche.

—¡Por todos los santos! —gruñó el padre, contrariado—. Procura darte prisa. Quiero que estés presente en la entrevista con el abogado.

—¡Por supuesto!

Se encontraban en un arrabal de la ciudad conocido como Jakober; desde ahí, el centro de la ciudad no estaba muy lejos. Paul decidió hacer el camino a pie. Se colocó el sombrero y salió a buen paso de la zona del hospital en dirección a las calles y callejuelas comerciales del centro. Augsburgo estaba orgullosa del edificio alargado de ladrillo que albergaba el hospital, una construcción imponente de varias plantas con ventanas de arco, concebida a mediados del siglo anterior por el arquitecto Gollwitzer. Aun así, ¿a quién le gustaba estar en un hospital?

Mientras tomaba la cuesta y luego entraba en la Barfüsserstrasse Paul repasó mentalmente lo que su padre le había contado sobre Marie. Una hemorragia. ¡Santo Dios! Aunque él no era médico, sabía que eso podía tener consecuencias fatales. Por fortuna, lo había superado. ¡Qué fuerte era esa criatura si había trabajado en la cocina mientras se recuperaba de algo así! Aunque desconocía cuáles eran las tareas de una ayudante de cocina, sí sabía que cargaba con la leña y encendía todas las estufas de la casa. Era el escalafón más bajo del servicio y tenía que encargarse de todo cuanto resultaba penoso o desagradable para los otros.

¿Por qué nadie se había ocupado de cuidarla un poco? A fin de cuentas, su padre era consciente de que se estaba recuperando de una grave enfermedad. Aunque puede que lo hicieran; él no podía saberlo porque aún estaba en Múnich. Era bueno que ahora Marie fuera doncella personal y que Kitty fuera su valedora.

La marcha le había hecho sudar y tuvo que aflojar el ritmo. Para ser enero, ese día era especialmente cálido: el cielo estaba cubierto y la parte alta de la torre Perlach, la torre vigía de la ciudad, se vislumbraba entre los tejados rodeada de neblina. Al otro lado de la calle vislumbró la pequeña tienda de Ernstine Sauerbier, con sus dos grandes escaparates flanqueados por unas columnas verdes postizas que terminaban en unas delicadas flores entrelazadas. Por alguna extraña razón, mamá solo compraba sus guantes ahí; puede que fuese porque la dueña también restauraba los guantes que se estropeaban.

Se detuvo ante el escaparate y echó un vistazo al género. Había guantes para manos femeninas delicadas, tejidos y de encaje; los había que cubrían el brazo hasta el codo, muy finos y transparentes; otros que dejaban los dedos a la vista, y también había guantes de piel blanca de cabritilla, que se ajustaban como una segunda piel. Ahora sabía que un par de esos guantes costaba lo que ganaba una trabajadora durante todo un año. Recordó las manos de Marie, menudas y bonitas, que sin duda jamás habían estado cubiertas por unos guantes como esos. Había crecido sin padres en un orfanato; había sufrido muchas penalidades y, sin embargo, era valiente y segura. ¿No era acaso cien veces más digna de admiración que las jovencitas de «buena cuna» que no tenían otra cosa en la cabeza que ropa bonita, paseos y hacer bordados superfluos?

—¿Señor Melzer? Qué agradable sorpresa encontrarlo aquí. ¿Le interesan los guantes de señora?

Ese leve acento francés delató a su interlocutor antes de volverse hacia él. Monsieur Gérard Duchamps estaba de vuelta en Augsburgo, donde la empresa de su padre había abierto una delegación.

—Señor Duchamps, encantado de saludarlo —respondió él sin un afecto sincero—. No. No soy un aficionado de los accesorios femeninos. Estoy aquí porque mi madre me ha hecho un encargo.

—En ese caso, está usted en una situación similar a la mía —comentó Duchamps con una sonrisa de satisfacción—. Me disponía a comprar un regalo para mi señora madre y mi hermana. En casa aprecian mucho la delicada piel de cabritilla de aquí. En cambio, los comerciantes de Augsburgo cada vez muestran más interés por la seda de Lyon. Espero de veras que más tarde podamos llegar a un acuerdo positivo.

Por supuesto. Los comerciantes franceses. En realidad, debería habérselo figurado. En fin, si eran capaces de suministrar buen género a buen precio, a él le parecía bien. Habían empezado a estampar en seda y estaban teniendo muy buena acogida entre la clientela. A pesar de que la seda de ultramar era mucho más barata que la francesa, su transporte encarecía extraordinariamente el negocio.

—¿Por qué no? A fin de cuentas, el interés es mutuo, ¿verdad?

Duchamps asintió y se quedó mirando los guantes de encaje con aire meditabundo. De nuevo Paul se dijo que ese francés no le acababa de gustar. ¿Cómo era posible que las mujeres cayeran rendidas a sus pies? ¿Acaso era atractivo? En absoluto. Gérard Duchamps era de estatura mediana y tenía unos ademanes seguros, casi ágiles, aunque Paul estaba convencido de que no era un deportista. Tenía la nariz fina, pero a él le parecía demasiado afilada; sus ojos eran negros como los de los gitanos y tenía unos labios sensuales. Tal vez fuese eso lo que atraía a las mujeres. Aunque también su habilidad para aportar en cada tema un punto de vista desacostumbrado. Aquel rompecorazones podía resultar una persona fascinante y Paul tenía que admitir que no decía cosas sin sentido; lo que afirmaba tenía solidez.

—Encantado de haberlo visto —dijo Paul por educación, aunque en realidad no fuera cierto—. Luego nos vemos.

Hizo el ademán de tocarse el sombrero para despedirse y cumplir con el recado, pero Duchamps no estaba dispuesto a dejarlo marchar.

—Disculpe, tengo que hacerle una pregunta.

Paul no tuvo más remedio que detenerse y sonreír. ¿Qué estaba pasando? ¿Por qué el francés tenía esa expresión tan seria, como si se tratara de una cuestión de vida o muerte?

—Es una pregunta muy personal —dijo Duchamps—. Y se la hago porque confío en que usted me dirá la verdad.

No cabía duda de que Gérard Duchamps podía ser convincente. Al instante, Paul había sentido cierta simpatía por él y el deseo de responder a la confianza depositada.

—Si está en mi mano, lo haré encantado.

Un grupo de jóvenes damas se arremolinó delante del escaparate y Duchamps, que siempre atraía toda suerte de miradas, entró con Paul en un callejón lateral.

—Mi pregunta tiene que ver con su hermana.

—¿Cuál de ellas?

—Con la señorita Katharina.

Cómo no. Cualquier otra cosa habría asombrado a Paul.

Parecía condenado a dar constantemente información sobre su encantadora hermana.

—Estos asuntos me disgustan, señor Duchamps —dijo para negarse—. Sería mejor que para estas cuestiones se dirigiera a mi hermana o, mejor aún, a mis padres.

—Hace tiempo que su hermana y yo nos hemos puesto de acuerdo, señor Melzer.

Paul lo miró fijamente, incapaz de creerlo. ¿Era posible que ese Casanova francés hubiera conquistado el corazón de Kitty? ¿O aquello no era más que una bravuconada?

—Mi pregunta es la siguiente: ¿estaría su familia dispuesta a aceptar como yerno a un francés? Compréndame: yo amo a su hermana y para mí es muy serio. Quiero casarme con Katharina.

Paul tuvo que tomar aire. Ese hombre quería casarse con Kitty y, si no lo había engañado, Kitty había accedido a su proposición. Pero, por lo visto, también le había dicho que había un problema.

—¿Quiere usted conocer mi opinión? —dijo Paul para ganar tiempo.

Duchamps asintió. Su mirada penetrante incomodó a Paul. Ese hombre estaba enamorado, ¿quién podía reprochárselo? Se casaría con Kitty y se la llevaría a Lyon. La villa sin Kitty. Su dormitorio vacío. Nada de charlas alegres por la noche, ni carcajadas sonoras ni ocurrencias alocadas. Tampoco las pequeñas confidencias que compartían entre ellos. ¡Maldita sea, no quería desprenderse de su hermana!

—Si ha hablado usted con ella, le habrá dicho que todavía hoy nuestra madre lamenta la muerte temprana de su hermano mayor, que cayó en la guerra franco-prusiana cuando ella era una niña.

Duchamps estaba al corriente. Sin duda, había sido una terrible pérdida. Pero, en cualquier caso, había habido víctimas en ambos frentes, y aquel familiar no había muerto a causa de una bala francesa sino de un modo banal, por una herida sin importancia que derivó en una intoxicación de la sangre.

—Tiene usted razón. Coincido con usted. Pero en este aspecto mi madre se muestra obstinada. Así pues, en caso de que quiera usted pedir la mano de mi hermana deberá contar con que no se la concedan.

Estaba diciendo la verdad; en este sentido, no se le podía recriminar nada. Al contrario, por educación no había dicho que mamá sentía un odio tremendo hacia Francia, el enemigo histórico, y hacia todos los franceses. Incluso había llegado a echar pestes contra el champán, una bebida consumida de muy buen grado en la villa, y había intentado sustituirlo con un espumoso de Crimea. Sin embargo, aquel brebaje resultó ser excesivamente dulce y daba dolor de cabeza por lo que, de mala gana, había tenido que volver al champán.

—Si quiere casarse con Kitty, va a tener que perseverar mucho —añadió, conmovido ante el rostro angustiado de su interlocutor.

Duchamps le dio las gracias y dijo que ya se había figurado algo así.

—Monsieur Melzer, le ruego que olvide que hemos tenido esta conversación.

Se tocó el sombrero con la mano y dirigió una sonrisa a Paul antes de darse la vuelta y marcharse.

¿No pretendía comprar unos guantes? Tal vez fuese solo una excusa. Paul sintió un leve remordimiento, sobre todo por Kitty. De todos modos, se dijo, su hermana merecía un marido mucho mejor que aquel Casanova francés.

30

El frío que subía desde las losas de piedra sobre las que descansaban los bancos de la iglesia había hecho mella en Marie. A pesar del abrigo y los botines de piel estaba aterida de frío y solo quería que la misa acabara de una vez. Al mismo tiempo, la avergonzó pensar eso. ¿Acaso las tres ancianas sentadas en el banco de delante no estaban peor protegidas del frío que ella? En cambio, seguían el oficio con devoción, se arrodillaban en el momento oportuno, cantaban con voz firme, aunque rota, y pronunciaban las oraciones en latín sin cometer ningún error.

El oficio matutino de la iglesia de San Maximiliano había empezado a las seis; en la calle todavía estaba oscuro y solo las lámparas de arco y el alumbrado eléctrico de algunas tiendas iluminaban la penumbra. Marie había caminado media hora para llegar a tiempo a la misa y esperaba de corazón regresar al tercer piso de la villa sin ser vista. No había dicho nada a nadie de aquella inusual visita a la iglesia porque todos habrían hecho sus propias cábalas sobre qué estaría haciendo allí a esas horas de la mañana. Que si posiblemente se trataba de un pecado que debía confesar. O de un problema de conciencia. ¿Tal vez se encontraba ahí con su amante? Auguste, en especial, tenía una imaginación muy viva a la hora de extender rumores.

El humo de incienso atravesó la nave de paredes encaladas hasta llegar a los bancos del final. Marie intentó contener la respiración porque ese olor le resultaba muy desagradable. Los feligreses se arrodillaron y se pasó a administrar la sagrada comunión. Uno de los tres monaguillos, con cara adormilada, hizo sonar la campana de altar y Marie vislumbró al padre Leutwien tomando la hostia y bebiendo del cáliz dorado decorado con grabados. En ese momento, sintió cierto malestar: tal vez fuera por culpa del incienso, o porque aún no había comido. O tal vez por la idea de que años atrás aquel hombre había administrado la extremaunción a su madre.

Se sobrepuso y se alegró cuando escuchó la bendición y la pieza de órgano que señalaba el final de la misa. El sacerdote y los monaguillos se dirigieron hacia la sacristía, y los devotos feligreses —en su mayoría mujeres de avanzada edad— se levantaron, se arrebujaron en sus abrigos y mantones, y se recolocaron las prendas que les cubrían la cabeza. En la calle soplaba un viento gélido que arrastraba consigo pequeños copos de nieve. El camino de vuelta a la mansión no iba a ser agradable.

Marie esperó a que los bancos se desocuparan; luego se acercó al altar, se santiguó rápidamente frente a la Virgen María y se apresuró hacia la izquierda, por donde el sacerdote y los monaguillos se habían marchado. Detrás de ella, la sacristana, una mujer obesa que respiraba con dificultad, recorría los bancos recogiendo los libros de cánticos olvidados y los colocaba en el mueble de madera previsto para ello.

Por suerte, Marie encontró al padre Leutwien cuando este estaba a punto de abandonar la iglesia por la salida de la sacristía. Al oír que alguien lo llamaba en voz queda, él se volvió y la miró con el ceño fruncido. No podía ver gran cosa porque ya había apagado la lámpara y la sacristana acababa de soplar las velas del altar. En cualquier caso, aquella jovencita tan bien vestida nunca había asistido al oficio de primera hora de la mañana.

—¿Qué se le ofrece?

—Me gustaría encargar una misa de difuntos, padre.

De primeras, él pensó que quería confesarse. De vez en cuando las jóvenes de otros pueblos iban a confesarse allí para no tener que hacerlo con el sacerdote de la propia parroquia. Aunque una misa de difuntos tampoco era nada inusual.

—¿En memoria de quién?

—De mi madre. Se llamaba Luise Hofgartner y murió hará dieciséis años en la ciudad baja.

¿Se acordaría? Marie observó con interés al cura, que retrocedió unos pasos al interior de la sacristía para encender la lámpara de gas que había sobre la mesa.

—¿Eres Marie Hofgartner?

—Sí, padre.

Él le hizo una señal para que se acercara, se quitó las gafas y la contempló de arriba abajo con asombro.

—Pero ¡qué elegante vas, Marie! Casi no te había reconocido.

—Entonces, ¿se acuerda de mí?

—¡Por supuesto! Te vi muchas veces en el orfanato. Ahora trabajas en la villa de los Melzer, ¿verdad? Eres la ayudante de cocina, ¿no es así?

—Soy doncella personal.

Él la miró con extrañeza, volvió a colocarse las gafas y pareció no terminar de creerse que fuera cierto. Ningún miembro del servicio pasaba tan pronto de ayudante de cocina a doncella personal.

—Así que doncella... Vaya, qué rápido. Antes de Navidad aún eras ayudante de cocina y...

Marie no tenía ganas de tratar de ese asunto con él. De todos modos, parecía estar muy al corriente de su vida. ¿Cómo era posible?

—No sé lo que cuesta una misa de difuntos —dijo con cautela—. Tengo veinte marcos ahorrados. ¿Bastará?

Él asintió y le preguntó para cuándo quería encargar esa misa. ¿Tenía interés en alguna lectura en particular? ¿No? En tal caso, si a ella le parecía bien, sería el domingo próximo, después de la misa mayor.

Marie estuvo de acuerdo y él se puso a contar los marcos y las monedas sobre la mesa. Era curioso que ese sacerdote, antes tan solemne con su casulla de oro, ahora le resultara tan gris e insignificante mientras contaba las monedas sentado frente a ella. Hizo acopio de valor.

—Usted conoció a mi madre, ¿verdad?

Él alzó la cabeza de su libreta de notas y se quitó las gafas. Ahora sus ojos eran muy grandes y su mirada, intensa.

—Sí, la conocí.

—¿Y qué aspecto tenía?

Aquella pregunta le pareció tan cándida como conmovedora. Sin duda, tuvo que haber fotografías de su madre, o incluso dibujos que ella hizo de sí misma, pero por lo visto todo se había perdido.

—Se te parecía mucho. Tenía el cabello oscuro, como el tuyo, y sus ojos eran de un color marrón intenso. Tal vez era un poco más alta que tú. Era artista. Pintaba cuadros y hacía esculturas. No sé si sabes qué es eso…

Marie asintió. Claro que sabía lo que era una escultura.

—Por ejemplo, la cabeza inacabada de una muchacha —dijo ella con intención—. Solo la cara estaba trabajada; el pelo y los hombros no…

Él no dijo nada y clavó la vista al frente. ¿Estaría recordando? ¿Intentaba acordarse de esa escultura? Tenía que haberla visto en aquel tiempo. Aunque tal vez no reparara en todos los detalles de esa pequeña habitación.

—¿Cómo sabes esas cosas? —espetó por fin.

Ocultó los ojos tras los gruesos cristales de sus gafas y resultaba imposible saber si estaba enfadado o sorprendido. El corazón de Marie latía con fuerza.

—He visto la habitación en la que murió mi madre. Está en la ciudad baja.

Hizo una pausa por si él tenía algo que añadir, pero el cura guardó silencio.

—Sé que contrajo algunas deudas y que el señor Melzer se llevó todos los muebles de su habitación.

—¿Cómo sabes eso? ¿Quién te lo ha contado?

—La señora Deubel. También me dijo que mi madre tenía la culpa de su desgracia porque había comprado a fiado y sin pensar.

Por fin el sacerdote recobró el movimiento. Inspiró y exhaló profundamente y luego sacudió la cabeza.

—No, Marie. Eso no es cierto. Tu madre era una persona especial. Para ella el dinero no significaba gran cosa.

Marie sonrió aliviada. Era bueno oír cómo el padre Leutwien protegía a su madre. Le gustó saber que no daba importancia al dinero.

—Ese busto de mármol y las otras piezas de madera las hizo ella, ¿verdad? Quiero decir, las cosas que aún están en esa habitación.

El sacerdote reflexionó un momento y luego asintió. Sí, recordaba sobre todo el busto de mármol porque trabajó en él hasta el final.

—Puede que pidiera dinero prestado a los Deubel y a cambio les regalara la pieza.

Aquello tenía sentido. Lástima que la anciana señora Deubel no estuviera dispuesta a darle nada.

—Me gustaría tanto tener algo que perteneció a mi madre. Algo que hubieran tocado sus manos, que me uniera a ella —dijo con pesar—. Pero no queda nada.

Hizo una pausa porque no sabía si él iba a añadir algo. Pero el padre Leutwien permaneció en silencio. ¿Acaso quería poner fin a la conversación? ¿Es que no tenía nada que decir, o no quería decir nada más? ¿También él temía al señor

Melzer? Pero eso era imposible. Era un sacerdote, un hombre de la Iglesia. ¿Quién le iba a perjudicar?

Este cerró su cuaderno de notas y se puso de pie. Se acercó sin decir nada a un armario oscuro de madera de roble y sacó un abrigo y un sombrero que desprendían un fuerte olor a alcanfor.

—¿Cuántos años tienes, Marie? —preguntó mientras se ponía el abrigo.

—Dieciocho. Casi diecinueve.

Se puso el sombrero y cogió un manojo de llaves de un gancho de la pared.

—Acompáñame a la rectoría. Quiero contarte lo que sé de tu madre.

Ella, asombrada, lo siguió. Subió los desgastados escalones de piedra que llevaban a la puerta de salida y aguardó obediente bajo la ventisca a que él cerrara la puerta por fuera. Anduvieron por la nieve recién caída que crujía a sus pasos en la oscuridad. La rectoría estaba delante de la iglesia; procedente del pasillo percibieron un olor muy intenso, característico de la lumbre recién encendida. El ama de llaves del padre Leutwien se disponía a preparar el desayuno.

—Entra, por favor.

El cura abrió la puerta y se adelantó para encender la luz. ¡Qué maravilla! En esa casa tan destartalada había luz eléctrica. Vio varias librerías parecidas a las de la biblioteca de la villa; aunque carecían de tantos adornos labrados, estaban repletas de libros de gran tamaño. Había un escritorio de madera de color rojizo cubierto de papeles y pilas de libros. Y también en el suelo el saber estaba amontonado y había que ir con cuidado para no darse con una de esas montañas de papel. Sobre la repisa de la chimenea reposaban una cruz de madera y una pequeña estatua de la Virgen María, una mujer joven y hermosa con el Niño en brazos.

—Siéntate ahí, Marie.

Él retiró de la silla una carpeta llena de pergaminos para que ella pudiera sentarse; luego se quitó el abrigo, empapado por la nieve, y el sombrero. Llevó con cuidado ambas prendas al pasillo; temía que las gotas de agua mojaran algún montón de papel. Acto seguido, regresó con una palada de ascuas y prendió fuego en la chimenea.

—El destino de tu madre me afectó profundamente —dijo él hablándole por encima del hombro—. Era una persona decente, valiente, y también muy obstinada. La primera vez que la vi, tú aún no habías nacido. Fue cuando casé a tus padres.

Al oír aquello dio un respingo. Tal y como siempre imaginó, sus padres habían estado casados. Eso significaba que la señorita Pappert, esa arpía, le había mentido todo el tiempo. No había sido una niña ilegítima, y su padre no era un desconocido.

—¿Co... conoció usted a mi padre?

—Así es.

El padre Leutwien sorteó varias pilas de papeles, se inclinó y sacó de la estantería un libro grande de tapas oscuras. A Marie la asombró que hubiera encontrado el libro correcto a la primera, pues había muchos con el mismo aspecto. A continuación, apartó unos papeles de encima del escritorio para dejar el libro y consultarlo. Tras hojearlo un poco, empezó a buscar con el dedo.

—Ven, Marie. Mira. Está escrito en el registro parroquial.

Ella se acercó con respeto y leyó con dificultad las líneas escritas a mano.

Hoy, día 24 de enero de 1895, a las diez de la mañana, han comparecido ante mí en esta iglesia el mecánico e inventor Jakob Burkard y la pintora Luise Hofgartner para recibir el santo sacramento del matrimonio. Fueron testigos la posadera Alwine Deubel y el industrial Johann Melzer.

Marie leyó el fragmento dos veces, moviendo los labios y sin decir nada. Solo entonces comprendió lo que acababa de leer. Sus padres se habían casado ahí, en esa iglesia, y el señor Melzer había sido testigo de la boda.

—Pero si mis padres estaban casados, ¿por qué no me llamo Burkard, como mi padre?

El sacerdote suspiró y pasó una hoja. Recorrió con el dedo unas columnas repletas de letra manuscrita hasta detenerse en una pequeña nota.

Hoy, día 29 de enero de 1895, el mecánico e inventor Jakob Burkard ha sido enterrado. Tenía treinta y ocho años... Que Dios se apiade de su alma.

Su padre había fallecido pocos días después de la boda. ¡Dios mío! ¡Qué horror!

—Celebré la boda por pura misericordia —le explicó el sacerdote—. Pero eso iba contra la ley porque tus padres no estaban casados por lo civil. Tu madre se opuso siempre al matrimonio burgués; era una de sus convicciones, algo que yo aceptaba pero no compartía. Sin embargo, cuando el final de tu padre estaba próximo, ella cedió y consintió en casarse por la Iglesia. Ante Dios, ellos fueron un matrimonio y eso siempre lo defenderé. Las leyes de Dios prevalecen sobre las leyes de los hombres.

Habló con una profunda convicción y añadió que, en sus buenos tiempos, el padre de Marie había sido un mecánico extraordinario. Añadió que tenía motivos para sentirse muy orgullosa de ser hija suya y que Johann Melzer estaba en deuda con él.

—Entonces, ¿mi padre trabajó para el señor Melzer?

El sacerdote sintió, con razón, un gran enojo. A Marie le habían ocultado a propósito de quién era hija. La habían escondido en el orfanato, le habían contado mentiras sobre sus padres y finalmente —¡cuánta generosidad!— la habían contratado como ayudante de cocina.

—Marie, tu padre fue quien construyó y mejoró todas las máquinas de la fábrica. Sin Jakob Burkard la fábrica de paños Melzer no existiría.

Tenía que decirlo. Aunque el señor Melzer retirara sus generosos donativos a la parroquia de San Maximiliano, aunque hiciera valer su influencia para jubilar antes de tiempo al padre Leutwien... El desconcierto de la muchacha transformándose lentamente en una expresión de felicidad, de dicha, era suficiente compensación para él.

—¿De... de verdad? —farfulló ella—. Mi padre era un gran mecánico... ¿todas las máquinas?... ¡Oh, Dios mío!

Hasta entonces ella no sabía qué era un mecánico. Ahora sí. Era la persona que ideaba y montaba esas máquinas complicadas y las reparaba si dejaban de funcionar.

Sus pensamientos fueron interrumpidos por unos golpes y crujidos. El padre Leutwien se había echado hacia atrás con la silla para abrir uno de los dos cajones de su escritorio. En él reinaba el mismo desorden que en toda la estancia: había un batiburrillo de papeles, objetos votivos, cajitas de cartón y cajas de chapa. Permaneció un rato rebuscando, recriminándose a sí mismo en voz baja, abriendo una y otra caja hasta encontrar lo que buscaba: una caja de cartón cuadrada, de un tamaño no mayor que la palma de la mano, forrada con un papel algo deslucido con dibujos de rosas. Estaba atado con un lazo de color rosa; él desató el lazo con impaciencia y abrió la caja.

—Tu madre me dio esto antes de morir. De hecho, habría tenido que dártelo cuando cumplieras la mayoría de edad. Pero creo que Luise Hofgartner estaría de acuerdo en que te lo entregue ahora.

La caja contenía una capa de algodón. Encima había una fina cadena de plata con un colgante. Era una llave delicadamente trabajada.

Cuando cogió la cajita, a Marie le temblaban las manos. Su madre había tocado esa caja; ella había colocado el algodón y puesto encima la joya. Posiblemente había llevado aquella cadena y era el único legado que podía dejarle a su hija, forzada a abrirse camino en la vida sola, sin padre ni madre. ¡Qué lista era su madre! Le había confiado la joya al sacerdote porque sabía que con él estaría a salvo. De haber caído en manos de la señora Deubel, o incluso de la señorita Pappert, Marie jamás habría visto la cadena.

—No es una joya valiosa, Marie —dijo el sacerdote con una sonrisa—. Es más bien un recuerdo, pero deberías tratarla con mucho aprecio.

—Eso haré, padre. Le estoy profundamente agradecida.

Marie cerró la caja con cuidado, la envolvió con la cinta y se la metió en el bolsillo del abrigo. Fue a arrodillarse para besar la mano del cura, pero él se lo impidió diciendo que no era más que un sacerdote. Era a Dios a quien debía dar gracias y confiar en su ayuda.

En el pasillo sombrío de la rectoría se topó con el ama de llaves, una mujer delgada de nariz puntiaguda y ojos pequeños de pájaro. Llevaba una bandeja con el desayuno del sacerdote: café, mermelada, un pequeño trozo de mantequilla y un panecillo seco del día anterior.

—¿Usted también quiere desayunar aquí? —preguntó con agresividad.

—Oh, muchas gracias. Pero debo marcharme.

—¡Que Dios la acompañe!

El viento había amainado, pero la nevada era intensa y apenas se podía distinguir la acera de la calzada. ¿Qué hora sería? La oscuridad había adoptado ahora un tono grisáceo, aunque aún no se veían las manecillas del reloj de la torre. Ya debían de ser las siete. Solo la suerte le permitiría regresar a la villa sin que la descubrieran.

Apenas notaba el frío, y caminaba en la penumbra como

en un sueño, sin reparar apenas en la cantidad de trabajadores que se dirigían hacia las fábricas iluminadas. Con la mano derecha asió con fuerza la pequeña cajita que llevaba en el bolsillo, el legado de su madre, la prueba de que no lo había soñado. En la cabeza se le agolpaban las preguntas. El señor Melzer había conocido a sus padres; su padre había sido un hombre muy importante en la fábrica. ¿Por qué entonces el director se había llevado todo lo que tenía su madre? Ah, y su padre había sido un gran mecánico. ¡Qué orgullosa se sentía! Y el señor Melzer estaba en deuda con su padre. ¿Por qué nadie le había dicho quién era su padre? ¿Cómo se explicaba eso?

Al llegar a la entrada del parque de la villa la realidad se impuso de nuevo. Se detuvo y sopesó la situación. Abajo, en la cocina y en las dependencias del servicio se veía luz, y también en el segundo piso había algunas luces encendidas. Eso significaba que el señor Melzer, el señorito y la señora ya se habían levantado: a las siete y media se reunían todos en el comedor para desayunar. La señorita Elisabeth y la señorita Katharina solían desayunar más tarde: a ninguna le gustaba madrugar, y menos en el oscuro mes de febrero. Ella suspiró desanimada. Robert estaría llevando el desayuno al comedor mientras el resto del servicio estaría sentado a la mesa tomando el primer café del día. Seguro que ya se habían dado cuenta de su ausencia.

Solo había un modo creíble de explicarlo: decir que la señorita Katharina la había llamado por la noche y que se había quedado con ella en el dormitorio hasta primera hora de la mañana. Esto era algo que había ocurrido otras veces, porque a la señorita le costaba conciliar el sueño y se negaba a tomar las píldoras que el doctor le había prescrito. Pensó en qué le contaría a la señorita cuando la viera entrar en su dormitorio con el abrigo y las botas de invierno. Diría que había ido al oficio matutino de la iglesia de San Maximiliano para encargar una misa de difuntos para el día del santo de su madre. Aquello estaba bien. Realmente bien. Y lo mejor es que era cierto.

Aprovechó los árboles a lo largo del camino para alcanzar la entrada del lavadero sin ser vista. Era bueno que estuviera nevando porque así las pisadas quedarían ocultas. Puso en marcha el plan. El lavadero estaba a oscuras y vacío, se abrió paso a tientas hasta la puerta y atravesó sigilosamente el vestíbulo de la entrada, donde solo brillaba una lámpara de petróleo centelleante. Desde ahí, se dijo, iría por las salas de la despensa hasta llegar a la escalera del servicio. El único problema era encontrarse con Robert, que ya estaba sirviendo el desayuno. Sin embargo, logró llegar al segundo piso sin que nadie la viera. Entonces se quitó el abrigo y las botas y recorrió el pasillo hasta llegar a la habitación de la señorita Katharina. Si ahora la señora o el señor Melzer salían al pasillo, pensarían que la ropa que llevaba en el brazo era de la señorita. Sin embargo, les resultaría muy raro que la doncella personal fuera en calcetines.

—¿Señorita? Soy yo, Marie.

Parecía estar profundamente dormida, pues no recibió respuesta.

—¿Señorita Katharina?

Al otro lado del pasillo crujió una puerta. Alguien salía del baño. Marie hizo de tripas corazón, abrió la puerta del dormitorio de Katharina y se coló dentro.

Como siempre, el interior estaba iluminado por una lamparita de noche cuya luz Katharina tapaba con un pañuelo de seda. La señorita no podía dormir con la luz encendida pero la oscuridad la aterraba, así que al final había encontrado esa solución.

Marie clavó la vista en la lamparita y luego dirigió la mirada hacia la cama. Estaba revuelta, como siempre. Y vacía.

¿Estaría Katharina en el baño? ¿Por una vez y de forma

excepcional se habría levantado temprano? Al buscar con la mirada el salto de cama de la señorita descubrió una nota sobre la almohada. Era un papel de carta que Katharina había sacado de su carpeta y en el que había escrito unas pocas líneas.

Mi querida y dulce Marie:
Me habría gustado mucho llevarte conmigo, pero Gérard opina que podrías ser un estorbo para nosotros. Discúlpame, mi querida y única confidente. En cuanto tengamos un domicilio, te escribiré para que puedas venir conmigo.
Lo que cuenta es el amor, lo demás son bagatelas.
Tu amiga,

KATHARINA

31

—No lo entiendo.

La hoja de papel que Alicia tenía en la mano temblaba de forma visible. Aquello solo podía tratarse de una broma. A menudo a Kitty se le ocurrían cosas terriblemente inadecuadas. Era una chica tan fuera de lo común...

—Me temo que ha abandonado la villa muy temprano, señora. Tal vez de noche. Se ha llevado ropa interior, zapatos y ropa, y también carboncillos y un cuaderno de dibujo. No sé qué más puede faltar.

La esposa del industrial tenía una expresión muy tensa; en ese momento parecía haber envejecido de golpe.

—Se habrá escondido en alguna parte para burlarse de nosotros —musitó con un hilo de voz, a pesar de que era evidente que ni siquiera ella se lo creía.

Marie se sentía culpable. Todo aquello podía haberse evitado; si hubiera utilizado un poco la cabeza, lo habría visto venir. Pero estaba ocupada en sus propios asuntos. Ella era la responsable de todo el dolor y la desesperación que ahora estallaría en la casa.

—Señora, quizá en la estación podamos saber adónde han ido...

—¿En la estación? Entonces crees que ellos... Dime, ¿quién es ese Gérard? No será...

—Es el señor Gérard Duchamps —explicó Marie.

En ese instante, la puerta del comedor se abrió y entró el señor Melzer.

—No quiero oír ese nombre en mi casa —gruñó malhumorado—. Al menos, no antes del desayuno.

Su esposa le tendió la hoja manuscrita.

—Me temo —dijo en voz baja—, mucho me temo, Johann, que nuestra Kitty ha cometido una tremenda estupidez.

Él leyó la nota, la bajó, miró a su esposa, la releyó y entonces volvió la mirada hacia Marie.

—Está dirigida a ti, ¿verdad? —le preguntó.

—Sí, señor Melzer.

—«Mi querida y única confidente» —citó con un leve sarcasmo—. Venga, habla, ¿qué significa esto?

Su tono ahora era amenazador, el mismo que usaba con su personal de la fábrica. Esa cuya existencia tenía que agradecer al padre de ella. Pero no era, en absoluto, el momento para discutir ese asunto.

—No lo sé. Yo no tenía ni idea de que fuera a hacer algo así.

—¡A nosotros no nos mientas! —rugió, fuera de sí—. Aquí lo dice: «mi única confidente». Si eres la confidente de mi hija, seguro que te dijo adónde pretendía escapar con este maldito francés.

Marie no le dio el gusto de verla llorar de miedo. Ya le habían gritado suficiente en su vida y había aprendido a forjarse una coraza. Lo único embarazoso es que se los podía oír hasta en el pasillo.

—Por desgracia, no, señor Melzer. Pero tal vez esté escrito en alguna de las cartas…

El señor Melzer cruzó una mirada con su esposa y entonces se volvió hacia Marie como si fuera a devorarla. Su aspecto daba pavor: tenía la cara roja de furia, los ojos desorbitados bajo las pobladas y oscuras cejas y los labios estaban lívidos.

—¿Cartas? ¿Qué cartas?

Muy a su pesar, Marie tuvo que confesar. A fin de cuentas, habrían encontrado esas cartas, pues seguro que la señorita no se las había llevado.

—La señorita y el señor Duchamps mantenían correspondencia. No por correo sino a través de un mensajero.

Al decirlo supuso que el señor bramaría de nuevo, incluso que la golpearía. Pero, curiosamente, se mantuvo muy sereno.

—Correspondencia secreta entre nuestra hija y ese… bravucón francés. Ese que ayer mismo nos presentó una oferta que rozaba el insulto. ¿Cómo es posible que no supieras nada de eso, Alicia?

—¿Yo? —se defendió su esposa—. Acabas de oírlo, se escribían en secreto y utilizaban un mensajero…

El señor Melzer estaba demasiado furioso para escuchar. Fue de un lado a otro de la estancia, sacó el reloj, volvió a guardarlo en su chaleco y de pronto se detuvo.

—¡Robert! Alicia, llama a Robert.

La puerta se abrió y, en lugar del lacayo, apareció el señorito, despierto y repleto de energía. Al ver a Marie dibujó una sonrisa, pero al instante miró perplejo a su alrededor.

—¿Qué ocurre?

Como respuesta, su padre le tendió la nota, que entretanto ya estaba bastante arrugada. Paul dirigió una mirada de preocupación a Marie y echó un vistazo a las líneas.

—Dios santo —musitó.

—¿Tú también vas a decirme que no sabías nada de esta… esta relación? —atronó Johann Melzer.

Paul no tuvo ocasión de responder porque en ese instante entró Robert. Estaba muy pálido. Era evidente que sabía lo que había ocurrido.

—¿Has llevado en coche a mi hija Katharina a la estación esta mañana? ¿Con maletas y equipaje?

Marie sintió una profunda compasión por el lacayo, que

estaba a todas luces afectado por lo ocurrido. Admitió que había acompañado a la señorita Katharina a la estación poco después de medianoche. Creyó que aquel viaje contaba con la aprobación de sus padres, y que la señorita se reuniría en la estación con unas amigas para pasar unos días de descanso en Bad Tölz.

—¡A medianoche! ¿Y la creíste? —rugió enfurecido Johann Melzer—. ¿Sin consultar con la familia? ¿Me estás tomando el pelo, Robert?

—Me lo creí, señor —aseguró Robert con cara de desesperación—. Cuando llegamos a la estación tuve mis dudas. La señorita se negó en redondo a que la acompañara hasta el andén. Llamó a un mozo, me despidió con un gesto y desapareció en la oscuridad del vestíbulo. Debería haber salido tras ella, ir a buscarla. Pero fui demasiado cobarde, lo confieso. Temí estar cometiendo un error y que se riera de mí. Yo…

—¡Silencio! —gritó Johann Melzer—. Vas a tener que asumir las consecuencias de ese error. Y tú también, Marie, hoy mismo…

—Padre, aguarda —intervino Paul, nervioso—. Deberíamos manejar esta situación con prudencia y no tomar decisiones precipitadas. Cuanto menos trascienda de esta desafortunada historia, mejor.

—Paul tiene razón —dijo Alicia, algo más serena—. Si esto se hace público, la reputación de Kitty se verá gravemente afectada.

Johann Melzer resopló. ¿Dónde tenía la cabeza su mujer? ¿Acaso creía que conseguirían evitar el escándalo?

—Iré a la estación para tratar de averiguar adónde han ido —prosiguió Paul—. Luego informaré a la policía de ferrocarriles para que los detengan, si es que siguen en territorio alemán.

—¿La policía? —exclamó Alicia, horrorizada—. De ningún modo, Paul. ¿Quieres que traigan a tu hermana esposada como a una criminal?

—Si estuviera en mis manos, la traería con una camisa de fuerza —gruñó Johann Melzer, y miró de nuevo el reloj—. Lo importante es que no escape con ese francés. Yo ahora iré a la fábrica a pedir una conferencia con Lyon. El viejo Duchamps me va a oír.

Parecía aliviado de poder huir a la fábrica, donde debería estar ya hacía un buen rato. Paul se sirvió un poco café, dio un mordisco a un panecillo y se dirigió al vestíbulo, donde Else lo esperaba con el abrigo y el sombrero.

—Robert, vas a guardar absoluto silencio sobre este asunto —ordenó Alicia—. Y tú, Marie, vas a mostrarme ahora mismo las cartas que hay en la habitación de mi hija.

—Sí, señora.

Al salir se cruzaron con Elisabeth, que acudía a desayunar sintiéndose culpable porque se había dormido.

—¿Qué ha ocurrido? Las voces de papá se oían en el tercer piso…

—Tu hermana se ha escapado con el señor Duchamps.

Elisabeth tuvo que sentarse para asimilar el espanto. Marie ya estaba en el pasillo cuando desde el comedor la oyó exclamar con rabia:

—¡Definitivamente, esta majadera pretende acabar con mi reputación!

Al subir por la escalera Marie oyó tras ella el resuello de Alicia y redujo la marcha, pues, como sabía, la señora tenía un tobillo rígido.

—¡Apresúrate! No hace falta que me esperes —la apremió Alicia.

Marie obedeció, abrió la puerta de la habitación y descorrió las cortinas. La luz matinal era aún muy tenue y no iluminaba por completo la estancia, de modo que encendió la luz eléctrica.

—¿Dónde? ¿En el escritorio?

—Sí, señora. En la carpeta que hay dentro del cajón, pero

no es esa verde que está delante. Detrás debería haber una de color pardusco...

Marie deseó que Kitty se hubiera llevado las cartas o que por lo menos las hubiera destruido, pero la mano ávida de Alicia dio con la carpeta a la primera. Estaba repleta de cartas.

—¡Increíble! —gimió Alicia—. Esto ha tenido que durar meses. ¡Y tú no has dicho ni pío al respecto!

—Solo fueron unas semanas...

Marie recibió una mirada fulminante y bajó la vista. ¿Cómo podía pensar que unas palabras escritas en un trozo de papel no eran peligrosas? Kitty y el francés tenían que haberse carteado durante bastante tiempo para planear su fuga. ¿Por qué nunca había mirado a escondidas en la carpeta? Había tenido infinidad de ocasiones...

—En efecto, se ha llevado una maleta... Falta el abrigo de piel. Los botines beis, el conjunto de lana gris... ¡Cielos! No se ha llevado camisón...

Alicia revolvió el ropero, abrió con violencia los cajones y fue arrojando la ropa fuera; un frasco de cristal que reposaba sobre la cómoda cayó al suelo. Era un perfume francés que le había regalado a su hija por su cumpleaños.

—Barre todo esto y tíralo a la basura. Y ni una palabra al resto del servicio, ¿me has entendido?

Marie asintió resignada. ¿Cómo podía imaginar la señora que no se enterarían? En la villa, hasta las paredes tenían oídos.

—¿Qué es esto? Pero si son... Ah, sí, el abrigo y los zapatos que te regalamos por Navidad. ¿Qué significa esto, Marie?

«Las desgracias nunca vienen solas», pensó Marie. Con el susto, había olvidado sus cosas en la habitación de la señorita.

—Yo, señora, había ido... a misa. Me he retrasado y he subido a despertar a la señorita vestida aún con el abrigo y las botas.

Por supuesto, Alicia no la creyó. Eso, dijo, demostraba su participación en la intriga de su hija. Seguramente Marie quiso acompañarla y lo había dispuesto todo para el viaje, pero Kitty había cambiado de idea. Tal y como decía la carta.

—¡No, no es así! Le juro que yo no sabía nada de esos planes de fuga.

—¡Silencio! ¿Qué es eso que hay en el bolsillo del abrigo?

Marie se asustó. Era la cajita con el colgante de su madre.

—Eso es mío.

Alicia abrió la pequeña caja, sacó el algodón y examinó la cadena con el colgante. No, esa bagatela no podía ser de su hija. Cerró la tapa y le arrojó la cajita a Marie.

—Tus mentiras no te hacen ningún favor —dijo con profundo desprecio—. Y lo que pueda ocurrirle a mi pobre hija será culpa tuya. ¡No te lo perdonaré jamás, Marie!

A pesar de lo culpable que se sentía, eso era injusto. ¿Por qué debía cargar ella sola con toda la culpa? Pensó en mencionar al padre Leutwien como testimonio de que había ido al oficio matutino. Pero al momento desestimó la idea. ¿Quién le aseguraba que no le quitarían el collar de su madre? De hecho, debería haberlo recibido dos años más tarde, cuando cumpliera veintiún años.

—¡Apártate de mi vista! ¡Y pobre de ti si dices una sola palabra de este asunto!

Marie hizo la reverencia de rigor, cogió el abrigo y los botines y salió del dormitorio. Al hacerlo estuvo a punto de clavar la puerta en la sien de Auguste; la solícita criada había pegado la oreja al ojo de la cerradura. Evidentemente, tenía una explicación preparada: traía sábanas limpias para la cama de la señorita y en ese momento iba a llamar a la puerta. Else también se había afanado en arreglar el dormitorio de los señores y, por supuesto, había dejado las puertas bien abiertas para no perderse nada.

Marie subió la estrecha escalera hasta el tercer piso para

dejar el abrigo y las botas en su alcoba. Agotada, se sentó en su cama deshecha y apoyó la cabeza en las manos. Los pensamientos vagaban en su mente como pájaros en desbandada. Pobre Kitty. Jamás sería feliz con un hombre que la había convencido para hacer una estupidez semejante. ¡Ojalá pudiera ayudarla! Pero, tal y como estaban las cosas, parecía que ni siquiera podía ayudarse a sí misma. Iban a despedirla, sin duda. Sin previo aviso y con malas referencias. Tendría que abandonar la mansión en mitad del invierno, sin perspectivas de otro puesto y sin dinero, ya que había utilizado todos sus ahorros para la misa de difuntos. Aunque tal vez era bueno que así fuera. Quizá de esta manera su madre podría ocuparse de su hija desde el cielo. No volvería a ver a Paul. No más miradas anhelantes ni más sueños impetuosos por las noches; su corazón ya no se desbocaría cuando él pasara junto a ella por el pasillo. Se libraría de todo eso. Aquel amor estúpido y funesto no podía traerle más que pesares.

Marie cogió la cajita y sacó con ternura la cadena y el colgante. Antes de que a alguien se le ocurriera quitarle la joya, pensó, la llevaría colgada. Debajo del vestido no se veía. Cerró la cajita y la dejó sobre la cómoda blanca, abrió el cajón y sacó el pañuelo del hatillo. Apenas cinco meses atrás le había servido para acarrear todas sus pertenencias y en esta ocasión también iba a hacerle un buen servicio.

«No estoy dispuesta a esperar a que me echen de mala manera», se dijo. «Para nada. Al margen de lo ocurrido, tengo derecho a pedir explicaciones. ¡Y eso es lo que pienso hacer antes de irme! Me tienen que explicar por qué nadie quiere hablar de Jakob Burkard. ¡Mi padre! El hombre sin el cual no existiría la fábrica Melzer.»

Con gesto resuelto, recogió su ropa interior, los calcetines y la ropa planchada de la cómoda, así como el peine, dos cintas para el cabello, el cepillo de dientes y un par de zapatos. Hizo el hatillo, a sabiendas de que más tarde, cuando abandonara la mansión, tendría que deshacer el nudo y mostrar su contenido. Pero ese momento aún no había llegado.

Sintió que el estómago le crujía y decidió bajar a la cocina para comer algo caliente antes de partir. Le sabía mal por la señora Brunnenmayer, y también por el jardinero Bliefert y su nieto Gustav. Eran buena gente. Else era como una veleta, y probablemente a ella no la echaría de menos, y a Auguste, esa chismosa, seguro que no. En cambio, sí echaría en falta a la señorita Schmalzler, que siempre se esforzaba por ser justa y que desde el principio había salido en su defensa. Por otra parte, no tener que oír los ronquidos de la señorita Jordan no era lo que se dice una pérdida.

Descendió la escalera poco a poco, escuchando con atención los ruidos que le llegaban: el tictac del reloj de pie del despacho, el crepitar de las llamas de la estufa, el crujido del suelo de madera cuando alguien lo pisaba. Qué extraño. De pronto sintió una tremenda tristeza. Llevaba esa casa en el corazón; cada habitación, cada mueble, cada objeto parecían formar parte de ella, y sentía afecto por sus moradores.

«Quizá Paul ha conseguido detenerlos en la estación», pensó Marie. Tal vez él traería a Kitty de vuelta a casa y todo quedaría en un error estúpido. Pero ella sabía muy bien que esa esperanza no iba a cumplirse.

Abajo, en la cocina, olía a café y a panecillos recién horneados y en los fogones había una pieza de ternera cociéndose en caldo de verduras. Era para la cena. Como siempre, tenían invitados.

Auguste estaba sentada a la mesa, con el rostro muy sonrojado y deshecha en lágrimas. A su lado, Else trataba de consolarla.

—No se va a quitar la vida, Auguste. No es tonto. Solo ha salido a pasear un poco y, cuando se haya desahogado, volverá.

—Van... ¡van a despedirlo! —sollozó Auguste—. Todo esto es... culpa de... esa... esa... ¡bruja!

—¡No hables así de los señores! —la interrumpió la señora Brunnenmayer—. Eso no te lo consiento. Bastante infeliz es ya la pobre señorita.

Auguste se tragó las lágrimas y soltó una risa que sonó más bien como un sollozo.

—¿Ella? Pero si está de maravilla. Enamoradísima y en brazos de su francesito. ¿Sabéis que no se ha llevado el camisón? Claro, como no lo va a necesitar…

—¡De eso tú sí que sabes! —apuntó la cocinera en tono seco mientras se disponía a limpiar el repollo para la ensalada.

Marie se acercó al hogar para servirse un café de la jarra azul. Con la taza en la mano, se sentó a la mesa y alargó el brazo, hambrienta, hacia un panecillo.

—¿Qué pasa con Robert? —quiso saber, preocupada.

Auguste le dirigió una mirada furibunda y Else tomó un sorbo largo de su taza de café. Ninguna se molestó en responder. Else se encontraba ante un dilema, pues todo indicaba que Marie había perdido su posición privilegiada en la mansión. En esos casos, lo aconsejable era cambiar de bando a tiempo. Pasarse al bando de Auguste y de la señorita Jordan, que siempre habían sido enemigas de Marie.

—Ha huido —respondió la señora Brunnenmayer, que nunca tomaba partido por nadie—. El señor se ha puesto furioso porque contaba con que Robert lo llevaría en coche a la fábrica; pero, como ha desaparecido, ha tenido que conducir él.

Marie guardó silencio. Estaba muy afectada. Auguste tenía motivos para preocuparse por Robert. El lacayo había ayudado a huir a la señorita sin saberlo, y eso lo atormentaba. Marie podía figurarse de qué modo lo habría engatusado Katharina. El pobre estaba tan enamorado de la señorita que hacía sin pensar todo cuanto ella le pedía. Aquello había estado muy mal por parte de Katharina. En el fondo, se dijo, era tan egoísta como su hermana Elisabeth. Ninguna de las dos se paraba a pensar en el daño que podían causar a los demás.

—Aún tiene sus cosas en la habitación —dijo Else, tratando de consolar a Auguste—. Volverá.

—O se quitará la vida —respondió Auguste, rompiendo a llorar.

Los demás también tuvieron que secarse los ojos, pero fue más bien por las cebollas que la señora Brunnenmayer estaba picando. Entonces Maria Jordan irrumpió en la cocina, rebosante de grandes novedades.

—Ponme un café, Else. Dios mío, la señora está muerta de desesperación. Si no fuera por mí, ya se habría arrojado al Wertach. Me ha dicho: «Querida señora Jordan, me siento muy feliz de que por lo menos usted me haya sido fiel y no me haya traicionado como otros…».

La señorita Jordan lanzó a Marie una mirada triunfante y llena de desdén. Su rival estaba aniquilada, había caído a lo más bajo; ni siquiera un perro aceptaría de ella un mendrugo de pan.

—Quería ir a toda costa a Lyon a hablar con el padre de ese joven francés. Pero la señorita Elisabeth y yo hemos logrado quitarle la idea de la cabeza. Yo le he dicho: «Señora, querida señora, eso son cosas de hombres. Además, ¿cómo saber si el señor Duchamps está al corriente de los devaneos de su hijo? Puede que todo esto le sorprenda tanto como a nosotros».

—Pero es tan romántico… —suspiró Else—. Dos jóvenes enamorados viajando por Europa, visitando Barcelona, Venecia, Londres o Edimburgo. En una huida continua de sus padres, que se oponen a ese amor y quieren separarlos…

—Tú has leído demasiados folletines, ¿no crees? —gruñó Auguste.

—A mí me parece más desconsiderado que romántico —opinó la señorita Jordan, levantando su barbilla puntiaguda.

—El romance se acabará cuando se queden sin dinero —añadió secamente la cocinera.

Marie tuvo que admitir que la cocinera tenía razón. Else insistió: no obstante, dijo, el joven podía ponerse trabajar para ganarse el sustento. Si realmente amaba a la señorita, lo haría. La señorita Jordan le respondió con una risita burlona: en su opinión, era mucho más probable que llegara un momento en que el francés se cansara de la señorita y la abandonara.

—Así son los franceses —afirmó, y dio un mordisco al panecillo de mantequilla—. Todo el mundo sabe que no se puede confiar en los «franchutes». Llegará un día en que la pobre señorita regresará a casa afligida y desdichada, con la reputación arruinada y sin que ninguno de sus múltiples pretendientes quiera saber nada de ella. Puede que incluso vuelva embarazada…

—¡Señorita Jordan!

La señorita Jordan se interrumpió al entrar el ama de llaves en la cocina. Eleonore Schmalzler se acercó a la mesa, ignorando la taza de café que Else se afanó en traerle.

—Por lo que he oído, los chismes están en su apogeo —dijo con desaprobación—. Esperaba mucha más discreción, especialmente de usted, señorita Jordan. El cargo de doncella personal implica una mayor cercanía con los señores; nuestra obligación es encerrar en lo más profundo de nuestro interior los detalles más íntimos que conocemos de ellos. Debería usted pensar en eso.

Las pálidas mejillas de Maria Jordan enrojecieron, igual que su cuello. En caso de duda, la señorita Schmalzler tenía la mejor relación con la señora, pues se conocían desde hacía muchas décadas.

—Por supuesto, señorita Schmalzler. En lo más profundo. Aunque haya cosas que nos abrumen…

—¿Robert ha vuelto?

La respuesta que obtuvo fue negativa. Comentó que Bliefert, el jardinero, había ido al parque con Gustav porque un tejo había sucumbido bajo el peso de la nieve y era preciso serrarlo y retirar los leños.

—Y ahora deseo dar a conocer algunos puntos importantes que la señora y yo hemos acordado. Primero: no puede trascender a la luz pública ningún detalle de la huida de la señorita ni tampoco nada relacionado con ella. Segundo: esta noche se celebra una cena con el señor y la señora Bräuer, el doctor Schleicher y su esposa, y el señor y la señora Manzinger con sus dos hijas. Todo debe estar preparado a la perfección, como siempre. Ni una palabra sobre lo ocurrido durante la noche. La señorita Katharina será excusada de asistir a causa de una fuerte migraña. No lo olviden.

Todas asintieron diligentemente. Incluso Marie, que había decidido abandonar la mansión, se mostró dispuesta a representar ese teatro.

—¿Y si Robert no regresa a tiempo? —preguntó.

—He contratado a un ayudante —respondió la señorita Schmalzler—. Marie, ahora ve a ordenar el ropero de la señorita Katharina. La señorita Elisabeth te esperará para vestirse sobre las cinco.

La señorita Jordan hizo un gesto de disgusto, pues había contado con que la señorita Elisabeth querría que la atendiera ella. Pero era evidente que la joven señorita valoraba más lo que ella llamaba la «elegancia moderna» que la lealtad y la honradez de sus empleados. Lamentable.

Marie no sabía qué hacer. Por un lado, su orgullo le exigía abandonar la mansión de inmediato, no sin antes mantener una seria conversación con el señor Melzer. Por otro, no quería abandonar a los señores en ese trance tan difícil. El hecho de que la señorita Elisabeth no la hubiera dejado de lado demostraba que no todos la culpaban de la fuga de Katharina.

Subió pensativa por la escalera hacia el segundo piso para ocuparse del ropero de Katharina. Ya tenía la mano en el picaporte de la puerta cuando, tras ella, percibió una voz que le era muy familiar. Ella, asustada, se sobresaltó.

—¡Marie! ¡Aguarda!

El señorito corrió por el pasillo, con el abrigo desabrochado y el sombrero en la mano.

—Marie —dijo deteniéndose a su lado—. Me alegra verte aquí. Temía que hubieras abandonado la villa.

Ella no dijo nada. El señorito no andaba muy desencaminado.

—No lo harás, ¿verdad?

—¿Qué cosa podría impedírmelo, señorito?

Él resopló. Le pidió que dejara de una vez de llamarlo «señorito». Luego se calmó, se pasó la mano por su cabello rebelde y le explicó que los acontecimientos lo habían afectado mucho.

—¿Ha averiguado alguna cosa en la estación?

—Según se mire —respondió él, decepcionado—. Por lo menos ahora sabemos que han viajado a París. Como no están en territorio alemán, no se los puede detener. Y para detener a dos viajeros alemanes en una estación francesa hay que rellenar cien formularios.

—¿Y ahora? ¿Qué va a hacer?

Él suspiró hondo y volvió la vista al sombrero mojado que llevaba en la mano. No lo sabía aún, la familia debería discutir qué pasos dar.

—¿Es difícil encontrar a alguien en París?

El señorito sonrió al ver que ella lo había preguntado en serio.

—Es como encontrar una aguja en un pajar. Se hospedarán en algún hotelito, pero quién sabe si utilizarán sus nombres verdaderos.

—¿Y no se podría encargar a alguien que los localice? —sugirió ella—. Algún francés, conocedor del lugar. Claro que para eso habría que pagarle.

—¿Te refieres a un detective?

Ella no había oído jamás aquella palabra, algo que a él le pareció encantador. Qué sencilla era. Y qué inteligente. La idea no era descabellada, pero mamá se opondría a que un francés fuera tras los pasos de su hija.

—Ojalá pudiera hacer algo para traerla de vuelta —dijo Marie, compungida—. Lo ocurrido es en parte culpa mía. Debería haberlo sabido.

—Oh, no. En absoluto —exclamó él, asustado—. No se puede culpar a nadie, excepto a la propia Kitty. A fin de cuentas, no es ninguna niña y no se la puede atar. Y si quieres buscar algún culpable, lo tienes delante. Un estúpido servidor ha contribuido a esta historia.

—¿Usted?

Paul le contó el encuentro que había tenido con Duchamps. El joven, afirmó, no era tan malo; sin duda, sus intenciones eran honestas.

—Fui un estúpido y prácticamente lo disuadí de que pidiera la mano de Kitty. Y eso dio pie a este disparatado secuestro. ¡Por todos los santos! Los dos son unos niños malcriados y tercos. ¡Si dependiera de mí, les daría unos buenos azotes!

Al principio le molestó que Marie se echara a reír, pero luego ella le contagió y no pudo más que reírse también de su rabia justificada.

—¡Ah, Marie! —suspiró—. Es maravilloso cómo consigues calmarme, e incluso eres capaz de hacerme reír. Sabes que no puedes marcharte de ningún modo, ¿verdad?

Ella debería haber callado y no seguirle el juego. Pero era incapaz de tal cosa, no cuando él la miraba con ese anhelo.

—¿Y por qué no puedo marcharme?

Entonces le pareció que él iba a devorarla con la mirada, y empezó a temblar. Un mínimo movimiento, un pequeño paso y ella se precipitaría en el abismo. El dulce abismo de su abrazo.

—¿De verdad que no lo sabes, Marie?

—¿Cómo iba saberlo?

Entonces sucedió. Más rápido de lo que ella creía posible, se encontró recostada en su pecho. Notó cómo el corazón le latía desbocado, haciendo que todo se agitara a su alrededor. ¿Era eso lo que había estado temiendo hasta ese momento? Ese tierno abrazo, tan intenso a la vez; esa boca que la buscaba; la lengua ardiente que se deslizaba con un cosquilleo sobre sus labios; su aliento, ese deseo suyo, tan violento. Todo aquello era terrible y, a la vez, maravilloso. Fue como si volara con él en el ardiente cielo de la mañana.

—Debes quedarte aquí —le susurró al oído—, porque te amo y no podría soportar que te marcharas.

Ella se abandonó a la embriaguez de esas palabras, lo rodeó con sus brazos y escuchó los latidos de su corazón acelerado.

—Además, ¿acaso Kitty no ha dejado por escrito que te haría saber su paradero? Marie, eres nuestra única esperanza.

IV
PRIMAVERA DE 1914

32

—¿Señor director?

La secretaria entreabrió la puerta. Al alzar la vista de su escritorio, el señor Melzer distinguió su nariz puntiaguda y sus labios finos.

—¿Qué ocurre?

La señorita Hoffmann hablaba en voz baja y su tono dejó entrever que aquella impertinencia no era cosa suya, que ella se limitaba a transmitirla.

—Su hijo quiere saber si irá usted a almorzar en la villa.

El señor Melzer resopló enfadado y miró con resquemor hacia el resquicio de la puerta. Desde que Paul trabajaba en la fábrica, cada mediodía tenía que enfrentarse a la misma pregunta. Su hijo gozaba de un excelente apetito y no acusaba el cansancio tras una comida abundante. ¡Bendita juventud! Él, en cambio, era incapaz de comer nada porque todos sus pensamientos giraban en torno a la fábrica. De todos modos, no podía quejarse de Paul. Al contrario. Su hijo era trabajador y aprendía rápido; se interesaba por todo, hacía preguntas, planteaba propuestas y se implicaba. Solo le faltaba un poco de seriedad. Tonteaba con las secretarias, hacía bromas arriba, en contabilidad, y en las negociaciones con los socios servía brandy o licor bávaro de genciana, con lo que lograba crear un ambiente más distendido.

Con todo, dejando aparte esas salidas de tono atribuibles a su juventud, Paul era un colaborador competente y de confianza, y pronto se convertiría en un puntal para él.

—Dígale que iré, y pídale que se acerque con el coche.

La señorita Hoffmann asintió con entusiasmo y salió a toda prisa. Paul, cómo no, había conquistado el corazón de las dos secretarias, las cuales parecían dispuestas a hacer cualquier cosa por él sin pensárselo dos veces.

El señor Melzer apartó con un suspiro los cálculos que tenía ante él; a fin de cuentas, se dijo, carecían de validez ya que una de las dos máquinas averiadas se resistía a cualquier intento de reparación. Antes de bajar para encontrarse con Paul miró por la ventana. Volvía a llover. La nieve se había derretido y el clima que anunciaba la primavera había convertido las calles y los parques en lodazales. Una calamidad para los coches de caballos y los automóviles; el modo de transportar las mercancías entonces era por ferrocarril. Estaban a principios de marzo y el tiempo aún se mantenía muy inestable.

Paul acercó lentamente el coche hasta la entrada del edificio de administración para que su padre no se salpicara el abrigo ni los zapatos.

—¡Qué bien que vengas, padre! —exclamó Paul desde la ventanilla—. Hoy hay trucha con almendras y compota de pera.

El señor Melzer se acomodó en el asiento del acompañante y dejó conducir a Paul el breve tramo que separaba la fábrica de la villa. Le gustaba hacerlo; además, resultaba muy práctico porque, aunque Humbert, el sustituto de Robert, sabía servir, sus nociones de conducción eran las mismas que las que tenía un buey sobre el bordado en seda. ¡Qué lástima lo de Robert! Desesperado, al ver que involuntariamente había contribuido al secuestro de Kitty, había huido y no había aparecido desde entonces.

De aquello hacía ya cuatro semanas. Y seguían sin tener noticias de su hija: ni una carta, ni un telegrama. Nada. Había mantenido una acalorada conferencia telefónica con el viejo Duchamps, muy larga y costosa porque el señor Melzer apenas hablaba francés y el alemán de Duchamps dejaba mucho que desear. Y pensar que ese imbécil estaba casado con una alemana… En todo caso, por lo menos había averiguado que Duchamps ni conocía los enredos de su hijo ni los aprobaba. Le había asegurado que buscaría a la pareja y los haría entrar en razón, y que, evidentemente, dado el caso, su hijo se comportaría como un hombre decente y se casaría con la chica. Era el colmo: Alicia nunca aceptaría a un francés como yerno. Además, en enero, tras el fracaso de las negociaciones, él tenía la firme convicción de que los industriales Duchamps de Lyon eran unos estafadores y unos usureros.

—No pongas esa cara tan siniestra, papá. ¡Das miedo!

Paul le sonrió y con gesto resuelto rodeó el parterre situado ante la entrada de la villa. Humbert salió al encuentro de ambos con el paraguas abierto. Auguste, que aguardaba en la puerta, hizo una reverencia y cogió los abrigos, los sombreros y los guantes. Ciertamente, incluso él se daba cuenta de que la muchacha había engordado y que estaba más torpe. ¿Cuándo salía de cuentas? Lo había vuelto a olvidar. No tenía buena memoria para esos asuntos. Aunque no podía quedarle mucho. Luego, según había dispuesto Alicia, el hijo ilegítimo de la doncella se criaría en la mansión. En fin, se dijo, el buen nombre de su familia ya estaba arruinado y no a causa de un bastardo más o menos.

Un sentimiento amargo se apoderó de él, llevándose el último ápice de apetito que le quedaba. Elisabeth los esperaba en el comedor sentada de brazos cruzados. La joven se alegró de que ese día su padre acudiera a almorzar a la mansión. Él se dijo que, por lo menos, esa hija era de fiar. Elisabeth era demasiado sensata para cometer una estupidez como la de

Kitty. La saludó con una sonrisa y comentó que estaba especialmente bonita con ese vestido verde.

—Gracias, papá. Es un vestido viejo que Marie ha arreglado un poco.

Marie. Una de cada dos palabras pronunciadas en aquella casa era «Marie». Al principio, él creyó que Alicia la despediría. Pero se había equivocado y las aguas habían vuelto a su cauce. Marie era indispensable: diseñaba vestidos, cosía, remendaba, sabía siempre de todo…

—¿Dónde está mamá? —quiso saber Paul.

—Debe de estar a punto de llegar —respondió Elisabeth—. Está inmersa en una de sus largas charlas con Marie. Sobre Kitty, claro. ¡Es como si hablaran de una santa!

El señor Melzer retiró la silla con enojo y se sentó. En sí, ese gesto era una descortesía, pues debería haber esperado a su esposa. Sin embargo, él consideraba que cuando él acudía a almorzar a la mansión los demás debían acomodarse a su horario.

—Disculpad la espera.

Alicia aún tenía el rostro enrojecido y los párpados algo hinchados. Por descontado, había vuelto a llorar por su hija perdida. Esas charlas con Marie no le hacían ningún bien; al contrario, la sumían aún más en su pesar.

El señor Melzer permaneció callado mientras Humbert servía el consomé. Aquel joven llamaba la atención: rubio, muy delgado y alto. En su cuerpo, la ropa lucía perfecta, como recién planchada. Y tenía un modo elegante y suave de moverse. Pero no. Él prefería a Robert.

—Un consomé de ternera excelente —comentó Alicia—. ¿Te gusta, Johann?

—Sí, no está mal.

Tomó unas cucharadas, cogió un poco de pan y volvió la vista hacia la ventana mientras masticaba. Seguía lloviendo y las gotas habían dibujado una intrincada red en el cristal por la que se deslizaban hasta alcanzar el alféizar de la ventana.

—A Kitty no le gustaba el consomé de ternera —dijo Alicia, pensativa—. Nunca comprendí el motivo hasta que Marie me abrió los ojos. Durante nuestros paseos, Kitty observaba a menudo los rebaños de vacas. Adoraba a los animales y la idea de que una vaca hubiera tenido que morir para preparar este caldo…

—Eso es absurdo —repuso Elisabeth—. ¿Acaso hemos de morirnos de hambre porque a mi hermanita le da pena una vaca?

Alicia levantó la cabeza con enojo.

—Nadie te pide tal cosa, Lisa. Aunque no te vendría mal contenerte un poco con la comida. Nuestra Kitty es una muchacha extraordinariamente tierna y sensible, y eso es algo que deberemos tener en consideración cuando vuelva con nosotros.

El rostro de Elisabeth enrojeció y parecía estar a punto de echarse a llorar. El señor Melzer se dio cuenta de que Alicia había tocado el punto más delicado de su hija. Elisabeth estaba algo entrada en carnes y eso no se ajustaba a la moda del momento. A él, sin embargo, le parecía que tenía una figura muy atractiva.

—No la tratamos bien, Johann —prosiguió Alicia—. Kitty necesitaba de nuestra comprensión y, en cambio, la rodeamos de prohibiciones.

El señor Melzer contuvo su respuesta mientras Humbert retiraba los platos del consomé y servía el plato principal. Manejaba las fuentes y las bandejas con un aire elegante y solemne; era como si llevara desde niño practicando el modo de colocar una salsera en la mesa. Además, presentaba la comida.

—Trucha con almendras. Salsa de mantequilla, rodajitas de limón…

—Gracias, Humbert.

Melzer revolvió la trucha en el plato. Odiaba el pescado:

había que hacer demasiadas cosas antes de hincarle el diente, y además estaban las espinas traicioneras. Por otra parte, no tenía apetito. Malhumorado, escuchó a Paul tratando de convencer a su madre de que Kitty ya no era una niña y que no necesitaba ningún trato especial.

—¡Ella es responsable de sus propias acciones, mamá!

—¡Por supuesto! —se entrometió Elisabeth.

—No, Paul. Yo lo veo de otra manera —objetó Alicia con obstinación—. Kitty es una artista. Marie me lo ha hecho ver. Kitty necesitaba más libertad, deberíamos haber impulsado su talento y viajar con ella a París, como siempre quiso.

El señor Melzer ya no pudo contenerse por más tiempo.

—¿A París? ¿Y qué más? ¿Quizá también Roma, o Venecia? ¿Acaso a esa hija mía tan consentida le gustaría entregarse al arte también en Nueva York? Querida Alicia, no comparto tu opinión en absoluto. Kitty no necesitaba más libertad, creo que deberíamos haber sido más estrictos con ella. Eso es lo que más lamento, no haber educado a nuestra hija según los preceptos del Señor: «Quien ama a su hijo lo azota con frecuencia para poder alegrarse más tarde». Son palabras de Sirácides, en el Eclesiástico, y siguen siendo válidas hoy en día.

—Pero ¡papá! —dijo Paul, mientras Alicia, consternada, guardaba silencio—. Sirácides. ¡Si está desfasado!

Su gracia no encontró eco en la mesa familiar. El señor Melzer lamentaba volver a arruinar el ambiente, pero había cosas que debían decirse.

—¡Toda esta palabrería sobre la comprensión y la libertad! —gruñó—. Así no se educa a una hija obediente, Alicia. Y permíteme que te diga otra cosa: si Katharina se atreve a poner los pies de nuevo en esta casa, le haré saber que ya no la considero hija mía.

—¡No puedes hablar en serio, Johann! —musitó Alicia, horrorizada.

—Hablo en serio, Alicia. No estoy dispuesto a dejarme

llevar por los antojos de mi hija. Ella decidió abandonar esta casa y alejarse de la protección de sus padres y de su familia. Además, a escondidas, a nuestras espaldas y, para colmo, con un francés que es un usurero. ¡No quiero saber nada más de Kitty!

Inmediatamente después de haber dejado escapar su ira se sintió aliviado, pero notó también cierto remordimiento. Por supuesto que, llegado el momento, estaría dispuesto a hablar. Él no era un monstruo. Pero ahora no podía admitir tal cosa sin desacreditarse.

—Entiendo muy bien a papá —dijo Elisabeth mientras separaba con soltura la raspa de la trucha.

—Johann —dijo Alicia con una tranquilidad fingida—, olvidas que esta también es mi casa. Y te lo diré sin tapujos: si mi hija Katharina quiere regresar al seno de su familia, yo la recibiré con los brazos abiertos. Soy y seré siempre su madre y estaré para mi hija hasta el fin de mis días. ¡Y ya que has utilizado la Biblia para tus argumentos, te recuerdo la parábola del hijo pródigo!

El señor Melzer, evidentemente, conocía esa historia, pero en ese instante no le convenía.

—¿Crees que le haces algún bien a tu hija perdonándola y consintiéndola? —exclamó.

—¡No permitiré que mi hija se quede en la calle sin recursos!

—¿Acaso he dicho yo que quiera que ella se muera de hambre?

En ese momento se atragantó con una pequeña espina y empezó a toser; se tomó un vaso entero de agua y finalmente se reclinó exhausto en la silla.

—¿Sabes una cosa, papá? —intervino Paul, que se había levantado para darle palmadas en la espalda—. Kitty ha cometido una verdadera estupidez, y tengo que admitir que estoy enfadado con ella. Sin embargo, sigue siendo mi hermana y, si regresa, primero le echaré una buena regañina y luego la acogeré.

—Puedes comportarte como desees, Paul —repuso él—. Yo, por mi parte, ya he expresado mi decisión y espero que se me respete.

Alicia no replicó nada al oír esa declaración; se limitó a alzar un poco la barbilla, en un gesto de firme oposición. Volvían a estar en pie de guerra... Oh, ¡cómo odiaba esa situación! ¿Por qué se había precipitado? Lamentablemente, él no era una persona diplomática. Nunca lo había sido y no lo sería jamás.

—Tengo cosas que hacer en la fábrica —anunció, y arrojó la servilleta sobre la mesa—. Termina de almorzar tranquilo, Paul. Si me buscas, estaré en la hilatura.

Al llegar a la puerta, con las prisas estuvo a punto de hacer caer al nuevo lacayo, que se disponía a entrar cargado con dos bandejas repletas. Humbert consiguió esquivar al señor con facilidad y sin poner en peligro el contenido de las bandejas.

—Disculpe, señor...

—No es culpa suya.

Mientras el señor Melzer recorría el pasillo, intentó apartar de su mente aquella desagradable escena familiar y concentrarse en el negocio. Había llegado una oferta desde Inglaterra para la nueva tela estampada de algodón. Ese negocio aumentaría el prestigio de la fábrica. Por otro lado, tenía la ridícula corazonada de que la paz no duraría mucho tiempo. El emperador alemán había ordenado la fabricación de buques de guerra y parecía dispuesto a socavar la supremacía de la marina inglesa. A la larga, los británicos no consentirían tal cosa. Aun así...

Se detuvo porque vio que una empleada venía de frente por el pasillo procedente del segundo piso. Ella aminoró el paso, probablemente lamentaba no haber utilizado la escalera de servicio. El señor Melzer aguzó la vista porque, con aquel tiempo tan gris, la luz del pasillo era muy tenue. La muchacha llevaba varios vestidos sobre el brazo, tal vez de camino al lavadero. ¿Era la señorita Jordan? No, era Marie.

La doncella hizo una reverencia al pasar junto a él. Por algún motivo, aquel gesto le pareció irónico.

—¿Marie?

Ella, que ya se había alejado un buen trecho a paso firme, se detuvo y volvió la cabeza.

—¿Sí, señor Melzer?

¿No debería haberse limitado a decir «señor», a secas? ¿O quizá «señor director»? Iba a reprenderla por ello, pero algo en su expresión lo detuvo. La muchacha tenía unos hermosos ojos oscuros, pero su mirada no era soñadora, sino despierta y muy atenta. Conocía esa mirada. ¡Dios mío! ¡Cómo corría el tiempo!

—Debo tratar un asunto contigo. Vamos a la biblioteca. Allí nadie nos molestará.

—De acuerdo, señor Melzer.

33

Marie caminaba delante del señor Melzer, que la seguía sin poder apartar la mirada de ella. ¡Con qué paso tan firme y ágil avanzaba! Andaba erguida, pero sin parecer rígida, y la falda le oscilaba un poco al caminar, aunque sin dar pie a ningún pensamiento estúpido. Al llegar a la biblioteca, ella se detuvo, volvió la cabeza hacia él y, cuando se disponía a abrirle la puerta, el señor Melzer se le adelantó. Sin que él mismo pudiera explicarse por qué, giró el picaporte y le sostuvo la puerta, como si Marie fuera una dama. Y precisamente así, con el porte erguido y seguro de una joven señora, pasó junto a él para entrar en la biblioteca.

Él la contempló asombrado. La muchacha había heredado esa altanería de su madre. Ni siquiera la infancia en el orfanato había podido domeñarla.

El señor Melzer se acercó a la chimenea, que aquel día no estaba encendida, y prendió una lámpara. Quería contemplar bien a la persona que tenía delante mientras conversaban. Marie se detuvo en el centro de la sala, dejó los vestidos que llevaba sobre una de las butacas y aguardó a que él hablara. Su mirada era serena y, algo inexplicable para él, resuelta.

—Quiero tratar dos cuestiones contigo. Ambas conciernen a mi hija Katharina.

Marie no pareció sorprendida, posiblemente contaba con

algo parecido. El señor Melzer la contempló un momento, absorto en el contraste entre el oscuro vestido de doncella y su juventud radiante. Marie Hofgartner era apenas mayor que Kitty y guardaba un parecido extraordinario con ella, por lo menos de lejos. En cambio, pertenecían a mundos distintos. ¿Le habría gustado tener una hija como Marie? Apartó de su mente esa ocurrencia disparatada.

—En primer lugar: no quiero que hables sobre Katharina con la señora. Esas conversaciones abruman a mi esposa y la apenan aún más.

Ella frunció sus cejas oscuras; al parecer, esa orden no era de su agrado. Pero el señor Melzer tampoco esperaba otra cosa.

—Señor Melzer, ocurre que yo nunca inicio esas conversaciones. Si la señora me pregunta, yo debo responder.

Así que ella tenía sus reparos, se dijo. Debería habérselo figurado.

—En ese caso, responderás del modo más escueto posible. ¿Me has entendido?

—Por supuesto, señor Melzer —respondió ella ladeando un poco la cabeza—. De todos modos, no creo que esas charlas hagan sufrir a la señora. Más bien al contrario: estoy segura de que le hace bien hablar de la señorita Katharina.

—Sobre este tema a ti no te corresponde opinar —dijo él reprendiéndola—. O haces lo que te digo o tendré que tomar medidas.

Marie se quedó callada, en una actitud que él no supo cómo interpretar. Estaba enfadado consigo mismo, pues sabía que amenazarla no era sensato. Marie se encontraba bajo la protección de Alicia y sabía muy bien que tenía que pasar algo muy grave para que la despidieran.

—El segundo asunto es sobre esa detestable carta que mi hija te escribió.

Entonces el señor Melzer fue presa de un repentino malestar y dio varios pasos de un lado a otro por delante de la chimenea. Sentía un tremendo ardor en el estómago. No debería haber tomado el pescado. Tal vez fue el consomé lo que le había sentado mal. Compasión por las vacas. Solo a Katharina se le podía ocurrir semejante ridiculez.

—¿Mi hija se ha puesto en contacto contigo de algún modo? Prometió comunicarte su paradero para que te reunieras con ella. ¿No es así?

El señor Melzer se detuvo para escrutarle el rostro mientras contestaba. Él tenía bastante experiencia interrogando a personas y sabía que si mentían casi siempre se notaba.

—Sí, eso escribió. Pero hasta ahora no he recibido noticias de ella. Espero que eso sea una buena señal.

No. Estaba diciendo la verdad. Esa muchacha no era de las que se inventaban mentiras. A lo sumo, podía ser que esquivara algunas preguntas para guardarse alguna cosa para sí.

—En fin —dijo él con un gruñido de disgusto—. Si mi hija se pone en contacto contigo, ya sea a través de un mensajero o de otro modo, quiero que me informes primero a mí.

—Pero… Pero entonces la señora…

El señor Melzer se enfadó. ¿Cómo se atrevía a contradecirle? ¿Quién se creía que era? ¡No era más que una doncella personal que hacía nada trabajaba de ayudante de cocina!

—¿Has oído lo que te he dicho? —la interrumpió.

—Sí, señor Melzer.

—Entonces espero que lo cumplas.

Ella volvió a guardar silencio. ¿Acaso creía que podía comportarse con él de un modo tan insidioso? Y todavía no había prometido mostrarle primero la carta a él.

—¿Piensas responderme?

Marie tenía los labios apretados y la vista clavada en el suelo. Levantó la mirada hacia el señor director; en sus ojos brillaba algo que él no supo interpretar. Posiblemente, se dijo, estaba furiosa con él.

—Señor Melzer, si eso es tan importante para usted, así lo haré.

¿Cumpliría su palabra? Él solo podía esperar que así fuera. Alicia era capaz de subirse al tren, buscar la dirección y rescatar a su adorada y desobediente hija. Esa idea lo inquietaba porque temía que un viaje tan precipitado pudiera poner a su esposa en dificultades.

—Perfecto —dijo él, a pesar de que nada en esa charla lo había sido—. Ya puedes retirarte.

El señor Melzer extendió la mano para apagar la lámpara, pero se detuvo al ver que Marie no se había movido ni un centímetro.

—Yo también tengo dos asuntos que tratar con usted, señor Melzer.

Él creyó no haber oído bien. ¿De verdad le exigía tratar dos asuntos? Eso era imposible. Pensó que tenía la cabeza demasiado alterada.

—¿Qué has dicho?

Marie permanecía en su sitio y ahora tenía las manos cruzadas sobre el vientre. Su expresión era tranquila y había empequeñecido los ojos.

—Yo no le tengo miedo y no me importa en absoluto si me echa o no. Pero quiero saber por qué jamás me ha dicho que soy la hija de Jakob Burkard.

Conque era eso. ¿Quién se lo habría contado? ¿Esa vieja arpía de la ciudad baja? ¿Alguien en la fábrica? No habría sido la señorita Pappert...

—Lo sé con certeza porque el padre Leutwien me enseñó el registro parroquial. Usted fue testigo de la boda de mis padres.

De modo que había sido el cura. Se había equivocado con Leutwien; no era tan discreto como supuso. Sintió que el pulso se le aceleraba y que empezaba a sudar. ¿Qué podía saber la chica? ¿Y qué no?

—Si has visto el registro parroquial, entonces también sabrás que solo estaban casados por la Iglesia. Por lo tanto, ese matrimonio no era válido.

—Válido o no, mi padre era Jakob Burkard. ¿Por qué siempre se me ha dicho que mi padre era un desconocido?

¡Qué muchacha tan obstinada y prepotente! ¡Venía cargada de exigencias y encima pretendía pedirle cuentas a él, su señor!

—Mira, Marie. Ahora no tengo tiempo para hablar de estas cosas contigo. Este asunto lo trataremos más adelante, cuando seas mayor de edad.

Apagó la lámpara y se acercó a la puerta con paso decidido. Pero Marie se le adelantó, tapó el picaporte con su cuerpo y le dirigió una mirada tan decidida que lo hizo retroceder.

—Quiero saberlo ahora, señor Melzer. A riesgo de que me eche. No pienso moverme de aquí hasta que no obtenga una respuesta por parte de usted.

El señor Melzer habría podido llamar a Auguste o a Else, incluso a la señorita Jordan, así esa desvergonzada se habría apartado de la puerta. Pero entonces Marie habría corrido a contar toda clase de historias confusas a su esposa y eso era algo que él quería evitar. Alicia solo conocía una parte de la verdad.

—Si te crees en la obligación de forzarme a ello, te responderé. Pero no te gustará, Marie Hofgartner. Ese es el motivo por el que era preferible que supieras estas cosas cuando alcanzaras la mayoría de edad.

Marie palideció, pero no cedió. ¿Cuánto valor o, mejor dicho, cuánta obstinación hacía falta para comportarse de ese modo? ¡Cómo se parecía a su madre! Luise Hofgartner. Todavía podía verla ante él: orgullosa e insolente en su ira, sorda a toda proposición bienintencionada.

—Así pues, ¿por qué? —insistió ella—. ¿Por qué no me

dijo usted que mi padre construyó toda su maquinaria, y que sin él la fábrica Melzer no existiría?

¿Qué le había contado ese sacerdote? El señor Melzer se debatía con su ardor de estómago, pero la cabeza le funcionaba con la claridad de siempre. Era preciso atajar el asunto desde el principio, solo así podría librarse de ella.

—En efecto, Jakob Burkard era un hombre habilidoso —dijo él despacio—. Pero él no era tu padre.

Aquello era una maldad, y notó el peso de ese pecado en su conciencia. Un pecado arrastraba siempre otro consigo, cada vez mayor. Sin embargo, él ahora estaba atrapado ahí y no podía zafarse y salir intacto.

—Jakob Burkard estaba dispuesto a casarse con tu madre cuando se quedó embarazada; amaba a Luise Hofgartner y quiso adoptar al bebé que esperaba. Ella nunca le reveló quién era el padre de esa criatura. Tal vez ni ella misma lo supiera; era una artista con una vida licenciosa...

Vio el dolor en sus ojos y también un temblor en su boca, y no pudo más que admirar que, a pesar de ello, mantuviera la compostura. Era una chica asombrosa. Lástima que no hubiera nacido con mejor estrella.

—¿Eso es verdad? —preguntó ella—. ¿O se lo acaba de inventar usted?

Se había dado cuenta. La pequeña era astuta. Pero él también sabía esquivar preguntas.

—Hay más. Jakob Burkard murió pocos días después de celebrarse la boda religiosa. Fue por el alcohol, al que, por desgracia, llevaba muchos años entregado. En cierto modo, deberías estar contenta de no ser hija suya puesto que esos vicios se heredan.

Marie se mordía los labios y lo miraba con enfado. Él se dijo que había sido un error acoger a esa criatura en su casa; jamás debería haber hecho caso de su conciencia. Quería poner a la pequeña bajo su protección, procurar que aprendiera un oficio, incluso que se casara. Pero Marie se había comportado de forma desafiante y obstinada en todas partes y había sido despedida una y otra vez.

—Me duele tener que contarte todo esto, Marie —dijo él con hipocresía—. Pero tú me has obligado. ¿Estás satisfecha?

—¡No!

Lo cierto es que él había tenido la esperanza de que con eso fuese suficiente, pero esa muchacha era hija de Luise y no daba fácilmente su brazo a torcer.

—¿Qué más quieres? No tengo tiempo. ¿Crees que no tengo nada más que hacer que responder a tus preguntas?

—¿Por qué despojó a mi madre de todo lo que poseía? Sé que tenía deudas, pero ¿era necesario ser tan cruel?

Eso solo se lo podía haber contado esa condenada vieja. Debía de haber perdido el juicio. O quizá con los años se había vuelto piadosa y temía la condenación eterna de su alma, para lo cual a esa bruja no le faltaban motivos.

—No sé qué quieres decir.

—Usted se llevó todos sus muebles, incluso los edredones y la ropa. A eso me refiero. Al final solo le quedó la cama en la que murió.

De nuevo le vino a la mente el recuerdo de la fallecida y sintió náuseas. Cuando el padre Leutwien le comunicó la noticia, él acudió a la ciudad baja en el acto. Su rostro rígido y céreo, su cabellera espesa, y la niña, sentada junto a ella en la cama, que no quería dejar a su madre. Hubo que sujetar con fuerza a la pequeña cuando, al cabo de un rato, fueron a recoger el cadáver.

—Eso es un malentendido —repuso él con enojo—. La ayudé a vender un par de muebles porque necesitaba dinero. Los vecinos debieron de malinterpretarlo.

Ella tenía sus ojos oscuros clavados en él; seguramente, tampoco le había creído. El señor Melzer se dijo que la vieja Deubel pagaría por esto; era inadmisible que hablara con alguien de esas cosas. Años atrás él había comprado su casa y los edificios adyacentes, por lo que ella se lo había buscado por no ir con más cuidado.

—¡Ya es suficiente!

El señor Melzer fue a asir el picaporte y Marie se hizo a un lado. Abrió la puerta con un gesto brusco y salió a toda prisa, como si huyera.

34

Elisabeth dejó oír un suspiro de impaciencia e insistió.

—¡Pero, mamá, con este tiempo primaveral no puedes quedarte encerrada en la habitación!

—¿Qué quieres, Lisa? —se defendió Alicia mientras buscaba en el costurero el hilo de color adecuado—. Ayer me paseé un rato por el parque. Hoy me gustaría terminar este bordado.

—Solo será una hora, mamá —imploró Elisabeth—. Necesito guantes de punto, el último par que me quedaba se me ha roto. Y ligas. Además, podríamos buscar hilo de bordar.

—Dile a Marie que te acompañe. Gustav puede llevaros en coche a la ciudad. Te daré algo de dinero.

Elisabeth dejó notar su disgusto. ¿Por qué mamá se había apartado de todo y se escondía, día tras día, en la villa? ¿Acaso creía que así acallaría las murmuraciones? Seguro que no. Hacía tiempo que la noticia se había propagado por Augsburgo y alrededores: la hermosa Katharina Melzer, la encantadora reina del baile, se había escapado con el francés Gérard Duchamps. El escándalo había sido la comidilla de todas las tertulias y reuniones de señoras, y, cómo no, de todos los encuentros de la sociedad de beneficencia; sin duda, se habían dejado oír voces de conmiseración, y también muchas críticas maliciosas. Papá tenía razón cuando decía que habían consentido demasiado a Kitty. Elisabeth, que siempre había tenido que renunciar, lo sabía muy bien. A su preciosa hermana le permitían todos los caprichos: clases de dibujo, visitas a exposiciones, lecciones con un escultor. Le compraban muchos libros de arte por cuyo precio papá ni siquiera se interesaba. En cambio, cuando Elisabeth pedía un libro de sonatas de piano, le decían que las partituras eran muy caras y que lo buscara en una librería de segunda mano.

—¿Cuándo fue la última vez que estuviste en la ciudad, mamá? Hace semanas —comentó.

Alicia se restregó los ojos con la mano y siguió buscando. Sobre el sofá del salón rojo había varias bobinas de hilo de bordar, dispuestas unas junto a otras y ordenadas por colores; aun así, no lograba dar con el color para los pétalos exteriores de la pálida rosa de su plantilla de bordado.

—¿Por qué debería ir a la ciudad varias veces a la semana?

—¿Por qué apenas invitamos a nadie? ¿Por qué no vamos a ningún sitio? Ni una velada, ni un baile ni siquiera un concierto.

—Todos los domingos vamos a misa. Y hace tiempo que terminó la temporada de bailes.

Alicia estaba enojada. ¿Qué pretendía Elisabeth con esos reproches? Bastante le costaba a ella guardar la compostura y no exhibir su tremenda preocupación por su pobre hija. Cuando asistía a una de esas invitaciones, que en otros tiempos tanto la habían complacido, tenía la impresión de estar andando sobre una fina capa de hielo. En cada frase le parecía adivinar un comentario irónico y percibía malicia en cada sonrisa o, cuando menos, compasión hacia unos padres sometidos a una prueba tan dura.

—Elisabeth, sabes por qué solo invitamos a los amigos íntimos. ¿Por qué deberíamos permitir que unos desconocidos se regodeasen con nuestra desgracia?

—¿Y crees que esconderse de todo el mundo ayuda en algo?

—Creo que es mejor que, al menos en los próximos meses, nos apartemos un poco de la vida social. Más tarde, cuando esto haya pasado, todo volverá a ser como antes.

Alicia levantó la vista hacia Elisabeth con una leve sonrisa con la que le suplicaba algo de comprensión; la muchacha no tuvo coraje para seguir aireando su descontento. ¿Para qué? Bastante sufría ya mamá por ese maldito egoísmo de Kitty; ella era la que menos merecía ser el blanco de su enojo.

—Así pues, solo podemos confiar en que nuestra querida Kitty entre pronto en razón —rezongó, y cogió de mala gana una labor de ganchillo que había empezado hacía unas semanas.

—¡Rezo todos los días por ello, Lisa!

En su fuero interno, para Elisabeth, Kitty bien podía quedarse tranquilamente donde estuviera, y hasta casarse con ese francés y vivir con él en Lyon: así, en Augsburgo se librarían de su molesta presencia. Sin embargo, la mala fortuna haría que la princesita regresara a la villa en algún momento, y papá, que tanto había alardeado de ello el otro día, sería el último en echarla de casa. Le darían de comer y la consentirían, retomarían las visitas habituales al doctor Schleicher —al menos ahora ella tendría cosas que explicar—, y mamá le daría todos los caprichos a la pobre Kitty. Papá estaría enfadado durante un tiempo y luego la perdonaría; Paul le haría saber su parecer, pero pronto se reconciliarían. Y todo volvería a ser como antes. Excepto que Kitty habría dejado de ser la preferida entre los jóvenes casaderos. Eso se había acabado definitivamente: ella sola se había puesto en esa situación, se había comprometido con un francés y nadie querría tomarla por esposa.

«Se lo tiene merecido», pensó Elisabeth, irritada. De nuevo ese mal bicho egoísta había vuelto a echar por tierra todas sus esperanzas. Pocos días antes del escándalo, Elisabeth se había encontrado por sorpresa con el teniente Von Hagemann en casa de una amiga; el teniente pasaba unos días de permiso en Augsburgo a causa del fallecimiento de una tía. Estuvieron charlando un rato, hubo otro acercamiento y él incluso le preguntó si, dada la ocasión, podría hacerles una visita a la villa. Y no, ciertamente, por Kitty, pues él habló de esta con una frialdad notable. Fue por ella.

Sin embargo, aunque después de que corriera la voz de que una de las hijas del industrial Melzer se había escapado con un francés asomaron algunas visitas curiosas por la villa, ninguna fue del teniente Von Hagemann. Él era demasiado considerado para algo así. Elisabeth confiaba en encontrárselo en alguno de los bailes que quedaban por celebrar, pero su madre había preferido dejar de acudir a esos eventos. Así que Elisabeth también debía quedarse en casa.

Emprendió la labor de ganchillo con furia, pero con ello solo logró que el dibujo se estropeara. Estaban ya a finales de marzo; hacía dos meses que Kitty había desaparecido y nadie sabía ni dónde ni con quién vivía.

«Qué injusticia», se dijo Elisabeth. «Aunque ninguno de nosotros ha hecho nada malo, todos debemos sufrir por culpa de la huida de Kitty. Y yo la que más, pues me ha arrebatado la felicidad de mi vida. Seguro que el teniente se ha cansado de nuestra familia y buscará a su prometida en otra parte.» Elisabeth tiró de algunos hilos de su labor, la sujetó a contraluz y con la aguja intentó aflojar los puntos que le habían quedado demasiado apretados. Entonces la asaltó la terrible idea de que se convertiría en una solterona, cuya ocupación diaria consistiría en tejer y coser para la beneficencia. ¡Cielos! En pocos años estaría allí mismo sentada con Kitty, tejiendo gorros de colores para los negritos, con los alegres hijos de Paul correteando a su alrededor. Como Paul era hombre, y además el sucesor de su padre en la fábrica, seguro que encontraría una esposa adecuada. Por supuesto, tía Lisa y tía Kitty, las dos solteronas, permanecerían en la villa. Les asignarían un pequeño dormitorio a cada una y llevarían una vida agradecida y modesta hasta la vejez. No tendrían ni voz ni voto porque, evidentemente, toda la gestión doméstica pasaría a manos de la futura esposa de Paul.

¡Qué perspectiva tan atroz! Elisabeth se alegró de que Auguste entrara en ese momento y anunciara una visita. ¡Dios santo! Esa muchacha estaba hinchada como un bollo; la blusa parecía a punto de estallarle y la falda también se le ceñía de forma notable sobre el vientre. «Qué curioso. Al parecer durante el embarazo los pechos también aumentan de tamaño», se dijo. Pero, en fin, esa experiencia ella se la ahorraría: sin marido, no hay embarazo.

—¿De quién se trata, Auguste?

Auguste tendió a Alicia la bandeja plateada con una tarjeta de visita.

—¡Es Alfons Bräuer!

Alicia dirigió una mirada vacilante hacia Elisabeth. Desde el «incidente» no habían vuelto a saber de ese joven que tanto había frecuentado la mansión dos meses atrás. Como otros conocidos, él también había desaparecido de manera extraña.

—No imagino qué puede querer —dijo Alicia.

Elisabeth se encogió de hombros. ¿Qué iba a ser? Querría dejar claro que de ningún modo había hecho una propuesta de matrimonio en firme. Les diría que, aunque hubiera podido parecer que tenía cierto interés, él nunca había propuesto matrimonio a Katharina de manera formal. No era el primero en pensar que debía salir de ese atolladero; Kitty había recibido varias propuestas, pero no había aceptado ninguna.

—La verdad es que no me encuentro muy bien —dijo Alicia, dubitativa. Pero entonces sacudió la cabeza y dejó la labor a su lado, en el sofá.

—No, eso sería cobardía. Dile al señor Bräuer que pase.

Auguste hizo una reverencia extraña a causa de su corpulencia y salió arrastrando los pies.

—¿Prefieres subir, Lisa?

—No, mamá. Me quedaré aquí. Siempre es interesante escuchar las excusas que se inventan los caballeros. Me pregunto cuál nos brindará el bueno de Alfons.

El joven Bräuer llevaba un traje de tarde de color gris claro que le daba un aire muy primaveral. Además había perdido peso y ahora el traje se le ajustaba a la perfección, no como antes, cuando parecía que una simple inspiración profunda bastaría para que le estallaran las costuras de la chaqueta.

—Señora, señorita. Por favor, disculpen esta inesperada irrupción…

—¡Por favor, querido señor Bräuer! —dijo Alicia con una sonrisa forzada mientras él la saludaba con un beso delicado en la mano.

—En realidad deberíamos disculparlo por su larga ausencia —dijo Elisabeth con malicia—. Lo hemos echado de menos, querido señor Bräuer.

Las dos damas se prepararon para escuchar una excusa poco creíble, que sería mentira de principio a fin.

—Lamento mucho no haberle hecho llegar noticias mías, señora —dijo Alfons Bräuer—, pero temí inquietarla aún más y por eso me he abstenido.

Tenía la frente brillante a causa de los nervios y se sacó un pañuelo blanco de la chaqueta para secarse el sudor. No reparó siquiera en el gesto con que Alicia lo invitó a sentarse en una de las butacas rojas.

—Acabo de llegar de la estación y aún tengo el equipaje en el automóvil. Mi primera parada en Augsburgo tenía que ser en su casa pues tengo una pregunta importante cuya respuesta necesito conocer.

Las miradas de desconcierto con que se encontró apagaron el leve destello de esperanza que le había avivado los ojos.

—¿Ella no…? ¿La señorita Katharina no ha vuelto?

Alicia no supo si debía responder, pues el comportamiento de aquel joven era muy extraño. Toda la ciudad sabía que Katharina Melzer no estaba en Augsburgo. ¿Por qué lo preguntaba? Al final, cuando la pausa en la conversación se volvió embarazosa, Elisabeth intervino para salvar la situación.

—Por desgracia no, señor Bräuer. Seguimos sin tener noticias de mi hermana.

—Es lo que me temía —suspiró él, y al fin se sentó en la butaca—. Dios mío, ya no sé qué más puedo hacer.

El joven Bräuer apoyó un momento los codos sobre las rodillas y hundió la cara entre las manos. A continuación, levantó la mirada y les dirigió una sonrisa llena de dolor.

—Los hemos buscado sin descanso en todos los hoteles, *auberges* y bistrós; hemos hablado con la policía e incluso hemos puesto sobre su pista a un agente local. Pero nada. Durante dos meses apenas hemos dormido: hemos recorrido calles y callejones preguntando por ellos en las tiendas. Todo ha sido en vano. Al final hemos tenido que desistir. Mi padre empezó a impacientarse porque me necesita en el banco.

A Alicia le llevó un rato asimilar esa información. Elisabeth fue más rápida.

—¿Ha ido usted a París a buscar a Kitty?

—Así es, señorita.

En ese momento Alicia lo entendió todo. Por el amor de Dios, si eso era cierto, había juzgado muy mal a ese joven. Ella reparó entonces en su aspecto pálido y trasnochado. Había adelgazado tanto…

—Querido amigo —dijo conmovida—. Soy incapaz de expresarle lo mucho que me ha impresionado. También a mí me pasó por la cabeza ir a París a buscar a mi pobre hija, pero mi familia me lo impidió…

—Y con razón, señora. Esa ciudad es inmensa. Era como buscar una aguja en un pajar. Solo con suerte lo habríamos logrado, pero por desgracia no ha sido así.

—¿No fue usted solo a París? ¿Quién lo acompañó? —interrumpió Elisabeth.

—¿No se lo he comentado? Oh, disculpe, señorita, estoy demasiado agitado. Viajé con Robert, su lacayo.

—¡Caramba! —exclamó Elisabeth—. Estábamos muy preocupados por él, pues desapareció de repente.

Alfons Bräuer les contó que el día en cuestión, hacia el mediodía, Robert se había presentado en el banco Bräuer & Sohn y había solicitado una entrevista en privado con él. Al principio le fue denegada, pero cuando el lacayo dijo que se trataba de la señorita Katharina Melzer y que era cuestión de vida o muerte, Alfons Bräuer lo hizo pasar a su despacho. La conversación apenas duró unos minutos; luego el joven Bräuer tomó las medidas pertinentes y dos horas más tarde ambos se encontraban ya en el tren hacia Múnich desde donde tomarían el tren nocturno a París.

«Menuda locura», se dijo Elisabeth. Dos jóvenes, ambos enamorados de la misma chica, viajando en el mismo compartimento de tren en plena noche. ¿De qué hablarían? ¿Qué confesiones se habrían hecho? ¿Qué se habrían ocultado? Oh, sin duda coincidirían en su odio hacia el francés que había encandilado a Kitty hasta el punto de que se escapara con él. Aunque seguro que no se les ocurrió enfadarse con ella. La princesita era pura e inocente, nadie podía hacerla responsable de sus acciones.

—Querido amigo, estoy profundamente conmovida —dijo Alicia por enésima vez, con los ojos anegados en lágrimas—. ¡Lo que usted ha hecho por encontrar a mi hija! ¡Me habría gustado tanto que sus esfuerzos se hubieran visto recompensados! Pero ¿qué ha pasado con Robert? ¿Dónde está ahora?

—¿Robert? Ah, bueno, él…

Alfons Bräuer tenía la cabeza en otro lugar y tuvo que esforzarse para responder a la pregunta de la esposa del director Melzer.

—Oh, señora, no tengo palabras para elogiar lo suficiente a mi leal compañero Robert Scherer. Ha hecho todo lo humanamente posible por encontrar a su hija; incluso puso en peligro su vida, ya que recibió una herida de arma blanca cuando andaba de noche por un barrio lóbrego. Le di una considerable suma de dinero ya que se había quedado sin empleo. Habló de abandonar Alemania y probar suerte en ultramar.

—¡Dios santo! —exclamó Alicia—. Señor Bräuer, le devolveremos su dinero. A fin de cuentas, aún debemos a Robert su salario.

Elisabeth se dijo entonces que Auguste no volvería a ver al padre de su hijo. Personalmente, a ella le convenía que Robert no regresara ya que así no diría nada de la carta cambiada. Y Auguste, sin duda, mantendría la boca cerrada, pues había tenido la increíble suerte de mantener su puesto a pesar del embarazo.

Alfons Bräuer tenía ahora el semblante enrojecido; se limpió el sudor de la frente y las mejillas y trató, en vano, de aflojarse el cuello de la camisa. Entonces, con la respiración entrecortada, se puso de pie ante las dos mujeres.

—Señora, quiero que me entienda bien —dijo, solemne, mirando primero a Alicia y después a la atónita Elisabeth—. Amo a su hija Katharina, y este terrible acontecimiento no ha cambiado mi afecto lo más mínimo.

Se interrumpió un momento. Elisabeth aguardó conteniendo el aliento. ¿Era eso posible? Esas cosas solo ocurrían en los folletines.

—Dicho lo cual, le solicito la mano de su hija Katharina.

Pronunció estas palabras de forma clara y solemne, y luego volvió a pasarse el pañuelo por la frente. Alicia estaba atónita y Elisabeth reprimió el deseo de estallar en una risa histérica. Sin embargo, cuando él prosiguió en voz baja, la situación le pareció más bien dramática.

—Cuando ella vuelva y sea lo que sea lo que le haya ocurrido, mi propuesta seguirá en pie. Quiero amar y respetar a Katharina como esposa y protegerla y cuidarla de todo mal hasta el fin de mis días.

Soltó un leve resoplido; pronunciar esas frases le había costado un enorme esfuerzo. Posiblemente las traía ensayadas desde el tren ya que las pronunció de corrido.

—Le estoy muy agradecida —musitó Alicia, que aún no se había repuesto de la sorpresa—. Se lo agradezco de todo corazón, querido amigo. Es usted una persona valiente y honrada.

Entonces Alicia también hizo uso del pañuelo. Elisabeth tuvo que contenerse, pues en su interior sentía una furia tremenda. ¿O era envidia?

¡Increíble! Su hermana arruinaba su reputación, se fugaba, compartía lecho con un francés y, aun así, tenía un pretendiente al que tales cosas no le importaban. Alfons Bräuer era el heredero de un banco privado, un soltero codiciado por un buen número de muchachas de la alta sociedad.

—Si me lo permite, señora, mañana volveremos a hablar. No debemos perder la esperanza —le oyó decir.

«Ojalá Kitty estuviera muerta», se dijo Elisabeth. Acto seguido, se asustó de haber tenido un pensamiento tan abominable.

35

«Será cosa de un cuarto de hora; a lo sumo, media hora», se dijo Marie acelerando el paso. Nadie se daría cuenta. Al otro lado, en el parque de la villa, oyó el ruido de un serrucho; Gustav había apoyado la escalera en un cedro antiquísimo y podaba unas ramas muertas. La saludó alegremente y ella le devolvió el gesto. Debajo del cedro había una carretilla donde el viejo Bliefert amontonaba las ramas cortadas.

Marie repasó en su cabeza lo que tenía que comprar. Un par de guantes de punto de la talla siete, de color claro y diseño elegante. Hilo de seda para bordar verde lima y rosa pálido, según las muestras que la señora Melzer le había dado. También carretes de hilo de coser verde oscuro, azul pálido y blanco marfil; un paquete de agujas de coser y tres metros de encaje para un camisón. ¿Qué más? Había algo más. ¡Ah, sí! Un rollo de trencilla elástica.

En realidad, la señorita Elisabeth debería acompañarla para hacer esas compras, pero sufría una fuerte migraña desde el almuerzo y había tenido que acostarse. Aunque Marie no tenía mucha simpatía por Elisabeth, últimamente sentía lástima por ella, pues era la que estaba pagando las consecuencias de la irreflexiva huida de Kitty. La más afectada era la señora, que estaba muy preocupada por su hija; Paul, por su parte, estaba consternado, pero se esforzaba en disimularlo. Y el señor Melzer también sufría por esa situación, pero Marie no sentía ninguna compasión por él.

No había pegado ojo en toda la noche. Estuvo dando vueltas en la cama tratando de recordar todas y cada una de las frases que había pronunciado el padre Leutwien. Estaba segura de que el sacerdote se había referido a Jakob Burkard como su padre. No dijo nada de adopción, ni tampoco que su madre estuviera embarazada de otro hombre cuando se casó. Aunque tal vez ella le había ocultado el embarazo. De ser verdad lo que le habían dicho en el orfanato, Marie había nacido el 8 de julio de 1895. Por tanto, cuando su madre se casó estaría en el cuarto o el quinto mes de gestación. ¿Quién sería el padre?

¡Menudo desprecio había empleado el señor Melzer al referirse a su madre! Una artista con una vida licenciosa. Era como si pensara que Luise Hofgartner fue una mujer frívola que se acostaba con hombres distintos cada vez. De ser así, ¿se habría casado con un hombre que se encontraba a las puertas de la muerte? ¿Acaso ese matrimonio no era la prueba de un gran amor? Tenía que ser así. Pero eso no demostraba que la hija de Luise Hofgartner fuera del hombre con el que contrajo matrimonio ante Dios.

Con todo… En el registro parroquial tenía que constar también su bautizo. Y seguro que allí aparecería el nombre de su padre. Debería hablar con el padre Leutwien y pedirle que consultara de nuevo el registro. Seguro que lo haría.

Marie ya no disponía de ninguna salida libre ese mes, pero como la habían mandado sola a hacer los recados vio la ocasión. El padre Leutwien tenía ese enorme registro parroquial en su despacho, al alcance de la mano; apenas unos segundos para abrirlo y la cuestión quedaría resuelta. Únicamente tenía que contar con el rodeo que tenía que dar hasta la iglesia de San Maximiliano, pero no era mucho y ella andaba a buen paso.

Sin embargo, aquel día todo parecía ir en su contra. En la tienda de Ernstine Sauerbier tuvo que esperar una eternidad hasta que por fin la esposa del doctor Wohlgemut y su hija se decidieron por los guantes de seda blancos apropiados. Al parecer, se acercaba una boda y todas las prendas se escogían con sumo esmero. En los grandes almacenes encontró el hilo de coser y la trencilla elástica, pero no el hilo de bordar en los colores que necesitaba, así que tuvo que ir a dos tiendas más para comprar el encaje y el hilo de bordar. Cuando finalmente lo tuvo todo, ya había pasado una hora.

A esas alturas, se dijo, ya daba igual un cuarto de hora más, así que se dirigió a la iglesia de San Maximiliano. A la luz del día, la casa parroquial tenía un aspecto algo destartalado, tal vez fuese porque a principios de abril los arbustos aún no tenían hojas y dejaban ver algunos desconchones en la pared de entramado. Subió los tres escalones de arenisca que conducían hasta la puerta y llamó al timbre. Se oyó entonces el ruido unos pasos arrastrándose en el interior de la casa; la puerta de roble oscuro se entreabrió y por el resquicio asomó el rostro aguileño del ama de llaves.

—Buenos días —dijo Marie tan amablemente como fue capaz—. Quisiera hablar con el cura.

—¿Quiere confesarse?

Aquella pregunta desconcertó a Marie. ¿Qué más le daba al ama de llaves lo que quisiera pedirle al sacerdote?

—Soy Marie Hofgartner y me gustaría hablar con el cura.

¿Acaso esa mujer estaba molesta con ella? El ama de llaves resopló y miró a Marie con enojo.

—El padre Leutwien no está.

¡Qué mala suerte! Como ella había presentido, ese no era su día de suerte.

—¿Cuándo regresará?

—De aquí a una o dos horas. Después tiene clase con los confirmandos. Y luego, la misa vespertina.

En otras palabras, Marie ya podía marcharse porque ese día el cura no tenía tiempo para ella.

—¿Y si quisiera confesarme? —intentó de nuevo.

—En tal caso, el capellán está en la iglesia. Dicho eso, la mujer replegó su rostro aguileño al interior de la casa y cerró la puerta. ¡Qué arpía tan desagradable! Marie, contrariada, atravesó el cementerio parpadeando bajo la luz del sol de abril. Se dijo que tendría que volver a asistir al oficio matutino, pues ahí encontraría al cura con toda seguridad. A esas alturas no estaba dispuesta a rendirse. Sabía demasiado o, según se mirase, demasiado poco.

Tras cruzar dos callejones se le ocurrió que podía hacerle una visita a la señora Deubel. Aquello entrañaba cierto riesgo, pero ahora que la posadera sabía que estaba bajo la protección del joven señor Melzer no se atrevería a echarle encima a su vigilante. ¿Cómo no lo había pensado antes? La señora Deubel sabía muchas cosas de su madre y seguro que no le había contado ni la mitad.

De todos modos, ya se le había hecho muy tarde y tendría que inventarse una disculpa cuando llegase a la mansión. Daba igual. Atajó atravesando algunos callejones estrechos, y se alegró de haber trabajado un tiempo en la ciudad baja y conocer bien las calles.

El sol de abril era despiadado y caía sobre aquella posada venida a menos con una claridad deslumbrante, dejando a la vista la decadencia del edificio. Nadie parecía ocuparse de cuidar la casa: las vigas del entramado se habían combado, la madera estaba podrida en algunos puntos y los gorriones habían construido sus nidos en los huecos. Por lo menos esos inquilinos eran seres alegres que revoloteaban de un lado a otro, haciéndose con material para sus nidos y disputándose cada rama.

Marie había pensado subir la escalera sin más y no dejarse detener por nadie. Sin embargo, la puerta, que colgaba torcida de las bisagras, se abrió justo cuando llegaba. Marie retrocedió asustada; ante ella se encontró a la desagradable posadera.

—¿Otra vez has venido a espiar, Marie Hofgartner? —preguntó burlona y con una sonrisa sarcástica.

Marie reparó en que le faltaba uno de los incisivos.

—¿Y a usted qué le importa? Quiero ver a su madre. Déjeme pasar.

La sonrisa sarcástica se convirtió en una carcajada que asustó a Marie. Era una risa malévola y llena de odio, aunque a la vez dejaba entrever la amargura de alguien que solo había conocido el lado oscuro de la vida.

—Llegas tarde. Sube y echa un vistazo, si es lo que quieres. No hallarás a mi madre. La enterramos hace dos semanas.

Había fallecido. Cielos, se dijo, ¿cómo no se le ocurrió antes volver a hablar con la anciana? Ahora era demasiado tarde. Para siempre.

—Lo… lo siento —murmuró—. La acompaño en el sentimiento…

—Ah, tonterías —gruñó la posadera apartándose un mechón gris de la cara con un soplido—. La vieja ya había vivido lo suficiente. Hacía años que no salía de su cuarto y yo tenía que subírselo todo. Al final solo desvariaba; es bueno que se haya ido.

Marie no supo qué responder, así que se despidió con un breve gesto, se dio la vuelta y se marchó. Realmente no era su día: todo le salía mal. Había malgastado el tiempo para nada, iban a reprenderla y tendría que inventar una excusa de por qué llegaba tan tarde. Al menos, había comprado todo lo que le habían encargado: los guantes, el hilo de bordar, el encaje, la trencilla elástica y el hilo de coser. ¡Oh, no! ¡Había olvidado las agujas!

Se encontraba ya en la entrada del jardín, a punto de tomar el acceso a la mansión, cuando cayó en la cuenta. Marie se quedó quieta, asustada. ¡Lo que faltaba! Y ya no había tiempo para regresar a la ciudad y…

—¡Cuidado! ¡Por el amor de Dios! ¡Marie!

Además del grito de alarma, Marie escuchó un crujido; luego, algo grande y oscuro cayó a plomo sobre su hombro izquierdo, haciéndola gritar de dolor.

—¡Estúpido zoquete! ¡Mira lo que has hecho!

—Creía que aguantaría, abuelo. ¿Cómo iba a saber que se rompería tan pronto?

Marie estaba inclinada en el camino; había dejado caer la cesta con los encargos y se sujetaba el hombro dolorido. Le había caído encima una enorme rama de roble y, por unos centímetros, no le dio en la cabeza.

—Ojalá no tengas nada roto —se lamentó el viejo Bliefert—. ¿Puedes mover el brazo, Marie? Oh, Dios mío, deja que primero te quite de encima la condenada rama…

—Estoy bien —murmuró Marie.

Marie tuvo que agacharse un poco porque el anciano levantó la rama con tanta torpeza que estuvo a punto de arañarle la cara.

—¡Espera, abuelo! Gustav bajó la escalera rápidamente y levantó el cuerpo del delito como si fuera una pluma. Con un gesto de enojo, arrojó la rama podrida sobre la hierba, dejó caer los brazos y miró a Marie con cara de culpabilidad, como un colegial al que estuvieran regañando.

—Soy un cabeza hueca, señorita Marie. ¿Le… le duele mucho? Mi abuelo le preparará una compresa con un ungüento que va de maravilla para los golpes.

Marie movió el hombro con cuidado; lo tenía entumecido. En todo caso, podía levantar el brazo. Dentro de la desgracia, había tenido suerte.

—No es tanto como parece —dijo con una sonrisa débil—. Y lo de «señorita» guárdatelo para otra. Yo soy Marie, nada de señorita.

Gustav hizo una mueca y sonrió.

—Para mí, usted es una señorita. Son cosas de nacimiento. Hay quien, aunque sea hija de noble, es zafia como una pueblerina y nunca será una señorita. Y hay quien trabaja de ayudante de cocina pero en realidad es una dama...

—¿Vas a quedarte ahí plantado? —lo interrumpió su abuelo—. Corre a la mansión para avisar de que Marie está en nuestra casa, que ha tenido un accidente y que voy a aplicarle mi ungüento.

Aquella orden no fue del agrado de Gustav ni tampoco de Marie, que mientras recogía las cosas del suelo objetó:

—Señor Bliefert, es usted muy amable, pero llego tarde. Será mejor que vuelva en otro momento. En realidad, apenas me duele.

—Si no te aplico el ungüento ahora mismo, por la noche se te hinchará el hombro, se te pondrá azul y no podrás mover el brazo durante días.

Aquello no sonaba bien. Marie tenía experiencia con moretones y cardenales, pues en el orfanato la habían golpeado a menudo. En efecto, si un golpe afectaba a un punto sensible, podía ser grave.

—Como usted diga —dijo Marie titubeando—. Pero no debemos demorarnos.

Gustav resopló con fuerza. Sin duda, en la mansión le preguntarían por el accidente y no podría mentir. Ojalá la señora no se enterara. Hacía años que esperaba ser ascendido a jardinero. Se alejó apesadumbrado, mientras el viejo Bliefert asía los mangos de la carretilla e invitaba a Marie a seguirlo.

La casa del jardinero era de los tiempos en que el parque era propiedad de un comerciante que se había creado un pequeño paraíso fuera de la ciudad. Se trataba de una construcción de piedra, de una sola planta, diseñada para ser utilizada como caseta de aperos y alojamiento del servicio. Con los años, Johann Melzer, el nuevo propietario, había restaurado el tejado y había dado a su criado Bliefert, que vivía allí con su esposa y sus hijos, el material necesario para las tareas de reparación.

—Antes había tanta vida en esta casa… —dijo el jardinero cuando entraron en la cocina—. Los chicos acudían a mí corriendo, y mi Erna siempre tenía comida preparada. Llegamos a ser diez a la mesa, incluso doce, porque los chicos traían a sus amigos. Eran hijos de familias pobres y con nosotros comían hasta saciarse. Después vinieron las nueras y los nietos, y la casa se llenó de alboroto y también de riñas, aunque Erna siempre cuidó de todos. Cuando la casa se quedó más tranquila y Erna solo tenía que ocuparse de Gustav y de mí, ella añoraba el barullo y el griterío de los niños… Luego murió y nos dejó a los dos solos…

En efecto, saltaba a la vista que en aquella casa hacía falta una mano que pusiera orden. Marie no pudo evitar sacudir la cabeza al ver el caos en la cocina, la vajilla sucia y las paredes ennegrecidas. ¿Alguna vez desde la muerte de la esposa del jardinero había barrido alguien el suelo? Desde luego, las ventanas no las había limpiado nadie, porque estaban opacas.

—Siéntate en el banco, Marie —dijo el anciano, al que no le había pasado inadvertida su mirada de asombro—. No te asustes por Minka, está durmiendo y no hace caso de las visitas.

Bliefert dibujó una sonrisa tímida, como queriendo disculparse por el desorden, y luego se dirigió hacia la habitación contigua, que debía de ser el dormitorio, para coger su ungüento milagroso. Marie contempló con respeto a Minka, una gata grande, atigrada y gris, que dormía acurrucada sobre un cojín. Cuando Marie se le acercó, el animal levantó las orejas y abrió un poco los ojos, bufó y se estiró. Marie observó que Minka tenía unas garras considerables y las orejas destrozadas… y que era macho. Cuando Marie le acarició el suave pelaje, arqueó el lomo y comenzó a ronronear.

—Le gustas mucho —comentó el viejo Bliefert—. Siéntate, le encanta que la acaricien.

¿De veras no sabía que Minka era macho? Qué curioso. En cualquier caso, a Minka lo entusiasmaban los mimos, gruñía y ronroneaba, y apretaba su cabeza contra la mano de Marie como si no tuviera suficientes caricias. Sin embargo, cuando el jardinero agitó y destapó la botella que había traído, Minka ya no quiso mimos, levantó la nariz y la cola y puso una pata sobre la mesa.

—Adora mi ungüento —dijo el jardinero con una sonrisa—. Pero no se lo puede beber porque le sentaría mal.

A Marie no le cupo duda alguna; el olor de esa cosa era tan intenso que ella apenas se atrevía a respirar.

—¿Qué... qué hay dentro?

Bliefert olisqueó la botella, asintió satisfecho y abrió el cajón de la mesa para sacar un paño de cocina.

—Contiene todos los remedios que existen contra moretones y torceduras: aceite de lino y cera de abeja, árnica y manzanilla, artemisa y llantén. Y otras cosas que prefiero no decir.

Tras colocar el paño de cocina en el cuello de la botella, la giró. El intenso olor del líquido marrón aumentó y Minka ronroneó extasiado. Probablemente el jardinero había añadido también valeriana, y algo presente en la orina de caballo. ¡Uf!

—Déjame que vea ese bonito hombro tuyo, muchacha. Será mejor que nos pongamos manos a la obra antes de que vuelva Gustav, pues de lo contrario no podrá apartar los ojos de ti...

Marie se desabrochó el abrigo y la blusa, se la bajó un poco y vio que, en efecto, tenía el hombro hinchado.

—¡Au!

—Hay que frotar bien porque, si no, no sirve de nada. Si eres fuerte y aguantas un poco, pasarás la noche tranquila y mañana no notarás nada.

En ese momento, Marie sentía un dolor atroz. En más de una ocasión estuvo a punto de levantarse de golpe y echar a correr, pero no quería ponerse en ridículo y permaneció quieta.

—Bien —dijo él, por fin satisfecho, y la soltó para levantar a Minka de encima la mesa—. Cúbrete rápido para que conserve el calor. Ya verás que obra milagros. Como si no hubiera pasado nada.

Minka bufó y contempló con enfado cómo el anciano cerraba aquella botella de contenido tentador. Marie se vistió; al hacerlo, le pareció que el hombro le ardía. ¡Qué olor tan desagradable! ¿Cómo explicaría en la mansión esa pestilencia?

—Huele a cuadra de caballo —dijo Marie—. ¿Cómo es posible?

El jardinero sonrió y dio un último golpe al corcho. En efecto, dijo, el ungüento contenía también algo de caballo, que él conseguía por un viejo conocido suyo que tenía una cuadra. Aunque el señor Melzer también tenía cuatro bonitos caballos: una yegua alazana y tres castrados castaños.

—Antes de comprarse el automóvil, siempre iba en uno de sus coches de caballos; se iba más rápido y no daban tantos problemas como los vehículos de motor. A menudo yo hacía de cochero para el director Melzer.

Caramba. Así que también había conducido coches de caballos. Marie levantó con cuidado el hombro y tuvo que admitir que ya no le dolía. Bliefert ahora tenía el gato sobre el regazo y le rascaba cariñosamente las orejas.

—Por aquel entonces, el señor Melzer salía bastante; iba a la ciudad incluso de noche, y yo tenía que esperar mucho rato hasta que él volvía a casa…

Marie parecía llevar el pensamiento escrito en la frente, ya que Bliefert se apresuró a señalar que eso fue antes de que el señor Melzer se casara. Luego, dijo, Bliefert solía acompañar a su joven esposa, ya fuese a comprar o a visitar a alguna amiga.

—Lo normal entre las señoras con dinero —dijo él—. Mi Erna no vio mucho mundo. Estaba en casa con los niños, cuidaba el jardín y la casa, y estaba siempre ocupada.

Marie asintió respetuosamente con la cabeza y se dispuso a darle las gracias y despedirse; pero Bliefert siguió con su discurso.

—A menudo, los Melzer recibían invitaciones para veladas por la noche; yo los llevaba hasta esas casas tan elegantes y esperaba en una taberna hasta que llegaba la hora de recogerlos. Aún recuerdo muy bien El Árbol Verde. Era un lugar acogedor y la cerveza no estaba mal, aunque la posadera era una bruja...

¿Qué había dicho? ¿El Árbol Verde? Tenía que estar confundido: en los alrededores de aquella taberna no había ninguna casa elegante.

—¿Iba usted a El Árbol Verde? ¿El de la señora Deubel?

—Así se llamaba ella —afirmó—. El diablo en persona, tanto la madre como la hija.

—¿Y usted llevó alguna vez al director Melzer a la ciudad baja? ¿A la casa en la que se encuentra la posada El Árbol Verde?

Bliefert asintió, se quitó con desagrado la gorra y luego se la volvió a colocar. Eso de hablar tanto tenía que ser cosa de la edad; tal vez empezaba a estar senil.

—El director Melzer visitó ahí a una mujer llamada Luise Hofgartner, ¿verdad? —insistió Marie sin piedad.

Él la contempló con los ojos empañados y asintió. Sí, afirmó, así se llamaba; era pintora o algo parecido. ¡Por san Francisco!, era una mujer vehemente. Ante una mujer así habría echado a correr el mismísimo Belcebú.

—¿Y eso? —quiso saber Marie, confusa.

—Bueno... —gruñó Bliefert, rascándose la nuca—. El señor Melzer y esa pintora discutieron. Gritaban tanto que se llegó a oír en la taberna. Me sentí de lo más incómodo porque todo el mundo se echó a reír. Cuando por fin bajó la escalara y me llamó, estaba furioso. Tenía la cara muy roja, parecía que le iba a dar algo…

Ciertamente parecía haber sido una situación virulenta. Su madre no podía hacer frente a sus deudas y eso, claro, podía ser una molestia para el director Melzer. Pero, de hecho, debería haber contado con esa posibilidad. ¿Por qué se había enfadado de ese modo?

—A fin de cuentas, aquello tampoco era bueno para él. Él necesitaba esos papeles a toda costa —prosiguió Bliefert.

¿Qué estaba diciendo ahora? Eso era algo nuevo.

—¿Qué papeles?

Bliefert se encogió de hombros y dejó oír un profundo suspiro de descontento. Minka dejó de ronronear, se levantó y regresó a su cojín.

—Papeles. Esquemas. Eran muy importantes para el señor Melzer. Creo que tenían algo que ver con las máquinas de su fábrica.

—¿Dibujos de las máquinas? ¿Era eso lo que quería de Luise Hofgartner?

—Sí, unos planos de construcción de las máquinas. Él le ofreció mucho dinero a cambio, pero esa chiflada no se los quiso dar.

—¿Por qué no?

—Según el señor director, por pura maldad.

Marie no dijo nada. Se preguntó si lo que había contado el jardinero podía ser cierto. Si su madre había estado en posesión de esos planos, estos solo podían ser de Jakob Burkard. ¿No había dicho el sacerdote que había construido todas las máquinas de la fábrica? ¿Por qué su madre no quiso venderle los planos al señor Melzer? A fin de cuentas, ella necesitaba el dinero.

Una cosa era segura. Si el jardinero decía la verdad, el director Melzer le había mentido. En vez de encargarse de vender los muebles de su madre para ayudarla, le había embargado todas sus cosas para extorsionarla. ¿Por qué motivo no quiso entregarle los planos?

—Me he entretenido hablando —se lamentó el jardinero al tiempo que se levantaba con brusquedad—. Y todavía debemos serrar la madera podrida y apilarla para el invierno. ¿Por dónde andará Gustav?

Era evidente que quería zanjar aquella conversación tan delicada. En un gesto de complicidad, se inclinó hacia Marie y dijo que su nieto bebía los vientos por esa doncella... Adele, se llamaba. ¿O tal vez era Anna-Maria?

—¡Ah! ¿Quiere usted decir Auguste? Pero ahora está embarazada.

El anciano soltó una risita. Eso era lo que atraía a Gustav. Ya lo había pillado dos veces con Auguste en la puerta trasera, pero nunca creyó capaz de esas cosas a ese muchacho tan ingenuo...

Marie también se puso de pie, contenta de salir al aire libre ya que el hedor del ungüento se había extendido por la pequeña cocina. Qué curiosa era la vida. Había tenido mala suerte dos veces y seguía sin saber lo que tanto anhelaba. Sin embargo, había dado con un nuevo misterio.

Antes de que el viejo Bliefert cogiera los mangos de la carretilla, se detuvo otra vez y se volvió hacia Marie.

—Oye, ¿tú no te llamas Hofgartner?

—Así es. Me llamo Marie Hofgartner.

Él asintió, contento al ver que la memoria no le fallaba del todo, y murmuró:

—¡Qué coincidencia!

36

—¡Maldita sea! ¡Quiero hablar con el director Melzer! Esas exigencias a gritos en la antesala y que se oían desde el pasillo no eran nuevas para Paul. ¡Qué persona tan odiosa, esa Grete Weber! Pero tenían que tratarla con guantes de seda. No querían que el accidente de su hija saliera a la luz.

—El director Melzer está reunido. Ahora mismo no tiene tiempo para usted.

Era la voz de la señorita Lüders, que se esforzaba por adoptar un tono tranquilo y comedido. Por desgracia, se dijo Paul, eso no le serviría de mucho.

—Dejad que os cuente una cosa, damiselas... —Para entonces, la tejedora hablaba el doble de alto y había triplicado su agresividad—. Por muy encorsetadas y emperifolladas que vayáis, y aunque no os ensuciéis las manos, si yo quiero hablar con el director vosotras tenéis que anunciarme. Porque mi hija Hanna ha tenido un accidente en la hilatura y solo tiene trece años. En lugar de trabajando, tendría que haber estado en la escuela. Y porque no queréis que yo lo ande contando por ahí. ¿Está claro?

Paul decidió que las secretarias necesitaban apoyo masculino y abrió la puerta con gesto enérgico. Tres pares de ojos se clavaron en él. La señorita Lüders pareció aliviada, y Henriette Hoffmann le dirigió una mirada radiante, como si estuviera ante san Miguel, el que venció al dragón. Únicamente la tejedora lo miró con ojos hostiles, ya que con su aparición él le había tomado la delantera.

—¿Qué hay, señoras? —dijo con una sonrisa—. ¿Ya han terminado la pausa para el almuerzo? Ah, no, eso no está bien. Insisto en que almuercen como es debido.

Las secretarias se sonrojaron y sonrieron. La señorita Lüders se recolocó las gafas. La señorita Hoffmann dejó un bocadillo de queso a medio comer sobre la mesa y se atrevió a decir que estaba siempre dispuesta para lo que dispusiera el señor, aunque fuese durante la pausa del almuerzo.

Grete Weber abrió la boca para hacerse oír, pero Paul se le adelantó.

—¡Señora Weber! ¡Qué casualidad! Ahora mismo iba a pasarme por la hilatura para hablar con usted. ¿Cómo está Hanna? ¿Se está recuperando bien?

Aquel trato tan amable desconcertó a la tejedora. En verdad, el joven señor Melzer era muy distinto a su padre. Pero él no mandaba. Aún no.

—¡Oh, Dios mío! En realidad, señor Melzer, ha empeorado. Aunque los médicos dicen que va mejor, una madre se da cuenta de esas cosas, ¿no le parece?

Paul le dio la razón. Todo el mundo sabía que la intuición de una madre nunca se equivocaba.

—¿Qué ocurre? —quiso saber él—. ¿La fractura no se cierra?

—¡Para nada! —exclamó la tejedora haciendo un gesto despreciativo con la mano—. No se puede decir que se haya curado. Está muy rígida. Y además, muy delgada. Nosotros no tenemos dinero, y yo ya no puedo llevarle más zumos y exquisiteces. Está prácticamente en los huesos, pobrecita mía...

Paul asintió mientras ella hablaba y comentó que sentía mucho oír aquello. Se comprometió a visitar a Hanna en el

378

hospital ese mismo día y luego informar a su padre de la situación.

La tejedora abrió los ojos con asombro; ella contaba con un desenlace distinto tras sus lamentos: veinte marcos al contado, como poco diez. Lo que hiciera ella con ese dinero ya era asunto suyo. Pero ahora el joven señor Melzer estaba dispuesto a ir al hospital y hablar con los médicos.

—¿Sabe? —dijo con cautela—. Los médicos pretenden quitarse de encima a Hanna. Quieren que vuelva a casa. Pero ¿quién la cuidará? Yo trabajo, los chicos van a la escuela y las tardes las pasan con sus amigos. Además, la abuela tiene mal la cabeza. Tenemos que atarla a la cama porque se marcha de casa y olvida el camino de vuelta.

—¿Y qué hay de su marido?

Ella torció el gesto y soltó un resoplido. Con ese no se podía contar. Casi nunca estaba. Y era mejor que así fuera.

—Usted no se preocupe, señora Weber. Yo llevé a Hanna al hospital y me encargaré de que se recupere por completo.

Mientras le hablaba, le cogió la mano y se la apretó con gesto resuelto. La tejedora se quedó tan sorprendida que se dejó hacer, como si fuera una marioneta. De hecho, no era nada habitual que un señor tan distinguido le diera la mano. Ella ni siquiera se la había lavado antes de ir allí; solo se había limpiado el aceite de la máquina en el delantal.

—Yo, bueno, le agradezco mucho que se ocupe tanto de Hanna —farfulló—. Está la cuestión de los veinte marcos que querría…

—Querida señora Weber, hablaré con mi padre. Y ahora, a trabajar. Ha concluido la pausa del almuerzo. Señorita Hoffmann, dictado. Por favor, tráigase la libreta gruesa porque tenemos mucho que hacer.

Henriette Hoffmann cogió la libreta y el lápiz con gesto solícito, y la señorita Lüders introdujo una hoja con dos copias en la máquina de escribir para redactar una carta comercial. Aunque se llevaba bien con su compañera, le molestaba que el joven señor Melzer solo llamara a la señorita Hoffmann para el dictado. ¿Acaso ella taquigrafiaba más rápido? Dudaba que fuese por eso. ¿Tal vez él prefería la nariz de la señorita Hoffmann?

La puerta se cerró detrás de Grete Weber. ¡Por fin esa pesada se había marchado! ¡Gracias a Dios!

—¡Menuda fresca! —comentó la señorita Hoffmann mientras tomaba asiento en la sala contigua para atender al dictado—. El señor director es demasiado bondadoso. Otro la habría despedido hace tiempo.

Paul no contestó a esa observación. En su lugar, empezó a dictar muchas cosas: esbozó una oferta, redactó la respuesta a una queja, dictó propuestas de publicidad y propuso abrir relaciones comerciales con Viena, San Petersburgo y Sudamérica. Todo, cómo no, debía ser sometido a la supervisión del estricto señor director. Su padre tenía que darse cuenta de que había aprendido muchas cosas de la fábrica y que ya estaba desarrollando ideas propias. Consideraba que era preciso pensar a nivel internacional, porque ahí era donde se hacían los grandes negocios. Inglaterra era un buen mercado, pero era preciso introducirse en Rusia, Italia y Francia, y también había oportunidades al otro lado del charco. Pero su padre no hacía más que hablar de la posibilidad de que estallara una guerra. El zar había aumentado los efectivos de su ejército, cierto, pero ¿qué importancia tenía eso? Alemania había engrosado su flota y los ingleses construían aviones que permitían espiar al enemigo desde el aire. Los gobernantes sacaban pecho, querían imponer respeto, pero ninguno se atrevería a atacar. Además, todas las casas reales estaban unidas por lazos de sangre o matrimonio.

Al cabo de una hora, la señorita Hoffmann se quejó de que tenía la mano dolorida y preguntó al señor Melzer si tal vez querría tomar un café.

—Hemos terminado, señorita Hoffmann. Con usted siempre se avanza muy rápido. Tiene hasta mañana por la tarde para pasarlo todo a máquina.

—Gracias, señor Melzer. Siempre es un placer trabajar con usted.

Paul pasó un momento por el despacho de su padre, al que encontró leyendo un documento con expresión sombría y se lo dio a leer, diciendo que esa era la ocasión perfecta para demostrar si sus estudios de Derecho le habían servido de algo. Era la carta de un abogado que le comunicaba que un competidor había denunciado a la fábrica Melzer por apropiamiento ilícito, esto es, robo, de unas muestras de tejido.

—Con eso no puede llegar muy lejos, padre.

—Pero es un incordio. Genera gastos y molestias. Como si no tuviésemos otras preocupaciones...

Paul tenía la impresión de que su padre estaba nervioso. Eso le empezaba a inquietar. Johann Melzer tenía más de sesenta años, y en los últimos meses había envejecido de forma ostensible. Tenía la barba encanecida y su piel presentaba bolsas bajo los ojos.

—Voy a visitar a Hanna Weber en el hospital. Su madre ha estado aquí hace un rato.

Su padre asintió y pareció satisfecho de que Paul se encargara de ese asunto. Comentó que había oído los gritos de la tejedora desde el despacho. Menuda desvergonzada. De no haber ocurrido ese lamentable accidente, habría puesto a esa mujer de patitas en la calle hacía tiempo, y lamentó haber cometido la torpeza de darle dinero varias veces...

Paul sonrió y se guardó para sí el comentario de que, en efecto, en eso se había equivocado. Sin embargo, su padre parecía estar molesto por otra cuestión.

—¡Mujeres! —siguió lamentándose el director Melzer—. ¿Has leído el artículo de esta mañana en el *Allgemeine Zeitung*? ¡Sufragistas! Esas son furias desatadas con forma de mujer. ¡Un hatajo de indecentes! En Inglaterra han roto las ventanas del Ministerio de Interior. Se arrojan sobre los coches de caballos, incendian casas, se bañan en el río tal y como Dios las trajo al mundo…

—¡Vaya! —exclamó Paul, divertido—. Parece que eso te saca de tus casillas. Sin embargo, lo único que quieren esas damas es votar. La verdad, no veo por qué ellas no…

El director Melzer miró a su hijo como si lo viera por vez primera. Le preguntó en tono agresivo si acaso no sabía que permitir a las mujeres acudir a las urnas significaría la debacle de Europa.

—Pero hay muchas mujeres inteligentes y sensatas. Mamá, por ejemplo…

Con eso lo puso entre la espada y la pared. No, admitió su padre, él no pretendía arremeter contra su madre. En su opinión, era mejor que las mujeres como Alicia aplicaran sus cualidades en el ámbito del hogar, para el bienestar de su marido y familia. Algo que, sin duda, Alicia hacía de forma impecable. Pero, prosiguió, las mujeres no eran capaces de comprender las complejas relaciones del Reichstag; el intelecto no les alcanzaba para ello. Era competencia de los hombres determinar el destino del Imperio, así había sido siempre y así debía continuar.

Paul no lo contradijo, pero no compartía la opinión de su padre. Kitty, dispuesta siempre a provocar a quienes la rodeaban con ideas desacostumbradas, se había declarado totalmente a favor de las sufragistas. Aunque su padre llevaba días sin mencionarla, aquel acceso de ira innecesario demostraba que por dentro estaba muy preocupado por esa hija descarriada.

—Volveré en una o dos horas, padre.

—¡No pierdas el tiempo!

Paul se acercó en coche hasta la villa, aparcó delante de la entrada y subió a toda prisa la escalera pasando por delante de Else, que se lo quedó mirando con asombro. En el pasillo del primer piso Paul encontró al ama de llaves, tan rígida y pulcra como siempre y con una sonrisa cansada dibujada en el rostro.

—Señorita Schmalzler, ¿mi madre está en el salón rojo?

—Su señora madre está en cama. Tiene una migraña tremenda.

—¡Oh, vaya! —dijo él, y se quedó pensando—. ¿Sería tan amable de decirle una cosa cuando se reponga?

—Por supuesto...

De repente ambos sonrieron. La señorita Schmalzler llevaba en la villa desde que le alcanzaba la memoria; ella había estado más al tanto de sus «salidas» secretas, sus primeros intentos de fumar puros e incluso de su primer amor que sus propios padres. En la mayoría de los casos, ella se lo había guardado para sí, aunque eso la había puesto en algún que otro compromiso. Tenía un gran corazón.

—Voy a ir al hospital para visitar a la chica del accidente y me llevaré a Marie.

—¿A Marie? ¿Qué se supone que hará allí?

Naturalmente, ella tenía que estar al tanto de sus intenciones. Tal vez pudiera mantenerlo en secreto ante sus padres, o incluso ante Lisa, pero no ante el servicio, y menos aún ante la señorita Schmalzler.

—Me gustaría que hablase con la chica —dijo él esforzándose por dar una explicación—. Hay algo turbio en este asunto. La pequeña a mí no me dirá nada, pero tal vez Marie lo pueda averiguar.

—Es muy posible —opinó el ama de llaves con expresión grave—. Diré a Marie que baje al vestíbulo.

Él la miró con los ojos radiantes y casi sintió deseos de abrazarla.

—Muchas gracias, señorita Schmalzler. Esperaré en el coche.

Desde ese beso insensato y a la vez maravilloso no había vuelto a hablar con Marie. Ella lo esquivaba; siempre que podía, utilizaba la escalera de servicio y se quedaba en las estancias a las que él no tenía acceso. Al principio eso lo había contrariado mucho, incluso llegó a enfadarse. ¿Qué le había hecho para que creyera necesario ocultarse de él? Solo la había besado. Nada más. Y estaba seguro de que no la había obligado. Marie, tan pudorosa ella, lo aceptó de buena gana. Lo rodeó con sus brazos, mostrando su dulce entrega y devolviéndole el beso. Otro habría aprovechado la ocasión y habría intentado hacerla subir a su dormitorio. Quizá debería haberlo hecho.

Al pensarlo, se sintió avergonzado. Eso, se dijo, habría sido el final. Por una parte, ella no habría accedido y, por otra, lo habría tomado por un mujeriego. Había que tener paciencia, darle tiempo y esperar la ocasión propicia para expresarle sus intenciones. Él no quería tener amoríos con ella. Quería otra cosa. Aunque aún no sabía muy bien el qué.

En un par de ocasiones había coincidido con ella en el vestíbulo, le sonrió y le deseó un buen día. Ella le devolvió el saludo en tono circunspecto, pero no desagradable, y siguió su camino. Muchas veces, después de cenar se la encontraba en el salón rojo con Lisa y su madre, sentada en una butaca haciendo ganchillo y explicándoles algo que hacía reír a las dos. Sin embargo, cuando él se sentaba ahí para acompañarlas, su madre pedía a Marie que se retirase. Al cabo de algunas semanas, él se dio cuenta de que así no conseguiría gran cosa. Tener paciencia era bueno, pero cuanto más retrasase sus explicaciones, más se afianzaría el malentendido entre ellos. Y no era de extrañar. ¿Cómo podía saber ella que sus intenciones eran distintas? Incluso él mismo estaba sorprendido por sus sentimientos. Debía hablar con ella a solas, sin testigos, sin nadie que los oyera. Para ello, el automóvil era la solución ideal.

Ella se hizo esperar. Él aguardó impaciente en el asiento del conductor repiqueteando con los dedos en el volante. ¿Era Humbert el que comentó que ayer por la tarde Marie estuvo en la casa del jardinero? Al parecer se hizo daño en el parque y el jardinero tuvo que curarla. Por desgracia, Humbert no dijo cuál de los dos jardineros había atendido a Marie, si el joven o el viejo. Gustav Bliefert no era un adonis y tenía pocas entendederas, pero por su condición social estaba más próximo a Marie. Aunque había cierta diferencia entre una doncella personal y un jardinero, era mucho menor que la que separaba a una doncella personal de un señor.

—Lamento haberlo hecho esperar, señorito.

Él salió de su ensimismamiento y contempló el rostro serio y algo inquieto de la muchacha. Por fin estaba ahí. Con un pesar que Paul no supo interpretar si era cierto o fingido, ella le explicó que antes de salir había tenido que peinar a su hermana porque luego iba a visitar a una amiga.

—Siéntate a mi lado.

Aunque ya tenía la mano en la manija de la puerta trasera, obedeció y se sentó junto a él. Llevaba un vestido oscuro y una chaqueta larga y entallada de la misma tela. Si no andaba equivocado, había pertenecido a Kitty. Y el pelo recogido y oculto bajo un sombrero pequeño y encantador que no les había visto ni a Kitty ni a ella.

—Marie, estás muy guapa.

Ella lo miró de soslayo y aquella mirada larga y severa lo desconcertó. Nervioso, se dijo que no debía cometer ningún error. Puso en marcha el motor, pero un falso encendido lo obligó a repetir el proceso.

—No parece fácil conducir un coche —observó ella—. ¿Hay mujeres que lo hacen?

—Por supuesto. Y no es nada difícil. Lo único que ocurre es que ahora mismo yo estoy siendo un poco torpe.

Él soltó una risa tímida y rodeó con el coche el arriate de flores, donde empezaban a brotar narcisos amarillos y tulipanes rojos. Entre la hierba del parque asomaban crocos de múltiples colores, que en algunos puntos se agolpaban formando unas almohadas densas.

Marie observaba con curiosidad todos sus movimientos: clavó la mirada en el cuentakilómetros e intentó saber qué hacía con los pies. Preguntó dónde estaba el freno, qué era lo que él llamaba cambio de marchas, qué hacía desplazar al coche y si tal cosa era peligrosa o podía explotar.

—Si ahora me apeo, abro el depósito de la gasolina y echo dentro una cerilla, entonces se produciría un estallido tremendo.

Marie quiso saber si alguna vez había sufrido un accidente.

—Por suerte, no —dijo él—. Aunque, según me han contado, tú ayer sí tuviste uno y el jardinero tuvo que asistirte.

Ella lo miró con sorpresa y luego pareció divertida.

—Vaya, no cabe duda de que en la villa los tambores de la selva funcionan a la perfección. ¿Quién se lo ha dicho?

—Nadie. De hecho, lo oí al pasar. Espero que no fuera nada grave.

—No fue gran cosa —dijo ella con una sonrisa—. Una rama podrida me cayó encima del hombro.

—¡Una rama! ¡Santo Dios!

—Y el viejo Bliefert me aplicó su ungüento mágico.

Así que fue el viejo. Él le hizo friegas en el hombro y, claro está, no por encima de la ropa. Paul sintió una rabia sorda, aunque enseguida se dio cuenta de que esos celos eran más que ridículos. Bliefert debía de rondar los setenta años.

Condujo a través de la puerta Jakober y luego dobló hacia la izquierda en dirección al arrabal de Jakober. Unas casas pequeñas, de aspecto pobre, se alternaban con edificios del ayuntamiento; y entre ellas había almacenes y cobertizos. También ahí la maleza verdecía; la hierba brotaba con fuerza en manojos espesos en los jardines descuidados de delante de las casas y en los parques y, entre ella, refulgía el blanco de las margaritas silvestres y el amarillo de los dientes de león.

—Ese ungüento parece cosa del diablo —prosiguió ella en tono animado.

Él la escuchó hablar de la cocina caótica y de la gata Minka, que en realidad era un gato, y le dio a conocer los curiosos ingredientes de aquel remedio. Marie podía ser muy divertida explicando esas cosas y él tenía que ir con cuidado mientras conducía. Los coches de caballos en particular procuraban echar a la cuneta a los automóviles que les venían de cara, ya que los cocheros odiaban aquella novedosa competencia que, de forma lenta pero firme, les socavaba su modo de ganarse la vida.

Detuvo el automóvil ante al edificio de ladrillo del hospital principal y apagó el motor.

—Espera un momento —le pidió cuando vio que ella buscaba la manecilla de la puerta para bajarse—. Tengo algo que decirte, Marie.

Ella detuvo el gesto y se quedó rígida.

—Puede usted ahorrárselo —dijo ella—. Ya sé lo que va a decir.

—Ah, ¿sí?

Ella entornó los párpados y puso cara de enojo.

—Usted quiere decirme que le gustó mucho besarme. Y que se figura que a mí también me gustó.

—¿Y fue así?

Ella volvió el rostro hacia él; parecía que la cara le ardía.

—Sí.

Sin duda, era una confesión sorprendentemente sincera. Él no se atrevió a decir nada y aguardó, conteniendo la respiración.

—Se lo digo porque es cierto —prosiguió ella—, y no quiero que haya mentiras entre nosotros. Yo le tengo en muy alta opinión, señor Melzer, y por eso le pido que no vuelva a hacerlo nunca más.

¡Qué muchacha! ¿De dónde le venía esa actitud, ese coraje, esa rectitud? ¡Menuda confianza! En aquel momento deseaba abrazarla y decirle que la amaba, que no quería a nadie más a su lado. En toda su vida. Hasta la eternidad.

¿Y qué hizo? Farfullar toda suerte de tonterías en vez de admitir la seriedad de su amor. Decir que él también la tenía en alta estima. Que se sintió atraído por ella desde la primera vez que la vio, en otoño, cuando llegó a la villa cargada con su hatillo. ¿Se acordaba de esa ocasión? Él iba en el automóvil que pasó junto a ella. Solo quería lo mejor para ella, quería verla feliz y contenta. Si ella se quedara a su lado…

Ella lo escuchó con el ceño fruncido, aparentemente sin entender muy bien esa verborrea. Al final dijo que, ya que habían llegado al hospital, tal vez sería bueno entrar. ¿O acaso eso solo era una excusa?

—¡En absoluto!

Él abrió la puerta del conductor, se apeó de mala gana y dio la vuelta para ayudarla a bajar. Sin embargo, Marie ya había bajado; entonces él cayó en la cuenta de que habría resultado inapropiado ofrecer la mano a una criada. ¿Acaso eso le importaba? El caso es que no, pero seguramente a Marie la habría incomodado.

—Vamos…

Él clavó la mirada al frente con expresión sombría porque estaba enfadado consigo mismo. ¿Cómo podía comportarse de un modo tan torpe? ¿Por qué era incapaz de hablar con Marie de sus planes en lugar de tartamudear como un tonto? Él sabía hablar bien, tenía buen trato, incluso con personas difíciles, y podía manejar las discusiones y transmitir su opinión de forma adecuada. En cambio, con ella se comportaba como si acabara de llegar de la luna. ¿Qué pensaría de él?

«Pues que soy un completo idiota, ¿qué si no?», se dijo, desesperado. «Si alguna vez ella me ha respetado como hombre y como persona, hoy lo he echado a perder. Por no haber tenido el valor de tomar una decisión y defenderla.»

—La hora de visita está a punto de finalizar —dijo la religiosa de la recepción del ala de los protestantes.

—Muchas gracias, hermana. Seremos breves.

Se dirigió a la escalera para no estar a solas con Marie en el ascensor. Se había puesto tan en ridículo que en ese instante prefería no enfrentarse a su mirada de desprecio. Mientras recorrían el pasillo largo y sombrío, le explicó brevemente lo que la madre de Hanna le había contado.

—Si la pequeña está tan débil, debería quedarse un tiempo más en el hospital —dijo Marie.

—Vamos a verla. Tal vez podrías hablar con ella, Marie.

En ese momento la puerta del dormitorio número diecisiete se abrió de golpe y tres muchachos salieron a la carrera hacia el ascensor armando revuelo.

—Vaya —murmuró Paul—. ¿No son esos los hermanos de Hanna?

En la habitación el aire estaba viciado; había una nueva paciente en la sala, de forma que la pequeña estancia albergaba ahora once camas, una de las cuales estaba oculta por un biombo blanco. La mujer parlanchina que tenía la cama junto a la ventana ya no estaba, y en su lecho había una anciana enjuta abrigada con una toquilla de color rosado que contemplaba la calle con expresión ausente.

—Estoy en un entierro —dijo con desdén—. Un poco de respeto, señores.

—Disculpe —dijo Paul.

Ella no le respondió.

Hanna tenía la cama bastante arrugada y a un lado se veía una mancha. ¿Qué habían hecho sus hermanos? Le habían quitado la venda de la cabeza y se le veía la parte en la que tenía el cabello rasurado. Aún tenía el brazo izquierdo escayolado, pero, por lo demás, parecía avanzar en su recuperación.

—Hola, Hanna —dijo Paul—. ¿Todavía te acuerdas de mí?

—Usted es el señor Melzer.

—En efecto —dijo él con una sonrisa—. Y esta es Marie. Una conocida mía.

La muchacha estaba algo intimidada y, a pesar del prolongado reposo y la buena alimentación, no parecía haber engordado nada. Paul permaneció un rato escuchando cómo Marie charlaba con la chica de forma tranquila, cariñosa y, en cierto modo, maternal. Hanna parecía encontrarse a gusto, algo que a él no le sorprendió en absoluto. Esa criatura pocas veces debía de haber disfrutado de un poco de afecto maternal.

En el pasillo salió al encuentro de una enfermera y le preguntó cómo iba todo. Hanna, le explicó ella, era una muchacha encantadora. Muy obediente. Nunca gritaba, ni replicaba. En cambio, sus hermanos… esos eran harina de otro costal. Con ellos había que andarse con mucho cuidado.

—¿Y eso?

Por lo visto, acudían a diario al hospital, incluso fuera de las horas de visita. Se colaban en el dormitorio de Hanna y le quitaban la comida. Aunque la enfermera los había echado en más de una ocasión, ellos seguían viniendo. Incluso las cosas que hacía enviar el señor Melzer, como los caldos en conserva, las manzanas, las pastas dulces, iban a parar a los estómagos hambrientos de esos tres pequeños bribones.

—Increíble —musitó Paul, enojado.

Ahora entendía por qué la pequeña seguía tan delgada. Y también por qué Grete Weber no quería que su hija abandonara el hospital. Mientras estuviera allí, sus hijos podían comer bien.

—¿Y qué hay del brazo roto, las magulladuras y la herida de la cabeza?

—Pregúnteselo mejor al médico. Él podrá darle más información.

—Por su experiencia, ¿qué diría usted?

Ella sonrió. Le gustaba que él apreciara su capacidad. De hecho, una buena enfermera solía ver más que el médico.

—El brazo roto todavía necesita recuperación, pero por lo demás está muy bien. Yo diría que la chica tuvo mucha suerte, señor Melzer.

—Muchas gracias, hermana.

—Lo lamento, pero deberían ustedes marcharse ahora. Ha terminado el tiempo de las visitas.

En el dormitorio, Marie seguía sentada junto a la cama de Hanna. Cuando él entró ambas lo miraron como si las incomodara. ¿De qué podían haber hablado? A Hanna le brillaban los ojos, casi parecía dichosa.

—Estoy en un entierro —repitió la anciana—. Un poco de respeto, señores.

Él se acercó a Hanna para despedirse y le aseguró que todo iría bien. Pronto saldría del hospital y, en cuanto le retiraran la escayola, podría volver a usar el brazo.

—Es una muchacha asombrosa —comentó Marie en el pasillo mientras se dirigían al ascensor—. La anciana está totalmente perturbada. A veces incluso sale de la cama y pretende huir. Hanna ha evitado que se cayera en dos ocasiones.

—¿Te ha dicho si sus tres hermanos le quitan la comida?

Abrió la puerta del ascensor y cedió el paso a Marie. Un matrimonio entrado en años los siguió. Una mujer obesa, tocada con un sombrero de terciopelo, y un escolar escuálido se apretujaron también en el interior.

—¡El ascensor solo es para cuatro personas! —se quejó el anciano con marcado acento bávaro.

—Oh, vamos, no ocurre nada por uno o dos más —replicó la mujer del sombrero de terciopelo.

—En su caso no es así. Pesa usted como tres.

—¡Qué insolencia!

—¡Ha sido un placer!

Todo el mundo se alegró cuando por fin la cabina se detuvo en la planta baja y Paul abrió la puerta. El matrimonio, el escolar y la señora obesa del sombrero pasaron rápidamente a su lado y Marie salió la última. Se miraron, les entró la risa y estallaron en carcajadas.

Cuando pasaron por delante del cuarto de recepción riendo animadamente la religiosa protestante los miró con extrañeza, pues aquel no era un lugar donde se oyeran muchas risas. En cuanto salieron, recobraron la compostura y Marie dijo que, tras ese comportamiento, era mejor que no se dejaran ver en el hospital nunca más.

—¡Qué cosas! —dijo Paul en tono alegre.

Aprovechó para sostenerle la puerta del acompañante y ella subió al coche con un gesto desenvuelto, como si no estuviera acostumbrada a otra cosa.

—He averiguado muchas cosas sobre Hanna —dijo cuando ambos estuvieron sentados—. La madre lo pasa mal porque es la que trabaja para mantenerlos a todos. Lleva a los chicos a la escuela y se preocupa mucho por alimentarlos y comprarles ropa como es debido. Pero a Hanna la dan de lado. Con diez años tuvo que ir a lavar ropa por las casas; y con doce la madre la llevó a la fábrica, aunque dijo que tenía trece.

Paul estaba impresionado. ¿Cómo era posible que la pequeña hubiera contado tantas cosas en tan poco tiempo?

—Hay más. El dinero que Grete Weber ha recibido para su hija no le ha llegado. La mayor parte se la bebe el marido. Por culpa de su afición tuvieron que abandonar la colonia, ya que el director Melzer no permite que un trabajador se deje el jornal en alcohol.

—¡Dios santo! ¿Por qué no lo dijo antes?

Marie le dirigió una mirada compasiva, y él entonces se dio cuenta de que había cosas que hasta el momento habían pasado desapercibidas para el hijo de un industrial rico.

—Porque tenía miedo. ¿Acaso no ha oído hablar de maridos borrachos que pegan a su esposa y a sus hijas?

Marie tenía el semblante serio, con la mirada clavada al frente, con sus ojos oscuros entornados y el labio inferior fruncido. Él la contempló fascinado; hacía un instante ella se estaba riendo a carcajadas, mientras que ahora su expresión era decidida y, a la vez, lúgubre.

—Si Hanna vuelve con esa familia, no tendrá ningún futuro —aseveró.

Él suspiró. Sin duda, ella tenía razón. Pero ¿no le ocurría eso a mucha gente? ¿Qué futuro podía tener la hija de una tejedora? En cualquier caso, la chica volvía a estar bien y, por fortuna, el accidente no tendría mayores repercusiones.

—En la villa hace falta una ayudante de cocina —dijo Marie escrutándolo de soslayo.

Caramba. Así que ya había hecho planes. Sonrió. No era una mala ocurrencia; solo había un problema, que la chica era demasiado joven.

—Podría ir a la escuela por la mañana y trabajar por la tarde.

Él nunca había oído hablar de un arreglo como ese. Encendió el motor con cara divertida y le prometió hacerle la propuesta a su madre, que era la que se encargaba de llevar la casa y el servicio. En esa cuestión, ni él ni su padre tenían nada que decir.

—¿En serio? Yo creía que su padre era el que tenía la última palabra en todo.

Paul se echó a reír, pero esa observación lo incomodó un poco. Se preguntó si con eso ella quería decir que él estaba sujeto a la voluntad de su padre en todos los asuntos. ¿También en asuntos amorosos? ¿En la elección de su… esposa?

Él le dirigió una mirada rápida y creyó adivinar una tristeza profunda en su expresión. Y fue entonces, en ese instante, cuando supo lo que quería.

37

A Maria Jordan casi se le para el corazón al reconocer aquella silueta en la escalera de servicio. ¡Santísima Virgen! Creía que se había librado para siempre de ese individuo. Al menos, se dijo, no había nadie más y estaban solos. Dentro de la desgracia, había tenido suerte.

—¿Qué quieres? —le dijo entre dientes—. Aquí no se te ha perdido nada. Ya te pagué.

Él se acercó y ella se asustó cuando le vio la cara abotargada de borracho. Tenía la nariz abultada y cubierta de una telaraña de venas finas y gruesas; los labios azulados y las mejillas, ocultas por una barba poco poblada, le colgaban flácidas. Del hombre de buena presencia que fue no quedaba nada.

—¿Por qué te pones así, Mariella? —murmuró él—. En otros tiempos, bien que te gustaba que viniera a visitarte. Me esperabas sentada en la cama, impaciente. Apenas vestida con una camisola para darme una alegría…

Su voz se transformó en una cantinela con la que pretendía hacerle recordar tiempos pasados. Ella, sin embargo, no sentía más que repugnancia. Especialmente al notar que venía acompañado de una pestilencia a sudor, suciedad y aguardiente.

—¡Calla esa boca! —lo regañó ella—. Eso ya es historia, ¿entiendes? Y ahora, largo. Márchate, y que no te vea nadie.

La cara del borracho dibujó una sonrisa tan grotesca como amenazadora. Maria Jordan supo que no iba a ser tan sencillo librarse de él.

—Me iré, Mariella —musitó él—. Pero solo cuando tenga lo que me toca.

—Maldito chantajista, a ti no te toca nada. A lo sumo el infierno, pero eso ya lo tienes asegurado.

Él soltó una risita, a la que siguió un acceso de tos. La señorita Jordan estaba asustada. En cualquier momento podía bajar alguien por la escalera de servicio. Humbert, Else... O incluso Auguste, aunque esa prefería quedarse abajo, en la cocina. Por suerte, Marie no estaba en casa, solo le hubiera faltado eso.

—Vamos, sube. Rápido. Y no arrastres los pies. ¡Maldito borracho!

—Pero, mujer, tú antes me hablabas de otro modo.

Ella tiró de él con un gesto brusco y lo hizo subir por la escalera estrecha hasta el tercer piso; cuando llegaron arriba, comprobó que no hubiera nadie y salieron al pasillo. Era muy poco probable que, a esas horas, a primera hora de la tarde, alguien estuviera en los dormitorios del servicio. Pero, claro está, eso nunca se podía saber con certeza.

—¡Aquí dentro, pasa!

Él entró torpemente en el dormitorio y, mientras ella cerraba la puerta con cuidado, él se dejó caer sobre una de las camas. Ella, fuera de sí, le ordenó que se levantara de las sábanas blancas. ¿Es que no tenía ojos en la cara? Estaba desaseado, parecía recién salido del arroyo.

Él se levantó, sonrió de forma mordaz y quiso saber si esa era su cama. Ah, ¿no? ¿Y quién dormía ahí? Una muchacha guapa, ¿verdad? Una jovencita de posaderas delicadas y pechos turgentes. ¿Dónde estaba ahora?

—Mira, espantajo, o cierras esa bocaza de víbora o llamo a la policía.

Aquella amenaza la hizo reflexionar unos instantes, y ella se dio cuenta de que tenía motivos para temer a la policía. Sin embargo, él era demasiado listo para caer en esa trampa.

—Haz lo que te plazca, Mariella. Pero entonces tus señores sabrán un montón de cosas sobre ti. Todavía te recuerdo en el escenario, con esa falda corta y sacudiendo las piernas...

Él la tenía en un puño, aunque de aquello hacía tanto tiempo que casi parecía irreal. Ella tenía diecisiete años y bailaba en un teatro de variedades de Berlín; además, cantaba cuplés con un actor y tenía un pequeño solo. Fue entonces cuando surgió el amor entre el elegante cabo del ejército Josef Hoferer, Sepp para los amigos, y la delicada bailarina, conocida como Mariella. Él le había arruinado la vida. La dejó embarazada, se vio obligada a marcharse del teatro y luego sufrió un aborto. Y encima él, Josef, tan elegante, la abandonó a su suerte. Cuando ella entró a trabajar como doncella personal de una actriz, él apareció de nuevo. Tuvieron un par de noches de amor a escondidas y luego él empezó a pedirle dinero. Llevaba años acosándola. El verano del año anterior se presentó en la villa; ella le juró con rabia que aquella sería la última vez que pensaba pagarle.

—Te matas a beber —le recriminó—. Ya no puedo darte más.

—Sí que puedes, Mariella, solo que no quieres. Sin embargo, lo vas a hacer para que no hable.

Apenas podía tenerse en pie. A juzgar por cómo se tambaleaba, ella vio que no aguantaría mucho más. Si no lo sacaba inmediatamente del cuarto, se caería inconsciente y se quedaría tumbado ahí. Le costaba mucho ceder de nuevo, ya que el dinero que guardaba en un pañuelo en el fondo del cajón de la cómoda eran sus ahorros para más adelante, cuando fuera mayor y no pudiera trabajar.

Él observó cómo ella rebuscaba en el cajón, pero lo hacía

de modo que él no pudiera ver cuánto guardaba en el pañuelo.

—¿Cinco marcos? ¿Es que pretendes tomarme el pelo?

—No tengo más. ¡Eso es todo!

Él dijo que, con tan poco dinero, tendría que volver al día siguiente. Ella le amenazó con llamar a la policía, pero le dio cinco marcos más. Luego cerró el cajón y se volvió hacia él.

—Y ahora, largo, Sepp.

—Deséame suerte, Mariella.

—La necesitas. ¡Largo!

Fue un error echarlo sin mirar antes si había alguien en el pasillo. Pero ella solo cayó en la cuenta después, cuando oyó un grito agudo, como el de una muchacha asustada al descubrir que hay alguien escondido mirándola durante el aseo matutino. Humbert, ese bicho raro, se dirigía a su habitación y se había dado de bruces con Sepp.

Aquel choque inesperado hizo perder el equilibrio al borracho, que se agarró al aterrado Humbert para no caer. El lacayo empezó a chillar, sin duda horrorizado por ese viejo apestoso. Para esas cosas era muy delicado, y siempre iba de punta en blanco.

Maria Jordan agarró a Sepp con fuerza por la nuca y lo apartó para que Humbert pudiera zafarse de él. Ambos tenían la respiración entrecortada y se miraban con espanto.

—¿Qué… qué se le ha perdido a este aquí? —farfulló el lacayo mientras intentaba en vano alisar su chaleco arrugado.

—Ni idea —exclamó Maria Jordan—. Parece que se ha colado.

Empujó suavemente a Sepp hacia la escalera a la vez que exclamaba que ni siquiera en la villa se estaba a salvo de los ladrones. Humbert, que seguía atónito, dio unos pasos vacilantes hacia atrás; luego se dio la vuelta y se apresuró hacia su cuarto.

—Y ahora, lárgate de una vez por todas —le siseó a Sepp—. Si él me delata a los señores, todo habrá terminado.

Miró en la escalera, vio que no había nadie y rogó al cielo para que no se produjeran más encontronazos. Sus ruegos fueron atendidos y, con una lentitud infinita, Sepp bajó los escalones y ella oyó que se cerraba la puerta que daba al exterior. Se había marchado, gracias a Dios. Con un poco de suerte, con esos diez marcos se mataría bebiendo y ella, por fin, se libraría de él.

Mientras regresaba a toda prisa al dormitorio y arreglaba la cama de Marie, la señorita Jordan pensó en cómo podía llegar a cambiar una persona. En otros tiempos él era un hombre alto y delgado, de pelo rubio rizado y un gran bigote que era la envida de todos. Carecía de modales, era de origen humilde y no era zalamero, sino que decía abiertamente lo que quería. Y en esos tiempos lo que quería era a ella, la delicada Mariella. La visitaba todas las noches y se quedaba hasta el mediodía siguiente; ella le daba de comer y él bebía cantidades ingentes de vino y, cuando se acostaban, la había llegado a amar tres e incluso cuatro veces seguidas. Aquel era el hombre que había conocido. Y ahora se había convertido en un ser que daba lástima.

Se preguntó luego si debía sacar del ropero de la señora el abrigo de lana rojo oscuro y el sombrero a juego para cepillarlos. En dos días sería Domingo de Pascua, y la señora los necesitaría para ir a la iglesia. Por suerte, recordó a tiempo que Alicia Melzer estaba en cama con migraña, así que no era oportuno molestarla. Era mejor ocuparse de los botines marrones de la señorita. Se los había quitado abajo, en el vestíbulo, al regresar de una visita. Gustav, bobo como era por regla general, había resultado ser un buen chófer. ¿Quién lo habría dicho? Además, no dejaba de hacerle la rosca a Auguste. Le salía al paso cuando ella iba a sacar la basura por la puerta trasera y se llevaba el cubo para hacer abono. Luego, cuando él volvía con el cubo vacío, recibía su recompensa. Y él se servía a mansalva; desde luego el embarazo no parecía molestarlo en absoluto. Por otra parte, a estas alturas, Auguste estaba tan inmensa que parecía que fuera a estallar en cualquier momento. Y en ese asunto había algo que en algún momento…

—Maria, la señorita quiere que vayas de inmediato.

Acababa de recoger los botines del suelo para examinarlos cuando Else la llamó. Su voz era rápida e imperiosa. La señorita Jordan temió lo peor.

—Dice que vayas de inmediato —repitió Else.

—Está bien, está bien. No estoy sorda.

¿Había alguien en esa casa con menos carácter que aquella criada? Esa solterona agria se arrimaba siempre al sol que más calentaba. Apenas dos horas antes había preguntado solícita a Maria Jordan si quería que le sirviera un café. Y ahora, la tenía ahí plantada pretendiendo darle órdenes.

La señorita Elisabeth estaba sentada en el sofá azul claro con un libro abierto en la mano. Llevaba aún el vestido para el que Marie había diseñado una chaqueta larga y algo entallada. De pronto, la señorita Jordan sintió rabia. Marie… siempre Marie. La chica tenía gusto, sabía lo que estaba de moda, diseñaba chaquetas y vestidos, transformaba los sombreros viejos en nuevas creaciones, cosía flores, bolsos y otras fruslerías…

—Acabo de hablar con Humbert, Maria —dijo la señorita mientras colocaba el punto de libro entre las hojas—. ¿Qué es esa historia tan rara que ha ocurrido en las estancias del servicio?

Era preciso actuar con astucia y salir de ese apuro. Maria Jordan clavó la mirada en la señorita y se dio cuenta de que no tenía gran interés en ese asunto. Era una suerte que la señora tuviera migraña. Alicia Melzer no se habría tomado a la ligera un incidente como aquel.

—Ah, bueno, solo era alguien que se había despistado —comentó con una sonrisa tranquilizadora—. Ya sabe usted cómo es Humbert, muy quisquilloso y asustadizo, y hace de una pulga un elefante.

La expresión de la señorita Elisabeth se mantuvo impávida, pero Maria Jordan sabía muy bien que ella se había burlado del nuevo lacayo. Fue en el salón rojo, en una ocasión en la que estaba sentada con la señora. Entonces le pidieron a Maria Jordan que trajera la cesta con el hilo de bordar; en cuanto lo hubo hecho, le dijeron que podía retirarse. En cambio, Marie se quedó sentada con las dos señoras comentando todo tipo de tonterías y provocando risas sonoras. También sobre Humbert.

—En fin, a mí no me parece nada normal que en las habitaciones del servicio haya gente ajena a la villa —comentó la señorita—. Maria, ¿conocías a ese hombre?

—No lo había visto en mi vida, señorita.

Ella conservó su ademán sincero, a pesar de la mirada despectiva de la joven. Tenían que pasar muchas cosas para que ella perdiera el control de su expresión.

—Es curioso —observó la señorita sin apartar la vista de ella—. Humbert me ha dicho que ese hombre salía de tu cuarto.

En ese instante la señorita Jordan lamentó de todo corazón que ese fantoche ocupara el lugar de Robert. ¡Era un bocazas insensato! Robert se habría comportado con más cabeza; esas cosas no se hablaban con los señores sin antes comentarlo con los afectados.

—¿De mi cuarto?

Se echó a reír de forma histérica y afirmó que, a su edad, no se cultivaban amistades masculinas. Por otra parte, dijo, ese hombre iba muy desaseado.

—Sí, eso mismo ha dicho Humbert. Y que apestaba a aguardiente.

—Así es, señorita. He tenido que usar todo mi poder de persuasión para hacerlo bajar por la escalera y echarlo de la villa. Tal vez habría hecho mejor activando la alarma, pero me ha parecido que era preferible no llamar la atención. A la gente le gusta tanto chismorrear...

Aunque la señorita atendía a lo que le contaba, no se dejaba engañar por sus palabras. Con su hermana habría sido otro cantar; la señorita Katharina olvidaba con facilidad y pasaba de un tema al siguiente. La señorita Elisabeth, en cambio, se parecía más a su padre.

—En cualquier caso, me gustaría saber por qué había un hombre en tu dormitorio y qué hacías arriba a esas horas.

¿Y por qué no preguntaba qué hacía Humbert allí? La señorita, en todo caso, no tenía un pelo de tonta. Le dijo que tuvo una urgencia apremiante y que subió para ir al retrete. Y que luego entró en su cuarto para coger un pañuelo limpio pues estaba algo resfriada.

—¿Y entonces te encontraste con el desconocido en tu cuarto?

La señorita Jordan asintió. Exacto, así había sido. Lo juraba, dijo, por todos los santos y la Virgen María.

—Como puede figurarse, señorita, he temido por mis ahorros. Suelo apartar siempre un poco de dinero para más adelante.

—¿Y después? —preguntó la señorita—. Habrás gritado para pedir auxilio.

—Sí, claro. De todos modos, no parecía peligroso, sino más bien un cobarde. En cuanto me he puesto a chillar, él se ha asustado y se ha ido a toda prisa. Entonces ha sido cuando se ha dado de bruces con Humbert.

La señorita Elisabeth inspiró; tenía el desagrado escrito en la cara. De hecho, se dijo la señorita Jordan, con aquella explicación debería darse por satisfecha, pues resultaba muy verosímil.

—Humbert no ha dicho nada de gritos pidiendo auxilio ni nada parecido. Tengo la impresión de que me estás ocultando algo.

A Maria Jordan le pareció que se quedaba sin aire. Había subestimado a la señorita Elisabeth: era más peligrosa que la señora. En una situación así, se dijo, solo quedaba la huida hacia delante.

—Llevo más de diez años sirviendo en esta casa, señorita. No me merezco esta desconfianza.

Su indignación no causó el menor efecto. La señorita solo levantó las cejas.

—Maria, creo que tú conoces a ese hombre. Si es así, lo mejor para todos es que lo admitas abiertamente.

Lo nunca visto. Esa jovencita había logrado acorralarla. Se preguntó si debía admitir la verdad o, al menos, una parte. Sin embargo, con la verdad ocurría lo mismo que con una bufanda de lana: si se soltaba una hebra y se tiraba de ella, se deshacía toda la prenda.

—Señorita, le juro que era un completo desconocido para mí. De todos modos, tiene razón al decir que le he ocultado algo. Si lo he hecho ha sido por caridad cristiana y porque no me gusta hablar mal de los compañeros…

Aunque ahora la expresión de la señorita Elisabeth reflejaba satisfacción, seguía mostrando desconfianza. No era, para nada, una persona cándida. Había que proceder con cautela, era la última ocasión que tenía para salir airosa de ese embrollo.

—Vamos, cuenta —rezongó la señorita con impaciencia—. Tengo otras cosas que hacer.

¡Y qué otras cosas tenía que hacer la señorita! ¿Leer un libro? ¿Mirar su joyero? ¿O tal vez dar un paseo por el parque?

—Ese hombre no vino por mi persona. Quería ver a Marie. Piense que las dos compartimos dormitorio.

—¿A Marie? —preguntó la señorita sin terminar de creérselo—. ¿Y qué quería de ella?

—No le sé decir, señorita. Tampoco me paré a preguntarle; me limité a echarlo de la casa.

—De acuerdo —dijo entonces Elisabeth—. En cuanto tenga ocasión hablaré con Marie. Hasta entonces, usted no dirá nada a nadie. No quiero que mi madre tenga noticia de este suceso; ya está bastante delicada de los nervios.

—Por supuesto, señorita.

Era difícil saber si la había creído o no. En todo caso, la señorita Jordan tenía una cosa muy clara: su situación era como un polvorín y podía estallar por los aires en cualquier momento.

—Ya puedes retirarte, Maria. ¡Ah, y una cosa más! Cepilla mi capa azul. Y no toques el sombrero. Marie ya se encargará de él.

38

La secretaria Henriette Hoffmann dio unos golpecitos a la puerta del despacho y entró antes de que Paul la invitara a entrar. Detrás de los cristales de las gafas, sus ojos de color violeta reflejaban una gran indignación.

—Disculpe, señor Melzer. Ahí fuera hay un... señor.

—¿Un señor?

La secretaria le tendió una tarjeta de visita. Aunque la mano le temblaba un poco, la vista aguda de Paul le permitió leer el nombre del visitante.

—¡Santo Dios! —exclamó poniéndose de pie—. ¿Viene solo o está acompañado de...?

—Ha venido solo, señor Melzer. ¿Quiere usted que le haga entrar o prefiere esperar a que el señor director regrese de su ronda?

—¡Que entre ahora mismo! —exclamó Paul con impaciencia.

Gérard Duchamps apenas había cambiado. Seguía vistiendo a la última moda, llevaba el pelo negro rizado cuidadosamente cortado, y la perilla en torno a la boca le daba un aire que recordaba al Don Giovanni de Mozart. Pero tenía los ojos algo hundidos, como si en los últimos tiempos no hubiera dormido lo suficiente.

—Señor Melzer, sé que no me esperaba usted...

Su sonrisa era una mezcla de ironía, vergüenza y tristeza. Paul no había visto a nadie sonreír de ese modo.

—Así es.

A Paul le costaba respirar. Tenía ante él a la persona, al seductor sin escrúpulos, que había comprometido a su hermana menor para toda la vida. A pesar de las ganas de soltarle un puñetazo a aquel tipejo, su extraña sonrisa se lo impidió.

—He mancillado el honor de su hermana —dijo Duchamps en voz baja y tranquila—. Y he dañado la reputación de su familia. Si usted lo desea, estoy dispuesto a concederle una satisfacción.

Aquella era una oferta honorable. Sin duda, de ser el teniente Von Hagemann no habría vacilado en aceptarla. Incluso los hermanos de su madre estarían entusiasmados con esa idea. Pero no Paul.

—¿Pretende usted batirse en duelo conmigo? —preguntó con sorna—. ¿A pistola o a espada?

—Usted es la parte ofendida y puede elegir el arma.

Paul agarró el pisapapeles de mármol que tenía sobre el escritorio y lo arrojó al suelo con rabia. El objeto se rompió en tres pedazos y dejó una muesca en el suelo de madera.

Pese a que el golpe lo podría haber alcanzado, Duchamps ni siquiera se movió. Se quedó mirando los trozos de mármol y luego levantó la mirada hacia Paul con cierta actitud comprensiva.

—Lamento muchas cosas, señor Melzer. Pero respondo de mis actos y estoy dispuesto a casarme con su hermana. Aunque mi padre me deshedere.

Paul no se dejó impresionar. ¡Qué magnanimidad! El señor Duchamps se dignaba convertir a Kitty en su esposa. Como si la familia Melzer quisiera tener a alguien como él en su seno. De cualquier modo, no era posible hacer nada sin conocer la opinión Kitty.

—¿Dónde está mi hermana? Quiero hablar con ella.

Su interlocutor se lo quedó mirando como si hablara en chino.

—No entiendo muy bien… —musitó Duchamps.

—Quiero saber dónde está Kitty. La ha traído con usted, ¿verdad?

Duchamps palideció, abrió la boca y los labios le temblaron.

—Pero yo, yo… creía que ella estaba aquí —farfulló.

—¿Aquí?

¿Acaso le estaba tomando el pelo? Llevaban meses sin tener noticias de Kitty y ahora ese tipo decía que ella…

—*Mon Dieu! Je l'ai accompagnée à la gare. Elle est montée dans le train, j'en suis sûr…*

Paul se acercó al francés de un salto, lo agarró de la solapa y lo sacudió.

—¡Hable usted en alemán, por Dios! ¿Dice usted que acompañó a Kitty a la estación y que subió a un tren? ¿Cuándo? ¿Dónde?

El señor Duchamps se soltó con un gesto enérgico y retrocedió unos pasos con torpeza. Ahora el horror que se reflejaba en su rostro no era fingido. Paul sintió una tremenda aprensión. Kitty, su hermana pequeña. Esa alocada hermana suya…

—En París. Nos peleamos y Kitty quiso regresar con su familia. Ya la conoce, es como una niña y cuando se le mete algo en la cabeza… Así que le compré un billete de tren y la acompañé a la estación. Eso fue el martes después de Pascua.

Por la cabeza de Paul circulaban fechas y datos a toda velocidad. El Domingo de Pascua ese año fue el 12 de abril; por lo tanto, el martes era el día 14. Y estaban ya a 25 de abril. ¡Dios misericordioso!

—Puede que se apeara del tren para visitar a algunos amigos —apuntó Duchamps con voz débil—. O a unos parientes…

Las esperanzas en ese sentido eran mínimas. Y en ese caso, Kitty sin duda habría hecho llegar un mensaje a Marie.

En la antesala se oyó un portazo.

—¿Cómo? ¿Quién dice que está aquí?

Los dos hombres se sobresaltaron: esa era la voz de Johann Melzer. Su tono era ronco y amenazador, el preludio de la tempestad que se abatiría sobre todo el mundo, incluso sobre él mismo.

—Cálmese, señor director. Su hijo está con él.

—¡Apártese de mi vista, señorita Lüders!

—No se precipite, señor director. ¡Se lo ruego!

—¡Cómo se atreve a venir aquí y ensuciar mi casa con su presencia!

Sin darse cuenta, Paul se situó delante de Duchamps, que asistía inmóvil al inicio de la tormenta. La puerta se abrió de golpe y Johann Melzer apareció en el umbral con abrigo y sombrero, y las dos secretarias atemorizadas tras él.

—¿Dónde está mi hija? ¡Devuélveme a mi hija, sinvergüenza asqueroso! ¡Mi niña! ¡Mi Kitty!

Paul jamás había visto a su padre en ese estado. El dolor largamente contenido, la decepción de su amor paternal y el orgullo herido encontraban por fin su cauce. Paul tuvo que salir al encuentro de ese hombre furibundo e impedirle que moliera a golpes a Gérard Duchamps.

—Padre, Kitty no está. Por favor, cálmate. Gérard Duchamps tampoco sabe dónde se encuentra.

Johann Melzer gimió por el esfuerzo e intentó zafarse de su hijo; finalmente, desistió.

—No merece la pena —susurró sin aliento—. Ni siquiera merece que me ensucie las manos con él.

—Siéntate, padre. Tenemos que colaborar para encontrar a Kitty. Tranquilízate y bebe un poco de agua.

La señorita Hoffmann había tenido la suficiente presencia de ánimo para traerle un vaso de agua; la señorita Lüders limpiaba con manos temblorosas el sombrero de su patrón, que había caído al suelo en el forcejeo.

—¿Qué pasa con Kitty? ¿Dónde está?

Johann Melzer, el temible director, resollaba sentado en la pequeña butaca de piel, con los ojos rojos y los labios azulados. A Paul lo incomodaron las miradas de preocupación de las dos mujeres, les agradeció la ayuda y las hizo salir. El señor Duchamps se quedó de pie con la espalda apoyada en la pared y los dientes clavados en el labio inferior. Cuando Paul volvió la mirada hacia él, se tapó la cara con las manos. Tras esa escena, también él había perdido la compostura.

—Padre, se pelearon. Justo después de Pascua, Kitty tomó un tren para regresar a Alemania, pero por desgracia no sabemos dónde está.

Su padre comprendió con una rapidez sorprendente el breve resumen que le hizo Paul. Johann Melzer se había recuperado visiblemente y quiso saber la ruta ferroviaria que había tomado, las estaciones que tenía, y si Kitty llevaba dinero. En cuanto hubo aplacado su ira, llegó incluso a dirigirse a Duchamps para preguntarle algunos detalles, aunque su tono era glacial.

—Así pues, dos maletas y una bolsa de viaje. En tal caso, debió de necesitar un mozo de equipaje.

—Deberíamos preguntar a todos nuestros amigos y conocidos —propuso Paul—. Igual se ha marchado a Pomerania para esconderse en la hacienda del tío.

Johann Melzer se levantó de su asiento mientras rechazaba con enojo la propuesta de Paul. Las andanzas de ese caballero, dijo lanzando una mirada despectiva a Duchamps, colocaban en una situación muy incómoda a su familia. Si preguntaban ahora a amigos y familiares, darían mucho que hablar.

El señor Duchamps también había recuperado la compostura. Había asistido a la conversación con el ceño fruncido, con tranquilidad y respondiendo de forma parca a las preguntas. En ese momento, inspiró profundamente, como si tuviera que vencer una enorme resistencia.

—Señor Melzer, mi desesperación no es menor que la suya. Quiero a Kitty y he venido para reconciliarme con ella. Pero ahora...

—¡Déjese de tonterías!

—Hay que informar a la policía —prosiguió Duchamps haciendo caso omiso del comentario de Johann Melzer—. Presentar una denuncia por desaparición. Tanto en Alemania como en Francia. Kitty es tan confiada... Nunca debí dejarla sola. Pero se negó rotundamente a que la acompañara.

Paul entendió lo que el señor Duchamps insinuaba y una aterradora sensación de impotencia se apoderó de él. Debían considerar también la posibilidad de que Kitty hubiera sido víctima de un crimen. Era una muchacha joven, bonita y candorosa, que viajaba sola en un tren. Parlanchina como era, habría podido contar a cualquiera de dónde venía y hacia dónde viajaba, e incluso que había tenido problemas de amor.

—Debemos hacerlo —dijo su padre—. Yo me encargaré de ello en Augsburgo y usted, señor, en Francia. Dale papel y lápiz, Paul. Que lo anote todo. Vestido, joyas, bultos, compañeros de viaje y cualquier cosa que pueda ser de importancia.

Evitaba en lo posible mencionar al francés por su nombre. Sin hacer ningún caso de Duchamps, salió del despacho, dio algunas instrucciones en la antesala y regresó.

—Voy a ir a la comisaría —le dijo a Paul—. Mientras esté fuera, te quedas al cargo. Cuando vuelva, irás en misión diplomática a la villa. Explícaselo todo a tu madre del modo más amable posible.

—De acuerdo. ¿Quieres que te acompañe a la comisaría?

—¡No!

El señor Melzer agarró la nota que le tendió el joven francés sin decir nada; ni siquiera lo miró. Tras echar un vistazo al escrito, dobló la hoja y se la metió en el bolsillo del abrigo. Con parsimonia, descolgó el sombrero del perchero y se lo colocó, se despidió de Paul con un gesto y se marchó.

—Todo se arreglará —dijo el señor Duchamps con voz insegura—. Tan solo les ruego que cuando encuentren a Kitty me lo hagan saber.

—Por supuesto. Le pido que haga lo mismo en caso de que Kitty se pusiera en contacto con usted.

—Ni que decir tiene.

Paul se sorprendió a sí mismo deseando decirle algo tranquilizador al francés. Al margen de lo que había hecho, era evidente que amaba a Kitty, y Dios sabía que no era el primero que perdía la cabeza por ella. Sin embargo, la expresión reservada de Duchamps lo contuvo y no dijo nada.

Johann Melzer apenas estuvo media hora fuera de la oficina. Ya de vuelta en la fábrica, hizo saber a Paul a través de la señorita Lüders que había dejado el automóvil en el patio y que podía usarlo para ir a la villa. Él, por su parte, regresaría a pie por la tarde. Necesitaba que le diera el aire.

Paul se enfrentaba a su misión con sentimientos encontrados. Desde la marcha de Kitty, mamá estaba delicada y vivía sumida en un estado de ánimo sombrío; sufría a menudo de migrañas, algo que antes solo le ocurría de forma ocasional. Así pues, él debía proceder con mucha cautela. En cuanto encendió el motor y condujo el coche hacia la puerta de entrada a la fábrica, empezó a elaborar su estrategia.

—¡Buenos días, señor Gruber!

—Buenos días, señor Melzer. ¡Qué primavera tan bonita! ¿No le parece?

Paul contempló el rostro del portero con sus mejillas sonrosadas y asintió con amabilidad. En efecto, el sol brillaba bajo un cielo azul y hacía destellar las ventanas del edificio de administración. En cambio, en los patios y las calles de la zona industrial el sol de abril solo evidenciaba muros grises y charcos sucios. En los escasos prados que aún quedaban había unas depresiones oscuras en las que abundaba el barro. Tan solo el diente de león florecía infatigable por doquier, incluso entre los adoquines.

Kitty se había separado de Gérard Duchamps. Eso era bueno. Mamá odiaba a ese francés con toda el alma. Luego Kitty se había subido al tren para regresar a casa. Eso parecía cierto; al menos, era lo que Duchamps aseguraba de forma creíble. La siguiente pregunta era más delicada. ¿Por qué no había llegado a Augsburgo? ¿Por qué no había regresado al seno de la familia? Paul pisó el freno con fuerza cuando dos escolares cruzaron corriendo la calle con las carteras de piel saltando en la espalda.

—¡Granujas! —exclamó enfadado, y durante un momento el sobresalto interrumpió su pensamiento.

Kitty había tenido miedo de volver a casa. A fin de cuentas, había huido en contra de la voluntad de sus progenitores. Era comprensible que hubiese ido a casa de alguna amiga. Sin embargo, a diferencia de Elisabeth, Kitty prácticamente no tenía amigas en Augsburgo. ¡Bah! Seguro que se había refugiado en casa de algún conocido para tantear cómo estaba la situación.

Moderó la velocidad y viró para entrar en la mansión. Su plan no le convencía. Tal vez su madre se daría por satisfecha con eso, pero Elisabeth no, y haría preguntas que provocarían incertidumbre en mamá. Por otra parte, se dijo, era preferible no decir nada de que la policía estaba al tanto de su desaparición. Tal vez fuera práctico comentar primero el asunto con Marie y pedirle su parecer. En esas cosas era muy hábil; quizá se le ocurriera cómo presentar el asunto de modo que resultara creíble y, a la vez, inofensivo. Y de pronto echó de menos su voz, y ese modo tranquilo y lúcido de afrontar la vida. Y esa pequeña sonrisa burlona que apenas casaba con sus ojos de mirada soñadora.

Detuvo el coche ante la escalera de entrada y se bajó. Humbert había salido a recibirlo y le arrojó las llaves.

—Dígale a Gustav que lleve el coche al garaje.

—Con mucho gusto, señor Melzer.

—¿Dónde está Marie?

—Con la señora, señor Melzer.

Cerró la puerta del coche tras de sí. Menudo contratiempo. Él quería hablar con Marie a solas.

—¿Mi hermana está en casa?

—Ha salido con dos amigas. Hay alguien que quiere enseñarles a conducir.

Increíble. De un tiempo a esta parte Elisabeth llevaba una vida muy turbia. Y ahora quería aprender a llevar un coche.

—¿Y quién pretende enseñar a las jóvenes damas? ¿Algún conocido de la familia?

Humbert vaciló en su respuesta; llevaba poco tiempo en la casa y le costaba recordar todos los nombres.

—Un tal teniente Von Hagen. Oh, discúlpeme, no. Von Hagenau. No, no, tampoco. Von Hagensen...

—¿Von Hagemann?

—¡Sí, ese es! —exclamó Humbert con alivio—. La señorita y sus amigas ya se han encontrado un par de veces con ese caballero.

—Gracias, Humbert. Llévale las llaves a Gustav.

El malhumor de Paul, ya de por sí lúgubre, empeoró con esa noticia. Von Hagemann no se había comportado con Elisabeth de manera correcta. ¿Por qué ella accedía a volver a encontrarse con él? ¿Acaso no tenía orgullo?

Ya en el vestíbulo, entregó los guantes, el sombrero y el abrigo a Else y subió rápidamente hasta el primer piso. La puerta que daba al comedor estaba abierta; Auguste, en vez de poner la mesa para el almuerzo tenía la oreja pegada a la puerta intermedia que daba al salón rojo. Al ver a Paul, se asustó mucho y se apresuró hacia la mesa para poner los platos. Tenía el vientre tan hinchado que se habría podido poner encima una taza de café con el platillo correspondiente.

Paul hizo como que no vio que ella estaba escuchando; no era su estilo reñir constantemente al personal. Y ese día, menos aún.

Vamos allá, se dijo mientras se arreglaba la corbata. Todo irá bien. Marie está ahí y tranquilizará a mamá. Volvió a inspirar hondo, dio unos golpecitos suaves a la puerta y la abrió.

—¿Molesto?

—¡Paul! Tú nunca molestas. Oh, Paul, es fantástico, la providencia del Señor…

Para su asombro, Alicia se abalanzó sobre él y lo abrazó. Tenía el rostro ardiente de entusiasmo; incluso soltó una risa y se dirigió a él como su «pequeño Paul».

Este, desconcertado, volvió la mirada hacia Marie, que estaba sentada junto al piano y sostenía un papel en las manos. ¿Una carta? Marie también lucía una gran sonrisa, e incluso le dirigió un guiño.

—¿No me vais a contar qué maravilla ha ocurrido?

—Siéntate, Paul —le ordenó Alicia llevándolo hacia el sofá—. No digas nada y escucha lo que Marie te va a leer. A partir de ahora todo irá bien. Ya sabía que Marie era una chica con suerte. Lee, Marie, lee. Empieza por el principio.

Aunque Paul estaba muy incómodo, decidió esperar y no decir nada. ¡Mamá estaba eufórica! Hacía tiempo que no la había visto tan entusiasmada.

—Es una carta que me ha escrito la señorita desde París —dijo Marie—. Como iba dirigida a mí, la señora no ha querido abrirla. Me ha hecho llamar para que se la lea.

—¡Una carta de Kitty! ¡Paul! Es una señal de vida. ¡Llevábamos tanto tiempo esperando algo así! —exclamó su madre con júbilo.

Desde París, se dijo Paul intentando ocultar su inquietud. Kitty debió de escribirla antes de Pascua, ya que después había abandonado París. Con todo, tal vez diera alguna pista de adónde se había podido dirigir.

Mi queridísima Marie:

No te enojes conmigo por escribirte después de tanto tiempo. En el pensamiento siempre he estado contigo, querida amiga, y no he dejado de desear que estuvieras a mi lado para compartir contigo todos estos acontecimientos nuevos y fabulosos. Pero no, no estoy siendo completamente sincera. Al principio, cuando estaba ebria de felicidad en brazos de Gérard, creí que no necesitaría nunca más a nadie que no fuese ese hombre tan querido. ¿No dije una vez que lo que cuenta es el amor, y que lo demás son bagatelas? Pues bien, querida Marie, me equivocaba.

El amor es una llama que brilla durante un tiempo muy breve; al poco, se convierte en una pequeña hoguera desafiante que apenas sirve para calentar las manos. Luego ese fuego también se extingue y hay que barrer las cenizas.

He decidido quedarme en París porque esta ciudad rebosa arte y poesía, pero te necesito, querida amiga, para compartir todo esto contigo. Me he dado cuenta de que este también es tu sitio. Tengo una sorpresa que guardo para mí y que solo te revelaré cuando estés conmigo. Es muy fácil. Coge todos tus ahorros y cómprate un billete de tren. Primero debes ir hasta Múnich y, desde ahí, toma el tren directo a París. Si el dinero no te alcanza, coge las joyas que tengo en el joyero azul y véndelas. Cuando llegues a París, ve al quiosco de flores que hay junto a la entrada de la estación y pregunta por Sophie. Es una buena amiga mía. Ella te dirá cómo llegar a mi piso.

Te espero con impaciencia. La vida es bonita, Marie.

Tu amiga,

KITTY

—¿Eso es todo? —preguntó Paul, decepcionado.

La sonrisa de felicidad de su madre desapareció un instante, pero acto seguido Alicia Melzer sacudió la cabeza. Tal vez él no se había dado cuenta. Kitty estaba bien, vivía en un piso en París y, lo más alentador, se había separado de ese francés.

—Encontrarla es muy fácil, Paul. Solo tenemos que hacer lo que dice en la carta. Marie nos acompañará y luego irá sola al quiosco de flores para que esa tal Sophie no se huela algo y nos dé la dirección.

—Sí —murmuró él con tristeza—. Parece fácil.

—Señorito, ¿por qué está usted tan receloso? —quiso saber Marie.

Ella, cómo no, se había dado cuenta de que él sabía algo más. Esos ojos oscuros podían leerle el pensamiento, estaba convencido de ello. Se esforzó por dibujar una sonrisa y luego con mucho tacto empezó a minar las esperanzas, por desgracia tan vanas, de su madre.

—Bueno —dijo él alargando las vocales—. Evidentemente, sería una posibilidad si Kitty, en efecto, siguiera en París.

—¿Y dónde iba a estar? —objetó Alicia, impaciente—. Está esperando a Marie. Además, envió la carta el sábado pasado.

—¿El sábado? ¿Te refieres al sábado de Pascua, mamá?

Alicia suspiró, algo molesta por la incredulidad de su hijo. No, repitió, el sábado pasado.

—Marie, ¿por qué no has leído la carta desde el principio tal y como te he pedido?

—Disculpe, señora. Pensé que la fecha no tenía importancia.

En ese instante Paul vio el sobre encima de la mesa y lo cogió. El sello estaba franqueado en París, el 18 de abril de 1914.

¡Cuatro días después de haber cogido el tren a Múnich!

Por lo tanto, había dejado que Duchamps creyera que regresaba a Alemania. Seguramente, subió al tren y después se apeó y se quedó en París. ¡Oh, Kitty! ¡Qué astuta podía llegar a ser esa hermanita suya!

V

ABRIL DE 1914

39

Marie se sentía fatal. Embutida en ese vestido verde pálido de la señorita Katharina y con sus delicados zapatos de cuero verde oscuro se veía como una impostora. Además, la señora había insistido en que llevara el sombrero con la pluma de faisán, que formaba parte del conjunto.

—¿Es la primera vez? —le preguntó Paul con una sonrisa cuando, en la estación de Augsburgo, le ofreció la mano con galantería para que subiera el tren. Marie tuvo que recogerse la falda; los escalones de hierro eran empinados como los de un carruaje antiguo.

—Nunca antes había ido en tren —admitió.

—¡Y nada menos que para ir a París! —comentó Alfons Bräuer—. Serán más de quince horas desde Múnich, pero todo irá bien. Lo único que tienes que hacer es permanecer sentada. El tren va solo.

Alfons Bräuer había conocido la fabulosa noticia el día anterior por boca de Alicia. Visitaba la casa una vez por semana y pasaron toda la velada ideando el plan. Johann Melzer logró quitarle de la cabeza a su mujer la idea de emprender el viaje; tampoco él quería precipitarse en esa aventura y, además, su presencia en la fábrica era necesaria. En cambio, Alfons Bräuer se mostró decidido a ir a París. Paul, que quería viajar solo con Marie, tuvo que aceptar que los acompañara.

Al día siguiente por la mañana se encontraron en la estación de Augsburgo. Marie miraba con desconfianza esa locomotora ruidosa y humeante. Hasta entonces, solo había visto los trenes y las locomotoras de lejos. Aquel artefacto enorme era muy ruidoso, una montaña inmensa de hierro en cuyo interior ardía el infierno. Se tranquilizó cuando Paul pasó su brazo por debajo del suyo. Sin embargo, mientras avanzaban por el andén se dio cuenta de que esa conducta era inapropiada. Caminaban cogidos del brazo como un matrimonio de toda la vida. ¿Qué iba a pensar Alfons Bräuer de ella?

Viajaban en primera clase. Las paredes del compartimento estaban revestidas de madera y la tapicería de los asientos era de terciopelo, como unas cómodas butacas. Paul le sostuvo la puerta, le ofreció el asiento junto a la ventana y dio una propina a los dos mozos de equipaje.

—En Múnich vamos a tener que darnos prisa —comentó Alfons Bräuer mientras se acomodaba frente a ellos—. Solo tendremos diez minutos para coger el tren directo a París.

Bajo la mirada atenta de Paul, Alfons Bräuer había hecho una pequeña inclinación a Marie y le había musitado algo así como «Si me permites» antes de tomar asiento. Ella apenas dibujó una sonrisa tímida y asintió.

—¿Diez minutos? ¡Entonces será coser y cantar!

¡Qué tranquilo era Paul! ¡Con qué soltura había preguntado en el andén, atravesado las nubes de vapor grises y blancas y encontrado el compartimento adecuado! No se amedrentaba ante nada, incluso parecía que disfrutaba del viaje. A ella, en cambio, le resultaba muy difícil contener su excitación. Todo era extraño, desde la ropa que vestía hasta aquel compartimento tan lujoso, en el que apenas se atrevía a moverse por miedo a ensuciar el tapizado de terciopelo. Pero lo que más la abrumaba era la tremenda responsabilidad que había recaído sobre sus espaldas.

«Me devolverás a mi Kitty, ¿verdad?», le había dicho la señora ese mismo día en la despedida. «Querida Marie, tienes toda mi confianza. ¡Que Dios te bendiga!»

¿Y si Kitty se negaba? En la carta parecía que tuviera la intención de permanecer en París una buena temporada. Posiblemente, se dijo Marie, no se pondría muy contenta cuando la viera aparecer acompañada de Paul y de Alfons Bräuer para llevarla de vuelta a casa.

—¿Y esa cara tan seria? —le preguntó Paul, que estaba sentado a su lado.

Ella se esforzó por sonreír y dijo sentirse un poco cansada.

—Estás preocupada, ¿verdad?

Ella asintió. Paul, cómo no, había dado en el clavo. Era un buen observador y a menudo sabía cómo se sentía.

—No estás sola, Marie —le susurró tocándole el brazo—. Nosotros, Alfons y yo, estamos contigo. Aunque mi hermana Kitty es una persona obstinada, la convenceremos.

Ella lo miró y, por primera vez en su vida, sintió que tenía a alguien a su lado. Una persona de confianza dispuesta a ayudar. Un guardián. Aunque solo fuera por unos días, hasta que encontraran a Kitty y la devolvieran a casa. Fue algo muy bonito.

La charla se vio interrumpida con la llegada al compartimento de otros pasajeros. Tras el intercambio de saludos, un señor desplegó el *Allgemeine Zeitung* y se enfrascó en su lectura; una señora de más edad observó a Marie con gran atención y le preguntó dónde había comprado la tela de su vestido.

—Es seda de la India, señora.

Por su parte, la señora lucía un sombrero negro de ala ancha decorado con rosas artificiales y plumas de garza. Durante todo el trayecto hasta Múnich permaneció muy tiesa en el borde del asiento para que aquel tocado tan valioso no rozara la pared del compartimento.

Ya en Múnich, el caos se desató entre los viajeros. Se bloqueaban la salida entre sí y se oyeron imprecaciones y quejas airadas; las maletas se convirtieron en obstáculos con los que tropezarse; las bolsas abultadas golpeaban a los demás pasajeros y por todas partes se oían llamadas a los mozos.

Marie hizo caso de Paul en todo; de los dos hombres, él era el más hábil. Mientras Alfons permanecía de pie en el andén sudoroso y enfadado, Paul ya se había hecho con dos mozos de equipaje.

—Por aquí. Ahí está el tren. La locomotora ya está humeando.

—¡Maldita sea! —gimió Alfons apretando el paso.

Al final, los diez minutos resultaron ser asombrosamente largos porque, cuando llegaron sin aliento al compartimento del tren directo, los mozos tuvieron todo el tiempo del mundo para colocar las maletas.

—A partir de ahora ya podemos disfrutar del trayecto —anunció Paul con alegría mientras Alfons se secaba el sudor con un pañuelo de bolsillo, que llevaba sus iniciales bordadas.

—Deberíamos haber cogido el coche-cama —opinó—. Estar aquí hasta mañana por la mañana va a resultar algo incómodo.

Marie se hizo a la idea de que, por curioso que fuera, iba a pasar la noche con los dos hombres en ese pequeño compartimento. En cualquier caso, era preferible al coche-cama, donde sería preciso quitarse la ropa y acostarse en camisón. ¿Cuántas personas cabían en un compartimento con literas? ¿Los hombres y las mujeres dormían separados? Al menos, en aquel compartimento no era así.

Al cabo de un rato estaba sentada en el coche restaurante con Paul y Alfons; comió una tortilla de champiñones acompañada de agua mineral. Ese día estaba resultando tan irreal que solo podía ser un sueño. ¿De verdad se encontraba sentada a esa bonita mesa con manteles blancos, tomando el almuerzo y contemplando el paso de bosques y prados por la ventana? Paul estaba sentado frente a ella, atento a todos sus gestos y sonriendo complacido.

—¿Te gusta? ¿La tortilla está buena? Deberíamos pedir una tabla de quesos de postre. El queso francés es incomparable.

—Como el vino tinto —apuntó Alfons, que después de la segunda copa de borgoña tenía un humor excelente.

—Gracias —dijo Marie—, pero prefiero el agua mineral. En vez de una tabla de quesos, tomaré un café.

—¡Camarero! Una tabla de quesos, dos copas de borgoña y un café para la señora —pidió Paul sin vacilación.

Desde que se habían acomodado en el tren, Alfons observaba a Marie; a menudo dirigía también la vista hacia Paul, y Marie estaba segura de que no paraba de darle vueltas a la cabeza. No entendía por qué su amigo Paul trataba a la doncella personal de su hermana como a una señorita. Cierto que un hombre bien educado debía serlo también con el servicio, pero hasta cierto punto. A una doncella no se la ayudaba a subir los escalones, ni se le permitía compartir la mesa en el coche restaurante. Posiblemente, Alfons se planteó abordar a Paul al respecto en cuanto surgiera la ocasión; sin embargo, tras la buena comida y el consumo copioso de vino, el joven fue presa de una tremenda somnolencia. De vuelta en el compartimento dijo a sus compañeros de viaje que los nervios le habían tenido en vilo durante parte de la noche; a continuación, apoyó las manos sobre el vientre y se quedó dormido. Al poco, se oyeron unos leves ronquidos, que se mezclaron con el traqueteo y el golpeteo del tren.

—Norrr, norrr, jrrr, norrr, norrr...

Marie estaba sentada junto a Paul y durante un rato permaneció sin decir nada; miró a través de la ventana, donde en ese momento se veían peñascos azulados y bosques oscuros. Luego notó que Paul la miraba y volvió el rostro hacia él. Él, divertido, señaló a Alfons.

—Como un bebé. Ya me gustaría a mí poder dormir tan profundamente.

—Para ello debería usted haber bebido un poco más de ese excelente vino francés.

—Mejor no. ¿O acaso te gustaría que ahora estuviera sentado a tu lado roncando?

—¿Por qué no? —repuso ella encogiéndose de hombros—. Aún falta mucho para París. Creo que a todos nos vendría bien dormir un poco para estar descansados mañana.

—Desde luego, no te falta razón.

Se quedaron en silencio. Miraron por la ventana y luego de nuevo a Alfons, que seguía roncando, mientras ambos evitaban que sus miradas coincidieran.

—Mi señor…

Él reaccionó con un gruñido de enojo.

—¿Cómo debes llamarme?

—Perdón. Señor Melzer.

—Eso está mejor —murmuró—. De todos modos, preferiría que me llamaras por mi nombre de pila.

Ella se escandalizó. ¿Qué se había pensado? ¿Cómo se le ocurría pedirle algo así?

—No pienso hacer tal cosa, señor Melzer.

Él dejó oír un resoplido largo y profundo; seguramente se había enfadado, pensó ella. De pronto se sobresaltó: él la había cogido la mano.

—No te asustes, Marie —le susurró—. Tranquila, no vayas a despertar a nuestro dormilón. Tengo que decirte algo que me pesa en el corazón desde hace tiempo. De lo contrario, toda la vida me creeré un cobarde.

Marie apenas podía respirar. Él pretendía hacerle una declaración de amor, pedirle que se entregara diciéndole que le había robado el corazón. Usaría palabras parecidas, o incluso más bonitas, pues tenía mucha labia. ¡Oh, qué ganas tenía de oír esas palabras! De todos modos, no aceptaría. De ningún modo. Aunque eso la desgarrara por dentro.

—¿Eres valiente, Marie?

Era una pregunta inesperada, ajena al tono cariñoso que ella había imaginado. Y le apretaba la mano con tanta fuerza que le dolía.

—¿Yo? Bueno, señor Melzer, no me considero muy valiente.

—Yo tampoco —admitió él—, pero hay momentos en la vida en que es preciso hacer acopio de valor y obedecer al corazón, porque solo de ese modo es posible alcanzar un objetivo superior.

—Sí, eso es cierto.

¡Qué modo tan inteligente de empezar! Un objetivo superior. ¿De veras él consideraba que empezar una relación amorosa con una doncella era algo superior? Quizá lo fuese por la resistencia que ella mostraba.

—Mírame —le rogó él.

Ella obedeció y él clavó los ojos en su rostro agitado. ¡Cuánto sufría con esa pasión! ¿Acaso se daba cuenta de lo que hacía y adónde la llevaba?

—¿Un objetivo superior? —preguntó ella—. Señor Melzer, ¿a qué se refiere con eso?

Tal vez la pregunta había sonado a burla, porque él contrajo la comisura de los labios, como si eso lo hubiera afectado o incluso enojado.

—No bromeo, Marie —dijo él—. Aquí y ahora quiero preguntarte, de corazón, si quieres ser mi esposa.

Marie sintió un ligero vértigo. Los vagones seguían traqueteando de forma atronadora; Alfons roncaba rítmicamente y la locomotora lanzó un silbido largo y agudo. Y en su cabeza resonaban esas palabras. «Si quieres ser mi esposa.»

Una y otra vez. «Si quieres ser mi esposa.» Debía de haberse vuelto loca. Eso él no lo diría jamás.

—Señorita Hofgartner, esta es una proposición honesta y seria —dijo a su lado—. Y creo que merece una respuesta por su parte.

Ella se estremeció, sintió un nudo en la garganta y notó que las lágrimas le acudían a los ojos. Volvió su rostro hacia él despacio.

—Su propuesta me honra…

Eso era lo que se debía decir en esos casos, ¿no? Su voz sonó más fina de lo normal, casi ahogada. Para entonces, la primera lágrima ya le recorría la mejilla.

—… pero no puedo aceptarla.

Él la miró con los ojos desorbitados y ella incluso temió que fuera a hacer alguna imprudencia, como agarrarla por los hombros y sacudirla, o incluso besarla. Pero él mantuvo la calma.

—¿Por qué no, Marie? ¿Acaso no me amas?

¿Qué tenía que responder? Ella lo amaba más que a nada en el mundo, pero era mejor no confesárselo.

—Señor Melzer, eso no nos traería más que desgracias. Un señor como usted no puede casarse con una doncella.

—Quiero saber si me amas —insistió él, y levantó el brazo para rodearla por los hombros—. Si me quieres de verdad, tanto como yo a ti, entonces lograremos salvar todos los obstáculos.

—¡No!

—¿Qué quieres decir con «no»?

—¿Acaso tengo que explicárselo? Lo tendríamos todo en contra: sus padres, sus hermanas, la familia, los amigos y los conocidos. Toda la ciudad…

—¿Y eso es lo que te da miedo? Marie, estaré contigo. Nadie se atreverá a insultar a mi esposa, ni siquiera mi familia. Si te mantienes firme a mi lado, lo conseguiremos.

—¡No, no lo conseguiríamos!

—Entonces, no me amas —dijo él, decepcionado, mientras la soltaba—. Olvida lo que te he dicho, Marie. Soy un idiota. Supuse que sentías lo mismo que yo.

Le rompía el corazón verlo tan abatido, con las manos apoyadas en las rodillas y la mirada clavada en el suelo. ¡Cómo le habría gustado abrazarlo y decirle lo mucho que lo amaba! Más, mucho más de lo que él podía imaginar.

—Tal vez… —empezó a decir con prudencia. Luego se interrumpió. No. No podía decirle lo que le preocupaba. Nada sobre la ciudad baja y lo que ocurrió en la habitación de El Árbol Verde. Aquello era una quimera y sus temores podían ser infundados.

—¿Tal vez? —murmuró él—. ¿Qué quieres decir con eso?

—Tal vez mi modo de amar sea evitar que usted haga algo imprudente e irreflexivo.

—¡Genial! —repuso él—. Yo a eso lo llamaría más bien cobardía.

40

Avanzar por esa calle hasta encontrar, a la izquierda, el café Léon. *Entrez dans le café, mademoiselle. Montez l'escalier.* Entrar en el café. Subir la escalera. *Jusqu'au cinquième étage.* Hasta el quinto piso. *Sous le toit.* En la buhardilla.

—*Bonne chance, mademoiselle.* Mucha suerte —le dijo el camarero con un guiño de complicidad.

—*Merci beaucoup, monsieur* —respondió Alfons en su lugar—. *La facture, s'il vous plaît.*

Paul asintió y dejó que esta vez fuera Alfons quien se hiciera cargo de la cuenta de tres tazas de un café infecto y una cesta de cruasanes. Alfons estaba descansado e impaciente como un potro. ¿Por qué no ir los tres a casa de Katharina?, sugirió. Tal vez incluso fuese mejor que él se presentara antes, aunque temía que eso la asustara.

—Creo que es más inteligente que Marie suba a casa de Kitty sin que la acompañemos —opinó Paul—. Ella valorará la situación y luego le dirá a Kitty que hemos venido para llevarla de vuelta a Alemania.

Alfons no quería indisponerse con su futuro cuñado, así que asintió y decidió comer un quinto cruasán. Marie apenas pudo llevarse medio a la boca, y Paul, que había pasado el resto del viaje en silencio a su lado, dijo no sentir apetito alguno. Con todo, seguía tratando a Marie con educación, aunque evitaba mirarla y solo le dirigía la palabra si era necesario.

—Hasta ahora todo ha ido bien —comentó Alfons, complacido—. ¡Qué buena idea por parte de Katharina darle a la florista un papel con su dirección! *Eh, patron! Encore un café, s'il vous plaît!*

Ahora Alfons también podía mostrar su valía. No en vano había pasado un mes en París; sabía orientarse en el tranvía subterráneo, que aquí conocían como *métro*, y hablaba francés con soltura. Aunque a veces parecía expresarse de un modo algo tosco, se hacía entender. Paul, en cambio, estaba taciturno y su semblante era tan serio que a Marie le dolía verlo así.

—En ese caso, iré ahora mismo —decidió ella—. ¿Dónde los encontraré cuando llegue el momento?

Alfons miró a Paul en busca de respuesta y este encogió los hombros. Al parecer, le molestaba tomar todas las decisiones de esa empresa.

—Deja una nota al camarero —decidió Alfons—. Buscaremos un hotel cerca y luego pasaremos por aquí.

—De acuerdo.

Ella se levantó y cogió su bolsa de viaje y la maleta. Paul la miró con el semblante sombrío; Alfons, solícito, le preguntó si la maleta le pesaba demasiado y se ofreció a llevársela hasta el café Léon. Incluso se la subiría por la escalera; la buhardilla estaba en la quinta planta.

—Muchas gracias. No habrá problema.

Alfons, decepcionado, se dejó caer sobre su asiento y se hizo con el último cruasán de la cesta. Le hubiera gustado subir y ver a su Kitty. De hecho, dijo, él y Robert debían de haber pasado por delante del café León unas cien veces, ya que se encontraba frente a la estación de metro. Era posible incluso que Kitty los hubiera visto. Pero entonces ese francés, ese timador, ese mentiroso, estaba con ella. Seguro que le habría impedido bajar a saludar a sus conocidos alemanes. ¡Qué bien que ella hubiera puesto de patitas en la calle a ese tipejo!

Marie escuchó su voz a sus espaldas. Avanzó erguida por la calle con paso firme; la gente que venía en dirección contraria la miraba con asombro y le cedía el paso. También a los franceses les parecía extraño que una mujer joven y elegante acarreara una maleta grande y una bolsa de viaje abultada. En realidad, prácticamente todo lo que contenían esos bultos era para Kitty; la noche anterior, la señora se había pasado varias horas empaquetando cosas. Además, había encargado a Marie que le entregara a su hija una cantidad de dinero considerable, que llevaba en un estuche de cuero pendido al cuello. La doncella había tenido que prometer a Alicia que ni el señor ni Paul tendrían conocimiento de ello.

¡Qué calle tan ancha! ¿Cómo se llamaba? Boulevard de Clichy. En realidad, no era una calle sino una avenida con árboles en el centro, columnas de anuncios y pequeños quioscos. Un tranvía pasó junto a ella. Un perro la olisqueó un instante y luego siguió su camino. Las casas de París no eran muy distintas a las de Augsburgo; la única cosa que no había en su ciudad eran aquellas persianas que sobresalían hacia fuera. Y tampoco había tanta suciedad en la calle; en ese sentido, en Alemania eran más escrupulosos.

Sentados delante del café Léon, varios hombres vestidos de manera sencilla bebían cerveza y fumaban. Ella entró con paso vacilante; en una mesa junto al mostrador, dos mujeres jóvenes fumaban y conversaban. No podían ser más que chicas que se dedicaban a un oficio muy concreto; las muchachas decentes jamás fumarían en público. Pero ¿dónde había ido a parar Kitty?

Tras el mostrador, una mujer de mediana edad charlaba con un hombre joven. Llevaba el pelo castaño recogido con una peineta de forma circular y en torno a su cuerpo mullido lucía un delantal que había perdido la blancura.

—*Eh, mademoiselle! Qu'est-ce qu'il y a?* —exclamó dirigiéndose a Marie.

Su tono de voz no parecía especialmente amigable; parecía como si dijera: «¿Qué andas buscando por aquí con esa maleta tan grande?».

—*Mademoiselle Katharina Melzer.*

Tuvo que repetir el nombre. Entonces en el rostro de la camarera se dibujó una sonrisa.

—*Vous êtes Marie?*

—Marie... *Oui...* Marie Hofgartner.

Bueno, por lo menos esa palabra la sabía. *Oui* quería decir «sí».

—*Marie Ofgartener. Bien! Eh, Marcel!*

La camarera se giró y exclamó algo en dirección a la cocina, una ristra de palabras que a Marie le sonó como una corriente de agua revuelta. ¡Qué idioma! Era imposible diferenciar las palabras entre sí. Asomó un muchacho escuálido de cabellos oscuros que le cogió la maleta sin vacilar y se fue con ella. Al ver el gesto de la mujer señalándole que lo siguiera, Marie deseó con todas sus fuerzas que no tuvieran la intención de robarle la maleta, sino que solo quisieran indicarle el piso donde vivía Kitty.

No se equivocaba. Empezaron a subir por una escalera estrecha de ruidosos escalones de madera hasta que llegaron a un pasillo bajo y oscuro. Marie llegó casi sin aliento porque subieron muy rápido; cuando dejó la maleta ante la puerta, también al joven le costaba respirar.

—Muchas gracias —dijo Marie—. *Merci.*

Increíble. Había utilizado otra palabra en francés. Se metió la mano en el bolsillo de la chaqueta, donde guardaba algunas monedas francesas que Alfons le había dado por si acaso las necesitaba. Sin embargo, el joven las rechazó; farfulló algo sobre «mademoiselle Cathérine» y luego bajó los escalones con presteza.

«No ha querido la propina. La señorita Kitty lo tiene encandilado», se dijo. Se acercó a la puerta, que carecía de rótulo y de timbre, y llamó.

—¿Hola? ¿Señorita Katharina? Soy yo, Marie.

En el interior se produjo movimiento. Un objeto sólido cayó al suelo y luego se oyó un grito y un gato maulló con enfado.

—¡Marie! ¡Marie! Estoy junto a la puerta. Apártate, Sérafine. He estado a punto de pisarte, gata tontorrona.

La puerta estaba atrancada; Marie oyó a Kitty quejarse y echar pestes; luego dio un pequeño empujón y el obstáculo que las separaba desapareció de inmediato. Ahí estaba la señorita. Hermosa como siempre, aunque con el pelo algo desgreñado, y su camisón largo y blanco tenía manchas de hollín. Debía de haber estado encendiendo la estufa, pero no recordaba que supiera prender la lumbre.

—¡Marie! ¡Mi dulce amiga! ¡Sabía que vendrías! ¡Qué felices vamos a ser! ¿Cómo has llegado tan pronto? Ah, claro, ese maldito tren circula de noche y llega a París a primera hora de la mañana. ¿Estoy en lo cierto?

—Sí, así es.

—Pero pasa. ¿Qué llevas en esa maleta tan enorme? ¿Y en la bolsa? ¿Has traído todo lo que tienes? Muy bien. ¡Oh! Ahora que estás conmigo todo irá de maravilla. Te enseñaré Montmartre. Y también Montparnasse, que es donde viven los poetas y los rusos. ¡Y el Louvre! Verás la *Mona Lisa*, esa que robaron y que ya vuelve a estar en su sitio.

Marie metió la maleta en el cuarto mientras Kitty arrastraba la bolsa de viaje. Arrojó el bulto sobre la cama diciendo que por lo visto se había traído un montón de adoquines de Augsburgo. Le rogó que no se asustara por el desorden, que ese día aún no había tenido tiempo de colocarlo todo, pero que lo haría de inmediato. Antes quería enseñarle el piso.

—Es como un nido, Marie. Tiene dos dormitorios: uno

para ti y otro para mí. También hay una cocina en la que, aunque es pequeña, cabe una mesa para que podamos comer juntas. El problema son los fogones, que son un asco; me quemo los dedos cuando los enciendo y, aun así, el fuego se apaga una y otra vez.

¡Qué desorden! Blusas y toallas, tubos de pintura, carboncillos, tazas de café, flores marchitas, pasadores para el pelo, un cojín de plumas rajado, dibujos por terminar, pan seco y mil cosas repartidas en feliz convivencia sobre las camas, el suelo y los muebles. Marie sabía que a Kitty no le gustaba mucho el orden, pero no acababa de entender cómo alguien podía soportar ese caos. Por otra parte, todo estaba sucio: había telarañas en las paredes, y el papel pintado y el techo en torno a las estufas estaban negros a causa del humo.

—¿No te parece que la vista es maravillosa, Marie? —exclamó entusiasmada Kitty, sin distraerse con pequeñeces como las estufas humeantes—. ¡Mira! Ahí atrás, esa cúpula blanca es el Sacré-Coeur. El emblema de Montmartre. Luego te lo enseño.

En efecto. La vista desde el ventanuco compensaba muchas otras cosas. Por encima de los tejados se atisbaban calles y callejones; sobre los canalones de las casas se veían palomas grises y gorriones atrevidos, y abajo las personas se veían diminutas, como de juguete. El Sacré-Coeur parecía ser una iglesia. Era un edificio blanco como la nieve semejante a un palacio de cuento oriental, con muchas cúpulas grandes y pequeñas.

—¡Parece que está muy cerca del cielo! —murmuró Marie—. Es como si tendiendo la mano se pudiera tocar. En cambio, se encuentra infinitamente lejos.

Entonces oyó la risa clara de Kitty a su espalda y se volvió. Una gata grande y de pelaje rojizo había saltado a la cama de la señorita y se había acomodado encima de la bolsa de viaje de Marie.

—Sérafine, eres imposible —comentó Kitty riendo—. ¿Sabes, Marie? Va y viene a su antojo. Pero cuando es de noche, hace frío y te sientes sola, es maravilloso tener a una Sérafine cálida ronroneando.

Marie acarició el pelo espeso y sedoso de ese animal vagabundo y se acordó al instante de Minka, el gato del jardinero.

—¿Me dejas deshacer tu bolsa, Marie?

—Por supuesto. Y la maleta también. Las cosas son para usted, señorita Katharina. Su madre se las envía.

El rostro feliz de Kitty se ensombreció, retiró la mano y, de pronto, perdió la curiosidad.

—¿Mamá? ¿Acaso ella sabe dónde estás?

—Sí, se lo dije. Está muy preocupada por usted y creyó que todo eso le podría ser de utilidad.

—Santo Dios…

Marie levantó a la gata de encima de la bolsa de viaje y abrió el cierre. Arriba estaban sus cosas: mudas, una falda y una blusa, medias, otro par de zapatos y un camisón largo. Debajo, Alicia había empaquetado toda suerte de objetos que, en su opinión, eran imprescindibles para llevar una vida ordenada. Cepillo de dientes, polvos dentífricos, polvos para el dolor de cabeza, un cepillo para la ropa, una cajita de colores con pañuelos, varios frascos de perfume, jabón oloroso, dos blusas de seda, una camiseta de abrigo hecha de lana de angora, una linterna, baterías, varios libros…

—Mi querida mamá… —suspiró Kitty con los ojos impregnados de tristeza—. ¿Está bien? Ella, bueno, ella no está demasiado preocupada, ¿verdad?

—Seguro que sería muy feliz si usted volviera a casa, señorita Katharina.

¿Se echaría a llorar ahora? Marie sabía que a Kitty le dolía mucho estar separada de su familia, pero no lo demostraba. Al punto, cambió de tema para apartar el dolor que sentía crecer.

—Deberías llamarme Kitty. Ahora ya no somos una señorita y una doncella. Somos amigas. Vivimos y trabajamos juntas, y tanto vale la una como la otra.

—Lo intentaré —dijo Marie—. Pero es tan raro que no sé si podré.

—Entonces, practiquemos. ¿Cómo me vas a llamar?

—Kitty...

La muchacha sonrió satisfecha y al momento regaló a Marie tres frascos pequeños de perfume. A continuación abrieron la maleta y descubrieron que Alicia no solo había empaquetado ropa y mudas para su hija, sino también comida: jamón ahumado, latas de galletas, bombones, chocolate y mazapán, varias conservas de carne de vacuno y una bolsa de granos de café.

—Mamá debe de creer que me muero de hambre —comentó Kitty con asombro—. Este café es como oro, Marie. Aquí, en Francia, el café es imbebible.

—Tu madre te echa mucho de menos, Kitty. Igual que tu padre...

—Les escribiré.

El tono severo de la réplica dio fin a la conversación sobre ese tema. La señorita no estaba dispuesta a arrepentirse de nada y prefería entregarse a los sueños dorados de futuro. Marie dudó sobre si debía darle el dinero. Aquello había sido muy poco inteligente por parte de Alicia Melzer: esos regalos no harían más que reforzarla en su determinación descabellada. ¡Vivir y trabajar aquí, en París! ¿Cómo pensaba hacerlo? ¿Cómo pagaría el alquiler y la comida? ¿Vendiendo dibujos, tal vez?

—Voy a cambiarme y luego te enseñaré Montmartre. Por el camino podemos comer alguna cosa. Aquí hay innumerables cafés y restaurantes.

Cerró la maleta y revolvió en una cómoda; fue de un lado a otro de la estancia y encontró, por fin, lo que buscaba. Dejó de lado los vestidos primorosamente escogidos que Alicia le había enviado y, en su lugar, se puso un vestido bastante arrugado y suelto que se ajustó con un cinturón abrochado a la cintura. La prenda se ensanchaba a la altura de las caderas, un efecto que lograba gracias a un aro; y en los tobillos la falda se volvía tan estrecha que su portadora tenía que dar unos pasos muy cortos. Para andar de forma normal, Kitty se había hecho unos cortes a ambos lados de la falda.

—Pe... pero cuando anda usted enseña, quiero decir, enseñas la pierna hasta la rodilla —balbuceó Marie, horrorizada.

—¿Y qué? Esto es París, pequeña Marie, y no la mojigata ciudad de Augsburgo. Aquí, en Francia, ahora se lleva el estilo tango.

Al parecer, aquel vestido era un modelo muy caro del creador Paul Poiret, que Gérard Duchamps le había comprado a Kitty al principio de su viaje. Se había gastado muchísimo dinero en su exigente amada, y no solo en vestidos y ropa, también en estancias de hotel, los útiles para pintar y las innumerables fruslerías que Kitty había querido a toda costa, como sombreros, cajitas, tacitas de porcelana, parasoles de seda y similares.

—Al principio pasábamos cada noche en un hotel distinto —explicó Kitty mientras bajaban la escalera—. Siempre con un nombre falso. Tuvimos que ser muy cautos porque el padre de Gérard mandó que lo buscaran...

En un aparte muy breve, Marie supo que Gérard había presentado a Kitty a su padre como su futura nuera. Fue todo un escándalo. Gérard no le había contado que llevaba dos años prometido con la hija de un socio de su padre. Béatrice Monnier contaba con convertirse en madame Duchamps, y la disolución del compromiso podía tener graves repercusiones comerciales para la empresa Duchamps.

—Son una gente horrible, Marie. Se refirieron a nuestra familia como *les boches*. Eso es un modo despectivo de hablar de los alemanes.

Marie no dijo nada, pero sintió mucha lástima por Kitty. Seguro que ella había contado con que la familia de él la recibiría con los brazos abiertos. ¡Qué decepción tan mayúscula! ¡Y qué torpeza por parte de Gérard Duchamps no haberle dicho nada sobre su compromiso! Así las cosas, no era raro que su amor se hubiera enfriado... porque es lo que había ocurrido, ¿verdad?

—No entiendo por qué tengo esos sueños tan estúpidos —siguió parloteando Kitty—. No dejo de soñar con Gérard. Y eso que ya lo he borrado de mi vida. Plis, plas, fuera. Del único lugar del que no consigo sacarlo es de mis sueños. No deja de asomar por allí. ¿No te parece ridículo, Marie?

—Es muy normal —respondió Marie, apenada—. Los sueños hacen con nosotros lo que se les antoja.

En cuanto salieron a la calle por el café Léon, la camarera las saludó y Kitty respondió en francés.

—*Une petite promenade, Solange. À bientôt!*

—¿Qué le has dicho?

Kitty levantó la cabeza con orgullo y le dijo que en ese tiempo había aprendido a hablar francés. Le acababa de decir a la camarera, que se llamaba Solange, que iban a dar un paseo y que pronto regresarían.

El cálido sol de abril volvió a animar a Kitty, la cual no paró de contarle cosas. Habló sobre los pintores que había conocido, y también sobre poetas famosos y marchantes de arte. Según dijo, en la rue Vignon había un tal señor Kahnweiler que exponía unos cuadros de lo más estrafalario.

—Se llaman a sí mismos «cubistas». Lo convierten todo en cuadrados y cubos. ¿No te parece fantástico?

Para Marie eso era más bien ridículo. Mientras Kitty, cogida de su brazo en un gesto de intimidad, hablaba por los codos, ella observaba a la gente de la calle. Las mujeres no vestían según el estilo tango; posiblemente esa moda extravagante estuviera reservada a la gente muy rica. Las francesas con las que se cruzaban iban vestidas de forma bastante conservadora, con faldas largas y oscuras, camisas claras, un pañuelo en torno a los hombros y sombrero pequeño. Luego, en cuanto Kitty se adentró por unos callejones estrechos, contempló con asombro tiendas de comestibles que, entre quesos, jamones y patés, tenían también cuadros a la venta. Eran cuadros pequeños de flores y plantas, e incluso de personas; a Marie muchos de ellos le parecieron muy simples, como si los hubiera hecho un niño, pero Kitty afirmó que eran Arte en mayúsculas.

—Es una vergüenza que estos cuadros tengan que exponerse entre quesos y patés grasientos. Los pintores son pobres y regalan sus obras a cambio de un par de sous porque pasan hambre.

Ya en la villa, en Augsburgo, Kitty había hablado a Marie de los artistas que pasaban hambre y que sobrevivían sin reconocimiento. Como ese desdichado, Vincent van Gogh, que solo vendió un cuadro en su vida. Cuando oyó eso, Marie no supo si reír o preocuparse. En otras ocasiones Kitty ya había expresado su admiración por la «sagrada pobreza del artista» y el «arte auténtico, solo alcanzable por medio de la renuncia absoluta». ¿Acaso tenía en mente emular con Marie esos ideales? Desde luego, era muy capaz de ello.

—No te asustes. Esta calle estrecha está un poco sucia. Estamos en la rue Gabrielle; aquí hay sitios nada recomendables para una mujer. Y ahí, al otro lado, la atraviesa la rue Ravignan, donde hay una casa en la que los pintores viven y trabajan como en una colmena. Detrás, en el jardín, hay muchos talleres con grandes cristaleras para que entre la luz. No como ese ventanuco diminuto de mi casa. Tal vez nos mudemos a un taller más grande donde podamos pintar juntas...

Marie avanzaba trabajosamente detrás de Kitty, incapaz de hacerse a la idea de que ahí, detrás de esas ruinosas casas de madera y las sucias fachadas de piedra, floreciera la gran y maravillosa libertad artística. Distinguió un par de tabernas poco acogedoras; quizá el ambiente solo se animaba de noche y el vino era tan barato que incluso un pintor pobre podía permitirse un trago. En una esquina, tres hombres vestidos con andrajos discutían animadamente; sentada en una silla, delante de un portal sombrío, una anciana clavaba ante sí su mirada extraviada. ¿Acaso eso era muy distinto de la ciudad baja de Augsburgo? ¿También aquí las muchachas deambularían por la noche por los callejones, fumando bajo las farolas y ofreciéndose a cambio de dinero? ¡Con lo contenta que estaba de haber salido de aquel lugar! En cambio, para Kitty, todo aquello, la pobreza, la suciedad, las prostitutas y los delincuentes desaprensivos, tenía un encanto muy especial. ¿Pintores? ¿Grandes artistas? Por lo que Marie podía ver, ahí solo había borrachines, criadas humildes y personajes dudosos. Sin tener en cuenta los grupos de turistas que vagaban por las calles vestidos con prendas de escaso gusto y hablando a gritos en inglés u holandés. Esos mismos turistas eran los que llenaban los pequeños bistrós, pidiendo a gritos sus comandas en tono imperioso: «*Bière!*» o «*Du vin!*», y comportándose como si Montmartre les perteneciera.

—Ahora puedes ver a muchos pintores porque trabajan mientras tengan buena luz. Al caer el sol, salen de los talleres para comer y disfrutar.

—Entiendo… ¿Y hay también mujeres que pintan? Quiero decir, aparte de nosotras.

Kitty dijo que conocía algunas, pero eran unas engreídas y, además, estaban todas liadas con algún artista al que vigilaban con celo.

—Ya va siendo hora de que cambiemos esta situación, Marie. Saldremos adelante sin amantes, porque nos mantendremos unidas. Ven, acompáñame. Te he prometido una sorpresa. Te vas a quedar de piedra, Marie. ¡Tengo tantas ganas de ver qué te parece!

Tomó a Marie de la mano y la arrastró con ella. El boulevard de Clichy estaba repleto de gente que miraba con asombro el avance de una tropa de soldados. Las dos jóvenes tuvieron que detener su marcha y entretanto Kitty explicó que la semana anterior los monarcas ingleses habían visitado París. Desde entonces, esos desfiles se producían con frecuencia. Tal vez, bromeó, esos cascanueces tan guapos y de uniformes tan coloridos no supieran encontrar sus casernas.

—¿Cascanueces?

—¡Mira cómo van vestidos! Estos soldados se parecen al cascanueces de madera que papá me trajo una vez del mercado navideño.

La observación no era muy desatinada; los soldados franceses no lucían el color verde oscuro de las tropas bávaras que Marie conocía. Esos soldados llevaban unas casacas azules, más cortas por delante que por detrás, y debajo unos pantalones de intenso color rojo. Solo las armas y las bayonetas no parecían de juguete.

—El tío Rudolf, el hermano de mamá, siempre decía que los franceses eran soldaditos de papel y que corrían a refugiarse en cuanto llovía…

Marie se alegró de que nadie pudiera entender los comentarios en voz alta de Kitty. Era asombrosa la habilidad con que sabía abrirse paso entre la multitud, sonriendo a los señores y saludando con la cabeza a las mujeres. Hasta los granujillas de las calles las dejaron pasar; uno de ellos hizo incluso una reverencia galante, como si fuera un joven caballero.

Delante del café Léon la multitud ya se había dispersado. El camarero había dispuesto varias mesas y sillas en la acera, que ahora estaba tomada por un grupo de turistas ingleses. Solange, la camarera rechoncha, estaba sirviendo vino, agua y raciones de pastel caliente a los clientes. Al ver a Kitty y a Marie les hizo señas para que se acercaran.

—¡Oh, qué amable! Nos ha reservado una mesa. ¿Sabes,

Marie? De no haber sido por Solange y Léon, creo que hubiera regresado a Augsburgo cuando nuestro amor se rompió.

Marie no comentó nada al respecto. Ahora, dentro del café estaba Marcel detrás del mostrador; a su lado, una muchacha de pelo cobrizo se ocupaba de rellenar los vasos de cerveza. Era Susanne, la hija de Solange y Léon. El propietario del establecimiento, el *patron*, se encontraba en la cocina y su rostro sonrosado asomaba de vez en cuando por detrás de la ventanilla del pasaplatos.

—Te vas a quedar de piedra cuando salga de ese cuchitril —comentó Kitty mientras se sentaban a una mesa de un rincón—. Es bretón. Y parece un vikingo. Me habría gustado mucho dibujarlo, pero no me deja. Es tan vanidoso…

Aquel rincón estaba algo oscuro y no se podía ver a la gente que pasaba por la calle. En cambio, Marie reparó en una serie de fotografías enmarcadas de la pared; tal vez, se dijo, el propietario del local había expuesto ahí a toda su parentela bretona.

—Tomaremos el menú número uno. Seguro que te gusta. ¿Querrás que bebamos vino para acompañar? ¿No? Bueno, querida Marie, te guste o no, vas a tener que acostumbrarte al vino. Todos los franceses lo beben y lo mezclan con agua. Los niños también. Por lo tanto, pediremos medio litro de vino rosado y una jarra de agua… *Eh, Marcel! Deux fois le numéro un, un demi de rosé et une bouteille d'eau…*

¿Cómo pretendía pagar eso? ¿Acaso Kitty tenía dinero, o se lo cargaban en cuenta? Marie decidió esperar. Solo utilizaría el dinero de la señora en caso de emergencia. A fin de cuentas, era moneda alemana que debía cambiarse a francos franceses.

Marcel trajo la bebida y las sirvió. Marie contempló dudosa el líquido de color rojo intenso que tenía en el vaso. Según descubrió cuando trabajaba de criada en la ciudad baja, el vino tinto se subía muy rápido a la cabeza. En esa época, en una ocasión se tomó el resto de una botella de vino por curiosidad; al poco rato se sintió mareada y estuvo mala toda la noche. Sin embargo, el vino que tenía en el vaso no era tinto sino rosado. Además, se dijo, lo podía mezclar con agua.

—Por nosotras —brindó Kitty en tono festivo alzando su vaso—. Para que nos llevemos bien, trabajemos mucho y lleguemos a ser tan famosas que la gente nos quite las pinturas de las manos.

—¡Por nuestra amistad, Kitty!

Marie no había tenido tiempo de verter agua en su vino. Tomó un gran sorbo y notó cómo el alcohol encendía un pequeño fuego en su estómago. La sensación era agradable. Luego bebió otro sorbo para quitarse de la cabeza los remordimientos. Kitty había brindado «por nuestra amistad», pero ella no hacía otra cosa que engañarla y entretenerla mientras Paul y Alfons esperaban ansiosos el momento de aparecer.

—¿No te parece que este lugar es precioso? —dijo Kitty con entusiasmo—. Marie, somos libres. Nadie nos da órdenes. Hacemos lo que nos viene en gana. Estamos sentadas aquí, tomando vino, almorzando. Luego iremos hasta el Louvre y pasearemos junto al Sena. Nos llevaremos los blocs de dibujo y haremos bocetos. ¡Tengo muchas ganas de ver lo que dibujarás! Tienes un enorme talento y pronto me superarás. ¡Lo sé!

Marie cedió a la sensación de calidez y tomó otro trago. Le sobrevino la impresión de estar flotando. ¡Qué lástima que los sueños de Kitty se fueran a desvanecer tan pronto! Pero veía el atractivo de vivir en esa libertad. Kitty y ella en aquel «nido» situado por encima de la ciudad. ¡Ah! Ella convertiría ese lugar en un sitio agradable, lo ordenaría, pintaría las paredes de color claro y lo decoraría con plantas de maceta. Ese piso podía convertirse en una bombonera. Durante el día pasearían y dibujarían por la ciudad. Personas, edificios, el Sena, la torre Eiffel… Quizá todo eso dispuesto en cubos y cuadrados de colores… Sonrió. ¿No era Kitty la que había dicho que aquello era arte moderno?

—¡Atenta! ¡Ahora te daré mi sorpresa!

¿Qué estaría tramando Kitty ahora? Se levantó súbitamente y se marchó a toda prisa hasta su piso, dejando a Marie sola en la mesa. ¡Suerte que no era una joven dama sino una simple doncella! De lo contrario, estar sola en un restaurante habría sido de lo más inapropiado. Kitty se tomó su tiempo para la sorpresa y varias veces Marie fue objeto de miradas de extrañeza por parte de la camarera. Cuando Kitty por fin regresó, su vestido presentaba dos manchones de hollín en los que no reparó por la emoción. En la mano sostenía una fotografía, y primero la limpió con la falda y luego la puso frente a Marie sobre la mesa.

—¡Caramba! He tenido que buscarla mucho. Y eso que era fácil de encontrar. Estaba en el armario de la cocina, entre las tazas. ¡Mira, Marie! ¿No te parece asombroso?

Aquella fotografía tenía que ser muy antigua porque estaba algo descolorida. Mostraba a una pareja joven cogida de la mano. Estaban un poco rígidos, de pie, junto a una mesa dispuesta de forma artificiosa. La mujer lucía un vestido claro que le caía suelto por encima de la cintura y llevaba el pelo recogido, mientras que el hombre vestía un traje oscuro y llevaba bigote. Sobre la mesa había una paleta de pintor y un vaso con pinceles y varios tubos de pinturas. Al parecer, la fotografía se había hecho en el taller de un fotógrafo.

—Es muy bonita…

—¡Pero fíjate en el borde inferior! —la apremió Kitty con impaciencia—. ¡Santo Dios! ¿Acaso estás ciega?

Marie tomó otro sorbo y luego se llenó el vaso con agua. En el borde inferior de la fotografía había algo escrito, también con una letra bastante descolorida: «*Luise Hofgartner, peintre allemand, et son fiancé, M. Jakob Burkard*».

Marie leyó de nuevo esas palabras y luego las letras empezaron a bailar ante sus ojos. Simultáneamente, oyó el parloteo excitado de Kitty, aunque no acababa de comprender lo que decía.

—Figúrate, Marie. Gérard y yo vimos un dibujo en una tienda… ¿Dónde era? Creo que en Saint Germain. ¿O tal vez en otra parte? En fin, era un dibujo al carboncillo que representaba una muchacha joven, Flora, creo, la diosa de la primavera. Como me gustaba, entramos y preguntamos quién lo había dibujado y lo que podía costar. La sorpresa fue que era de una pintora alemana que lleva tu mismo apellido. Quizá estáis emparentadas. Eso no sería nada extraño, porque tú, Marie, tienes un enorme talento.

—Kitty, ¿qué significan esas palabras en francés?

Kitty se interrumpió y cogió la fotografía.

—Dice: «Luise Hofgartner, pintora alemana, y su prometido, el señor Jakob Burkard».

—¿Su prometido? ¿Estás segura de que pone eso?

—Totalmente. Gérard me lo tradujo. El vendedor tenía varios cuadros de ella. Nos contó que era una gran artista y que trabajaba como una endemoniada, pero que luego se había ido a Alemania y nunca más se supo de ella. Se alegró tanto de que le comprásemos el cuadro que nos regaló esta fotografía. ¡Qué felices parecen los dos! ¿No crees?

Imposible negarlo. De no estarlo, no hubieran posado cogidos de la mano. Aquí, en París. Marie volvió a coger la fotografía e intentó adivinar algo más en las formas y las líneas borrosas. ¿Sonreían? ¿Llevaban alianza? El vestido de su madre le parecía muy avanzado para su época, pero tal vez no llevaba corsé porque estaba embarazada.

—¿Preguntasteis cuándo se tomó la fotografía?

—No se nos ocurrió —dijo Kitty—. Tiene que ser muy antigua. Pero encontramos más cuadros de ella. Tres están en la galería de Kahnweiler, y vi otro en una pequeña tienda en algún lugar junto al Sena. Sin embargo, Gérard, ese tacaño miserable, no quiso comprarme ninguno. ¿Te lo imaginas? Y luego dice que me quiere…

—¿Y el dibujo? —preguntó Marie con voz temblorosa—. ¿Todavía lo tienes?

No obtuvo respuesta. Kitty miraba aterrada a la puerta, abierta de par en par. En ese momento entraban Paul y Alfons.

—¡Me has engañado! —susurró Kitty—. ¡Eres una mala pécora!

41

No podían haber aparecido en un momento más inoportuno. ¿Qué se habían pensado? ¿No habían convenido que esperarían el mensaje de Marie en el café de abajo, junto a la estación del metro?

Paul respondió a la mirada recriminatoria de Marie con un torpe encogimiento de hombros, pero Alfons se emocionó tanto al ver a Kitty que ni siquiera reparó en el disgusto de Marie. Como si viera el sol tras unos largos meses de invierno, se acercó con paso firme hacia la mesa donde estaban las dos mujeres.

—¡Señorita! ¡Qué alegría! ¡Estoy tan contento de verla!

Kitty lo miró con el ceño fruncido y un gesto desabrido; y la mirada con que recibió a su hermano Paul era casi hostil.

—¡Sí, qué coincidencia tan agradable! —respondió ella con ironía—. Uno va paseando tranquilamente por el boulevard de Clichy y, de pronto, ve a su hermana pequeña sentada en un café.

—¡Así ha sido! —exclamó Alfons con un entusiasmo infantil—. Espero no molestar a las señoras.

—¡En absoluto! —respondió Kitty con malicia—. Íbamos a almorzar y estábamos charlando un poco. Cosas de mujeres. Confidencias. Pero siéntense, por favor. A fin de cuentas, la confianza ha desaparecido, ¿verdad, Marie?

—No sé a qué se refiere, señorita Katharina —respondió Marie, apesadumbrada. En vista de la situación, le pareció mejor dejar de tutear a Kitty.

—¡Claro que lo sabes, farsante!

Paul, abrumado por el remordimiento, intervino. No se recriminaba por haber claudicado ante la insistencia de Alfons de regresar al café Léon, sino porque al obrar de ese modo habían puesto a Marie en una situación comprometida.

—Kitty, no tienes ningún motivo para ofender a Marie —dijo, irritado—. ¡Cómo te atreves a decir eso precisamente tú, que nos mentiste a todos durante días para luego huir a hurtadillas!

—Vaya, Paul, hermanito —musitó Kitty con sorna—. Sabía que te enviarían a ti, pero si crees que voy a regresar con vosotros a Augsburgo te equivocas. ¡Antes iría al infierno!

—Pero bueno —intervino Alfons levantando las manos en gesto conciliador—. Queridos amigos, no vamos a enfadarnos ahora. ¿Quién ha hablado de Augsburgo? Mejor alegrémonos de estar en la hermosa ciudad de París. La ciudad del arte y el amor.

Esa arenga enardecida fue recibida con un silencio. Kitty miró a Alfons con el ceño fruncido, sin saber si hablaba en serio o se limitaba a decir lo que tocaba, que era lo que acostumbraba hacer. Paul y Marie intercambiaron una mirada de asombro.

—*Ce sont des amis?* —preguntó Solange tras asistir al encuentro sin entender ni una palabra.

—*Mon frère Paul et son ami Alphonse...*

Solange se ofreció al momento para traer dos sillas y que los caballeros pudieran sentarse a la mesa, pero Kitty, tras agradecérselo, lo rechazó.

—De pronto, he perdido el apetito —dijo levantándose—. Marie, cómete lo mío. Debes de estar hambrienta después del largo viaje. Yo necesito un poco de aire fresco.

—Es ridículo salir huyendo —soltó Paul con enojo—. Lo hemos dejado todo por ti y hemos viajado hasta aquí porque nos tenías preocupados.

—¡Pues no hacía falta!

El tono arrogante de esa respuesta sacó a Paul de sus casillas. Ya en Augsburgo había dicho que ardía en deseos de soltarle una buena regañina a su hermana. En ese instante, le habría gustado darle unos azotes en el trasero con devoción fraternal.

—Escúchame, señorita —empezó a decir en tono contenido para no llamar más la atención—. Nuestra madre está enferma de preocupación, aunque a ti eso te da absolutamente igual. Como tampoco te interesa que papá lo esté pasando mal, que Elisabeth sufra por culpa de tu egoísmo y que hayas convertido a nuestra familia en el hazmerreír de la ciudad. Solo quieres salirte con la tuya de ese modo estúpido y obstinado…

Kitty se abrió paso junto a Marie para salir cuanto antes del café. Estaba a punto de echarse a llorar, pero ella jamás admitiría tal cosa.

—Deberías haber sido predicador, Paul. Como ese elocuente Abraham de Santa Clara, con nariz de gancho y capucha. Te quedaría muy bien…

—¡Señorita Katharina, se lo ruego! —exclamó Marie—. No se marche así. Hablemos de forma civilizada…

Kitty cogió aire para replicar a Marie de modo adecuado y, sin duda, malicioso, pero en ese momento Alfons se interpuso en su camino. Ante aquel obstáculo inmenso, Kitty se quedó callada.

—Querida señorita Katharina —dijo él en tono apaciguador—. Me parece que salir a dar una vuelta es una idea estupenda. Yo tampoco tengo hambre…

Si hasta ahora no había mentido, se dijo Marie, ahora lo estaba haciendo.

—En cambio, me gustaría visitar algunas galerías. Debe usted saber que soy un apasionado del arte moderno.

Kitty enarcó una ceja; no había tenido noticia hasta entonces de que Alfons Bräuer fuese un coleccionista. Aunque su padre había colgado en su mansión algunos cuadros, no lo había hecho por amor al arte, como había admitido una vez entre risas la madre de Alfons, sino como una inversión.

—Bueno —dijo ella alargando las vocales—. Los cubistas ahora tienen precios de ganga. Sin embargo, en unos años, esos cuadros valdrán una fortuna.

Alfons la miraba extasiado. Marie apenas lograba entender la rapidez con que el amor había convertido a ese muchacho corpulento y patoso en un hábil conquistador.

—Si usted, querida señorita Katharina, quisiera acompañarme en mis compras, sus consejos y sus conocimientos me evitarían cometer errores. ¿Conoce acaso alguna galería por aquí cerca digna de ser visitada?

—Tal vez la Kahnweiler, en la rue Vignon. Pero hay que andar un buen trecho.

—Tomaremos un taxi, señorita Katharina. O el metro. Si no me equivoco, son apenas tres o cuatro estaciones.

Kitty lo miró con asombro. Conocía bien París, quién lo habría pensado. Aquel muchacho anodino tenía mucho más que ofrecer de lo que ella suponía.

—El metro es muy buena idea. Adoro las estaciones subterráneas, hay algunas que parecen palacios…

—¿Me permite que la acompañe? —preguntó él con una reverencia llena de esperanza.

—Si no le importa cargar con alguien tan egoísta y desagradecido como yo, estoy a su disposición.

—Bromea usted, señorita Katharina…

Ella disimuló su mala conciencia con una carcajada sonora. Acto seguido, salió del café charlando con él por los codos. Ya en la calle, se volvió y se despidió de Paul con gesto triunfal. Luego agarró del brazo a su acompañante. La falda, tan ancha por las caderas, oscilaba de un lado a otro mientras caminaba y a cada paso dejaba ver sus hermosas pantorrillas.

—¡Santo Dios! —murmuró Paul, consternado, mientras la veía marchar.

—No es lo que parece —dijo Marie—. No está dispuesta a admitir que ha cometido una tremenda tontería y se comporta como una niña. En el fondo de su corazón está muy triste.

Paul resopló, airado, y dijo que esa conducta pueril tenía que acabar algún día. Y pronto, porque estaba haciendo daño a otras personas.

—Tiene usted razón —corroboró Marie—. Sin embargo, me da lástima. Creo que sigue queriendo a ese Gérard.

—¡Lo que faltaba!

Él suspiró y preguntó si podía sentarse con ella a la mesa.

—Eso estaría muy bien —respondió ella—. Kitty ha pedido dos menús número uno y este vino. Es imposible que yo pueda comérmelo todo.

—Ah, vaya, solo es por eso —comentó mientras se acercaba una silla—. Pensaba que te gustaría charlar un rato conmigo.

Como ella no dijo nada, él sirvió vino sin que nadie se lo pidiera y bebió a la salud de Marie. Luego se entregó al plato con apetito.

—Señor Melzer, no tengo nada en contra de una charla. Sobre todo, debemos pensar cómo vamos a lograr que Kitty regrese a casa. Se le ha metido en la cabeza la idea de mudarse conmigo a Montmartre y pintar.

Él masticó la verdura y el pescado marinado con salsa de ajo y luego dio un sorbo de vino.

—Bueno, gracias a nuestra intervención poco diplomática, Kitty se negará en redondo a llevar a cabo ese gran plan.

Lo siento mucho, Marie. No debería haber hecho caso de Alfons...

—Ah, no importa —dijo ella—. En algún momento yo habría tenido que llamar a las cosas por su nombre. Ahora la hemos arrojado en brazos del señor Bräuer, lo cual quizá cambie el rumbo de los acontecimientos.

Él se encogió de hombros, aunque no parecía muy convencido.

—¿Sabe que él la ha pedido en matrimonio?

—Yo no le he dicho nada.

—¡Menudo dilema! —murmuró mirándola con preocupación—. Me alegraría de corazón por el bueno de Alfons, y para Kitty también sería una buena cosa. Pero si dices que todavía ama a ese francés...

—Eso es lo que me parece, pero ella no lo ha dicho abiertamente.

—Y, para colmo de males, creo que también él sigue prendado de Kitty. Vino a Augsburgo para reconciliarse con ella y pedir su mano.

Hasta ese momento no se lo había contado a nadie, ni a Marie, ni a Alfons ni siquiera a sus padres. Como no podía ser de otro modo, si alguna vez se planteaba esa petición, sería rechazada.

—En tal caso, a Gérard le pasa igual que a Kitty —dijo Marie. A continuación pasó a hablarle de Béatrice, la prometida de él, y del trato que le dieron a Kitty en casa de los Duchamps.

—No entiendo cómo pudo ponerla en una situación como esa —se lamentó Paul al ver mancillado el honor de la familia Melzer—. Debería haberse imaginado que sus padres no iban a consentir que se casara con Kitty.

Arrojó la servilleta sobre la mesa con un gesto de enfado y volcó lo que quedaba de vino en el vaso. Cuando levantó la vista hacia Marie, se dio cuenta de que ella había dibujado una fugaz sonrisa irónica en la cara.

—¿Qué te parece tan divertido?

—Me alegra comprobar que es usted listo. Jamás se debería poner en una situación como esa a un ser querido. Cuando una relación se enfrenta a obstáculos tan grandes, no puede surgir otra cosa que pesar y deshonra.

Él la miró a los ojos. Cuando se dio cuenta de lo que ella había querido decir, negó con la cabeza. En su opinión, dijo, una cosa no podía compararse con la otra porque eran asuntos distintos. Por otra parte, él ya había obtenido respuesta a su precipitada propuesta de matrimonio. Era innecesario volver a hablar de aquello.

—Me alegra mucho que lo vea usted así, señor Melzer. Espero que, a pesar de todo, podamos seguir siendo amigos. Siempre y cuando usted estime mi amistad…

—Por supuesto que sí —dijo él sin convicción—. Yo también espero que te quedes con nosotros en la villa. Incluso cuando yo… cuando me case y, bueno, haya formado una familia. Me gustaría que algún día puedas criar a mis hijos…

A Marie esa idea le pareció absurda. Ahora él se estaba vengando de ella por haberle dado calabazas. ¿De veras creía que estaría dispuesta a servir a su esposa y a criarle los hijos? Ah, no, antes se buscaría un trabajo en otra ciudad. Era una lástima que Kitty ahora estuviera enfadada con ella. Tal vez deberían quedarse en Montmartre y vivir de su pintura. Eso era lo que había hecho su madre, por lo menos durante un tiempo.

—¿Qué es esto?

Ella se sobresaltó. Había olvidado por completo la fotografía. Cuando Paul y Alfons aparecieron de improviso, ella le dio la vuelta sobre la mesa; ahora Paul, curioso, la tenía en la mano. Observó a la pareja con la frente arrugada, dirigió una mirada inquisidora a Marie y, cuando se disponía a dejar a un lado aquella fotografía, reparó en el escrito que había en el margen inferior.

—No es nada —se apresuró a decir Marie mientras intentaba quitársela. Sin embargo, él la esquivó con un rápido movimiento del brazo.

—¿Nada? Aquí está tu nombre. Hofgartner. Una pintora alemana. Y este hombre es... ¡Qué curioso!

—¡Devuélvamela! —exclamó ella fuera de sí mientras intentaba coger la fotografía por encima de la mesa.

—¡Calma, calma, señorita Hofgartner! Jakob Burkard. Ese nombre me resulta familiar, aunque es más que dudoso que se trate de la misma persona.

—Exacto —dijo ella—. Y ahora me gustaría recuperar la fotografía. ¡Se lo ruego!

Él vaciló. Quizá porque aquel «¡Se lo ruego!», dicho de forma tan imperiosa, distaba mucho de ser una petición amable.

—¿Esta fotografía es tuya, Marie?

—Es de Kitty. La encontró en una tienda de St. Germain.

—Espera un momento... Espera.

«Señor, haz que se caiga el techo de esta estancia, provoca un eclipse solar o haz cualquier cosa que le impida seguir haciendo preguntas. Sería suficiente con un pequeño accidente de tráfico, del que, claro está, nadie resultara herido...», rezó Marie para sí.

—¿No podría ser esta tu madre? Luise Hofgartner... Se te parece...

Había dado en el blanco. ¿De dónde le venía ese instinto?

—Luise Hofgartner, pintora —murmuró él—. Por supuesto. Kitty decía que tienes un gran talento para la pintura. Incluso por Navidad puso uno de tus cuadros entre los regalos. Pero entonces este hombre de aquí podría ser el antiguo socio de mi padre.

—¿Socio? —se le escapó a Marie. Al instante se dio cuenta de que se había delatado.

—Jakob Burkard era socio de mi padre —le explicó mirándola atentamente—. Por lo que sé, fundaron juntos la empresa. Burkard era un genio en la construcción de maquinaria y mi padre entendía de negocios. Por desgracia, Burkard murió pronto.

Paul se interrumpió y contempló pensativo a Marie. Había algo que no acababa de entender, algo que lo inquietaba y le causaba incertidumbre.

—No sabía que él estuviera casado.

—No estaban casados oficialmente. Solo por la Iglesia.

Él asintió. «Solo por la Iglesia», repitió. Eso significaba que no estaban casados ante la ley, lo cual era una lástima... Entonces levantó la cabeza y la miró como si acabara de tener una idea extraordinaria.

—Seas o no hija legítima, si Jakob Burkard era tu padre, tú no eres lo que se dice pobre. En ese caso, tienes derecho a la participación de tu padre en la fábrica. Y si eso fuera así...

Se pasó la mano por el cabello, que, como siempre, llevaba despeinado. Tenía los ojos brillantes de entusiasmo.

—Si eso es así, Marie, has de ser mi esposa a toda costa. En este asunto mi familia tiene intereses vitales. Antes de que te cases con otro y perdamos las participaciones de la fábrica...

Marie extendió la mano despacio y tomó la fotografía. Lo que él acababa de decir era tan inaudito y disparatado que no alcanzaba a comprenderlo del todo. Pero esa última afirmación le pareció indignante.

—Su preocupación por la fábrica, señor Melzer, está fuera de lugar —afirmó con frialdad—. Jakob Burkard no era mi padre.

—¿Estás segura?

—Sí —mintió ella—. De todos modos, jamás se me pasaría por la cabeza lucrarme a costa de la familia Melzer.

Él extendió los brazos y le aseguró que no había querido decir eso, que sabía que ella no buscaba su dinero porque, de ser así, habría aceptado su propuesta de matrimonio.

—Desde luego —replicó ella enfadada al ver que sacaba a

relucir ese asunto—. Porque si alguna vez me caso será por amor, no por cálculo.

La reacción de Paul fue vehemente. Se levantó y le hizo una reverencia burlona, con una mezcla de rabia y de dolor dibujada en el rostro.

—¡Ahora lo entiendo! —dijo él en tono indolente—. Así que solo fue un flirteo sin importancia, ¿verdad? Una caída de ojos, una confesión amorosa, un beso… La doncella se lo pasó en grande poniendo a prueba sus artes de seducción con su señor. ¡Pero más tonto es el que caiga en sus tretas!

¡Por todos los dioses! Ella no había querido decir eso. Sin embargo, antes de que tuviera ocasión de explicarle su torpeza a la hora de hablar, él ya estaba junto a la dueña del establecimiento pagando la cuenta; acto seguido, se caló el sombrero de paja y salió sin ni siquiera volverse hacia ella.

42

El metro estaba repleto de gente. Kitty se agarraba con fuerza a uno de los asideros de acero para no caerse con los bandazos y las sacudidas del vagón. La velocidad que podía alcanzar ese tren daba vértigo, con esos chirridos y estridencias. Y qué pestilencia. Ella nunca habría imaginado que las personas podían despedir ese olor tan nauseabundo, a grasa rancia, sudor, dientes podridos y, sobre todo, a ajo.

—¿Se siente usted bien? —preguntó Alfons, preocupado—. ¿Prefiere que nos apeemos en la próxima estación y tomemos un taxi?

—Estoy bien.

Por nada del mundo quería ponerse en ridículo delante de ese hombre. En cambio, con Gérard... sí habría admitido que se sentía mal. Siempre había sido franca con él, y había compartido con él todos sus sentimientos y pensamientos más secretos. Eso había sido un error. Después él la tachó de caprichosa, diciéndole que un día quería una cosa y, al siguiente, otra. Según él, con ella era imposible saber en qué punto se estaba.

—Pronto llegaremos, señorita Katharina.

Se le acercó un poco más para protegerla de las miradas lascivas de un joven ataviado con ropa de trabajo. De pronto, ella fue consciente de lo atrevido que era su vestido, y se dijo que tal vez habría sido más apropiado ponerse alguno de esos anticuados conjuntos que le había enviado mamá. Por lo menos ahí, en el metro, no llamaría la atención como con ese carísimo modelo de Paul Poiret.

«¿Es que no te das cuenta de que todos los hombres te miran?», recordó que le dijo una vez Gérard mientras ella se vestía para dar un paseo.

«¿Y qué hay de malo en eso?», respondió ella, y se echó a reír. Le dijo que esos celos suyos resultaban ridículos. Pero luego, cuando iba por la calle sin la compañía de él, la abordaron varias veces y, aunque no entendía bien lo que esos hombres le habían dicho, resultó ser inquietante y estremecedor.

Alfons Bräuer no era un hombre capaz de enamorar a nadie. Pero su compañía era agradable. Tras apearse del vagón, él le ofreció el brazo y la acompañó hasta la escalera, y ninguno de esos molestos proletarios se atrevió a acercársele ni a decirle nada.

—Está usted muy pensativa, señorita Katharina. ¿No le parece mejor que antes cojamos fuerzas tomando un pequeño refrigerio? De hecho, usted no ha almorzado.

Lo cierto es que la perspectiva de sentarse en un restaurante bonito y dejar que la sirvieran le resultaba muy atractiva. Llevaba a sus espaldas varios días sombríos. Esas malditas estufas no se encendían y se le habían terminado las galletas que había encontrado en su bolsa de viaje. Le resultaba incómodo encargar un almuerzo a Solange que sabía que no le podría pagar, porque sus tímidos intentos de vender algún dibujo a los turistas habían fracasado de forma estrepitosa. Lejos de querer los dibujos, se habían mostrado partidarios de invitar a comer a la «artista». ¡Qué vergüenza!

Alfons eligió un restaurante del boulevard des Italiens, cerca de la ópera; al poco, se encontraron allí sentados en un ambiente Luis XV, con sillas tapizadas de terciopelo y rodeados de espejos brillantes con marcos dorados de madera labrada con arabescos. De hecho, en ese lugar era donde ella se sentía verdaderamente en casa, mucho más que en los callejones de Montmartre o en el metro. No, en honor a la verdad, a ella la vida de los artistas ya no le gustaba. Tal vez con Marie habría resultado romántico. Era una muchacha lista y prudente y con ella Kitty se sentía segura. Además, había confiado en Marie, se había lamentado de su amor roto y había dejado que la consolara. Sin embargo, Marie era una traidora y una embustera.

—*S'il vous plaît, madame…*

Un camarero vestido con frac le entregó la carta y ella se dispuso a leer el texto en francés. Alfons, que estaba sentado ante a ella, echó un vistazo rápido a los distintos menús y le recomendó algunos platos.

—*Escalope de veau…* Exquisito. Lo sirven acompañado de judías verdes y *pommes de terre*. Sepa usted que en Francia las patatas se tienen por un tipo de verdura…

Kitty contempló sus mejillas enrojecidas y el brillo apasionado de sus ojos al hablarle de los platos, y reparó en que tenía ante ella a un sibarita. De todos modos, ¿cómo hablaba tan bien el francés?

—En ese caso, tomaré *escalope* como plato principal —dijo ella con una sonrisa—. Antes probaré el pescado, pero una ración pequeña. No quiero sopa. Y de postre pediré frutas orientales, eso parece prometedor.

—¿Acompañará el pescado con vino blanco?

—*Eau minérale, s'il vous plaît.*

—Como guste, señorita Katharina. Espero que no le importe que yo tome un poco de vino.

—En absoluto. Eso solo puede hacer que luego, en la galería, sus ganas de comprar aumenten, querido Alfons.

Él sonrió con gran satisfacción al oír que lo llamaba «querido Alfons»; esa era una señal de confianza que no había osado esperar. ¡Qué fácil era contentarlo! Una sonrisa. Una palabra amable. Un gesto amistoso. No le hacía falta nada más para ser feliz. ¿Por qué no podían ser así todos los hombres? ¿Por qué precisamente el hombre al que ella amaba por encima de todas las cosas era tan complicado? Se pasó horas enteras tumbado en la cama dándole vueltas a la cabeza. Que qué iba a ser de ellos. Que de qué vivirían… ¿Acaso ella no lo había acariciado con cariño? ¿No le había animado y repetido que todo iría bien, que solo debía confiar y creer en su amor? Pero entonces él la llamó infantil y cándida, y le suplicó que llamara a sus padres. Se mostró dispuesto a vivir en Alemania y, si fuera preciso, incluso a aceptar un trabajo en la fábrica de su padre. Pero ella se negó en redondo. ¿Para qué había huido de la villa si ahora debía regresar con el rabo entre las piernas e implorar perdón? No. Ella prefería quedarse en París y vivir con él en Montmartre. Sin embargo, a Gérard esa idea le parecía descabellada. ¿Alguna vez, le preguntó, bajaría de la nube y pensaría con un poco de sensatez? Luego mencionó a Béatrice, diciendo que lamentaba haberle hecho tanto daño y haber dejado en la estacada a su propia familia, ya que, con su conducta, había perjudicado los negocios de su padre. Al oír todo eso, ella se enfadó y le preguntó si eso había sido culpa suya. ¡Oh, se habían peleado tanto en los últimos días! Solo cuando se abrazaban y unían sus cuerpos, cuando se entregaban al delirio, se reconciliaban. ¡Qué momentos tan deliciosos cuando ella estaba entre sus brazos y entre su piel y la de él no había nada, ni siquiera la fina tela de su camisón…!

—Esta crema de puerros es excelente, señorita Katharina. Es una lástima que no la haya pedido. ¿Quiere probarla? *Garçon, une deuxième cuillère, s'il vous plaît!*

Kitty tomó un poco de aquella estúpida crema para contentarlo y luego comentó que, en su opinión, tenía demasiada pimienta, algo que sorprendió mucho a Alfons, ya que aquel plato no llevaba ni una pizca. Con todo, no la contradijo.

Ella tomó un sorbo de agua y contempló en el espejo de la pared a un matrimonio francés que estaba en una mesa al fondo del comedor. A juzgar por su ropa no eran pobres; vestían prendas caras, aunque el corte le pareció muy conservador. Tampoco era de extrañar, pues seguro que pasaban de los cincuenta. La mujer llevaba el cabello teñido de rubio pero tenía las raíces grises. El marido era un hombre menudo y delgado, con el pelo cano primorosamente peinado sobre el centro de la cabeza, ocultando así una calva sonrosada. Conversaban muy poco entre ellos, aunque a Kitty le dio la impresión de que esas dos personas se entendían a la perfección. ¿Era eso lo que quedaba de la pasión tras largos años de matrimonio? ¿Un silencio elocuente y una charla sobre naderías? ¡Santo cielo! De ser así, tal vez era bueno que su gran amor hubiera terminado mientras todavía era ardiente y estaba vivo.

—Espero no aburrirla —dijo Alfons apartando el plato vacío de crema—. No soy una persona entretenida, señorita Katharina. Lamento mucho carecer de ese talento.

Él parecía abatido, y ella pensó en qué motivo podía darle para excusar su actitud taciturna. Imposible explicarle lo que había estado pensando hasta el momento.

—Querido Alfons, no se me va de la cabeza lo que mi hermano me ha dicho antes. Es tan injusto que me habría echado a llorar. ¿Cómo puede decir que no me importa que mi madre sufra? ¡Pues claro que me importa! Pero eso es algo que no puedo cambiar por el momento. ¿Debería volver a Augsburgo y dejar que me insulten y me encierren? ¿Eso hará feliz a mamá?

Él la miró un instante en actitud pensativa y, cuando ella suponía que iba a decirle algo sin importancia, la sorprendió con una propuesta.

—Señorita Katharina, usted podría llamar a su madre. En la oficina de correos es posible pedir conferencias. Si lo desea, yo mismo puedo organizarlo. Su madre quedará muy aliviada al oír su voz.

—Bueno, eso… claro, no estaría nada mal —musitó ella.

Vaya idea. Eso casi era peor que subirse a un tren y regresar a casa. Por otra parte, ¿qué le diría mamá? ¿Y si se ponía Elisabeth al aparato? Aquello le causó aprensión, de modo que la alegró que en ese instante le sirvieran el pescado.

—¿Cómo es que habla usted tan bien el francés? —preguntó por cambiar de tema—. Tengo que decirle que estoy admirada. Paul también lo habla, y yo he conseguido hacerme entender un poco. Pero usted, querido Alfons, podría pasar por francés.

—¡Qué exageración, señorita Katharina!

Ella se dio cuenta de lo mucho que le había complacido ese cumplido. Qué tipo tan raro. A la hora de comprar un billete de metro o de pedir una comida, o cuando la acompañaba por la ciudad o pedía indicaciones para ir a algún sitio, parecía ser dueño de la situación y estar seguro de sí mismo. Sin embargo, cuando hablaba con ella era tímido como un escolar y se ruborizaba a la menor ocasión. ¿Eso le gustaba a ella? No, lo cierto es que no le gustaba. Gérard jamás se había mostrado inseguro ante ella; siempre había sido él mismo. Fogoso, apasionado y también delicado, conciliador y dulce. Podía ser colérico y enfadarse con ella, pero al poco tiempo lamentaba sus palabras y le pedía perdón. ¡Qué maravilloso era reconciliarse después de una riña encendida! Ser uno con él, sentir sus manos en la piel desnuda, su fogosidad, su fuerza…

—Estuve en París en febrero y marzo —admitió Alfons.

—Ah, ¿sí? —preguntó distraída—. ¿Asuntos de negocios, tal vez?

Él vaciló, como si sopesara si era prudente responder a esa pregunta. Luego se animó a hacerlo.

—No, señorita Katharina. Vine aquí con Robert para buscarla a usted.

—¡¿A mí?! —exclamó ella con sorpresa.

—En efecto. Estuvimos explorando la ciudad durante dos meses y no logramos dar con usted. Debo decir que se escondió muy bien.

Kitty dejó el cuchillo del pescado junto al plato y se reclinó en su asiento. ¿Estaba diciendo la verdad? No veía por qué él iba a mentirle en esa cuestión. Santo Dios, ella y Gérard habían tenido a dos perseguidores tras de sí durante meses. ¡Qué listo había sido Gérard al registrarse en los hoteles siempre con un nombre falso!

—¿Esconderme? Bueno, íbamos mucho de un lado a otro. ¿Y dice usted que Robert lo acompañó? ¿Se refiere usted a nuestro lacayo, Robert Scherer?

—En efecto, el antiguo lacayo de su casa. El pobre huyó. Se sentía culpable ante su familia por haberla acompañado a la estación.

—¡Virgen santa!

En ese instante, de buena gana habría soltado una imprecación. ¿Por qué la empujaban a tener remordimientos? Primero con lo de mamá y lo afectada que estaba, y ahora con lo de Robert. Ella había huido de la villa. ¿Acaso debería arder en el infierno por ello? Seguro que ahora Alfons le diría que, como no pudo trabajar durante dos meses, el banco había sufrido unas pérdidas tremendas. Y eso, claro está, también sería culpa de ella.

—Bueno, lo cierto es que fue una empresa bastante precipitada —dijo Alfons mientras se limpiaba los labios suavemente con la servilleta—. Y no hace falta decir que fue una solemne tontería. Debería haber tenido más confianza en usted, señorita Katharina.

Mira por dónde, se dijo ella. Qué halagador. De todos modos, tenía razón al decir que seguir sus pasos había sido una ocurrencia de lo más pueril.

—Usted ha sabido salir de esa situación de forma maestra

y sin ayuda de nadie —continuó él—. Se ha librado de ese conquistador imprudente, e incluso ha conseguido mantenerse por sí sola en esta ciudad desconocida. Tiene todo mi respeto, señorita Katharina. ¡Me descubro ante usted!

Alfons hizo el gesto imaginario de quitarse el sombrero y lanzarlo al aire. A Kitty le pareció divertido. Alfons era un hombre muy considerado, si bien a primera vista eso pasaba desapercibido ya que él no era de los que exhibían sus sentimientos. Aunque la expresión «conquistador imprudente» la había disgustado, Kitty se sintió halagada al contemplarlo todo desde esa perspectiva. En el fondo, había sido así. Gérard no quería dejarla. Fue ella la que, después de su riña, le dijo que quería regresar a Alemania. Y lo hubiera hecho. Por lo menos, esa era su intención cuando subió al tren. Que luego ella se apeara y regresara a Montmartre en cuanto tuvo ocasión no fue porque quisiera volver a ver a Gérard. Había vuelto a París porque temía a su padre.

—¿A qué se dedica usted, querido Alfons, cuando no persigue a hijas descarriadas? Quiero decir, ¿qué hace exactamente el propietario de un banco?

Mientras disfrutaban del plato principal, él puso mucho empeño en explicarle a Kitty los fundamentos de la banca. En el fondo, le contó, era una tarea bastante simple pero muy importante. Los bancos eran los que permitían que los industriales y los comerciales pudieran embarcarse en negocios lucrativos. Ellos adelantaban el dinero, el negocio se realizaba y luego recibían el importe prestado. Más una pequeña cantidad adicional, claro está, que se llamaba interés.

—¡Así que usted vende dinero para ganar más dinero! —bromeó ella.

A él esa observación le hizo gracia. Comentó que hasta entonces nadie lo había expresado de ese modo, pero sí, tenía razón. Él adelantaba un importe y después recibía un importe mayor. Así de simple era el negocio bancario.

—¿Y de dónde sale tanto dinero?

Bueno, dijo él, tanto dinero no era. Por lo general, explicó, el capital fluctuaba y estaba en forma de hipotecas o participaciones en empresas; no debía imaginar que en el sótano de su banco había toneles llenos de monedas de oro.

—Ah, ¿no? ¡Qué lástima!

—Por eso he decidido invertir una parte de nuestro patrimonio en pintura. Por un lado, me mueve mi pasión por el arte y, por otro, lo hago porque propicia un incremento del valor que no se puede esperar de una moneda de oro.

A Kitty eso le desagradó. Alfons pretendía comprar cuadros para luego venderlos por un precio superior. Eso era una atrocidad. A fin de cuentas, uno no vendería a sus amigos.

—Jamás pondría a la venta una pintura por la que usted, querida señorita Katharina, sintiera afecto. Al contrario, se la regalaría.

Ella empezó a sonreír y le dijo que, en ese caso, él se iba a quedar con muchas paredes vacías porque eran muchas las pinturas por las que sentía un gran afecto. Y Alfons repuso en tono solemne que ella podía confiar en su palabra.

—Ni siquiera sabría dónde colgarlo —suspiró Kitty—. De momento, mi piso es diminuto. Y en la villa, las paredes ya están decoradas.

—Estoy seguro de que ya se le presentará la ocasión adecuada —contestó—. Le puedo garantizar una cosa: yo siempre estaré ahí para usted.

Él se inclinó al pronunciar esas palabras; al parecer, esa última frase era significativa para él porque la dijo con un énfasis especial. Entretanto, aquella conversación se había vuelto incómoda para Kitty y su respuesta resultó algo insensible.

—Bueno, pues ¡muchas gracias!

Ella inclinó la cabeza con educación y puso su atención en los frutos orientales que tenía en el plato y que estaban deliciosos. Unas naranjas dulces, piña, una granada de color rojo intenso, higos azulados e incluso el interior blanco y fibroso de un coco. De vez en cuando notaba la mirada insistente que él le dirigía desde el otro lado de la mesa. ¿Había alguna cosa que ella había pasado por alto? En tal caso, él no lo quería expresar con palabras. Tal vez fuera preferible: aquel día no estaba de humor para las confesiones íntimas de Alfons Bräuer.

El banquero dio una propina generosa, un gesto que sorprendió a Kitty porque tanto su padre como Gérard eran bastante tacaños en este sentido. Luego pasearon por el bulevar con ella cogida del brazo de él hasta que llegaron a la rue Vignon. Le resultó agradable que él se detuviera encantado frente a todos los escaparates cuando ella quería ver los artículos expuestos. Daba la impresión de que se interesaba por todo, incluso por los sombreros y los bolsos, los guantes para señora y los pañuelos de encaje. Admiró también con gran interés libros y antigüedades, e hizo observaciones sobre cuadros pequeños que se ofrecían a la venta entre todo tipo de jarrones y baratijas. Y todo lo que decía, a Kitty le parecía inteligente y juicioso.

—Está claro que usted jamás compraría nada solo porque es bonito y se ha encaprichado —bromeó ella.

—En efecto, si fuera para mí, no lo compraría. Sin embargo, si con ello pudiera hacer feliz a alguien, no lo dudaría ni un momento.

—Es usted una buena persona, Alfons —dijo ella, y se dio cuenta de que él se sonrojaba.

—Oh, no, no. Soy banquero. Doy algo para luego recuperarlo con lucro. En este caso no es dinero. Es… afecto.

¡Dios santísimo! Aunque él había bromeado al decir aquello, le hizo ver el mundo con otros ojos. Dar y tomar. Vender y comprar. Ganancias y pérdidas. ¿Se podía ser tan calculador? Vivir como en una partida de ajedrez. Calcular cada movimiento, sabiendo lo que el otro siente y lo que hará, e incorporarlo todo en un plan. ¡Qué horror! Ella moriría si alguien la obligara a vivir así.

Conocía bien la galería Kahnweiler porque la había frecuentado con Gérard. Allí se podían encontrar obras de artistas jóvenes que se atrevían a hacer algo diferente. Destacaban nombres como Picasso, Braque o Modigliani porque sus cuadros ya podían admirarse en exposiciones. Había otros nombres desconocidos, pero los cuadros de esos artistas no habían impresionado menos a Kitty. Por desgracia, también ahí Gérard había demostrado ser muy estrecho de miras ya que no estuvo dispuesto a comprar ni un solo cuadro. Y todo porque no soportaba al propietario, fuese por el motivo que fuera. Cierto que Kahnweiler, con esos ojos hundidos en unas ojeras oscuras y su boca pequeña no era una belleza, y a Kitty tampoco le parecía una persona especialmente cortés. Pero era un apasionado obsesivo, entregado por completo a los artistas de Montmartre, y eso, a ojos de Kitty, compensaba cualquier otra cosa.

La galería era bastante pequeña y el señor Kahnweiler no se esforzaba mucho en exponer de forma atractiva las obras de sus clientes. En el escaparate solo se veía un caballete vacío y trozos de espejo sobre una capa de papel de periódico polvorienta. Dentro, la galería consistía en unas pocas estancias con algunos cuadros colgados y otros apoyados en el suelo con el dibujo vuelto hacia la pared, por lo que había que alzarlos y darles la vuelta para verlos. Kitty sabía que además había un almacén al que el público no tenía acceso. El propietario solo abría esa cámara del tesoro cuando un buen cliente asomaba por la galería. Aquel día Kahnweiler estaba sentado a una mesa con algunos amigos, tomando café y pastas y hablando de un proyecto animadamente. Alfons solo entendió en parte de qué asunto se trataba, aunque le pareció que hablaban de una exposición que se iba a celebrar en el Grand Palais.

¿De verdad esos hombres tan mal vestidos eran pintores? Observaron a Kitty con curiosidad; a Alfons, en cambio, le dedicaron miradas más bien hostiles. Tal vez lo tenían por un especulador, esto es, por alguien que compraba barato para revender luego con intereses. Bueno, si eso era lo que pensaban, no andaban muy desencaminados.

Alfons no se dejó intimidar por ese rechazo tan notorio. Se dedicó a mirar las pinturas, levantaba del suelo algún que otro cuadro, lo giraba, lo contemplaba de forma detenida y, de vez en cuando, le pedía opinión a Kitty. Sabía distinguir a un maestro de un simple pintor artificioso y tenía un criterio ecuánime pero estricto, con aseveraciones del tipo: «No. Este cuadro no vale nada, no tiene nada de particular: de estos hay docenas». Pero había pinturas que no eran del gusto de Kitty y que él elogiaba y apartaba a un lado para interesarse luego por su precio. Entonces le preguntó si ella tenía algún cuadro favorito, uno por el que sintiera predilección y que no quisiera dejar en la galería por nada del mundo. De estos había más de uno. Finalmente, sumó esos cuatro cuadros a los que ya había apartado, afirmando que ella tenía un gusto extraordinario y que él también había tenido en mente esas pinturas.

—¡Tal vez este pequeño también!

Kitty sostenía un desnudo femenino, uno de los tres cuadros de Luise Hofgartner, que mostraba a una mujer de rasgos toscos y expresión desafiante que se cubría el pecho con un pañuelo de cuadros. La técnica seguía el estilo moderno del momento, esto es, de colores y formas muy nítidos; el fondo era liso, carecía de profundidad, y era apenas una superficie de color rojo de la que sobresalía a la izquierda un triángulo turquesa. Tal vez fuera un mueble, una mesa, o una persona reducida a su forma elemental. Kitty se lo pensó bien puesto que estaba enfadada con Marie. Pero, por otra parte, el cuadro le gustaba. Además, se dijo mientras se le ablandaba el corazón, no podía permanecer peleada con ella eternamente.

—*C'est magnifique, n'est-ce pas?* —comentó una voz femenina a su lado—. *Hélas, vous ne pouvez pas l'acheter.*

Sin duda, por la expresión de Kitty fue evidente que no había comprendido nada, ya que la joven, que era una conocida del propietario, intentó decir lo mismo en alemán.

—Está vendido. Es un *cadeau de mariage*. Un regalo de boda. ¿No se ha fijado en el *billet*?

Kitty entonces reparó en la tarjeta colocada en la parte posterior del cuadro, entre el marco y el lienzo: «M. G. Duchamps, Lyon».

—*Il viendra le prendre demain.* Vendrá a recogerlo mañana.

Kitty se quedó mirando la tarjeta, pero las letras parecían negarse a adoptar una secuencia lógica e iban de un lado a otro, saltando arriba y abajo. Aquello era absurdo, era imposible que el nombre escrito en el papel fuera ese.

—¿Y dice usted que es un *cadeau de mariage*?

—*C'est ce qu'il a dit.* Eso dijo, mademoiselle.

Alfons se le había acercado para mirar detenidamente ese pequeño cuadro.

—¿Ya está vendido? —preguntó—. Pues es una lástima, porque me gusta mucho. ¿Qué opina usted, señorita Katharina?

Ella era incapaz de opinar. Estaba ausente.

—¿Señorita Katharina?

—Yo, yo… bueno, no sé —balbuceó sin saber qué decía.

—¿Se encuentra usted bien? Está muy pálida. Siéntese, se lo ruego. Iré a buscarle un vaso de agua.

Ella sentía las rodillas flojas y le permitió que la acompañara hasta un asiento. Le trajo agua, le preguntó hasta tres veces si estaba mejor y, solo cuando ella le aseguró que estaba perfectamente, volvió a ocuparse de la compra de los cuadros.

—*Monsieur Kahnweiler? Je m'intéresse à quelques pein-*
tures…

—*Vous êtes français, monsieur?*

—*Allemand.*

—En tal caso podemos hacer los tratos en alemán.

Ella apenas atendió al regateo enconado que siguió a continuación. Se quedó encogida en un rincón de la galería con la
mirada clavada al frente. Así que él había comprado un regalo de boda. Para su novia, claro, para esa Béatrice que tantas
ganas tenía de casarse con él. ¡Oh, Dios mío! ¡Le había faltado tiempo para arrojarse a sus brazos! Había regresado al
seno de su familia. Y, a sabiendas de que ella, Kitty, deseaba
ese cuadro, lo había elegido para regalárselo a Béatrice por su
boda. Seguro que lo había hecho por despecho. Porque, en
realidad, él solo la amaba a ella, Kitty, su encantadora hada de
cuentos, su estrella, su dulce caramelo…

Tuvo que hacer un esfuerzo para no echarse a llorar. Todo
había terminado. Para siempre. De todos modos, él ya se daría cuenta de lo que se había buscado. Que llevase al altar a
esa horrible Béatrice y luego se acostase con ella en el lecho
nupcial. ¡Que lo disfrute, monsieur Duchamps! ¡Ojalá se le
atraviese el gusto!

Cuando, al cabo de una hora, un apretón de manos y un
cheque sellaron una compra sustanciosa de cuadros, Kitty ya
se había recuperado. Elogió a Alfons por haber tenido la idea
de embalar los cuadros y hacerlos enviar en tren a Augsburgo.

—Lo ayudaré a colgarlos —dijo Kitty—. La luz es funda-
mental. Cuando un cuadro está mal iluminado, se pierde una
parte importante de su mensaje.

Al final del día abrazó a Paul y a Marie. Les aseguró que
quería poner fin a esa riña tan estúpida y que se sentía terriblemente mal por «todo». Los cuatro pasaron unas horas con
Solange en el café Léon, bebiendo vino mientras Kitty hablaba por los codos. Alfons también estaba exultante y habló

mucho más de lo habitual; llegó incluso a bromear y a reírse una y otra vez con sus propias ocurrencias. Ni él ni Kitty repararon en lo silenciosos que estaban Marie y Paul. Kitty estaba decidida a regresar cuanto antes a Augsburgo. No reveló el motivo de ese cambio repentino de parecer, aunque nadie se lo preguntó, pues todos se sentían muy aliviados por esa decisión.

43

Esa noche Alicia había dormido muy poco a causa de los nervios; aun así, se despertó a la hora de costumbre y fue a desayunar con su marido. Tuvo la impresión de que Johann estaba muy taciturno: se había enfrascado en la lectura del periódico y se comió el panecillo untado de mantequilla que ella le ofreció sin reparar en que Alicia había olvidado ponerle la confitura.

—¿Va todo bien en la fábrica? —preguntó, aunque sabía lo poco que le gustaba tratar de negocios con ella.

—Pues claro. ¿Por qué lo preguntas?

—Pareces tan serio, Johann. Me preocupas…

Él reaccionó con enojo, como si ella lo hubiera molestado. ¿Acaso había olvidado que Paul estaría ausente de la fábrica por un período de tiempo indefinido? ¿Cuántos trastornos más se podrían dar por culpa de Kitty? ¿Acaso esa chica merecía los sacrificios de su familia por ella? No. Desde luego que no. Ojalá pasara hambre y frío; así aprendería a apreciar lo que se le había dado durante dieciocho años…

Alicia no replicó para no excitarlo más. Cuando, como de costumbre, Johann se despidió de ella con un beso fugaz en la frente, apoyó una mano en su hombro. Ella se sobresaltó al notar que la tenía helada. ¿Un resfriado, tal vez? ¿O la gripe?

—¿Qué tal Hanna en la cocina? —quiso saber cuando ya estaba en la puerta.

La pregunta sorprendió a Alicia porque por lo general su marido no mostraba ningún interés en cuestiones relacionadas con el servicio. En este caso, seguramente sentía remordimientos. A fin de cuentas, Hanna Weber había sufrido un accidente en su fábrica. De ahí que la propuesta de Paul de emplear a la pequeña como ayudante de cocina hubiera sido tan bien acogida.

—Ya lo preguntaré, Johann. ¿Vendrás para el almuerzo?

—Hoy no podré. ¡Hasta luego, Alicia!

Eran las ocho. A esa hora el tren estaría llegando a París. Ojalá encontraran a Kitty sana y bien… Lo demás, de momento, carecía de importancia. Estaba deseando que estuvieran ya todos de vuelta en la villa para abrazar a su pobre hija…

Humbert entró con café recién hecho y se dispuso a retirar los cubiertos del señor director. El nuevo lacayo era muy diligente y, en muchas cosas, especialmente habilidoso, aunque nadie podía reemplazar a Robert. Era una lástima. Al parecer, aquel joven tan listo y tan hábil, a quien ella habría ascendido gustosa a mayordomo, días atrás había partido hacia el Nuevo Mundo. ¡Ojalá fuera feliz allí!

—Humbert, dile a la señorita Schmalzler que deseo hablar con ella.

—Así lo haré, señora.

A última hora del día anterior Eleonore Schmalzler le había hecho saber entre suspiros que iba a resultar difícil mantener el nivel habitual de la villa. Dejando aparte a Marie, no se podía contar con Auguste porque tenía las piernas muy hinchadas y le dolían con cada movimiento, y además ya no podía agacharse.

«Seguro que se las apañará de maravilla, querida Eleonore. Por el momento, no hemos organizado ninguna invitación», dijo para tranquilizar al ama de llaves.

La señorita Schmalzler compareció esa mañana ante ella

un poco desarreglada, con un mechón de pelo suelto y no tan pálida como de costumbre, tenía un poco de color en la piel.

—Discúlpeme, señora. Estoy ayudando a Else a arreglar los dormitorios.

—¿Usted? ¿Y por qué no se encarga Maria Jordan?

El ama de llaves dibujó una leve sonrisa y explicó que Maria Jordan se encontraba en el lavadero dando instrucciones a la lavandera. La última vez, esa mujer había echado a perder dos blusas delicadas y un vestido de la señora.

Alicia tenía suficiente experiencia como para sacar sus propias conclusiones de la sonrisa del ama de llaves. Maria Jordan debía de haberse negado a hacer el trabajo propio de una doncella segunda. Suspiró con suavidad. ¡Cómo echaba en falta a Marie en la casa! La muchacha siempre estaba dispuesta para ayudar en lo que hiciera falta, y además era muy alegre.

—¿Qué tal la pequeña Hanna?

En ese sentido la noticia no fue muy buena para Alicia. La señorita Schmalzler comentó que la chica iba a la escuela y solo estaba en la villa unas horas por la tarde. La madre había insistido en que viviera en su casa, algo que Eleonore no veía con buenos ojos. Aún tenía el brazo derecho un poco rígido, pero tampoco demostraba empeño ni ganas. La mayor parte del tiempo se lo pasaba sentada en la cocina mirando las musarañas, y las cosas que era capaz de hacer se podían contar con los dedos de una mano. En cambio, siempre estaba hambrienta y se comía todo lo que le ponían delante.

—Bueno, es solo una niña —dijo Alicia—. Habrá que tener paciencia.

La señorita Schmalzler parecía tener una opinión distinta, pero no dijo nada. Hanna sentía mucho aprecio por Marie; tal vez ella consiguiera hacer de la pequeña una buena ayudante de cocina.

La puerta se abrió y Elisabeth entró justo cuando Alicia se

disponía a despedir a la señorita Schmalzler. A la vista de la alegría que irradiaba su hija, Alicia prefirió no reprenderla; al menos no en presencia del ama de llaves.

—Buenos días, mamá. Señorita Schmalzler, hoy tiene usted un aspecto fresco y animado. Pero bueno, hace una mañana fabulosa. ¡Qué hermoso tiempo de primavera!

Elisabeth besó a su madre en la mejilla; a continuación, se sentó a la mesa del desayuno, desplegó la servilleta y fue a coger la cafetera.

—Creo que eso ha sido todo, señorita Schmalzler —dijo Alicia—. Y dígale a Maria Jordan que debe ayudar con los dormitorios.

—Por supuesto, señora.

El ama de llaves asintió agradecida antes de cerrar la puerta con sigilo y volver a sus ocupaciones.

—¿Te apetece otra taza, mamá?

Elisabeth aún tenía la cafetera en la mano, una porcelana de Meissner con un dibujo de flores y la boca en forma de cuello de cisne. Había sido un regalo de boda de sus padres que, como tantas otras cosas, Johann finalmente había tenido que pagar.

—Solo media taza, Lisa. Esta mañana estoy muy nerviosa. Ya sabes…

—¿Lo dices por Kitty? —preguntó su hija—. Ah, bueno, seguro que vuelve. Papá tiene razón cuando dice que se ha armado un revuelo excesivo por ella.

Alicia echó nata líquida y un poco de azúcar en el café. Elisabeth, pensó, podía resultar muy fría, por no decir insensible. Pero si algo tenía claro era que las dos hermanas habían sido siempre dos polos opuestos.

—Es lo que ocurre con los hijos descarriados —dijo Alicia con un suspiro buscando comprensión—. Cuantas más preocupaciones nos dan, más los queremos. Las madres somos así, Lisa. Un día tú misma serás madre y me entenderás.

Elisabeth dio un golpecito al huevo sin dejar entrever si las palabras de su madre la habían afectado de algún modo. En cualquier caso, aquel día estaba hermosa. El vestido de mañana que llevaba era holgado, aunque no amplio en exceso, de modo que la estilizaba; por otra parte, el azul claro de la tela combinaba a la perfección con el color de sus ojos. Se trataba, cómo no, de un diseño de Marie. Pero no era solo eso. Aquel día Elisabeth irradiaba una autocomplacencia nada habitual en ella.

—Son las nueve pasadas —dijo Alicia mirando el reloj—. ¿Qué estarán haciendo?

—¿Te refieres a Paul y sus secuaces? —bromeó Elisabeth mientras echaba sal a la parte superior del huevo—. Deben de estar agotados por ese largo viaje y habrán reservado dos habitaciones para echar una cabezadita.

Alicia miró a su hija con asombro. ¿Lo decía en serio? Ella estaba convencida de que Paul iría de inmediato a ver a Kitty. Aunque, por otra parte, tenía razón en lo de que habían pasado la noche viajando y estarían exhaustos...

—¿Dos habitaciones de hotel?

Elisabeth arqueó las cejas y se llevó la cuchara a la boca, íntimamente satisfecha.

—Claro, una para Paul y Marie y la otra para Alfons Bräuer y Kitty...

—¡Elisabeth!

—¿Sí, mamá?

En ese instante Elisabeth se parecía mucho a su hermana: un duende travieso y risueño, contento de haber hecho caer a mamá en la trampa. Alicia, molesta, se aclaró la garganta y tomó un sorbo de café.

—Lisa, francamente, ese chiste es muy poco apropiado.

—Perdona, mamá. Pero creo que podemos confiar en que Paul hará volver a Kitty sana y salva...

—Por supuesto —confirmó Alicia—. Eso está fuera de

discusión. Lo único que me inquieta es que no puedo hacer nada. Solo esperar. ¿Lo entiendes?

Elisabeth asintió con un gesto comprensivo, se pasó la servilleta por los labios y volvió a servir café. En su opinión, con toda esa historia Kitty había aprendido mucho de la vida. Ahora, afirmó, ella sabría distinguir entre una persona seria y bondadosa y un charlatán; y además había tenido la inmensa suerte de que Alfons Bräuer la aceptara a pesar de sus andanzas.

—Bueno —dijo Alicia con una sonrisa—. Si todo va como queremos, muy pronto celebraremos en esta casa una fiesta de compromiso. ¡Virgen santísima! ¡Eso va a dar mucho que hablar!

Elisabeth dejó la taza de café en el platillo con gesto resuelto.

—Ahora que sale este tema, mamá —dijo reclinándose en el asiento—. Tengo que comunicarte algo que seguro que te alegrará.

Alicia se disponía a enfrascarse en la lectura del periódico que Johann había dejado sobre la mesa del desayuno. Levantó la cabeza. No todas las noticias de sus hijas eran motivo de alegría.

—¿De veras? Vamos, cuenta, te escucho.

Elisabeth jugueteó con un colgante azul, regalo de su padre, que últimamente lucía a menudo. Luego levantó la mirada y sonrió a su madre con un ademán un poco forzado.

—Hace unas semanas, la casualidad quiso que coincidiera en casa de mi amiga Dorothea con un conocido nuestro. ¿Recuerdas al teniente Von Hagemann?

Alicia palideció. Por supuesto que recordaba a ese hombre, aunque con disgusto. Después de cortejar a Elisabeth durante un tiempo y luego querer casarse con Kitty, llevaba ya varios meses sin dar noticias.

—Lisa, el teniente Von Hagemann no me parece una persona con la que debas cultivar un trato más estrecho.

476

Su hija la contradijo con vehemencia. Afirmó que Von Hagemann era una persona muy honrada, aunque impulsivo en sus afectos, lo cual, en su opinión, lejos de ser un defecto era señal de honestidad. Admitió que en su momento a ella la había afectado mucho que él pidiera por sorpresa la mano de su hermana, pero ahora, tras unas largas charlas, él le había demostrado que estaba arrepentido y se sentía avergonzado. Por otra parte, había de decir en su descargo que no había sido el único en sucumbir a los encantos de Kitty.

—¿Unas largas charlas? —preguntó Alicia, horrorizada—. ¿Dónde y a qué hora habéis tenido ocasión de charlar? ¿En casa de Dorothea?

—Muy propio de ti, mamá. De todo lo que te he contado, solo has oído una parte, esto es, que he estado hablando con el teniente Von Hagemann. En fin, sí: nos encontramos en casa de Dorothea. Pero también hemos salido en automóvil, ya que ha dedicado su tiempo a enseñarme a conducir.

Aquella noticia cogió a Alicia desprevenida. Su hija, tan bien educada, se había subido en un automóvil con un hombre. Y cabía suponer que a solas. ¡Santo Dios! Seguro que alguien la había visto y reconocido…

—Mamá, tranquila. Ayer el teniente Von Hagemann me propuso matrimonio.

Alicia recibió la noticia sin demostrar gran júbilo. Una propuesta de matrimonio. Algo era algo. Todo indicaba que él iba en serio. Había tenido que ser ese Von Hagemann.

—Me ha dicho que le gustaría que lo recibierais el domingo a las tres.

—¿Así que tú has aceptado su petición?

—Sí, mamá.

Alicia cerró los ojos un momento. ¿Por qué creía que había motivos para preocuparse? Una persona joven tenía todo el derecho a equivocarse para luego recapacitar y adoptar la senda correcta. Eso mismo es lo que haría su hija Kitty cuando regresara a la villa. ¿Por qué era incapaz de aceptar tal cosa de Klaus von Hagemann?

—¿Lo quieres, Lisa?

Ella asintió con una sonrisa. Ahora que él se le había declarado y que iban a estar unidos para toda la vida, ella podía admitirlo. Sí, lo amaba. Desde que, dos años atrás, lo había visto en su primer baile en casa de los Manzinger no había podido olvidarlo.

—Los dos hemos pasado pruebas muy duras. Por eso creo que nuestra unión será más sólida y verdadera.

Alicia se acercó a su hija, la estrechó entre sus brazos y le deseó toda la felicidad. A continuación, admitió conmovida que el amor era el mayor de los dones que Dios ha concedido al hombre, y añadió que ella también se había casado por amor y que nunca lo había lamentado.

—Gracias, mamá. Estoy muy feliz. ¡Creo que nunca había estado tan contenta!

Alicia, enternecida, estrechó entre sus brazos a su hija llorosa, la acunó como a una niña pequeña y estuvo a punto de soltar una lágrima. ¡Todo iría bien! Dios, Nuestro Señor, cuidaba de ella, de su familia y de toda la casa…

Un aullido procedente del sótano retumbó hasta ellas. Era el grito atormentado de alguien sometido a un dolor tremendo.

—¿Qué ha sido eso? —farfulló Alicia, horrorizada.

Elisabeth se aferró a ella. Era como si en la cocina alguien se hubiera hecho mucho daño, y comentó que en casa de su amiga Sophie Jäger la cocinera se había cortado dos dedos al tronchar el asado.

—No digas esas cosas, Lisa. Seguro que solo se ha caído algo y…

De nuevo se oyó un grito atroz. Esta vez acabó en un resuello, se repitió, aumentó y pasó a convertirse en un plañido estremecedor y un gemido. La puerta del comedor se abrió de golpe y Humbert asomó en el umbral. Estaba pálido y se tapaba la boca con la mano.

—¡Humbert, santo cielo! —exclamó Alicia—. ¿Qué ocurre ahí abajo?

Él sufrió una arcada, y dejó oír unos ruidos incomprensibles que, tras unos instantes de espera, pasaron a ser palabras. Entretanto, Else y la señorita Schmalzler se apresuraban por la escalera hacia el vestíbulo procedentes de los dormitorios del piso superior.

—Esa mujer… el suelo de la cocina… la falda levantada… todo empapado de sangre… ¡Oh!… me… siento… muy… mal.

—¿De qué estás hablando, Humbert? ¿Le ha pasado algo a la señora Brunnenmayer? ¿No será la pequeña Hanna? ¡Vamos, habla de una vez!

Alicia notó la mano de su hija en el brazo.

—Mamá, me parece que se trata de Auguste, que va a tener a su hijo.

Alicia miró con espanto a Elisabeth. ¿Cómo no se le había ocurrido a ella, que había dado a luz a tres hijos?

—¿Es así, Humbert?

Él solo pudo asentir, se dobló hacia delante, salió corriendo como alma que lleva el diablo por el pasillo hacia la escalera de servicio y se le oyó vomitar ahí.

—¡Por todos los santos! —gimió Alicia—. ¿Y a quién enviamos ahora a recoger a la comadrona? A Else, o mejor a Gustav. ¡Ojalá Robert estuviera aquí!

Elisabeth estaba asombrosamente tranquila. Le pidió a su madre que no se pusiera nerviosa, que no serviría de nada; dijo que la señorita Schmalzler sin duda sabría manejar ese asunto y que lo más probable era que ya hubiera enviado a Else hacía rato. Sin embargo, Alicia no podía calmarse. Seguida por Elisabeth, que iba a regañadientes, bajó a toda prisa por la escalera hasta el vestíbulo, donde estuvo a punto de darse de bruces con Maria Jordan. La doncella cargaba con una cesta llena de paños blancos de la lavandería para llevarlos a la cocina.

—Es ropa vieja, señora. Queríamos hacer trapos de cocina, pero vamos a emplearlos para Auguste. ¡Qué desastre! Ha empezado a gritar de repente y...

Alicia interrumpió ese torrente de palabras y le preguntó si alguien había llamado ya a la comadrona.

—Gustav ya ha salido, señora. ¡Menudo espanto! Grita como una poseída, se retuerce de dolor y está sentada en medio de la cocina. Figúrese, señora. La cocinera acababa de empanar la ternera y la pequeña Hanna... ¡Desde luego, eso no son cosas que una niña deba ver!

—¡Vamos, Maria, márchate! —le espetó Elisabeth—. Deben de estar esperando los paños. ¿Tenéis agua caliente? ¿Y la gasa umbilical para el pequeñín?

Alicia se quedó pasmada ante los conocimientos de su hija. Ciertamente, las muchachas aprendían ahora en el internado cosas que cuando ella era joven ni siquiera se mencionaban, como higiene y puericultura, e incluso practicaban sesiones de fortalecimiento corporal. Si todo seguía evolucionando a esta velocidad, en el internado enseñarían lo que marido y mujer hacían en su noche de bodas. ¡Adónde iríamos a parar!

—No podemos hacer nada, Lisa. Regresemos arriba y esperemos. No quisiera alejarme mucho del despacho de papá por si Paul nos llama desde París.

Elisabeth levantó la vista hacia el techo del vestíbulo y dijo que era demasiado pronto; de llamar, Paul no lo haría antes del día siguiente.

Los gritos habían parado, algo que las dos agradecieron aliviadas. Con todo, no podían saber si esa calma era buena señal o significaba algo malo.

—Tal vez se ha desmayado —musitó Elisabeth mientras subían despacio por la escalera—. O se ha desangrado.

—¡Elisabeth!

En ese momento alguien llamó a la entrada y Else se apresuró a abrir la puerta. Gustav entró a toda prisa, arrastrando con él a una mujer algo mayor y rechoncha.

—Ya está bien, joven —gruñó la comadrona, irritada—. Tranquilo, que su hijo no se va a escapar.

—¡No es mi hijo!

—Pues entonces no entiendo a qué viene tanta prisa.

Poco después, se oyó algo extraño. Una especie de gorgoteo, como el canto de una rana. Cada vez más fuerte y enérgico, hasta distinguirse el llanto furioso de un recién nacido.

—¡Jesús y María! —dijo la comadrona—. Ha ido a más velocidad de la que permite la policía.

Alicia y Elisabeth se habían quedado quietas en la escalera, escuchando aquel llanto.

—Resulta desgarrador —comentó Elisabeth arrugando la nariz—. Tan insistente y débil. No parece un bebé.

—Es que acaba de nacer —dijo Alicia sonriendo.

Las dos tuvieron que hacerse a un lado para dejar paso a Gustav, que llevaba a la joven madre en brazos por la escalera. Detrás de él iba Else cargada con una jarra de agua caliente y un montón de paños de cocina. Estaba fuera de sí y no dejaba de hablar.

—Le ruego que nos disculpe, señora, pero no podemos subir por la escalera de servicio porque es demasiado estrecha para que Gustav pase con Auguste en brazos. ¡Menudo espanto! Ha sido todo tan rápido; en apenas un instante, la cabecita ya estaba fuera. La comadrona solo le ha sacado las piernecitas. ¡Es muy regordeta! Gordita y sana. Una chiquitina, una niña muy bonita y pequeña. Ahora mismo la comadrona la está lavando. Luego la llevaremos arriba, para que descanse en su cuna. Auguste se la había hecho con una caja y un viejo edredón…

Auguste tenía la cara muy sonrosada y los ojos brillantes;

apoyaba la cabeza contra el pecho poderoso de Gustav y no parecía consciente de que todo hubiera terminado.

—Una niña —dijo Alicia, presa de una agradable sensación de felicidad—. ¡Ha llegado sana y está bien! ¡Oh, Lisa! Eso no puede ser más que un buen presagio.

44

Paul creía conocer bien a su hermana pequeña, pero se había equivocado. Kitty había cambiado de opinión de un modo asombroso; no quedaba nada de la muchacha terca que encontró tres días atrás en Montmartre. En su lugar, en el compartimento del tren veía a una dama encantadora, una viajera de charla alegre y atenta que se mostraba contenta de regresar a su país. Nada en ella recordaba a la que días atrás pretendía vivir de la pintura en Montmartre; Kitty había abandonado la moda de París y llevaba un vestido de color Burdeos que su madre había metido en la maleta de Marie y un delicioso sombrero de flores pequeñas con un delicado velo de color rosado.

Paul tenía la certeza de que Kitty conseguiría convencer a mamá con ese nuevo papel, pero papá no se dejaba impresionar con tanta facilidad. Y Elisabeth tampoco, aunque eso era secundario. Sin duda, su padre adoptaría medidas que no serían del agrado de Kitty. Por mucho que la quisiera, lo haría. Tal vez, precisamente por eso, porque la quería.

En esta ocasión habían reservado dos compartimentos con litera; él pasaría la noche con Alfons, y Kitty lo compartiría con Marie. A Paul le habría encantado espiarlas, saber las cosas que Kitty le confesaba a su amiga íntima. Se preguntaba si Marie admitiría ante Kitty cosas que no había compartido con él. Era posible, pero poco probable. Marie no era tan habladora como Kitty; la vida le había enseñado a mantener en secreto sus preocupaciones y sus anhelos.

Tampoco Alfons estaba muy hablador. Había comprado una buena cantidad de cuadros y parecía seguro de haber hecho un buen negocio. Paul no estaba muy convencido de ello: si había hecho caso del criterio de Kitty, el valor de esos cuadros subiría un poco al cabo de cien años.

—¿Qué tal el día con Kitty? —preguntó Paul por curiosidad.

Ya estaban tumbados en las estrechas literas, pero aún tenían las lámparas encendidas.

Alfons bajó el periódico y se quitó las gafas. Se quedó pensando un rato antes de contestar, buscando las palabras apropiadas.

—Ha sido un día muy bonito, sin duda. Lleno de emociones y momentos felices. Paul, tu hermana es una mariposa encantadora y no quiero dañarle las alas intentando atraparla. ¿Entiendes lo que quiero decir?

—Creo que sí —dijo Paul con una sonrisa—. ¿Aún sigues decidido a casarte con Kitty?

—Más que nunca, querido Paul. Pero tengo que darle tiempo. Primero tiene que recuperarse y superar sus temores. Y durante todo ese proceso mi voluntad es estar a su lado en la medida de lo posible. Y, bueno, claro, espero que ella también me corresponda…

Paul inspiró profundamente y no dijo nada. Pensó en lo que Marie le había contado, esto es, que Kitty seguía enamorada de ese francés. ¿Se olvidaría de él? Tal vez. ¿Y luego se interesaría por Alfons? En eso, Paul tenía sus dudas.

Alfons sonrió para sí e hizo crujir el periódico.

—Oculta en su interior hay una niña asustada —dijo—. Kitty intenta desviar la atención adoptando mil papeles distintos, presumiendo, haciéndose la orgullosa, la altiva, la ingeniosa, la artista… Solo la entenderá quien sea capaz de ver a esa niña más allá de todas esas máscaras y la acoja en sus brazos.

Así sea, se dijo Paul. Alfons era un hombre bondadoso, y él solo esperaba que ella no lo decepcionara.

—¿Puedo preguntarte algo muy personal? —dijo entonces Alfons.

—¿Por qué no?

—¿Es posible que la hermosa Marie te guste?

Ahora era el turno de Paul de medir bien sus palabras para no hablar de más.

—¿Tan evidente resulta? Sí, lo admito.

Alfons dibujó una expresión de descontento; luego volvió a ponerse las lentes y se enfrascó en la lectura de unos informes de la Bolsa.

—Me parece que es una lástima por la chica —murmuró—. Pero, claro, eso no es asunto mío.

—Buenas noches.

Aquel comentario irritó a Paul, pero no tenía ganas de convencer a Alfons de que sus sentimientos por Marie eran sinceros. En vez de ello, apagó la luz de su cama y se tapó con la manta. El viaje era largo y el día que se avecinaba iba a ser agotador.

VI

MAYO DE 1914

45

El regreso de Kitty a la villa no careció de teatralidad. Como si de una heroína volviendo de tierras lejanas se tratara, saludó al servicio, que se había apresurado a acudir al vestíbulo. ¡Por todos los santos, si todos sabían que había huido con un hombre! Seguro que el personal también tenía una opinión formada sobre esta historia. Kitty, sin embargo, no demostró el menor asomo de pesar o de vergüenza: se rio, charló animadamente con cada uno de ellos, le presentaron al nuevo lacayo Humbert, el sucesor de Robert, y aplaudió al oír que dos días antes Auguste había dado a luz a una niña.

—¿Dónde? ¿Dónde está? ¡Quiero verla!

Auguste salió de la cocina con la recién nacida; la criada aún estaba gruesa, pero parecía haberse recuperado muy bien del parto.

—¡Mira, Marie! —exclamó Kitty—. ¿No es una ricura? Esos deditos tan pequeños. Y la boquita... ¡Qué orejas tan diminutas! Y pensar que de aquí vaya a salir una persona hecha y derecha...

—¡Felicidades, Auguste! —dijo Marie—. ¿Ya le has puesto nombre?

Auguste sonrió, feliz y algo desafiante.

—Se llama Elisabeth.

—¿Elisabeth? —preguntó Kitty con un poco de envidia—. ¡Qué nombre tan bonito! Así que mi hermana será la madrina, ¿no es así?

—Eso es lo que me ha prometido, señorita.

Para entonces, Alicia estaba ya en lo alto de la escalera, incapaz de esperar más tiempo en el salón. ¡Menudo reencuentro! Paul se alegró mucho de que Alfons Bräuer se hubiera despedido de ellos en la estación: esa escena tan emotiva, las lágrimas, las admisiones de culpa mutuas entre madre e hija, eran algo reservado al círculo familiar más íntimo.

—¡Qué contenta estoy de que estés de nuevo en casa!

Sorprendentemente, Elisabeth también se comportó de forma cariñosa. Abrazó a Kitty y llegó a admitir que la había echado muchísimo de menos. ¡Qué maravilla que la familia ya estuviera al completo!

—Paul, ¿dónde estás? —exclamó Kitty—. ¡Hermano! Te lo debo todo a ti. A ti y a Marie. Pero ¿dónde se ha metido?

Marie estaba ocupada con el equipaje y, ayudada por Humbert, subía las maletas para empezar a deshacerlas. Paul miró esa escena con sentimientos encontrados. No le gustaba que ella tuviera que arrastrar ese equipaje tan pesado. Pero, por otra parte, ella no había querido otra cosa.

Al cabo de unos instantes estaba con Kitty, Elisabeth y su madre sentado en el comedor, donde les sirvieron un opíparo desayuno, el segundo del día, mientras apostillaba de vez en cuando las floridas explicaciones de Kitty.

—Mamá, París es una maravilla. Tenemos que ir alguna vez; tú también, Lisa. Ya solo el Louvre merece la pena. Pero sobre todo el ambiente de metrópolis, la moda, las tiendas, y tanta gente procedente de todo el mundo. Aunque, claro está, también hay franceses…

—Paul, por favor, llama a la fábrica —le rogó su madre—. Dile a papá que Kitty ha vuelto a casa.

Él obedeció, fue al despacho de su padre, donde tenían el aparato de teléfono, y llamó.

—¿Paul? ¿Cuándo has llegado?

La voz de su padre parecía alterada. ¿Habían vuelto a fallar las máquinas?

—Hace media hora, padre. Kitty ha vuelto a la villa, está desayunando con Lisa y mamá. Tal vez tú...

—Ven a la fábrica cuanto antes —lo interrumpió Johann Melzer—. Te necesito. Y dile a tu madre que no iré a almorzar.

Cuando colgó el aparato se oyó un ligero chasquido. Vaya, muy propio de su padre. Ni una palabra sobre el regreso de Kitty al seno de la familia. Ni un saludo, ni una palabra amable. Se había limitado a decir que no iría a almorzar. Pobre Kitty; sobre su cabeza, su padre estaba gestando una tremenda tempestad. Un curso forzoso de taquígrafa, puericultora o enfermera eran las versiones más compasivas. Aunque también podía desterrarla a casa de tía Helene y tío Gabriel, o incluso a la finca de Pomerania, con tío Rudolf y tía Elvira.

En el comedor, las dos hermanas se abrazaban con cariño. Paul supo entonces que, después de tanto tiempo, Klaus von Hagemann había pedido la mano a Elisabeth. Kitty dijo sentirse muy feliz y aliviada, porque siempre había sentido remordimientos. Juró varias veces por lo más sagrado que ella jamás había sentido nada por Klaus von Hagemann, y Elisabeth afirmó que ella nunca había pensado tal cosa.

—Ha habido tantos malentendidos desafortunados, Lisa.

—¡Desde luego que sí, Kitty! Pero eso ya es agua pasada.

—Para siempre. ¿Sabes ya lo que te vas a poner para la fiesta de compromiso? ¿El vestido azul o el verde oscuro?

—No, no. Marie me diseñará un vestido nuevo. Mamá y yo ya hemos comprado la tela.

Como la pobre Marie aún no sabía nada de la buena noticia, las hermanas corrieron hacia el dormitorio de Elisabeth para enseñarle a la doncella la tela y algunos encajes delicados. En cuanto cerraron la puerta, Paul y Alicia se quedaron en silencio.

—Viene el domingo —dijo Alicia apurando la taza de café—. Quiere pedirnos la mano de forma oficial.

Ella no parecía demasiado feliz ante la inminente celebración de la fiesta de compromiso. Paul supuso que su padre no estaba entusiasmado con la idea. Por una parte, le molestaba el título nobiliario y, por otra, excepto por el rango de oficial superior, Von Hagemann no aportaba gran cosa a ese matrimonio. Pero, sobre todo, Johann Melzer no le perdonaba la vileza con que se había comportado con Elisabeth. Tras la huida de Kitty, los Von Hagemann apenas habían dado noticias ni se habían dejado ver; igual que otros tantos supuestos amigos, se habían apartado de los Melzer. Paul tenía la malévola sospecha de que los planes de boda de Alfons habían llegado a oídos de los Von Hagemann. Que el banco Bräuer fuera a unirse al fabricante Melzer fácilmente podría haber llevado al teniente Von Hagemann a superar algunos momentos embarazosos y volver a ver a Elisabeth como un buen partido. Pero también podía ser de otro modo, no siempre había que pensar lo peor de una persona. Tal vez Von Hagemann se había dado cuenta de que Elisabeth era la mujer de su vida.

La mujer de su vida…

—Mamá, hace tiempo que quería preguntarte algo. ¿Qué sabes realmente de Marie?

Ella se sorprendió ante esa pregunta y lo miró con cierta preocupación.

—¿Por qué quieres saberlo?

Él le habló de la fotografía que Kitty había encontrado en París, en la que se veía a la madre de Marie con Jakob Burkard.

—¿Jakob Burkard? ¿Estás seguro, Paul? Bueno, la verdad, eso es muy extraño…

Su marido le había contado que Marie era hija ilegítima de uno de sus empleados. En una ocasión dijo que la madre había llevado una vida licenciosa, que era artista, o al menos eso creía Alicia; sin embargo, según él, el padre de Marie había sido un hombre muy capaz y por eso Johann siempre había estado pendiente de su pequeña. En septiembre del año pasado él le propuso acoger a Marie como ayudante de cocina y ella estuvo de acuerdo.

—Entonces ¿no te dijo el nombre del empleado?

Alicia suspiró. No lo recordaba. Marie se llamaba Hofgartner, pero posiblemente era el apellido de su madre.

—Exacto —dijo Paul—. Luise Hofgartner, así se llamaba. Era pintora. Cuéntame qué sabes de Jakob Burkard. ¿No era socio de papá?

—Paul, ¿por qué tienes que hurgar hoy en esas viejas historias? —repuso ella con desgana—. Kitty ha vuelto, y además en la casa hay un bebé encantador. Este debería ser un día alegre.

—Te lo ruego, mamá —le instó él.

Alicia se restregó la sien, indicio de una migraña inminente, y dijo que no comprendía esa extraña necesidad suya por saber esas cosas.

—Vamos, mamá —dijo él en tono zalamero tomándole de las manos—. ¿Acaso hay algo que no debería saber?

—¡Tonterías!

Al principio de su matrimonio ella había visto varias veces a ese Jakob Burkard; era un hombre de talla mediana, muy delgado y con ojos oscuros de mirada soñadora. Si la memoria no le fallaba, era del Tirol, hijo de campesinos. Era una persona tímida y no sabía comportarse en sociedad. Ya solo el modo como iba vestido no se ajustaba para nada con el resto de los invitados y ella se alegró cuando él dejó de venir.

—Pero, según parece, era un mecánico excelente —arguyó Paul—. De lo contrario, papá jamás lo habría hecho socio suyo.

Sí, por supuesto, admitió ella. Papá y Jakob Burkard habían fundado la fábrica juntos: Burkard era responsable de la maquinaria y papá, de los negocios.

—Sin embargo, con el tiempo Burkard empezó a ser muy molesto. No sé lo que ocurrió entre los dos. Pero Johann se enfadaba cada vez más con él.

Tras una acalorada discusión, Burkard partió un tiempo al extranjero.

—¿Francia, tal vez?

Alicia no lo sabía. Cuando regresó, estaba enfermo.

—Por lo visto, sentía una fuerte inclinación por el alcohol —dijo Alicia con pesar—. Posiblemente eso le estropeó el hígado y el pobre murió de eso.

—¿No dejó descendencia?

—Se decía que había tenido una hija. Pero eso me llegó como un rumor. Creo que las señoras de la sociedad de beneficencia lo comentaron en alguna ocasión.

—Pero si de veras él hubiera tenido una hija, aunque ilegítima, ella sería su heredera, ¿no?

Ella lo miró asombrada. ¿Heredera? ¿Qué legado podía dejar Jakob Burkard?

—Bueno… Su participación en la fábrica.

Alicia negó con una sonrisa. ¿De veras pensaba que su padre habría dejado el trabajo de toda una vida en manos de un alcohólico? No. Para entonces él ya le había comprado a Burkard todas sus participaciones. Por desgracia, a ese desdichado el dinero se le escurría entre los dedos; probaba suerte con todo tipo de inventos inútiles y el resto lo convertía en aguardiente.

—Entonces, cuando murió, Burkard no poseía nada.

—Ninguna participación en la fábrica Melzer —respondió ella con una sonrisa—. ¿Estás satisfecho?

Paul asintió y le dio las gracias. Después dijo que tenía que marcharse a toda prisa a ver a su padre, que se lo había pedido por teléfono. No sabía si regresaría para el almuerzo, no estaba en su mano.

—¿Paul?

494

Él ya tenía la mano en el picaporte y se volvió de mala gana.

—¿Sí, mamá?

—Es mejor que no incomodes a papá con esas viejas historias. No le gusta hablar de ello. Ya tiene suficientes problemas.

—Por supuesto, mamá. Hasta luego.

En el pasillo, Paul oyó las voces nerviosas y eufóricas de sus hermanas, que estaban en la planta de arriba hablando en la habitación de Kitty sobre el vestido de compromiso. Se imaginó a Marie yendo de un lado a otro, tranquila, feliz y decidida. Sintió una profunda amargura. Cada vez se daba más cuenta de que no habría otra, que amaba a Marie, que era la mujer adecuada para él. ¡Maldita sea! Le había pedido la mano con la formalidad debida y la muy obstinada lo había rechazado. ¿Acaso creía que a él le resultaba fácil saltarse todas las convenciones y admitir su amor? Desde su discusión en París, ella lo había tratado con amabilidad pero le había dirigido miradas de rechazo, más bien hostiles. Le dolía que lo menospreciara de ese modo. Pero lo que más le molestaba era pensar que hubiera estado jugando con sus sentimientos. ¿Se habría equivocado con ella? No. Imposible. El corazón le decía que ella lo amaba.

Al salir vio que caía un espeso chubasco de mayo, pero Paul prefirió ir a la fábrica a pie. Entre los árboles del parque se había levantado una bruma blanquecina; en los parterres, los tulipanes y los narcisos se inclinaban ante el embate de la lluvia y sus pétalos caían sobre los nomeolvides y los pensamientos. De los prados se elevaba el aroma de la fertilidad mezclado con el olor a hojas muertas y tierra húmeda. La naturaleza se renovaba con fuerza y lo viejo tenía que ceder su sitio, las yemas de las plantas estallaban y miles de brotes y hojas se abrían. A Paul siempre le había gustado esa época del año. Aspiró el olor del surgimiento de la vida y sintió una esperanza cálida y feliz en su interior.

46

—Se comportaron igual que las ratas —comentó la cocinera mientras se servía una taza de café de la jarra azul—. Esos jóvenes insípidos abandonaron el barco al ver que se hundía, y ahora que ha reflotado, salen de las madrigueras.

Marie sabía lo que la señora Brunnenmayer quería decir con eso; pero la pequeña Hanna miró con espanto los grandes armarios de la cocina y preguntó si debajo había ratas.

—¡Y tanto! —rezongó la cocinera—. Una de ellas está sentada en el salón rojo, hablando con los señores y retorciéndose los bigotes. Las demás están invitadas a cenar el jueves.

Arriba, en el salón rojo, el teniente Von Hagemann cumplía con su visita; Humbert había servido café y pastas de repostería. Había aguardado un momento en el pasillo por si los señores deseaban algo más y luego se había apresurado a bajar a la cocina. Sentía un afecto especial por esa cocinera ordinaria cuyas opiniones él siempre compartía. Por su parte, a la señora Brunnenmayer le gustaba aquel joven; había criado a tres hijos y conocía el percal.

—He oído que el teniente decía: «Sé que hice mucho daño a su hija, pero ella me ha perdonado».

La voz y el gesto de Humbert fueron tan exagerados que hizo reír a los demás. El teniente, explicó, hablaba de un modo ampuloso y dijo que había pasado semanas y meses arrepintiéndose con una única esperanza.

—¿Que la señorita se compadeciera de él? —se mofó Auguste.

—No —respondió Humbert con expresión fingidamente seria—. Su esperanza era que estallara una guerra y él pudiera depositar su juventud en el campo del honor.

—¡Por todos los santos! —dijo Marie sacudiendo la cabeza—. ¡Qué modo de cargar las tintas! ¿De veras piensa que el señor Melzer va a creerse eso?

—El señor director y el señorito no han dicho nada —explicó Humbert con satisfacción—. Pero las tres señoras nadan en lágrimas.

Maria Jordan dejó oír un profundo suspiro. Contó que la noche anterior había consultado las cartas y que ese matrimonio sería infeliz. Sentía lástima por la pobre señorita Elisabeth.

—¿Por qué? —intervino Auguste—. A fin de cuentas, es culpa suya. Lo quiere para ella a toda cosa. ¡Yo a alguien así no lo querría ni en pintura!

Gustav entró en ese momento en la cocina con las botas puestas y las manos negras de tierra tras haber estado plantando geranios. Para enojo de la cocinera, se limpió las manos en el fregadero y se las secó con un paño de cocina. Cuando ella le arrebató el paño con un gesto brusco, él se limitó a sonreír. Luego se sentó en el banco, justo al lado de la caja de madera acolchada donde dormía la pequeña Elisabeth, y contempló al bebé con la misma ternura que si fuera su propia hija.

—¿Quieres café, Gustav? —preguntó Auguste en un tono extrañamente suave.

—¡Con mucha crema de leche y azúcar!

Auguste sirvió una taza, la puso sobre un platillo y, sin preguntar, añadió dos de las deliciosas pastas que la señora

Brunnenmayer había hecho. Eran de crema de mantequilla, fruta azucarada y almendras. En francés se llamaban *petit fours* y, según ella, significaba «peditos».

—Los franceses son unos cerdos —comentó con voz burlona Gustav mientras se echaba a la boca una de aquellas pastas.

—¡Ya es suficiente! —rezongó la cocinera—. Podría ser que los señores quisieran más.

—Pues los peditos casi se han acabado —dijo Auguste encogiéndose de hombros y sentándose al otro lado de la caja.

—Quien ponga sus golosos dedos sobre mis pastas recibirá un golpe con la cuchara de palo —advirtió la cocinera.

Humbert se rio de buena gana e hizo el amago de esquivar el golpe de la cuchara. A Auguste no la soportaba desde el principio, pero ahora que se sentaba en la cocina y se sacaba los pechos henchidos delante de todos para amamantar a su hija, Humbert prácticamente le tenía pánico. Tampoco sentía gran simpatía por la recién nacida.

Marie estaba sentada al lado de Hanna y examinaba su cuaderno, subrayando con un lápiz las palabras que estaban mal escritas; en cuanto terminara, Hanna tenía que averiguar cuál era el error y volver a escribir la página.

—Eres peor que el maestro —se lamentó la pequeña—. Con lo mucho que me duele el brazo al escribir.

—Pues es raro —repuso Marie con una sonrisa—. Cuando haces los deberes de cálculo nunca te duele el brazo.

—Porque el cálculo es muy fácil.

Hanna, con sus rizos cortos de color rubio oscuro, aún parecía un niño. En el hospital le habían rasurado parte del cabello para curarla mejor y luego Marie le había cortado el resto; para consolarla, le había dicho que ahora su pelo crecería de forma más espesa y bonita. Como ayudante de cocina, los señores le habían regalado tres vestidos y dos delantales de cocina, así como calcetines, mudas y zapatos. Aunque la ropa no era de primera mano, Marie la había arreglado para que se ajustara al cuerpo menudo de aquella niña de trece años. Los zapatos, en cambio, le venían demasiado grandes, así que cuando se movía por la cocina arrastraba los pies; eso molestaba a la cocinera, que decía que Hanna hacía más ruido que diez negros desnudos en zuecos.

Entonces sonó uno de los timbres eléctricos situados encima de la puerta; era para Humbert, que dejó la taza de café y se apresuró hacia la escalera de servicio.

—Querrán más peditos —dijo Auguste en tono socarrón y mordaz—. Y eso que la señorita ya tiene curvas suficientes.

—Algún día esa boca tuya te dará muchos problemas —comentó Else.

—Pero si está hinchada como una codorniz…

En ese momento entró en la cocina la señorita Schmalzler, y Auguste, asustada, se tapó la boca con la mano.

—Auguste, Else: las fundas de los cojines del comedor ya están limpias y pueden colocarse. Además, hay que recoger la vajilla sucia y la alfombra está llena de migas.

Las dos criadas se marcharon a toda prisa. Aquella era la señal de que la pausa de la tarde se había terminado. Maria Jordan también se levantó y dijo, dirigiendo una mirada triunfante a Marie, que tenía que decorar dos sombreros de la señora. La señora había encargado a Maria Jordan esa tarea, y no a Marie.

Antes de salir, Marie oyó cómo la cocinera reprendía a Hanna.

—Anda, chiquita, guarda ya el cuaderno. Esto no es la escuela, aquí se viene a trabajar. Vamos, trae los pies de cerdo de la fresquera para que podamos marinarlos.

Marie subió despacio por la escalera de servicio para ir a la sala de costura y seguir trabajando en el vestido de compromiso de la señorita. La magnífica tela de algodón, de un delicado color verde, era preciosa y al coserla no resbalaba ni se arrugaba. Era bueno tener cosas que hacer porque así mitigaba su pesar. La discusión con Paul le había dolido mucho, y no sabía cómo reconciliarse con él. No podía decirle cuánto lo amaba, pues tal cosa no haría más que conducir a más malentendidos. ¡Cómo le dolía cuando él pasaba a su lado mostrando indiferencia, o sentir sus miradas afligidas, a veces airadas, y soportar sus observaciones burlonas! ¿Acaso no sabía que sus palabras se le clavaban en el corazón como flechas? ¿Tanto le gustaba el papel de amante desdeñado como para representarlo a diario?

Kitty, por su parte, también había demostrado ser frívola y desalmada. Cuando, después de la animada cena de reconciliación en Montmartre, ambas subieron al pequeño piso de Kitty para descansar, Marie le pidió que le mostrara el dibujo de su madre. Kitty lo buscó por todas partes pero fue incapaz de encontrarlo. Finalmente admitió que era posible que, por error, lo hubiera usado de mecha para la estufa. De noche hacía tanto frío, dijo, que quizá en la oscuridad no se dio cuenta de lo que usaba para prender el fuego. De todos modos, siguió, Marie no debía preocuparse, le compraría otro cuadro de Luise Hofgartner. Dicho eso, se metió bajo el edredón y se durmió. Así pues, a Marie solo le quedaba la fotografía que guardaba en el cajón de su cómoda, entre los tres pañuelos de encaje que Kitty le había regalado. Cuando estaba sola en su cuarto, sacaba la fotografía para mirarla. Esa era su madre, tan joven y feliz y, a la vez, tan desconocida. Las líneas desdibujadas y las sombras en el papel decían muy poco de la persona que había sido. La hermosa pintora que había amado al mecánico Jakob Burkard. La mujer obstinada que se había negado a entregar los planos de su marido fallecido. La madre amorosa que tuvo que morir tan pronto.

¿Y si el director Melzer había mentido y ella era la hija de Jakob Burkard…?

De todos modos, ¿acaso importaba mucho de quién era

hija? Eso no cambiaba las cosas. Sus padres habían muerto, ella estaba sola en el mundo y no tenía a nadie a su lado. Si era lista, lo mejor era dejar el asunto como estaba y abandonar su empleo para librarse de todo ese dolor y de las vanas esperanzas. Ser libre, dejarlo todo atrás, empezar una nueva vida sin preocupaciones. Tal vez en Múnich, o en Rosenheim. ¿Y si se marchara al norte? ¿Por qué no a Hamburgo, de cuyo puerto partían los grandes barcos hacia ultramar? ¿No había dicho Paul que Robert había emigrado a Norteamérica? ¡Qué valiente había sido! Pero ella era una cobarde y posponía su decisión un día tras otro, incapaz de separarse de esas personas y de esa casa. Era como si hubiera una fuerza misteriosa, un imán que la atrajera y no la dejara escapar de ahí.

—¡Marie! ¡Mi querida Marie!

Apenas había puesto un pie en la segunda planta cuando vio a Kitty corriendo hacia ella. Tenía la voz llorosa, lo cual presagiaba males de amor. El día anterior había recibido una carta de Gérard Duchamps; durante un par de horas estuvo como flotando entre las nubes y dijo que todo se había aclarado, que se sentía infinitamente feliz y que incluso papá se apiadaría de ella. Sin embargo, no le reveló a Marie lo que de verdad decía la carta.

—Deja la tontería de la costura y ven a mi dormitorio —dijo Kitty a punto de estallar en lágrimas—. Tienes que consolarme. ¡Oh, qué terribles son las cosas! Ojalá nos hubiésemos quedado en Montmartre. En aquel nido nuestro suspendido sobre los tejados. Con Solange y Léon, que tan buenos fueron conmigo…

Entonces empezó a sollozar y Marie se apresuró a abrazarla. La consoló hablándole en voz queda, acariciándole la espalda, el pelo y las mejillas llorosas. «Tranquila, todo saldrá bien. Nada es tan malo como parece. Siempre hay una salida.»

—Figúrate, papá me ha prohibido aceptar la propuesta de matrimonio de Gérard. ¡Es un monstruo! En lugar de alegrarse de que Gérard quiera casarse conmigo, lo echa todo a perder. Y pensar que Gérard ya me había comprado el regalo de compromiso. ¡Oh! Fue todo un malentendido estúpido. Nunca quiso casarse con Béatrice. Ese cuadro de la galería Kahnweiler lo había comprado para mí…

Marie la hizo entrar en su dormitorio y cerró la puerta al ver que la señorita Jordan, chismosa como era, acababa de salir del guardarropa.

—Pero, señorita Katharina, ¿de verdad cree que un matrimonio con Gérard podría hacerla feliz? ¿En contra de la voluntad de su familia política? Para mí, esta petición de matrimonio es más bien un acto desesperado…

Pero Kitty no atendía a explicaciones. No, no. Gérard lo decía de verdad. La amaba. Y ella a él. Aunque en Montmartre, en eso Marie tenía toda la razón, Gérard ya se había mostrado irritado a causa de la discusión con su familia. Él se preguntaba de qué iban a vivir y aquello lo ponía de un mal humor constante. Pero, al fin y al cabo, siguió explicando ella, el amor no era algo simple, y tal vez no acabara de ser compatible con el matrimonio…

En todo caso, lo que estaba claro es que su padre era un monstruo y su madre, además, compartía su opinión. Claro que ella no lo había dicho, pero Kitty lo había intuido.

—Apenas se hubo marchado el teniente, mi padre arremetió contra mí. Por suerte, Lisa no estaba presente porque se lo habría pasado de lo lindo. Había bajado al vestíbulo para acompañar al teniente hasta la puerta. ¡Oh, cómo envidio a Lisa! ¡Qué feliz es! En verano darán a conocer el compromiso con una fiesta en el jardín con todos los amigos y conocidos. Pero yo no podré estar presente…

Se arrojó sobre el sofá azul y se echó a llorar desconsolada. Dijo que debería haberse casado con el teniente Von Hagemann. A fin de cuentas, él le había pedido la mano primero a ella. Claro que no había accedido, pero ¿qué se supone que tenía que haber respondido, si desconocía la opinión al respecto de papá y mamá? Aunque tal vez, se lamentó, de haberle dicho que «sí» ahora no sería tan desdichada.

Para Marie era evidente que Kitty no decía más que tonterías. Von Hagemann nunca habría podido hacer feliz a Kitty, sobre todo porque ella no lo amaba. Se quedó callada, sentada a su lado, escuchando con paciencia sus lamentos hasta que descubrió que el enojado Johann Melzer no solo había impedido su boda con Gérard Duchamps sino que además había tomado unas medidas muy severas contra su hija.

—O me marcho a Pomerania a la finca del tío Rudolf o hago un curso de enfermera en la Cruz Roja. ¡Figúrate, yo, que ni siquiera puedo ver la sangre!

En verdad eso era muy duro. Marie temió que Johann Melzer lograra imponer su decisión.

—No pienso ir a Pomerania por nada del mundo. Ni metida en el tren atada de pies y manos. Antes me arrojo al Lech, o cojo la pistola del cajón del escritorio de papá y me disparo un tiro en la cabeza.

—¡Señorita Kitty! No diga eso. Y menos aún si su madre está presente.

—Mamá no está aquí.

Además, siguió explicando, los dormitorios de la finca de Pomerania olían mal, a alfombras viejas y siglos pasados. Allí solo había gallinas y pollos, a lo sumo unos caballos y un perro viejo y arisco. Por otra parte, según Kitty, la gente era de miras estrechas. De hecho, el tío Rudolf no pensaba más que en comer y cazar, y la tía Elvira se pasaba el día hablando de sus hijos, que ya eran personas adultas y habían tenido el buen tino de abandonar ese páramo desierto que era Pomerania.

—Y en verano están las moscardas. Son unos bichos repugnantes. Justo debajo de mi ventana hay un montón de estiércol.

Aquello no tenía visos de ser la idílica vida rural. Pero Kitty tan solo mencionaba los aspectos negativos de la finca, pues pensaba que el castigo consistía en desterrarla. Rudolf von Maydorn y su esposa Elvira habían visitado la mansión el segundo día de Navidad y a Marie el anciano señor le había parecido muy agradable, aunque le había tenido que agarrar los dedos cuando intentó tocarla por debajo de las faldas. Con todo, él había aceptado su oposición y la había dejado tranquila a partir de entonces.

—Una finca aislada no me parece el lugar adecuado para usted —opinó Marie sacudiendo la cabeza—. Es posible que tampoco haya nadie con inclinación por el arte y la pintura.

Por supuesto que no. Kitty le explicó que las paredes estaban decoradas con cornamentas y animales disecados, sobre todo lechuzas y aves de rapiña, por las que el tío sentía debilidad. En la sala de la chimenea había un par de óleos de los tiempos de Matusalén que no podían ser más feos.

—Pero tampoco me gusta tener gente enferma a mi alrededor —añadió Kitty—. Me repugnan los viejos, y si encima tienen enfermedades tan asquerosas como la tiña o los temblores…

—¿Temblores?

—Bueno, cuando tiemblan y tambalean la cabeza. Ay, Marie, no sé qué debo hacer. Y mamá tampoco puede ayudarme; de hecho, nadie puede, todo el mundo me ha dado de lado.

Marie pensó durante unos instantes si debía reconducir aquella situación. Tal vez resultara ser un error y no provocara más que disgustos. O tal vez fuera el camino hacia una dicha duradera.

—¿Por qué no le pregunta usted a Alfons Bräuer? —dijo en tono inocente—. Tengo la impresión de que es una persona inteligente y enérgica. Además, señorita Kitty, él la aprecia muchísimo.

Kitty retiró las manos de su cara llorosa y se apartó un mechón de la mejilla. Luego se sonó la nariz con fuerza con el pañuelo de encaje que Marie había sacado del cajón de la cómoda y le había dado.

—¿Alfons? —preguntó con la voz ronca del llanto—. Tienes razón. Es un hombre inteligente. Y en París prometió que siempre estaría a mi lado si lo necesitaba.

«Vaya, vaya», se dijo Marie. Alfons había sido previsor. Él, claro está, había supuesto que su hermosa Kitty tendría muchos problemas al regresar a la villa.

—Marie, vales todo el oro del mundo. Eres un tesoro. Alfons… Pues claro, él sabrá aconsejarme. Lo llamaré de inmediato.

Marie no se había parado a pensar en el teléfono, sobre todo porque se usaba en ocasiones contadas y, por lo general, solo lo hacía el propio Johann Melzer. Sin embargo, Kitty ya se había puesto de pie de un salto y había salido corriendo por el pasillo; se detuvo al borde de la escalera e hizo señas a Marie para que se acercara enseguida.

—Ve a ver si el pasillo está despejado —susurró Kitty—. Y mira si papá está en su despacho. Hoy es domingo y no creo que haya ido a la fábrica.

Marie bajó la escalera. Allí se encontró a Else, que salía del comedor cargada con las fundas de cojín viejas. Ella le dijo que la señora y la señorita Elisabeth habían salido a pasear en automóvil. La señorita había querido llevar ella misma a su madre por el parque para demostrarle que ya sabía conducir.

—¿El señor? Ha ido a la fábrica con el señorito. Parece que vuelve a haber problemas con las máquinas.

Marie pensó que Jakob Burkard había construido esas máquinas. Si estuviera vivo, la fábrica estaría en mejor estado. Sin embargo, Johann Melzer ni siquiera tenía los planos de construcción de su maquinaria. ¿Por qué su madre no se los había querido dar?

—Si bajas ahora a la cocina —le susurró Else con complicidad—, podrás hacerte con un par de pastas de bizcocho antes de que Auguste acabe con todas.

—¡Gracias, Else!

La criada se apresuró hacia la escalera de servicio, y Marie hizo señas a Kitty, que permanecía arriba esperando.

—¿Se han ido todos? ¡Qué suerte! —se alegró—. Espero que Elisabeth no tenga un accidente con el automóvil estando mamá con ella. ¡Qué insensatez!

A los pocos instantes, se encontraba sentada con toda naturalidad en el escritorio de su señor padre y levantaba el auricular.

—¿Hola? ¿Hola? ¿Señorita? Con la mansión de los Bräuer, por favor. ¿El número? Pues no lo sé. Búsquelo, se lo ruego. ¿Cómo? ¿Que no tiene tiempo?

Marie se sintió incómoda abriendo el cajón superior de aquel escritorio de madera labrada porque no le gustaba rebuscar en los objetos privados de los señores. Por fortuna, lo primero que vio fue la «Guía telefónica de la Dirección regional de Correos de Múnich, sección Augsburgo».

—Aquí tiene. Los nombres están ordenados alfabéticamente: Bader, Bäcker, Bartling...

Kitty le arrebató con impaciencia la guía de las manos y recorrió con el índice la lista de nombres.

—¡Aquí! Bräuer. Edgar Bräuer, banquero. Es su padre. En Karlstrasse, exacto. Ocho, ocho, siete. Bien, Marie, ya puedes continuar cosiendo el vestido de Elisabeth.

Marie se dio cuenta de que Kitty prefería tener esa conversación en privado y se retiró. Cerró con sigilo la puerta y se quedó quieta un momento, no para escuchar sino para recobrar su paz interior. La señorita tenía un tono agudo, casi parecía que hablara una niña pequeña.

—«Horrible» es un modo muy suave de decirlo. ¿Así que usted también piensa que yo no debería viajar a Pomerania?

En absoluto. Tiene usted razón. ¿Pintar? No, no he tenido ánimos, estoy muy preocupada… Ah, bueno, mi hermana se va a prometer… Con Klaus von Hagemann. Sí, eso mismo… Sí, ella está muy feliz. ¿Yo? Yo me muero de angustia. Querido amigo, no puede ni imaginarse lo desdichada que soy. ¿El jueves? ¿A cenar? ¿No podría usted pasarse antes por casa? Me alegraría mucho…

Marie recorrió lentamente el pasillo y subió por la escalera de servicio hasta el segundo piso. Su corazón seguía algo intranquilo, pero tenía el convencimiento de que había hecho lo correcto.

47

El señor Melzer abrió de golpe la puerta de la sala y clavó la mirada en las máquinas. Veinte selfactinas dispuestas de forma ordenada y orientadas hacia la luz que entraba por la derecha a través del tejado de vidrio elevado… y ninguna se movía. En aquella sala, que habitualmente vibraba con el ruido de las máquinas, reinaba un silencio inquietante y amenazador. Ningún trabajador había comparecido para el turno extraordinario.

Detrás de él se oyó el crujido de la puerta; Huntzinger, su capataz, lo había seguido.

—Han organizado una huelga, señor director.

El señor Melzer dejó escapar un gemido. Todavía no había recuperado el aliento después de cruzar furioso y a toda prisa el patio que llevaba a la sala número uno de la hilatura. Era cierto. Aunque lo había sospechado, no quería creerlo.

—¿Quién ha sido? —bramó—. ¿Quién ha cometido la tremenda desfachatez de soliviantar a mis trabajadores?

Huntzinger dio un paso atrás, y el director se dio cuenta de que el capataz, que llevaba en la fábrica desde hacía treinta años, sabía más de lo que él pensaba.

—Han sido los de la Sociedad Obrera, señor director. Les han contado que no están obligados a trabajar dos veces a la semana en un turno extraordinario.

—La semana pasada se averiaron cinco máquinas —dijo Melzer esforzándose por contener su ira—, y entonces la gente se quedó parada y sin hacer nada.

—Es cierto, señor director. Pero esos socialistas dicen que eso no cuenta, que se presentaron igualmente a trabajar, y que si no había nada que hacer no era culpa suya.

«No era culpa suya», repitió Melzer para sí. «¿Acaso es culpa mía? ¿Alguien piensa que me pareció divertido que la maquinaria estuviera parada mientras los trabajadores holgazaneaban?» Pero él sabía quién tenía la culpa de todo aquello. Y el odio antiguo contra esa bruja que se había llevado los planos a la tumba afloró de nuevo con fuerza.

—¿Y cómo se supone que acabará este asunto? ¿Los trabajadores de la tejeduría y los tintoreros secundarán también la huelga? ¿Se supone que debo cerrar la fábrica? Si lo hago, ninguno tendréis trabajo, ¿lo preferís? ¿Qué me dices?

Huntzinger lo tranquilizó. En absoluto. Solo el personal de la hilatura se había dejado llevar por los cabecillas de la Sociedad Obrera. Sobre todo los hombres. Las mujeres y las jóvenes querían entrar.

El señor Melzer reparó entonces en que el barullo ante las puertas de la fábrica, cuando las mujeres esperaban a sus maridos el día de pago a la salida del trabajo, no había sido el habitual. Se había producido un bloqueo contra la gente que estaba dispuesta a trabajar.

—Quieren más dinero, señor director. Para un turno especial, la compensación debería ser más elevada; es lo justo, y en otras partes, como en la hilatura mecánica Aumühle, se hace así.

El señor Melzer lanzó una mirada de desconfianza a su fiel capataz. Este se pasó la mano por el bigote grisáceo y, de pronto, pareció incómodo.

—Usted me pidió que tanteara el terreno, señor director. Porque soy quien lleva más tiempo trabajando aquí. Incluso llegué a conocer al señor Burkard y a tantos otros que ya no están con nosotros…

Justo ahora se le ocurría mencionar a Jakob Burkard. Johann Melzer notó en su interior una ira contenida mientras un dolor intenso le atenazaba el pecho, aunque, por fortuna, desapareció al instante.

—Así que estas tenemos, Huntzinger… ¡Cómo no me he dado cuenta antes! Tú eres el altavoz de esos desagradecidos. A tu edad, has permitido que te pusieran en la avanzadilla de los socialistas.

Huntzinger se opuso. Eso no era cierto. Él no tenía nada que ver con la huelga y jamás se le ocurriría desatender su trabajo. Sabía lo mucho que tenía que agradecer al señor director. La casa con el jardín, todo cuanto él tenía, se lo debía a la fábrica de paños Melzer.

El problema, siguió explicando, era Max, su hijo. Él se lo había pedido y por eso se había mostrado dispuesto a hablar con el señor director. Era preferible a que lo hiciera alguno de los otros. Él quería hablar con el señor director en son de paz. Solo se trataba de un leve aumento de los salarios, y, tal vez, también de la guardería infantil, que era demasiado pequeña y necesitaba otra puericultora… Pero eso eran asuntos que se podían tratar tranquilamente.

Así que eso era lo que pretendían. Al ponerlo entre la espada y la pared, con las máquinas detenidas, pretendían que el bueno de Huntzinger lograra alguna concesión de él. Pero en eso los socialistas, esos cobardes, andaban equivocados. Con él no conseguirían nada. Él era quien decidía cuándo subir el salario a sus trabajadores y por qué. ¡Una huelga! Desde la existencia de la fábrica jamás se había producido tal cosa. Esas invenciones socialistas modernas debían reprimirse en cuanto asomaban los primeros brotes. Era preciso mantenerse firme. Quien cediera en ese momento, dejaría de ser dueño de su propia casa; esos eran capaces de arrebatarle hasta la camisa.

—Atiende bien, Huntzinger —dijo volviéndose hacia el capataz, que esperaba una respuesta con la cabeza inclinada y la mirada inquieta—. Quien no acuda a trabajar, no recibirá su jornal. Así de simple. Y quien no se presente sin un motivo justificado será despedido. Hay mucha gente que espera un puesto en mi empresa.

Huntzinger no replicó, pues sabía cómo iba a terminar esa conversación. No en vano se conocían desde hacía más de treinta años. Pero la mujer y el hijo no habían dado tregua a ese pobre hombre. Max Huntzinger, el hijo, era ayudante de máquina en la hilatura, y también la mujer de Huntzinger trabajaba ahí como anudadora. Por lo que sabía el señor Melzer, ella hasta entonces tenía fama de ser diligente, pero la vista la había abandonado y recientemente había sido recolocada como empaquetadora, donde ganaba menos. Max Huntzinger, en cambio, había destacado más por bocazas y por su mala conducta que por hacer bien su trabajo; lo habían reprendido en más de una ocasión y si no lo había despedido ya era por su padre.

Lo más seguro era que Max Huntzinger fuese, en secreto, miembro de la Sociedad Obrera. Sin embargo, seguía viviendo en la casa de sus padres, en la colonia fabril, donde el señor Melzer no quería tener a ningún socialista. Los bebedores, los ladrones y los miembros de las asociaciones socialistas no tenían nada que hacer en la colonia, algo que el viejo Huntzinger debía saber.

El director Melzer subió la escalera que conducía a los despachos del edificio de administración y volvió a notar aquella sensación desagradable en el pecho. Tuvo que avanzar más despacio y, desde luego, renunciar a subir los escalones de dos en dos; a fin de cuentas, se dijo, ya no tenía veinte años. En cuanto llegó arriba, constató que los empleados se habían ido a casa, lo cual no era raro porque ya eran las seis y media. ¿Dónde estaría Paul? ¿Habría regresado ya a la villa? Se acercó a la ventana y dirigió la vista a la puerta de la fábrica. Seguían ahí. Las mujeres que querían acceder a su trabajo en las salas y los grupos de trabajadores que les cerraban el paso. Era preciso llamar a la policía, y aunque eso sería un escándalo y saldría en el periódico al día siguiente, el turno especial quedaría salvado. Por lo menos, en parte, ya que había que esperar un buen rato hasta que las máquinas estuvieran de nuevo en marcha. Soltó una blasfemia. Eso provocaría que alguna de las máquinas volviera a tener problemas justamente ahora, después de pagar un dineral por su reparación. El siguiente miércoles, recordó, tenían que empaquetar las telas para Inglaterra y cargarlas en el tren. La tejeduría estaba trabajando a toda máquina, pero ahora se quedarían sin hilo. Era desesperante. Sin embargo, los trabajadores venían, hacían su trabajo y recibían su sueldo, ajenos a estas preocupaciones. Ni noches de insomnio, ni miedo de que todo se echara a perder, ni responsabilidad ante cientos de personas ni decisiones sobre ser o no ser. En cambio, se declaraban en huelga. No querían trabajar pero sí ganar más dinero. De eso sí sabían.

Se disponía ya a retirarse de la ventana para descolgar el teléfono cuando notó movimiento junto a la puerta de la fábrica. Se había producido un tumulto, tal vez una pelea, no podía verlo bien. Ahora el grueso de los que querían trabajar se acercaba a la puerta y entraba en las instalaciones. ¿Habían entrado en razón? Todo indicaba que los que les habían impedido el acceso habían desistido y se habían echado a un lado; tan solo aquí y allá alguno levantaba los brazos con enojo, pero no pasaron de ahí.

El señor Melzer no aguantó más tiempo en el edificio de las oficinas, así que bajó a toda prisa las escaleras, salió al patio y agarró por el brazo a una de las mujeres que se apresuraba a pasar.

—¿Qué ocurre? ¿Adónde vais tan deprisa?

La mujer era muy joven, a lo sumo tenía dieciocho años,

y llevaba escrito en la cara el espanto de encontrarse tan cerca del severo señor director.

—Vamos a nuestro trabajo, señor director. ¡Ah! ¡Muchas gracias, señor director! Pero ahora debo marcharme, porque si no llegaré tarde…

¿Muchas gracias? Retrocedió hasta la entrada para no obstaculizar el paso de los que iban a trabajar y contempló sus rostros cuando pasaban. Parecían aliviados, algunos incluso se reían, y solo unos pocos le parecieron asustados o incluso conscientes de su culpa. Por todos los diablos, ¿qué había ocurrido en la entrada?

Cuando aquella afluencia de gente hubo pasado, se dirigió hacia la puerta de entrada para preguntar al portero, pero entonces le salió al paso un grupo de cuatro hombres, con su hijo Paul en el centro, enfrascados en una charla muy intensa. Los otros tres eran trabajadores de la hilatura: uno de ellos era Max Huntzinger; el señor Melzer no recordaba bien el nombre de otro, era algo así como Brunner o Bäumler, o algo parecido; el tercero era Joseph Mittermeier y tenía casi cincuenta años. Todo indicaba que eran los cabecillas de la huelga. El señor Melzer se dirigió de inmediato hacia ellos. Quería saber qué estaba ocurriendo.

—¡No hay motivos de alarma, señor director! —le dijo Mittermeier—. Vamos a ir a trabajar, como siempre. No ha pasado nada.

—¿Que no ha pasado nada? —bramó él—. Habrá consecuencias, Mittermeier, puedes estar seguro de ello.

—Por supuesto, señor director.

Los dos empleados más jóvenes se quitaron las gorras y saludaron al director de la fábrica como si se hubieran encontrado con él en el patio por casualidad. Siguieron su camino sin decir una palabra y desaparecieron en una de las salas.

—Acompáñame arriba —ordenó el señor Melzer a su hijo.

No le parecía adecuado preguntar a Paul por lo ocurrido ahí abajo, en el patio. Bastante malo era ya que su hijo estuviera mejor informado que él mismo.

Subieron la escalera hasta la segunda planta. El señor Melzer notó de nuevo aquel dolor en el pecho. Además, le costaba respirar, y tuvo que detenerse dos veces y ver cómo Paul lo adelantaba sin ningún esfuerzo.

—¿Estás bien, padre? No tienes buena cara.

La mirada de preocupación de Paul lo incomodó. Él no estaba enfermo, nunca lo había estado; incluso con fiebre, se arrastraba hasta la fábrica para trabajar. Había levantado esa empresa y ahora la dirigía: eso no le dejaba tiempo para descansar ni para ponerse enfermo.

Paul le ofreció un asiento y sacó la botella de coñac francés del armario.

—¿Qué pasa? —gruñó el señor Melzer con enojo—. ¿Por qué me tratas como a un anciano?

Paul preparó dos copas con gesto ufano y repuso que él no serviría coñac a un anciano, en todo caso una taza de manzanilla.

—¡Impertinente!

El señor Melzer se sentó y se tomó el coñac de un trago. Aquella bebida era excelente, y al instante se sintió mejor.

—A ver, ¿qué ocurre? ¿Has negociado con esos tipos? ¿Al final les has prometido algo?

No, no lo había hecho. Paul se había acercado a toda prisa a la puerta porque uno de los empleados le dijo que ahí fuera se estaba cociendo algo. En cuanto divisó a los cabecillas de la huelga, fue a saludarlos amigablemente. A fin de cuentas, dijo, meses atrás había trabajado con ellos codo con codo.

—Hemos estado charlando un poco y les he dicho que, en mi opinión, no merecía la pena tanto esfuerzo por unos céntimos más. Me han comentado las sandeces que han oído en las reuniones de la Sociedad Obrera y los he escuchado tranquilamente. A continuación, les he prometido que me emplearía a fondo para conseguirles un aumento de sueldo en los turnos especiales.

El señor Melzer iba a protestar, pero Paul insistió en que aquello no había sido una concesión, sino una simple propuesta. Entre otras cosas, porque él no era el director de la fábrica.

—¿Y han aceptado?

—No de inmediato, ni tampoco todos. Pero las mujeres y los pocos hombres que querían ir a trabajar cada vez empujaban más hacia la puerta de entrada, de forma que era difícil contenerlos. Luego todo ha ocurrido muy rápidamente…

Aquello era lo que el señor Melzer había visto. Se tomó otra copa de coñac y una sensación de alivio le recorrió el cuerpo reconfortándolo. En el fondo, se dijo, tenía motivos para estar orgulloso de su hijo. Paul se había metido en el avispero, había negociado sin hacer concesiones y había logrado que todos volvieran a sus puestos sin que se produjera violencia alguna.

—Despediremos a esos cabecillas —decidió el señor Melzer—. Esa gentuza tiene que ser eliminada de raíz.

Paul frunció el ceño; al parecer, no compartía su opinión, pero no dijo nada porque no quería que los halagos de su padre se resintieran por ello. Por otra parte, aún no había dicho la última palabra.

—¡Tu conducta, Paul, ha sido intachable!

—Gracias, padre.

Durante un rato permanecieron en silencio, se sirvieron coñac, bebieron juntos y disfrutaron de la hermosa sensación del reconocimiento mutuo. Luego Paul comentó que en los últimos meses cada vez sentía más suya la fábrica y que aquel era el trabajo de su vida. Quería seguir dirigiendo y ampliar lo que el padre había creado, y tal vez, algún día, cedérselo a su propio hijo.

El señor Melzer estaba impresionado. Casi le parecía increíble la rapidez con la que aquel estudiante despreocupado había pasado a ser un colaborador muy digno de consideración. Ciertamente había sido un error enviar a su hijo a Múnich para que estudiara Derecho; su auténtico talento no se encontraba en la teoría. Paul era un hombre de acción. Además, sabía tratar a la gente mucho mejor que él.

—Me gustaría ver crecer a mis nietos en la villa —comentó el señor Melzer haciendo girar la copa vacía en la mano—. El griterío de la propia descendencia sería muchísimo más agradable que los bramidos del bebé ilegítimo de Auguste.

Paul sonrió y contestó que, por el momento, su hermana Elisabeth ocupaba la primera posición. Si todo iba como era debido, el año próximo habría boda y al siguiente podrían contar con el primer niño.

—¿Y qué hay de ti?

—¿De mí? Bueno, creo que aún me voy a dar un tiempo…

El señor Melzer no compartía su opinión. Casarse joven era una buena cosa. Teniendo energía, Paul podría dedicarse a su joven esposa y a los hijos que estuvieran por llegar. Sabía muy bien lo que decía. En ese sentido, él se había perdido muchas cosas.

—Mira a tu alrededor, muchacho. Entre las hijas de los industriales hay buenas candidatas. ¿Qué me dices de la pequeña Tilly Bräuer, la hermana de Alfons Bräuer? Cierto que aún es muy joven, pero tiene potencial. Pero, en fin, tal vez estoy hablando en vano y ya tienes a alguien en mente.

—En absoluto, padre. Y, por el momento, tampoco tengo previsto que haya nadie.

Clavó la vista en su hijo y se dio cuenta de que esquivaba su mirada. Paul era un pésimo mentiroso. Todo indicaba que lo que Elisabeth había insinuado en una ocasión era cierto.

—¿Estás ocupado con tu aventura con Marie?

Había dado en el blanco. Su hijo se exaltó y afirmó que él

no tenía ninguna aventura con Marie, que ella era una muchacha decente y que él no podía consentir que alguien pensara mal de ella.

—Vaya, vaya —musitó Melzer—. Claro que es una muchacha decente, me habría extrañado que no fuera así. Pero es muy guapa, y si a ti te apetece desahogarte con ella, yo no tengo nada que objetar...

—Lo repito. No tengo ninguna aventura, y desde luego no con Marie. Y exijo que me creas cuando te lo digo, padre.

¡Cómo se ponía! Al parecer, ese asunto lo afectaba profundamente, lo cual resultaba muy enojoso porque hasta que aquella relación no terminara, ese iluso se cerraría en banda a cualquier matrimonio. Maldita sea, era culpa suya. Había acogido a esa chica en su casa por pura conmiseración y ella se lo agradecía de ese modo.

—Paul, deberías ser prudente —dijo intentando adoptar un tono paternal y benevolente—. Esa muchacha creció en un entorno bastante difícil y no se puede confiar en ella. En un abrir y cerrar de ojos te puede cargar con un hijo, y eso te causaría todo tipo de molestias.

Por desgracia, advertir a su hijo con palabras bienintencionadas estaba fuera de lugar. Paul repuso en tono glacial que le extrañaba mucho que supiera tan pocas cosas sobre Marie, ya que, a fin de cuentas, era la hija de su antiguo socio Jakob Burkard.

El comentario lo pilló por sorpresa y aquel tremendo dolor en el pecho regresó. Esta vez, sin embargo, no fue solo un pinchazo sino un tirón insidioso que se prolongó durante un rato, impidiéndole responder de inmediato.

—¡Qué tontería! —logró decir por fin—. Burkard murió hace veinte años por culpa de la bebida y no tenía hijos.

¿Su hijo lo sabía? En ese caso, Marie debía de habérselo contado. La culpa de todo la tenía el cura; al haberse ido de la lengua había desatado los demonios.

—Tuvo una hija ilegítima —afirmó Paul con insolencia—. Mamá me lo ha contado.

En ese momento el señor Melzer se quedó sin habla. Era evidente que Paul había estado haciendo preguntas. Alicia no podía haberle contado gran cosa, pero el cura sí. Tal vez incluso algunos de los trabajadores antiguos de la fábrica. Y el jardinero, claro, ese hombre también sabía algunas cosas…

—No discutamos por ello, padre. El padre de Marie tiene que constar en el registro parroquial y en la oficina de empadronamiento de la ciudad.

El señor Melzer se quedó un instante callado, sintiéndose incapaz de respirar. El recuerdo le oprimía el pecho como una losa pesada y le impedía coger aire. Aun así, su ira estalló.

—¡Ponga lo que ponga ahí, fue una mentira que esa Hofgartner le dijo al cura! —gritó colérico—. ¡Marie no es hija de Burkard!

Observó que Paul apretaba los labios con rabia. Ese muchacho podía llegar a ser muy obstinado. Las ideas se le arremolinaban en la cabeza y notaba las palpitaciones en las sienes. ¿Qué debía hacer? ¿Cómo debía afrontar la catástrofe inminente? ¡Marie! Ella era la clave de todo. Tenía que intentar echarla de la villa. Le daría dinero para que se marchara a otra ciudad. Muy lejos, para que Paul no pudiera ir tras ella…

Su hijo se levantó y dijo que se iba a la villa con el coche porque esa noche tenían invitados. Si era preciso, más tarde se pasaría por la fábrica.

—Te guste o no, voy a seguir con este asunto. Por Marie, que tiene derecho a saber quién era su padre.

El señor Melzer intentó reprimir la rabia que sentía en su interior, pero no pudo.

—¡No consiento que metas las narices en asuntos que no te conciernen! ¿Lo has entendido? ¡Lo impediré!

La puerta se cerró y oyó los pasos de Paul alejándose por la antesala, y luego la puerta que daba a la escalera. Ese hijo suyo primero se pavoneaba y luego huía. Quería ser un adulto y caía en las redes de alguien tan taimado como Marie. Al final, dejaría embarazada a esa arpía. Pero eso, se dijo, tenía solución. Tampoco sería la primera.

Se levantó para mirar el patio. Ya había oscurecido, aunque la iluminación eléctrica le permitió ver a su hijo dirigiéndose hacia la entrada. De repente, se sintió mal y tuvo que sentarse. Tal vez, se dijo, no tendría que haber bebido tanto coñac; últimamente tenía molestias en el estómago. No era de extrañar. Primero Kitty y su traición a la familia escapándose con un francés. Luego Elisabeth y sus planes de boda con ese noble de tres al cuarto. Y ahora Paul, su hijo, en el que tantas esperanzas había depositado. Habría sido mejor no haber traído hijos al mundo, pues no eran más que una fuente constante de preocupaciones.

Alguien llamó a la puerta. Uno de los capataces le informó de que había problemas en la hilatura.

—Hay dos máquinas estropeadas, señor director. El carro no se mueve, parece que hay algo atascado.

—Enseguida voy…

Tenía el cuerpo pesado como el plomo y le costó mucho levantarse. Además, se sintió mareado. Al llegar a la escalera tuvo que agarrarse con fuerza a la barandilla para no caer. Pensó que en cuanto le diera el aire fresco se sentiría mejor. Maldito alcohol, ya no lo toleraba tan bien como antes.

Cuando cruzaba el patio, el dolor en el pecho lo envolvió con una intensidad repentina. Se dobló sobre sí mismo, sintió una arcada y vomitó. Entonces se hizo la oscuridad y se precipitó a gran velocidad por un tubo hacia las profundidades…

—Señor director —gritó una voz que le resultó familiar—. ¡Dios mío! ¡Director Melzer! ¡Id a pedir auxilio!

Era la voz de Max Huntzinger.

48

—Eres demasiado buena —le había susurrado Else a Marie cuando entraron en el vestíbulo para entregar los sombreros y los abrigos a los invitados que ya se iban—. Este no es tu trabajo, Marie.

—Pero si tiene que dar el pecho a la pequeña…

—Esa siempre encuentra un motivo para no trabajar —siseó Else con enfado—. Que si amamantar, que si cambiar pañales, que si acunar a la niña, que si el dolor del pecho…

—Chisss, Else. Ahí arriba ya están los Bräuer y el teniente.

Las dos hicieron una reverencia educada y se apresuraron a ir a buscar los abrigos. Era un atardecer de mayo: las señoras solo llevaban guardapolvo porque los coches iban con la capota descubierta, y a los caballeros les bastaba con la chaqueta y el sombrero de paja. Edgar Bräuer y su esposa Gertrude se demoraron un rato charlando con Alicia en el vestíbulo, comentando animadamente la disputa familiar que había en casa de los Wagner, en Bayreuth; al parecer, Isolde Wagner había llevado a juicio a su hermano Siegfried. Este había afirmado que ella solo era una hermanastra, ya que su padre no era Richard Wagner sino el exmarido de su madre, Hans von Bülow.

Alfons Bräuer y Kitty también se hacían esperar; Elisabeth, en cambio, había aparecido acompañando a sus futuros suegros. Marie se apresuró a buscar la chaqueta y el sombrero de Christian von Hagemann, mientras que Else trajo el guardapolvo y el pañuelo de seda de Riccarda von Hagemann.

—Marie —dijo alguien saliendo de entre las sombras del hueco que hacía las veces de guardarropía—. ¿Qué haces aquí?

Ella se sobresaltó y tuvo que contener los latidos intensos de su corazón.

—Estoy haciendo mi trabajo, señor Melzer...

—Pero este no es tu trabajo —respondió Paul, enojado—. ¿Dónde está Auguste? ¡No quiero que tú lleves los abrigos a nuestros invitados!

Ella no contestó y pasó por delante de él cargada con un abrigo y un pañuelo de seda. Así no se hacían las cosas. ¿Qué se había creído? ¿Acaso no sabía que hablándola de ese modo la ponía nerviosa? ¡Con solo verlo pasar, ella ya se moría de pesar y añoranza!

—Es una lástima que su padre no haya encontrado tiempo para acompañarnos —dijo Gertrude Bräuer a Paul—. De todos modos, Paul, nos veremos el próximo jueves en casa. Lo esperamos con impaciencia; además, nuestra Tilly ya habrá regresado del internado.

Marie entretanto ayudaba a la señora Bräuer a colocarse el abrigo y le entregó el largo pañuelo de seda con el que se cubría la cabeza para resguardarse del frío de la noche.

—¡Qué bien! —dijo Paul con una sonrisa—. Tengo muchas ganas de ver a Tilly. Seguro que ha cambiado mucho.

—¡Y tanto! La pequeña se ha convertido de pronto en una joven dama...

Mientras la señora Bräuer cantaba las bondades de su hija, Paul tenía la mirada clavada en Marie. Su actitud era desafiante. «¿De verdad quieres que corteje a esa chica?», parecía querer decirle. «Pues si sigues así, no me quedará otro remedio.»

Marie bajó la mirada y se marchó a toda prisa. Entonces

asomaron en lo alto de la escalera Kitty y Alfons Bräuer; aquel día no parecían querer separarse y permanecían quietos ahí arriba. ¡Qué bien se entendían! Marie no había visto nunca a Kitty hablando con un hombre de un modo tan serio y con tanta confianza. No había ni un atisbo de enamoramiento, al menos no por parte de Kitty, pero daba la impresión de que con Alfons se sentía protegida. ¿No era esa una forma de amor? ¿Y ese amor no era más noble y valioso que el deseo físico, esa traicionera atracción que tanto dolor provocaba? Aunque era del todo inadecuado echarse a llorar en ese momento, por unos instantes el vestíbulo se le nubló ante la vista. Él, por supuesto, se casaría con otra, y posiblemente muy pronto. ¿Qué se le había perdido a ella en esa casa? ¿Dónde había quedado su amor propio? ¿Por qué se infligía tanto dolor?

Alguien hizo sonar la campana de la entrada y Else se apresuró a abrir la puerta.

—Al menos ahora podremos saludar a su marido —comentó Riccarda von Hagemann a Alicia.

Pero se equivocaba. En la puerta había un trabajador de la fábrica con la gorra doblada en la mano y una expresión de profundo espanto al encontrarse de repente ante tantos señores distinguidos.

—Es el… el señor director —balbuceó. De pronto se quedó sin aliento y fue incapaz de decir nada.

Klaus von Hagemann, que aguardaba impaciente junto a la puerta, se dirigió al hombre.

—¡Sobreponte, muchacho! Una palabra detrás de la otra. Empieza desde el principio.

—De acuerdo —contestó el trabajador haciendo una reverencia que hizo que se le cayera la gorra. Se inclinó con torpeza para recogerla del suelo.

—¿Qué pasa con mi marido? —quiso saber Alicia, que se había acercado rápidamente, presa de un presentimiento sombrío—. ¿Le ha pasado algo? ¡Habla, por Dios!

—El señor director Mel… Melzer está en el hospital.

—¡Santo Dios!

Al instante hicieron entrar al hombre en el vestíbulo, rodeándolo y acosándolo a preguntas. El pobre estaba aterrorizado, sin saber a quién responder. Sin embargo, al final lograron sacar en claro lo poco que sabía. Max Huntzinger se había encontrado al señor director en el suelo del patio, en medio de un charco. A su llamada de auxilio acudieron a toda prisa varios trabajadores de la hilatura, entre ellos el viejo Huntzinger. Entonces llevaron al señor director a la enfermería y lo colocaron en una camilla. Como estaba consciente pero sentía mucho dolor, Max Huntzinger y su padre metieron al señor director en su automóvil y luego el anudador Karl Suttner, que sabía conducir, los había llevado al hospital.

—Paul —dijo Alicia, sorprendentemente dueña de sí misma—, te lo ruego, llévame al hospital en el automóvil.

—¡Por supuesto, mamá! ¡Else! ¡Los abrigos!

Alicia llamó a Marie y le dijo que se preparara para acompañarla. Todos fueron presa de una excitación febril. Elisabeth iría al hospital con Klaus von Hagemann en el coche de sus padres, y Kitty insistió en que Alfons Bräuer la acompañara. Edgar Bräuer llamó por teléfono a su mayordomo para que enviara dos de sus vehículos y llevaran al resto de los señores a su casa.

—¿Ha muerto? —se oyó decir a Auguste en la entrada que daba a las dependencias del servicio.

—¡Cierra la boca! —la reprendió la cocinera.

—¡Virgen santa, guárdanos de todo mal! —se oyó decir al ama de llaves—. ¡Te suplico que salves al señor…!

Marie no oyó nada más. Salió sin sombrero ni chaqueta detrás de Alicia, le cedió el asiento trasero y se sentó al lado de Paul. Él no la miró; iba en silencio, con expresión pétrea, y la vista clavada en la luz que arrojaban los faros. Tampoco

Alicia Melzer dijo una palabra mientras el vehículo traqueteaba por las calles de la ciudad.

Bajo la oscuridad, el edificio alargado del hospital principal parecía una fortaleza y mostraba varias hileras de ventanas iluminadas. Paul se detuvo justo delante de la entrada para que su madre y Marie pudieran apearse; luego avanzó un poco para dejar sitio al automóvil de Alfons. A Kitty le temblaba el cuerpo; Marie, que en principio había querido asistir a Alicia, acudió junto a la joven y le puso el brazo sobre los hombros.

—Es culpa mía —se lamentó Kitty—. Lo he puesto tan nervioso que ha enfermado. ¡Oh, Marie!

—No, Kitty —le dijo—. Nadie es culpable de estas desgracias. Son cosas que ocurren, y lo único que podemos hacer ahora es estar a su lado.

Kitty asintió y dijo que Alfons había dicho más o menos lo mismo, así que debía de ser cierto.

Al cabo de un instante estaban en el vestíbulo del hospital. Paul preguntó a la religiosa de la recepción del ala católica dónde podían encontrar al señor Johann Melzer.

Entretanto, Alfons llegó junto a Kitty y ella se agarró a él. Sin embargo, en cuanto Elisabeth hizo acto de presencia en el vestíbulo acompañada del teniente Von Hagemann, Kitty perdió de nuevo la serenidad.

—¡Aquí tienes el resultado! —le espetó Elisabeth—. ¡Maldita egoísta! No te imaginas cuánto sufrió papá cuando te fugaste con ese amante tuyo. Si por tu culpa papá se...

—¡Elisabeth! —reprendió Alicia a su hija.

Elisabeth se mordió la lengua y calló con gesto obstinado mientras Kitty se refugiaba en el pecho de Alfons.

—¡Señores, se lo ruego, esto es un hospital! —los regañó la monja con su enorme toca blanca. A continuación, anunció—: El señor Melzer ha ingresado hace media hora. Les ruego que tengan algo de paciencia.

Alicia no estaba dispuesta a que la dejaran al margen. Se presentó como la señora Melzer y pidió que la condujeran de inmediato junto a su marido; aunque no pudiera estar presente durante la exploración, sí quería estar cerca de él.

La monja se compadeció de ella y accedió, pero dijo que solo podía hacer esa excepción con la esposa. Indicó a la señora Melzer que aguardara en el pasillo que había frente a la sala de ingresos hasta que una enfermera o un médico la acompañara. Por desgracia, el resto de los acompañantes deberían esperar ahí abajo y tener paciencia.

En el vestíbulo había varios bancos, pero solo Elisabeth y Kitty se sentaron. Los caballeros se quedaron de pie, y Marie estaba demasiado nerviosa para sentarse en un banco. Su compasión hacia Johann Melzer era limitada, pero se sentía apenada por Alicia Melzer y por Kitty, aunque, sobre todo, estaba preocupada por Paul. No estaba con los demás, que conversaban entre sí con voz queda, e iba de un lado a otro como un tigre enjaulado.

Parecía como si el tiempo no quisiera pasar. Kitty empezó a sentir frío y aceptó ponerse la chaqueta de Alfons sobre los hombros. El teniente intentó negociar con la religiosa de la entrada, pero fracasó con un «no» rotundo. Esperar, tener paciencia, no dejarse llevar por las fantasías aterradoras que daban vueltas en la cabeza. Elisabeth estaba sentada en el banco con la cabeza gacha. ¿Lloraba? Marie no estaba segura, pero le pareció que veía algunas lágrimas cayéndole en el regazo.

El reloj situado sobre la puerta de la entrada marcaba las doce y media. Por fin compareció una joven enfermera, que habló entre susurros con la monja de la recepción.

—Señores, les ruego que me acompañen —dijo dirigiéndose a los que esperaban—. Al señor Melzer se le ha administrado un calmante y se ha dormido. Por eso les pido que no le hablen ni interrumpan de ningún modo su descanso.

A continuación, se dirigieron a la segunda planta. Los caballeros utilizaron la escalera, y Kitty, Elisabeth, Marie y la enfermera subieron en el ascensor. A esas horas de la noche, el trayecto en aquella cabina de hierro tenía algo de irreal, igual que el largo pasillo del hospital, que ahora apenas estaba iluminado; para Marie era como el recuerdo de una pesadilla. Todas las mujeres se alegraron cuando se abrió la puerta de la caja de la escalera y aparecieron los tres hombres.

—¡Con la prisa que nos hemos dado y ustedes han llegado antes! —dijo Alfons en un intento de levantar los ánimos.

Kitty sonrió débilmente y lo tomó del brazo. La mirada que Alfons le dirigió estaba tan llena de cariño que Marie tuvo que apartar la vista al instante.

—¡Esperen aquí, por favor!

Se detuvieron obedientes frente a una de las puertas mientras la enfermera entraba en la habitación. En el interior se oyó a alguien hablar en voz baja con otra persona. ¿Era Alicia Melzer? A continuación, la puerta se abrió y mostró al enfermo.

Johann Melzer estaba tumbado bocarriba, con los brazos estirados a lo largo del cuerpo y el torso tapado con una sábana blanca. Estaba pálido y daba la impresión de haber envejecido; sin duda, el dolor padecido había hecho mella en él. Su pecho subía y bajaba de forma regular, pero lejos de relajarlo, parecía que el sueño le procuraba pesadillas. Sentada en una silla de madera, Alicia, a su lado, aparentaba una gran presencia de ánimo.

—¡No parece él! —susurró Kitty, apesadumbrada.

Elisabeth tenía la vista clavada en el enfermo y callaba; Marie se preguntó por qué su prometido no hacía el menor amago de consolarla. Klaus von Hagemann estaba apoyado en la pared y contemplaba a su futuro suegro con un horror evidente. Qué raro, se dijo Marie. Daba la impresión de que sentía aprensión ante el enfermo, y eso que el oficio de militar estaba relacionado con la muerte.

Se estremeció al notar que Paul le había rozado el hombro con la mano. Sintió por un instante su presencia, su aliento cálido en la nuca, su anhelo de consuelo. Pero ella no se atrevió a darse la vuelta y ese instante se desvaneció.

Entonces la enfermera dijo a media voz que los señores debían salir de la habitación porque el enfermo necesitaba tranquilidad. Von Hagemann fue el primero en obedecer esa solicitud; los demás lo siguieron, y Kitty y Elisabeth salieron las últimas. Ahora las dos hermanas, que un rato antes habían discutido, se abrazaban entre sollozos y Elisabeth le pedía perdón a Kitty.

Alicia abandonó su puesto junto al lecho de su marido y salió al pasillo. Explicó lo que le había dicho el médico, que había sido un ataque al corazón, lo que ellos llaman infarto, que era cuando un coágulo de sangre bloqueaba las arterias coronarias e interrumpía la circulación hacia el corazón. Les contó además que, según estudios recientes, un infarto de ese tipo se curaba con reposo absoluto, como poco, quince días en cama.

—Pasaré esta noche con él —dijo—. Mañana ya se verá. Si Dios quiere y no sufre otro ataque, tal vez nos lo podamos llevar a casa en los próximos días.

A ninguno le pareció que llevarlo a casa fuera una buena idea porque alguien como Johann Melzer era incapaz de permanecer en cama. Sin embargo, nadie objetó nada; tan solo Elisabeth dijo que admiraba a mamá por ser tan valiente. Alicia permanecía muy serena y empezó a distribuir las tareas como un comandante.

—Elisabeth, si mañana no he vuelto, estarás al frente de la casa con la señorita Schmalzler.

—Sí, mamá.

—Kitty, tú te encargarás de recibir a las visitas y de cancelar las invitaciones de los próximos días.

—Sí, mamá.

—Paul, por favor, te pido que te encargues de la fábrica mientras papá esté enfermo.

—Por descontado, mamá.

Alicia miró a su alrededor y, a pesar de la triste situación, les dirigió una sonrisa animosa.

—Nos vemos mañana por la mañana, queridos. Resulta muy reconfortante poder contar con los hijos en los momentos de necesidad. Cuando papá se haya recuperado, se sentirá muy orgulloso de vosotros.

Se despidieron con un abrazo. Mientras se dirigían hacia el ascensor Kitty comentó que, con mamá junto al enfermo, todo el mundo se acostaría más tranquilo. Elisabeth no dijo nada, pero Von Hagemann se dignó pasarle el brazo en torno a los hombros.

—Ya verás cómo pronto se pone bien, Lisa.

—Sí, seguro.

Las parejas se repartieron en los coches y resultó normal que Marie fuera con Paul. Este arrancó el motor y avanzó con parsimonia detrás de los otros vehículos.

—Bueno, ahora resulta que soy director de la fábrica —comentó con amargura—. ¿Quién hubiera dicho que ascendería tan rápido?

—Probablemente será por poco tiempo, señor Melzer. Seguro que su padre se recuperará.

Él no dijo nada. Habían dejado atrás la puerta Jakober y se dirigían hacia la villa. A esas horas, las lámparas de arco se habían apagado hacía rato pero, a mano derecha, las fábricas donde se producía de forma ininterrumpida seguían iluminadas. Al cruzar un pequeño puente, el agua del arroyo brilló como un cristal roto sobre un fondo negro.

Marie tenía la mirada fija en las luces posteriores del vehículo de delante, que conducía Alfons. Vislumbró la silueta borrosa de Kitty: iba al lado del banquero, en el asiento del acompañante, y sus gestos tan vivos hacían pensar que estaban inmersos en una animada conversación.

—Lamento mucho lo ocurrido —dijo Marie, y se dio cuenta de lo impersonal que había sonado la frase.

En el rostro de él asomó una sonrisa amarga.

—Muchas gracias por tu compasión —contestó él con ironía—. Anima saber que el servicio comparte con nosotros las alegrías y las penas.

Eso le dolió. Tras rodear en silencio el arriate de flores que había delante de la villa, Paul detuvo el automóvil frente a la entrada de servicio.

—Buenas noches, señor Melzer…

Ella no oyó su respuesta porque Paul pisó el acelerador y se dirigió al garaje.

49

—Señorita Jordan, cierre la puerta en cuanto entre, y deje de hacer ruido con las perchas.

Maria Jordan dirigió una mirada de odio a la enfermera de delantal blanco que llevaba una semana tiranizando a todos en la villa. Con qué gusto le habría cantado unas cuantas verdades a esa bruja, pero, por desgracia, eso no era posible.

—Como guste, enfermera Ottilie —respondió con una dulzura forzada.

Al cabo de tres días en el hospital, el señor Melzer había sido trasladado en ambulancia, con todos los cuidados, a su casa, donde lo subieron en camilla hasta el segundo piso. Según las órdenes del médico, no debía abandonar la cama por lo menos en dos semanas, ni tampoco se podía mover. Eso significaba que había que darle de comer, lavarlo, limpiarle sus necesidades y darle de beber con un pistero. Como ninguna de las mujeres del servicio se consideró capaz de llevar a cabo esos cuidados íntimos, y Humbert afirmó, avergonzado, que nunca había visto a un hombre desnudo, Alicia había contratado a la enfermera Ottilie Süssmut a través de una agencia.

La enfermera rondaba los cuarenta, llevaba el pelo, rubio como el pan, recogido debajo de una cofia blanca, y lucía una bata blanca inmaculada sobre un vestido de color azul claro. Mientras cuidara del enfermo, ella requería que sus órdenes no solo fueran acatadas por el servicio sino también por los seño-res, puesto que la vida del enfermo dependía de sus conocimien-tos y experiencia. De ahí que se contorneara siempre muy ergui-da, con sus grandes pechos levantados por el efecto del corsé.

Por una vez en la vida, la opinión de Maria Jordan era compartida. Todo el personal estaba de acuerdo en que la en-fermera Ottilie era una especie de castigo que deberían sufrir durante un tiempo.

—¡Qué manera de dar órdenes a todo el mundo! —refun-fuñó la cocinera—. Se cree la señora de la casa. Si no fuera por el pobre señor, de buena gana le echaría una infusión de man-zanilla bien caliente sobre los pies desnudos.

La pobre Hanna había recibido un bofetón de Ottilie por-que, al ir a encender la estufa de la habitación del enfermo, se le cayó un tronco. ¡Cómo había podido la señora dar carta blanca a una persona tan impertinente! Hanna apretó los dientes y terminó su tarea, pero luego corrió en busca de Ma-rie y le dijo entre sollozos que no se atrevía a volver a poner un pie en la habitación del señor. Incluso Eleonore Schmalz-ler admitía que esa enfermera no le resultaba simpática.

—Si al menos el estado del enfermo mejorara —decía preo-cupada—. Pero cada vez está más apático.

—¡Cómo no va a estarlo! —opinó la cocinera—. No hay nadie que se pueda reponer tomando solo papillas de sémola e infusiones de manzanilla. Lo que el señor necesita es un buen trozo de ternera con verdura y ensalada de patata. Con eso sí que se sentiría bien.

—Además, tiene que ser horrible que esa mujer te ande tocando con esos dedos fríos —comentó Humbert.

En cuanto hubo dicho esto, pegó un respingo porque la hija de Auguste se puso a berrear. Como Auguste estaba fue-ra, en el patio, sacudiendo las alfombras con Else, Marie sacó a la pequeña de su cuna y la llevó de un lado a otro de la coci-na para que dejara de gritar.

—¡Vaya, vaya, menuda gritona estás hecha! —le dijo con cariño—. Tu mamá vendrá ahora mismo…

—¡Cierra el pico, monito chillón! O si no, Ottilie la Mandona vendrá a por ti —dijo Humbert en tono amenazador, y luego, imitando el modo de hablar de la enfermera—: «Hagaan callaar a esa críaa, el enfermoo necesita descansoo absolutoo».

Incluso Eleonore Schmalzler se echó a reír: desde luego aquel hombre tenía talento. Sin embargo, ella recuperó la compostura al momento y advirtió a Humbert que no se comportara como si estuviera en un teatro de variedades.

—A la vista de la desgracia que se ha abatido sobre esta familia, me parece que esa conducta no es de buen gusto.

—Mis disculpas, señorita Schmalzler.

Todos regresaron al trabajo en silencio. Marie salió con la pequeña Elisabeth a buscar a Auguste. La joven madre se sentó en la hierba con el bebé, le dio el pecho y contempló cómo Else y Marie se afanaban con las alfombras. Apenas habían pasado cinco minutos cuando se abrió una ventana del segundo piso y la señora sacó la cabeza para ver qué ocurría.

—¡Marie! ¡Else! Id con las alfombras al otro lado. ¡Esos golpes son demasiado fuertes!

Marie suspiró, bajó el sacudidor y se limpió el sudor de la frente. Todo indicaba que incluso la señora estaba sometida a la nueva capitana de la casa. Ahora tendrían que arrastrar esas alfombras tan pesadas a la cara norte de la casa y empezar de nuevo.

—Lo próximo será prohibirnos comer porque hacemos demasiado ruido al masticar —refunfuñó Auguste—. En cambio, esa cretina se puede llenar la barriga sentada a la mesa de los señores. «Ottilie, Ottilie, blanca azucena, con la familia cena…»

—Si al menos el señor se recuperara pronto —gimió Else—. ¡Oh, Marie, es tan triste! Por la noche apenas consigo pegar ojo de lo preocupada que estoy…

Marie no dijo nada y empezó a enrollar una de las alfombras; Else se apresuró a ayudarla. Juntas arrastraron aquel pesado bulto hasta el pequeño pedazo de hierba que había en el ala norte de la villa, y luego lo arrojaron sobre la barra que había para sacudir alfombras. Cuando regresaron, Auguste seguía sentada en la hierba meciendo a su hija. La pequeña estaba satisfecha y se había quedado dormida.

—Tengo que cambiarle el pañal. Será un momento —dijo, y se levantó con la niña y se dirigió hacia la mansión.

—Esa no volverá hasta que hayamos llevado todas las alfombras al otro lado de la casa —se quejó Else—. ¿Por qué lo permites, Marie?

Marie dijo que le gustaba arrastrar y sacudir alfombras, así no tenía que pasarse el día pegada a la máquina de coser. Aquello le daba dolor de espalda, pero la señorita Elisabeth no dejaba de venirle con nuevos encargos.

—¿Crees de verdad que celebraremos la fiesta de compromiso en junio? —preguntó Else, preocupada.

—¿Por qué no?

Marie cogió el sacudidor y quedó oculta en una nube de polvo.

Arriba, en la segunda planta, Alicia estaba sentada junto a la cama de su marido leyéndole artículos del *Allgemeine Zeitung*. El enfermo estaba tumbado bocarriba con los ojos cerrados; su rostro estaba pálido y tenía las mejillas caídas. Aunque apenas sentía dolor, no parecía que las ganas de vivir hubieran vuelto a él. Johann Melzer, el que durante más de treinta años prácticamente había vivido en su fábrica, el que se pasaba allí dieciséis horas o más al día, ahora no mostraba ningún interés por hilos, tejidos ni estampados. Los intentos cautelosos de Paul por informarlo sobre la reparación de las dos máquinas solo habían logrado que el enfermo se girara sobre un costado con un gemido. La enfermera Ottilie había intervenido de inmediato, había echado al señorito de la habitación y, con una dosis de valeriana y manzanilla, había logrado tranquilizar a su protegido. Incluso cuando Alicia le leía en un tono tranquilo, era sometida al escrutinio severo de la enfermera. Si Johann Melzer hacía un mínimo movimiento, ya fuera levantar una mano o, como solía, un parpadeo continuado, Ottilie pedía muy educadamente a la señora que abandonara la lectura. Alicia era la única a la que la enfermera trataba con guantes de seda porque era la que tenía el poder de despedirla y sustituirla por otra compañera.

El ladrón que en la noche del 21 al 22 de agosto de 1911 robó la *Mona Lisa* del Louvre ha sido clasificado por los peritos médicos como débil mental, pero, aun así, responsable de sus acciones. Por consiguiente, el fiscal acusará a Vincenzo Peruggia...

Alicia interrumpió la lectura y contempló el semblante inmóvil de su marido. Se preguntó si de verdad oía lo que le estaba leyendo. A veces temía que él muriera de forma repentina, que una noche pasara del sueño a perder la conciencia y luego se fuera de este mundo sin despedirse. Sin despedirse. Eso era lo más duro. En la primavera del año anterior habían celebrado las bodas de plata; llevaban veintiséis años juntos. Había habido momentos felices, y también muchas peleas y fases en las que, lejos de vivir juntos, se habían hecho compañía. Alicia no quería otra cosa que decirle lo mucho que siempre lo había amado y cómo lamentaba todas esas discusiones. Sin embargo, no sabía si debía hacerle tales confesiones; tal vez él creyera que se lo decía porque pensaba que pronto iba a abandonar este mundo. Además, le molestaba la presencia constante, y bastante molesta, de la enfermera. Ahora mismo, la enfermera Ottilie se había levantado para comprobar el pulso del enfermo, que comparaba con el reloj de plata que llevaba colgado del cuello. Tras finalizar el examen, levantó las cejas con actitud de cierta preocupación e hizo una señal animosa a Alicia. Podía proseguir con la lectura.

—«Rusia ha llamado a filas a tres promociones de reservistas para unos ejercicios de instrucción de seis semanas que se celebrarán en otoño. La monarquía austrohúngara se ha mostrado muy preocupada por ello. En su opinión, esta llamada a filas con fines de entrenamiento es equiparable a una movilización completa del ejército zarista, que actualmente se ha duplicado y asciende a casi dos millones de hombres...»

La puerta se abrió despacio y por el resquicio asomó el rostro pálido de Kitty.

—¿Qué tal va? —susurró.

—Está durmiendo, Kitty. Por favor, no hagas ruido.

Elisabeth asomó detrás de su hermana. Las dos entraron de puntillas en la habitación.

—¿Por qué no hace más que dormir? —se lamentó Kitty—. Hace unos días aún se podía hablar con él, pero ahora apenas dice palabra...

—Acaba de tomar valeriana para que esté tranquilo y se recupere, Kitty.

Kitty frunció el ceño y dijo que sería mejor contarle cosas divertidas que le hicieran reír. Era imposible que se recuperase si lo único que hacía era estar tumbado bocarriba escuchando aburridos artículos del periódico.

—¿Papá?

Se acercó a la cama y se inclinó sobre él. Su respiración era dificultosa, casi un resoplido. Kitty le acarició cariñosamente la frente, y los párpados le temblaron.

—Papá, he decidido hacer el curso de enfermera. Aunque estoy segura de que seré la peor alumna. Ya sé que siempre complico las cosas.

Elisabeth también se acercó al lecho del enfermo, por miedo a que Kitty la dejara de lado.

—¿Te gustaría que te tocara algo al piano, papá? ¿Mozart, tal vez? ¿Algún fragmento de una opereta?

El enfermo tosió y abrió los ojos. Su mirada era muy distinta a la habitual. Su padre siempre había observado lo que lo rodeaba con gran atención, a menudo incluso de forma muy severa. Ahora, en cambio, sus pupilas vagaban de un lado a otro, como si alguna cosa le provocara una gran desazón.

—¿Papá? —dijo Elisabeth, acongojada—. Papá, somos nosotras, Kitty y Lisa. Tus hijas…

Él movió los labios y murmuró algo que resultaba difícil de entender.

—Debo pedirles que se marchen —dijo la enfermera Ottilie—. El enfermo no puede alterarse de ningún modo.

Elisabeth le hizo caso, pero Kitty se inclinó aún más sobre su padre e intentó entender lo que decía. Era algo así como «Marie» o «María». ¡Qué raro! ¿Estaría invocando a la Virgen? ¿Tan mal se encontraba? ¿O acaso se refería a Marie, su querida, adorada e íntima amiga Marie?

—¿Me ha oído usted, señorita Katharina? ¡Si no cumple usted mis instrucciones, no respondo de lo que pueda ocurrir!

Kitty se tomó su tiempo, cogió la mano de su padre y le acarició el dorso. Después de susurrarle que regresaría pronto, se incorporó lentamente y se encontró con los ojos coléricos de la enfermera.

—¡Váyase usted con viento fresco! —dijo Kitty con una sonrisa encantadora.

A continuación, abandonó el cuarto del enfermo seguida de Elisabeth, mientras Alicia intentaba suavizar la situación.

—¡Señora Melzer, no estoy acostumbrada a que me traten de este modo! —oyeron decir a la enfermera desde el dormitorio.

—¡Estamos todos muy nerviosos, querida Ottilie! Le ruego disculpe a mi hija…

Kitty y Elisabeth se miraron y les entró la risa. Después

de tantas preocupaciones, reproches y noches en blanco, era reconfortante poder reírse de algo. Se rieron de buena gana, apoyándose contra la pared y tapándose la boca con las manos para no provocar la ira de Alicia.

—¡Qué marimacho es!

—¡Seguro que tiene pelo en el pecho!

—¡Y que se afeita el bigote a diario!

Cuando, en ese instante, Auguste asomó por la escalera de servicio cargada con una bandeja, ambas recuperaron la compostura. «Pobre papá.» En la bandeja de plata que Auguste sostenía con el mayor de los cuidados había una cafetera y un platillo con biscotes. El olor a infusión de manzanilla recién hecha inundó el pasillo y Kitty, que odiaba ese olor, se apresuró hacia la puerta de su cuarto.

—¿Tienes un rato? —preguntó entonces Elisabeth.

Aquello era algo desacostumbrado; las dos hermanas solían esquivarse. Elisabeth se encargaba de los asuntos domésticos para descargar a su madre y Kitty había vuelto a pintar.

—Pues claro —dijo Kitty, con desconfianza.

¿Acaso Elisabeth pretendía recriminarla por alguna cosa? Desde que su hermana trataba a diario con el ama de llaves había empezado a inspeccionar a fondo todas las dependencias del servicio, la bodega e incluso el lavadero, de donde Kitty se había llevado algunas toallas para utilizarlas en un *collage*.

—Yo, bueno, tengo unas preguntas…

—Vale —dijo Kitty con disgusto—. Pero solo unos minutos.

Para su alivio, Elisabeth no demostró ningún interés por los paños deshilachados que Kitty había pintado y pegado a un lienzo. En su lugar se sentó en el silloncito azul que estaba delante del tocador, se miró en el espejo con mirada crítica y se recolocó un mechón del peinado.

—¡Habla, hermanita! —dijo Kitty mientras se ponía un delantal lleno de lamparones y examinaba su obra más reciente. Le gustó lo que vio: ese trozo de tela roja quedaba muy bien en el fondo claro.

—Se trata, bueno…

Elisabeth cogió un frasco de perfume y luego lo volvió a colocar en su sitio.

—¿Sí?

Kitty estaba inmersa en su trabajo y casi había olvidado que Elisabeth estaba allí. Esta tuvo que inspirar hondo para encontrar el valor necesario.

—Se trata de mi prometido.

—¿El teniente? —preguntó Kitty, distraída.

—¿Quién si no?

Kitty movió un poco el caballete hacia la ventana y empezó a pintar pequeñas hojas verdes. Unas plantas que se doblaban por el centro, culantrillos. ¿Y si añadía también unos pájaros?

—¿Qué le pasa?

—Nada —dijo Elisabeth—. Nada en absoluto. Se comporta de un modo correcto, amigable, reservado y respetuoso.

Kitty pintó las orejas afiladas de un gato y contempló su obra con satisfacción.

—¿Y eso te molesta? ¿Preferirías que te hiciera proposiciones apasionadas? ¿Que te cubriera de besos ardientes? ¿Que quisiera colarse en tu cuarto?

—¡No, pues claro que no! —exclamó Elisabeth, molesta.

—Ah, ¿no? —preguntó Kitty con una sonrisa irónica.

—Por lo menos, no de forma irrespetuosa. Supongo que entiendes lo que quiero decir. Pero me parece que de vez en cuando podría buscar… mi cercanía. Quiero decir, mi cercanía física. Acariciarme. Nada apasionado, pero sí ser más cariñoso.

Kitty pintó un par de hojas sobre el lienzo, pero su corazón ya no estaba ahí. Pobre Elisabeth. ¿Qué podía decirle?

—Mira, Lisa, hay hombres que tienen que dominarse mucho para no sucumbir a la pasión. Por eso por fuera parecen fríos y distantes mientras que por dentro los consume una llama ardiente. Les basta una leve caricia para que se olviden de todo y se te echen encima…

Elisabeth frunció el ceño; aquello no parecía muy convincente. De hecho, dijo, Klaus von Hagemann le había pasado el brazo por los hombros en dos ocasiones sin que por ello se le fuera la cabeza. Y de vez en cuando le miraba el escote sin perder los estribos.

—Lisa, él te respeta. Eres su prometida, la mujer con quien va a casarse. Tú llegarás virgen al matrimonio y tendrás una auténtica noche de bodas…

En las palabras de Kitty había un leve deje de añoranza. Ella ya no tendría una auténtica noche de bodas, eso era imposible. Había apostado por el amor y había perdido. Para siempre.

—¿Sabes, Kitty? —empezó a decir Elisabeth con cuidado—. Me da miedo estar haciéndolo todo mal. Se nos ha enseñado que hay que comportarse como es debido y de forma sumisa, no contradecir al hombre, confiar en lo que él diga y tantas otras cosas. Sin embargo, de las cosas verdaderamente importantes no sabemos nada.

Kitty metió el pincel en el recipiente de agua y se limpió las manos con un paño. Elisabeth estaba en lo cierto, ni siquiera en el internado se hablaba de esas cosas.

—Kitty, ayúdame, te lo ruego. No quiero echar a perder mi noche de bodas.

Aquella era la auténtica Elisabeth. Se había pasado todo el tiempo haciéndole reproches, ofendiéndola, quejándose de lo mucho que había padecido por su culpa. Y ahora, de repente, quería aprovecharse de lo que sabía. Kitty la habría enviado de buen grado a hablar con Auguste, pero la expresión desesperada de su hermana la conmovió.

—¿Qué quieres saber?

Elisabeth tuvo que inspirar de nuevo antes de recuperar el control y formular la pregunta de todas las preguntas.

—¿Qué pasa en la noche de bodas?

Kitty se encogió de hombros y dijo que eso ella no podía saberlo porque no había tenido una noche de bodas, solo noches ardientes en las que se había unido por completo con su amado, corazón con corazón, cuerpo con cuerpo... Elisabeth abría cada vez más los ojos; parecía que iba a tener una crisis de pánico en cualquier momento.

—¿Acaso hay que... bueno, hay que desnudarse?

—De eso ya se encargará tu marido...

—¿Me va a desnudar él? —preguntó aturdida—. ¿Del todo?

—Por lo menos la parte de arriba y la de abajo...

—¿La cabeza y los pies?

—¡Por Dios, Elisabeth! —masculló Kitty haciendo como si se tirara de los pelos—. No eres tan tonta. Él querrá tocarte los pechos y también eso de ahí abajo.

Elisabeth asintió con gesto sumiso y preguntó qué quería decir con «ahí abajo».

—Lo que tienes entre las piernas. Ahí es adonde quiere llegar.

Eso no podía ser cierto. De pequeña había oído algunas expresiones obscenas en la cocina, pero eso era algo que hacía la gente del servicio, no las personas de cierta categoría. La gente civilizada y con una buena educación...

—¡Por todos los santos! Aún tienes menos idea de esas cosas que yo en su momento —gimió Kitty—. Dime, hace años, cuando visitamos al tío Rudolf en Pomerania, ¿viste los caballos? En el prado... Aquella vez que nos acercamos a un hormiguero con la cesta del picnic... Había un semental, ¿te acuerdas? Pues bien, eso mismo es lo que hacen las personas.

Esa comparación no era la más apropiada para aplacar los temores de Elisabeth. En su lugar, en su imaginación surgieron imágenes de lo más estremecedoras. Kitty se sintió obligada a entrar un poco más en detalles.

—Supongo que sabes cómo es un hombre. Quiero decir, sin ropa.

—¡No!

Su hermana mayor no se lo estaba poniendo nada fácil. Se estaba haciendo la tonta. Pero cuando eran pequeñas se habían bañado a menudo con Paul.

—Bueno, pues delante tienen algo parecido, para desaguar...

—Ah, eso —dijo Elisabeth—. Eso sí lo sé. Kitty, me has asustado mucho con lo del semental. Pensé que los hombres tenían algo así de largo...

—Se vuelve duro —la interrumpió Kitty sin compasión—. Y también grueso y largo, pero no tanto como el de los sementales. Aunque tampoco es pequeño.

Elisabeth palideció. Así que era cierto. Y con eso él... No. Eso era imposible. Eso de ahí abajo era muy estrecho. Además, la idea de que su prometido tuviera algo parecido a lo que tenían los sementales... Era espantoso.

Kitty cayó en la cuenta de que había abordado el asunto desde un punto de vista equivocado. Si seguía por ahí, en su noche de bodas Elisabeth correría a esconderse en su dormitorio y cerraría la puerta con llave.

—Escucha, Lisa —dijo acercando una silla para sentarse junto a ella—. La primera vez duele un poquito, pero no mucho. La segunda vez es fabulosa. Y luego no vas a querer parar. Tienes la sensación de volar. Estás tan cerca del otro que pareces una única persona con él. Te besas, te entregas, te ríes, te acurrucas cariñosamente contra él.

Elisabeth la miró dubitativa. ¿Podía ser que algo tan horrible provocara sensaciones tan intensas?

—Ya lo verás, Lisa. Es como estar en el cielo. Además, ahora que sabes lo que ocurre la primera vez te resultará muy fácil.

—Sí... —murmuró Elisabeth—. Seguro. Y muchas gracias por la molestia.

De hecho, se dijo, habría preferido no saber todas esas cosas. Pero ahora ya era demasiado tarde.

50

—Estaba oscuro pero, a la vez, se veía bien —explicaba
Maria Jordan con voz cavernosa—. Cuando pasó junto a la
luz del pasillo se desvaneció en la nada. Pero luego, de nuevo
en la oscuridad, volvió a adoptar su forma.

—¿Y qué apariencia tenía? —quiso saber Auguste—. ¿Era
hombre o mujer?

La cocinera colocó ruidosamente una olla con sopa de
guisantes en la mesa de la cocina y afirmó que en la villa no
había fantasmas.

—Si solo era un sueño —le replicó Else.

—Y los sueños, sueños son —afirmó Humbert.

—Pero los sueños de la señorita Jordan a menudo se hacen realidad —repuso Else.

—Por favor, cuéntenos qué aspecto tenía —suplicó Hanna.

La pequeña tenía delante su cuaderno y debía escribir una
redacción cuyo título era «El emperador Guillermo II y su
familia»; sin embargo, ese sueño de fantasmas de Maria Jordan le parecía muchísimo más emocionante.

—Era un fantasma oscuro, sin apariencia concreta ni de
hombre ni de mujer. Más bien parecía un ser de otro mundo,
un mensajero siniestro vagando por la villa hasta cumplir con
su misión y luego regresar al lugar lejano donde habita.

—Vamos, como una moscarda —rezongó la cocinera—.

Zumban por todas partes, ponen los huevos y luego se marchan por la ventana.

—¡Chisss! —chistó Else agitando la mano como si estuviera defendiéndose de un enjambre de moscas—. ¿Y qué misión debe cumplir ese mensajero oscuro en la casa?

Maria Jordan suspiró, se puso la mano en la frente y cerró los ojos. Era evidente que intentaba recordar.

—Se trata de un lastre —murmuró—. Un lastre pesado que todos llevamos...

—¿Será la enfermedad del señor? —preguntó Humbert, curioso.

—Pero, en teoría, él pronto se recuperará.

La señorita Jordan asintió. Ahora estaba en un terreno movedizo porque, aunque había visto a aquel extraño ser en su sueño, no era capaz de comprender su significado. Solo sabía que había sido un sueño desagradable; tal vez, se dijo, no debería haberse tomado otra ración de sopa de guisantes a modo colación. La cocinera estaba decidida a acabar con la reserva de guisantes secos del año pasado antes de que se pasaran.

—Significa que una desgracia se cierne sobre la mansión —declaró tras una pausa—. Este año será un año duro para la villa y quienes habitan en ella.

Aquel tipo de predicciones no eran aventuradas, y siempre acababan cumpliéndose de algún modo Además, eran unas advertencias que siempre impresionaban. Por el momento, la señorita Jordan tenía buena reputación en lo tocante a sus sueños. Aunque en el caso de Else aún no había surgido nada, el pretendiente de boda que ella había augurado para Auguste sí había aparecido. La criada iba a convertirse en la esposa de Gustav y viviría con él y su abuelo en la casita del jardín. Y Gustav estaba dispuesto a adoptar a la pequeña Elisabeth, que por fin había sido bautizada el pasado domingo.

—Un espíritu recorriendo los pasillos oscuros de la villa —musitó Else—. Ahora me dará miedo ir al retrete. Maria, ¿se pasea también por la tercera planta?

—Solo por la primera y la segunda. Y por el vestíbulo, aunque solo de noche.

—Genial —dijo Humbert con una sonrisa maliciosa—. Ahora que nos hemos librado de la espantosa enfermera Ottilie tenemos un fantasma. No sabría decir qué es mejor.

—Yo prefiero el fantasma —dijo Hanna mientras cogía el cucharón para servirse un plato de sopa.

—¿Quieres hacer el favor de esperarte hasta que te llegue el turno, pequeña tragaldabas? —la reprendió Auguste golpeándole los dedos—. El almuerzo comienza cuando la señorita Schmalzler se sienta a la mesa. Además, Marie aún no ha llegado.

—¿Dónde está Marie? —quiso saber Humbert—. ¿Cómo puede pasarse todo el día junto a la máquina de coser?

Maria Jordan dejó oír una risa falsa y afirmó que la doncella personal Marie no estaba todo el rato cosiendo. A menudo pasaba el rato con la señorita Katharina dibujando, y también la señora la hacía llamar de vez en cuando para hablar con ella.

—¡Dios santísimo! —dijo Auguste alzando los ojos al techo—. Ni que fuera quién sabe quién. Y pensar que meses atrás no era más que la ayudante de cocina y cargaba con la leña para las estufas.

—Bueno —comentó Else—. Se puede subir rápido.

—Y caer a igual velocidad —apuntó Humbert.

—Pero la caída es más veloz —comentó Auguste con una sonrisa. Luego añadió que el señor no soportaba tener a Marie cerca. Hacía poco había ido al despacho para servirle el té y él la chilló con tanta fuerza que se había oído por toda la casa. Sin duda, el señor director tenía que tener un buen motivo para ello…

—¡Y tanto que lo tiene! —se apresuró a apuntar Maria Jordan—. A saber qué pudo ocurrir entre Marie y el señorito en París. Tuvieron dos noches para acercarse. Tal vez pasara algo que disgustó al señor.

Aquella insinuación no era nueva, ya que todo el servicio se había dado cuenta de que el señorito había echado el ojo a Marie.

—Si eso es cierto —dijo la cocinera en tono apesadumbrado—, lo siento mucho por Marie. Es una chica muy sensata. Pensar que se haya avenido a algo así… Eso no puede traer más que desgracias.

Else se encogió de hombros y se acercó la cesta del pan para hacerse con una rebanada blanca y tierna.

—Si alguna vez hubo algo, terminó hace tiempo —afirmó—. El señorito la mira con odio, como si quisiera devorarla.

—Entonces el señorito sería como un ogro —dijo Hanna con una risita.

—Si sigues diciendo tonterías recibirás un par de coscorrones —la amenazó la cocinera.

Hanna se incorporó en su asiento y se puso las manos en el regazo, tal y como le habían enseñado. El ama de llaves acababa de entrar en la cocina.

—¡Buen provecho! —saludó Eleonore Schmalzler con amabilidad mientras todos se apresuraban a tomar asiento.

Justo en ese momento Gustav asomó con su abuelo y, por educación, todos esperaron a que los jardineros se hubieran lavado las manos.

—¿Otra vez sopa de guisantes? —se lamentó Gustav—. Ayer temí que la barriga se me llevara volando.

—¡Contento puedes estar de saborear mi sopa de guisantes! —dijo la cocinera, algo molesta—. ¡Veinte marcos me ha llegado a ofrecer la cocinera del señor alcalde por la receta! Pero yo no estoy dispuesta a…

En ese instante se oyó el timbre eléctrico. Humbert dejó la cuchara que se disponía a utilizar junto a su plato.

—Siempre a la hora de comer —se lamentó—. Parece que quieran que me muera de hambre.

—Te separaremos un plato —dijo con sorna Auguste mientras se apresuraba a subir por la escalera de servicio.

Instantes después, la sopa de guisantes ya no tenía importancia. Humbert volvió a toda prisa a la cocina, agarró a Gustav del brazo y farfulló nervioso que debía acompañarlo en coche hasta Königsplatz a recoger al doctor Greiner. La señora, dijo, ya lo había avisado por teléfono, pero como el doctor tenía el automóvil en reparación era preciso ir a recogerlo.

—¡Santo Dios! ¿Qué ha pasado? —gimió Else—. Si se decía que el señor estaba mejor.

Humbert se secó el sudor de la frente con un pañuelo blanco mientras Gustav se terminaba la sopa que tenía en el plato y se metía el pan en la boca.

—Y en el camino de vuelta, tenemos que traer también al padre Leutwien —dijo Humbert con voz apagada.

—¿Al cura? —preguntó el jardinero viejo poniéndose la mano en el oído—. Si ha pedido ver al cura, el asunto es grave. El final está próximo.

Paul le comunicó a gritos a la señorita Lüders que pasaría el resto del día fuera; le dijo que llamara a la villa si había algún asunto urgente. Luego salió a toda prisa hacia el coche y reprendió a Gruber, el portero, por no abrir la puerta lo bastante rápido. Gruber se lo quedó mirando con espanto, como si ya no comprendiera el mundo. El joven señor Melzer siempre se comportaba de lo más amable con él.

Paul conducía a toda velocidad, casi a ochenta por hora, levantando a su paso una estela de polvo. Se alegraba de haber bajado la capota ya que así el aire le enfriaba el rostro acalorado.

—Paul, ven de inmediato —le había dicho su madre por teléfono. Le temblaba la voz: parecía como si en cualquier momento fuera a estallar en lágrimas.

—¡Santo Dios! ¿Qué ocurre?

—Tu padre ha intentado suicidarse...

De primeras, él creyó haberlo oído mal. Pero entonces su madre empezó a sollozar y dijo algo de una pistola que estaba en el cajón del escritorio.

—Tranquila, mamá. Voy de inmediato.

La villa parecía tranquila bajo el sol del mediodía; junto a la entrada destacaban los rosales trepadores de color salmón y las flores blancas del lilo. Mientras Paul subía a toda prisa los escalones de la entrada, la puerta se abrió y se topó con Gustav, seguido de Humbert.

—Señor —gimió Humbert—. Vamos a buscar al médico. Y al cura. Su señor padre...

—Coged este coche.

Arrojó las llaves a Gustav y siguió adelante. Iban a recoger al sacerdote. Sintió un frío glacial que le recorrió todo el cuerpo y le encogió el corazón. El cura. La extremaunción. La muerte. No. No podía morir. Precisamente cuando habían surgido motivos de esperanza, cuando su padre se había incorporado en la cama y había pedido comida de verdad. Incluso había recorrido la habitación y se había vestido y, cuando la enfermera Ottilie quiso darle órdenes, la puso de patitas en la calle.

El ama de llaves le salió al paso y le explicó con expresión lúgubre que la señora estaba en el primer piso, en el despacho del señor. Le dijo que fuese fuerte porque su padre se encontraba en muy mal estado. Ojalá viniera pronto el médico...

—¿Dónde está Marie?

—En el despacho, con la señora. Por lo que sé, las señoritas están en el salón rojo con Maria Jordan. Su madre no les permite entrar en el despacho.

Paul oyó esas últimas palabras de lejos, porque ya había empezado a subir la escalera que llevaba al primer piso. Se detuvo ante el despacho, procuró recuperar el aliento y llamó a la puerta.

Esta se abrió un poco y asomó el rostro pálido de Marie. Sus ojos oscuros ahora parecían grandes y aterciopelados. Él se tranquilizó de inmediato. Marie estaba ahí.

—No se asuste, por favor. Lo hemos tumbado en el diván.

Marie cerró la puerta en cuanto él entró y apoyó la espalda en ella. Paul contempló a su padre; estaba sentado en una posición extrañamente curvada entre los cojines de sofá bordados. Tenía el rostro descompuesto, la boca y los ojos le colgaban a la izquierda y su piel estaba lívida, casi blanca. Paul tuvo que hacer un esfuerzo para arrodillarse junto al sofá y coger de la mano a su padre. Apenas se le notaba el pulso pero aún vivía.

—¿Qué ha ocurrido?

Se volvió hacia su madre, que estaba sentada en la butaca del escritorio, con la cabeza apoyada en el respaldo y las manos agarradas a los reposabrazos de madera labrada.

—Ocurra lo que ocurra —dijo ella casi sin voz—, os ruego a ambos que guardéis silencio sobre este incidente.

Aquella mañana Johann Melzer había estado especialmente animado: pidió un baño, se vistió, tomó el desayuno y dijo que tenía la intención de revisar algunos papeles en el despacho. Aunque a Alicia le preocupaba que él se extralimitara, impedirle hacer lo que quería habría sido imposible; así pues, lo dejó hacer.

—Al mediodía, oí que algo golpeaba el suelo del despacho, como si se hubiera caído un objeto pesado, tal vez una silla. Entonces tuve un presentimiento horrible —dijo Alicia en tono apagado—. Fue como un aviso divino. Abrí la puerta y me encontré a Johann de pie, delante del escritorio, con la pistola en la sien. ¡Que Dios me ampare! No sé muy bien lo que ocurrió a continuación. Estuvimos forcejeando, intentó apartarme, pero yo le agarré la mano con la que sostenía el arma y no me dejé amedrentar. Pero entonces...

Ella se interrumpió y pronunció las últimas frases con lentitud y a trompicones. De repente, explicó, su marido estaba doblado sobre sí mismo y su expresión se había desfigurado de forma atroz. Entonces ella, aterrada, llamó a Marie. Juntas consiguieron quitarle el arma y con mucho esfuerzo lo tumbaron en el diván.

—Puede que haya tenido otro ataque. El forcejeo, la rabia, el susto... Pero ¿qué se supone que debía hacer yo? Dime, Paul, ¿qué debía hacer? ¡No podía quedarme de brazos cruzados viendo cómo ponía fin a su vida!

—Has hecho lo que debías, mamá —le aseguró Paul con vehemencia—. En un caso así, yo habría hecho lo mismo. Cualquiera lo haría.

Se acercó a ella, le rodeó los hombros con un brazo y le dijo entre susurros que no se hiciera ningún reproche, que durante semanas había permanecido fielmente junto a su padre y que ahora tampoco había querido otra cosa más que su bien. Ella lo había salvado de un pecado mortal y él debía estarle muy agradecido por eso...

En particular, ese último argumento tranquilizó mucho a Alicia. Era cierto, admitió ella, había salvado su alma, porque poner fin por propia mano a la vida que Dios nos había dado era pecado. En ese momento alguien llamó a la puerta y los tres dieron un respingo.

—El médico y el cura están aquí, señora —oyeron decir a Humbert.

—¿Dónde está la pistola? —susurró Paul a su madre.

—Marie la ha vuelto a guardar en el cajón.

Paul asintió e intercambió una mirada con Marie, que seguía junto a la puerta como una vigilante. Ella estaba ahí y, como siempre, actuaba con calma e inteligencia. Todo iba bien.

—Adelante, caballeros.

El padre Leutwien cedió el paso al médico. El doctor Greiner era un hombre bajito y de complexión menuda, con gafas y perilla gris. Saludó a los presentes, consolando a Alicia y estrechando la mano a Paul. Ignoró la presencia de Marie, pues era evidente que formaba parte del servicio. En cambio, hizo una seña hacia Humbert, que llevaba su maletín de médico de piel negra, y le dio instrucciones para que lo colocara sobre una butaca. Abrió minuciosamente los cierres, desplegó el maletín y dejó a la vista un amasijo de instrumentos brillantes, frascos marrones, cajitas de colores, piezas de goma de color rojo, rollos de vendas blancas y toda suerte de objetos, entre los cuales llamaba la atención un fórceps enorme.

Con mano experta, levantó el párpado del señor Melzer y le desabrochó la camisa para auscultarle el pecho. Entretanto, el padre Leutwien se había quedado junto a la puerta con los brazos cruzados y aspecto de estar muy afectado por el estado del enfermo.

—Señora, todo indica que ha sido una apoplejía —anunció el doctor Greiner metiendo el estetoscopio en un hueco lateral del maletín para tenerlo siempre a mano—. Debemos llevarlo a toda prisa al hospital para que lo sometan a una hemodilución. ¿Cuánto tiempo lleva así?

Alicia quiso responder, pero el enfermo se movió. Johann Melzer hizo un gesto con el brazo, como si quisiera apartar al médico.

—No…, no. Hospital, no. El padre Leutwien. Que venga.

El doctor Greiner se apartó un poco porque Johann Melzer volvía a sacudir su brazo hacia él. Comentó que era buena señal que el enfermo pudiera hablar, porque la mayor parte de las apoplejías conllevaban la pérdida absoluta del habla.

—Bueno, doctor, va a tener usted que recoger su maletín —le dijo amablemente el padre Leutwien—. Ahora es mi turno.

El médico retrocedió entre protestas. En su opinión, era inaceptable aplazar el traslado del enfermo al hospital. Aunque fuese para hablar con un sacerdote. La voluntad del paciente ahora carecía de importancia; si era preciso, había que llevarlo a la fuerza. Por su propio bien.

—Doctor, mi marido ha impuesto su voluntad en esta casa siempre —dijo por fin Alicia con determinación—. Y hoy no va a ser distinto.

—¡En ese caso, señora, yo aquí ya no tengo nada más que hacer!

Cerró el maletín e hizo una inclinación respetuosa ante Alicia; a Paul, en cambio, solo le dirigió un saludo con la cabeza. El cura, que entonces ya había tomado asiento junto a Johann Melzer, le dirigió una mirada llena de odio.

Apenas se había cerrado la puerta detrás del médico cuando se oyó la voz débil del enfermo. Era evidente que tenía problemas para hablar. Con todo, su orden fue clara e inteligible.

—Marchaos. Marchaos todos. Que solo se quede el sacerdote. Quiero… quiero confesarme.

51

—¡Mamá! ¡Por Dios! ¡Cuéntanos qué ha pasado!

Kitty y Elisabeth se abalanzaron hacia Alicia en cuanto ella entró en el salón rojo acompañada de Paul y Marie.

—¿Ha sido otro ataque?

Elisabeth estaba muy pálida y las lágrimas le corrían por las mejillas. Habían confiado en que su padre se iba a recuperar y ahora, de repente, todo tomaba un cariz terriblemente opuesto. Si el pasado domingo ella había estado rezando por él...

—Se está confesando —dijo Alicia tomando a Elisabeth entre sus brazos—. Hijas mías, vamos a tener que ser muy fuertes. Solo Dios sabe si va a quedarse entre nosotras o si entrará en el reino de los cielos.

Kitty se arrojó entre sollozos en brazos de Marie, diciendo que le parecía imposible que papá se estuviera muriendo. Había sido siempre un hombre fuerte, siempre trabajando. Nunca se cansaba, nunca se agotaba. ¿Qué harían ellas sin él?

Paul contempló impresionado la ternura con la que Marie consolaba a su hermana, susurrándole palabras al oído, acariciándole el pelo. De hecho, Kitty era digna de envidia: ella podía tener a Marie todo el día a su lado, e incluso abrazarla y besarla. A él, en cambio, Marie lo trataba con una fría indiferencia.

—¿Y qué va a pasar ahora? —se lamentó Kitty—. ¿Por qué no podemos verlo?

—Seguro que el padre Leutwien nos llamará en cuanto vuestro padre pregunte por nosotros —dijo Alicia, que en presencia de sus hijas había recuperado la compostura—. Hasta entonces, deberemos tener paciencia.

Llamaron a Humbert y le pidieron té. Dio la impresión de que el lacayo se alegraba de tener algo que hacer. Estaba muy pálido, pero no se atrevía a preguntar sobre el estado del enfermo.

El pequeño reloj de péndulo situado sobre la chimenea dio las tres, y más adelante, las tres y media. No hablaron mucho. Kitty estuvo recordando los tiempos en que su padre jugaba con ellos al escondite en el parque. Cuando todavía eran pequeños. Solo, claro está, los domingos. Al oír aquello, Elisabeth volvió a estallar en sollozos y la conversación languideció. Poco después de las tres y media apareció Humbert y anunció que el señor director quería ver a su hijo Paul y a Marie.

—¿Marie?

Aquello fue causa de asombro, y también no de cierto malestar.

—¿A mí? —balbuceó Marie—. ¿Lo has entendido bien, Humbert?

—Me lo ha dicho el cura. Yo también le he pedido que me lo repitiera y eso es lo que ha dicho. El señorito y Marie.

Alicia cerró los ojos un momento, como si tuviera que superar un obstáculo muy difícil que nadie debía conocer. Esperaba que su marido la hubiera llamado a ella, su esposa, para que fuese a su lado.

—Vamos, Marie —dijo—. Ve. Si es un error, ya se verá.

Le dirigió una sonrisa a Paul, le dio fuerzas y se sirvió una taza de té. Marie fue objeto de varias miradas de desconcierto cuando Paul le cedió el paso al salir de la estancia.

Solo unos pocos pasos los separaban del despacho; en cuanto llegaron, Humbert los anunció y les abrió la puerta.

El padre Leutwien estaba sentado ante el escritorio y Johann Melzer se encontraba reclinado sobre varios cojines; los miró como si estuviera frente a un tribunal.

—¡Sentaos ahí! —les ordenó.

Pese a todo, parecía estar mejor que una hora atrás. Había recuperado la expresión habitual de su rostro; tan solo el párpado izquierdo le colgaba un poco, y también la boca la tenía ladeada, aunque apenas se le notaba a causa de su barba cerrada y gris.

Ambos tomaron asiento en silencio en las sillas dispuestas y aguardaron. Marie puso las manos en el regazo, mientras el pecho le subía y le bajaba rápidamente. Paul sintió de pronto un deseo imperioso de abrazarla, como si tuviera que protegerla. Sin embargo, se mantuvo erguido y quieto en su sitio.

—Todos los comienzos son difíciles —dijo el padre Leutwien desde el escritorio.

Aquella parecía una invitación a hablar, así fue como la interpretó también Johann Melzer.

—Lo que tengo que decir… —empezó, y se pasó un pañuelo por la comisura izquierda de la boca—. Lo que tengo que decir afecta a Marie. Marie Hofgartner, la hija de mi antiguo socio Jakob Burkard.

Ya estaba dicho. Acababa de admitir, sin más, su mentira.

Paul vio cómo el rostro de Marie adquiría una intensa tonalidad roja; ella abrió la boca para decir algo, pero Johann Melzer prosiguió sin hacerle caso.

—Paul, hijo mío, te he hecho llamar para que lo oigas todo de mis labios. No es Marie quien debe contarte estas cosas, quiero hacerlo yo. Luego podrás decidir entre abominar de mí o perdonarme.

Paul no supo qué contestar a eso y permaneció en silencio. ¿Qué les iba a contar? Acababa de admitir una mentira.

Johann Melzer volvió a limpiarse la saliva de la comisura izquierda de la boca. No esperaba ninguna respuesta, así que prosiguió:

—Cuando, hace treinta años, visité a Jakob Burkard en el taller donde creaba todos sus inventos, supe que acababa de encontrar al hombre que necesitaba. Era una de esas personas que captan el pulso de los tiempos, capaz de idear aquellos avances técnicos para los que el mundo está preparado. Admito que además había objetos muy extravagantes: incluso pretendía fabricar un teléfono que se pudiera llevar encima. Pero lo importante era que había diseñado máquinas para hilar y para tejer y estaba en condiciones de construirlas. ¿Qué puedo decir? Nos hicimos socios y empezamos de forma muy modesta, puesto que ninguno teníamos dinero. Pero yo sabía cómo hacer negocios y Jakob Burkard construía las máquinas que hacían falta. El banco nos prestó dinero y, al poco tiempo, nuestra fábrica creció de un modo inesperado. Compré el terreno del parque, convertí la casa de verano en esta villa…

—Se aparta usted del tema, señor Melzer —dijo entonces el sacerdote interrumpiendo el discurso—. Está usted esquivando el bulto. ¡Al grano!

Nunca nadie se había atrevido a reprender de ese modo a Johann Melzer. Sin embargo, él lo toleró sin rechistar, se limitó a asentir con humildad y dirigió al padre Leutwien una mirada cansada.

—La fábrica crecía bajo mi dirección, pero al poco tiempo Burkard se convirtió en un lastre. A él no le interesaban los negocios y no sabía qué hacer con el dinero. Era un mecánico de la cabeza a los pies: se pasaba el día trasteando entre las máquinas y pretendía introducir más mejoras en ellas. Yo, en cambio, tenía pedidos que servir. En suma, dos años después de mi boda, esto es, en torno a 1890, rompimos definitivamente y él desapareció de Augsburgo de la noche a la mañana. Primero me preocupó que ofreciera sus conocimientos a la competencia, pero no lo hizo. Derrochó todo el dinero en viajes: estuvo en Inglaterra, en Suecia y luego fue a Francia. Regresó acompañado de una mujer, Luise Hofgartner, una pintora que había conocido en Montmartre. Era su gran amor. Se mudaron a un piso en la ciudad baja con la pretensión de vivir de los beneficios de la fábrica. De hecho, le pertenecía la mitad de la fábrica, y en esos tiempos las ganancias no eran despreciables, gracias sin duda a mi olfato para los negocios y a mi esfuerzo incansa...

—¡Al grano, señor Melzer! —volvió a intervenir el cura.

Aunque a Johann Melzer le costaba respirar, aceptó la invitación del padre Leutwien y se forzó a proseguir el relato.

—Al poco tiempo me harté de tenerlo de socio porque empezó a fabricar todo tipo de inventos innecesarios y para ello utilizaba el dinero de la empresa. Yo tenía que pensar en la fábrica, evitar que sufriera daños. Era la obra de mi vida, todo por lo que había vivido y trabajado. Así que poco a poco me fui quedando con sus participaciones.

Hizo una pausa, volvió a secarse la comisura de la boca y pidió un sorbo de agua. Paul se apresuró a llenar un vaso y se lo ofreció. A su padre le costaba beber, y el agua se le escurría por un lado de la boca, cayéndole sobre la camisa abierta.

Al devolver el vaso semivacío a Paul, la mano le temblaba, como si estuviera acarreando un peso tremendo.

—Me hice con sus participaciones por muy poco dinero —admitió con la lengua pesada—. Yo sabía desde hacía tiempo que él bebía y me aproveché en secreto de esa debilidad. Le servía vino, y luego cerveza... No hacía falta mucho para emborracharlo. Entonces me firmaba todo lo que le ponía delante. Ni siquiera se enteraba de lo que le estaba haciendo. Pero ella, Luise Hofgartner, sí se dio cuenta, e intentó impedirlo. Burkard era un corderillo manso, confiaba en mí y no podía creer que yo, su socio y amigo, el que siempre lo invitaba a vino y cerveza, pudiera ser un estafador malévolo y codicioso...

Paul tenía la sensación de estar al borde del abismo. Su padre, a quien a pesar de todas las disputas siempre había admirado, había sido capaz de abusar de ese modo de la confianza de su socio. Y, lo que aún era peor, al hacerlo había puesto en peligro la existencia de Burkard y, por lo tanto, también la de su hija y la de su esposa. Paul no se atrevía a mirar a Marie.

—¡Siga! —exigió el sacerdote sin compasión.

—Ella se quedó embarazada y se avino a casarse por el bien de la criatura que estaba en camino, a pesar de que había traído de Montmartre unas ideas descabelladas sobre el amor libre y otras tonterías semejantes. En esa época yo desconocía el precario estado de salud de Burkard, pero estaba tan débil que no pudo celebrar su matrimonio civil. El padre Leutwien celebró en su piso la boda religiosa, y Burkard murió al cabo de unos días. Para entonces yo estaba tan asustado y lleno de remordimientos que pagué su entierro e incluso encargué una lápida. Me ocupé también de la pintora, haciendo que consiguiera encargos bien pagados entre mis conocidos. Cuando nació la niña, le di una modesta cantidad de dinero porque tenía que recuperarse del parto y no podía trabajar.

Marie había achicado los ojos y miraba a Johann Melzer muy tensa.

—Pero luego usted se lo arrebató todo —espetó ella con tono de reproche—. Porque usted pretendía hacerse con unos planos que ella tenía y que no quiso darle.

Él se la quedó mirando, asombrado de ver que estaba al tanto de ese asunto. En efecto, admitió, al cabo de unos años, las máquinas de Burkard empezaron a fallar y él recordó que el mecánico había ideado algunas mejoras.

—¡Cómo llegué a lamentar no haber pensado en ello mientras él vivía! ¡Sin duda, me los habría dado! Pero ella no. Me ofrecí a buscar encargos para ella, o pagarle el alquiler, pero no quiso darme ni una sola hoja. Entonces me enfadé, le embargué sus pertenencias, me llevé sus muebles, todo cuanto poseía en el piso, pero ella no cedió. Se rio en mi cara y dijo que no me daría los planos ni aunque me aliara con el diablo.

—No le faltaban motivos para hacer lo que hizo —dijo

Marie sin compasión—. Mi madre sabía lo que usted le había hecho a mi padre.

Johann Melzer no reaccionó ante ese reproche, lo aceptó y dirigió una mirada vidriosa a Marie.

—Después empecé a hablar mal de ella entre mis amistades y dejó de recibir encargos. Creía que al final vendría a mí, que se daría por vencida, aunque solo fuera por su hija. Pero no lo hizo: prefirió pasar hambre y morir de frío. Según parece, al cabo de dos años tuvo una pulmonía. Como no podía pagar la leña, no se podía calentar. Aquello derivó en una tuberculosis y finalmente murió.

Paul sabía lo mucho que Marie sufría en ese instante y, apesadumbrado, clavó la mirada en el suelo. La madre de Marie no habría muerto si su padre no le hubiera arrebatado todo… ¿Podría perdonar alguna vez a su familia? Durante ese tiempo, él y sus hermanas habían vivido a sus anchas en la villa, disfrutando de todos los lujos, y los Melzer eran tenidos por ciudadanos honorables y de los más respetados de Augsburgo.

A estas alturas, Johann Melzer estaba extenuado, cada vez le costaba más hablar y empezó a balbucear. En su momento, cuando el padre Leutwien lo hizo ir a la ciudad baja, se asustó porque no había contado con que ella pudiera morir. Él se encargó de enviar al orfanato a su hija, la pequeña Marie, y todos los años había hecho donativos muy generosos a ese establecimiento para que a la pequeña no le faltara nada…

—Marie… —dijo con una mirada implorante—. Lo he admitido todo. Es la verdad. Sé que he pecado. Contra ti y contra tus padres. Sufriré en el purgatorio. ¿Me puedes perdonar?

La estancia parecía girar alrededor de Paul. ¿Qué le estaba pidiendo a Marie? ¿Cuánta generosidad era necesaria para perdonar algo tan grave?

Marie respondió con voz decidida y clara:

—¡Señor Melzer, espero que Dios lo perdone porque yo jamás lo haré!

52

—¡Marie!

Ella se levantó de un salto y salió del despacho. Paul quiso ir en su busca, pero el padre Leutwien se lo impidió.

—Déjela marchar, Paul. Primero tiene que entenderlo y luego asimilarlo.

—Pero no la puedo dejar sola.

El sacerdote negó con la cabeza y agarró con fuerza el brazo de Paul.

—Mejor ocúpese de sí mismo, Paul —le aconsejó—. Usted también ha tenido que oír cosas que resultan difíciles de comprender. El castigo y la justicia están en manos de Dios. Nosotros, los hombres, pecadores como somos, debemos aprender a perdonarnos entre nosotros.

Paul apenas escuchó esas palabras. Un sermón era lo último que necesitaba en ese momento. Se liberó del cura con un tirón y salió al pasillo para alcanzar a Marie. No la vio. Nervioso, corrió hacia la escalera de servicio, pero no había rastro de ella; en cambio, arriba, en el tercer piso, oyó un portazo. ¿Se habría escondido en su cuarto?

—¡Marie! ¡Hablemos un momento! ¡Te lo ruego, Marie! —gritó.

En el pasillo, a sus espaldas, percibió movimiento. Su madre y sus dos hermanas habían salido del salón rojo temiendo que una nueva desgracia se hubiera cernido sobre ellas.

—¡Paul! ¿Qué pasa? Por favor, dime algo. Me muero de preocupación.

Él abandonó su intención de subir al tercer piso. Habría sido más que desconsiderado porque los señores nunca entraban en los dormitorios del servicio, por lo que ir a buscar a Marie a su cuarto hubiera complicado más las cosas.

—Nada, mamá —dijo—. Papá está mejor. Puedes entrar a verlo.

—Pero ¿por qué Marie ha salido corriendo?

Kitty y Elisabeth también se habían acercado; Paul pensó rápidamente qué podía decirles. En cualquier caso, se dijo, no podía contarles la verdad ya que la confesión de su padre iba dirigida solo a él y a Marie.

—Papá le ha dicho a Marie que es hija de Jakob Burkard, su antiguo socio.

—Así que era cierto —musitó Alicia—. Paul, tú ya lo sospechabas. La pobre debe de estar muy afectada.

—Así es —corroboró Paul, contento de que su madre se diera por satisfecha con esa explicación. Pero ese no era el caso de Kitty.

—Vaya, bueno, eso es una maravilla, Paul —exclamó entusiasmada—. Ese Burkard, ¿no era un inventor o algo así? Oh, Dios mío, el padre de Marie era inventor. Pero ¿por qué se lo ha dicho ahora?

—¿Y por qué papá hace un misterio tan grande de eso? —inquirió Elisabeth—. ¿Es tan importante como para hacerla llamar en su estado?

Como Paul no tenía ganas de seguir mintiendo, admitió que él no lo sabía.

—Todo esto me parece de lo más extraño —dijo Elisabeth, alto y claro. Miró a su hermano con desconfianza—. Tú nos estás ocultando algo, ¿verdad?

Él no contestó para no tener que discutir con ella. Alicia, entretanto, había entrado en el despacho y ahora se la oía hablar con el padre Leutwien. También Kitty entró, aliviada al saber que su padre estaba mejor.

—Pero, papá —se la oyó decir con cierto reproche—. Si el doctor dice que debes ir al hospital, debemos hacerle caso. Mamá tiene razón, tenemos que llevarte enseguida. Todos queremos que te recuperes cuanto antes, papi.

—Es como predicar en el desierto —aseveró Elisabeth—. Si papá no quiere, no hay manera.

El teléfono sonó con estridencia y Paul maldijo para sus adentros la fábrica y todo lo que estaba relacionado con ella. Él quería hablar con Marie, explicarle la impresión que le había causado escuchar lo que había dicho su padre, decirle que lo sentía por ella, que comprendía su rabia y que estaba dispuesto a hacer lo que fuera por compensar esa deuda...

—¿Paul? Es la señorita Lüders, de la fábrica. Quiere hablar contigo sin falta.

—Voy.

La señorita Lüders estaba fuera de sí. En la tejeduría había dos máquinas paradas porque el hilo se rompía continuamente; Alfons Dinter, de estampación, se había quejado de que el tinte azul casi se había terminado, y un cliente importante se había presentado en las oficinas sin avisar. El señor Grundeis de Bremen quería información sobre el nuevo muestrario. Estaba alojado en el Drei Mohren y esperaba pasar la tarde en buena compañía.

A Paul le habría gustado decirle a esa secretaria tan diligente que se fuera al diablo con el hilo, los tintes y el señor Grundeis, pero notó la mirada de su padre, que asistía a la conversación desde el diván. Se dijo que se haría un flaco favor, y también a Marie, si ahora lo tiraba todo por la borda.

—Dígale al señor Grundeis que estaré con él en diez minutos. Entretanto, atiéndalo del modo habitual.

—Ya está hecho, señor Melzer. ¿Va todo bien en casa? La señorita Hoffmann y yo estamos preocupadas...

—No hay motivo de alarma, señorita Lüders. En un momento estoy ahí.

Aunque le resultaba difícil adoptar su habitual tono de voz despreocupado, lo consiguió. ¿Qué había dicho antes mamá? Debían ser fuertes. Pero lo cierto era que nunca se había sentido tan débil y desamparado.

—Tengo que ir a la fábrica; hay algunos asuntos que debo atender —anunció mientras le parecía ver una sonrisa débil en el rostro de su padre.

Alicia no se mostró muy contenta; confiaba en que Paul conseguiría convencer a su padre de que era mejor seguir el consejo del médico.

—Por favor, cuida de Marie —dijo Paul—. Está muy afectada y necesita apoyo.

—Si tan importante es para ti, Paul, le diré a Else que vaya y le pregunte si necesita algo —dijo Alicia.

Aquel propósito bienintencionado no tranquilizó para nada a Paul.

—Que le diga que esta noche quiero hablar con ella. Es muy importante, mamá.

La insistencia de su petición no solo asombró a Alicia. También Elisabeth frunció el ceño y comentó que en esos momentos había en la familia asuntos más importantes que atender que una charla con la doncella personal. Kitty, en cambio, dibujó una sonrisa maliciosa que difícilmente encajaba con la gravedad de la situación.

—Dime, Paul, querido —dijo ella alargando las vocales—. ¿Acaso hay algo entre tú y Marie que no sepamos?

—Ya hablaremos en otro momento… —dijo él con la mano en el picaporte.

Cuando iba por el pasillo en dirección a la escalera oyó la exclamación horrorizada de su madre.

—¡Virgen santísima! ¡No puede ser cierto!

—Creo que sí, mamá. Está enamorado de ella.

Else regresó para decir que Marie se había acostado y a todos les pareció que, después del espanto vivido, la muchacha se había ganado el derecho a descansar un rato. Alicia se quedó junto a su marido; como la conversación del matrimonio adquirió un tono íntimo, las hijas sintieron que estaban de más y se marcharon. También el cura se despidió; las dos hermanas lo acompañaron hasta el vestíbulo. Intentaron sonsacarle alguna cosa, pero el sacerdote demostró ser muy hábil y habló mucho sin decir nada; finalmente se parapetó en el secreto de confesión.

—Señoritas, su padre hoy ha demostrado un valor extraordinario. Pueden sentirse muy orgullosas de él. Y ahora les ruego que me dejen marchar pues a las seis tengo que celebrar la misa vespertina.

A Elisabeth el asunto le parecía cada vez más misterioso; Kitty estuvo de acuerdo con ella.

—¿Tú crees que Paul y Marie ya han…? —empezó a decir, pensativa.

—Chisss —la hizo callar Elisabeth—. *Pas devant les domestiques!*

Se refería a Humbert, que estaba en ese momento cerca del montacargas preparando la mesa para la cena. A Kitty esos aspavientos de Elisabeth le parecieron ridículos, pero no dijo nada y caviló por su cuenta. Paul y Marie. Su querido hermano y su mejor amiga. ¡Qué maravilla!

—¿Crees que Marie sigue en su cuarto?

—No lo creo —supuso Elisabeth—. Seguro que ya se habrá repuesto de la impresión.

—Entonces estará en el cuarto de costura.

Sin embargo, no encontraron a Marie en el cuarto de costura. Ni tampoco en el dormitorio de Kitty, ni en el guardarropa. Ahí solo estaba Eleonore Schmalzler; contaba toallas blancas de algodón y las ataba en grupos de seis con una cinta de seda azul celeste.

—¡Qué extraño! —comentó con una sonrisa—. Faltan tres toallas blancas. ¿Saben ustedes dónde podrían estar?

Kitty notó la rápida mirada de soslayo de su hermana; entonces las dos le aseguraron con cara de inocencia que no podían ayudarla. Tal vez mamá había llevado alguna toalla al hospital cuando fue a visitar a papá.

—Señorita Schmalzler, ¿ha visto usted a Marie?

—Está en su cuarto, señorita. Se ha sentido indispuesta y se ha tumbado a descansar.

—Por favor, dígale que venga a verme —le pidió Kitty—. Si es posible, antes de cenar.

—Como guste, señorita. ¿Me permite que le pregunte cómo se encuentra su padre? Estamos todos muy preocupados.

—Está mejor. Mamá ahora está con él.

—Dios quiera que se recupere pronto.

—Gracias, señorita Schmalzler. Eso es lo que todos queremos.

Acto seguido, como de costumbre, las dos hermanas fueron a sus habitaciones para cambiarse para la cena. Cuando Kitty ya se había puesto el vestido de seda azul oscuro con cuello de marinero e intentaba abrocharse el cinturón de modo que quedara mínimamente elegante, Maria Jordan llamó a la puerta.

—Disculpe, señorita…

—Ya casi estoy lista. Puedes ir con mamá.

La señorita Jordan frunció los labios. Se resentía por cualquier rechazo, y además siempre resultaba muy molesta.

—Disculpe. Se trata de Marie. Según parece, ha abandonado la villa…

Kitty dejó caer el cinturón y miró con espanto a la señorita Jordan. La doncella se esforzó por conservar su expresión compungida, aunque era incapaz de disimular su satisfacción ante la desaparición de su rival.

—¿Abandonado? —farfulló Kitty—. ¿Qué quieres decir con eso?

Maria Jordan le explicó que habían dado por hecho que Marie se encontraba en su cuarto. Por eso la señorita Schmalzler le pidió a ella, Maria Jordan, que fuera a buscarla a la planta de arriba; al fin y al cabo, ambas compartían habitación y no le parecía bien enviar a otra persona.

—Al principio, al entrar, no he notado nada. La habitación estaba ordenada, las camas bien hechas y el armario cerrado. Cuando me disponía a regresar con las manos vacías, he ido a sacar un pañuelo limpio de la cómoda. Entonces me he dado cuenta de que el cajón de Marie estaba vacío.

Maria Jordan le dijo que la muchacha se había llevado su ropa, así como las mudas, las medias y el calzado. Pero había dejado las cosas que eran de la casa: tres faldas oscuras, dos blusas, una chaqueta y…

—Se ha marchado —dijo Kitty interrumpiendo la enumeración—. Y ni siquiera se ha despedido de mí. ¡Oh, Dios mío! Tenemos que encontrarla. ¿Adónde puede haber ido? ¿Dónde se alojará? ¿Qué estás haciendo ahí plantada? Anda, avisa a mi hermana y a mi madre. Que Gustav traiga el coche. Tenemos que ir a la fábrica para informar a Paul. ¡Cómo ha podido hacerme algo así! ¡Mi Marie! ¡Mi queridísima amiga!

La señorita Jordan ya contaba con que aquel aviso no sería motivo de alegría, pero no estaba preparada para una reacción tan vehemente. Dibujó una mueca que hizo asomar muchas arruguitas en torno a su boca y bajó la escalera para informar a la señora. Entonces se vería si una doncella que acababa de huir merecía tanto revuelo.

Alicia y Elisabeth ya estaban sentadas a la mesa. La señora, como era de esperar, mantuvo la calma, y la señorita Elisabeth llegó a decir que tal vez esa fuese la mejor solución. Alicia compartía ese punto de vista.

—Marie es lista y se ha dado cuenta de que era el momento de cambiar de puesto —dijo la señora—. La lástima es que lo haga así. La echaré de menos.

—Aunque como doncella personal es irremplazable —comentó Elisabeth—. ¡Qué diseños de vestidos tan magníficos hace! ¡Y esos sombreros! Menos mal que le ha dado tiempo a terminar mi vestido de compromiso.

Alicia se volvió hacia Maria Jordan, que permanecía junto a la puerta y escuchaba la conversación con sumo interés.

—No le digas nada a mi marido, Maria. No puede inquietarse en modo alguno. Que la señorita Schmalzler se encargue de que el servicio sea discreto.

—Como guste, señora.

Maria Jordan hizo un amago de inclinación y se apresuró hacia la cocina para difundir nuevos rumores. No cabía duda de que el señor había puesto fin a la historia del señorito y Marie. Había convocado a su hijo y a la amante de este junto a su lecho y había impuesto su autoridad. Y la conclusión era que Marie se había marchado en secreto, sin decir nada a nadie y de forma discreta.

—¿Te parece que debemos informar a Paul, mamá? —comentó Elisabeth mientras desplegaba su servilleta.

—Se enterará pronto —decidió Alicia—. Ya has oído que hoy tiene que encargarse de un cliente importante; será mejor que no le molestemos con eso.

—¿Dónde está Kitty?

Alicia suspiró. Se sirvió un poco de lengua de vaca fría y una loncha de fiambre de carne. Después de tantas emociones y miedos apenas tenía apetito, pero se forzó a comer para conservar las fuerzas. Elisabeth, en cambio, no tenía ese problema; ella siempre tenía apetito, sobre todo si se trataba de dulces o platos grasos. Ya de niña, la tarta de nata, el paté y la pechuga de ganso eran sus platos favoritos.

—Humbert, dile a Auguste que le recuerde a mi hija Katharina que la cena está servida.

Humbert acercó la bandeja de carne a Elisabeth con gesto ágil y aguardó educadamente a que la señorita se hubiera servido.

—Disculpe, señora —dijo entonces volviéndose hacia Alicia—. Gustav acaba de llevar en coche a la señorita Katharina a la fábrica.

Alicia miró a Elisabeth. Ambas estaban horrorizadas.

—Muchas gracias, Humbert. Puedes retirarte. Ya nos servimos nosotras.

En cuanto el lacayo hubo abandonado el comedor, Alicia dejó notar su enfado. ¡Era increíble las libertades que Kitty se permitía! Esa muchacha hacía siempre lo que le parecía, a su aire y sin consultarlo con los demás.

—De hecho, era de esperar —respondió Elisabeth—. Kitty es egoísta y terca; ya ha dado suficientes muestras de ello. ¿Por qué sigue aquí? ¿No se suponía que iba a empezar un curso de enfermera?

Alicia apartó el plato. Tenía el estómago revuelto.

—La enfermedad de papá ha impedido que se diese algún paso en ese sentido. Por otra parte, Alfons Bräuer me pidió, de forma confidencial, que mediara con papá porque tiene la intención de pedir la mano de Kitty.

Elisabeth se sirvió otra ración de fiambre de carne y añadió los suaves pepinillos en vinagre que tan ricos le salían a la señora Brunnenmayer.

—¡Pobrecito! —dijo encogiéndose de hombros—. Espero que sepa dónde se mete.

Al momento se dio cuenta de que había ido demasiado lejos. Alicia le dedicó una mirada furiosa. Ella, le dijo, no tenía el menor derecho a hablar mal de su hermana, y menos aún de su futuro matrimonio. Como yerno, Alfons Bräuer era muy bienvenido a la familia.

—Ya entiendo —replicó Elisabeth, molesta—. Está claro que mi futuro marido no es tan bienvenido…

Alicia dejó oír un largo suspiro. Ese día había sido atroz, y lo peor era que todavía tenían por delante la noche.

Apenas media hora después, Paul y Kitty aparecieron en la villa, sin aliento y muy nerviosos. Paul preguntó al ama de llaves, envió a Kitty arriba, a la habitación de Marie, por si encontraba algún punto de partida para buscar, y subió a toda prisa al primer piso para cubrir de reproches a su madre y a Elisabeth. Sin embargo, en el salón rojo solo encontró a Elisabeth, que le dijo que papá había vuelto a llamar a mamá para tener otra conversación íntima.

—Evidentemente, a mí no quiere verme —dijo, disgustada—. Y por cierto, a Kitty tampoco. Querido hermano, si te has creído que nosotras somos las niñeras de tu Marie, te equivocas. Se ha marchado, lo cual ha sido muy inteligente por su parte.

Paul echaba espuma por la boca. Dijo sentirse muy avergonzado de tener una hermana tan fría y despiadada. Para ella, prosiguió, Marie era muy buena para coser, pero como persona le daba igual. No era de extrañar que papá no quisiera saber nada de ella…

Aquello fue demasiado para Elisabeth y se echó a llorar. Ya sabía, se lamentó, que nadie de la familia la soportaba, que siempre había sido una molestia, pero esperaba que por lo menos papá…

Alicia entró y se apresuró a cerrar la puerta tras de sí.

—¿Qué pasa aquí? Elisabeth, por favor, contrólate. Paul, papá quiere hablar contigo.

Sin embargo, Paul no estaba dispuesto a obedecer las órdenes de su madre. ¿Papá quería hablar con él? Pues que esperara. ¿Por qué nadie respetaba sus deseos? Había pedido de forma expresa que cuidaran de Marie mientras él estuviera en la fábrica. ¿Cómo era posible que ella se hubiera marchado sin más?

Alicia ya contaba con que su hijo le haría reproches de este tipo, pero no, desde luego, con tanta vehemencia. Repuso que eso era lo que había ocurrido y que no se podía cambiar. Sin embargo, afirmó, estaba convencida de que Marie regresaría a la villa a su debido tiempo. Era una muchacha lista y tenía buen carácter.

Elisabeth miró a su madre con asombro. ¡Por Dios! Sabía que Paul era el preferido de mamá, pero no era necesario demostrarlo de ese modo.

—Y ahora ve a hablar con tu padre. Te está esperando.

—Pero no voy a estar mucho rato. ¡Tengo cosas que hacer! —rezongó su hijo en tono áspero.

—Y, por favor, no le digas que Marie se ha ido. Te lo ruego, Paul.

—De acuerdo…

Johann Melzer seguía en la misma posición que horas atrás; tenía la espalda apoyada en varios cojines y Alicia lo había abrigado con una manta de lana suave. Aún se le veía desmejorado, pero aquella mirada perdida y fija había desaparecido. Paul tuvo la impresión de que su padre parecía aliviado. Tal vez su confesión fuera el motivo, pero con ella había impuesto una carga muy pesada sobre su familia.

—No tengo mucho tiempo, padre. El señor Grundeis de Bremen me espera en el Drei Mohren.

Johann Melzer asintió y señaló la silla que había junto al diván, donde poco antes había estado sentada Alicia.

—Ya le he contado a mamá todo lo ocurrido —empezó a decir—. Ella lo ha asimilado con serenidad y me ha asegurado que, pese a todo, me sigue queriendo. Le he rogado también que se lo cuente a tus hermanas.

Se interrumpió y luego inspiró como si tuviera un nuevo

pesar que lo atormentara. Al principio había dudado de si era necesario contárselo a las chicas. No estaba nada bien que un padre se humillara ante sus hijas, pero al final se había dado cuenta de que, de todos modos, ellas acabarían averiguándolo.

Paul no dijo nada al respecto y se revolvió nervioso en su asiento. Le daba igual, que su padre se confesase todo lo que quisiera; él, por su parte, tenía otras preocupaciones. Tenía que ir a preguntarle al viejo jardinero si había visto a Marie. Gustav había estado en la parte trasera de la casa, en el invernadero, colgando unas telas para proteger las plantas del cálido sol de junio. No había visto nada.

—¿Me estás escuchando, Paul?

Dio un respingo. Pues claro, sí, respondió, lo escuchaba, adelante.

—¿Recuerdas aquella conversación que tuvimos hace tres semanas?

Paul la recordaba perfectamente. Tuvo remordimientos por haber puesto a su padre tan nervioso. Pero ahora que sabía más cosas del pasado, ese sentimiento de culpabilidad era mucho menor.

—Fui muy injusto, Paul. Te mentí porque era incapaz de admitir mi culpa. Pero Dios me ha castigado y estoy dispuesto a someterme a sus designios.

El padre hizo un ademán de querer incorporarse y Paul se apresuró a ayudarlo.

—Deja —gimió el señor Melzer—. Quiero hacerlo por mí mismo.

Al final consiguió incorporarse; aunque se quedó un poco hacia delante y tenía la respiración entrecortada, parecía satisfecho.

—Puede que pronto tenga que rendir cuentas ante el Juez supremo, Paul —dijo tomando aire con dificultad—. Y la mía es una causa perdida. ¿Quieres ayudarme?

—Si está en mi mano…

Johann Melzer asintió contento y esperó a que Paul terminara de colocarle los cojines a su espalda.

—Dime qué hay entre tú y Marie —le exigió el padre—. ¿Es un amorío superficial, de los que se lleva el viento, o hay algo más?

Paul no sabía a qué obedecía aquella pregunta inesperada. Apenas tres semanas antes, su padre le habló de desahogarse con ella y le advirtió de la posibilidad de que Marie lo cargara con un hijo. Pero la enfermedad había cambiado a Johann Melzer.

—Es algo más —admitió—. Mucho más.

Aquella respuesta pareció complacer a su padre. Entonces quiso saber desde cuándo, y si había alguna posibilidad de que hubiera un niño en camino. Paul tuvo que reprimir su enfado. ¿A qué venía tanta pregunta?

—No te lo vas a creer, pero jamás he tocado a Marie. No es de las que se prestan con facilidad; es demasiado lista y orgullosa para eso.

Johann Melzer empezó a toser; tomó un sorbo de agua y luego permaneció un rato con la respiración entrecortada, intentando recuperar el aliento.

—¿No la has tocado jamás? ¿Cómo es eso? Si mal no recuerdo, antes no eras tan comedido.

Paul lo admitió y afirmó que con Marie era distinto, aunque no sabía explicar por qué. Pero tenía que ver con el respeto. Y el amor.

—Amor —repitió Johann Melzer—. ¿Y ella? ¿Te corresponde? ¿O le resultas indiferente?

—No lo sé —dijo Paul con pesar—. Hubo un tiempo en que pensé que ella sentía algo por mí. Pero entonces…

—¿Qué pasó entonces?

Paul vaciló. No sabía si debía ser tan franco con su padre. Temía que se pusiera nervioso y tuviera otro ataque. Por otro lado, sentía una gran urgencia por hablar de su amor.

—Entonces se terminó. Antes incluso de que hubiera empezado. Le pedí formalmente que se casara conmigo y ella me rechazó. Dijo que un señor nunca debe casarse con una doncella…

Le pareció que su padre empezaba a ahogarse. Alarmado, se levantó y, cuando se disponía a ir a la puerta para avisar al médico, se detuvo al ver que le tendía el brazo.

—¿La… la pediste en… en matrimonio? —pronunció con un gemido—. Fabuloso. Y… y… ella… ¿te dijo que… que… no?

Paul se dio cuenta de que su padre se estaba riendo. Le hacía gracia que Marie, la doncella, le hubiera dado calabazas. En fin, era bueno que eso lo divirtiera.

—Atiende, Paul —dijo su padre asiéndolo por el hombro—. Tu Marie me gusta. Tanto si te ama como si no, quiero que te cases con ella.

En cuanto hubo dicho esto, el señor Melzer se dejó caer sobre los cojines y cerró los ojos, agotado. Paul lo miró desconcertado, considerando la posibilidad de que tal vez su padre hubiera perdido la cabeza.

—Compréndelo —murmuró el enfermo—. Es mi única oportunidad de obtener el perdón. Así, tú enmendarás la injusticia que yo cometí. Habla con ella, te lo ruego…

Paul se lo prometió. ¿Qué otra cosa podía hacer? Debía encontrar a Marie, aunque tuviera que vagar durante toda la noche por las calles de Augsburgo. Se desesperaba con solo pensar que ella hubiera podido coger un tren y haberse marchado lejos.

53

El sol de la mañana se colaba entre el follaje de las hayas y los arces; aquí y allá sus rayos reposaban en alguna de las losas antiguas haciendo brillar los cuarzos que albergaban en su interior. Los pájaros cantaban en los árboles, brincaban sobre los parterres y se posaban con desenfado sobre el brazo extendido de algún ángel funerario. A esa hora, el ambiente en el cementerio Hermanfriedhof de Augsburgo era sereno y tranquilo. Ni los lamentos ni las lágrimas perturbaban el descanso de los muertos, y los pinzones, los gorriones y los herrerillos entonaban el cántico de la vida agitada.

—Es aquí.

El padre Leutwien señaló una pequeña sepultura situada en una intersección de caminos, semioculta por los panteones de las familias patricias de Augsburgo. Entre los mausoleos y el camino había quedado libre un pedazo de tierra; era demasiado estrecho para ser un túmulo familiar, incluso como tumba para una sola persona.

Marie se aproximó despacio, contempló el borde cuadrado de mármol, las tres flores de alegría, el manojo de nomeolvides y los zarcillos de hiedra que rodeaban la lápida gris. Las letras grabadas estaban negras a causa del viento y la lluvia y resultaban difíciles de leer.

AQUÍ DESCANSA EN PAZ
JAKOB BURKARD
mecánico
28.2.1857 / 29.1.1885

Su padre. Aunque no lo había conocido, por lo menos ahora podía permanecer junto a su tumba. Resultaba muy triste, pero a la vez, para ella, era liberador. Todo había adquirido un sentido y todas las preguntas y las dudas habían quedado despejadas. Aquel era su padre y aquí era donde había encontrado descanso eterno. Lloró en silencio y sintió cómo su aflicción iba remitiendo poco a poco.

El padre Leutwien estaba a su lado; dejó que llorara y ni siquiera intentó consolarla. Cuando ella se arrodilló para depositar algunas de las rosas que había llevado, él empezó a hablar de nuevo.

—Todos los años el señor Melzer da dinero a la administración del cementerio. Como puedes ver, la sepultura está en buen estado.

Marie colocó las rosas ante la lápida y no dijo nada. El señor Melzer no había escatimado en gastos, pues también había hecho donativos al orfanato. Pero se lo podía permitir. En cambio, ¿había enseñado a la hija de Jakob Burkard la tumba de su padre? Al contrario, se había esforzado, y mucho, en mantenerla alejada de ahí.

—Sé que no sirve de mucho —dijo Leutwien interpretando bien el silencio de ella—, pero eso demuestra que, a pesar de todo, tuvo remordimientos. Él sentía un gran aprecio por tu padre; su muerte lo afectó profundamente.

Marie estaba muy lejos de sentir comprensión por Johann Melzer. Él había confesado cuando se vio cerca de la muerte, por temor a que sus pecados lo condujeran a la condena eterna. El padre Leutwien debía de haber aportado también su granito de arena, dejándole claro que, como penitencia, debía admitir aquello también ante su hijo y ante Marie. Ese sacerdote no lo decía, pero Marie se había dado cuenta de que para él no solo contaba la justicia celestial sino también la terrenal. Por eso ella, en su desesperación, había acudido a él. El cura le dio refugio y la instaló en un cuarto diminuto en la buhardilla de la rectoría para que pudiera pensar con tranquilidad y entrar en razón. Marie pasó dos días y dos noches sola: únicamente el ama de llaves llamaba a su puerta diciéndole, con su habitual tono grosero, que le llevaba algo para comer. Aquella mujer era extraña, de modales huraños y distantes, y siempre la hacía sentir como si molestara. En cambio, tres veces al día llevaba a Marie una bandeja bien surtida de comida.

«Concede, Señor, descanso eterno a su alma y considera sus buenas obras en el día del Juicio Final, cuando los justos resucitarán en Jesucristo. Amén.»

Marie se levantó y se sacudió las manos mientras el sacerdote rezaba por su padre, a quién él mismo había enterrado diecinueve años atrás.

—¿Y mi madre? —preguntó ella—. ¿También está aquí enterrada?

—Sí, pero en otro sitio.

El padre Leutwien la acompañó deshaciendo lo andado, pasando junto a las magníficas sepulturas de las familias honorables, imitando pequeñas columnas de la victoria o altares de tres alas, y decoradas con ángeles y ninfas dolientes. ¿No se decía que la muerte hacía iguales a todos? Al parecer, incluso después de la muerte había diferencias entre un concejal acomodado y un simple zapatero o un sastre.

Pasaron junto a la iglesia de San Miguel y se dirigieron a la salida del cementerio. Bajo el arco blanco de la entrada había dos ancianas cuchicheando; las dos llevaban cestas con flores y útiles de jardín. Los gorriones se agolpaban en el borde de la fuente de piedra para saciar la sed; una ardilla atravesó el camino como una flecha roja y se apresuró a trepar por el tronco de un haya. El cura se detuvo en un pequeño prado muy próximo al muro del cementerio. Ahí no había sepulturas cuidadas con esmero, ni bordes de mármol, ni arriates con flores. Junto al muro encalado solo había unas losas pequeñas, algunas de las cuales no estaban talladas, y solo se leía un nombre.

Marie contuvo el aliento. Estaba allí. El señor Melzer no había comprado una tumba para su madre, para él bastaba con que tuviera un sitio en el prado de los pobres.

—Ahí. La losa blanca, la quinta desde la izquierda.

La lápida presentaba un relieve tallado. No se distinguía muy bien porque el lugar estaba a la sombra del muro y el musgo había tapado la losa. Marie se hizo con una rama caída y empezó a raspar con ella el relieve. Se mostró entonces una mujer ataviada con una túnica cuyos pliegues le llegaban hasta las rodillas. Como en las tallas de madera que Marie había visto en la ciudad baja, aquella figura también parecía querer escaparse de la piedra, con los brazos tendidos hacia la libertad, pero esta estaba firmemente sujeta a la losa.

—Tiene el nombre escrito abajo —dijo el padre Leutwien—. Con el tiempo, la losa se ha hundido en la hierba.

Las letras eran torpes, como si alguien profano hubiera cogido martillo y cincel. «Luise Hofgartner.» Nada más. Ni fecha, ni cita de la Biblia.

—Yo iba a visitarla en la ciudad baja de vez en cuando —explicó el sacerdote—. No le gustaban los curas, pero siempre estaba dispuesta a charlar sobre pintura. En dos ocasiones le conseguí encargos pequeños, pero ella se negaba a aceptar temas bíblicos, así que no pude ayudarla más. Era una mujer orgullosa, una rebelde. Puede incluso que esta sepultura le hubiera gustado. En un prado bajo una lápida labrada por ella misma. No era alguien a quien encerrar bajo el mármol de una tumba.

Marie se levantó para ir a buscar agua. Retiró la tierra y el musgo del relieve con un pañuelo mojado. La piedra se había oscurecido con la maleza, como si hubiera absorbido la humedad; tal vez ahora, después de que ella la hubiera sacado a la luz, se secara y recuperara su color original. Depositó el resto de las rosas sobre la losa y el padre Leutwien pronunció otra oración por su madre.

—Eso en vida no le hubiera gustado —admitió con una sonrisa—. Pero me figuro que se habrá vuelto más tranquila y sabia, y que entiende que también digo estas palabras por ti, Marie.

—Se lo agradezco, padre.

Limpió el pañuelo en la fuente. El agua brillaba bajo el sol de la mañana y fluía chispeante por las dos bocas de hierro fundido. Los gorriones no le demostraron ningún temor y se le fueron acercando con brincos de curiosidad; puede que incluso esperasen que se sentase y les diera comida. De la estación cercana se oyó el pitido agudo de una locomotora.

—¿Qué vas a hacer ahora, Marie?

El padre Leutwien estaba de pie junto a ella en la fuente, se había quitado las gafas y se las limpiaba con un paño pequeño. Parecía satisfecho consigo mismo y algo adormilado. Con la edad, el oficio matutino le costaba cada vez más y solía acostarse un rato tras celebrarlo. Ese día, sin embargo, había renunciado a ese pequeño descanso para satisfacer el deseo de Marie.

—Debo darle noticias mías —dijo Marie, más para sí que para el cura—. No estuvo bien marcharse sin más.

—¿Noticias? —preguntó él, como si no comprendiera.

—Sí, noticias. Tal vez escribirle una carta.

—Una carta —murmuró el sacerdote—. Buena idea. Ya lo dicen los sabios: «Lo que está escrito permanece», y también: «Lo que se tiene en negro sobre blanco puede llevarse tranquilamente a casa».

—También podría llamar por teléfono —reflexionó Marie—. Ir a la oficina de correos y llamar a la fábrica.

El padre Leutwien ladeó la cabeza y afirmó que esa idea era mucho mejor que la primera. Por supuesto, afirmó, una llamada es directa, permite aclarar las cosas, despejar malentendidos, dar consuelo, hacer juramentos e incluso declaraciones amorosas… El teléfono, siguió diciendo, era un invento fabuloso; y quién sabía, dijo, si muy pronto no sería posible usarlo para confesarse.

Marie lo miró desconcertada; entonces se dio cuenta de que el cura bromeaba.

—¿Qué me aconseja usted, padre Leutwien?

Él arqueó las cejas como si tuviera que pensarlo, aunque en realidad tenía la respuesta desde hacía tiempo.

—Te marchaste sin despedirte. ¿No te parecería oportuno ir en persona para, bueno, para aclarar algunas cosas?

Ella asintió. Sí, tenía razón. Era una cobarde. Pretendía esconderse detrás de una carta o del auricular. Seguramente, dijo, todos estaban molestos con ella por haber desaparecido sin más. Empezando por la señora y la señorita Elisabeth, y hasta Hanna, que la estaría echando muchísimo de menos. ¡Pero sobre todo Kitty! Debía de estar fuera de sí.

Y Paul. Presentarse ante él era lo más difícil. Ella había rechazado sin piedad la petición de su padre, con una rabia que le venía desde lo más profundo del corazón y que, en su opinión, era del todo justificable. El hombre que había engañado a su padre y había arrojado a la pobreza y la muerte a su madre no tenía perdón. Eso ella no lo lamentaba, pero temía haber defraudado a Paul. ¿Por qué no podía ser dulce y sumisa, como se esperaba de las mujeres? ¿Por qué no conceder el perdón al pecador arrepentido? Eso, sin duda, era la herencia de su madre, que ahora asomaba. Tampoco Luise Hofgartner habría podido perdonar al señor Melzer.

—El mundo es de los valientes —dijo el padre Leutwien, a lo cual añadió con ademán satisfecho—: Eso también vale para las muchachas.

Ella inspiró y lo siguió en silencio. Cruzaron la puerta blanca del cementerio y se dirigieron a la ciudad. A esa hora, la vida ya había empezado en las calles: un tranvía pasó junto a ellos, los automóviles y los vehículos de caballos atestaban las calles con su ruido y el carro ancho de la leche los obligó a protegerse contra la pared de un edificio. Solo cuando entraron en el callejón Franziskaner el ambiente se volvió más calmado: unos árboles altos bordeaban el camino y entre ellos, aquí y allá, asomaba la cúpula acebollada de la pequeña torre de la iglesia de San Maximiliano.

—Ahora yo iré a descansar media hora —dijo el cura cuando llegaron frente a la rectoría—. Mucha suerte en tu camino, Marie. Mejor dicho, que Dios te guarde.

En realidad, ella había confiado en entrar con él y conseguir así un plazo de gracia, pero entendió que tenía que ser ahora. En media hora, a paso tranquilo. No podía posponerlo por más tiempo.

—Muchas gracias, padre, por todo lo que ha hecho por mí. Nunca lo olvidaré.

Él asintió rápidamente y cerró la puerta tras de sí. Marie atravesó la plaza de la iglesia con lentitud y se encaminó hacia la puerta Jakober. Cruzó muchos brazos muertos del Lech, que en esa parte de la ciudad discurrían entre las casas y se salvaban con puentes. De pronto, se reconoció en los callejones estrechos y las casas pequeñas de la ciudad baja, y se sintió protegida por la antigua muralla de la ciudad. Aquel era un lugar donde vivir, pobre pero seguro, que había ido creciendo con los siglos. Tras la puerta Jakober estaban las fábricas, con sus chimeneas recortadas contra el cielo que ennegrecían el agua cristalina de los arrojos, y en sus patios se cargaban sin cesar mercancías en carros que luego las llevaban hasta la estación de mercaderías.

Recordaba con todo detalle su primer día en la villa. Al principio todo le había parecido muy extraño: el parque y la mansión con paredes de ladrillo. Y, sobre todo, la gente que encontró allí. El servicio, con su vida jerarquizada, y los señores, por los cuales ella sentía un respeto reverencial.

Se detuvo junto al acceso del parque. El paseo que conducía a la villa estaba flanqueado por árboles plataneros, que ahora mostraban un espeso follaje verde intenso, y la mansión destacaba al fondo con su color rojo; en el arriate de delante de la entrada florecían claveles de moro y mastranzos de colores, así como nomeolvides azules. Cualquiera que pasara por allí desearía tomar el paseo arbolado y acercarse al hermoso edificio.

«No hace ni siquiera un año que vi este sitio por primera vez. Puede que hoy sea la última», se dijo.

—¡Marie! —exclamó alguien cerca de ella.

Era el viejo Bliefert, que estaba tratando el tronco de un platanero con resina líquida. Ella se detuvo y lo saludó, contenta de que él fuera tan amable. Al menos había alguien que no estaba molesto con ella.

—Está muy bien que por fin hayas regresado, muchacha —dijo sin dejar de remover el pincel dentro del bote para que la resina no se endureciera antes de tiempo.

—Sí —dijo ella con timidez—. Ya era hora.

Como no supo qué más podía decir, siguió su camino. Un automóvil que estaba aparcado delante de la villa se puso en marcha y se acercó dejando oír el petardeo del motor. En su interior iba Gustav, tocado con su gorra de chófer, que la saludó con la mano. Los asientos posteriores iban vacíos, lo cual era raro. Se detuvo cerca del arriate de flores para volver a tomar aire. Ahí fue donde, en octubre del año pasado, el automóvil pasó junto a ella y Paul la miró con curiosidad. Su primer encuentro. El inicio de su amor. ¿Y ahora?

Valor, se dijo. Pasara lo que pasase, no estaba dispuesta a doblegarse ni tampoco a mentir. Ni siquiera por amor. Sobre todo por eso último, porque de ahí no podría surgir otra cosa más que desdichas.

Giraba ya hacia la izquierda en dirección a la puerta de servicio cuando detrás del saledizo de columnas se abrió la amplia puerta de la entrada. Auguste asomó en el umbral, ataviada con vestido oscuro y delantal blanco, y la cofia cuidadosamente colocada en el pelo. Su rostro redondo estaba sonrosado de nerviosismo.

—¡Por fin estás aquí! ¡Santo Dios! Te estábamos esperando. Pasa, pasa, están impacientes de alegría. Pero, oh, vaya, ahora tengo que tratarte de usted y llamarte «señorita»…

Marie se quedó inmóvil. ¿Acaso Auguste tenía fiebre y estaba desvariando? El tono sonrosado de su cara lo dejaba entrever.

—¡Marie! —exclamó alguien desde el fondo del vestíbulo—. ¡Marie! ¡Qué desobediente y qué descarada has sido! ¡Cómo me gustaría abofetearte y tirarte de los pelos un buen rato! ¿Cómo has podido hacerme algo así? ¿Cómo? ¡Pero, vamos, dime algo! ¡Oh, Marie! ¡Qué contenta estoy de que vuelvas a estar con nosotros!

Kitty. Marie subió rápidamente los escalones, a tiempo para atraparla entre sus brazos. De no haberlo hecho, la señorita, emocionada como estaba, habría podido caerse por la escalera.

—Kitty —balbuceó Marie—. Señorita Katharina… Cálmese, tranquila. Lo siento mucho, pero no me quedó más remedio…

Kitty la abrazó entre sollozos mojándole la chaqueta con sus lágrimas calientes. Todos lo entendían, nadie estaba enfadado por eso.

—Papá nos lo contó todo, Marie. ¡Oh, qué vergüenza! ¡No me lo quería creer! ¡Qué malvado! Pero a la vez, él es nuestro padre, el que nos quería y jugaba con nosotros en el parque… Ay, Marie, tenemos que compensarte por tantas cosas…

Marie no sabía qué contestar ante esas palabras tan exaltadas. Todo indicaba que Johann Melzer había puesto al corriente a su mujer y a sus hijas. Al parecer, se había tomado en serio su penitencia. Pero, bueno, en ese sentido él ya podía olvidarse de ella.

Entretanto, en el vestíbulo se había reunido todo el servicio, incluso las dos lavanderas que solo trabajaban en la mansión una vez a la semana.

—Te damos la bienvenida de todo corazón, Marie —dijo el ama de llaves en tono solemne mientras le tendía la mano—. Ya en su momento me di cuenta de que eras especial.

—Señorita Schmalzler, yo, bueno, yo quería —farfulló Marie, apabullada. Pero no pudo seguir.

—¡Por fin estás aquí, muchacha! Querías escurrir el bulto, ¿eh? —dijo la cocinera con una sonrisa—. Mira que ocultarte de tu propia felicidad, ¡menuda tontería!

Humbert no dijo nada pero, por algún motivo, sonreía de oreja a oreja, y el rostro algo arrugado de Else estaba cubierto de lágrimas de felicidad. Incluso Maria Jordan había comparecido para saludarla y se esforzaba por dibujar una sonrisa.

—Ah, ya lo sabía —parloteaba Else muy alegre—. «Ella volverá.» El cura lo ha dicho y así ha sido…

Marie aguzó los oídos. Aquello resolvía el misterio: Leutwien, ese sacerdote astuto, se había ido de la lengua.

—Vamos dentro, Marie —pidió Kitty con impaciencia—. Vamos, dejadla pasar. ¡Dios mío! ¿Es que no os dais cuenta de que queremos ir arriba? ¿Acaso es vuestra? ¿Qué hacéis todos aquí? ¿Acaso su majestad el emperador ha venido a visitarnos?

Kitty hablaba entre risas y lágrimas, luego cogió a Marie por el brazo y la arrastró por la escalera.

—Mamá está absolutamente fuera de sí porque papá ha dicho que le gustaría que Paul y tú, mi pequeña Marie, os casarais —le dijo—. Me cuesta mucho creer que vayas a ser mi cuñada…

Marie la dejó hablar porque sabía que cuando Kitty estaba tan excitada nadie podía hacerla callar. Eso que había dicho no podía ser cierto; sabía que Johann Melzer había prohibido de forma expresa a Paul esa boda. ¿Habría cambiado de idea? No, no. Eso iba mucho más allá de la penitencia impuesta. Lo más probable era que Kitty, como tantas otras veces, se hubiera dejado llevar por su fantasía.

—Elisabeth, tonta como es, se ha ido de excursión a primera hora con Von Hagemann y dos amigas. Figúrate, la semana próxima él tiene que reunirse con su regimiento, y no se prevé que le concedan más permisos en un tiempo. Así que hemos tenido que adelantar la fiesta de compromiso. Mamá está aquí y quiere verte de inmediato.

Kitty iba a abrir la puerta del salón rojo y sujetaba ya el picaporte cuando se detuvo y se dio la vuelta.

—¿Ya has regresado?

Paul estaba junto a la escalera, con la respiración aún entrecortada por la rápida carrera, la chaqueta abierta y la corbata suelta.

—¡Santo Dios! —dijo Kitty, enfadada—. No contaba con que Gustav te recogería tan rápido. Ahora, claro, querrás tener a Marie solo para ti.

Él miró a las dos con ademán dubitativo; intentó interpretar la expresión de Marie, pero no llegó a ningún resultado concluyente.

—Esa era mi intención —respondió él en voz baja—. Pero no sé si Marie querrá.

—Por supuesto que sí. De no ser así no habría venido, ¿verdad? —repuso Kitty. Suspiró profundamente—. En fin, pues adelante. Peleaos, pegaos, reconciliaos... ¿Te he dicho ya que Alfons me ha pedido en matrimonio, Marie? No sé muy bien qué hacer, aunque creo que aceptaré...

Se calló un momento, como si esperara oír la opinión de Marie sobre esa cuestión, pero entonces reparó en que su amiga ni siquiera la había escuchado. Se había quedado absorta mirando a Paul.

—Sí —dijo Marie—. Creo que deberíamos hablar.

Él pareció aliviado y le señaló la puerta de la biblioteca.

—En ese caso, acompáñame, por favor.

A Marie siempre le había gustado la biblioteca, aunque pocas veces había tenido ocasión de permanecer allí mucho rato. En las altas estanterías de madera labrada, decoradas con pequeñas columnas torneadas, había un número incontable de libros, prácticamente todos encuadernados en piel de distinto color. A la izquierda, la estancia se abría a un invernadero donde crecían plantas extrañas en macetas y cubos, formando un bosque exótico donde sentarse a leer en sillas de mimbre.

Paul se había quedado junto a la puerta; al entrar en la estancia, Marie notó en el hombro el tacto delicado de su mano. Se estremeció. La atracción que él sentía por ella era infinita. Ella debía protegerse.

—Han sido unos días tremendos, Marie —dijo—. Temí haberte perdido para siempre.

¿Acaso él la había tenido alguna vez? Se volvió hacia Paul y el corazón le dio un vuelco al ver su mirada apasionada.

—Perdóname, Paul. Fui cobarde y hui. El padre Leutwien no os ha dicho dónde me refugié, ¿verdad?

Él sonrió y dejó entrever un destello de la despreocupación juvenil de otros tiempos. Sí, el padre Leutwien les había confiado con la máxima discreción que ella se encontraba en la rectoría. Pero eso fue una noche más tarde; él antes la había buscado por media ciudad, llegando a temer que hubiera abandonado Augsburgo.

—¿Y qué habrías hecho?

Él sacudió la cabeza; en ese caso, afirmó, se habría tirado de cabeza al Lech.

—Bueno, entonces he llegado a tiempo —dijo ella con

una sonrisa—. Dime si es verdad lo que Kitty me ha contado antes...

Ahora que empezaban a hablar con más naturalidad, él se le acercó. ¿Acaso no se daba cuenta del poder que ejercía sobre ella? Puede que él también estuviera sometido a ese hechizo peligroso que hacía que se atrajeran de forma inexorable.

—Kitty habla por los codos —dijo él—. ¿A qué te refieres?

Marie temió haber dicho algo estúpido, incluso incómodo, pero tenía que saber la verdad.

—Que tu padre había cambiado de opinión...

—Es cierto, Marie. Incluso me ha suplicado que te pida en matrimonio. De este modo espera obtener el perdón.

—El perdón —dijo ella en voz baja, y retrocedió.

Había llegado el momento. Tenía que ser sincera con él y consigo misma. Nada de mentiras. No es posible construir un amor a base de engaños.

—Paul, lo lamento de veras, pero no puedo perdonarlo. Por mucho que yo te quiera.

Él no pudo contenerse por más tiempo, la rodeó con sus brazos y la atrajo hacia su pecho. Nadie le estaba pidiendo eso, le dijo. Aquello era lo último que él esperaba de ella. Entendía el odio que sentía; él mismo, admitió, había sentido mucha rabia y vergüenza cuando oyó la confesión de su padre.

—Te privó de lo que te correspondía. La mitad de la fábrica pertenecía a tu padre y él lo engañó...

—¡Ah, la fábrica! —exclamó Marie con enojo soltándose de su abrazo—. Esa estúpida fábrica y vuestro estúpido dinero. A mí eso no me importa. Mi madre no habría muerto si él no se lo hubiera arrebatado todo. Eso es lo que no podré perdonarle jamás y por lo que lo odiaré toda mi vida.

Paul bajó los brazos y la miró con tanta tristeza que ella tuvo que contenerse. ¿Hacía falta ser tan dura? ¿Hacerle sufrir por las acciones de su padre?

—No espero que perdones a mi padre, Marie —dijo él en voz baja—. Pero temo que el pasado arroje sus sombras sobre nuestro amor. Eso es algo que no debemos permitir.

—¿Qué debemos hacer? —preguntó apenada—. ¿Acaso debo casarme contigo porque tu padre así lo ha decidido?

—¡No! —exclamó—. Lo que mi padre diga no tiene ninguna importancia; yo me habría casado contigo aunque él no hubiera estado de acuerdo. Sin embargo, ahora no me atrevo a volver a preguntarte si deseas ser mi esposa.

—¿Por qué no?

Él levantó los brazos y los dejó caer con torpeza.

—Porque ni siquiera sé si me quieres.

Marie contempló su rostro compungido y una profunda ternura se apoderó de ella. De pronto, tuvo la impresión de estar unida a él desde hacía mucho tiempo, antes que la propia vida, antes incluso de que surgiera el cosmos. Por eso solo había una respuesta posible, porque todo lo demás habría sido mentira.

—Sí —respondió ella con una sonrisa amorosa y un poco pícara—. Sí, Paul, te quiero. Mucho. Y además para siempre.

VII

JUNIO DE 1914

54

Por la noche había llovido. A Alicia le inquietaba que los senderos del parque estuvieran demasiado mojados o incluso resbaladizos. Sin embargo, el viejo Bliefert la tranquilizó. El sol de la mañana había evaporado el agua hacía un buen rato; por desgracia, solo justo delante de la villa habían quedado algunos charcos, pero él ya había dado instrucciones a su nieto para que los rellenara con arena y guijarros.

—En ese caso, nos arriesgaremos —dijo la señora.

En los últimos días, Johann Melzer se había recuperado con una rapidez sorprendente; tenía apetito, leía el periódico y se pasaba las mañanas en el despacho. Había aceptado tácitamente que la pistola desapareciera del gran escritorio de madera de nogal y, hasta donde Alicia sabía, ni siquiera la había buscado. Al terminar el día, se sentaba con Paul en el salón de los caballeros para ponerse al corriente de los asuntos de la fábrica y se permitía una copa de vino. La caja de los puros la tenía cerrada porque el médico lo había convencido de que abandonara, al menos, uno de sus vicios, y él había preferido el vino al tabaco.

Alicia supervisaba con esmero su recuperación. Por primera vez en veintiséis años tenía a Johann todo el día para ella, y esa situación había hecho mucho bien a su matrimonio. Habían podido hablar de muchos asuntos que quedaron sin resolver entre ellos; habían eliminado malentendidos y enojos reprimidos, pero, sobre todo, los dos habían descubierto que el vínculo que los unía era más estrecho de lo que creían.

«Amor es una palabra muy grande —le había dicho Johann—. Y la verdad es que nunca he sido un marido amoroso, ni siquiera enamorado. Tú para mí eres como mi mano derecha. No necesito decir a diario lo fabuloso que es tenerla, pero ¡ay de aquel que ose arrebatármela!»

Alicia había decidido arriesgarse a dar un paseo por el parque ese día. El médico consideraba que el aire fresco y un poco de movimiento era beneficioso. En unas semanas, había dicho, podrían considerar la posibilidad de tomar baños curativos. Al Báltico mejor que al mar del Norte, que era demasiado rudo. Tal vez irían a Rügen, pues allí estaban las mejores instalaciones de baños.

«No sé por qué tienes que consultarlo todo con ese tipo. Seguro que sigue enfadado porque me he recuperado sin ir a su ridículo hospital», había refunfuñado Johann Melzer.

Alicia se rio. De nuevo podía reír con alegría y naturalidad, como cuando era joven.

«¡Oh, sí! Está realmente muy sorprendido», dijo ella.

Johann Melzer bajó la escalera con el sombrero de sol y el bastón de su suegro fallecido. Enojado, apartó de sí a Humbert, el cual había recibido instrucciones de Alicia para que lo ayudara. ¿Acaso lo consideraban tan viejo como para no poder bajar la escalera?

El sol de junio refulgía en los olmos y se reflejaba como la plata en la hierba del parque. Los estrechos cipreses se elevaban oscuros; el viento de la primavera había doblado algunos de ellos, arrebatándoles las ramas y rompiéndoles las copas, pero habían resistido valientes y erguidos y ahora en sus troncos brotaban ramas nuevas de un intenso color verde.

Johann Melzer decidió agarrarse del brazo de Alicia; le

costaba andar sobre guijarros resbaladizos, pero no quería defraudar a su esposa y avanzó con buen ritmo.

—Habrá una representación teatral —le explicó Alicia—. Están construyendo el escenario detrás de la casa. Espero que el tiempo acompañe, pero es mejor no pasarse todo el día pensando si lloverá. Kitty y Marie han pintado unos decorados magníficos.

Se refería a la fiesta que iban a celebrar dentro de dos días en el jardín. Habían invitado a más de cien personas y, por lo tanto, debían contratar a más personal para atenderlas, pero como en esta ocasión él tenía la dicha de casar a sus hijos, el gasto merecía la pena. A los tres. Kitty por fin había encontrado al hombre adecuado y, además, era un excelente partido. ¡Menuda pieza era su Kitty! Había conseguido librarse del curso de enfermera porque su prometido temía que al tratar con los enfermos ella se contagiara.

—Vas bien, ¿verdad? —le preguntó Alicia, sosteniéndolo con firmeza cuando él dio un paso inseguro y tropezó.

—De fábula —repuso en tono desabrido—. Este viejo centenario sale a pasear acompañado de su hija.

Ella soltó una risita y propuso ir hasta el gran cedro. Desde allí, dijo, se podía ver la casa del jardinero a la que Auguste pronto se mudaría con su pequeña. Le contó que Gustav y ella se habían casado con gran discreción y que Else y la cocinera habían sido testigos.

El señor Melzer bromeó diciendo que eso explicaba por qué el pasado domingo solo había habido asado frío. No era de extrañar, si el servicio estaba de celebración.

—Tengo la sensación de ser muy mayor —dijo deteniéndose para recuperar un poco el aliento—. Todos se prometen, se casan y forman una familia. Estamos literalmente rodeados de gente joven con ganas de casarse. Solo falta que Humbert se prometa con Hanna, la ayudante de cocina.

—Eso sería muy improbable —dijo Alicia riéndose—.

Mira qué bonita ha quedado la casa con esa pintura de color claro. Me parece que han cambiado las ventanas y han puesto unos postigos de madera.

Johann Melzer frunció los ojos para mirar a contraluz y luego dio unos pasos hacia el viejo cedro, cuyas ramas se extendían ampliamente. En efecto, la casita, que en otros tiempos albergaba los aperos de jardinería y todo tipo de cachivaches, se había convertido en una joya.

—Else me ha contado que Auguste ha comprado muebles nuevos. Una camita para la pequeña, un sofá de felpa, cortinas de terciopelo e incluso una cocina nueva —dijo Alicia—. Si siguen así, acabarán con los ahorros del abuelo.

Johann se encogió de hombros. Dudaba mucho que el anciano tuviera tantos ahorros; una buena parte de lo que tenía se lo había dado ya a sus hijos y seguramente estos venían de vez en cuando a tender la mano. Lo mismo que toda la parentela de los Melzer. Unos pedigüeños a los que había que atender y de los que era imposible librarse.

—En todo caso, el viejo Bliefert está entusiasmado porque la vida ha vuelto a su casa —le comentó Alicia—. ¿Estás bien, Johann? Será mejor que regresemos. Para ser tu primera salida es más que suficiente.

Él asintió, dio un golpe con el bastón en el tronco agrietado y grisáceo del cedro y emprendió el camino de vuelta con Alicia a su lado. Desde ahí se veía la parte posterior de la villa, donde, después de la terraza, había un jardín francés y un estanque circular con fuentes saltarinas. Justo delante del estanque se había construido un «escenario» con planchas de madera, que Humbert y Gustav habían colocado sobre unos bloques de madera y luego habían sujetado con clavos. En ese momento, se estaban colocando unos maderos a los lados para colgar el decorado. Los martillazos se oían incluso en el parque.

—Vamos a tener que sacar el piano —gimió Alicia—. Las

amigas de Elisabeth han decidido tocar unos fragmentos de *El sueño de una noche de verano* y luego una versión abreviada de la opereta *Lysistrata*, de Paul Lincke.

—Lisístrata —murmuró él—. ¿No era la cabecilla de un grupo de mujeres salvajes?

Alicia esbozó una sonrisa. No. Esa era Pentesilea, la amazona. Lisístrata fue la que animó a las mujeres para que no accedieran a tener relaciones con sus maridos hasta que ellos hubieran acabado la guerra.

—Entonces, era una luchadora de la paz, como Bertha von Suttner —bromeó él mientras intentaba distinguir a lo lejos el humo de la torre de su fábrica. En principio, comentó, la paz era algo bueno, y era de esperar que se prolongara mucho tiempo. Sin embargo, en esos días tal cosa no era segura, y menos aún con esos discursos llenos de fanfarronadas del Emperador, que no favorecían en absoluto la causa de la paz.

—Seguro que tienes razón, Johann —dijo Alicia con una sonrisa—. Pero ¿quién desea una guerra? ¿Qué persona con un mínimo de entendimiento puede creer que una guerra es buena para la humanidad?

Él no dijo nada. Hablar de ese tema con mujeres era completamente inútil porque no entendían nada de política y sopesaban las cosas según su intuición.

—Mira, ahí está Marie. Y Kitty también. Querían probar los decorados. Vaya, eso parece un templo griego.

Marie, pensó mientras la aversión crecía en su interior. De acuerdo, como hija de Burkard, la chica merecía ser copropietaria de la fábrica. Así pues, se casaría con su hijo y un día llevaría el mando del regimiento femenino de la villa. Era justo que así fuera. Marie recuperaría lo que él le había arrebatado a su padre. Y eso era todo. Justicia compensatoria. Con eso, él y Burkard quedaban en paz.

—Me alegra mucho que Marie vaya a ser nuestra nuera —dijo Alicia, meditabunda—. Le tengo aprecio desde hace tiempo. Es una muchacha lista y juiciosa. Además, sabe mantener la compostura. Siempre lo ha hecho…

Johann Melzer asintió. Eso fue lo que le llamó la atención cuando recibió su regalo el día de Navidad. De nuevo sintió esa oleada de aversión, y no se molestó en reprimirla. Lista y juiciosa. Marie había heredado la altivez de su madre. ¡Cómo hubiera disfrutado Luise Hofgartner si hubiera asistido a la escena en el despacho de la villa! Él, el director Melzer, humillado por su hija; esa persona malvada e insignificante se había atrevido a decirle a la cara que jamás lo perdonaría. Aquello fue como darle una patada a un hombre que yacía postrado a sus pies. Ahora que sentía cómo iba recuperando las fuerzas día tras día, lamentaba haber confesado lo que pasó. ¿Realmente era necesario informar a su familia? ¿No habría bastado con decir la verdad solo a Marie? ¿O admitir solo una parte de la verdad? Pero el padre Leutwien, astuto como era, se había aprovechado de su miedo a morir para sacar a la luz cosas que tal vez hubiera sido preferible mantener ocultas para siempre.

En todo caso, ya estaba hecho. Decidieron entonces que Marie abandonara la villa de los Melzer ya que, como prometida de Paul, no podía compartir el mismo techo que él, aunque serían la comidilla igualmente. Alfons Bräuer salió en su auxilio y se brindó a alojar a Marie en la casa de sus padres de la ciudad. Kitty insistió en equipar a su futura cuñada con vestidos y sombreros y todo tipo de accesorios, de modo que la hija ilegítima de Luise Hofgartner se mudó vestida como una gran dama. Alfons Bräuer, ese hombre tan considerado, estrechó la mano de Paul y lo felicitó por su elección. En su opinión, no podría encontrar mejor esposa en Augsburgo y alrededores.

—¿Qué te parece, Johann? ¿No sería mejor celebrar las bodas este otoño en lugar de la próxima primavera? Elisabeth está de acuerdo, y yo misma me inclino por acortar el plazo.

—¿Elisabeth? Seguro que no ve el momento de amarrar a su teniente en el puerto del matrimonio. ¿Acaso teme que el hermoso y nobilísimo Klaus se le escape?

Alicia negó con la cabeza casi sin darse cuenta. ¡Qué cosas tan malévolas podía llegar a decir! Precisamente a Elisabeth, dijo, las cosas no le resultaban nada fáciles porque le faltaba el coraje y la intrepidez de Kitty.

—En cambio tiene lo que tú llamas «sentido común» —dijo él para tranquilizarla.

—Sí, en efecto —admitió con una sonrisa—. ¿Sabes, Johann? He pensado que, cuanto antes se casen, más pronto llegarán los nietos. Tengo tantas ganas de tener niños en la casa. ¿No te parece que son la señal de que la vida sigue?

—Sí —corroboró él, conmovido, y le apretó el brazo con cariño—. Tienes razón, Alicia. Nietos, sobre todo niños, eso es lo que tienen que darnos. Así mi obra quedará en manos de la familia.

De todos modos, estaba decidido a recuperar las riendas de la fábrica y ceder la vara de mando a su hijo lo más tarde posible.

—Volvamos a entrar —dijo señalando la entrada principal con el bastón—. Hace un poco de fresco y mis piernas ya no me aguantan bien.

Cuando llegó al vestíbulo de la entrada tuvo que sentarse. A pesar de sus protestas, Alicia hizo llamar a Gustav y a Humbert para que lo subieran por la escalera en una silla.

—¡No, al dormitorio no! —gritó colérico—. ¡A la biblioteca! El periódico. ¡Un buen café! Si alguien vuelve a traerme una infusión de manzanilla le echaré la taza a la cara.

En la biblioteca, todas las alfombras habían sido retiradas y el centro de la sala estaba ocupado por las plantas de maceta del invernadero. Else y Hanna limpiaban los cristales con glicerina disuelta en agua para que brillasen. Elisabeth estaba de pie con una lista en la mano y calculaba el número de invitados a los que, de ser necesario, podrían acoger dentro si finalmente llovía.

—Oh, mamá, nos falta espacio —dijo—. Como mucho, aquí podrían caber treinta personas. Y el despacho es demasiado pequeño para poner el bufet...

—No te preocupes, Lisa —la tranquilizó Alicia—. No lloverá. Mi pie enfermo me lo anuncia.

—Espero que no se equivoque —gimió Elisabeth—. ¿Te parece que bastará con cinco camareros extra?

—Por supuesto, Lisa. Piensa que también contamos con Humbert, y Auguste y Else estarán a cargo del bufet. Maria Jordan se ocupará de los regalos y luego ayudará con el ponche. ¿La señorita Schmalzler ha hablado ya con el señor Bliefert sobre la decoración floral de las mesas y el vestíbulo?

En ese momento Auguste se les acercó a toda prisa y con la respiración entrecortada, mientras acarreaba una alfombra de pasillo recién sacudida y un cubo de agua limpia para lavar.

—Señorita, un mensajero acaba de traer este sobre para usted.

La criada soltó la alfombra en el suelo y dejó el cubo de agua. Luego rebuscó en la camisa y sacó una carta que había guardado en el corpiño.

—Es de su prometido —dijo en tono dulzón.

Elisabeth le arrebató el sobre de la mano.

—La próxima vez guárdate el correo en el delantal, o se lo das a Humbert —bufó, soliviantada.

—Disculpe, señorita.

Entretanto Johann Melzer exigía de forma enérgica que lo acompañaran a su dormitorio. Aquello, dijo, era un campo de batalla. Cuando a las mujeres les daba por limpiar, nadie estaba a salvo.

—Vamos, Johann —dijo Alicia para apaciguarlo—. Lo hacemos siempre antes de dar una fiesta. Lo que ocurre es que nunca lo has visto porque estabas en tu fábrica.

A Elisabeth el sobre le quemaba en las manos, pero no quería leer el mensaje de su prometido en medio de aquel caos.

—Voy un momento a mi dormitorio, mamá.

—Por supuesto, cariño. Tómate tu tiempo. Yo me ocuparé de las flores. Además, Marie ya ha llegado…

Elisabeth cerró la puerta de su habitación con cuidado y corrió hacia la ventana para contemplar el jardín a sus pies. Kitty y Marie estaban muy ocupadas afianzando los decorados en el escenario improvisado. Ella miró el sobre. Todo parecía normal: dirección, remitente, sello… nada desacostumbrado. Sellado en Múnich, donde en ese momento seguía destacado su regimiento. ¿Por qué le escribía una carta a tan pocos días de su compromiso? Elisabeth hizo de tripas corazón, abrió el sobre con manos temblorosas y se temió lo peor.

> Querida mía:
>
> Espero con mucha ilusión el día de nuestro compromiso. Será el comienzo de un período de prueba —espero que no muy largo— que nos permitirá conocernos. Estoy convencido de que nuestra atracción mutua se volverá más firme y sólida.
>
> A pesar de esta ilusión, ayer un compañero de Augsburgo me trajo una noticia que me ha preocupado sobremanera. Ciertamente, puede que sea un rumor sin más, pero, aun así, no quiero guardar para mí esta inquietud. Si es cierto que tu hermano Paul va a casarse con una doncella, temo por la paz familiar que siempre debe regir nuestra unión. Mis padres no comprenderían un compromiso tan desafortunado, especialmente cuando tu hermana Katharina ha protagonizado también un escándalo social. Espero de corazón que se trate de un error y te ruego desde ahora mismo que me disculpes por este escrito.
>
> Te saludo de todo corazón.
>
> Siempre tuyo,
>
> KLAUS VON HAGEMANN

Elisabeth bajó la carta e intentó aplacar la agitación de su corazón. Lo había presentido. En el fondo Klaus tenía razón: Paul había sido muy desconsiderado al embarcarse en una boda tan indecorosa y, además, pretender aprovechar su fiesta de compromiso. Por otra parte, Kitty también podría haberse buscado otro día para su celebración. Pero así eran sus padres: puestos a celebrar compromisos, mejor todos de una vez. Eran menos gastos y menos carga para el servicio.

Se dejó caer en su pequeño sofá y releyó la carta. ¿La amenazaba con alguna consecuencia, como renunciar, si Paul se casaba con Marie?

> … temo por la paz familiar que siempre debe regir nuestra unión…

¿Era eso una amenaza de separación? Sintió que una ola de miedo se alzaba en su interior. Había luchado mucho por él; su amor no podía fracasar por una historia tan inconveniente. No por culpa de una doncella, aunque fuera la hija del mecánico borracho que en su tiempo había ideado y montado las máquinas de la fábrica de su padre. ¿Acaso tenía ella la culpa de lo ocurrido en otros tiempos? Pero otra vez, ella, Elisabeth, era la que debía sufrir las consecuencias de las intrigas de su familia.

No iba a permitirlo. No cuando estaba en juego su felicidad y el amor de su vida. Aún quedaba algo que hasta el momento no había compartido con su familia.

55

—¿Y vienes a molestarme en mi trabajo por una nadería así?

Paul la había tenido esperando unos diez minutos en la antesala, donde había estado tomando café acompañada del martilleo de las máquinas de escribir de las dos diligentes secretarias. Qué dedos debían de tener; las teclas bajaban mucho, e iban tan rápidas con esos artefactos negros y de armazón metálico que apenas era posible seguirlas con la vista. Aquel era el destino con el que papá había amenazado una y otra vez a sus hijas... ¡Qué existencia tan terriblemente monótona tener que aporrear las teclas para escribir las cartas de otras personas en una máquina!

—Quería hablar contigo a solas, algo imposible en la villa porque siempre te estás escondiendo con tu prometida.

Como era de esperar, Paul no se mostró en absoluto agradecido por su advertencia. Qué menos que alegrarse de saber algunas cosas antes de la fiesta de compromiso.

—Si te molesta mi amor por Marie, me gustaría aclarar que tu prometido tampoco es de mi gusto —dijo enfadado a la vez que arrojaba el abrecartas sobre un montón de papeles—. Aun así, jamás iría tan lejos como para difundir rumores malintencionados sobre él.

Ella se levantó del incómodo asiento que él le había ofrecido. Ahora la semilla ya estaba plantada, solo había que esperar que creciera. Ojalá que ocurriera bien pronto.

—Querido Paul —dijo ella con dulzura—, no me molesta para nada que estés enamorado; es un estado maravilloso del cual espero que jamás tengas que despertar. Y por supuesto que acepto a Marie como mi futura cuñada, ya sabes que la aprecio mucho.

—Entonces no entiendo qué pretendes con esta conversación —la interrumpió—. Por favor, me gustaría que…

—Sí, claro… —se apresuró a contestar ella—. No pretendo entretenerte más de lo debido. Solo me ha parecido que era mi obligación confiarte a tiempo esta nimiedad para luego no tener que oír ningún reproche. Por lo demás, estoy convencida de que todo se aclarará a tu satisfacción.

—Muchas gracias, hermana. ¡Que tengas un buen día!

Cuando ella salió del despacho, sus andares recordaban un poco el modo desafiante que Kitty tenía de mover las caderas. Sin embargo, lo que en ella era una gracia encantadora, en Lisa parecía el contoneo de una joven elefanta. Ciertamente, pensar eso era malvado, pero se lo tenía bien merecido por intrigante.

Intentó concentrarse en la correspondencia con la empresa en Venezuela, pero sin querer le vino el recuerdo de la escena en la ciudad baja frente a El Árbol Verde, cuando defendió a Marie de aquel palurdo. Por todos los santos, mejor no pensar en lo que podría haber ocurrido de no haber aparecido él en ese momento. Cuando le preguntó qué hacía allí, Marie mencionó algo de una amiga. Él tuvo la impresión de que ella no le decía la verdad, pero no insistió. ¿Para qué? Era una empleada del servicio, una ayudante de cocina. ¿Qué le importaba a él a quién iba a visitar en su día libre?

Sin embargo, ahora sí le importaba. Un hombre había preguntado por ella, con aspecto andrajoso y apestando a alcohol, y al parecer había aterrado a Humbert. Un hombre que además había tenido la osadía de entrar en el dormitorio de Marie, lo cual solo podía significar que conocía muy bien la villa.

Molesto, apartó a un lado esas cuestiones desagradables; eso era lo que Elisabeth quería provocar: celos, desconfianza y una desavenencia con Marie poco antes de su compromiso. No, no estaba dispuesto a hacerle ese favor.

Con gesto resuelto volvió a concentrarse en el escrito de una empresa comercial alemana con sede en Venezuela.

> ... sobre todo nos han cautivado los estampados de flores. Por tal motivo, nos gustaría que nos dieran su mejor precio para un pedido considerable...

La lista con el pedido y los precios calculados se le borraron de la vista. No cabía duda, Marie no era culpable de nada. Pero él tenía que ser sincero con ella, preguntarle y escuchar su respuesta. Se lo debía al amor que se profesaban, y eso era algo que Marie comprendería. Entonces se dijo que la abordaría después de cenar, antes de que Gustav la llevara de vuelta a la casa de los Bräuer en la ciudad. Kitty, que siempre se pegaba a ellos, seguro que entendería que él quisiera estar unos instantes a solas con Marie.

Aquella decisión lo tranquilizó y le permitió volver a centrarse en su trabajo; de vez en cuando le sobrevenía una sensación desagradable que, como el agravamiento de una enfermedad, parecía amenazar la felicidad de los próximos días.

Cuando regresó a la villa al final de la tarde estaba lloviendo, aunque no con mucha intensidad. Delante del edificio había varios vehículos aparcados y dos coches de caballos. En el vestíbulo había ensayo y todo estaba repleto de decorados que habían sido rescatados de la lluvia y se habían dejado ahí. Un joven desconocido tocaba el piano, y algunas amigas de Elisabeth cantaban a voz en cuello un fragmento de «La luciérnaga» de la opereta *Lysistrata*: «*Glühwürmchen, Glühwürmchen, schimmre…*».

La señora Brunnenmayer y Maria Jordan estaban en la entrada de la cocina; por lo visto conocían la música de Paul Lincke, porque se balanceaban siguiendo el ritmo. Kitty salió al encuentro de Paul y le susurró excitada que aquella lluvia tan enojosa les había desbaratado los planes y que, en caso de emergencia, también podían montar el escenario en el vestíbulo.

—¿No te parece que Marie y yo hemos hecho unos decorados magníficos?

—Son muy bonitos, hermanita. ¿Sabes dónde está Marie?

Kitty frunció un poco los labios; se quejó de que ya no le hacía caso, que solo tenía ojos y oídos para Marie.

—Vamos, dime —la apremió con impaciencia.

—Vale, vale. No me enfadaré porque son cosas del amor. Marie está arriba con mamá, dándole los últimos retoques a su vestido. Nuestro papaíto debe de estar en el comedor esperándonos. El primero que se acerque a él será el blanco de su furia. ¿Sabes, Paul? Cuanto mejor se encuentra el señor, más insoportable se vuelve…

Paul se alegró de que en ese momento dos cantantes se acercaran a Kitty para hablarle de la ubicación del piano ya que, en su opinión, no se oía bien. Paul se abrió paso entre decorados y muchachas nerviosas, repartió cumplidos y dijo que sonaba de fábula, y se escapó a toda prisa por la escalera hasta el primer piso. Allí dio con Humbert, que tenía las mejillas ligeramente sonrosadas y la boca muy apretada.

—El señor se encuentra en el comedor y ha empezado a cenar —anunció.

—¿No hay nadie con él?

Humbert dijo que no. El señor, afirmó, lo estaba pasando mal con los preparativos de la fiesta; el desorden que reinaba en la casa lo ponía muy nervioso.

—¡Oh, vaya! —dijo Paul dándole a Humbert una palmada

en el hombro—. Pasado mañana a esta hora lo estará disfrutando.

—Sin duda, señor…

Humbert tenía que ir a buscar a las señoritas, que estaban en el vestíbulo, para pedirles que fueran al comedor. Paul entonces cayó en la cuenta de que él sería el blanco de la furia de su padre. Sin embargo, la fortuna le sonrió.

—¡Marie!

En ese instante ella bajó por la escalera y corrió a abrazarlo. Él aprovechó la ocasión, la apretó contra sí y la besó rápidamente en la frente y luego en la boca.

—Déjame, Paul. Si alguien nos ve…

—Estamos prometidos y tenemos que conocernos, cariño.

—No hasta pasado mañana —repuso ella, aunque lo dejó seguir.

Por qué no ahora mismo, se dijo él. Así se libraría de aquella historia estúpida y no habría nada que pudiera empañar la velada.

—Pasa, Marie. Tengo que hablar un momento contigo.

Ella se negó en redondo a entrar a solas con él en el despacho. No y no. Ya lo conocía, él querría pasar de la palabra a la acción y eso era algo que por el momento no le podía permitir. Ni siquiera como prometida, y desde luego nunca antes de su fiesta de compromiso.

—Te prometo que no te tocaré.

—¿Quieres hablar?

—Es solo una pregunta.

Ella se dio cuenta de que él hablaba en serio. Entró en silencio en la sala, se quedó en el centro de la estancia y lo vio cerrar la puerta. En sus ojos oscuros atisbó una diminuta chispa de inquietud.

—Tú dirás.

Él sonrió y se sintió ridículo. Seguramente, se dijo, ella se burlaría de él. Todo aquello era una fantasía, una invención de su malévola hermana Elisabeth. Y al final tendría que disculparse con Marie. Aun así…

—Marie, he oído decir algo muy raro que no puedo ocultarte…

Ella lo escuchó muy tranquila; cuando terminó, sacudió la cabeza llena de incredulidad y dijo no tener ni idea de todo aquello. No conocía a nadie así, y en caso de que ese hombre hubiera estado en su cuarto solo deseaba que no fuera un ladrón. ¿Habían hablado con Maria Jordan?

—Sí —admitió Paul—. Pero parece ser que ella tampoco lo conocía. Es solo que… Se me ocurrió que…

Ella lo miró con asombro. Sus ojos negros brillaban y a él le pareció ver su imagen reflejada en ellos.

—Dilo —dijo ella—. Dilo, Paul. Te siento cavilar.

Él inspiró profundamente y luego le sonrió con timidez.

—Me acordé de que en una ocasión me hablaste de una amiga que tenías en la ciudad baja. ¿Te acuerdas? Fue ese día que nos encontramos delante de El Árbol Verde.

—¿Cómo olvidarlo? —respondió—. Me salvaste de ese tipo. Y luego me acompañaste hasta la puerta Jakober…

—Me habría gustado tanto despedirte con un beso, Marie.

Se miraron un momento y recordaron aquel primer y tímido encuentro que despertó en ambos esa gran pasión.

—Es una nadería —dijo él negando con la cabeza—. Pero pensé que quizá ese hombre podría ser un conocido de tu amiga.

—¡Conque era eso! —exclamó ella dirigiéndole una mirada pícara—. Has imaginado que yo recibía visitas en secreto de gente de la ciudad baja. ¿Tal vez mi amante, ese al que fui a ver en aquella ocasión? Eso es lo que creíste, ¿verdad? ¿Pensaste que la ayudante de cocina tenía una aventura con alguien de la ciudad baja?

Él protestó de forma tan débil y tan poco convincente que desistió al momento. Sí, admitió, eso era lo que sospechó entonces, y además lo incomodó muchísimo; él pensaba que ella merecía algo mejor que un pobre diablo como ese con una existencia turbia.

—¿Así que te pusiste celoso? —dijo con una sonrisa de picardía.

—Bueno, sí. Por mí... Lo admito.

—Eso me gusta mucho, amor mío.

—¡Y encima ahora te burlas de mí!

En efecto, ella se estaba riendo de él; luego le cogió de las manos y se las puso en las mejillas.

—Ahora te toca a ti escuchar mi confesión, amor. Pero no te asustes. Verás, tu Maric es una mentirosa taimada y no tiene ninguna amiga en la ciudad baja.

Él dijo que eso ya lo suponía porque se dio cuenta de que lo había dicho para disimular. Así pues, le dijo, que no se creyese que era una mentirosa taimada porque no se le daba bien mentir.

—No tengo muchas ganas de aprender ese arte —admitió ella—. Y eso es algo que también espero de ti, mi amor.

Él le aseguró que incluso de niño había sido un muy mal mentiroso. Con todo, sentía curiosidad por saber qué estaba haciendo ese día en la ciudad baja.

—¡Pero Paul! —exclamó ella—. ¿No lo sabes? Mi madre vivía encima de El Árbol Verde. Lo averigüé por casualidad y quise saber más cosas.

No. No lo sabía. Aunque, claro está, podría habérselo imaginado. De hecho, su padre le había dicho que Burkard y Luise Hofgartner habían vivido en Augsburgo. Así que su piso estaba encima de El Árbol Verde...

—Es posible que esa casa nos pertenezca. Hace unos años mi padre compró algunas casas en la ciudad baja.

Ella lo miró con asombro. Johann Melzer se había hecho con ese edificio. ¿Por qué motivo? Tal vez creyera que su madre había ocultado los planos en alguna oquedad de la pared o del suelo.

—Paul, ¿estás seguro de que compró esa casa?

Él frunció el ceño y reflexionó. Había sido algo bastante reciente. Su padre había comentado su intención de comprar algunas casas de la ciudad baja para demolerlas y construir un almacén o una oficina comercial.

—Yo estaba a punto de hacer el examen de bachillerato. Espera. Él guarda los contratos comerciales aquí, en su despacho. Allí arriba, en esas carpetas…

Marie miró el montón de documentos grises que había en la estantería situada detrás del escritorio y dijo que aquel asunto no era tan importante como para husmear en los papeles de su padre sin estar él presente. Lo más fácil, dijo, era preguntárselo. Sobre todo porque tal vez ella podría acceder al legado de su madre, a los bustos de mármol y las tallas de madera que la anciana señora Deubel había conservado en su cuarto. Pero Paul ya examinaba varias carpetas e intentaba averiguar el sistema de clasificación; a continuación, dijo que, como él era socio y partícipe de casi todos los asuntos de su padre, había dirigido la fábrica durante semanas y había tomado todas las decisiones, tenía derecho a conocer el patrimonio inmobiliario de la familia. En especial aquel que afectara a su futura esposa.

—Tiene que ser esto…

Se puso de puntillas y sacó de la estantería un montón de carpetas. Las sujetó con cuidado con una mano antes de ponerlas sobre el escritorio.

—Marie, por favor, retira la jarra de agua. Ahora vamos a… A… a… ¡achís!

El polvo acumulado en las carpetas fue el culpable del desastre que ocurrió entonces. Paul intentó con todas sus fuerzas mantener en equilibrio el montón de carpetas pero salieron despedidas como un enjambre de cuervos, algunas se desplegaron cuando aún estaban en el aire y dejaron caer su contenido; otras, en cambio, estaban atadas con una cinta y se desplomaron como ripias de tejado sobre el escritorio. Marie supo retroceder a tiempo, pero la hermosa jarra de cristal con el agua recibió el golpe y se rompió en mil pedazos.

—¡Maldita sea! —murmuró Paul, compungido.

—¡Lo que faltaba! —susurró Marie.

En ese preciso instante alguien llamó a la puerta.

—¿Paul? ¿Marie? Venid a cenar. Papá está muy disgustado.

Era Alicia que, por discreción, no quería entrar en la estancia. Fuera lo que fuese en lo que ambos estaban ocupados, ella no quería convertirse en la guardiana de la moral; a fin de cuentas, su hijo era adulto y sabía lo que hacía.

—Vamos enseguida, mamá.

Se miraron como si fueran dos niños haciendo una travesura. Se necesitarían días para ordenar todos los papeles. Eso sin contar con que ahora algunos estaban mojados y entre ellos había trozos de cristal.

—Paul, el escritorio es muy bonito. El agua se está escurriendo por la parte de atrás y está penetrando en los cajones.

Paul apartó el caos de papeles y abrió un poco el cajón para evitar que se mojara su interior. Entonces se dio cuenta de que no había peligro en ese sentido porque los cajones eran bastante más cortos que el escritorio en sí.

—Tiene que haber otro compartimento en la parte posterior —musitó. Acto seguido se puso en cuclillas y se dispuso a examinar el mueble.

—Cuidado, Paul, estás pisando y arrugando los papeles.

Sin embargo, ahora las carpetas y las hojas que cubrían el escritorio y el suelo carecían de importancia para Paul. El agua se escurría por una rendija del tablero de la mesa, pero no salía por ningún sitio. Extrajo los cajones del todo y los colocó sobre el diván. Estaban totalmente secos.

—¡Pásame las cerillas! —le pidió a Marie.

Ella también se había dado cuenta de que en aquel mueble antiguo tenía que haber un compartimento secreto. Paul iluminó la zona donde iban los cajones: la parte posterior era de madera contrachapada y estaba seca.

Extendió la mano, golpeó y se oyó un ruido vacío.

—Tal vez se pueda abrir desde el otro lado —sugirió Marie rodeando la mesa.

—¡Cuidado! ¡Está lleno de cristales!

—Aquí, Paul. La parte trasera del escritorio se puede levantar. Ayúdame. ¡Ay!

—¿No te lo había dicho? Toma mi pañuelo.

Aquel misterio los intrigaba. A Marie le sangraba el dedo índice y se lo vendó con el pañuelo de Paul; luego se recogió la falda y utilizó las enaguas blancas para retirar el agua y los cristales del extremo del escritorio.

—Hasta ahora no me habías enseñado tantas cosas, cariñito. ¿Podrías repetirlo?

—¡Calla! Espera, usaré el abrecartas. La madera está trabada, y ahora con el agua se va a hinchar. Cuidado. No tan fuerte. Está atascada por este lado...

—Voy a romperme los dedos —gimió él.

—Mira que si ahora entra tu padre...

—Silencio. Coloca el abrecartas ahí, al otro lado. Ahora sujeta. Los dos a la vez...

La pared posterior del mueble se soltó, y pudieron levantarla y extraerla. Detrás asomó una segunda pared, también de madera contrachapada, con bisagras en el lado izquierdo y una cerradura en el derecho. El agua empezó a chorrear sobre la alfombra.

—¡Qué rabia! —exclamó Paul—. Sin llave no podemos continuar. A menos que rompamos la cerradura.

—Una llave... —murmuró Marie.

Entonces oyeron la voz alegre de Kitty y luego la de Elisabeth.

—Ya venimos, papaíto. ¿Has dejado algo para los demás o nos vas a hacer pasar hambre?

—¿Dónde están Paul y Marie?

—¿Y dónde crees que pueden estar nuestros tortolitos? Ve a ver si están en el salón rojo.

—No están ahí…

Paul apretó los labios y soltó un largo suspiro de decepción. Habría sido demasiado bonito haber podido abrir el compartimento. De todos modos, seguía siendo un hallazgo maravilloso.

—Pero ¿qué haces ahora?

—Aparta los ojos. Cuando una muchacha se quita la ropa no hay que mirar.

Él no entendía nada. ¿Por qué ahora su dulce Marie se desabrochaba la blusa? ¿Pretendía desnudarse ahí, entre papeles mojados y cristales rotos? ¿En un sitio donde en cualquier momento podía entrar alguien?

—Aquí. Intentémoslo con esto.

Se sacó del escote una llave diminuta. Una llavecita de plata que llevaba al cuello pendida de una cadena. ¿Cuántos secretos le tenía aún reservados?

—Entra en la cerradura. Pero no puede girar. Espera, sí. Solo es que está un poco oxidado. ¡Ya está!

En cuanto la puertecilla de madera se abrió, primero salió el agua y luego empezaron a caer rollos de papel. Los había gruesos y finos, algunos envueltos en papel de embalar marrón y otros desprotegidos, unidos por un cordel fino.

—Son… son…

—Los planos que tu padre quería a toda costa —dijo Marie en voz baja—. Seguramente este escritorio era de mi madre. Tu padre ha estado muchos años sentado frente a los planos sin saberlo.

56

No fue fácil lograr que los numerosos invitados guardaran silencio para que el director Melzer pudiera dar su discurso. A pesar de los temores, aquel era un radiante día de verano y tanto en la terraza como en el parque propiedad de los Melzer se habían dispuesto pequeños grupos de asientos, macetas con flores, puestos de bebidas y sombrillas de colores. Los invitados se saludaban y hacían corrillos para intercambiar palabras de cortesía y charlar; las damas lucían los nuevos vestidos de la temporada y los caballeros llevaban trajes de color claro y sombreros de paja. Si a alguien le apetecía jugar al cróquet —uno de esos pasatiempos británicos que también había encontrado aficionados en Alemania— podía hacerlo en una zona de hierba situada en el lado izquierdo del parque. Allí también había todo tipo de juguetes para los niños. A cambio de una gratificación adicional, una de las puericultoras de la fábrica estaba al cuidado de los pequeños; además, algunos invitados habían traído a sus niñeras.

—Queridos invitados…

Ahora, por lo menos, la mayoría de los asistentes que estaban en el jardín se habían congregado en la terraza. Ahí se habían dispuesto varias sillas para las personas más mayores; entretanto, y a pesar de las macetas, los jóvenes se habían encaramado al reborde de piedra para ver mejor. Al otro lado, en el escenario, el telón improvisado de seda se agitó; detrás proseguían aún los preparativos.

—Queridos invitados —repitió Johann Melzer, y logró por fin que el ruido disminuyera de forma drástica.

Solo se oían algunos cuchicheos en voz baja y el golpeteo de los platos en el bufet; en algún lugar, un vaso cayó al suelo y se rompió. Uno de los camareros contratados para la ocasión asomó pertrechado con pala y escoba para retirar los restos antes de que alguien se lastimara.

—Me hace muchísima ilusión saludar a todos ustedes...

La voz de Melzer, que al principio había sonado un poco débil, fue ganando en firmeza. Volvía casi a ser el mismo de antes, aunque se comentaba que había perdido mucho peso, sobre todo en la cara; ahí, decían, aún se le notaba la enfermedad que acababa de superar.

—Hoy el tiempo nos es propicio; este año celebramos nuestra tradicional fiesta de verano bajo el signo del amor y de la futura felicidad conyugal.

Alicia hizo una indicación a Humbert para que acercara, del modo más discreto posible, una silla al orador. Humbert tuvo el acierto de anudar al asiento uno de los ramos de flores que Kitty había hecho como obsequio, como si quisiera resaltar ante los invitados el hermoso regalo floral. Lo cierto es que había demasiados centros de flores; deberían haber pensado que casi todos los invitados traerían ramos. Había habido también algunas declinaciones, ya por encontrarse de viaje o en medio de los preparativos de las vacaciones. Algunos conocidos que otros años habían asistido a la fiesta de verano se habían disculpado aludiendo enfermedad u otro tipo de obligaciones. Entre ellos, lamentablemente, el alcalde y varios concejales. Como era de esperar, el anuncio del compromiso del joven Melzer con la que fuera doncella personal no había sido del gusto de todos y había quien temía quedar en mala situación.

—El matrimonio es una institución que a veces puede parecer que dura mucho...

Se oyeron algunas risas obligadas; los caballeros de mediana edad, en especial, se mostraron divertidos, mientras que las señoras alzaron la mirada hacia el cielo, donde una bandada de palomas atravesó aquel azul inmaculado.

—«Por ello, el que vaya a atarse para siempre, ¡que pruebe, antes, si el corazón se aviene al corazón! La pasión es corta, el arrepentimiento, largo» —citó Johann Melzer. Acto seguido se interrumpió porque había olvidado cómo seguía el poema.

—Razón no le falta —se oyó decir entonces a la abuela de Alfons Bräuer, que estaba sentada en una butaca de mimbre justo delante del orador—. Mi madre siempre decía: «El dinero pasa, pero el hombre sigue en casa».

—Por favor, abuela —le susurró Alfons, sonrojado—. Estás interrumpiendo.

—A mi edad puedo decir lo que me plazca —objetó la anciana señora—. Cuando me encuentre bajo tierra, ya no tendré modo.

Para celebrar la ocasión había comparecido con un vestido de muselina de color lila y un tocado hecho con plumas de garza.

—Lo que Schiller quiere decir con esos versos inmortales es algo que a nuestros mayores puede resultarles raro, incluso poco acertado. En nuestra época eran los padres los que escogían la pareja para sus hijos, sopesando con cuidado, según sus conocimientos y conciencia, si tal unión podía ser beneficiosa. Es lo que en mis tiempos hicieron también mis suegros; aún hoy me disgusta recordar las miradas escrutadoras que recibí durante mi primera visita a la finca de Pomerania...

De nuevo volvieron a sonar carcajadas entre el público; casi todos los maridos sabían a qué se estaba refiriendo. Era muy desagradable tener que someterse a un examen escrupuloso por parte de los padres de la futura esposa, en particular acerca de la posición, el origen y la cuenta bancaria. Desde el campo de cróquet se oyeron gritos de alegría infantiles; en ausencia de los jóvenes, varios pequeños se habían hecho con los palos y las bolas y jugaban a su modo.

—Sin embargo, lo más importante en un matrimonio es el apego y el amor que dos personas se profesan hasta la vejez. No hay dinero, posesiones ni posición social que pueda forzar esa armonía: es un regalo del cielo y una suerte enorme. Por eso me alegra que mis hijos hayan seguido los dictados de su corazón.

«Menudo hipócrita», pensó Marie, divertida. Apenas hacía unas semanas él había hablado de una unión desafortunada y quiso que Paul suspendiera la boda. Sin embargo, desde entonces habían ocurrido muchas cosas y tal vez Johann Melzer ahora creyera de verdad lo que decía. Se pasó una noche entera examinando los planos, estudiándolos uno a uno, y por la mañana anunció que Burkard era un genio. De pronto los inventos de su padre, que años atrás el señor Melzer había considerado ocurrencias sin sentido, resultaban ser la solución a todos sus problemas. Por fin podría actualizar la maquinaria; de hecho, anunció que iba a poner manos a la obra a varios ingenieros suyos. Y así lo hizo. A pesar de las protestas de toda su familia, el día anterior Johann Melzer hizo que lo llevaran en coche a la fábrica. Al atardecer, regresó a la villa agotado pero feliz y, sentado a la mesa, dijo que ahora que su hijo tomaba como esposa a la hija de Burkard todo iría bien. Marie no estaba muy segura de si la alegría de su futuro suegro iba a durar mucho, pero ya hacía tiempo que se había hecho a la idea de que el trato con él no era fácil.

—Por lo tanto, tengo la enorme alegría de presentar a esta ilustre sociedad el compromiso de tres parejas...

A Kitty le pareció adivinar una sombra en la expresión de Marie y, discretamente, cogió de la mano a su amiga. ¡Qué guapa estaba! Las dos habían diseñado juntas aquel vestido de seda de la India de color rojo oscuro; era un vestido largo y de corte estrecho que realzaba la silueta de Marie, con faldón de chifón hasta las rodillas y que con el viento se mecía como las alas de una mariposa. Kitty, por su parte, había insistido en llevar un vestido del mismo corte pero de color rosa pálido, su preferido. Vestidas así parecían hermanas, mientras que Elisabeth, con un vestido de algodón color azul cielo parecía más bien una prima lejana. Paul le había mostrado a Kitty el anillo de oro con un rubí que iba a regalarle a Marie como regalo de compromiso. Ella se lo había tenido que probar porque tenía el mismo grosor de dedos que Marie. Alfons seguramente le regalaría un anillo de diamantes porque había comentado algo acerca del «símbolo del amor eterno». A ella los brillantes no le hacían especial gracia; le parecían fríos y transparentes, y solo mostraban su auténtico fulgor bajo la luz del sol. Kitty pensó por un instante si quería unirse a Alfons con un «amor eterno». Lo cierto era que no. No, al menos, tal y como él lo sentía. Por otra parte, no sabría qué hacer sin él. Alfons era su mejor amigo, la aconsejaba, la consolaba, la animaba cuando se sentía triste. Estaba a su lado y, además, sentía mucho aprecio por su mejor amiga Marie. Había sido el único que había felicitado de corazón a Paul por su elección. No. Ella simplemente necesitaba a Alfons, era su amigo, su hermano y su padre a la vez.

—El número tres es un número de gran importancia. Se dice que todas las cosas buenas son tres, así que hoy alzaremos tres veces las copas por nuestros jóvenes prometidos. Por mi hijo Paul y Marie Hofgartner. Por mi hija Kitty y su prometido Alfons Bräuer. Y, claro está, por mi hija Elisabeth y el teniente Klaus von Hagemann, que en el día de hoy…

«A mí, cómo no, me menciona la última», se dijo Elisabeth. Pero era de esperar: primero el hijo; luego, cómo no, Kitty y detrás ella como punto final. Con todo, logró dominar su enfado; a fin de cuentas, también notaba las miradas de envidia de sus amigas. Klaus von Hagemann no había cumplido su amenaza y se había presentado puntual a la fiesta de compromiso. Lucía su uniforme de gala, la guerrera azul con charreteras y banda, y aunque no llevaba casco, tal cosa no desmerecía el efecto en absoluto. Había acudido con algunos de sus compañeros, entre ellos un tal Ernst von Klippstein, un prusiano al que acompañaba su joven esposa. Ambos habían felicitado a Elisabeth por su compromiso y habían invitado a la pareja a su finca, en algún lugar de Brandeburgo. Elisabeth se dijo para sí que no pensaba aceptar esa invitación porque esa Adele von Klippstein no era de su agrado. Además, en breve Klaus no tendría más permisos. Von Klippstein hablaba con entusiasmo de una inminente contienda. El día anterior, en Sarajevo, el heredero a la corona austrohúngara había sido asesinado de un tiro. Los periódicos no hablaban de otra cosa. Siempre esos serbios, no daban tregua. Papá había dicho una vez que todas las desgracias venían del este. Von Klippstein, sin embargo, había explicado que la cuestión era simple. Primero tomarían París para aplacar a los franceses, y luego se dedicarían al este y a prestar apoyo a los aliados del Imperio austrohúngaro. Y si los rusos intervenían, también los abatirían. Lo más importante era que Inglaterra no moviera ficha. En todo caso, el emperador contaba con que el nieto de la reina Victoria no sería atacado. Como él solía decir, «la sangre es más espesa que el agua».

—Desde luego es muy enojoso, querida —le susurró al oído Klaus von Hagemann—. Nos va a estropear el día.

Se refería a Paul, que en ese momento se había puesto de pie y se disponía a dirigir algunas palabras a los invitados. Uno de los camareros contratados para la ocasión y vestido con una hermosa librea azul y botones dorados se abrió paso en el grupo para ofrecer bebida a quienes se encontraban más alejados. Al fondo, en uno de los arriates primorosamente diseñados del jardín francés, se oyó un grito de dolor: al parecer una joven dama se había quedado enganchada en un arbusto de rosal. Paul vaciló un instante pero, como el incidente no parecía nada grave, empezó a hablar.

—Para mí y para mi prometida hoy es un día de triunfo —dijo cogiendo a Marie de la mano—. Marie, declaro ante todos los presentes que para mí no hay novia más hermosa y más digna que tú. Te quiero desde el primer día y te amaré durante toda mi vida. Por eso, toma este anillo como señal de mi compromiso, que te entrego con toda sinceridad y gran alegría.

Aquellas palabras calaron en los invitados de un modo extraordinario. Se oyeron algunos murmullos y, además de lágrimas de emoción, hubo también susurros de indignación y comentarios mordaces. La gente se acercó a ver el anillo de compromiso y alguien dijo a media voz que un rubí era una piedra bastante cara, sobre todo como regalo para una doncella.

Hubo que pedir silencio para que Alfons Bräuer y el teniente Von Hagemann también pudieran decir algunas palabras y entregar sus anillos de compromiso. Luego todo el mundo se abalanzó hacia las parejas recién prometidas para felicitarlas, transmitirles los saludos de conocidos que no se habían presentado y, sobre todo, para admirar de cerca los regalos de compromiso y calcular su valor. En este punto, Kitty había dado en el blanco ya que, como ya había supuesto, Alfons le había regalado un anillo de brillantes en montura de oro blanco que refulgía bajo el sol como los fuegos artificiales.

—Con esto ya hemos cumplido con la parte oficial y ahora podemos dedicarnos a la diversión —comentó Johann Melzer con alivio.

Después de su discurso se había sentado y no se levantó ni siquiera cuando algunas personas se acercaron para felicitarlo. Pidió una copa de ponche y le encargó a Alicia que le trajera del bufet algo de comer, pues ella era quien mejor conocía sus gustos. Vio la obra de teatro, que siguió desde la terraza, y comentó luego a Edgar Bräuer, que estaba sentado junto a él, que Shakespeare era muy adecuado para la ocasión. En cambio, siguió diciendo, esas canciones de opereta se las podrían haber ahorrado, sobre todo porque el tema era de lo más insólito.

—¿Se refiere usted a *Lysistrata*? —preguntó Riccarda von Hagemann—. Bueno, al parecer, en el escenario es una opereta que resulta de lo más atrevido. Si no tengo mal entendido, trata sobre una huelga amorosa con algunos obstáculos.

—Bueno, una cosa así va en contra de la naturaleza —observó su marido—. Los hombres tenemos que luchar, y vosotras, las mujeres, perdón, las damas, estáis hechas para el amor.

Aquel comentario provocó algunas risas, aunque la carcajada de Riccarda von Hagemann sonó de forma muy estridente.

Marie había ido de grupo en grupo con Paul. Se vio expuesta a una avalancha infinita de nombres, caras, gestos cordiales, cortesías, preguntas curiosas, observaciones irónicas y, aquí y allá, también gestos de franco rechazo. Luego Kitty y Alfons se unieron a ellos; Marie admiró a Kitty por su naturalidad. Pero, claro, Kitty había nacido en la villa, era hija de una reputada familia de industriales, no sentía el menor respeto ni por títulos ni por condecoraciones y se reía de las miradas afiladas de las damas más mayores.

—Ya pueden hablar de nosotras hasta cansarse —le susurró a Marie—. Las pobres no pueden hacernos nada. Ven, vamos recuperar fuerzas en el bufet mientras aún queden rollitos de salmón y sorbetes de limón.

Marie necesitaba toda su energía para no mostrar cuánto le dolían las miradas de desdén y los comentarios de doble sentido. Paul, por supuesto, la protegía tan bien como sabía, y Alfons resultó ser un amigo muy útil. En cuanto el banquero asomaba, la gente se deshacía en cumplidos hacia él, sonreía e incluso contaba anécdotas divertidas para quedar bien. Al rato, Marie cayó en la cuenta de que esas atenciones no solo eran por el carácter amable y discreto de Alfons. Para muchos de los presentes, el banco Bräuer era una fuente financiera imprescindible.

—Ahí, al otro lado, está Hermann Kochendorf —le dijo Kitty mientras se tomaba el sorbete con una cucharita—. Es un hombre muy desagradable. Tiene más de cuarenta años, pero es muy rico y ya es miembro del gobierno de la ciudad. A su lado está Grünling, abogado, más feo que un dolor, aunque él se considera un adonis. Y ahí está también el doctor Greiner. Fue el que quiso enviar a papá al hospital a toda costa y no lo consiguió. Y ese es el doctor Schleicher, al que mamá me llevaba porque no podía dormir... ¿No te gusta este sorbete tan delicioso, Marie? Toma uno. No sé si luego habrá helado de frambuesa.

Marie se sentía mareada y lamentaba haber tomado ponche porque no estaba acostumbrada al alcohol. ¡Menudo día! Hasta entonces solo conocía esas fiestas como miembro del servicio. En aquellas ocasiones había mucho que hacer para que los señores se quedaran satisfechos, y por la noche caía en la cama agotada. Siempre había pensado que aquellas fiestas debían ser puro goce para los señores, pues ellos no tenían que trabajar. Pero no era así, y a esas alturas estaba exhausta.

—Discúlpame, Kitty —le dijo en voz baja—. Vuelvo enseguida.

Fue al vestíbulo para comprobar su peinado en un espejo de baño improvisado, pero todas las mesas estaban ocupadas y no tenía muchas ganas de participar en las charlas de las señoras. No era nada agradable porque casi siempre, cuando se acercaba, la que hablaba se interrumpía, y todas sonreían con amabilidad y pasaban a otro tema. En realidad, no quería arreglarse el peinado, ni rociarse con uno de los perfumes que había, sino solo tener unos minutos de tranquilidad. Recordó lo bien que se había sentido en otros tiempos con el resto del servicio en la cocina. Claro que también ahí había habido disputas, pero la cocina, con la cafetera azul y su sitio en la larga mesa, desde el principio le había parecido una especie de hogar. Abrió decidida la puerta que daba a las dependencias del personal y entró en la cocina. Allí reinaba el caos habitual de las grandes celebraciones. La mesa larga estaba llena de bandejas y fuentes repletas de comida, lista y por terminar; en los fogones hervían algunas ollas y la cocinera permanecía atenta a todo, sin apenas aliento, malhumorada, con la cofia inclinada sobre su pelo gris.

—¿Qué os pasa a todos, hatajo de vagos? —gruñó sin volverse hacia Marie—. Qué tiempos aquellos cuando Robert servía en esta casa; ese sí que os habría espabilado…

Fue entonces cuando se dio cuenta de que no habían entrado los criados contratados para la ocasión, sino Marie. Dejó el cucharón a un lado y puso los brazos en jarras sobre sus caderas prominentes.

—Señorita Marie —dijo medio ofendida, medio contenta—. La cocina es para el servicio. Aquí a los señores no se les ha perdido nada.

Humbert pasó a toda prisa junto a Marie para llevar al bufet dos bandejas de galletitas de nuez y de almendra. Se quedó muy sorprendido; luego Hanna entró llevando una bandeja repleta de platos sucios y copas vacías.

—¡Marie! —exclamó con una sonrisa radiante—. ¡Oh, Marie, cuánto te echo de menos!

—¡Cállate! —la reprendió la cocinera—. A partir de ahora tienes que llamarla «señorita» y tratarla de usted. Nuestra Marie ahora es la joven señora de la mansión.

La señora Brunnenmayer había pronunciado esa última frase llena de orgullo y había dicho «nuestra Marie». ¡Qué bueno era sentir ese afecto después de tantas miradas escrutadoras y malévolas por parte de aquellos invitados tan distinguidos!

—¡Para nada! Aquí a ella no se le ha perdido nada —dijo Marie con una sonrisa—. Aunque ahora sea la señorita, vendré a veros y comprobaré que todo va bien.

—Pero no se meta usted con mi trabajo, señorita —objetó la señora Brunnenmayer.

—Eso es algo que antes no hacía.

—Entonces estaré encantada.

Marie se apartó para dejar paso a Humbert con las bandejas; se dio cuenta de que estaba estorbando. Else y dos de los camareros a sueldo estaban sacando los faroles y las antorchas al parque para encenderlos en cuanto empezara el lento oscurecer de esa época del año y así dar un toque romántico a la fiesta. Los músicos llegaron y Alicia les indicó un rincón de la terraza desde donde tocar para el baile. Marie decidió descansar unos minutos arriba, en el dormitorio de Kitty, antes de tener que pasar por esa nueva prueba. Kitty le había enseñado los bailes de sociedad más importantes, sobre todo el vals, que no le había resultado difícil, así como la polca y el galop. Según ella, no debía preocuparse: en la terraza no se podía bailar siguiendo una formación y tampoco era posible bailar la cuadrilla ni ninguna otra contradanza. Por otra parte, en su opinión, Marie se movía con una elegancia natural y eso era suficiente.

Para su alivio, en la segunda planta todo estaba muy tranquilo. Tan solo en los baños había algunas jóvenes, todas ellas amigas de Elisabeth, que hablaban excitadas de lo bien que les había salido la actuación. Marie se disponía a entrar en la habitación de Kitty cuando oyó una voz masculina que le resultó muy familiar.

—¿Alguien lo sabe?

Era Klaus von Hagemann. Pero ¿qué hacía él ahí arriba, en el guardarropa?

Aunque era muy indecoroso escuchar una conversación ajena, ella se detuvo en medio del pasillo. ¿No era esa la voz de Auguste?

620

—No lo sabe nadie, solo Gustav. Se lo tuve que decir.

—¿Y por qué?

Von Hagemann parecía nervioso. Hablaba en voz baja pero se le entendía sin problema.

—Porque es mi marido y no quiero tener secretos para él. Y porque si no se preguntaría de dónde saco el dinero…

—En tal caso, procura que él no diga nada. No quiero ningún escándalo.

—Pero ¿qué se cree usted? Eso también nos perjudicaría a nosotros. El dinero nos viene bien.

Marie oyó una imprecación muy larga con alusiones a los turcos, el comino y los sagrados sacramentos.

—De haber sido niño, me lo habría quedado. Pero siendo niña…

—A mí me gusta que sea chica. Además, Gustav ya me dará muchachos…

Increíble. ¿Cómo esa fresca permitía que el prometido de Elisabeth le pagara la alimentación de su hija? Marie se apresuró a cerrar tras de sí la puerta del dormitorio de Kitty; no quería que el teniente se la encontrara en el pasillo.

Si él le pagaba dinero por la pequeña es que tenía motivos para hacerlo, pensó Marie. Así pues, Auguste no solo había mantenido relaciones con Robert, sino que también había permitido que el teniente Von Hagemann la visitara. ¿Por qué entonces había llamado precisamente Elisabeth a su hija y había pedido a la hermana de Paul que fuera su madrina? Eso era pura maldad. Era como si quisiera vengarse por algo.

Alguien llamó a la puerta. Ella se asustó, temiendo que Von Hagemann la hubiera visto. Pero era Paul.

—¿Dónde te escondes, tesoro? —le dijo con cara de preocupación—. Todo el mundo pregunta por ti.

—¿De veras?

Él la tomó por el brazo y la llevó hasta la ventana. El sol ya se había puesto y las numerosas luces y antorchas hacían que el parque pareciera un país de cuento. Los viejos árboles arrojaban unas sombras grotescas y unas pequeñas llamas de colores bailaban por el césped; aquí y allá se deslizaban seres misteriosos de un lado a otro, niños jugando al escondite o parejas de enamorados que habían logrado zafarse de la vigilancia de sus padres. Se oía además la pequeña orquesta tocando un vals de alguna opereta. Marie notó que Paul le pasaba el brazo por la cintura.

—Este primer baile es solo para nosotros, Marie —le susurró en el oído—. Solo para ti y para mí, sin miradas molestas acechándonos.

Ella siguió su movimiento, se apretó contra él y fueron uno al ritmo de la música.

—Sé lo difícil que es para ti, querida —le dijo en voz baja—. Pero estoy contigo. Te apoyo y lucho por ti. Lo conseguiremos. Confía en mí.

—Hace tiempo que lo hago, Paul —respondió ella cerrando los ojos.

Se había declarado ante ella delante de esos invitados tan altivos. Él era su destino, el amor de su vida. Nada conseguiría separarlos, ni el fuego, ni el agua, ni las piedras, ni las tormentas. ¿Qué importancia tenía esa gente del jardín?

Bailaron muy juntos, se entregaron a la música y disfrutaron de la dulce proximidad del otro. Los círculos que iban describiendo se estrecharon cada vez más y al final se quedaron el uno junto al otro, fundidos en un beso.

—Vamos —susurró Marie tras separarse.

Bajaron la escalera el uno junto al otro cogidos de la mano.